图书在版编目（CIP）数据

独孤皇后 / 闲闲的秋千著. —南昌：百花洲文艺出版社，2017.12
ISBN 978-7-5500-2505-9

Ⅰ.①独… Ⅱ.①闲… Ⅲ.①长篇小说—中国—当代 Ⅳ.①I247.5

中国版本图书馆CIP数据核字（2017）第270249号

出 版 者	百花洲文艺出版社
社　　址	江西省南昌市红谷滩世贸路898号博能中心Ⅰ期A座20楼　邮编：330038
电　　话	0791-86895108（发行热线）　0791-86894790（编辑热线）
网　　址	http://www.bhzwy.com
E-mail	bhzwy0791@163.com

书　　名	独孤皇后
作　　者	闲闲的秋千
出 版 人	姚雪雪
出 品 人	周　政
特约监制	杨翔森　曾筱佳
责任编辑	杨　旭　陈　蓉
特约编辑	许　逸
封面设计	袁　芳　刘春瑶
版式设计	李映龙
封面绘制	华策影视
经　　销	全国新华书店
印　　刷	湖南天闻新华印务有限公司
开　　本	710mm×1000mm　1/16
印　　张	35
字　　数	600千字
版　　次	2017年12月第1版
印　　次	2017年12月第1次印刷
书　　号	ISBN 978-7-5500-2505-9
定　　价	79.80元（全二册）

赣版权登字：05-2017-454
版权所有，侵权必究
图书若有印装错误，可向承印厂调换

序

xu

　　天下大势,分久必合,合久必分。在中国长达五千年的历史中,南北朝是最为动荡的时代,众多政权并存,朝代更替频繁。天下分崩,群雄逐鹿,多少英雄应运而生,多少豪杰淹没在滚滚的历史长河之中!纵观泱泱华夏,群雄崛起,人才辈出,一位奇女子脱颖而出,青史留名,其壮丽的一生,震古烁今。

　　她就是独孤伽罗,杨坚之妻,隋朝大名鼎鼎的文献皇后!

　　独孤伽罗生于掌握北周核心政权的显赫之家,年少时嫁与心仪男子杨坚为妻,本当相夫教子,与夫君共度美好年华,却因朝堂纷争而家逢巨变。遭此困境,独孤伽罗挺直了脊梁,以非凡的勇气和胆识,与局势和命运抗争。她与杨坚牵手,誓要在这乱世浮沉中杀出一条生路!

　　独孤伽罗绝美的外表下,潜藏着堪比男儿的智慧与谋略,娇小的身躯却蓄藏无尽的力量。隋朝天下,是独孤伽罗与杨坚并肩作战而得来的。立国后,独孤伽罗一举成为隋文帝朝政治系统核心人物,助力隋文帝北御突厥、南平陈朝,一统华夏,从而开启了隋唐盛世。

在男尊女卑的时代，女子只羁于闺阁，而独孤伽罗却挣脱女子身上的枷锁，与杨坚携手，共建天下，同创盛世，于"开皇之治"中功不可没，更与杨坚在宫中被并称为"二圣"。

　　唐代著名史学家、政治家魏征曾评其："后初亦柔顺恭孝，不失妇道。""贵戚之盛，莫与为比，而后每谦卑自守，世以为贤。""后每与上言及政事，往往意合。"

　　在历史的兴替中，历朝历代，每一位君王都是后宫佳丽三千，而隋文帝杨坚却使六宫虚设，独有伽罗一人。杨坚坦言："得与伽罗同心，朕覆了这三千后宫何妨？"

　　独孤伽罗在杨坚云谲波诡的一生中，始终是他最亲密的爱人、知己、智囊和精神支柱。她生，他亦生。她死，他亦逐之。生死相随，夫妻情深，无过于此，隋文帝和独孤皇后可谓创造了中国古代帝王后宫生活的奇迹。

　　伽罗这一生，是亘古不绝的梵唱，落在杨坚的心间，为最柔软的那一瓣。即便多年后，她与世长辞，杨坚站在洛阳城之巅，俯瞰脚下绵延的万里河山，独孤伽罗，仍是他人生中浓墨重彩的一笔。

　　这天下，乃吾之任，然吾之天下，汝也。

第 一 章
初相逢戏惩恶少
—— 001 ——

第 二 章
欲结盟两府议亲
—— 009 ——

第 三 章
登佛门追忆往昔
—— 015 ——

第 四 章
再相逢公子倾心
—— 022 ——

第 五 章
喜联姻击鼓竞技
—— 029 ——

第 六 章
逢巨变夜访天牢
—— 036 ——

第 七 章
传讯息司马托付
—— 042 ——

第 八 章
避奸党双双被擒
—— 048 ——

第 九 章
赴急难旧日竹马
—— 055 ——

第 十 章
逢转机奸佞趁凶
—— 061 ——

第十一章
父惨死又入罗网
—— 067 ——

第十二章
生死间再添温情
—— 073 ——

第十三章
遭流放暗计求人
—— 079 ——

第十四章
受屠戮全家逢难
—— 085 ——

第十五章
欲报仇公子被擒
—— 091 ——

第十六章
中埋伏兵权换人
—— 098 ——

第十七章
成亲日各怀机心
—— 105 ——

第十八章
行奇计英娥生变
—— 112 ——

第十九章
嫂殒命王后崩逝
—— 119 ——

第二十章
起战事再设奇计
—— 124 ——

CONTENTS

CONTENTS

第二十一章
约公主北国计成
—— 130 ——

第二十二章
假夫妻耳鬓厮磨
—— 136 ——

第二十三章
冒奇险杨坚投军
—— 143 ——

第二十四章
喜传书伽罗有孕
—— 149 ——

第二十五章
窥敌情边疆传讯
—— 156 ——

第二十六章
巧设计套问藏金
—— 163 ——

第二十七章
中埋伏大军被困
—— 170 ——

第二十八章
求出兵杨忠增援
—— 177 ——

第二十九章
返长安喜得千金
—— 184 ——

第 三 十 章
速收网奸佞装病
—— 190 ——

第三十一章
闻琴声杨坚生疑
—— 196 ——

第三十二章
起争执伽罗堕河
—— 203 ——

第三十三章
生误会幼弟释疑
—— 210 ——

第三十四章
计中计伽罗起疑
—— 217 ——

第三十五章
防毒手云婵殒命
—— 223 ——

第三十六章
受暗算皇帝托孤
—— 230 ——

第三十七章
搏生死皇帝驾崩
—— 236 ——

第三十八章
留遗诏皇位虚悬
—— 243 ——

第三十九章
出意外赵嬷身亡
—— 250 ——

第 四 十 章
立新帝奸佞专权
—— 257 ——

第一章

初相逢戏惩恶少
QUEEN DUGU

司马炎取代曹魏政权而建立晋,短暂统一南北后,再次分裂。公元304年,中国历史进入南北分裂、对峙时期,史称南北朝。其间,众多国家并存,朝代更替频繁,战火纷乱,民不聊生。公元557年,宇文家族取代西魏,建立北周。

北周建立之初,百废待兴,统治者为巩固政权,大力推崇佛教,民间佛教信仰遂至高潮。佛教徒为纪念释迦牟尼诞辰,便在每年四月初八举行盛大的浴佛节,善男信女聚集庙前浴佛、斋会、结缘、放生、求子等,此为一年之中最热闹的一天。

长安城佛前广场上,人头攒动,热闹非凡,正是一年一度的浴佛节。这日,阳光温和,凉风习习,正是清爽宜人的好日子。

一大早,大司马独孤信之女独孤伽罗就携丫鬟云欣乔装出门,在佛前广场给敬佛的百姓派米。

已近正午,被运来的米才派出一小半,云欣见独孤伽罗已经微微见汗,请她稍稍歇息。

伽罗看看广场上长长的队伍和眼巴巴等着派米的百姓,轻轻摇头,抬衣袖擦额角,含笑道:"不要紧!赶紧派完米,我们也去凑热闹!"说着话,继续取升子盛米。

堆成小山的米袋子后,突然冒出一个小小的脑袋,小公子指着她哈哈大笑,大声嚷道:"哈哈哈,花脸猫!"他有一张清秀的小脸,一双乌亮带笑的眼睛中带着些调皮。

云欣向伽罗一望,也忍不住"噗"地笑出声来。

刚才伽罗那一擦,把袖子上的灰擦在脸上,现在看起来还真像一只花脸猫。

这是谁家小鬼?

伽罗瞪眼,指指小公子,严肃地说道:"你怎么上去的,还不快下来!"

小公子瞧着她眨眼,笑道:"你是哪个府上的公子,我怎么没见过你?"

看伽罗举手投足自成气度,断不是平常人家出身。长安城说大不大,说小不小,数得上数儿的府第，也就那么几座，各府的公子，多少会有些面善。

"你又是哪个府上的，这么调皮？"伽罗反问，招手道，"快下来！"

这里忙得四脚朝天，这个小鬼还跑来捣乱！

"你告诉我你是谁，我就下去！"小公子用手托着腮帮子，笑眯眯地瞧着她，心里暗赞：都说大哥生得俊，这位公子，可比大哥还俊三分呢！

这小家伙还赖上了！

伽罗扬眉，向云欣说道："还不快把他弄下来！"

"是啊！"云欣这才想起来，连忙向小公子嚷道，"喂，你快下来！"说完跳起来想要抓他。

小公子双手一撑躲开，干脆跳到米袋子上，吐吐舌头、做个鬼脸，得意地大喊："抓不着！抓不着！"

伽罗本来也是少女心性，被他激起性子，一时忘记还在派米，挽挽袖子，攀上米袋子就去抓。

小公子见她上来，也吓一跳，忙向另一边逃过去，跳脚嚷："喂喂，光天化日之下，以大欺小，你成何体统？"

"你这小鬼胡闹，你家大人不管，我就要教训教训你！"伽罗一边说，一边向他赶过去。

小公子见她来抓，尖叫一声，又嬉笑着逃开。

米袋子本来就是虚虚地堆在一起，被这一大一小一追一逃一折腾，就听云欣一声惊呼，两个人只觉脚下一空，连人带着米袋子稀里哗啦地滚下来。

伽罗暗吃一惊，心里暗叫：糟了糟了，不要把那小鬼摔着！只是此刻她人在半空，身子无所凭依，不要说救人，连自救也做不到。

就在此时，人群中一道素白人影一跃而起，向这里疾掠而来，低声喝道："当心！"人随声至，一把捞住伽罗下坠的身子，在半空回旋，避开砸下来的米袋子，最后稳稳落地。

而小公子却"扑通"一声，掉进大大的米缸里，顿时白米四溅，弄得满地都是。

事发突然，伽罗还没有来得及反应，身体就已落进一个结实的怀抱。她微微定神，抬头一望，瞬间撞入一双黑亮的乌眸，心不禁怦怦直跳。

来人是一位少年公子，生得眉若春山、目似秋潭，两瓣樱红薄唇微抿，似含浅浅笑意，乌木嵌珠簪绾住长发，素白长袍不添任何装饰，全身衣着丝毫不显华贵，可是举手投足之间，自成气度。

伽罗看得怔住，竟不知身在何处。

少年公子感觉到怀中身躯的温软，心里也升起一丝异样，垂头望去，只见怀中少年眉如远山，双腮似雪，一双清澈的眸子大睁，如两汪清泉，怔怔注视着自己，不禁心神微恍，整个人似乎随着对方的眼波陷下去……陷下去……

"啊呸呸！"小公子吐掉嘴里的米，扑腾着从米缸里爬出来，嘴里大声抱怨，"大哥，你居然不救我！"话刚出口，一眼看到两个人半扶半抱的姿势，"噫"了一声，趴在米缸边儿上笑眯眯地看，一脸惋惜，摇头道，"可惜啊可惜！"

"什么可惜？"云欣皱眉，发愁地看着那倒翻的米袋子和洒落一地的白米。

小公子扬扬眉，说道："可惜你家公子是男人，要不然，和我大哥倒是挺配！"

"呸，乱说什么？"云欣轻啐一口。这小鬼，小小年纪懂什么，还"挺配"？她侧头向自家小姐和少年公子望去，又不禁暗暗点头。

是啊，这少年公子俊逸不凡，和自家小姐当真挺配！刚刚想到这里，她又连忙摇头，瞪了小公子一眼，心想自己都是被这小鬼带偏的，也跟着他胡思乱想。

小公子说话时虽然声音不大，但那话落在恍惚中的两个人的耳朵里，二人顿时清醒。伽罗忙双手一推，从少年公子怀里挣出来，她羞得面红耳赤，咬唇偷瞧他，又瞪一眼小公子。

都是这小鬼搞事情，现在这尴尬场面，可怎么收场？

少年公子倒是很快恢复正常，抓住小公子的衣领把他从米缸里拎出来，不悦地低喝："阿爽，你闹够了！"又向伽罗一揖为礼，歉然道，"舍弟胡闹，还请公子见谅！"

这二人，正是随国公杨忠的长子杨坚与幼子杨爽。

杨爽嘻嘻一笑，顽皮地眨眼，笑道："大哥，我只是瞧公子生得俊，来结识罢了！"

伽罗听他直言夸赞，真是恼又不是，笑又不是，只能无奈地摇头。

云欣见杨爽全身上下沾满米，一张小脸儿更是全白，只露出一双乌溜溜的大眼睛，早已经前仰后合，指着他笑道："真是老鼠掉进米缸里，好大的一坨粮食！"

杨爽听她说自己是老鼠，倒也不恼，笑道："这倒便宜了你们，就是不知道把我派给谁？"

这话说得有趣，伽罗也忍不住笑起来。杨坚瞧着弟弟，无奈中，更多的是疼爱，只能含笑摇头。

这个时候，又有一位少年公子挤过人群赶来，看到眼前的场面，在杨爽后脑勺一拍，佯装气道："让你小子胡闹，害得大哥着急！"这人生得与杨坚有三分相似，却带着些儒雅之气，正是杨家三公子，杨瓒。

杨爽摸着脑袋，不满地大嚷："三哥，我要被你打傻了！"

杨瓒笑道："傻一点才好，免得到处惹事！"

杨坚见云欣瞅着一地粮食发愁，两个弟弟却只管笑闹，心底微觉不安，皱眉道："还不快帮忙收拾粮食？"

杨瓒连忙点头，匆匆忙忙转身，却一头撞在云欣身上。

杨坚忍不住抚额，心底全是无奈。

这两个弟弟，是来丢人的吗？

伽罗"扑哧"笑出声来，瞧一眼杨坚，眼底全是戏谑。

这两个宝贝弟弟，可真够这位大哥受的！

就在这个时候，远处传来了女子的尖叫声。

众人吃了一惊，顺着声音望过去，只见人群四散，四名护卫打扮的男子纵马扬鞭，驱赶人群，一名锦衣男子纵马疾驰，俯身抓起一名少女，横放身前鞍上。

少女大惊失色，手脚乱舞，大声哭叫："放开我……放开我……"

四周百姓齐声大喊，有几名男子准备截住他，却被护卫一顿乱打，只好避开。

锦衣男子扬声大笑，奋马扬鞭，向广场外疾闯。

人群惊怒，纷纷大喊："抢人啦……抢人啦……"可是他们空有阻拦之心，在锦衣男子的马蹄下，只能向两旁闪避。

马上少女拼命挣扎，大声哭喊："放开我……求求你放开我……"

可是男子丝毫不为所动，纵马疾驰。四名护卫大笑，马鞭疾挥，伴在男子身后疾冲，片刻间冲出广场，绝尘而去。

光天化日之下，居然有人强抢民女！

伽罗大怒，咬牙骂道："可恶！"她疾步冲出人群，见旁边停着几匹骏马，随手抢过一匹，一跃而上，打马疾追。

"小……公子！"云欣一个字喊出声，又连忙改口，赶去想要拦住伽罗，却还是慢了一步，眼看着伽罗已经冲出广场，急得连连顿足，说道，"她又去打抱不平，这……这可怎么办？"

"别急，我去！"杨坚低喝，纵身而起，稳稳跃上另一匹骏马，马缰一勒，向广场外疾冲，冲着前边伽罗的背影连喊，请她停下。

伽罗充耳不闻，双眼死死盯着前方，纵马疾驰。

杨坚无奈，只得紧催胯下马奋力疾追。多亏他控马之术超卓，追出不过半里就已追上，与伽罗并驾疾驰，疾声喊道："这位公子，宇文会可是长安一霸，你不能这么去！"

伽罗冷笑，头也不回地说道："公子若怕，请回吧！"不但不停，反而催马跑得更快。

杨坚听她出言相激，双腿一夹，顿时超过她半个马头，劈手去抓她马缰，说道："你先停下！"

"放手！"伽罗一声低叱，信手挡开他的一抓，二指如钩，径直取他双目。

明知这是虚招，杨坚也不得不避，身子后仰闪开，起身时，又落后她丈余。看着前边的倔强身影，杨坚暗暗摇头：瞧他生得颇为清秀，居然是一副火暴性子！

只是这么一停，前边宇文会与众护卫的快马已经穿城而过，在官道上一个转折后，失去踪影。

独孤伽罗纵马追到，不见宇文会和少女人影，急得连连跺脚，立在马上，向远处张望。

杨坚纵马赶到，向左侧路上一指，说道："这里往西不远，是晋国公府别宛，一定是在那里！"他一马当先，向西疾驰。

伽罗随后跟上，扬眉道："怎么，公子不怕什么长安一霸了？"

杨坚听她语出讥讽，低笑一声，回头道："行侠仗义，也不能惹火烧身！"信手塞一件东西给她。

伽罗接过来，见是一个做工精致的面具，不禁一笑，赞道："公子当真是心思缜密！"

杨坚微挑嘴角，含笑道："公子过奖！"

二人说话间，骏马已拐过两个路口，杨坚马缰轻勒，将马喝住，低声道："到了！"下巴向不远处一座宽大的府门一指。

在他手指的方向，有一座气势恢宏的府邸，前边一带飞檐挑出的吉兽，檐下长长的一排石阶，阶上朱漆大门洞开，隐隐可见门里的层层院落。大门外两侧分立四名护卫，皆全副武装，兵刃在身，足见守卫森严。

伽罗微微皱眉，见府侧有一条小巷，于是纵马向巷子驰去。

杨坚跟在她身后，见她越过几重屋宇，在第三进的院墙外停下，不禁暗暗点头。

这位公子虽然性子火暴一些，倒也不是一味鲁莽！

二人下马，悄悄越墙而过，只见眼前绿荫满地，鲜花盛开，白玉小桥横过潺潺流水，配以亭台楼阁，竟然是一座极为精致的花园。花园的一侧，是一排装饰华丽的屋宇，掩在绿荫之中。

按照长安城高门大户府邸的部局，以及宇文会在晋国公府的身份，这座花园应该是他的住处！

杨坚、伽罗二人对视一眼，轻轻点头，随即一前一后，借花树掩映，穿过花圃小径，向层叠的屋宇而去。

他们越走越近，已经听到宇文会淫邪的笑声和少女的哭喊声。

二人循声望去，只见居中一扇雕花房门紧闭，门外守着之前的四名护卫。窗上深碧色帘幔低垂，声音就是从那窗里传出的，看不到里边的情形。

听着少女的哭喊转为哀求，杨坚暗暗咬牙，心里暗骂：禽兽！他手按剑柄，一步步向房门靠近，走到近处，矮下身子，低声道，"宇文会草包一个，不足为虑，一会儿我对付四名护卫，你进去救人，一定要快！"

话说完，身后却无人应声，他诧异地回头，却早已不见伽罗身影。杨坚大急，目光四处搜索，依然不见她的人影，不由得连连顿足。

这晋国公府别苑，占地颇广，又屋宇重重，随意乱闯很容易被人发现，再杀出去可就难了！

可是他要救那少女，必然会惊动护卫，若先去寻找那位公子，只怕房里那少女马上就会受辱。他正在左右为难，东北角方向突然一阵锣响，跟着有人高喊："走水了——走水了——"随着喊声，浓烟滚滚而起，火势竟然不小。

"走水？怎么会走水？"房门口的四名护卫大吃一惊。见那浓烟随着风势竟向这里扑来，恐会伤及主人，于是向烟起处跑去，两人查看火势，另外两人查看四周动静。

而房间里，宇文会的笑声只是微微一顿，跟着他又扬声笑起，浪声道："美人儿，外头在放烟花庆祝呢，今儿就是我们的洞房花烛！"

"啊……"少女的尖叫声伴着衣衫被撕裂的声音传来，跟着是少女绝望的哭喊声，"放开我……求你放开我……"

杨坚听到火起时的第一声呼喊，竟然是那位公子的声音，心头不禁微微一动，又见四名护卫跑开，再不犹豫，将面具往脸上一罩，疾冲而上，一脚踹开房门，大步跨入，喝道："住手！"

房间里，宇文会衣衫半敞，正把少女压在身下，肆意调笑，冷不丁被他一喝，顿时一个激灵，几乎滚下床来。

等看清来的只是一个人，又戴着面具后，宇文会定一定神，指着他，怒喝："你是何人，鬼鬼祟祟不敢见人！"

"见人？"杨坚冷笑，不屑道，"你也算是人？"将剑柄指着少女，"把她放了！"

"你……你大胆！"宇文会大喝，冲外面叫道，"来人！来……"

喊声刚刚出口，就听"铮"的一声轻响，长剑出鞘，三尺寒锋直指他的咽喉，杨坚冷声道："不想要你这条狗命，就接着喊！"他心里暗暗盘算，刚才显然是那位公子纵火，几名护卫前去查看，不久就会回来，自己要速战速决，将这女子救出。

"我……我……"宇文会惊得脸色惨白，咬牙狠道，"你得罪我晋国公府，必会被抄家灭族！"他随口威胁，拖延时间，心里暗暗着急，只盼护卫早点赶回，将这闯府的小贼拿下。

"是吗？"杨坚见他神情不定，冷笑一声，手中长剑向前疾挺，厉声喝道，"那小爷只好先毙了你灭口！"喝声中，冰冷剑锋已顶上他的咽喉。

咽喉微疼，宇文会顿时惊得魂飞魄散，杀猪般尖叫起来："不……不要……"

"鬼叫什么！"杨坚低喝。他声音虽低，却极具威严。

宇文会一噤，没出口的话卡在喉咙口，再也说不出来。

杨坚心知身处险地，不能久留，向少女道："还不快走！"

"多谢恩公相救！"少女匆忙起身，哪知刚刚坐起，身上衣衫却向下滑落，露出颈下大片肌肤，她忍不住一声低呼，忙双手抱住，又羞又怕，泪珠滚滚而下。

杨坚乍见白花花一大片肌肤，心中微窘，连忙转过头去。

眼见杨坚侧身相对，宇文会突然目露凶光，手腕一翻，手中寒光乍现，已多出一柄匕首，他挺身向杨坚腰侧刺去。

杨坚骤闻异声，不等回头细查，身体已疾退三尺，堪堪避过致命一击。

与此同时，只听风声飒飒，窗外一粒石子疾射而入，正中宇文会手腕。宇文会"啊"的一声痛呼，匕首"当啷"落地。

窗帘晃动，面具伴着人影微晃，伽罗已一跃而入，飞起一脚，将宇文会踢翻在地，怒喝道："无耻贼子，胆敢暗箭伤人！"反手捡起匕首，挺身向他咽喉刺去。

冷利寒芒带着风声，骤然而至，宇文会吓得魂飞魄散，双膝一软跪倒在地，嘶声叫道："不……不……好汉饶命……好汉饶命……"

杨坚一惊，连忙喊道："公子！"想要阻止，显见已经来不及，不由暗暗叫苦。

这宇文会是大冢宰宇文护的独子，略施惩戒即可，若是将他刺死，长安城中不知要掀起多大的风波。

哪知他话刚出口，就见伽罗身形一顿，手中匕首离宇文会咽喉不过三分，另一只手信手连挥，厉声喝道："打你狗仗人势，打你欺男霸女，打你暗箭伤人，打你长安一霸，打你……复姓宇文！"

每喝一句，就是一记响亮的耳光，打得宇文会眼前金星乱冒，却无力反抗，听到最后一句，不由喊起冤来，捂着脸叫道："复姓宇文也算错？"

伽罗啐他一口，理所当然地说道："宇文家的，没有一个好人！"

杨坚闻言，险些笑出声来，耳听见远远的喧哗人声，似乎有人向这里而来，低声道："走吧！"见民女已经收拾齐整，一手扶起她向门外直闯。

宇文会听到来了救兵，精神一振，就想冲出门去叫人。他刚要站起，伽罗伸手在他脑袋上狠拍一掌，喝道："别再让我见到你！"听到人声越来越近，也不敢久留，身形倒纵，穿窗而出。

杨坚带着少女沿来路奔过花园，刚刚越出围墙，就听府里锣声四起，乱糟糟的声音响起："有刺客——"

"抓刺客——"

"不要让他们逃了——"

杨坚转身，不见那位公子跟来，暗吃一惊，正要折回去寻找，就见墙上人影微闪，伽罗已飘然落地，轻声笑道："走吧！"她抢先上马，将马缰轻抖，低喝一声疾驰而去。

杨坚无奈摇头，带着民女上马，随后跟去。

三人两骑纵马疾驰，直跑出三四里地，钻入一片竹林，伽罗才将马勒停，笑道："这里他们总追不来了吧？"

杨坚也是微微一笑，带着少女下马，郑重道："姑娘，宇文会吃这一次亏，怕不会善罢甘休，姑娘还是离开长安，出去避避为好！"

少女点头，跪倒向二人磕头，低声泣道："两位恩公救命之恩，小女子铭感五内，绝不敢忘，只是连累两位恩公得罪辈国公府，小女子深感不安！"

杨坚摇头，说道："男儿立于世间，有所为有所不为，又岂能畏惧权贵，置道义于不顾！"转头望向伽罗，说道，"公子，你说呢？"

话刚问出口，他不禁呆住。只见伽罗取下面具，顺手将发簪取下，秀发如瀑，飘垂而下，迎风轻扬，衬着她一张清丽容颜，如仙似幻，风华绝代。

杨坚瞠目结舌，结结巴巴地说道："你……你……你是……"两人共经一场患难，他居然不知道"他"竟然是女儿身？

伽罗嫣然一笑，扬眉道："天下人管天下事，谁说只有男子才能行侠仗义？"伸手拽下腰间钱袋，塞给少女，温声说道，"这位公子说得不错，你还是出城避避，等过了风头再回来吧！"

杨坚点头，由衷地说道："还是公……还是姑娘想得周全！"

伽罗浅浅含笑，顺手将面具向他一抛，拱手道："人既已救出，我们就此别过！"竟然再没有别的话，跃身上马，向林外驰去。

"喂！"杨坚追出几步，扬声道，"还不知道姑娘芳名！"

微风徐徐，送来伽罗悠然的声音："相逢即是有缘，又何必追问出处？"爽朗的声音，伴着飒然之姿，出林而去，终于再没有一点踪迹。

杨坚怔怔而立，向她远去的方向遥望，怅然若失，连那受害少女几时离开的，也不知道。

第二章

欲结盟两府议亲
QUEEN DUGU

大冢宰宇文护刚刚回府，就见府里一团混乱，一问之下，不禁气不打一处来，向赵越喝道："将那畜生给我叫来！"自己拔腿向地牢而去。

赵越见他一脸怒意，也不敢劝，匆忙去叫宇文会。

幽暗的地牢里，炭火时明时暗，柱子上绑着两个刚刚被抓回来的钱商，都是以黑袋罩头，看不清面目。听到有人进来，二人同时拼力挣扎，嘴里发出"呜呜"声，却说不出话来。

这样的场面，宇文会司空见惯，也不以为意，见到父亲张嘴就道："爹，你要给儿子做主！"他揉揉被打肿的脸，满心想着如何出这一口恶气。

"给你做主？"宇文护咬牙，挥手一记耳光打在宇文会脸上，指着他道，"如今多事之秋，你不想着如何为父分忧，还去抢女人？"

宇文会被他打蒙了，愣了一会儿，才讷讷问道："父亲，什……什么多事之秋？发生什么事了？"

宇文护指着二人，怒道："就是这两个笨蛋，行事张扬，被独孤信抓到把柄，若是让他查到我们身上，这事还不知要如何了局！"又指指宇文会，怒其不争地道，"你呀你，不知为父分忧，却到处惹事！"

宇文会低头，嗫嚅道："儿子知错了！"心里却不以为然。

这大周朝廷，连天王都要听从父亲摆布，区区一个独孤信又算得了什么？只是他想归想，话却万万不敢说出口来。

宇文护见他一副孬样，更加来气，厉声喝道："抬头！我宇文护的儿子，纵然是错，也不许低头！"

宇文会连忙抬头挺胸，摆出一副不可一世的样子，目光微斜，迅速扫了宇文护一眼，心里有说不出的惶恐，生怕父亲仍不满意。

宇文护训斥一会儿，怒气稍减，示意赵越除去那两人头上的布袋和嘴里的东西，冷声道："怎么，翅膀硬了，连本官的话都不听了？"

二人脸色惨白，吓得身子直抖，颤声唤道："大……大冢宰……"

宇文护脸色阴沉，注视二人片刻，才缓缓说道："说吧，你们都向那独孤老儿说了什么？"低沉的声音，充满无穷的压迫。

两名钱商顿时喊起撞天冤来，一人大声道："大冢宰，我们可什么都没说啊！"

另一个也连忙接口："是啊，大冢宰，我们什么都没有告诉他！"

宇文护冷冷逼视二人，冷笑道："这么说，独孤信当真找过你们？"

对上他阴冷的眼神，两名钱商顿时背脊生寒，才知中了他的圈套，连忙摇头，矢口否认，却已经迟了。

宇文护冷笑一声，不再听二人胡说八道，向宇文会道："他们交给你，教他们如何说实话！"再不多看一眼，起身向门外走。

赵越连忙跟去，赶在前头替他开门。

牢门在宇文护身后被关上，隐隐传来宇文会的喝骂声和钱商的哀求声，紧接着，皮鞭声响起，伴着两名钱商的惨叫声。

宇文护走出十几步后停住，微微闭眼，默想片刻，漫声道："独孤信……"

赵越躬身跟在他身后，闻言上前一步，低声道："大冢宰，宁枉勿纵啊！要不然……"说着话，比一个手起刀落的手势。

独孤信手握兵权，跟声望极高的楚国公赵贵交好，这二人联手，果然是个后患！

宇文护点头，看着赵越的手，嘴角泛起一个阴冷的笑容，招手将他唤到面前，在他耳边仔细嘱咐。

赵越躬身听完，嘴角也泛起一抹阴冷笑意，大拇指一挑，谄媚地赞道："大冢宰当真是神机妙算！"

宇文护得意至极，哈哈大笑，大步向牢门外走去。

两名钱商突然失踪，大司马独孤信急请楚国公赵贵、大将军高宾二人过府议事。

赵贵听完他的话，顿时坐立不安，急得团团转，向独孤信问道："独孤兄，前几日不是说已经找到宇文护的罪证，怎么突然又没了？你究竟在查什么？再不动手，国将不国啊！要不然，我们直接动手除掉他！"

高宾吓一跳，连忙摆手，说道："赵兄，兹事体大，不可莽撞行事！"

赵贵满脸愤恨，急声道："我莽撞行事，总比束手待毙强吧？"

想宇文护仗着太祖托孤，把持朝政，独断专行，残害异己，赵贵整个人更是焦躁不堪，看看高宾，又去看独孤信，盼他能拿个主意。

独孤信也是满心焦灼，可是知道此时急也没用，只好劝道："赵兄，你先坐下，我们从长计议！"

赵贵见他还是不急不缓的模样，心中更觉烦躁，摆手道："不必了，你们慢慢计议，我先告辞！"向二人拱拱手，往门外走去。

高宾急忙追去，连声喊道："赵兄！赵兄！"

赵贵却好似没有听到，径直大步出府，撑着门客萧左的手上车，仍然气哼哼地说道："妇人之仁！养虎为患！养虎为患啊！"

看着赵贵的身影消失在府门外，大将军高宾叹一口气回来，见独孤信捏着茶盏沉思，凑到他身边问："独孤兄，可是在担心消失的人证？"

独孤信点头，叹口气道："想来是被宇文护察觉，杀人灭口了！"

高宾皱眉，心里不禁担忧，小心地看看门外，试探道："若果然如此，独孤兄要防宇文护挟私报复，难道，真要依楚国公之计？"说着，做一个手起刀落的动作。

独孤信轻轻摇头，慨然道："我查宇文护，也不是非杀他不可，不过是敲山震虎，令他有所收敛，不要再祸国殃民罢了！我独孤信一生行止端正，也不怕他来报复我！"

高宾点头，心里盘算片刻，凑近独孤信道："独孤兄，若想堂堂正正扳倒宇文护，必得实力相当，或者，我们可以联络随国公！"

随国公杨忠曾是独孤信部属，更是沙场老将，手握两支精兵，连宇文护都极力拉拢。只是杨忠不愿介入朝堂党争，始终没有应允。

独孤信展颜，在高宾肩膀上重重一拍，笑道："不枉我们相识多年，倒是想到一处了。我们已经说好，让伽罗与他家的大公子见上一面！"

虽然说是为了与随国公结盟，可是伽罗也已到议亲的年纪。那杨大公子初入仕途，如今只是一个小小的右小宫伯，可是他自幼养在佛门，品性纯良，性情温厚，也是伽罗夫婿的最佳人选！

高宾又惊又喜，连忙问道："随国公答应了？"见独孤信含笑点头，更是大喜过望，起身向他作揖，笑道，"此事能成，高某愿为大媒！"二人又细细计议片刻，高宾才兴冲冲地离去。

日影渐渐西斜，独孤伽罗才悄悄摸进府门，瞄一瞄前院没人，稍稍松一口气，顺着墙根往后院溜去。她刚刚走出十几步，就听见一道威严的声音："小七！"随着声音，父亲从前厅里出来。

独孤善跟在独孤信身后，他看到独孤伽罗，又是挤眉弄眼，又是比手势，见独孤信眼风扫过来，连忙规规矩矩站好。

独孤伽罗摸摸后脑，讪讪一笑，说："爹，你在家啊？"

"怎么，我不在你就能胡来？"独孤信目光在她身上一转，见她又是穿着一身男装，不满地皱眉，叹口气说道，"小七，你这样子哪里像个女儿家？"

独孤伽罗低头瞧瞧自己。这一天下来，又是派米，又是纵火，身上一袭男装已经不成样子，她连忙吐吐舌头笑道："下次知道爹爹在家，我换了衣服再回来！"

独孤信瞪着她，一时无语。这是换衣服的事吗？

独孤善忍不住笑出声来，劝解父亲："爹，小七还小，横竖她知道进退，不会闯祸！"

"还小？别府的小姐，到她这么大，早就议亲了！"独孤信摇头，想要说那门亲事，又停住，看看独孤善，丢下一句"都是你们惯的"后甩袖子离开。独孤善瞠目结舌，心想：关我什么事？

独孤伽罗看着父亲走远，才缩缩脖子过去和独孤善并肩而立，幽幽抱怨起来："大哥，爹在家，你也不给个暗号！"

"我哪知道你这副样子回来？"独孤善无奈，连自己也开始怀疑，这个妹妹，还真是自己惯的！他叹口气，揉揉她的发顶，说："快去换衣服吧，母亲还等着和你说话呢！"

"说什么话？"伽罗警觉地看着大哥，瞪眼道，"我出去的事，你也和母亲说了？"

"还用我说？"独孤善也跟着瞪眼，"母亲找你一下午，你在不在府，她还能不知道？"这个妹子，没理也能说出三分理来，现在倒成了他的不对。

伽罗明知他说的是实话，却存心耍赖，撇嘴道："你要是替我遮掩，母亲又怎么会知道！"

"小白眼狼！"独孤善被她气笑，心底却都是疼宠，推她道，"快去吧，别让母亲瞧见你这副鬼样子！"

"哪有这么美貌的鬼，大哥见过？鬼你都不放过，当心大嫂吃醋！"伽罗信口胡说八道，往后宅走。

她还真怕母亲瞧见她这副模样。

云欣早已回府，眼看着时辰不早了，伽罗还没有回来，早已经急得火上房，一看到她迈进院子，急忙扑上去，连声道："小姐小姐小姐，你可回来了！"

伽罗见她一副如狼似虎的样子，忙往旁边躲了躲，皱眉道："做什么像几百年没见一样！"心里倒有些过意不去，自己赶着救人，把她一个人抛在佛前广场上，她指不定怎么惶恐呢。

云欣见她没事儿人儿一般，急得连连跺脚，嚷道："夫人差人过来好几次，小姐再不回来，这谎儿我可扯不下去了！"

"哦，你扯的什么谎？"伽罗顺口问，也不敢耽搁，连忙进屋换衣服。

刚刚收拾齐整，独孤信的夫人崔氏已经带着少夫人上官英娥进来，看看伽罗没有来得及收起的男装，忍不住皱眉，无奈摇头道："小七，你又出去胡闹！"

"娘！"伽罗忙挽住她胳膊，将她扶到椅子里坐下，找了个借口说，"今天浴佛节，女儿去瞧热闹，换成男儿打扮只是图个方便罢了！"

"嗯！"崔氏应一声，也不再追问，抬头看看英娥，给她一个暗示。

英娥会意，笑道："七妹，你只顾着自个儿热闹，怎么也不管娘？"

"娘怎么了？也想女扮男装出去热闹热闹？"伽罗眨眼睛。

英娥被她说得笑出声来，伸指在她额头上一戳："怪不得你大哥成天说你像猴子成精！"她看看崔氏，想着之前独孤信交代的话，斟酌一下措辞，这才继续说，"你已到议亲的年纪，娘想让你一起去般若寺敬香，解解姻缘。"

"解姻缘？"伽罗一怔，原本明朗的心情，顿时像蒙上了一层灰，急忙摇头，"娘，女儿不嫁!"

听她说出这样的话来,崔氏不禁皱眉:"哪有女儿家长成而不出嫁的道理?"拉过她的手,语重心长地说道,"娘知道你心气儿高,断断不会委屈你。那随国公府的大公子,听说是一等一的品貌,你爹已经和随国公说好,让你们见上一面,总强过盲婚哑嫁!"

伽罗听到连人都已经选好,更加气急,腾地一下站起来,跺脚道:"什么随国公府的大公子?就是天王的大公子,我也不嫁!"

英娥听她口不择言,又好气又好笑:"这可不是胡说?天王是你姐夫,贤儿是你外甥,你自然不能嫁!"

"大嫂!"伽罗听她打趣自己,急道,"大姐已经是王后,难不成爹爹还要枉顾伽罗一生的幸福,用伽罗做进阶之梯?"

"伽罗!"崔氏听她把话说重,脸色微微一沉,正色道,"杨忠原是你爹爹部下,也刚刚晋升随国公不久,你爹若是要用你做进阶之梯,选的就不会是随国公府的公子了!"

"随国公虽说原是爹爹部下,可是谁不知道,如今他手握兵权,也不知道有多少大臣想要拉拢,怕爹爹看上的也是他手中那两支精兵吧?"伽罗快速接口,虽然是气急之下的话,却也猜得八九不离十。

崔氏气结,指着她咬牙道:"这些话,若被你爹听去,岂不是伤他的心?"心里却不禁暗叹:这个女儿,太过聪慧,竟然什么都瞒不了她。

伽罗见崔氏生气,也不敢再顶撞,只是轻哼:"他若当真疼女儿,就不会如此相逼!"说到这里,心里不禁一酸,暗暗想道:若是他不曾相负,我又何至于为难至此?

英娥见母女二人说僵,忙道:"七妹,只是合一下姻缘,哪里就一定是他?若是你二人八字不合,爹娘岂会勉强?"说着,向崔氏使个眼色。

崔氏会意,突然"哎呀"一声,捂住胸口,整个人趴在桌子上,喘着气摆手,连说:"罢了,罢了,女儿大了,哪里还管娘?"

"娘!"伽罗吓一跳,忙扶住她,急声问道,"娘,你怎么了?是哪里不舒服?"

崔氏摇头,说道:"不打紧,只是心口疼,小毛病!"

"心口疼还是小毛病?"伽罗急得跺脚,冲外叫人,"云欣……云欣……你快些去和管家说,请大夫来给夫人瞧瞧!"

"不用不用!"英娥忙拉住她,"母亲这是心病,大夫管什么用?"言下之意就是:心病还要心药医,伽罗你就是一剂良药。

"什么心病?"伽罗疑惑。

"母亲成日担忧你的亲事,难不成你不知道?"英娥挑眉,露出一脸诧异之色,像是听到这世上最奇怪的话一样。

伽罗无语,默然片刻,才无奈点头:"好吧,我跟你们去敬香,可是若是八字不合,你们不能逼我!"

"当然当然!"崔氏连忙点头,生怕她反悔,站起来就走,"敬香赶早才显得虔诚,明儿一早我们就去。"短短一句话说完,人已经在门外,哪还有一丝心口疼的样子?

伽罗瞠目结舌，好一会儿后才回过神来，咬牙跺脚，气道："娘，你又骗我！"

"七妹，一言既出，驷马难追哦！"英娥见伽罗上当，轻飘飘丢下一句，见她又要发怒，低笑一声也迅速出房去。

另一边，杨坚刚刚回府，就被三个弟弟围住，争着询问救人之事。杨坚含笑，将伽罗纵火、入室救人的事细说一回。

杨瓒生性谨慎，听说他们打了宇文会，不由暗暗担心。

杨爽却一脸兴奋，连声赞好，两只小拳头紧握，恨不得打人的就是自己，等听说那位少年公子实则是一位姑娘，更是"哇"的一声，满脸的钦佩。

杨整听着三人对独孤伽罗的议论，为自己没能躬逢其盛深觉遗憾。

随国公杨忠进来，看到的正是兄弟几人笑成一团的场景。他轻咳一声引起注意，见四人收起笑声上前见礼，微微点头，目光在杨坚身上一转，见自己的儿子长身鹤立，卓尔不群，更觉满意，说："大郎，我已与卫国公约好，过几日，你去见见卫国公府的小姐！"

杨坚一愕，不解地问："父亲，我见卫国公府的小姐做什么？"

杨忠笑道："自然是为了你的亲事！"

杨坚听到"亲事"二字，满腔的喜悦顿时一扫而空，垂首低声道："父亲，儿子如今刚入仕途，还不曾建功立业，不想成亲！"

杨忠摇头道："所谓齐家、治国、平天下，大丈夫要有所作为，必得先成家，后立业。何况我也问过，那独孤伽罗才貌双绝，也不至于辱没了你！"

杨坚伸手轻按怀中面具，心中、脑中全是一张清丽的笑颜。只是杨家家教素严，见父亲心意已决，他也不敢再说，只得躬身应命。

第三章

登佛门追忆往昔
QUEEN DUGU

般若寺建在半山上,环境极为清幽,站在山脚下,顺着长长的石阶望上去,可见林木深深,绿荫中掩映着红墙碧瓦。

因是佛门清净地,崔氏命车夫、丫鬟都留在山脚,只带着英娥和伽罗一起向寺里走去。

伽罗一改往日的跳脱活泼,默默地跟着崔氏登山,看着如昔的景物,一颗心却早已飘到从前那个光风霁月般的男子身上。

记得那时年幼,她第一次陪母亲礼佛,就是在这山道上与他相识。男孩干净明朗的笑容,就像她那天的心情。沐着春风,他小小的身躯笔挺,傲然地说:"伽罗,日后我一定会成为一代名将,你瞧着吧!"

从那之后,她陪他习文练武,他带她吃尽美食,长安城里处处洒下她和他欢快的笑声。

初定情,他带她来此处,在佛前许下生生世世的诺言。而如今,言犹在耳,他却已经成为别人的良人。

现在,他已经是驰骋沙场的大将军了,可是瞧着他的,已经不再是她!

女儿的沉默引起母亲的注意,崔氏回头瞧她几次,猜到她的心事,突然轻叹一声,说道:"伽罗,女儿家总要出嫁,若是那杨公子能和你情投意合,时日久了,你自会把从前忘记!"

——把从前忘记,也把宇文邕从她的心里赶出去。

伽罗被她说中心事,却不想多提,侧过头看向远处,闷闷地回了一句:"从前的事,我早就忘了!"

崔氏张了张嘴,还要再说,见她这副样子,心里疼惜,又把话吞了回去,轻轻叹了口气。

见母女二人间气氛沉重，英娥忙从中劝解："那是自然，我们七妹是谁，可是巾帼不让须眉的女中豪杰，拿得起，放得下，错过我们伽罗，那是他没福气！"

"你倒是会说话！"崔氏忍不住笑出来，回头看看女儿，暗暗点头。

是啊，错过我们伽罗，那是个没福的！

伽罗听大嫂这么一说，也不好再绷着，低笑一声，语气里就带上些调侃："我只知道大哥是有福的，能遇到嫂嫂！"

上官英娥听出她的戏谑之意，却只当她是夸赞自己，毫不谦逊，抿唇一笑，说："那是自然，也是英娥的福气！"虽然这是玩笑话，可是她想到与夫君独孤善感情和谐，柔情蜜意，心里到底是甜甜的，装的皆是喜悦。

伽罗看到她那副模样，"哧"地一笑，挽住崔氏胳膊，撇撇嘴："娘，你瞧瞧她那张狂模样儿，也不想想，她那好夫君是哪里来的。"

崔氏笑道："你大哥自然是好的！"然后拍拍她的手，轻声说，"我只盼日后你也能像大嫂一样，找到一个称心如意的郎君，相伴终老。"

伽罗默然，想着自己那段无果的情感，不禁心中微酸，过了一会儿，幽幽叹出一口气来。

若真能如此，也不枉此生了！

三人说说笑笑着跨进大殿，崔氏、英娥先拜过，才向伽罗说道："你好好儿地求一个好姻缘！"

伽罗默默跪倒，心里却暗暗念道：盼佛祖保佑伽罗父母、兄嫂身体安康、无病无灾！然后她诚心磕下头去。

崔氏、英娥看在眼里，只道她在向佛祖求姻缘，互换一个欣慰的眼神。英娥将签筒塞到伽罗手中，说："七妹，求支签吧！"

伽罗微一沉吟，依言摇响签筒，心里仍然默默为家人祷告。

刚摇两下，一支竹签跃然而出，英娥连忙捡起来，欢声道："好了，好了，我们去解签文！"随即拉着崔氏向大殿外走去。

伽罗磕过头起来，跟着两个人向门外走，在解签僧案子对面坐下，听着崔氏、英娥和解签僧说话，自己却心不在焉地四顾。

这般若寺是她从小到大游熟了的地方。那边的青山幽谷，她和宇文邕曾携手同游；那边山崖上的灿烂野花，宇文邕曾为她冒险采摘；那边的清泉溪涧，他们曾嬉戏其间……还有，那个时候，他要大婚，就是在后山的瀑布边，他们正式分道扬镳，从此桥归桥，路归路，各不相干！

往事历历在目，却早已物是人非，骤然而来的心痛，让独孤伽罗一下子无法呼吸。她狠狠闭眼，似乎要将那道俊挺的身影摒弃在心门之外。她深吸几口气，才又慢慢睁开眼睛。

目光穿过人群，落在一条幽静的小路上，瞥眼间，她看到一个似曾相识的背影，是谁呢？这时，她忽然被人一把拉住，英娥喜悦的声音响起："伽罗，是上上签呢！你和杨公子的八字，也是天作之合！"

"是吗？"伽罗漫不经心地应一声，回头看一眼她手里的签文，又转头向小路上望去。

刚才那个背影，像极了昨天和她一起救人的少年公子。可是只是这一会儿，那小路上已经没有了那人的身影。

杨坚正从那条幽静小路拐向后禅房，缓缓而行，心底是深深的无奈和不甘，低头看看手里的面具，自言自语："你是谁？你到底在哪儿？你知不知道，我很想再见你一面！"说到这里，又自嘲地一笑，喃喃道，"你走得那样潇洒，恐怕早就将我忘了吧！"深叹一口气，他将面具揣进怀里，快步向禅房走去。

伽罗求到一支好签，崔氏和英娥都舒一口气，在山上消磨半日，近午时分才下山回城。

踏进府门，正逢独孤信送大将军高宾出门，崔氏当先施礼，说道："高大人到府，妾身疏于招待，还请高大人莫怪！"

高宾连忙还礼："嫂夫人客气，常来常往，哪里讲究这许多俗礼！"又受过上官英娥的礼后，他目光在伽罗身上一转，笑道，"有些日子不见，我们伽罗变得更加沉稳了，可是长大喽！"想着她的那门亲事，心里不禁有些唏嘘。

孩子们都长大了，连小伽罗也要嫁人了，他们却老了！

伽罗浅浅含笑，说道："高伯父取笑！"盈盈施下礼去。

独孤信见女儿举止有度，心里也觉安慰，嘴里却客气道："这是见到高兄，做做样子罢了！"寒暄几句后，引高宾向府外走。

送走高宾，独孤信转身回来，目光与崔氏一对，见她轻轻点头，知道八字相合，脸上露出一份欣喜，向伽罗道："方才你高伯父来替随国公传话，说就约在后日，九曲廊上，你和杨公子见上一面。"

伽罗脸色微变，心里没来由地抗拒，咬唇摇头道："爹，女儿不嫁！"

"为什么？"独孤信皱眉，看了崔氏一眼。

难道八字不合，是自己会错了夫人的意？

崔氏忙道："伽罗和那位杨公子的八字，是天作之合！"

独孤信略略放心，不解道："既然如此，又为何不嫁？那杨公子虽说初入仕途，还没有什么功业，可是他还年少，假以时日，必是池中之物！"

伽罗急得跺脚："女儿岂是看重前程之人？横竖女儿决不随意嫁人！"

独孤信听她话中带着一份执拗，也不由生气，将脸一沉，说："父母之命，媒妁之言，这一次，不容你不肯！"

伽罗听他说得果决，脸色乍红又白，只觉得眼前的父亲是如此陌生，微微咬唇，说："往日伽罗以为爹爹疼爱女儿，凡事会为女儿的幸福考量，可是如今才知道，伽罗在爹爹眼里和大姐一样，只能是爹爹手里的一枚棋子，女儿的终身大事，不过是爹爹联系朝中权臣的手段罢了！"

"你……"独孤信大怒，厉声喝道，"你当我不知道你的心思，你还不是惦着宇文邕？可是他已经弃你迎娶北国公主，难不成你还要给他做小？"

"老爷……"

"父亲大人……"

崔氏和上官英娥同时低喊。

宇文邕，可是伽罗的一块心病啊！

独孤伽罗听到宇文邕的名字，只觉心口一阵锐疼，眼泪迅速冲出眼眶，大声道："不错，我是还惦着宇文邕，我纵不给他做小，也不容你随意把我塞给旁人！"喊到后来，眼泪已经落下，于是转身向门外冲去。

"你回来！"独孤信大喝，追上两步，却见她已经冲出府门，头也不回地走远了，不由气得呼呼直喘，连声说，"气死我了！气死我了！"这个女儿向来纯孝，还从不曾这样顶撞过他。

他真是白疼她了！

"老爷，你又何苦揭她的伤疤？"崔氏叹气，扶他在椅中坐下，心里盘算如何劝解。

上官英娥也在劝说："父亲也不要生气，七妹一向孝顺明理，只是此事来得突然，她还没有转过弯儿来，等她回来，我们再劝劝！"

崔氏也附和："是啊，她那性子，只能好言相劝，你这样强逼，她又岂是个服软的？"

隔了这么一会儿，独孤信气消一些，也知道自己把话说得重了，叹气道："我也是被她气糊涂了！我见随国公府的大公子真是品貌出众，如今，先不说婚事，只要劝她去见上一面，或者她就不会如此抗拒！"

崔氏点头，又忍不住埋怨："你方才和她好好儿说岂不是好？伤到她，还气到自个儿！"

独孤信"嘿"了一声，有些无奈："我们这个女儿，真是拗得很，也不知道像谁。"

像谁？像她爹你呗！

崔氏和英娥对视一眼，都忍不住想笑。

独孤伽罗一怒出府，漫无目地地闲逛一会儿，见行人纷纷向她注目，低头见自己一身女装裙衫，不禁皱眉："成日要我端庄贤淑，还要仪态万方，不过是为了让我取悦男子，待价而沽罢了！"左右瞧瞧，见前边不远处有一家成衣店，于是毫不犹豫，大步进去。

独孤伽罗换上一身男装，顿觉全身上下都自在许多。伽罗跨出店门，头顶的阳光照下来，惊觉已过正午，一时饥肠辘辘，才想起自己还没有用午饭。

瞧见对面的酒楼，伽罗像是和谁赌气一样，自言自语起来："你们想要我扮成大家闺秀，我偏要做一个无形浪子！"她大步踏进酒楼，找一张空案坐下，扬声喝道，"小二，上酒！"然后又随意点了几个下酒菜。

酒菜上来，伽罗提筷子就吃，连饮几杯，才觉胸中的烦闷少了一些。

她吃到中途,听到背后两个人嘀咕,一个公鸭般的声音响起:"后街的陈二已经和我说好,回头用十比一的价钱把劣钱换出去,他再派给旁的摊贩,保证神不知鬼不觉!"

另一个喑哑的声音随之响起:"这可是一笔大利,全赖兄弟带着发财!"

"公鸭嗓"也笑起来:"客气客气,那这餐酒饭……"

"当然是兄弟请,我们有这发财的路子,难不成还用足量钱?"喑哑声音连忙接口,紧接着就提声大叫,"小二,结账!"他取出一把五铢钱抛在桌上,大手一摆,"余下的赏你!"

"哎哟!"店小二过来,看到桌子上的钱,喜出望外,连忙作揖,赔笑道,"多谢二位客官!"说完忙去桌上收钱。

伽罗将二人的话全听在耳里,见他们要走,立刻伸手一拦,冷笑道:"二位以次充好,欺骗店家,这就想走?"

那二人一怔,见是一位少年公子,并没有同伴,顿时有了胆气。"公鸭嗓"挺胸迎上,怒道:"什么以次充好?你不要胡说!"

"胡说?"伽罗冷笑,指指桌子上的钱,"这些劣钱加起来,都不够一枚足量钱,岂能够这一顿酒饭钱?不是以次充好,又是什么?"

听到她的话,店小二大吃一惊,拿起一枚钱掂掂,一下子苦了脸,本来以为发了一笔小财,哪知道是上了一回恶当。

那二人见勾当被伽罗识穿,立刻变了脸色,"公鸭嗓"咬牙切齿:"臭小子,敢管爷的闲事!"

"喑哑嗓"一撸袖子,怒声道:"啰唆什么?打!"话一出口,挥拳直击伽罗面门。

伽罗侧身避过,冷笑道:"若是真的,你心虚什么?这不是不打自招?"

此刻正是饭点,酒楼人多,听到这里争闹,本来还在观望,此刻见那二人动手,立刻有人嚷起来:"是啊,做贼心虚,若这钱是真的,你们怕什么?"

"是啊,分明这就是劣钱!"

"这不是骗人吗?"

……

两个人互视一眼,也不再争辩,同时挥拳向伽罗打去。

伽罗侧身避过第一个人,一手骤出,抓住第二人手腕用力一拧,跟着一脚踹出,只听那人杀猪般一声惨叫,身子飞起,一路滚出门去。

剩下的"公鸭嗓"大吃一惊,一指伽罗,虚张声势道:"小子,你给爷等着!"话音未落,双脚却已经向门外跑去。

伽罗扬眉,冷笑道:"难不成本公子还怕你?"拍拍手,继续坐下饮酒吃菜。

店小二愁眉苦脸地过来替她换酒,谢道:"多谢公子!"

伽罗看他满脸沮丧,知道他是怕没有办法向老板交差,说:"你不必担心,那桌酒菜也算我的好了!"

小二大喜过望:"公子,这可让小人如何感谢?"

伽罗笑道:"再上两坛好酒便是!"

店小二忙说:"公子稍等!"然后快步离去拿酒。

惩治了坏人,心里原来的闷气一扫而空,伽罗不知不觉多饮了几杯,等到酒足饭饱,站起来时,脚步已经有些虚浮。

晃晃悠悠走出酒楼后,伽罗仍然不想回府,只是沿着街边慢慢地走。

有风吹来,胃里一阵翻腾,伽罗忙跑进一条巷子,弯腰干呕。

就在此时,身后已有二人跟来,其中一人一指伽罗,公鸭一样的声音响起:"就是他!"

伽罗抬头,醉眼迷离中,只见来人一个獐头鼠目、一个脸色蜡黄,正是刚才酒楼里的骗子,冷笑道:"怎么,刚才本公子放过你们,现在又来讨打?"

"公鸭嗓"一副大仇得报的样子:"多管闲事,爷今日就要教训教训你!"一挥手,喝道,"打!"

随着他的喝令,巷外顿时又涌来十几个人,个个手拿棍棒,向伽罗冲来。

伽罗根本没把他们放在眼里,说:"本公子还怕你!"起身迎敌,却觉得脚下虚浮,使不上几分力气,不由得轻吸一口凉气。

只这一停,那伙人已经冲到面前,眼看着棒棍劈头盖脸地打来,伽罗来不及多说,劈手一把抓住打下的第一根棍棒,信手疾推。

那人棍棒落在她手,正用力回夺,被她一推,顿时身子向后摔去,砸在后来的几人身上。

只是这微微一顿,伽罗已快步冲上,闪身避过第二根棍棒,一脚踹出,直踢那人小腹。

那人要害结结实实受她一脚,顿觉钻心般疼痛,不由得"啊"的一声惨叫,棍棒落地,他弯腰捧着下腹跳脚。

伽罗侧身绕过他,正要向第三人袭去,却觉得胃里一阵翻腾,一个踉跄,险些摔倒,不禁心里暗惊。

今天喝多了酒,自己恐怕要阴沟里翻船!

酒意涌上来,眼前又是一片模糊,她极力望去,只能看到重重的棒影向她袭来。

伽罗不敢恋战,俯身捡起一根棒棍,突然大吼一声,向前冲出几步,将棍棒用力一甩,砸向贼伙,紧接着转身,发足飞奔,向巷子另一端逃去。

贼伙最初见她神勇,都已有些畏缩,又被她一声大吼吓得一哆嗦,脚步就已停下。

哪知道她一甩之后,竟然落荒而逃。"公鸭嗓"微微一愣,立刻喊道:"那小子逃了,快追!"一大群人向伽罗追去。

伽罗奔出一程,只觉得心跳得厉害,弯下腰呼呼直喘,心里不禁暗暗苦笑。自己一向好强,与大哥独孤善比武还要争个胜负,如今被一群地痞追得满街乱跑,这要是被大哥知道,还不笑掉他的大牙?

正在这时,她听见身后嘈杂的脚步声,那伙人还在大嚷:"那小子跑不动了!"

"打他！看他还多管闲事不！"

……

伽罗一惊，只能撑起身子，继续向巷口跑去，不过十几步，就觉得双腿重逾千斤，一个踉跄，向前一摔，却正正撞在一个人身上。

杨坚从集市里走出来，刚刚经过巷口，冷不丁一具温软的身子撞入怀里，不禁一愣，下意识将人扶住，一见之下，不禁喜出望外，欢声道："姑娘，怎么是你？"怀中人竟然是昨天和自己一起救人的少女。只是不知道，她为什么会这副模样。

不等杨坚询问，那伙人已经追出巷子，"公鸭嗓"指着他，大声喝道："喂，小子，把人交给我们！"

杨坚微微扬眉，扫了众人一眼，看到他们的打扮，还手提棍棒，料定不是什么好人，冷笑了一声，说："交给你们？若本公子不愿呢？"

"那就一起打！"随着"公鸭嗓"一声大喝，十几个人持棒向杨坚冲去。

杨坚冷笑一声："不知死活的东西！"他双手护住伽罗，双腿连踢，就听"砰砰"连响，伴着一声接一声的痛喊，十几个贼伙无一幸免，齐齐倒地。众人见他如此神勇，对视几眼，已不敢再上。

杨坚一跺脚，厉声喝道："还不快滚！"

众人吓了一跳，打个滚爬起，纷纷向巷子里逃去，"公鸭嗓"尚不甘心，回头吼道："臭小子，你……你给爷等着……"话只嚷出一半，人已没了踪影。

杨坚低头看看怀中女子，轻轻摇晃，柔声道："姑娘！"闻到她一身酒气，心里暗叹：这是喝了多少酒，才会被一群地痞满街追打！

此时伽罗整个人早已醉得分不清东南西北，却仍记着被人追打，感觉到身边有人，嚷道："敢暗算本公子，找死！"挥拳就打。杨坚揽着她的身子，不防她突然动手，闪避不及，脸上结结实实受她一拳，顿时火辣辣地疼。只是看她醉成这副样子，他也顾不上脸疼，见前边不远处有一家客栈，便俯身将她抱起，向客栈走去。

第四章

再相逢公子倾心
QUEEN DUGU

客栈小二见杨坚抱着个男人进门，心里觉得奇异，但见他衣着打扮，知道对方身份不凡，也不敢多问，忙带着他往楼上房间走去。

杨坚放下伽罗，吩咐小二去取醒酒汤，自己拽一把凳子在榻边坐下。

折腾了这么一会儿，伽罗早已经睡得人事不知，只是睡梦中似乎有什么难决之事，两道远山眉微拢，时不时嘟囔一声。

杨坚凑近一些，却听不清她在说什么，不由感叹："你究竟是谁呢？你不说出来，让我怎么送你回家？或者，你和我一样，不想回家？"他见她脸上、手上沾有泥污，于是拧了块帕子来替她拭尽。

这个时候，房门被人敲响，小二捧着托盘推门进来，说："公子，你要的醒酒汤！"

"谢谢小二哥！"杨坚连忙接过，试试汤的温度，发现刚好可以入口，便扶伽罗起来，慢慢喂她喝下。

伽罗睡梦中受到打扰，秀眉微拢，挥挥拳头挣出他的怀抱，脑袋落上枕头，又沉沉睡去。

看到她的睡相，杨坚忍不住好笑，轻轻摇头，让她躺得舒服一些，低声道："怎么睡着也不老实？"这一折腾，见她长发凌乱地披在脸上，于是伸手替她拂开，垂目间，但见她一张睡颜失去醒时的凌厉，却带出一抹婴儿般的娇憨，不禁呆住。

伽罗在睡梦中浮浮沉沉，一时似乎还在幼年，与宇文邕两小无猜，游戏在山林间，荡起一片笑声，一时间，又似乎已经长成，宇文邕用为难的语气讲述他的无奈和他的不得已。紧接着，是那北国公主来归，长安城漫天喜庆的大红。

"宇文邕……"伽罗低念，心中是说不出的酸苦，头在枕中辗转，不断呢喃，"为什么？为什么你们都要逼我……"

"姑娘！"杨坚见她睡不安稳，试着低喊，看到她深皱的眉心，心底不禁泛出些疼惜，轻声问，"你遇到什么事，会让你当街买醉，连睡梦里都不开心？"

眼前少女，和昨天一样的男儿装扮，可是，没有了昨天的飞扬自信，而是隐隐透出一些愁苦。杨坚情不自禁地探出手指，想要将她紧皱的眉心抚平，哪知还没有碰到，就见她双眸突然睁开。

杨坚吓了一大跳，"啊"了一声，慌忙缩手，身子一歪，几乎从凳子上摔下去。

伽罗骤然见床前有人，也是暗吃一惊，厉声喝道："什么人？"一手骤出，向他咽喉横劈而去。

杨坚连忙身子后仰避开，急道："姑娘，是我！"

声音有些熟悉，伽罗及时收手，等瞧清楚杨坚后，惊喜道："怎么是你？"看看四周，又皱起眉头，"这是什么地方？"

杨坚见她认出自己，开心了："姑娘还记得我？"

"当然，我没有那么健忘！"伽罗挑眉，忍不住又问，"你怎么在这里？这是什么地方？"

"这里是客栈。我在街上遇到姑娘醉酒，被一群宵小追打……又不知道姑娘是哪座府上的，所以只好将姑娘带来这里！"说到这里，杨坚生怕她误会，连忙摆手，"姑娘，我可什么都没做！"

街上醉酒……

伽罗这才想起之前的事，低头看看自己，虽然衣裳还算齐整，却皱皱巴巴、沾满泥污，还一身酒气，再看看杨坚，眉目疏朗，整洁清爽，真正是谦谦君子，温润如玉。

终究是未出阁的女儿家，一时间，伽罗自惭形秽，匆忙说："今日多谢公子相助，就此别过！"跳下床就走。

"喂，姑娘……"杨坚连忙跟过去，"还没有请教……"

话还没有说完，却被伽罗打断，她施礼道："今日蒙公子相助，反而连累公子为宵小所伤，他日再见必当重谢！"不等他再说，她开门出去。

"姑娘……"杨坚再喊，追出门，却见她已经大步而去，他摸摸疼肿的脸，不禁苦笑，"为宵小所伤？分明是被你所伤！"他看看已经空寂无人的楼道，心里有说不出的失落。从昨天一见之后，他心里全是她的身影，盼望能再一见，哪知道当真再见到，竟然连她的名字都没有问到，就这么让她走了。

伽罗大步走出客栈，眼见已经是黄昏，自己这一觉，竟然一睡就是两个时辰。而这两个时辰里，自己这副模样尽数落在那温润少年的眼里，她心里说不出的懊恼。

迈进卫国公府大门，听到前厅里隐隐有人说话，伽罗也不进去，自顾自向后院里走去。

待她踏进自己的院门，云欣迎上两步，唤道："小姐……"看看外屋的门，欲言又止。

伽罗并未留意，说道："让人取水，我要沐浴！"自个儿向屋子里走。

迈进屋门,她却见崔氏正坐在椅子里和英娥说话,见她进来,皱眉道:"小七,怎么这会儿才回来?"打量她一眼,摇头叹气,"你这是发生了什么事,怎么弄成这副模样?"

伽罗施下礼去,唤道:"娘!"心知崔氏等她,为的不过是亲事,也不想多问。

走到近处,崔氏闻到她一身酒气,不禁心里疼惜,拉她在身边坐下,说:"小七,娘知道你心里烦闷。今日你爹爹是把话说重了,可是他为你的心,和娘是一样的!"

伽罗不愿谈论此事,侧头道:"娘,女儿知道!"

"你知道什么?"崔氏扳过她的身子,语重心长,"小七,你要知道,我们独孤家不比寻常人家,只要你自个儿喜欢就好。婚姻,可是关系到两个家族,荣辱与共,你爹给你寻下这门亲事,又岂能不为你着想?"

"荣辱与共,也不过是政治联姻罢了!"伽罗咬唇低语。

"政治联姻又如何?你只说你爹为了独孤氏的振兴把你大姐送进宫,可你又不是没有看到天王对你大姐的爱重?"崔氏循循劝导。

"可是天王软弱,大姐跟着他,受了多少闲气?"伽罗皱眉。

"这世上,哪有男儿是十全十美的?"崔氏叹气,摇头道,"娘知道,你不愿意提起鲁国公,可是,你想一想,那宇文邕对你若是真心实意,又岂会去娶那北国公主?"

伽罗听到宇文邕的名字,顿时心里沉闷,咬唇不语。

是啊,他如果对她一心一意,又为何去娶北国公主?更重要的是,他如果当真把婚姻当成政治手段,成亲之后,又为什么还要纠缠她?

崔氏知道已经说动了她,趁热打铁,说道:"如今,只是要你去见一面,若那杨家公子名不副实,爹娘又岂会强逼?"

伽罗皱眉,不满道:"娘,不管杨家公子如何,横竖我不会嫁他,又何必多此一举?"

"你……"崔氏气结,指着她道,"娘苦口婆心说这许多,你竟然一句都没有听进去!你不为自个儿,也总要顾及一下你爹的颜面,那边已经约好,难不成你要你爹做一个言而无信之人?"

"娘,爹爹自个儿答应的,与我何干?"伽罗不悦地皱眉,起身要走。

"你回来……"崔氏气急站起,突然"啊哟"一声捂住胸口,又跌坐回去。

上官英娥大吃一惊,连忙上前扶住,连声问:"母亲,你怎么样?"

伽罗也吓一跳,转身跑回来:"娘,你怎么了?"

"没事,只是心口疼……"崔氏伏在桌子上,一手捂胸,一手连摆。

又心口疼……

"娘,你真的假的?"伽罗怀疑地看看她。

"母亲,你撑着点儿,我去喊人请大夫!"上官英娥忙着安抚崔氏,拔腿向外走,又看了伽罗一眼,跺脚道,"七妹,瞧你把母亲气得!"

是真的?

这一下，伽罗也慌了手脚，忙扶住崔氏，连声道："娘，你不要生气，不要急，我去！我去还不成吗？"

"这是你自己说的，要说话算话啊！"崔氏立刻站起来往外走，抛下一句，"我去和你爹说，省得他惦记！英娥，到时替你妹妹好好儿挑件像样的衣裳，别成天像个野丫头一样！"话落，人已经到了院门外。

上官英娥站在房门口，强忍着笑答应："母亲放心，断不会让妹妹被人笑话！"说完扫了伽罗一眼，随即快步跟了出去。

独孤伽罗："……你们又骗我！"心里无奈又好笑。

她独孤伽罗天不怕地不怕，威逼利诱都不能勉强，偏偏太过在意家人，明知道此事有诈，可是同一个法子，母亲还是屡试不爽，都懒得换一个来骗她。

九曲廊沿溪而建，沿着曲曲折折的回廊走去，可见水面上横出几座水榭。水榭内，或为茶室，或设棋局，或有歌舞，倒是个玩乐的极好去处。

伽罗跟着独孤信在茶室里坐下，等了会儿不见人来，觉得百无聊赖，听到不远处传来阵阵喝彩，就循声过去。那边水榭里，正有两位老者摆开棋局，一局棋下得是天昏地暗、步步惊心。

伽罗看了一会儿，也不觉沉浸其间，眼看穿黑的老者一子下去，不出三子，就要将对方一块棋困死，不禁心念一动，大喊一声："好！"

此时众人都在静观棋局，她这一声彩喊得突兀，观棋的众人都望着她，脸上皆是诧异。只有穿黑的老者向她一笑，赞道："看不出小姑娘也是此中高手！"

原来这步棋下得极为隐晦，寻常人看不出其中奥妙，偏偏被伽罗识破。

穿灰老者微一沉吟，含笑道："老朽托这位姑娘的福！"点下一子，将黑衣老者的棋路打乱。

伽罗见自己一声彩影响到棋局，吐吐舌头，笑道："观棋不语，是小女子造次！"她不好意思再看，转身出来。

她刚刚踏出水榭，一人挡在她眼前，惊喜的声音说道："姑娘，当真是你？"

伽罗抬头，就见面前少年一张俊脸上满是惊喜，乌眸灼亮，透出浓浓的喜悦，正是两天前才见过的那公子，顿时也是又惊又喜，扬眉道："怎么公子也有此雅兴，来这里游玩？"

听到两人招呼，走在前边的一位老者折回身来，看了伽罗一眼，转向杨坚问道："大郎，这位姑娘是……"

伽罗见老者年约五旬，眉目间隐约与杨坚有些相似，颔下三缕长髯，白玉簪绾发，身穿紫荆长袍，举手投足间，自成威严，心底不自觉升出些钦敬。老者正是随国公杨忠！

杨坚连忙向父亲施礼，恭声道："父亲，这位姑娘是儿子偶然结识，当真是女中豪杰呢！"

杨忠听到"女中豪杰"四字，不禁打量伽罗，还没有说话，茶室里的独孤信已经看到并过来，唤道："杨公！"见伽罗立在二人身侧，奇道，"怎么，杨公认识小女？"

杨忠一怔，奇道："难不成这位姑娘就是卫国公的爱女，伽罗？"心里不禁有些欣喜，暗想：臭小子，这回看你还有什么不满？

自己这个儿子，虽说性情温厚，可也不是一个随意夸人的主儿，能被他赞出"女中豪杰"四字，可想眼前少女必是一位奇女子。从前提到亲事，他就有些不愿，想不到独孤家的小姐不但是他旧识，还得到他如此高的评价。

独孤伽罗双眸大睁，一脸惊异，侧头望向杨坚，诧异问道："你就是杨大公子？"

从提亲开始，她就满心抗拒，虽说父亲一再强调杨家公子品貌非凡，但她从来不以为然。哪里知道，他们嘴里的杨公子，竟然是他！想到与他的两次相遇，只觉"缘"之一字，实在是奇妙得很！

听到这三人互不相干的几句问话，杨坚顿时明白，含笑道："可不就是我吗！"压下满心的喜悦，赶上前给独孤信见礼，长揖道，"小侄杨坚，见过伯父！"

独孤信见他心思玲珑，举止颇有风范，心里也是喜不自胜，连连点头："好！好！贤侄不必多礼！"如此男儿，也不枉自己煞费苦心，为女儿挑选。

独孤伽罗从惊讶中回神，也向杨忠敛衽行礼道："伽罗见过随国公！"

杨忠见她打扮素简，举止大方得体，也觉喜欢，说："好，好，不用多礼！"又向独孤信道，"卫国公有女如此，当真令人羡慕！"

"杨公客气，哪里及得上杨公将门虎子？"客套话说过，独孤信伸手前引，让道，"那边已备下茶点，杨公且去坐下说话。"

杨忠点头，正想唤杨坚一同进去，被独孤信拦住："我们老人家说话，孩子们听着气闷，随他们走走吧！"说着使个眼色。

杨忠回头，就见杨坚一双眼睛温情脉脉，视线早已胶着在伽罗身上，顿时会意，点头道："卫国公说得是！"也不再唤，跟着独孤信向之前的茶室里去。

这分明是给他们制造机会。

独孤伽罗心里暗暗翻个白眼，只是要见的人竟然是杨坚，倒也不再那么排斥，跟着他一同沿廊走去，抿唇笑着说："当真是人生何处不相逢啊！前几日伽罗酒后失态，怕吓到了公子！"这本来是一件丢人的事，她现在却主动提起，心里暗暗盘算：见到自己当街醉酒，或者这位杨大公子会被自己吓到，不敢迎娶。

杨坚却不以为意，摆手道："独孤小姐慷慨仁侠，急人之难，足见真性情，杨坚佩服之至！"

"真性情？"独孤伽罗低笑一声，戏道，"伽罗与杨公子不过两面之缘，又如何就能看到真性情？公子若当真知道伽罗的真性情，怕会失望。"

杨坚深深地看着她，轻声说："杨坚能遇伽罗，三生有幸，怎会失望？"语气里，已带上一些诚挚。

伽罗扬眉，故意将他的话曲解："难不成公子前来是以侠义会友？倒是伽罗浅薄！"

"自然不是！"杨坚急忙接口，解释起来，"杨坚本是奉家父之命，前来与卫国公府小姐一见，又哪知竟然是你，实在是意外之喜！"

"原来杨公子并不愿意，又何必如此勉强？"伽罗好笑，寸步不让。

杨坚自知失言，忙道："之前不知姑娘就是独孤伽罗，独孤伽罗就是姑娘，自然并不情愿，如今既然知道你就是伽罗，实是杨坚万千之幸！"

这绕口令一样的话，粗粗听来好笑，可是微一细品，又字字出真诚。伽罗微怔，仔细看着他，但见他一双乌眸灼亮，似若含情，不禁心头一跳，转过头去，语气故意转淡，冷哼道："世间男子，大多见一个爱一个，非我伽罗所愿！"

杨坚听她语气里带上些不悦，不禁大急，接口道："世间男子千万，又岂能一概而论？"转到她另一边，举手为誓，"我实在是先识姑娘，才不愿见什么卫国公家的小姐，如今你是伽罗最好，若你不是，这婚事我会推辞！"

这是说，他早已对她钟情？

独孤伽罗微怔，注视他片刻，随即摇头道："你我不过两面之缘，杨公子对这'情'字，是不是太过草率？"

"所谓'白首如新，倾盖如故'，若不能懂你，纵是自幼相识，朝夕相伴，又能如何？"杨坚反问。

伽罗顿时默然。是啊，他倒是与她自幼相识，朝夕相伴，到头来，还不是辜负她一片深情？

杨坚见她脸色沉郁，哪知道她想到了旁人，不禁心中忐忑，试探道："我知道，此时要你明白我的心意，也是空口无凭，我只盼，你给我这个机会！"

"心意？"伽罗低声重复，思绪从过去抽回，向他微微一笑，说，"杨家乃名门望族，杨公子又是长子，日后三妻四妾，又哪来许多心意分给许多人？"

杨坚一怔，不解道："何出此言？"

伽罗深吸一口气，定定地看着他，正色道："杨公子，我独孤伽罗虽然微不足道，可是匹夫不能夺志，伽罗有一个心愿，永远不会更改！"

杨坚见她说得郑重，也不由正了神色："杨坚愿闻其详！"

伽罗深深地看着他，一字一句道："伽罗不盼夫君富贵荣华，位极人臣，只盼予一世真心，共一人偕老，此生足矣！"

"予一世真心，共一人偕老？"杨坚轻声重复。

短短十个字，道尽的却是一个少女的坚贞和执着，他看着眼前娇丽的容颜，一时不禁痴住。

伽罗见他不再说话，只道将他将住，轻叹一声，说："杨公子公卿之才，自不必将心思用在伽罗身上，此事还是作罢！"说完起身要走。

"不！"杨坚回神，忙起身将她拦住，说，"杨坚只是一时有感，你不要误会！"

"怎么？"独孤伽罗扬眉。

杨坚慢慢向她移近一步，郑重道："弱水三千，我只取一瓢。伽罗，杨坚此生，有你足矣！"

短短一句话，却是一生的誓言。这一瞬间，伽罗心头震动，瞠目结舌，说不出话来。刚才她说出心愿，虽是心里话，可是她的目的是让他知难而退，又哪知道，会得到这样一个答案。

　　茶室里，独孤信和杨忠据座饮茶，远远地见二人相对而立，一个卓尔不凡，一个秀丽无双；一个含情脉脉，一个盈盈浅笑，宛然一对绝佳的璧人，不由相视一笑。
　　独孤信举杯，含笑唤道："亲家！"
　　"亲家！"杨忠跟着举杯，一笑饮下。

第五章

喜联姻击鼓竞技
QUEEN DUGU

独孤氏、杨家联姻,消息很快传开。晋国公府里,宇文护刚刚阅完奏折,命人送进宫去,门客赵越就凑上前来,低声道:"大冢宰,这独孤信油盐不进,死咬着我们不放,如今再和杨家联姻,分明是想借杨家的声势与我们为敌,若任由他们联手,岂不是更难对付?还请大冢宰拿个主意!"

听到独孤信的名字,宇文护忍不住皱眉,冷哼道:"冥顽不化的东西!"

宇文会却不以为然,大声道:"区区独孤信,怕他做什么?实在不行,做掉就是!"

赵越苦笑,说道:"公子,独孤信可是朝廷重臣!"心里暗叹,大冢宰一世精明,怎么生出这么一个草包儿子?

宇文护看儿子一眼,却欣赏地笑起来,傲然道:"凭他是谁,难不成我宇文护还将他放在眼里?既然他们两家要结亲,那我们就送新人一份大礼!"招手叫过赵越,在他耳边低声吩咐。

赵越听得连连点头,大拇指一挑,谄媚道:"不愧是大冢宰,小人佩服!"躬身领命,大步出去安排。

两家亲事议定,二人也已见过,都是将门,也不多论俗礼,请高宾为大媒,定好良辰吉日后,杨坚亲往独孤家行纳征之礼。

独孤伽罗得到消息,心里不禁闷闷的。

虽然说,杨坚果然品貌不凡,又性情温厚、慷慨仁侠,对她更是呵护倍至,可是想到结亲,她心里总觉得缺一些什么,说不清,道不明,就是心底某一个位置空落落的,让她心慌。

可是眼瞧着崔氏成日笑得合不拢嘴,独孤信更是对杨坚赞不绝口,这一个"不"字,伽罗无论如何说不出口来,只能将心思转到杨坚身上。如果能让杨坚对她生出厌恶,提出退婚,一切问题就迎刃而解。

转眼到了纳征吉期，卫国公府一早就府门大开。虽说纳征不必张灯结彩，不必鸣鞭放炮，可是府内府外，早已收拾一新，上下人等一团喜气。

眼看着时辰将至，崔氏在前厅里已经坐不安宁，不断地使人去问，看看杨坚有没有到府。

独孤信看到她这副样子，不禁好笑摇头。想到这门婚事，他心里有欣喜，也有些不舍——从小呵护疼到大的女儿，就要成人家的人了！

这个时候，府外突然有家人来报："老爷，晋国公府来人，说请老爷过府议事！"

独孤信听到"晋国公府"四字，心头忽然一沉，隐隐有不祥的预感。崔氏也是一愣，皱眉道："这大喜的日子，新姑爷还没有上门，大冢宰请老爷去做什么？"独孤信摇头，低叹道："恐怕是项庄舞剑，意在沛公吧！"

他说这句话时声音极低，崔氏没有听清，追问："什么？"

独孤信恍然回神，知道自己说漏了嘴，连忙整理情绪，含笑道："没什么，只是大冢宰相请议事，想来事关重大，我就不等杨坚了！"接着他唤人取来官服换上，向府外走去。

府门外，宇文府的整队护卫已在等候，护卫首领见他出来，抱拳为礼，说道："卫国公请！"随即亲手替他打起帘子。

独孤信上车时，一眼看到车里坐着楚国公赵贵，心里不禁咯噔一声，可是事已至此，又不能说不去，与他交换一个疑惑的眼神，只好硬着头皮上车。等他坐好后，护卫首领一声令下，整队护卫齐齐上马，拥着马车向巷外而去。

这个时候，杨家纳征的队伍也已经出发。前边杨坚一袭崭新锦袍，跨下赤红骏马，整个人眉目飞扬，意气风发；后边十几名鼓乐手之外，是整整八抬红木大箱装的聘礼，盖着大红的喜帕，一路穿街而行，引行人纷纷注目。

眼看拐过前方的街口就是卫国公府，突然间，就听到几声锣响，跟着一队兵马冲出，分成两列封锁道路，将两侧行人隔开。

纳征的队伍被阻，杨坚只好勒马停住，就见在兵马之后，几辆马车不疾不徐而过，最前边是晋国公府的牌子，不由眸色一深。这宇文护只手遮天，横行无忌，如今连他府上的车队也有如此大的阵仗，真是越来越专横跋扈。

耐着性子等车队过尽，杨坚生怕误了吉时，立刻催马，当先拐过街口，向卫国公府而去。

卫国公府门口，管家带着厮仆，正抻长脖子张望，一眼看到杨坚一行到来，立刻嚷起来："来了来了！"鼓乐声中，鞭炮齐鸣。

独孤善迎出府来，向杨坚一礼，说道："妹婿一路辛苦！"

杨坚连忙下马还礼："大哥客气！"跟着他进府，直入前厅，见一个瑞丽夫人居中而坐，知道定是崔氏，跪倒行礼，说道，"杨坚见过岳母大人！"

"好好！"崔氏点头，连忙命独孤善扶起杨坚，然后上下打量。但见杨坚身姿修长挺拔，容颜清俊儒雅，身穿崭新锦袍，银线云纹绕边，乌亮长发高束，配以镶珠束发，整个人丰神如玉，俊逸非凡。

也难怪独孤信赞不绝口，这样的少年才配得上自家的伽罗！

崔氏看得连连点头，心中早已十分喜欢，连忙命人让座。杨坚左右一望，诧异问道："怎么岳父大人不在府中？小婿还不曾拜见。"

崔氏摇头，叹气道："说来不巧，这大喜的日子，偏偏大冢宰命人请去赴宴，又不能不去，贤婿千万包涵！"

杨坚微愕，瞬间想到刚才所遇晋国公府的护卫队，心中有一丝不安，却又不知为了什么，只得向崔氏道："自家人，岳母大人何必客气！"

崔氏点头，说道："是个懂事的孩子！"她引他见过上官英娥，见独孤伽罗还不出来，忍不住向厅外张望。

独孤善也向外望，说道："已差人去请，想来是害羞！"

那个丫头也会害羞？崔氏瞧瞧他，忍住没有出口。

这时候，就听见厅外丫鬟叫道："小姐……"声音里满是震惊和不解。

杨坚回头向厅外望去，就见伽罗穿着一身纳征吉服，周身珠围翠绕，乌丝盘就的发顶，更是插满金珠首饰，乍眼看去，宛如一个会走动的首饰架子，整个人说不出的怪异。

伽罗进厅，也不理杨坚，只是向崔氏施下礼去，唤道："母亲！"

崔氏也被她这惊人的打扮震住了，隔了好久才指着她道："你……你这是……"

伽罗抚一抚发鬓，浅笑着说："大嫂说今日是大日子，要伽罗好生打扮，这些可都是女儿最好的首饰！"嘴里回母亲的话，目光却向杨坚扫去，不经意间，透出一抹狡黠。

这分明就是故意的！

上官英娥瞠目结舌，看看崔氏，再看看独孤善，却不知怎么解释。

崔氏很快明白女儿的心思，伸手指着她，一时气得说不出话来，只好转向杨坚："伽罗一向淘气，贤婿……"话说半句说不下去。

似乎宝贝女儿这副样子，不是一个"淘气"就能够解释的，崔氏心里暗暗担忧，这么好的一个女婿，可不要让这丫头给吓跑了！

杨坚从震惊中回神，对上伽罗得意瞥来的一眼，准确捕捉到她眼底的那抹狡黠，瞬间明白她的意图，不由好笑，浅笑摇头道："无妨，杨坚得伽罗如此看重，当真是受宠若惊！"

还受宠若惊？你不该是大惊之下落荒而逃吗？

伽罗瞠目。

崔氏见他神情自若，望向伽罗的目光满是温情，这才悄悄松一口气，点头赞道："贤婿豁达大度，伽罗交给你，我也放心了！"说完瞪了独孤伽罗一眼。

要不是今天是大日子，她非得好好教训教训这不知轻重的丫头。

杨坚趁崔氏不留意，微微倾过身去，在伽罗耳边低声笑道："伽罗更不堪的模样儿，杨坚又不是没有见过，如今可吓不着我！"虽然在说笑，心里却不禁有些失落。

她这一副做派，分明是想将他吓走，也说明她心里没他。而他，却早已对自己立誓，今生今世，他杨坚非独孤伽罗不娶！

没有把人吓走，反而让母亲对他更加看重，伽罗气得咬牙。想到之前当街醉酒，被他捡回客栈，她又不由心中懊恼。

是啊，那天的样子狼狈不堪，他都没有被吓跑，这"首饰架子"，他还怕什么？

她心中微恼，顶着满身的首饰，只觉得累得脖子疼，三下两下气哼哼地拽下来，小声说："你可不要后悔！"

"后悔什么？"杨坚扬眉低声问。

"娶我进府，怕日后整个杨家都会鸡飞狗跳、鸡犬不宁！"伽罗威胁。

"哦！"杨坚一脸顿悟，低笑道，"无妨，等我回府，命他们将鸡狗处置掉就是！"

"你……"伽罗气结。

崔氏见他二人嘀嘀咕咕，又听不清说什么，不禁笑道："瞧瞧，这小两口儿，如今就有说不完的话，日后大婚，必然琴瑟和鸣！"

"母亲，什么大婚……"伽罗一张俏脸儿顿时涨得通红，张嘴就要反驳。

哪知道话刚出口，就见杨坚淡然一笑，向崔氏行礼："小婿借岳母大人吉言，必会对伽罗疼爱有加！"

小婿？

还岳母？

伽罗瞪眼。这杨坚瞧着是一个温润公子，怎么脸皮这么厚，岳母都叫上了，不要脸！

像是看透她的心思，杨坚撤回身，低声道："三媒六证，我们光明正大，有何不可？"

说得还真像那么回事！伽罗侧头瞪他一眼，哼了一声，转回头去不理他。

卫国公府正一团喜气，笑语阵阵，突然间，就听府门外内侍尖亮的声音扬声喝道："王后驾到——"

杨坚回头，就见一群宫婢、内侍拥着一位宫装丽人跨进府门，莲步款款向前厅而来。走到近处，只见她柳叶眉飞，凤目含情，丹红樱唇噙出浅浅笑意，举手投足间，衣袂翩飞，风华绝代，端的是一位绝代佳人。

崔氏等人一见，连忙迎出厅去，在院子里迎住，跪拜行礼："臣妇见过王后！"伽罗、杨坚、独孤善等人落后她一步，也行大礼参拜。

王后连忙将崔氏扶住，轻声道："母亲！自家人，又何必多礼！"然后一手虚抬，命道，"都快起来吧！"

独孤伽罗一跃而起，扑上前抱住她的胳膊轻摇，撒起娇来："大姐，你怎么会出宫？"

"今天是我们伽罗大喜的日子，做姐姐的岂能不来？"王后微笑，语气里是满满的呵疼。她目光在杨坚身上一转，浅笑问道："这位就是杨公子？"心里暗赞，果然生得一表人才！

杨坚上前一步见礼，恭声道："杨坚见过王后！"

对方举止有度，不卑不亢，真是一个好男儿！

王后暗暗点头，让他免礼，扶着伽罗的手往厅里走，居中坐下，又请崔氏入座，才对杨坚说:"听父亲说,杨公子乃人中龙凤,今日一见,果然不凡!"

杨坚忙又躬身,谦逊道:"王后过奖,杨坚愧不敢当!"

王后笑笑,拍拍伽罗的手,又说:"本宫这个妹妹,自幼聪慧过人,文武双全,若是平庸之才,又如何能堪匹配?"

这位王后说话还真不客气!杨坚不禁苦笑,回道:"杨坚自当发奋,定不辱没伽罗!"

是个会说话的!

王后浅笑,轻轻摇头,说:"伽罗虽说聪慧,可是自幼被父兄娇惯,也任性一些,只怕嫁去杨府,惹出什么祸来,被公婆不容,受了委屈。"

刚才还满嘴的夸赞,现在又说起伽罗的不是,王后你是来玩的?

独孤善已经忍俊不禁,以拳头掩嘴轻咳,强忍下一抹笑意。

杨坚却明白,王后这些话,看似闲话,却在考验他如何应答,当下神色不变,躬身道:"回王后,杨坚既认定伽罗,迎伽罗为妻,好与不好,自当为她担待,必不会令她受一丝委屈。何况家母早丧,家父明理,断不会与伽罗为难。"

听他抬出随国公来,王后倒不好再说什么,想一想,又再转话题问:"只是不知杨公子文韬武略如何,可能与伽罗匹配?"

这是要考较杨坚的才华啊!众人一听,也来了兴趣。独孤善立刻接口:"王后,杨公子出身将门,这行军打仗想来不在话下!"

崔氏瞪他一眼,不悦道:"今日是你妹妹大喜之日,干什么动刀动枪的?"

伽罗眸光微闪,立刻点头:"大姐,母亲说得是,刀枪有什么好比,也与这满府的喜气不相称!"小手悄悄一伸,在王后胳膊上紧紧一握。

王后侧头睨她一眼,见她眼底满是狡黠,已明白她的意思,点头笑道:"伽罗说得是,既要杨公子一展身手,又不能让刀光剑影冲了这喜气,倒不如……"话说半句微停,目光含笑扫了全场一眼,才慢慢接下去,"比试鼓舞如何?"

此话一出,顿时满堂喝彩声,独孤善鼓掌道:"鼓舞翻腾多变,又夹以武功身法,更重要的是不失喜气,王后这个法子好!"

崔氏也欣然点头,说道:"如此也好!"望向杨坚的目光,多了些期许。

自己如此优秀的女儿嫁给这位杨大公子,虽说他生得不俗,可若是一个绣花枕头,岂不是委屈了伽罗?

她话音刚落,伽罗已经一跃而起,向杨坚一扬下巴,挑衅道:"我来和你比试,若是你输了,又当如何?"

最好是退婚!

王后微微一笑,说道:"他输了,罚他许你为夫;他若赢了,就罚你许他为妻,如何?"

王后的话一出,顿时满堂哄笑。

伽罗噘嘴跺脚,不满道:"这不是一样?"

"不一样！"杨坚低声浅笑，"若我输了，这一生受你驱策就是！"

反正这婚他是不会退的！

他说这话时声音虽轻，可是厅本不大，众人又是聚在一起，都听得清清楚楚，顿时一阵哄笑。

独孤伽罗只觉一张脸烧了起来，瞪了杨坚一眼。

所谓鼓舞，就是将大小不同的几十面鼓组成鼓阵，击鼓者随着乐声敲击，以烘托渲染气氛。这是大周官室间流行的一种取乐游戏，只是用来竞技，这还是破天荒头一回。

独孤府的家仆得到吩咐，很快在花园里摆起鼓阵，阵中各式鼓槌安放妥当。王后等人都移往花园观赏，看到那大大小小几十面鼓，都兴致高昂，急欲大开眼界。

伽罗早已换上一袭薄纱裙衫，束起秀发的她更添英气。

杨坚唇含浅笑，一步步走入鼓阵，向伽罗拱手，含笑道："伽罗先请！"满眼的光辉，透出的都是浓浓的欣悦。

伽罗对上他灼热的目光，一时竟不敢与之对视，见他相让，也不推托，向鼓阵外的乐师做一个手势。乐声响起，伽罗拿起最大鼓槌用力向居中大鼓一击，只听"咚"的一声震响，顿时满场皆寂。

还不等众人回神，伽罗已彩袖微扬，两根小鼓槌急速敲出，声声都与乐声相和，乐声不但没被鼓声掩盖，反而被烘托得更为激昂。

杨坚等她第一轮击出，这才使鼓槌向身周半悬的鼓上击去，手臂起落间疏缓有致，不见急切，唯有从容。

伽罗听他鼓响，心里暗赞一个"好"字，一根鼓槌向上抛出，空出的手抓住另一支中号鼓槌疾挥，但听鼓声隆隆间，竟似金戈铁马轰然而至。

杨坚闻她鼓声响至中途，自己一根鼓槌迅速沿鼓沿划去，一时间，金戈铁马之中，似有一道利刃破阵而出，直击敌军心脏。

伽罗一轮鼓过，抛在空中的鼓槌也恰好落下，她用另一只手接住，身子凌空前翻，跃上居中大鼓，双脚在鼓面疾点，双手鼓槌向身周悬空的中鼓连击，一时间，鼓声如疾风骤雨而来。

杨坚也不甘示弱，信手抓起身周的鼓槌，随抓随抛，鼓槌击向鼓面又弹回，他信手接住，再抛出，抽空还要击上几下，一时周身鼓槌飞舞，煞是好看。而他抛掷几十根鼓槌挥洒自如，毫不停歇，鼓声在鼓槌的抛掷下，时缓时疾，丝毫不显错乱。

这一下，两种鼓声交织，一个如惊风乱点，一个如密雨斜侵，声势竟然极为惊人。

远处观赏的众人，最初见伽罗彩袖翻飞、杨坚身姿翩然，还能喊出一个好来，而这一会儿，为鼓声的声势所夺，竟然满心震动，没有人能发出一声。

伽罗本是鼓舞中的高手，今日乍逢敌手，抖擞全部精神，双手鼓槌转缓，双脚却仍踏响大鼓，清脆的小鼓声被沉厚的大鼓声所替代，仿如一场战争将要结束，却又有雄师百万压阵而至。

半空飞悬的鼓槌落下，杨坚一一接住，飞身而起，双脚在悬空的中鼓上疾点，身形辗转腾挪，在大大小小的鼓间纵跃穿梭，鼓声凌厉，却丝毫不乱，仿佛大军中突出的一支奇兵，虽少却精，丝毫不让。

独孤善看得心念一动，喃喃道："伽罗这套鼓舞，罕逢敌手，想不到杨坚能和她斗个旗鼓相当啊，难得！难得！"

王后点头，也赞道："是啊，当真是难得！只是……"目光凝在杨坚的身上，暗暗摇头。虽说这杨坚之才由此可见一斑，可是与一个女儿家竞技，竟然分毫不让，又岂是真正的男儿本色？

她心念刚起，就见杨坚身子已凌空倒卷，也一同跃上大鼓，双手负后，双脚在鼓上连击，虽不似伽罗快疾，却声声沉厚，恰在伽罗一轮快疾的鼓声之中，相互烘托。

独孤伽罗扬眉，身形回旋，双脚丝毫不缓，双手鼓槌向悬空的中鼓击去，一时间，鼓声四起，如十面埋伏，大军将奇兵困在其中。

眼看杨坚已无路可退，独孤伽罗心中得意，回眸向他一笑。

杨坚与她四目交投，不禁心神微漾，脚下竟似慢了半拍。

伽罗扬眉，手中动作更不多停，鼓声转急，似大军包围之势收紧，就要逼他认输。

杨坚恍然回神，索性第二步踏出的鼓声更缓，手中鼓槌击出，已没有杀伐之意，却似漫漫旷野，一人漫步踏歌而来，顿时将一片杀伐之声带入祥和。

独孤伽罗微怔，被他鼓声一带，脚下也不禁微缓，似大军紧围之势松懈，心里暗叫一声：要糟！

她手中鼓槌一紧，再向中鼓击去，却见杨坚鼓槌跟随，声声与她同起同止，竟似敌对双方握手言和。而二人身姿翩然，同进同退，竟似在鼓上起舞，鼓声渐渐变得平缓，慢慢地带起一片暖意，似大战之后，终于迎来太平盛世。

鼓声渐远渐寂，好一会儿后，场上才响起雷鸣般的掌声。

王后看着杨坚，不禁暗暗点头，由衷赞道："杨公子温厚，恰与伽罗相得益彰，难得！难得！"

这一场鼓舞，初看杨坚似乎寸步不让，可是看到后来，他步步引导，将一场竞技变成二人的共舞，竟然极为和谐，可以想象，最初的针锋相对，他并没有使尽全力。

独孤伽罗却心中不服，横了杨坚一眼，低声道："取巧罢了！"

杨坚却似没有听到，向她施礼，含笑道："伽罗鼓舞神乎其技，杨坚承蒙相让！"

"哪个让你？"伽罗横他一眼。

王后见杨坚谦恭礼让，心里更喜欢几分，笑道："你二人平分秋色，我们也是大饱眼福，自家人又何必非论什么胜负，不过是图一个喜庆热闹！"

一句话，将一场竞技带了过去，众人连连点头称是。

正在大伙儿一团热闹之际，突然间，就听前院一阵大乱，紧接着就见宇文会在前，一队护卫在后，大步向这里冲来。宇文会大声道："把卫国公府的人都给我拿下，胆敢反抗，立刻格杀！"

第六章

逢巨变夜访天牢
QUEEN DUGU

本来满堂的喜气，被宇文会这一声呼喝，顿时荡然无存，众人面面相觑，都心中暗惊。独孤善挺身迎上，怒喝道："宇文会，你干什么？跑到卫国公府来撒野，你当大周没有王法？"

"王法？"宇文会大笑，扬声道，"大冢宰有令，缉拿卫国公全府上下！"

"卫国公全府上下？"王后冷声重复。人群分开，她缓缓走出，下巴微扬，冷笑道："宇文公子好大的威风，难不成你还要捉拿本宫？"

宇文会见是王后，微微一怔，只得不情不愿地跪倒行礼："臣见过王后，不知王后在此，多有得罪！"

王后向他迈近几步，俯首注视，冷声道："宇文会，你擅闯卫国公府，要做什么？"

宇文会不等她命免，就挺身站起，大声道："回王后，独孤信谋杀朝廷重臣，其罪当诛，臣也是奉命行事，还请王后回避！"

"什么？"崔氏失声喊出来，眼底全是惊慌，摇头道，"分明是宇文护请我家老爷饮宴，怎么……怎么说我家老爷谋杀？"

听到此话，全场的人都是一脸震惊和不信，独孤伽罗上前一步，想要与宇文会理论，却被杨坚拉住。

宇文会冷笑，大声说："大冢宰好意请独孤信过府饮宴，哪知道他狼子野心，竟然串通赵贵宴前行刺，赵贵当场伏诛，独孤信已被拿下！如今，我奉大冢宰之命，擒拿卫国公满府！"

崔氏听到"独孤信已被拿下"，顿时眼前一黑，后仰倒下。

伽罗、杨坚大惊，齐喊一声，一左一右抢上前扶住她。

"你……"王后见宇文会张狂，气得身子直抖，指着他，怒喝道，"大冢宰几时开始主宰我大周律法，他说卫国公行刺，可有证据？他要擒拿卫国公满府，可有圣旨？"

宇文会虽不将她这王后放在眼里,可是她这一声喝,自有王后的威严,他不禁一噤,却仍嘴硬:"王后,独孤信谋害大冢宰,大冢宰满堂宾客都是人证!"接着向后挥手,大声喝道,"还不拿人?"

"慢着!"王后厉喝,咬牙道,"有本宫在,你敢动我家人一毫!"

宇文会冷笑,不屑地说:"大冢宰下令拿人,怕王后也不能阻挡!"将手一挥,身后护卫一齐拥上,就要拿人。

王后厉声喝道:"我看谁敢!"一声令下,王后侍卫也挺身而上,拔刀与晋国公府的护卫对峙。

此时崔氏悠悠醒来,见眼前剑拔弩张,互不相让,暗暗咬牙,一只手抓住杨坚,一只手抓住伽罗,低声道:"杨坚,你带伽罗快走!"说着将伽罗的手交到杨坚手中,向后连推。

"母亲,我不走!"伽罗摇头低喊。

杨坚也道:"岳母大人,此时乃用人之际,我们怎么能走?"

崔氏见二人不走,更加着急,急切道:"今日宇文护相请,你爹就心有疑惑,如今果然出事,怕此事不能善了,我们独孤一家,不能被他们一网打尽!快走!"

杨坚扶住她,摇头道:"岳母大人,凡事大不过一个理字,我随你们同去,面见宇文护,讨一个公道!"

崔氏大急,低声道:"宇文护在朝中只手遮天,连天王也要惧他三分,哪里讨得到公道?你们快走!"

杨坚看一眼挡在最前的王后,迟疑道:"可是……"

崔氏急得跺脚,连声道:"杨坚,你想要我们独孤家满门含冤吗?快走!快走!"她一把将伽罗推到他怀里,连声催促。

"母亲!"伽罗连连摇头,几乎哭出来,叫道,"我不走!"

杨坚见崔氏一脸的急切,看一眼在前对峙的双方,但见王后侍卫不过十余人,宇义会带来的护卫却有上百人,显然难以抵挡,于是将牙一咬,低声说:"岳母大人放心,我定会查明真相!"再不多说,拖着伽罗倒退几步,隐入人群后错落的鼓阵,向后门跑去。

而这个时候,宇文会见王后侍卫胆敢与他相抗,冷笑一声,说:"怎么,你们胆敢违抗大冢宰的命令?不想活了?"众侍卫互视一眼,都不禁迟疑。

王后见自己的侍卫退缩,脸色顿沉,咬牙道:"一群废物!"她踏上两步,死死盯住宇文会,仰首道,"本宫即刻去见大冢宰问个明白,前头带路!"

宇文会冷然一笑,说了一句:"王后请!"等她走过,却突然向后喝道,"还不动手!"

一声令下,众护卫已一拥而上,瞬间将独孤善等人拿下。

独孤伽罗刚刚跟着杨坚奔出鼓阵,回头看到这个情形,大吃一惊,猛然摆脱杨坚就要冲回去。

杨坚一把将她抱住,叫道:"伽罗,你干什么?"

"我不能丢下家人!"伽罗急得几乎落下眼泪。

杨坚说："这个时候，你就是回去也救不了他们，我们再想法子！"他不容分说，拖着她快速向后门跑去。

伽罗回头，眼见母亲、嫂嫂、兄长已被护卫押住，不由泪如雨下，却也知道杨坚所言有理，狠狠咬唇，跟着他发足飞奔。

二人穿过整座后院，刚刚接近后门，就听人声喧闹，门外有人喝阻行人，竟然是后门也有护卫守着。杨坚一惊，拉着她斜冲，躲入假山洞中。

伽罗只觉一颗心怦怦直跳，侧耳一听，前边人声已经远去，想着母亲、兄嫂，忍不住又要转身回去。

杨坚忙将她抱住，低声道："伽罗，你父母都以你的聪慧自傲，如今你一时意气，就不为日后想想？"

伽罗落泪："母亲身子不好，我……我不放心她……"

"岳母自有嫂嫂照应，我们总要设法救他们出来！你若一同被抓，又有何人为他们奔走？你真要岳父大人蒙冤吗？"杨坚低吼。

独孤伽罗身子微微一震，轻轻摇头，低声道："父亲断断不会谋害宇文护，他一定是冤枉的！"

杨坚点头，说："那我们就要将他的冤情公之于众，还他清白！"

伽罗默然。

就在此时，只听前后都有脚步声传来，一名护卫大声喝道："搜！给我搜！一定要将独孤伽罗给我找出来！务必要斩草除根！"

独孤伽罗听到"斩草除根"四字，顿时大吃一惊，奋力挣开杨坚，就要冲出去。

杨坚大惊，忙又将她拉住，低声唤道："伽罗！"

独孤伽罗连连摇头，拼命挣扎，却挣不脱杨坚的铁臂，不由泪珠滚滚而下，哭泣着说："你没有听到吗？他们说斩草除根！他们要伤害我的家人！你放开我，你放开我，让我出去，我要去救他们！"

"伽罗！你现在出去于事无补，我们先求脱身再想法子，好不好！"杨坚低吼，耳听着护卫搜索的声音越来越近，心里说不出的焦灼。

"不！不要！我怕他们会马上动手！"伽罗摇头，拼命挣扎不开，突然低头，一口死死咬在杨坚胳膊上。

杨坚吃疼，轻吸一口凉气，还没等反应过来，就听有脚步向这里奔来，有护卫大声喝道："假山里有人！"

杨坚大吃一惊，已顾不上多想，反手一掌击在伽罗后颈，只觉怀中身子一顿，软软垂倒，再不敢多停，俯身将她扛起，转身向山洞深处冲去。

王后大步跨进晋国公府大门，直入白虎堂，愤然望着对面的男子，大声道："大冢宰，我父亲呢？"

宇文护早就见她进来，却故意装作不知道，直到她说话，才慢慢抬头，瞄了她一眼，既不起身，更不见礼，淡淡道："王后身在后宫，这外头的事，还是不要插手的好！"

"外头的事？"王后气结，咬牙道，"大司马是本宫的父亲，本宫岂能不管？"她可是卫国公府的嫡长女，被他一说，倒像自己与卫国公府没有关系一样。

宇文护冷笑，十指交握，审视她一会儿，才悠然道："大司马意图谋反，已被本官拿下！"其神情语气，仿佛在谈论天气。

见他轻慢无礼，王后气得胸口起伏，狠狠盯着他道："大冢宰，我父亲一心为国为民，断断不会谋反，这其中必有误会，请你立刻放人！"

宇文护听她用命令的语气说话，像是听到一个天大的笑话，眼睛里露出一丝嘲讽，漫声道："王后是要证据？"他望了立在身旁的赵越一眼，唤道，"赵越！"

赵越应声而出，将手中两张信函一抖，在王后面前展开，大声说："太傅赵贵亲口供认，他与大司马串谋，要刺杀大冢宰，这是口供和当初的密信！"

王后脸色微白，死死盯着他手里的两张纸，一字一句道："不！本宫不信！这是诬陷！本宫要与太傅对质！"

"与太傅对质？"宇文护冷笑一声，轻描淡写般来了一句，"太傅宴前行刺，已被本官格杀，王后要如何对质？"

王后大惊失色，失声道："你……你竟然杀了太傅？我……我父亲呢？"这一瞬间，王后一颗心几乎要从嗓子里跳出来一样，说不出的惊慌。

"大司马嘛……"宇文护故意拖长声音，欣赏地看着王后变白的脸色，说，"大司马已被收押，等候发落！"

王后的心略略一松，跟着她摇头，断然道："不，这其中一定另有隐情，我要见我父亲，问个明白！"

"人证物证俱在，王后纵然见到，也于事无补，还是请回吧！"宇文护冷然拒绝，将手一摆，就有两名护卫上前，严肃道："请王后回宫！"

王后对那两人视而不见，抬头死死盯住宇文护，咬牙道："不！本宫断断不会相信父亲谋反，太傅也绝不会行刺，这口供和信函，定是假的！"随着话落，她突然冲上两步，劈手向赵越手中抓去。

赵越退后两步避开，一脸吃惊，大声说："王后，你要毁灭证据吗？"

"你不敢给我辨别真伪，说明这证据有假！"王后狠狠瞪着他。

宇文护起身，望了宇文会一眼，使个眼色，自己缓缓向前两步，大声道："王后擅闯晋国公府，意图毁灭证据！来人啊，送王后回宫，请天王好好管束！"

王后一怔，几乎怀疑自己听错了，问道："你说什么？"

她话音未落，就听到身后"砰"声连响，原来摆在案上的几件珍品古玩已被宇文会砸到地上。紧接着，宇文护大声叫起来："啊哟，王后，你怎么说动手就动手？"

王后见众目睽睽之下，这父子二人就露出这样的嘴脸，气得身子直抖，指着宇文护，大声喝道："宇文护，我父亲是朝廷重臣，你要定他的罪没有那么容易，本宫会请天王做主！"

宇文护听她抬出天王，嘴角露出一抹冷意，轻哼道："纵然是天王，也要经过秋官府判决，怎么，王后身为后宫，想要干政不成？"再不多说，向两旁喝道，"还不送王后回宫！"

一声令下，两名护卫上前两步，一左一右将王后架住，嘴里却恭恭敬敬道："请王后回宫！"竟然要强行将她拖走。

王后身份尊贵，哪里受过这样的屈辱，指着宇文护道："宇文护，你这国之恶贼，胆敢陷害忠良，我必请天王做主，惩恶除奸，还我父清白！"大骂声中，她被护卫拖了出去。

独孤伽罗悠悠醒来，迷蒙中张开眼，视线由模糊变清晰，看清上方陌生的房梁，一个激灵完全清醒过来。她翻身坐起，但见自己是在一间陌生的屋子里，竹制的床几、竹制的案桌……这是什么地方？

独孤伽罗自问，抬头向屋子里张望，却觉后颈火辣辣的疼，这才想起晕倒前的一瞬。家逢巨变的场面瞬间撞入脑海，猝不及防，令她的心如撕裂般疼痛。她暗暗咬牙，低声骂道："该死的杨坚！"骂完一跃而起，向屋外冲去。房门打开，伽罗几乎一头撞在一个人身上，倒退一步，等看清面前的人，劈手一把将他领口抓住，连声问道："杨坚，我父亲怎么样？我的家人呢？你为什么要打晕我？"

看到她依然苍白的小脸儿，杨坚心底掠过一抹怜惜，轻轻摇头，将她的手拉下来，低声道："楚国公赵贵被杀，岳父大人……被押入天牢，你家和楚国公府的家眷全部被抓！"说完担忧地望着她，握着她的手收紧，希望可以给她点力量支撑。

伽罗脑中一阵眩晕，身子一晃，差点摔倒。她略定一定神，哑声问："王后呢？我姐姐呢？她在哪里？"离开之前，她似乎听到王后要去和宇文护理论。

杨坚扶她回竹榻坐下，低声说："王后找宇文护理论，不知究竟发生什么，只知道后来被送回宫去。"见她脸色更加惨白，忙道，"伽罗，你不要急，我这就回去与父亲商议，定要救出你的家人！"

独孤伽罗轻轻摇头，默然片刻后，低声说："我要去见父亲，我要知道，究竟发生了什么事！"

"伽罗，宇文府的人在满城找你！"杨坚不同意。

独孤伽罗一双眸子定定地注视他，一字一句道："若不能为父亲沉冤昭雪，不能救出家人，我苟活于世上又有何用？"

杨坚凝视她片刻，只见她眼底满是坚决，知道无法劝住，只好点头道："好，我陪你！只是，要等天黑之后！"

伽罗点头，心里惦记着父母、兄嫂，不再说话。

入夜后，二人借着夜色的掩护，径直向天牢而去。

天牢牢头陈州曾受过杨家恩惠，听过杨坚来意，二话不说，放二人进去，并低声说："卫国公是朝廷重犯，随时会有人来，二位千万快些，我在此处把风！"说完，指点关押独孤信的牢房。

杨坚谢过陈州，带着伽罗穿过重重牢房，向天牢最深处走去。

一间昏暗的牢房，三面是墙，一面竖着粗大的铁栏。牢房里靠墙坐着一人，外裳已被扒去，月白中衣上早已血迹斑斑，长发凌乱披垂，挡去半张脸，看不清面目。他身子微动时，手脚上的镣铐就发出轻微的撞击声。

伽罗一眼认出他是自己父亲，眼泪迅速模糊了眼眶，冲上前两步抓住铁栏，泣声叫道："父亲！父亲！"

牢中人身子一动，慢慢抬起头来，认出是她，神情瞬间变得激动，扑上前抓住她，喊道："小七，怎么是你？你来做什么？走，快走！"

"父亲，究竟发生了什么事？你……你的伤……"看着父亲身上的血迹，伽罗心疼得难以呼吸，泪珠滚滚而落。

"不过是小伤！"独孤信摇头，"小七，你不该冒险，快走！快走啊！"他抓住她的手向外推。

"岳父大人！"杨坚轻喊一声，低声说，"牢头是自己人，岳父大人不必担心。事情究竟如何，请岳父大人说明，小婿定当设法相救！"

独孤信看到他，又听到他对自己的称呼，心神微定，点点头，向伽罗问道："你母亲如何？其他人呢？"

伽罗落泪，低声道："母亲和兄嫂都被抓走了，女儿不孝……"她想着不能和家人共患难，心里说不出的难受。

独孤信自从被抓后，将所有的事情都细细想过，也早已料到宇文护必然会赶尽杀绝，听到此话倒是毫不意外。见她一脸愧意，他轻轻摇头，劝道："小七，留有为之身，当做有为之事，如今你能逃脱，为父很是欣慰，你不必自责。"

"父亲……"眼泪滑下来，独孤伽罗又狠狠拭去，干脆地说，"不错，女儿不能眼看着父亲在这里受苦，女儿这就救父亲出来！"她说着，伸手去抓牢门上的大锁。

"小七！"独孤信阻止她，摇摇头，"你父一生堂堂正正，如今背上谋反的污名，若是一走，再也难以洗脱，为父就是在九泉之下，也不会甘心啊！"

伽罗低喊道："难道就留在这里，任他们折辱？"

"所以，为父有重要的事要你去做！"话一出口，独孤信神情中透出一抹坚定，似乎下了极大的决心。

独孤伽罗一怔，问道："重要的事？"

独孤信点头，神情是少有的凝肃，说道："此事事关我独孤一族的兴衰，也关乎为父和你母亲、兄嫂的性命，如今只能指望你来完成！"

第七章

传讯息司马托付
QUEEN DUGU

独孤伽罗听他说得郑重，心头如有千斤重负，却挺直背脊，点头道："父亲请说！"

见她终于坚强，独孤信目光里有了些许欣慰，点头道："宇文护收买楚国公的谋士萧左，假造楚国公意图行刺宇文护的信函，并将我污为同党。昨日宴上，楚国公中计，已被宇文护所杀，接下来，他必会伪造证据，坐实我谋反的罪名！"

寥寥数语，已足见昨日宴上的惊心动魄，独孤伽罗脸色苍白，眼神中露出一丝狠绝，咬牙道："这个老贼！我定要将他诛杀，还父亲清白！"

"伽罗！"独孤信摇头，低声道，"杀人容易，除奸难，你已经不小，日后也不再有父兄为你担待，凡事你要三思，不能再莽撞！"

听他这话竟似绝别，独孤伽罗心如刀绞，摇头哭道："父亲……"

杨坚见独孤信的目光里满是对独孤伽罗的牵挂，心中念头早已拿定，向前一步，恳切道："岳父大人，杨坚与伽罗亲事已定，只要立刻迎娶，她就是我杨家的人，宇文护必然不敢轻动。杨坚必会护伽罗周全，请岳父大人放心！"

独孤信听他一番话，心里最后的一点疑虑也抛开，心中满是欣慰，点头道："好孩子！伽罗有福，能得你厚爱！"

杨坚回道："杨坚能得伽罗，也是三生有幸！"

独孤信点头，微一迟疑，向牢房左右望去。

杨坚想他父女必有些私话要说，说道："岳父大人，这牢房孤立，左右无人，岳父大人有话但讲无妨！"他起身退开几步，留意牢外的动静。

独孤信见他知进退，更加放心一些，凑首到独孤伽罗耳畔，低声道："伽罗，你听好！宇文护私自铸造劣钱牟利，借修建寺庙贪赃枉法，更掠夺一笔巨金私藏，他狼子野心，必有重大图谋，此事你一定要追查到底，为国除此恶贼，也还我父清白！"

独孤伽罗没有想到，从他嘴里说出来的，竟然是这样一个惊天秘密，整个人不禁瑟瑟发抖,说:"父亲,难道……难道父亲蒙难,与此有关?"

独孤信见她立刻领悟,心中宽慰,点头道:"只因为我追查到线索,才会被宇文护所忌。可恨线索中断,人证不知去向,才不能将这恶贼一举铲除!"

人证不知去向,自然是宇文护杀人灭口了!

独孤伽罗微微抿唇,心底暗暗沉吟。

独孤信将重要的事情交代完,心头顿时如释重负,看向伽罗的目光盛满疼惜和不舍,轻声道:"为父本想,你一个女儿家,只需相夫教子,不该承担许多,可是……可是如今,这千斤重担,竟要落在你的肩上……"

"父亲!"独孤伽罗摇头打断他,断然道,"只要能为父亲沉冤昭雪,女儿不怕辛苦!"

"好!好!"独孤信欣然点头,嘱咐道,"你记着,除恶务尽,此事你不能急躁,先图自保,再徐徐图之。另外……"话说半句,稍稍一顿,凑首在她耳畔,声音几不可闻,"有一个人,名唤徐卓,他得到消息,必然会来助你,你可信他!"

独孤伽罗连连点头,将不断滑下的泪拭去,说道:"父亲,女儿记下了!"

她还想再说什么,只听脚步声响,牢头陈州快步向这里而来,看到杨坚,低声道:"杨公子,晋国公府的人已到前一重天牢,你们不能久留,快走吧!"

伽罗听到,一把抓住独孤信,哑声喊:"爹……"心里万分不舍。

杨坚上前一步:"岳父大人,你放心,我即刻回府与父亲商议,必会还岳父大人一个公道!"

独孤信连忙摇头,抓住他的手,恳切道:"不!杨坚,我不要杨家为了我冒险!只要你答应我,照顾好伽罗!"

杨坚与他深深对视,诚挚点头:"岳父大人放心,伽罗是我杨坚的妻子,杨坚此生,必会护她周全!"

独孤信欣慰地点头,见伽罗依然落泪不止,轻声叹道:"伽罗,世事无常,你该长大了……"最后的话,消失在一声叹息里。他背过身,连连摆手,催促道:"走吧!快走!"

陈州等得着急,低声劝道:"杨公子,独孤小姐,快走吧,日后有机会,再来就是!"

杨坚也生怕迟则生变,拉着伽罗跪倒,向独孤信叩了重重三个响头,低声道:"请岳父大人保重!"随即将牙一咬,拖起伽罗,起身就走。

听着三个人的脚步声渐远,独孤信早已老泪纵横,喃喃道:"伽罗!孩子!你要保重!"他心底对女儿千万个不舍,却没有勇气回头去看她离开的背影。

离开天牢后,独孤伽罗满心的伤痛,任由杨坚带着自己在夜色中穿行,整个人却浑浑噩噩,无知无觉,并不去问去往何处。

杨坚带着她走出两条街,再由一条巷子斜穿,出去就是随国公府,哪知刚刚穿出巷子,就见随国公府门口火把照得亮如白昼。杨坚一惊,脚步顿停,又快速后退,将伽罗一拖，挡在身后，自己探头向外张望。

伽罗被他拖得一个趔趄，这才回过神来，不解地问道："怎么了？"她看看四周，又问，"这是哪里？"

杨坚缩身回来，看看她，低声道："我本想带你回府，与父亲好好商议，可是……宇文护当真是无法无天，竟然连我杨府也不放过！"说到后面，咬牙恨恨，却又透着无奈。

独孤伽罗默然一瞬，将自己手掌从他手中拽出，低声道："这本就是我独孤家的事，你不必搅在其中，免得受到牵连！"

杨坚将她手掌握回，不悦道："你说什么傻话！不要说我对你爹爹许下承诺，纵然没有，又岂能弃你于不顾？"他向巷子外望了一眼，见府前兵马没有丝毫退意，沉吟道，"如今我们只能出城暂避，等过了这个风头，再从长计议！"接着也不和她商量，拉着她转身就走。

独孤伽罗连抽两回手掌，都被他紧紧握住，难以摆脱，便咬唇道："宇文护朝中独大，你又何必蹚这趟浑水？"

杨坚不理，只是拉着她快步而行，隔了好一会儿，才淡淡说道："我杨坚护定了你独孤伽罗，任谁都无法改变！"没有甜言蜜语，没有铿锵誓言，却说得果决无比。

独孤伽罗心头一震，怔怔地抬头，看着他的侧影，一时说不出话来。

两个人将全部心思都放在对方身上，却没有留意，巷子另一端，有一道黑影已悄悄地跟来。

随国公府府门洞开，前院里火光通明，前厅阶下，杨忠负手而立，望着率兵直闯进府的宇文会，冷声道："宇文公子重兵闯府，不知有何贵干？"沙场老将，气如山岳，不动不怒，凛然成威。

宇文会被他气势所慑，一瞬间停步，连他身后的兵马也被齐齐震住，不自觉后退一步，众人看看杨忠，又转头去瞧宇文会，一时手足无措。

宇文会略略定神，想到自己的来意，胆气顿壮，挺胸抬头抢上前两步，与杨忠相对而立，脑袋一仰，大声道："独孤信勾结赵贵，暗杀大冢宰，意图谋反，已举族入狱，杨坚私藏独孤伽罗，本公子特来擒拿归案！"

杨家与独孤氏联姻，今天才是纳征的日子，杨家还沉浸在一团喜气里，骤然听到这个消息，杨忠心头一震，神色变得凝重。杨瓒、杨爽也面面相觑，难以置信。

宇文会见杨忠一时说不出话来，遂得意起来："随国公，把独孤伽罗交出来吧！免得你我两府伤了和气！"

杨忠心中念头百转，衡量此话的真假，脸上却不动声色，摇头道："独孤伽罗并不在我府上，宇文公子想来是弄错了！"心里暗暗寻思：若此事是真，大郎近午时分往独孤家纳征，到此刻未回，而伽罗又已逃脱，二人必然是在一起，没有回府，又会在哪里？

宇文会见他不认，冷冷一笑："独孤伽罗可是谋逆重犯家眷，私藏可是重罪，随国公拒不交人，那本公子只好搜府了！"随即再不容他分说，向后挥手，命令道，"搜！"

"搜！"身后护卫跟着大喝，带人就向里边冲去。

杨忠断声喝道："你敢！"

随着他的断喝，就听一片兵刃出鞘声响起，顿时白光耀眼，随国公府护卫已兵刃在手，挺身挡住所有的路口。

杨瓒本来惊得不知所措，见宇文会无理，也不由气往上冲，上前一步，向他指道："宇文公子，这里是随国公府，岂能容你说搜就搜？"

宇文会挑眉，张扬大笑，轻蔑的目光掠过他，并不多理，仍向杨忠扬声道："随国公，阻碍捉拿重犯，你们也是要谋反吗？"

杨忠示意杨瓒退后，缓缓迈前一步，不答反问："宇文公子，独孤信一案，可曾经过秋官府审理？"

宇文会没料到他问出这句话来，微微一怔，说道："拿到人犯，自然会审！"

杨忠冷笑一声，摇头道："既然还不曾审问，就是不曾定罪，宇文公子为何一口一个'重犯'？"

宇文会大声道："证据确凿，独孤信罪责难逃，秋官府问罪，不过是迟早罢了！"

三言两语之间，杨忠对眼前形势已经了然，淡淡道："既然没有定罪，独孤伽罗就不是重犯，何况她并不在我府上！"

宇文会将他上下打量几眼，冷笑道："既然不在府上，为何阻挡我们搜查，分明是心里有鬼！"说完向兵马挥手，大声呵斥，"还不去搜？"众兵闻令，也是兵刃出鞘，就要强闯府里。

杨忠大怒，断声喝道："有我杨忠在此，你休想犯我杨府分毫！"

只这一声，如舌绽春雷，声震当场。众兵心头打一个突，刚刚迈出两步，又退回来，都不安地望向宇文会。

宇文会也被他吓得心头一惊，正不知该当如何，只见府门外一名护卫进来，在他耳边低语。

宇文会脸色由惊转喜，哈哈大笑："随国公，杨坚私藏重犯，你就等着替他收尸吧！"说完将手一挥，喝道，"走！"转身大步向府门外走去，片刻间，满院的兵马呼啦啦退得干干净净。

杨瓒担心道："爹，独孤伽罗真是大哥带走的？"

杨忠点头，沉吟道："大郎这会儿都不见回来，十有八九是真的！"

杨爽急道："那怎么办？"

杨忠皱眉，看着空无一人的府门口，脸色变得凝重："他们突然撤兵，或者是已经得到大郎的消息！三郎，你即刻去给二郎传话，让他带兵去找，务必要在宇文会之前将他们找到！"

杨瓒不敢耽搁，答应一声，拔腿冲出府去。

长安城外七里处，绣岭峰峦挺拔，山色秀丽。在主峰半山上有一座极大的溶洞，其间钟乳满布，奇石林立，地势复杂诡异。重要的是，这里人迹稀至，极易于隐藏踪迹。

杨坚带着独孤伽罗走到溶洞深处，那里有他和杨爽出来打猎时用来休息的一个地方。略做收拾后，他捡来枯枝，燃起火堆照明取暖。安置好一切后，杨坚轻轻吁一口气，安慰独孤伽罗："你在这里休息，我去找些食物。躲过今日，我们再设法与我父亲联络！"

独孤伽罗缩靠在钟乳石上，轻轻摇头，小声说："家人逢难，我竟然束手无策，只能在这里苟且偷安，如今，还连累杨家！"想想天牢中饱受折磨的父亲，想想也不知道被押在何处的母亲，她心痛如刀绞，落下泪来。

杨坚见她落泪，心中疼惜，柔声道："你忘了，岳父大人说过，要你留有为之身，做有为之事！此刻你只要保全自身，日后定能设法相救家人。你一味伤心难过，熬坏了身子，岂不是让亲者痛，仇者快？"

独孤伽罗听他说得入情入理，默然片刻后点头，轻声道："你放心，我纵不顾惜自个儿，也当为家人一搏！只是……你还是回去吧，我不想连累杨家！"

杨坚摇头："我和你已经定亲，你我两家同气连枝，同进同退，还说什么连累不连累的话？"见她不再说话，又嘱咐道，"这山里地势复杂，你留在这里，千万不要出去，我去找些吃的！"

独孤伽罗点头不语，自顾自想着心事。

杨坚见她心不在焉，不放心地看她一眼，这才取来洞里狩猎的弓箭，大步出洞。

此时正是春季，山里虽说一片青翠，可以找到的食物却并不多。杨坚往沟涧深处走，好不容易找到一些坚果，用袍摆兜起往回走。

离溶洞不远时，他突然听到草丛里"嗖"地一响，一只灰兔窜出来，跑去另一边草丛。

杨坚大喜，抛下坚果，弯弓搭箭瞄准兔子。

哪知道箭还不曾射出，只听风声劲疾，直逼脑后。杨坚心中一紧，顾不上多想，疾速向右扑去，却觉左臂一阵锐痛，一支精钢短箭擦过手臂，"噗"的一声插入泥土。

杨坚抬头，只见宇文会纵马冲开薄雾驰来，手中弓箭直指他，扬声笑道："臭小子，我看你还逃往何处？"话落，其身后护卫散开，很快将杨坚包围。

杨坚暗吃一惊，却不慌不忙，慢慢站起，整了下衣衫，看看手臂上的伤口，冷声问道："宇文公子，杨坚与你素来无冤无仇，为何暗箭伤人？"

宇文会扬眉，冷笑道："杨坚，你装什么糊涂？快将独孤伽罗交出来！"

杨坚耸肩，说："我又怎么知道她在哪里？"想到溶洞中的独孤伽罗，心中暗暗着急。

这里离溶洞太近，伽罗恐怕会被他们找到，他要想一个法子将这些人远远地调开，伽罗不见他回去，自然知道出事，一定会马上离开。

杨坚嘴里顺口应付，目光悄悄留意四周，心中疾速寻思对策。

宇文会见他不认，不禁大怒，喝道："我的人明明看到，是你将人带走的，快说，她在哪里？本公子饶你不死！"

原来是不小心暴露了行踪!

杨坚心里暗叹,却摇头道:"出城之后,我们就分道扬镳,她在哪里,我当真不知道!"

他话刚出口,宇文会已经大怒,骂道:"不知死活的东西!"弓弦一响,一箭向他射去。

杨坚早有防备,身形微侧,右手骤出,已一把将箭抓住,冷笑道:"宇文公子好大的威风,是欺我随国公府无人吗?"话音一落,突然手臂疾扬,手中箭向宇文会疾甩而出。

宇文会见那箭夹着风声,直射自己面门,吓了一大跳,忙闪身去躲,虽躲开了箭,但险些摔下马来。

趁着他这一分神,杨坚已疾跃而起,一手抓住一根修竹,双脚连环踢出,逼退两名护卫,瞬间脱围而出,向与溶洞相反的方向疾掠而去。

宇文会大怒,大声喝道:"抓住他,不要让他跑了!"提马自后疾追。

溶洞中,独孤伽罗正愁眉不展,苦思救人的法子,突然间,洞外隐隐传来争斗声,其中还夹杂着杨坚的声音,不由心中暗警,起身慢慢向洞口走去。

只是这溶洞奇石遍布,阻挡了视线,并不能看到洞外的情况,伽罗只能绕过奇石,小心地接近洞口。

直到走出溶洞,她才看到山坡上竹林里似乎有人影闪动,侧耳细听,隐隐有人声传来,却听不出是什么人,更听不清对方叫嚷些什么。

伽罗微微咬唇,心里暗想:杨坚说过,这山上人迹罕至,溶洞更是极为隐秘,怎么他们躲来不久,就会有别人出现?

难道……是宇文护的人找来了?

想到这可能,伽罗心头突然一跳,连忙借着草木的掩护,向声音来处摸去。她刚刚走出不远,借着晨光,见前边草丛里寒光暗闪,过去一瞧,竟然是一支精钢短箭,心头更是一紧。

她明明记得,那溶洞里放的是竹制的长箭,杨坚带去的也是长箭,那这精钢短箭是哪里来的?她俯身捡起,仔细去瞧,见那箭头还沾着丝丝血迹,竟然还没有干透。

一瞬间,独孤伽罗只觉心跳加速,再也顾不上掩藏行踪,拔腿向竹林跑去。

第八章

避奸党双双被擒
QUEEN DUGU

　　杨坚虽然武功不弱，可是昨夜奔波一夜，又水米未进，手脚早已没有力气，又哪里跑得过奔马，还没有跑出竹林，就已被追上。
　　眼看宇文会率人追来，杨坚仗着身手灵活，在林中东穿西绕，身形飘忽，忽前忽后，冷不丁跃出来，三拳两脚打翻一个护卫，再倒纵入林，避开别的护卫的追拿。
　　宇文会带的护卫众多，本来极占优势，哪知道挤在这竹林之中，相互挨挤，反而束手束脚，被他一搅，顿时人仰马翻，乱成一团。
　　宇文会又气又急，向几名近身护卫喝道："你们布阵，余下的滚开！"
　　听到他喝令，众护卫才算找到头绪，连忙四散跑开，几名近身护卫却东穿西绕，很快将杨坚围在中心，趁他一起一落，手臂力扬，几道绳索交织成一张绳网，向他当头罩下。
　　杨坚没料到宇文会身边还有这样的人物，急切要闪，却已慢了一步，脚下一绊已被一条绳索缠住。
　　杨坚大惊，纵身而起想要摆脱，却见绳圈一卷，向他当头绕来，跟着脚上的绳索力抖，顿时将他拽下，头上绳圈落下，已将他缠个结结实实。
　　宇文会见他被擒，一跃下马冲过去，在他肚子上狠踢一脚，骂道："臭小子，敢和本公子动手！"
　　杨坚肚子上吃疼，闷哼一声，咬牙不语。
　　宇文会脚下使力，冷声问道："说吧，独孤伽罗在哪？"
　　杨坚冷哼道："宇文公子手眼通天，为何不自己去找？"说完侧过头不去理他，却瞥见竹林外一袭红衫微闪，竟然是独孤伽罗向这里赶来，不由大吃一惊，深吸一口气，大声骂道，"宇文护狼子野心，陷害忠良，独孤伽罗身为忠良之后，自然会设法查明真相，除奸卫国，救家人于水火，又怎么会在这里？"
　　独孤伽罗刚刚跑进竹林，遥遥见杨坚被擒，正要冲上前相救，听到他这几句大骂，心头一震，脚步顿停，闪身躲入草丛，心中暗道：是啊，父亲要我留有为之身，做有为之事。杨坚如此，也是为了护我，我此刻出去，岂不是辜负了他们的一番苦心？

只是……

她探头一看全身被绑的杨坚，心里又是不安。

杨坚是为了她才被宇文会所擒，难道，她能不顾他的安危，独自逃走？

林中杨坚见她犹豫，又大声骂："宇文会，我父是朝中重臣，你若伤我，我父岂能饶你？"

此话似在恐吓宇文会，实则是在提醒独孤伽罗，有随国公府在，有杨忠在，宇文会不敢将他如何，让她不必管他，赶紧离开。

独孤伽罗领会，默默瞧着他，心中暗道：杨坚，你待我之情，我无以为报，如今只能立刻赶回城里报信，请随国公设法救你！她拿定主意，脚步轻移，慢慢向林外退去。

宇文会被杨坚一顿大骂，不禁怒火中烧，指着他喝道："本公子倒要瞧瞧，是你的骨头硬，还是本公子的鞭子硬！"抬脚又在他肚子上狠踹一脚。

杨坚闷哼一声，疼得弯起身子，长袍侧滑，露出一枚莹白玉佩。宇文会瞥眼一瞧，"咦"了一声，一把拽下来，拿到眼前细瞧。只见那玉佩雕工精致，玉质温润，是上好的羊脂玉雕成如意的形状，宇文会不由脸色大变，咬牙道："原来是你！"又在杨坚身上踢一脚。

当初他强抢民女，想不到人被救去不说，还被人连扇十几个耳光。当时他暗算戴面具的人不成，却看到这枚玉佩，想不到今天竟然在杨坚的腰间重见。

杨坚却不知道他已经看破，有心要转移他的注意，让独孤伽罗安全离开，咬牙冷笑道："晋国公府惯会搜刮民脂民膏，怎么小小玉佩，宇文公子也瞧在眼里？"

此刻宇文会想到当日之辱，早已经恶念横生，扬声大笑道："杨坚，你只道有随国公府撑腰，本公子就不敢杀你？今日，就要你做本公子的刀下之鬼！"劈手从护卫手中抢过单刀，向杨坚颈部疾挥。

杨坚不料他突下杀手，大吃一惊，身子疾滚避开，大声喝道："宇文会，你疯了！你若伤我，我父亲必会踏平晋国公府！"

宇文会狞笑，一步步向他走近，咬牙道："那就看看，是你随国公府的兵马强壮，还是我大冢宰府的声势浩大！"说完，一脚踩住捆绑杨坚的绳子，让他避无可避，手中单刀再挥，向他颈部砍去。

眼看再无他法，杨坚心中顿时一片寒凉，将眼一闭，只能等死，心中暗念：伽罗啊伽罗，你我终究有缘无分，今日我为你一死，但愿有生之年，你还能偶尔想起我！

那边独孤伽罗刚刚退出竹林，突然见突变横生，宇文会竟然向杨坚痛下杀手，大惊之下，顾不上多想，疾奔冲回，低叱一声，手中精钢短箭疾掷而出，当的一声，正撞上宇文会挥下的单刀。

宇文会只觉手臂一震，单刀脱手飞出，更是大吃一惊，惊喝："什么人？"

宇文会刚刚回头，就见一道红影疾掠而至，独孤伽罗一手接住落下的单刀，顺手斜挥，将一名护卫劈翻，趁势向宇文会冲去。

宇文会大吃一惊，连连后退，大声喊道："护卫！护卫！"

几名护卫同时抢上前，将他挡在身后，还不等兵刃出鞘，伽罗已跃身而起，裙中腿出，一瞬间连踢数人面门。痛喊伴着惊呼声响起，几名护卫纷纷倒地，露出身后惊慌失措的宇文会。

杨坚见伽罗终究还是出来相救，大惊之余，又觉欣慰，大声叫道："伽罗，先来放我！"

只要他脱开束缚，二人联手，要想逃走，料想不是难事。

"好！"伽罗脆应一声，单刀虚劈，直奔宇文会面门，趁他仓皇后退，反身直扑杨坚。

眼看只要她一刀下去，杨坚身上的绳索便再也困他不住，宇文会嘶声大吼："布阵！布阵！抓住他们，不能让他们跑了！"

话落，几名护卫一跃而起，纵跃间位置交错，向二人逼近。

杨坚大惊，失声道："伽罗，小心！"

只是仍然迟了一步，只见绳影重重，已将独孤伽罗的退路封住，跟着绳圈套着绳圈，布成天罗地网，重重向她压去。

独孤伽罗从没见过这样的阵法，一惊之下，单刀反撩，却觉手腕一紧，已被绳圈套住。还不等她反应，几名护卫纵横跳跃，绳圈一层层缠来，已将她整个人绑得结结实实。

杨坚躺在地上，眼见独孤伽罗和自己一样，也被绳阵所擒，不由面如死灰，摇头道："罢了！罢了！"想着自己拼尽一切，不顾性命，想要保她周全，哪里知道，到头来她还是自投罗网。

独孤伽罗全身被绑得结结实实，不惊反怒，向宇文会喝道："宇文会，你要抓的人是我，放了杨坚！"

"啧啧！"宇文会轻啧几声，"还真是郎情妾意呢，本公子倒是可以成全，让你们做一对苦命鸳鸯！"

独孤伽罗怒极气极，狠狠瞪着他，冷声道："此事与杨家无关，你抓我就是，你若动杨坚一指，随国公必不会放过你！"

宇文会冷笑，咬牙道："那又如何？我就不信，他杨忠还能斗得过大冢宰！"说完再抢一把单刀，就要向杨坚砍去。

独孤伽罗眼见威胁不成，不由落下泪来，哀求说："宇文会，你要抓的人是我，你不要伤他！不要伤他！算我求你！"

杨坚眼见宇文会已非杀他不可，独孤伽罗却肯为自己相求，不由心中一暖，柔声道："伽罗，罢了，就让我们同生共死，黄泉路上，也能相伴一程，不好吗？"

"不好！"独孤伽罗哭出声来，"这本不关你的事，是我连累你！是我连累你！"

宇文会见二人真情流露，听得心烦，狞笑道："你们要做同命鸳鸯，那也要看本公子肯不肯！今日本公子先杀杨坚，至于你……"单刀挑起独孤伽罗的下巴，欣赏地"啧啧"几声，摇摇头，"如此绝色，本公子可舍不得！"

杨坚见伽罗受辱，不禁大怒，怒喝道："宇文会，你这个畜生！"

宇文会冷笑，说："杨坚，如此艳福，你无福消受，便宜本公子了！"说着挥刀，向杨坚颈项抹去。

"杨坚！"独孤伽罗大吃一惊，失声大喊，却苦于全身被绑，无力相救。

紧要关头，只听劲风飒然，跟着"当"的一声脆响，一支长箭射来，撞上刀尖，将单刀荡开，余势不衰，"咚"的一声，钉在竹上。

只这一下，就将宇文会的半边身子震得发麻，较方才伽罗手掷短箭的力道不知又大几十倍。宇文会大惊之下，腿一软坐倒在地，单刀落下，刀柄又砸到自己脚趾，忍不住疼得大叫。

杨坚又惊又喜，奋力抬身望去，只见竹林外杨忠肩挎长弓，手提长枪，怒马扬鞭，疾驰而来。在他身后，杨整兄弟三人率杨府护卫杀到。

杨坚大喜，扬声大喊："父亲！"

宇文府众侍卫发一声喊，各挺兵刃上前迎战。杨忠纵马而至，手中长枪轻抖，枪影点点，招招向宇文府护卫疾刺，所向披靡。杨整、杨瓒一跃下马，剑光闪闪，与众护卫缠斗一处。

小杨爽手持一柄单刀，随在二位兄长身后，倒也虎虎生威，看到杨坚，立时向他那里冲去，有两名护卫来挡，被他信手劈翻。杨爽冲到杨坚身边，也不给他大哥松绑，就得意道："大哥，是我想起溶洞，幸好能赶来救你！"

杨坚见他一副急着表功的小模样，不由好笑，忙说："是啊，我们阿爽最聪明，还不赶快给大哥松绑！"杨爽这才想起来，忙一连挥了几刀，将二人身上的绳索砍掉。

伽罗爬起来扑到杨坚身边，连声问："你怎么样，伤到哪里？要不要紧？"匆忙检查他的伤势。

杨坚见她关心自己，心中一暖，柔声道："不打紧！"

伽罗细细检查，见果然没有伤到筋骨，松了口气，忙撕下自己衣襟替他包扎。

杨忠是沙场老将，杨家父子除杨瓒略弱之外，个个骁勇善战，加上双方人数悬殊，宇文府护卫又岂是杨家父子的对手，不过片刻，已全数被杨家父子擒住。

宇文会面如死灰，惊恐地望着杨忠，却仍在强撑，大声道："随国公，你……你若胆敢伤我，我父亲必不会饶你！"

杨忠点头，淡淡道："你若有事，你父亲不会饶我，可我的儿子有事，我杨忠也绝不会放过伤他之人！"说完向押着他的护卫摆手，"放他走吧！"

其余的人也就罢了，小杨爽立时瞪着眼睛，见宇文会要走，横刀挡住他的去路，大声说："父亲，他把大哥伤成这副模样，岂不是便宜了他！"见杨忠一眼横来，只好嘟着嘴让开。

宇文会只道杨忠怕了宇文护，又得意起来，振振有词道："识时务者为俊杰，还是随国公看得清形势……"

话还没有说完,只见杨忠长枪骤出,在杨爽的刀上一挑,只听"嗖"的一声,杨爽的单刀脱手,贴着宇文会的头皮掠过,削断一根细竹,砍在之后的大竹上。

宇文会眼见白光一闪,跟着头皮冰凉,只道是没了性命,吓得腿一软跪倒在地,尖叫起来:"不……不要杀我……"

杨忠冷哼一声,淡然道:"你是小辈,我不与你计较,但若再犯,此刀只需再低三分!"

宇文会早已吓得魂飞魄散,并不明白发生什么,听他说完,愣怔一会儿后回身去看,只见单刀整个刀身嵌入大竹,犹自"嗡嗡"颤动,才知道得了性命,再不敢吭一声,急忙召齐众护卫,连滚带爬地逃下山去。

杨忠目送宇文会逃走,见杨坚伤势并不严重,才略略放心,吩咐即刻回城。

独孤伽罗慢慢上前,向杨忠施下礼去,轻声道:"伽罗多谢随国公相助,今生今世,没齿难忘,伽罗就此告辞!"

杨坚一惊,伸手抓住她,紧张地问道:"伽罗,你干什么?"

杨整兄弟三人也是面面相觑,最后将目光放在杨忠身上。

杨忠深知伽罗不愿意连累杨家,轻声叹道:"伽罗,如今最要紧的就是救出卫国公,你势单力薄,如何救人?还是随我们回去,从长计议!"

独孤伽罗默然,想到独孤信浑身是血的模样,不禁犹豫。是啊,如今最重要的,就是救出父亲,救出家人。可是凭她一己之力,又如何能够做到?她心中念头百转,看看杨整兄弟期待的眼神,再对上杨坚眸中的深情,迟疑片刻,终于答应。

一行人打道回府,安置好受伤的杨坚,独孤伽罗才将狱中独孤信所说被抓的过程细述一回。

杨忠听到是楚国公谋士萧左陷害,眉目微动,点头道:"这个萧左,是一个至关重要的人证,我即刻命人去找!"安抚伽罗在府里等候消息,自己匆匆而去。

杨坚见父亲离开,轻吁一口气,伸手去握伽罗的手,轻声道:"伽罗,你放心,有父亲相助,一定能救出你的家人!"

独孤伽罗轻轻点头,却故借给他拿药,避开他握来的手掌。杨坚一只手停在半空,整颗心也顿时空落落的,没落在实处。隔了一会儿,他才自嘲般苦笑一下,慢慢将手收回,心里说不出的失落。

伽罗见他瞬间神色黯然,心中顿觉不忍,张了张嘴想要宽慰,终究只是说道:"你身上有伤,早些歇息吧!"而后自顾自开门出去。

经过这两天的事情,他对她之情,她自然知道。可是想到家逢巨变,父母、兄嫂受难,自己前途渺茫,不要说她对他本就没有儿女之情,纵然有,她又怎么能够连累他?

另一边,宇文会气急败坏地回府,一见宇文护,就嚷嚷着要父亲替他出头,诛杀杨忠满门。

宇文护横他一眼，说："这个杨忠，留着还有用处，你不许胡来！"

杨忠是独孤信的旧日部署，如今又是姻亲，独孤信逢难，他会出手相助是在预料之中的。如今，重要的不是杨忠的态度，而是通过独孤信，宇文护要将朝中反对他的势力一个一个挖出来，一个都不放过！

赵越明白宇文护的心思，凑上前道："大冢宰，还有天王！"

天王迎娶独孤氏之女，对她又宠爱有加，如今独孤信一家落难，他表面对宇文护顺从，心里怕不是那么想的。

宇文护心中隐忧被赵越点破，眸子微眯，冷哼一声，说道："那就拭目以待！"

王宫里。王后先是突逢巨变，又为宇文护所辱，惊怒之下，竟一病不起。天王宇文毓心疼至极，每日不但唤太医诊治，还在床前亲奉汤药。

奈何王后这病本是心病，几次相求，宇文毓空有救独孤信之心，却无力对抗宇文护，王后伤心之下，病势更加沉重，不过几日，将原来的端丽熬得荡然无存，只余一个病弱的身子苦苦支撑。

这日宇文毓刚刚下朝，就带着太子宇文贤直奔崇义宫。他命内侍留在殿外，父子二人直入王后寝宫。

王后寝宫以飘垂的纱帐隔开，分为内室和外室。外室摆设精致的茶桌案几，雅致而不失华丽。内室宽大的床居中摆放，床头一侧燃着袅袅的安神香，令整间寝室更添几分静谧。

宇文毓进入内室，见宫女南枝守在榻旁，低声问道："王后今日如何？" 南枝行礼，看一眼榻上已瘦成一把骨头的王后，心里说不出的难过，轻轻摇头，却是说不出话来。

宇文毓心情越发沉重，慢慢在榻沿坐下，轻声唤道："王后！"

王后从迷离中睁眼，看到他，挣扎要起，太子宇文贤忙抢上几步扶住。

宇文毓连忙握住她的手，柔声道："你身子不好，顾这虚礼做什么，快歇着！"

王后双手抓住他，急急问道："天王，我父亲如何？我的家人呢？你可曾放了他们？"

宇文毓一窒，微微抿唇，避开她充满渴求意味的眸子，轻轻摇头，低声道："宇文护人证、物证俱在，我……我……"

王后大失所望，慢慢将他松开，咳嗽一声，低声道："什么人证、物证，你分明知道那是假的，只是你畏惧宇文护，才任他胡作非为罢了！"

宇文毓心思被她说中，微觉狼狈，说："我知道那是假的又能如何？朝堂之上，总要有凭有据才能服众！如今卫国公的罪名是谋反，难不成你要我空口白牙说不追究就不追究？"

"若能如此，也不枉你担这个天王的名声！只怕你是因为先王被害，惧怕宇文护，明知我父亲冤枉，也不敢为他一争。"王后无力摇头，满心都是失望。

眼前这个人，虽然是天王，虽然对她疼宠有加，可是太过软弱，登基之后，事事听从宇文护摆布，空有天王之名，没有天王之实，如今，更连自己的家人都无法保护。

宇文毓被她戳到痛处，心中微恼，竟不愿再留："王后身子不好，还是好好歇息吧！"说着起身要走。

赴急难旧日竹马
QUEEN DUGU

　　王后心知自己一家人的性命只系在宇文毓的身上，奋力撑起身子，大声说："天王，如果你不顾忠良安危，日后等到宇文护夺位，满朝文武又有谁来顾你的安危？你将王位双手奉送，怕是九泉之下也无法面对宇文氏的列祖列宗！"

　　宇文毓见一向温良的王后竟然直言相斥，不禁怒起，低声喝道："王后，够了！你为救卫国公步步相逼，可曾在意过朕的生死？"随即拂袖起身就走。

　　他这一去，卫国公一家就再没有出头之日。王后听他说出这样的话来，急怒之下，一口鲜血吐出，连连咳嗽。

　　太子宇文贤大惊失色，失声唤道："母后！母后！"又向惊回的宇文毓求道，"父王，你就帮帮母后，救救外祖吧！"

　　宇文毓见王后吐血，心中又痛又悔，忙将她抱住，连声道："王后，你不要着急，朕会想法子！朕会想法子的！"

　　王后靠在他怀里，好不容易缓过一口气，闭眼养一会儿神，才又轻声说："天王，臣妾也不单是为了父亲，你也不想想，从前是先王，如今是家父，之后呢？下一个，是不是就会是你？再然后，是贤儿……"

　　轻缓无力的声音，残忍地道出一个血淋淋的事实。当初宇文护扶先王宇文觉登基，不过数月，就以丧德为由废黜宇文觉，紧接着宇文觉就暴毙，朝野中，早有流言说先王是宇文护所害，此事始终是宇文毓心中一个阴影。

　　如今，楚国公赵贵被杀，卫国公独孤信入狱，虽说有证有据，可是处处可以看到陷害的痕迹。

　　宇文护排除异己之心昭然若揭，往事历历在目，触目惊心，宇文毓心头震动，低头默默凝思。

　　三人正在默坐，突然间，就听到殿外靴声隐隐向这里而来，跟着是内侍安德着急的声音响起:"大冢宰,天王正在探问王后病情,请大冢宰稍候!"可是靴声并不停,很快就到了殿外。

宇文护身为外臣,竟然直闯王后寝宫!

宇文毓心中暗恼,向宇文贤低声道:"照顾母后!"而后轻拍王后肩膀以示安抚,随即起身出殿。

寝宫外,宇文护大步而来,安德躬身随在身侧连声劝阻,宇文护却毫不理睬,自顾自强闯寝宫。宇文护刚到寝宫门外,恰巧宇文毓出来。宇文毓看宇文护一副张狂模样,不由气往上冲,却也只能忍住,努力让自己的声音平和,唤了一声:"堂兄!"

宇文护见到他,作势行礼:"臣宇文护参见天王!"

宇文毓连忙双手相扶:"堂兄,自家兄弟,又不是在朝堂上,何必多礼?"

宇文护顺势起身,口中却道:"君臣有别,臣不敢无礼!"语气虽然谦恭,脸上神情却满是倨傲。

宇文毓瞧在眼里,想到方才王后的话,不由暗恨,只是如今情势不妙,又不能发作,只好强忍,微一沉吟,撑出一抹笑意道:"堂兄来得正好,恰好朕有事要和堂兄商议!"

宇文护紧紧看着他,见他的目光不自觉扫过寝宫,已经会意,皮笑肉不笑地说:"天王有事但讲无妨,可若是国事,此处似乎不妥!"

宇文毓听他一句话将话堵死,不由一窒,可是想到独孤信在押、王后病重,勉强忍气道:"说是国事,实则也是家事,大司马戎马半生,为我大周立下汗马功劳,朕想……还是放了吧!"

宇文护听他最后一句话说出,两道浓眉立刻立起,双眼怒睁,大声道:"天王,微臣尽心尽力辅佐天王,大司马却与楚国公勾结暗害微臣,分明是起了不臣之心,你不但妇人之仁,还允许后宫干政,竟然要无故释放罪臣,是何道理?"

宇文毓见他发怒,心头打一个突,不禁倒退一步。

宇文护怒目圆睁,双拳紧握,却跟着上前一步,大声问道:"天王,你说是也不是!"手按剑柄,步步紧逼。

宇文毓更是惊慌失措,不自觉再退一步,脚在门槛上一绊,险些摔倒。

隔着一道殿门,王后在里边倾听多时,此时见宇文护步步相逼,天王却步步后退,再也忍耐不住,挣脱太子扶持,跟跟跄跄冲出来,挺身将宇文毓挡在身后,昂首面向宇文护,怒喝道:"宇文护,你想要逼宫谋反吗?"

小小女子,病体摇摇欲坠,又是满脸病容,却也凛然成威,倒一时将宇文护震住了。

宇文护一怔之后,咬牙冷笑道:"王后以后宫干政,难不成微臣还说错了?"

宇文毓见王后冲出来相护,心中又是怜惜又是心疼,忙将她护在身后,放软语气道:"大冢宰,王后不过一时情急,并不曾干政,大冢宰不必在意!"

宇文护见他不再强硬,冷哼一声,顺势道:"既然如此,独孤信一案,就交由秋官府审理吧!"说完袖子一甩,也不辞礼,转身大步而去。

眼望着宇文护的背影远去,终于拐过长廊不见,宇文毓强撑的身体顿时一软,慢慢坐倒，喃喃道："朕算什么天王？算什么天王？"

王后见救父无望，又见他这副模样，更是心如刀绞。她慢慢跪倒，双手紧紧抱住他，忍不住泪如雨下。

就在宇文毓一筹莫展，王后病体越发沉重时，前往伐齐的鲁国公宇文邕与宁远将军高颎得到卫国公满门入狱的消息，疾骑赶回。

宇文毓心中本来苦闷，听到对齐一战大捷，心中才觉出一丝畅快。哪知还不等嘉奖，宇文邕张嘴为独孤信求情，宇文毓被他触动心事，又是一顿发作。宇文邕无奈，只能与高颎商议，分头打探卫国公一府的消息。

独孤伽罗自从住进杨府后，就在焦灼中等待独孤信的消息，奈何几天过去，案子始终没有一点进展，心里更是说不出的烦闷。

这一天，独孤伽罗听说杨忠回府，匆忙前去拜见。

杨忠知道她的来意，也不等她问，详细将萧左的消息细说一回。从楚国公赵贵被杀之后，萧左就在城郊置下一份产业，只是附近总有宇文府的护卫暗中保护，杨忠几次派人，都无法将他抓来。伽罗听后脸色更是忧郁。杨忠见此又温言宽慰："我们虽不能动他，可是总还有机会！另外，二郎已在联络秋官府小司寇，设法取得他的支持，为卫国公翻案。"

独孤伽罗无奈，只得点头答应，看看时辰，杨坚已该换药，便告辞出来，径直去杨坚的住处。

杨坚伤势渐好，却被杨忠严令留在房中养伤，不许乱跑。他正觉百无聊赖，见伽罗捧着托盘进来，眼睛一亮，忙坐起身来，含笑道："怎么又是你，唤个小厮就好！"

独孤伽罗强打起精神，笑着说："你嫌我笨手笨脚，回头我唤一个灵巧些的丫鬟来，这回还是我服侍杨公子吧！"

杨坚明知她是说笑，还是有些着急，脱口道："哪个说你笨手笨脚，只是你身份尊贵，成日服侍我换药，我心里过意不去罢了！"

独孤伽罗见他一张俊脸涨得通红，显然是真的着急，不由"扑哧"一笑，拍拍他胳膊笑道："知道了，干什么脸红脖子粗的！"催促他快些将衣服褪下。

杨坚知道上当，心里暗松一口气，也不恼，依言将上衣褪下，任她给自己换药。

这几日，杨坚受伤，杨府没有女眷，都是伽罗细心照顾，几日下来，两人从原来的生疏渐渐变得熟悉。杨坚有一搭没一搭说起闲话，听着她有一声没一声地应着，心里说不出的安稳，只觉岁月静好，只盼不再改变。

伽罗替他将旧纱布拆下，见他伤口已经愈合大半，心里欣喜，轻声道："换过这次药，你的伤就会大好，可以将纱布拆掉了！"她轻轻为他清洗伤口，又取药膏细细涂抹。

杨坚听到，心里却有一些失落。

伤口不用再换药，她是不是就不会再来了？

两人默然不语。感觉到药膏涂抹上伤口，凉丝丝的颇为舒服，与此同时，伤口旁的肌肤被她纤细的手指轻轻触碰，杨坚心头"怦"地一跳，只觉酥酥麻麻，直透心底，连心尖儿也变得酥麻。

心头乱跳，杨坚连耳朵尖儿都已经涨得通红，微微咬唇，努力寻找话题，好一会儿后才说道："我听父亲说，他正在积极联络朝臣，一起上奏，还岳父大人清白！"

独孤伽罗"嗯"了一声，听他仍唤独孤信为"岳父大人"，心中觉得不妥，想要指出，张了张嘴，又不知从何说起，匆匆替他包扎好伤口后，低声道："你放心，我答应过父亲，不会莽撞行事！"想到独孤信，她心中难过，又不想被他瞧见，匆匆收拾东西就要出去。

杨坚没料到自己一句话又引她伤心，忙伸手拉住她，轻声道："伽罗，我不想惹你伤心，只是，我想要你知道，不管日后发生什么，总有我在你身边！"

独孤伽罗轻轻摇头，低声道："你是杨家长子，凡事该为杨家考虑！我欠杨家已经很多，不愿再连累你！"话说完，轻轻摆脱杨坚，快步向房门走去。

杨坚一手虚空，想要将她叫住，可是张开嘴，又说不出话来。他看着她绝然而去的背影，眸底的光芒瞬间淡去，低声道："伽罗，你的心底，从不曾有我吗？"

这句话中，饱含深情，又带着些无奈和失落。只是独孤伽罗却没有听到，她捧着托盘快步走出杨坚的院子，直到拐出院门，才感觉逃离了那两道灼热的目光，靠在墙上闭上双眼，轻轻呼出口气来。

这个时候，一个小厮领着一位公子向这里走来，看到她，立刻唤道："独孤小姐，原来你在这里！这位高公子到访！"侧身向身后的公子一礼。

公子双眸目光灼灼，含笑注视她，轻声唤道："伽罗！"

独孤伽罗睁眼望去，顿时又惊又喜，抢步迎上，连声唤道："高大哥，怎么是你？你几时回来的？怎么会知道我在这里？"

只见公子身材高挑，在岁月打磨下，肌肤变得黝黑，却极为坚实，浓眉朗目，英气逼人，双眸含笑，却自带威仪，正是和她从小一起长大的高宾之子，宁远将军高颎！

高颎听她连珠炮似的问个不停，只是含笑不语，直到她问完，才一句句回答道："我在这里，自然是我。我昨日刚刚回来，是听家父说起，知道你在这里！"目光往她手中托盘一扫，又再看看杨坚的院门，微微扬眉，问道，"听说杨大公子受伤了？"

独孤伽罗"嗯"了一声，点头道："说来，他也是被我连累！"她叹一口气，将事情略说一回。

高颎默默听完，又望了她手中托盘一眼，低声道："伽罗，难为你了！"

虽然伽罗自幼不拘小节，可终究是个未出阁的女儿家，如今杨坚受伤，竟然是她亲自为他换药，也不知这段日子，她是怎么过来的！

独孤伽罗却只道他说的是独孤家逢难之事，心中黯然，垂下头去。

高颎长叹一声，也不再纠结此事，只是说道："我们得到卫国公的消息，一路疾骑赶回。相救卫国公的事，他已在想法子，只是我们刚回，许多事不是很明白，这里多有不便，今晚丑时，我们仍在从前的地方相见可好？"

独孤伽罗自然知道他说的"我们"是谁,也知道他口中的"他"指的是谁。她想要说不见,可是想到受难的父亲,在押的家人,终于微微咬牙,点头道:"好,不见不散!"

城西酒庄,曾是三人共游之地,只是随着岁月的变迁,早已经废弃,而这废弃的酒庄,也就成了三个人共有的秘密。

丑时刚过,独孤伽罗穿着一身黑衣,黑纱蒙面,借着夜色的掩护,悄悄踏进酒庄。

看到她来,酒庄里两个人都急急起身迎来,同声唤道:"伽罗!"

独孤伽罗的目光掠过高颎,落在另一人的身上,只见他眉飞入鬓,眉目含情,身形俊挺,如玉树临风,虽经沙场磨砺,却仍然不减当年风华,正是经年不见,与她一同长大,曾相伴相许的青梅竹马,鲁国公宇文邕!

宇文邕抢前一步,唤出一句"伽罗",千言万语,却不知从何说起,只能怔怔地凝视她。

她瘦了,原来明朗的少女,也变得沉郁。

独孤伽罗见他眼神里满是心痛和怜惜,微微侧头回避,慢慢将面纱摘下,向二人施下礼去,轻声道:"家父蒙难,劳鲁国公和高大哥千里奔波,伽罗感激不尽!"

一个称"鲁国公",另一个却称"高大哥",亲疏立辨。

宇文邕心头一窒,张了张嘴,却说不出话来。

高颎见宇文邕尴尬,立刻切入正题,急切道:"我们只知道卫国公蒙难,被冠上什么行刺大冢宰、谋反的罪名,事情经过究竟如何,竟然连我父亲也所知不详!"

提到父亲,独孤伽罗早将见到宇文邕的一些不适抛开,定定注视二人,问道:"二位可相信我父亲清白?"

高颎不悦道:"伽罗,你这是什么话?我二人若不信,又何必急吼吼地赶回来?"

这也不枉他们从小一起长大!

独孤伽罗点头,望了宇文邕一眼。

宇文邕忙道:"我们自然知道,卫国公断断不会谋反。昨日回京,我就已去见过王兄,他也深信卫国公一代忠良,行事光明磊落,绝不会做那行刺的勾当。"

这么多天以来,这还是第一次知道天王的态度,独孤伽罗心头突突直跳,急忙问道:"天王相信我父亲清白,不知几时放人?"

高颎皱眉,摇头道:"天王相信又能如何?如今宇文护朝中独大,天王也没有法子与他相抗!"话出口,见宇文邕侧头瞪他,心知说话造次,连忙住嘴。

独孤伽罗满心失望,轻声道:"是啊,宇文护那奸贼,连天王也要惧他几分。"微微振作,又道,"只是此案被移交秋官府,但愿秋官府秉公执法,还我父亲清白!"

宇文邕点头,安慰道:"伽罗,你放心,卫国公为人刚正,说他谋反,又有几人能信?高伯父正在积极联络朝中众臣,到秋官府问案时,给你父亲做证!"

独孤伽罗微一迟疑,摇头道:"宇文护诬陷我父亲谋反,不过是因为他私铸钱币牟利,被我父亲查到,要灭口而已,恐怕就是有朝臣做证,他也不会轻易放过!"

此话一出,宇文邕、高颎齐惊,问道:"什么私铸钱币?"

独孤伽罗各望二人一眼，整理一下情绪，这才从杨坚带她夜探天牢说起，将独孤信查到宇文护私铸钱币，又借修建庙宇牟利的事细说一回。只是宇文护私藏巨款干系重大，她隐下未说。

宇文邕和高颎万万没有料到还有此节，听她讲完，不禁暗暗心惊，但想宇文护为人，又觉此事合情合理，都暗暗点头。

独孤伽罗见时辰不早，起身向二人行礼，恳切道："此事事关重大，伽罗实不知相托何人，今日此来，就是为了请二位代为查证，或可借机扳倒宇文护那恶贼，还我父亲清白！"

此事不只关系到独孤氏一族的性命，还关系到大周国运、朝廷命脉，二人自然义不容辞，齐声答应。

独孤伽罗辞礼要走，又停下，望了宇文邕一眼，迟疑道："天牢那里……"

"我会命人留意，你放心！"宇文邕忙答。

独孤伽罗点头，向二人默默一礼，随后依原路返回杨府。

独孤伽罗刚刚走进客院，就听到院子里似有人声，仔细一听，竟然是杨坚的声音。他在那里喃喃道："伽罗，你知不知道，那天发现独孤家的小姐居然是你，我有多开心？我觉得，你就是上天给我的恩赐，这一生一世，我都不会放开你！"

猛然听到这些话，独孤伽罗微微一怔，一只脚迈进院门，又缩了回来。

只听杨坚又说了下去，轻声道："还有，纳征那天，你那副样子出现，还当真吓到了我，可是，我也知道，你是想把我吓走……"他说到这里，似乎有些难过，语气稍顿，隔一会儿，又轻轻笑了，低声道，"只是，你不知道，你越是不愿意接受，我越是想要接近你，想要了解你更多。我已经认定了你，无论如何，我都不会放手。今生今世，我杨坚护定了你！"

这些日子，横生巨变，虽然杨坚果断地站在她的身边，也常常真情流露，只是他性子内敛，这样的话，独孤伽罗还是第一次听到，立在门外，一时听得痴住。

可是，想到这几日发生的一切，想到前途的渺茫，那短暂的感动很快过去，独孤伽罗慢慢跨进院门，向杨坚走去，轻声唤道："杨坚！"

杨坚不防她从外头回来，又是这样一身打扮，不禁诧异，想到自己刚才的话，又有些尴尬，结结巴巴唤道："伽……伽罗，你……你出去了？"

独孤伽罗不应他的话，只是一步步向他走去，轻声道："纳征之日横生巨变，或者就是上天的旨意，我们本就不该在一起。你的心意，伽罗无以为报，可也不能就此连累杨家，你……回去吧！"狠一狠心，她说出最后几个字，再多看他一眼，随即开门进屋，继而"砰"的一声把门关上。

第十章

逢转机奸佞趁凶
QUEEN DUGU

杨坚本是长夜难眠，借着夜色倾吐心事，想不到全部被她听在耳里，听她一番话说得决绝，不禁整个人怔住了。

眼睁睁地看着她的身影消失，他才轻轻摇头，喃喃道："不，伽罗，或者是上天为了让我们更好地珍惜缘分，才给我们这样的考验，我不会放弃！"

随着鲁国公宇文邕的回京，加上杨忠、高宾等人的积极奔走，朝堂上一番唇枪舌剑，终于争取到独孤信一案公开审理，所有的朝臣都可列席旁听。

独孤伽罗得讯，欣慰的同时，又焦灼地等待公审的结果。

很快到了公审之日，独孤伽罗早早起身，直奔前院，见杨忠穿着一身朝服出府，随后跟上，唤道："杨叔父……"

杨忠见她整个人彷徨不安，给她一个安心的笑容，安慰道："你放心，我们已做过万全的准备，定可还你父亲一个清白！"见时辰不早，匆匆上轿而去。

独孤伽罗追出门外，看着杨忠的轿子走远，一颗心也似乎跟着他一起，穿过长街，进入宫门，向大德殿而去。

大德殿里，大周君臣都已到齐，秋官府大司寇豆卢宁虽年逾七十，却仍精神甚好，双目炯炯有神，高居案后，自带着一些威仪。

见时辰已到，豆卢宁请示过天王宇文毓，即刻命人带来嫌犯独孤信，向他问道："卫国公，大冢宰告你与楚国公同谋，行刺他，可有此事？"

独孤信摇头，断然否认道："并无此事！"

这个答案，在所有人的预料之中，豆卢宁也并不意外，当即命传证人萧左。

萧左被带上大殿，向上磕过头，大声道："卫国公与楚国公勾结，意图行刺大冢宰，是小人亲耳所闻、亲眼所见！"

此言一出，殿上一片哗然，望向独孤信的目光，有同情，有担忧，还有一些怀疑。

独孤信却早已料到，冷哼一声，咬牙道："无耻小人！"

豆卢宁点头，示意众人安静，才又问道："萧左，既然你说是卫国公和楚国公二人密谋，你又如何知道？可还有旁人为证？"

萧左不假思索，大声道："小人追随楚国公多年，楚国公一向引为心腹，密谋之时，小人就在身旁，并无他人！"

这话说得虽然在情在理、滴水不漏，可是他这语气、神态，更像是早已打好腹稿，此时依字念出来而已。

独孤信听他捏造事实，顿时勃然大怒，厉声喝道："无耻小人，分明是你卖主求荣，栽赃嫁祸！"

豆卢宁皱眉，斥道："卫国公，公堂之上，休要喧哗！"

独孤信一窒，胸膛起伏，虽气得直喘，却也只能低头道："是独孤信造次！"

豆卢宁转向萧左，冷笑一声，问道："既然你受楚国公器重，又为何背叛他，这岂是忠臣所为？"

萧左腰板儿一挺，朗声道："回大人，萧左虽是楚国公谋士，颇受楚国公器重，可是萧左也知道，大丈夫立身于世，当明辨是非！大冢宰是我大周重臣，楚国公与卫国公此举，实为乱臣贼子之举，萧左虽说不才，却也不屑同流合污，置道义于不顾，因此才向大冢宰告发！"

这一番话，说得义正词严，字字在理，顿时引来朝臣的一片纷议。杨忠、高宾对视一眼，都从对方的眼里看到了气愤和不屑。

豆卢宁点头，淡淡道："想不到萧先生倒是一个忠君体国的良士！"话虽像是夸赞，却语气飘忽，带着淡淡的不屑。

萧左见他意示怀疑，又忙跪前一步，大声道："大人，小人还有楚国公与卫国公互通的密函为证！"说着从怀里摸出信函，双手呈上。

豆卢宁命人取来，细看一回，点头道："果然是楚国公与卫国公共谋行刺大冢宰！"

萧左一喜，忙道："大人明鉴！"

豆卢宁不等他把话说完，突然话锋一转，冷声问道："方才你说，楚国公和卫国公时常相见密议，为何他二人又要留下一封信函授人以柄，你道楚国公是傻的吗？"说到后一句，已经声色俱厉。

萧左想不到他有此一问，顿时一窒，迅速看宇文护一眼，一时说不出话来。

豆卢宁冷笑一声，举起手中信函，冷声道："楚国公虽然已逝，可是朝中存有他大量的奏折，这信函是真是假，一验便知！"

杨忠立在众臣之中听审，此时见萧左说不出话，宇文护脸色也变得阴沉，趁势出列，向上道："司寇大人，杨忠有话要说！"

豆卢宁点头道："随国公请讲！"

杨忠一指萧左，大声道："前几日我偶然得知，这萧左在城中置下偌大一座产业，每日锦衣玉食，出入皆有车马随行，实不知，他小小一个谋士，哪来这大笔的财富。"

萧左脸色微变，结结巴巴道："这……这是小人多年积蓄……"

杨忠冷笑道："据我所知，数月前你因为欠债被人追打，躲在楚国公府上数月不敢出门，怎么如今楚国公一去，你就腰缠万贯？如此，岂能不令人怀疑你这财富的来历？"

豆卢宁见萧左脸色更加难看，一时说不出话来，心中已经明白，点头道："不错，此事确实可疑，本府即刻命人查问这笔银钱的来历，萧左，你以为如何？"

萧左被二人一轮逼问，瞠目结舌，耳听着群臣议论，许多怀疑的目光向他投来，心中更加惊慌，脑中一片空白，哪里还说得出话来？

宇文护微微皱眉，心里暗骂"笨蛋！"，以拳掩唇，轻咳一声。

萧左正在彷徨不知所措，听到他的咳声，顿时脑中一醒，突然"啊"的一声低呼，以手捂胸，脸上露出痛苦的神情，身子跌倒扑地，一阵抽搐，口角有白沫溢出。

杨忠等人大惊，还不等命人查看，就见宇文护已噌地一下站起，大声道："出了何事？"

宇文毓眼见案情几经起伏，萧左被逼得节节败退，就要还独孤信一个清白，正暗暗欢喜，不料有此变故，也立时站起，喝道："快，去瞧瞧怎么回事？"

一名侍卫上前查看，随后回道："回天王，此人怕是羊痫风发作！"

宇文护立刻道："天王，人命要紧，萧左又是重要人证，臣请即刻为他诊治，案子押后再审！"

到了这一步，也只能如此！

宇文毓只好点头，命人将萧左抬下去，唤太医诊治。杨忠等人眼见案情即将大白，哪知道变故横生，就此将审理打断，不禁面面相觑。

宇文护眼看着萧左被抬了下去，嘴角掠过一抹冷笑，目光扫过群臣，在豆卢宁身上略略一定，才又转向宇文毓，施礼告辞。

案子既然无法再审，独孤信仍然被押回天牢，杨忠等人也拜别天王，径直出宫回府。

杨家兄弟正陪着独孤伽罗在厅里等候消息，见到杨忠回来，一齐拥上，独孤伽罗已顾不上行礼，急切问道："杨叔父，我父亲怎么样？"

杨坚扶杨忠坐下，将沏好的茶奉上，连声问："是啊，父亲，案子进展如何？可有结果？"

杨忠摆摆手，啜一口茶才缓过口气来，向伽罗道："案子虽不曾结，可是那萧左被司寇大人问得哑口无言，漏洞百出，相信很快就能还大司马清白！"

独孤伽罗大喜，悬着的一颗心终于放下，眸中不禁眼泪充盈，倒身下拜，恳声道："家父能够再见天日，全赖杨叔父再造之恩，请杨叔父受伽罗一拜！"说完磕下头去。

杨忠连忙命人扶起，摇头道："卫国公乃国之栋梁，我们岂能坐视他被奸人所害？"叹一口气，又感叹道，"还全赖大司寇公正无私，不畏强权，卫国公才有重见天日之日！"

众人听说独孤信翻案有望，数日来的阴霾一扫而空，七嘴八舌询问审案过程。杨忠经过几日奔波，到此时也终于松一口气，含笑与他们细说。

杨爽听到萧左发病，中断审理，在大腿上一拍，恨恨道："那个小人，怎么这会儿发病？要不然，今日伽罗姐姐就可一家团聚！"

杨坚坐在一旁，抬头望向伽罗，但见她原来紧拧的眉心终于舒展，嘴角还带出浅浅笑意，不禁心里宽慰，跟着展颜一笑。

整座随国公府，气氛极为轻快。

而在鲁国公府，宇文邕自从回京后，就为了独孤家的事四处奔波，没有在自己府里多停。此刻夫人阿史那颂见他回来，大喜过望，连声命人备汤上茶，亲自为他舒筋解乏，看着他舒展的眉眼，心里却不禁暗酸。

两年前，从北国和亲嫁入大周时，她就知道，她的夫君心里只有独孤伽罗一人。可是从见到他的第一眼起，他马上的英姿、俊挺的容貌就已将她折服，她曾立誓，定要将丈夫的心从独孤伽罗手中夺回。可是两年过去了，他千里赶回，又四处奔波，仍然只是为了她！

挥去心底那一份失落，也压下对独孤伽罗的恨意，阿史那颂浅浅含笑，着意精心服侍。见宇文邕虽然仍然神色淡淡，却心情极佳，她向丫鬟茜雪打了一个眼色。

茜雪会意，抿唇浅笑，退了出去，很快带人备上酒菜。阿史那颂含笑道："阿邕，今日卫国公冤情得雪，恰我弟弟命人送来好酒，我与你小酌几杯，以示庆祝可否？"

宇文邕心情大好，点头道："好！"与她举杯痛饮。

他千里赶回，并没有休息，又奔波多日，几杯酒下肚，疲累更是如潮水般袭来，洗漱沐浴之后，身心舒展，很快进入梦乡。

夜至三更，整个长安城都陷入沉睡。突然间，一道长长的闪电划破长空，紧接着，焦雷炸响，大雨倾盆而下，似在发泄多日来的沉闷。

而在如此雨夜，一队人马却穿过雨幕，直奔天牢。

天牢里，灯火幽暗。牢头陈州买了半斤好酒，正给独孤信庆祝，听到远远有人向这里而来，惊讶地起身，还没等走出牢门，已被人一把掐上咽喉，牢门外已错落立着十几个人。

独孤信看清为首之人，不禁大吃一惊，"呼"的一声站起，厉声喝道："宇文护，你要做什么？"

雨披被掀开，露出宇文护阴冷的笑脸，目光向地上的酒菜一扫，他冷笑道："卫国公是朝廷重犯，这牢头竟敢私开牢门，罪该万死！"

陈州脸色变得苍白，双脚乱踢，却挣脱不了颈上的钳制。

独孤信脸色微变，冷声喝道："宇文护，此事与他无关，你不要伤及无辜！"

宇文护迈进牢门，一步步逼近他，淡淡道："独孤信，你不明白吗？这些人，都是受你所累！你的妻儿、你的家人，不过是因为你不识时务、顽固不化，才到今日的地步！"话落，向后挥手。

两名护卫得令，将陈州横拖倒扯，向牢门外走去。

独孤信大惊，叫道："宇文护，你要对付的人是我，他只是一个牢头，你放了他！"

"可他不该助你！"宇文护冷冷地接口。

只是这么一会儿，陈州已被拖出牢门，牢门砰然关上，紧接着，传来陈州凄厉的惨叫声。

独孤信又惊又痛，瞪着宇文护，气愤之下，身体微微颤抖，一时说不出话来。

宇文护见他怒发如狂，眼底露出一抹玩味的笑意，含笑道："卫国公，你此刻只是担心一个牢头，就没有想过你的家人吗？"

独孤信一惊，上前一步喝道："你将他们怎样了？你要做什么？"

"做什么？"宇文护悠悠笑了，慢慢靠近他，倾身与他面面相对，一字一句道，"我要你向我投诚，从今之后听我吩咐，自可保全你的家人，留你一命！"

独孤信一怔，怒瞪他片刻，突然间，仰天长笑，大声道："宇文护，我独孤信一生光明磊落、刚正不阿，岂能与你这鼠窃狗偷之辈同流合污？做你的春秋大梦！"

眼见他虽然形容狼狈，此刻却一身正义，破口大骂，饶是宇文护心机深沉，他也不禁脸上变色，怒喝道："闭嘴！闭嘴！"

可是独孤信哪里听他的话，犹自大骂不休，两名侍卫抢上前，才将他的嘴捂住。

宇文护气得脸色发白，咬牙瞪视他片刻，深吸几口气，勉强压下满腔怒意，冷冷笑出声来，击掌赞道："好！好一个忠肝义胆的独孤信，老夫佩服！"话锋一转，冷笑道，"你要做忠臣，难不成，就不顾念自己的家人？"

独孤信对他怒目而视，奈何嘴被侍卫捂住，说不出话来，可那喷火的眸子表现出他对眼前之人的愤恨。

宇文护也并不用他回答，只是自顾自说道："如今，你既然要做忠臣，我宇文护并不勉强，你处处与我作对，我再不能容你！只是家人无辜，只要你肯一死，老夫就放他们一条生路！"

独孤信双臂力挣，反肘将两名侍卫撞开，朗声笑道："宇文护，你分明是看到今日萧左供词漏洞百出，便逼我自尽，好冠我一个畏罪自杀的罪名，将我罪名坐实，好株连我的家人！如此卑鄙伎俩岂能瞒得过我？当真是痴心妄想！"

宇文护见他大骂不休，早已气得咬牙，喝道："既然如此，你一家老小，只好在黄泉路上相见了！"将手一挥，两名侍卫抢上前，手中绳索向他颈上套去。

独孤信见他竟然要下杀手，大吃一惊，指着他骂道："宇文护！你丧心病狂，必然不得善果，我独孤信在九泉之下，也不会饶你！"喝骂声中，他向宇文护步步逼近，骂到后句，突然之间，一手骤出，五指成爪直奔对方咽喉。

宇文护不料他会突然出手，大惊之下连连后退。身边一名护卫大惊，来不及抽出兵刃，挺身上前伸臂挡格。

独孤信一抓落空，身子跟着横撞，瞬间将护卫撞开，并指如戳，径取宇文护双目。他自知必死，此时雷霆一击，竟然凌厉万分。眼看只要一招得手，宇文护纵能不死，也落一个眼盲的下场。

宇文护见他招招不离要害，又惊又怒，连连后退，大声喝道："拿下！快快拿下！"

几名护卫扑来，各自向独孤信身上抓去。独孤信本是沙场老将，区区几名护卫岂是他的对手？奈何他身缠镣铐，腾挪不便，短短几招，就被众护卫死死压住，心中怒火狂燃，仍大骂不休。

独孤信骤然出手，事发突然，跟随宇文护而来的赵越等人早已经惊住，此刻才回过神来，连声喝令。两名护卫抢上前，将绳索绕在独孤信颈上，用力横拉。

独孤信喉咙一紧，喝骂声戛然而止，身子强挣，却已挣不脱十几名护卫的钳制，怒目圆睁，仍然狠狠瞪视宇文护。

焦雷一声声炸响，大雨如注，疯狂地抽打着整个长安城。

一名侍卫冒着大雨冲入鲁国公府，直奔宇文邕书房，扬声大吼："鲁国公，属下有急事求见！"

刚刚吼出一声，茜雪已疾奔而出，低声喝道："郎主已经歇下，你嚷什么？"她向几个家人示意，将侍卫拦住，向门外拖去。

侍卫大急，挺直身子大吼："鲁国公，天牢急报，有人夜闯天牢！"

睡梦中的宇文邕悚然惊醒，一跃而起，问道："什么？"随即披衣下床，向门外冲去。

阿史那颂也被吼声惊醒，一把没有抓住宇文邕，只好跟着冲出门去。

侍卫见宇文邕出来，立刻叫道："鲁国公，大冢宰率人夜闯天牢！"

宇文邕大吃一惊，大声吼道："走，快走！"一边系好衣服，一边冲入雨中。

第十一章

父惨死又入罗网
Queen Dugu

阿史那颂疾冲上前,叫道:"阿邕!"伸手要去抓他。

宇文邕一手将她挥开,咬牙喝道:"无知妇人,管好你的奴才!"再不多看她一眼,疾步冲出府门,紧接着蹄声隐隐,很快消失在铺天盖地的大雨中。

阿史那颂被他用力一挥,站立不稳,一跤摔倒在地,眼看着宇文邕身影消失,心中又恨又怒,咬牙叫道:"独孤伽罗!"

头顶,又一声焦雷炸响,伴着她求而不得的嫉恨直冲云霄。

沉睡中的独孤伽罗突然惊醒,翻身坐起,听着窗外的风雨,一颗心突然不安地狂跳。她伸手按住胸口,白天发生的一切疾速在脑中回旋,突然间,小杨爽的一句话撞入脑海:"那个小人,怎么这会儿发病?要不然,今日伽罗姐姐就可一家团聚!"

独孤伽罗悚然一惊,隐隐觉有什么不对,却已经顾不上细想,一跃而起,拔腿向门外冲去。

房门被打开,黑黝黝的门外站着一个人,独孤伽罗大吃一惊,厉声喝道:"什么人?"一手骤出,向那人劈面一掌。

那人也被她吓一跳,忙侧身避开,低声道:"伽罗,是我!"

独孤伽罗一掌劈空,手指回勾,再要击出第二招,听到他的声音,顿时顿住,诧异道:"杨坚,怎么是你?"

杨坚摇头,低声道:"不知为什么,我总心绪不宁,一时睡不着,来瞧瞧你!"见她只是穿着一身家常的衣服,不禁皱眉,问道,"外头下着大雨,你做什么去,也不打伞?"将手中的伞向她一递。

独孤伽罗被门外的冷雨一激,脑子更清楚一些,被他一问,立时脸色大变,一把将他抓住,连声道:"杨坚,那萧左病得蹊跷,怕事情没有这么简单,我要去天牢瞧瞧我父亲!"

杨坚一怔，低头默思一下，随即低声道："是啊，眼看翻案有望，又横生枝节……"几句话说出来，也是心神不宁，果断点头道，"好，我陪你！"再不多说，取来雨披罩上，两人冲进大雨之中。

瓢泼一般的大雨，没有丝毫止歇的意思，狂风抽打下，街道两旁的大树也几乎折断，满街都是残枝败叶。小小的雨披已无法抵挡肆虐的风雨，两个人刚出府门不久就已全身湿透。

而这一切，独孤伽罗都已经无法顾及，只能冒着大雨向天牢方向狂奔。

奔近天牢，她正要上前叫门，冷不丁听到"咯吱"一声响，天牢的厚重铁门竟然被缓缓打开。杨坚眼明手快，一把抓住伽罗，拖着她冲入对面的巷子，避入角落，探头向天牢张望。

狂风袭击下，连气死风灯也无法点燃，短短的距离，只能看到有十几个人走出天牢大门，却难瞧清是谁，隐约中，还有两人手中拖着什么。

一道闪电划破长空，将天牢门前照亮，被拖在地上的，赫然是脸色惨白的陈州。他的身上，鲜血混着雨水流淌而下，很快混入路上的大雨中，被冲得无踪无迹。而最前边正在踏上马车的，竟然是宇文护和赵越一行。

独孤伽罗一见之下，险些失声惊呼，却被杨坚死死捂住嘴。

眼瞧着宇文护的马车穿过雨幕远去，大雨中，两名狱卒还在躬身相送，独孤伽罗再也忍不住，一掌撞开杨坚，拔步向天牢疾冲而去。

杨坚猝不及防，伸手去抓，却一把抓空，只好一咬牙，跟着她一道儿冲进天牢，径直向关押独孤信的最里面的牢房冲去。

两名狱卒见宇文护的马车消失，转身回来，竟见两道身影冲入天牢，都是大惊失色，拔步追去，扬声喝道："什么人？胆敢擅闯天牢！"

随着二人的喝声，几道门后，天牢守卫疾冲而出，看到杨坚、伽罗，疾冲上前拦阻。

独孤伽罗心系独孤信，不管不顾，只是发足飞奔。杨坚见一名守卫拔刀劈向伽罗，疾冲而上，飞起一脚径踢他的手腕。

守卫吃疼，单刀脱手飞出，还没反应过来，杨坚已一肘横撞，将他撞出老远。杨坚跟着接住落下的单刀，信手连挥刀，将第二名守卫劈翻，刀光闪闪，向第三人直击。

众守卫人数虽多，可是看到他如此神勇，一时胆寒，只是迟疑的一瞬，独孤伽罗已疾冲而过。杨坚更不多停，拔步冲上前，刀劈掌击，片刻之间，十几名守卫全部倒地。

这一会儿，独孤伽罗已奔到独孤信牢外，只见半开的牢门内，一人悬空，月白色的身影还在轻晃。

只这一眼，独孤伽罗只觉心胆皆裂，厉声叫道："爹——"她跟跟跄跄地扑上去，抱住独孤信双腿哭道，"爹，你怎么样，你不要吓伽罗……"

杨坚打倒最后一人回头，也是大惊失色，疾步冲来，助伽罗将独孤信放下，但见他脸色青紫，双目突出，额角青筋暴出，早已经气绝身亡。一时间，他心中又惊又痛，似乎连周身的血液也已经凝固。

愣怔一瞬，眼见独孤伽罗仍在呼喊，他伸手握住她肩头，轻声道："伽罗，岳父大人……已经去了！"

"不！不会的！"独孤伽罗疯狂摇头，紧紧抱住独孤信的身体，连连摇晃，哭喊道，"爹，小七来了，你睁开眼看看，你就要沉冤得雪，我们很快就能全家团聚，你怎么会走呢？你醒醒，和小七说说话……"

是啊，这些天来，独孤信受尽折磨，却仍然坚挺如山，如今，眼看着就要沉冤得雪，他怎么会死？

杨坚抬头，看到梁上虚飘的白色腰带，双拳不自觉地握紧。

可是，这不是久留之地！

杨坚压下心头的怒火，解下身上的长袍，轻轻盖在独孤信身上，心中默念："岳父大人，你安心去吧，杨坚定会照顾伽罗！不管是谁害你，杨坚必会让他血债血偿！"

长袍盖住独孤信青紫的脸孔，独孤伽罗打一个哆嗦，顿时清醒过来，狠狠咬牙，恨恨叫道："宇——文——护！"一字一字，从齿缝间迸出彻骨恨意，转身向牢门外冲去。

杨坚大吃一惊，失声叫道："伽罗！"不敢多停，跟在她身后冲去，直等到冲出天牢，才一把将她抱住，大声吼道，"伽罗，你干什么，你停住！"

"放开我！放开我！"伽罗拼命挣扎，一拳拳挥向他，叫道，"是宇文护！一定是宇文护那个狗贼害死了父亲，我要找他报仇！你放开我！放开我！"

杨坚死死抱住她，大声吼道："伽罗，你醒醒，你现在赶去，根本杀不了他，只是白白搭上一条性命！从此之后，你父亲的冤屈再也无人能够替他昭雪，还有你的母亲、你的兄嫂，你不管了吗？"

杨坚的大吼，伴着头顶一声声炸雷，在独孤伽罗耳畔轰响。

是啊，母亲还在蒙难，兄嫂还被羁押，如果她死了，他们该怎么办？

独孤伽罗再也支撑不住，身子慢慢软倒，跌靠进他的怀里，失声痛哭。

马蹄声伴着雨声疾速而来，宇文邕跃身下马，看看大敞的天牢，再看看雨中相拥的二人，整个人顿时如石化一般，再也动了分毫。

他，终究还是来晚一步！

第二日一早，骤雨初歇，天王临朝。

独孤信在天牢身亡，消息传入大殿，满朝皆惊。杨忠等人震惊之余，力指有人杀人灭口，宇文护一党却一口咬定独孤信是畏罪自杀。双方争辩之下，定于三日后再审萧左。

消息传回随国公府，令悲痛中的独孤伽罗精神微微一振。

独孤信虽死，可是若能从萧左身上打开缺口，替他翻案，不但为逝者昭雪，还可以救出在押的母亲和兄嫂。

杨坚见她终于止住眼泪，轻轻松一口气。

按照风俗，人死三日，亲人要前往灵前祭拜道别。只是独孤信一案未结，尸体仍然存在秋官府的殓房里。到那天夜里，杨坚疏通秋官府守卫，带着伽罗前往殓房，祭拜独孤信。

推开殓房沉重的木门，殓房内阴沉的气息扑面而来，月光洒进来，落在惨白的盖尸布上，更使整个殓房变得阴森。

独孤伽罗怔立片刻，只觉两条腿重逾千斤，一步一步，拖着步子向停尸床走去，看着白布遮盖下的身体，几次伸手，却不敢掀起，仿佛若不掀那白布，不去看白布下的尸体，自己的父亲就还活着。可是，若是掀起，是不是就要承认那个残酷的现实？

杨坚感觉到她的无助，伸手握住她的手，轻声唤道："伽罗！"他望向她的目光，皆是温柔，只愿意将自己全身的力量给她，让她能够支撑过这痛苦的时刻。

独孤伽罗受到他的鼓励，微微闭眼，深吸一口气，给自己一点勇气，慢慢将盖尸布掀起，看着独孤信安然的面容，眼泪又忍不住扑簌簌滚下来，呜咽道："爹，小七来看你了……"

一滴一滴眼泪顺着面颊滚落，落在独孤信乌青的脸上，又顺着他的腮边滑下去，就像是逝者听到了女儿的声声呼唤，也在落泪一般。

杨坚叹气，在伽罗肩上轻拍，意示安抚，轻声道："伽罗，你父亲在天之灵，看到你如此伤心，也会走不安稳，还是节哀吧！"

独孤伽罗默默点头，隔一会儿，终于忍住滚落的泪水。见独孤信的脸被自己泪水打湿，她用手帕去轻轻擦拭，低声道："爹，你一直说女儿总要长大，却一直宠着我，生怕女儿受一点点委屈，如今，女儿长大了，日后的路，女儿一定会坚强，你安心去吧！"

杨坚轻轻点头，跟着说道："岳父大人，日后杨坚必会陪着伽罗，你放心吧！"

听着他诚挚的话语，独孤伽罗心中暗暗感动，却没有应声，只是一下一下将父亲的脸擦拭干净。

或者，这是她最后一次服侍父亲了！日后天人永隔，相见无期，她将再也见不到父亲！

眼泪再次涌上来，独孤伽罗暗暗咬牙，强行忍下，低声道："父亲，天王已经下旨，明日会重审萧左，女儿必定设法还你清白，救出母亲和兄嫂！"

手帕擦拭到颈下，轻缓的动作突然停住，独孤伽罗轻声唤道："杨坚！"颤抖的手指慢慢掀起独孤信的衣领。

杨坚顺着她的手指望去，但见独孤信脖子上露出两道勒痕，心头不禁一跳，忙俯身细细查看。只见一条勒痕经过咽喉，平直向后，在后颈交叉，而另一条却只是环过前颈，斜斜向上，他不由脸色微变，抬头去看伽罗。

独孤伽罗看到他的脸色，证实了自己的猜想，身子开始瑟瑟发抖，哑声道："父亲是被人害死的，如此明显的痕迹，又怎么会没有验出来？"

气愤之下，杨坚一张俊脸也早已变得铁青，咬牙道："宇文护纵然能买通狱卒和仵作，可是眼前铁证如山，怕他不能抵赖，天网恢恢，疏而不漏，我们即刻回府，与父亲商议！"

独孤伽罗点头，细心为父亲整理好衣领，重新盖上白布，默默再瞧片刻，这才狠一狠心，跟着杨坚离开。

二人刚刚走出殓房不远，突然间，就听到锣声大响，有人扬声叫道："走水了……走水了……"

二人一怔，还没有回神，但见浓烟滚滚，竟然是从身后窜起。独孤伽罗大吃一惊，失声喊道："父亲！"随即转身冲回去。

杨坚也跟着她向里疾冲，哪知道刚刚冲出十几步，就见前边烈火熊熊，早已将整个殓房吞噬。杨坚暗吃一惊，冲上前几步，一把将伽罗抱住，大声吼道："伽罗，来不及了！"

独孤伽罗连连挣扎，哭道："父亲，父亲还在里边！"

"来不及了！"杨坚再喊，强拖硬拉，带着她冲出殓房。回过头，只见火苗狂卷，烈焰冲天，火势之猛，竟然极为少见。

杨坚强压住心头的狂跳，见一名守卫拎着木桶从身边跑过，一把将他拉住，急声问道："这位兄弟，这殓房为什么会起火？"

守卫摇头，茫然道："刚司刺只将我们叫去片刻，哪知道就起这般大火，这殓房四周，也没有引火之物啊！"说完摇头，又赶去救火。

没有引火之物，这火起得还如此猛烈，还如此突然，偏偏是在守卫走开之时！

这一瞬间，杨坚俊眸骤寒，暗暗咬牙。

这样的情形，可能只有一个，那就是……

"宇——文——护！"独孤伽罗也同时想通其中的关键，咬牙切齿地喊出这个名字，喃出滔天的恨意！

这一切，自然是宇文护要毁尸灭迹！

只是，看着眼前纷乱奔跑的人群，不但找不到物证，也找不到人证，只能眼睁睁地看着大火将一切吞噬。

独孤信尸体被焚，被杀的证据被销毁，要想为他翻案，证明他的清白，剩下的就只有萧左一个人证。

杨忠闻报，即刻带人赶往秋官府，秋官府的大牢里却已经没有了萧左的踪影。杨忠大怒，将守卫抓来，逼问之下，守卫道出萧左已逃离长安。杨忠再不多停，立刻集齐随国公府府兵，出城去追。

伽罗得到消息，愕然片刻，看看杨坚，又看看杨整，皱眉道："宇文护心计深沉，萧左已是这件案子唯一的人证，宇文护既然将他救出大牢，又岂能如此容易让人知道他的行踪？"

杨坚一惊，失声道："你是说此事有诈？"微一凝思，想到从独孤信被杀，到火烧殓房，一步一步，宇文护不但手段毒辣，还都做得天衣无缝，不禁心惊肉跳，失声道，"糟了，父亲有危险！"

杨整也跟着变色，急道："府中已无兵可用，这可如何是好？"

独孤伽罗略略一想，向杨整道："二公子，请你即刻去禀报天王，我和大郎去请救兵！"

杨整挂念杨忠安危，顾不上多问，答应一声便飞奔而去。独孤伽罗和杨坚二人出府，径直赶往鲁国公府。

宇文邕听二人说明来意，也是大吃一惊，连忙集齐府兵，与二人一同赶出城去。

城外五六里之外的山里，已经尸横遍野，一片厮杀声。杨坚等人赶到时，只见一辆马车翻倒在路边，杨忠等人被蒙面人团团围住，已经陷入苦战，山坡上十几名蒙面人时时偷放冷箭。

杨坚眼见杨忠势危，等不到赶到近前，忙取弓箭在手，连珠箭发，杨忠身旁蒙面人应声倒地。

众蒙面人见杨坚来了救兵，发出一声喊声，兵刃齐出，分出一半人马向杨坚等人迎去，试图阻止他们与杨忠汇合。

杨坚、宇文邕一左一右将伽罗护在中间，手中兵刃展开，所向披靡，向杨忠杀去。杨坚担心杨忠，扬声问道："父亲，你怎么样？"

杨忠厮杀多时，本已渐渐力尽，看到三人率兵杀至，顿时精神一振，扬声道："无妨！"长枪抖起，泛起点点银光，瞬间将包围撕破一个口子，渐渐向杨坚靠近。

蒙面人眼见包围之势被破，已难伤到杨忠，突然发出一个信号，接着有几人转身直奔独孤伽罗。

杨坚、宇文邕二人齐惊，一同回招救援，宇文邕挺身挡在独孤伽罗身前，替她挡去正面的攻击，杨坚在侧，挥剑替她挡去另一边的袭击。

这样一来，宇文邕也倒罢了，杨坚却空门大开，背后无遮无挡，一名蒙面人刀至中途突然转向，向杨坚后背直劈而去。

伽罗一眼瞧见，失声大喊："杨坚，小心！"

第十二章

生死间再添温情
QUEEN DUGU

杨坚听到独孤伽罗大喊，悚然回神，急忙侧身，险险避开，手中长剑疾挥，已将那人毙于剑下。

另一侧蒙面人见伽罗分心，单刀直进，向她当头劈落。独孤伽罗听着耳后风声，来不及回身挡格，身形疾掠而起，向后凌空倒翻，避过致命一击。

哪知身后本已离悬崖不远，这一飞身疾退，她一脚踩上虚悬的崖石，只觉脚下一空，低呼一声，身体无所凭依，向崖下直落而去。

杨坚、宇文邕大惊，齐声惊呼，向前扑去。杨坚抢先一步，纵身一跃，抓住伽罗半幅衣袖，哪知立足不稳，被伽罗的冲势一带，一个踉跄，跟着向崖下跌去。

宇文邕飞身赶到，反手疾扬，手指只是在杨坚袍摆上一触，却没能抓住，眼瞧着独孤伽罗和杨坚一前一后跌下崖去，顿时心胆俱伤，痛声喊道："伽罗！"

就在他心神大乱时，一名蒙面人疾跃而起，手中单刀疾挥，向他砍去。

杨忠等人看到，齐声大呼，都奋力向这里杀来。

宇文邕听到喊声，下意识侧身，终究晚了一步，虽然避开要害，胸口仍然中刀，顿时血光迸现，鲜血长流。

宇文邕连连倒退，倒下之前，幸有护卫赶到，一把将他扶住，挡去随后而来的杀招。

宇文邕顾不上身周的厮杀，推开护卫的扶持，向崖边冲去，可是刚刚迈出两步，双腿一软，已往前摔倒。

护卫大惊，挡开追击而上的蒙面人，急忙抢上前扶住他。

杨忠眼见爱子坠崖，心中又惊又痛，喝令声中，带领众人奋力冲杀，枪影点点，竟然招招都是杀意。

众蒙面人见他神威凛凛，瞬间有十几人被挑于枪下，发出一声喊声，四散逃去，顿时跑得无影无踪。

杨忠顾不上追敌，抢步冲上悬崖，向崖下望去，但见崖下波涛滚滚，惊涛拍岸，哪里还有杨坚和独孤伽罗的身影？

　　两府的人马齐出，顺流寻找杨坚和独孤伽罗的身影。可是时间一点一滴地流逝，直到黄昏时分，仍然没有二人的下落。

　　杨忠、宇文邕无奈，只好留人继续搜索，各自回府等候消息。

　　夕阳斜照，河水已渐渐变得平缓。杨坚从昏迷中醒来，举目望去，但见在夕阳的余晖里，独孤伽罗趴伏在不远处，连忙爬起，跌跄着赶过去将她抱起，连声唤道："伽罗！伽罗！"

　　独孤伽罗身子受到摇晃，呛咳一声，醒了过来。

　　杨坚大喜，连忙问道："伽罗，你怎么样？要不要紧？"

　　独孤伽罗茫然四顾，好一会儿后才想起发生什么，轻轻摇头道："不打紧！"撑住他的手，慢慢站起，却觉脚踝处传来钻心的疼痛，不由轻吸一口凉气。

　　杨坚忙将她扶住，在一块岩石上坐下，替她褪下鞋袜一瞧，只见脚踝早已经红肿，心中疼惜，皱眉道："你扭了脚，很快就会天黑，恐怕今天回不去了！"举目四望，只见山林幽幽，河水泛涌，竟不知身在何处，见前边不远处有一个山坳可以避风，便扶着她过去歇息。

　　趁着天色还没有全黑，杨坚清出一片空地，捡些干柴备用，再去河里抓几条活鱼回来。

　　独孤伽罗坐在树下，看着他忙碌的身影，心中暗暗感动。可是转念间，这些日子发生的一切又都袭上心头。

　　想萧左这一逃，再难抓到，自己父亲的冤屈再也无法洗脱，母亲、兄嫂又如何能够救出？她想到伤心处，又怔怔地落下泪来。

　　杨坚抱着树枝回来，一见她这副模样，顿时慌了手脚，忙去她身边坐下，连声问道："伽罗，是不是脚疼，我帮你揉揉！"不容她推托，抬起她的腿放在自己膝上，在脚踝处轻揉。

　　一只脚被他握在手里，他掌心的温热阵阵传来，指腹的薄茧摩擦上她细致的肌肤，令她心中微觉不适，她缩腿想要收回，却被他紧紧抓住。

　　杨坚一心只在意她的伤处，并没有多想，揉了一会儿见红肿似乎略散，轻轻松一口气。他抬头想要询问，见她脸儿微红，不禁一怔。他低头看去，才发现自己掌中握着她一只纤白小脚，心头不禁一跳，连忙放下。他匆匆起身，掩饰般嗫嚅道："我……我再……再去瞧瞧……"究竟去瞧什么，自己也没想出来，就匆匆躲开。

　　独孤伽罗本来有些窘迫，见他这副模样，不禁哑然失笑，倒将原来的尴尬抛开。

　　杨坚直跑到伽罗看不到的地方才停下，想起刚才的情形，不禁脸红心跳，隔了好一会儿才缓和过来。看着天黑了，在这里躲着不是办法，又放心不下伽罗，他在近处转悠了一会儿，才捡些树枝作为掩饰，慢慢蹭回去。

　　独孤伽罗见他逃走好一会儿，只拿着几根树枝回来，忍不住觉得好笑，转念想到今日的事，又觉心中歉疚，轻声道："今日追拿萧左不成，还连累你们杨家，连累杨叔父！"

杨坚见她谈到正事，也很快将原来的尴尬抛到脑后，忙安慰道："那宇文护狼子野心，只想着朝中独大，我父亲手握兵权，他必定是虎视眈眈，迟早会向杨家动手。"

独孤伽罗点头，苦笑道："难为你想得如此通透！"

杨坚含笑道："事情本就如此！"嘴里说着话，手中已将刚才捡来的粗大树枝绑成一个架子，挡在二人之间，接着脱下自己的长袍搭在架子上，隔开二人的视线。他找到火刀、火石，将柴禾点燃，这才道："伽罗，你……你将衣裳脱下来烤干吧，当心着凉。"

独孤伽罗见他竟然如此细心，心中微觉感动，答应一声，将外衣脱下，就着篝火慢慢烘烤。

杨坚将鱼洗剥好，串上树枝慢慢烤，嘴里有一搭没一搭闲聊，提到今日一战，不禁感叹道："今日若不是鲁国公，我们当真不知该如何是好，想不到你和他竟然是熟识！"

独孤伽罗心头微窒，不愿提起那段伤心的爱恋，只是含糊道："我和他还有高大哥，从小一起长大，只是这几年他们四处征战，很少相见罢了！"

提到那个种在心里的男子，独孤伽罗抬起头，望着苍穹，儿时种种，齐袭心头，苦涩中带着甜蜜，可是任是如何，都掩不去心底的那份缺憾。

不管他们曾经如何，一切，都成了过往，他和她，从此之后，终究再也没有可能！

杨坚对她瞬间变化的情绪却浑然不觉，听她说起儿时，也不禁想起自己的年少时光，轻声道："我杨家虽说也是长安士族，可是我从小不在爹娘身边，竟然不知道，这长安有这么多好玩的去处。"言语间对伽罗的童年似乎悠悠向往。

从前，他没有来得及介入她的生命，以后，他要伴她走过后半生！

独孤伽罗微微一怔，这才想起，父亲说过，杨坚自幼长在佛门。她轻轻点头，顺口问起，听杨坚讲述那些年的四海游历，民生疾苦，倒也听得津津有味。

两人谈谈说说，不知时光暗过，直到烤鱼的香味阵阵袭来，才惊觉早已饥肠辘辘。

杨坚见手里的鱼烤好，隔帘向独孤伽罗递过去，含笑道："饿这半日，快些吃吧，仔细烫着！"见她伸手来接，凑前一些递到她手上。

哪知独孤伽罗的手刚刚回缩，就听"咯"的一声轻响，树枝的枝丫碰上支起的架子，架子一斜，整个向伽罗倒去。

杨坚"啊哟"一声，忙伸手去抓，哪知脚下被树枝一绊，顿时立足不定，整个人随着架子跌了出去。

那一边的独孤伽罗见架子倾倒，也忙起身去扶，哪知道身子还没有站稳，杨坚整个人就摔了过来。伽罗脚上本就有伤，此时被他一撞，顿时立足不定，惊呼声中，两人同时滚倒在地。

独孤伽罗撑身要起，抬头一瞬，但见杨坚月白的中衣微敞，露出胸前结实的肌肉，在火光的照映下，呈现淡淡的褐色，带着令人安稳的力量。

杨坚扑倒，不觉疼痛，只觉怀中身躯温软，竟然说不出的舒服，不解地抬头。

刚才独孤伽罗烘烤衣服，现在身上只穿着贴身的小衣，这一望之下，撞入眼帘的，是她颈下大段雪白的肌肤，鼻端，女儿香幽幽传来，他一时竟然痴了。

两人各自愣怔一瞬，还是独孤伽罗先回过神来，忙在他肩头一推，挣脱他的怀抱。

这一下，杨坚也悚然回神，惊跳而起，一张脸早已涨得通红，一手抓住自己衣领转过头去，结结巴巴说道："对……对不住，我……我不是故意……不是故意的……"

独孤伽罗匆忙抓过外裳穿上，本来满心羞窘，可是见杨坚比自己还要惊慌失措，又不禁好笑。她扶起木架，摸摸架上长袍，发现已经干透，取下给他，说道："衣服干了，快些穿上吧！"

杨坚不敢回头，连声答应，反手去接，手指又触上伽罗的手腕，顿时像被火烫到一样，连忙缩手。

看他这副模样，独孤伽罗不禁哭笑不得，将长袍塞入他怀里，而后自顾自捡起烤好的鱼，坐到一边去吃。

杨坚匆匆忙忙把衣服穿好，偷瞧伽罗，见她神色平和，并不见生气，才悄悄松一口气，讪讪地坐到她身边，添柴让篝火更旺。

夜色渐深，独孤伽罗已经倚着大树睡去，杨坚见她身子微微瑟缩，解下外袍轻轻替她盖在身上，自己抱膝而坐。他抬头看着满天的星子，听着微风拂过山岗，身边是心爱女子浅浅的呼吸，一时间，心中是满满的感激。

感激，让他与她相遇！感激，在她落难时，能让他相陪！他杨坚，愿意陪着独孤伽罗走过生生世世，不管未来有多艰难，有她，有他，足矣！

第二日一早，杨坚和独孤伽罗草草收拾，觅路离开河滩。经过一夜，又没有伤药，独孤伽罗的脚踝更加红肿，杨坚心疼不已，好说歹说，背着她前行。

二人走出不久，幸遇上连夜寻来的杨整、杨瓒。想到今日要再审萧左一案，几人不敢耽搁，拐上大路，上马乘车，疾赶回城。

大德殿里，天王宇文毓听说秋官府失火，卫国公独孤信遗体被焚，证人萧左不知去向，不禁又惊又怒，想到宇文护的毒辣手段，又暗暗胆寒。

杨忠等人强抑愤怒，据理力争，请求秋官府彻查此案，势必要给楚国公、卫国公两府一个公道。

大司寇豆卢宁想到是自己对秋官府监管不力，才到目前的地步，心中说不出地自责，颤颤巍巍地出列，向上磕头，大声道："天王，此案疑点甚多，不能仓促定案，恳请天王宽限时日，臣必定彻查此案。"

话出口，立刻换来杨忠、高宾等人的支持。

黄惠向宇文护看去一眼，见他轻轻点头，立刻出列，大声道："天王，臣以为不妥！当初人证、物证俱在，都呈交于秋官府，结果秋官府监管不力，接连出事，长安城中已人心惶惶。如今，若是此案再拖，恐怕人心不稳啊，天王！"

豆卢宁闻言暗怒，大声道："案情不明，驳回再审，又怎么会民心不稳？轻判枉判，才怕民心动荡！"

黄惠冷笑，向他靠近一步，一字一句问道："那么请问大司寇，这几日来，大司寇可曾找到新的线索？"

豆卢宁皱眉，摇头道："时间有限……"

话还没有说完，已被黄惠打断，他冷笑道："此案分明早已大白，司寇大人却想尽一切办法一拖再拖，下官不知是何缘故。"语气冷冽，似有所指。

豆卢宁一怔，瞬间明白，不禁气得发抖，颤声道："黄大人是说我豆卢宁徇私枉法吗？"

黄惠冷笑，淡淡道："卫国公遗体存在秋官府殓房，秋官府一把大火烧掉，萧左被押在秋官府大牢，秋官府又轻易让人走失，如今说司寇大人没有徇私，又有谁信？"

几句话一出，倒将宇文护所做的几件事扣在豆卢宁的头上。

豆卢宁气得身子直抖，指着他说不出话来。

黄惠见他几乎站立不稳，作势扶住，一手握住他的手腕，浅浅笑道："大司寇，此案还是听天王定夺吧！"

豆卢宁见他手指不见使力，可是被他握住的地方，有一缕寒意通过肌肤直透心底，一时惊疑不定，更加说不出话来。

眼瞧着二人争执，宇文护冷笑连连，此时跨出一步，面向天王宇文毓，大声道："天王，当初人证、物证俱在，独孤信、赵贵二人罪证确凿，臣力请结案，将两府满门抄斩。"

此言一出，杨忠、高宾等人顿时哗然。宇文邕向上行礼，大声禀道："天王，所谓物证，不过是楚国公一封信函，并没有卫国公的任何证据。至于人证，也不过是萧左的一面之词，如今萧左消失，又焉知他不是心虚，畏罪私逃？如今卫国公、楚国公无故身亡，又如何能够抄斩他们的家人？"

豆卢宁乍听宇文护说出那番话来，心头更是一震，立刻摆脱黄惠上前几步，大声叫道："天王！卫国公功勋卓著，没有确凿证据，岂能枉杀？望天王三思！天王三思啊！"话说到这里，但觉心口一阵剧痛，忍不住低哼一声，扑倒在地。

宇文毓大吃一惊，唰地站起，连声喝道："快，太医！快传太医！"

宇文护却连声嚷道："侍卫，扶大司寇下去医治！"

喝令中，有两名侍卫抢上前，扶起豆卢宁。

豆卢宁整个身子瑟瑟发抖，抬起头，难以置信地望着黄惠，手指颤颤向他指去，却已说不出话来。

刚才虽然在愤怒下，可是身体并没有不适，而此刻他竟然心痛如刀绞，分明是受了此人的暗算。

黄惠见他看穿，嘴角溢出一丝阴冷笑意，冷冷注视他。

眼瞧着豆卢宁被扶出大殿，殿上还是一团混乱，宇文毓突然咬牙，大声道："卫国公谋反一案，证据不足，楚国公行刺一事，也并无实质行动，二人既死，罪不及家人，就判两府家眷流放如何？"

群臣正处在一团混乱中，突然听到他这一番话，不管是宇文护一党，还是杨忠等人，都齐齐怔住。一瞬间，纷乱的大殿一阵安静，所有人回头，齐齐望向高高在上的天王。

宇文毓见没有人应，又着急问道："各位爱卿以为如何？"嘴里虽然问着群臣，眼睛却定定地盯着王弟宇文邕。

宇文邕愣怔了一下，瞬间明白他的心思，忙俯身跪倒，大声道："臣领旨，天王圣明！"

眼前双方各执一词，在这个节骨眼上，豆卢宁偏偏病发，眼看宇文护一党占尽上风，再争下去，恐怕也没有好结果，他这样做，是想保全两府的家人。

听他一呼，杨忠、高宾等人也瞬间明白，忙纷纷跪倒，大声道："臣领旨，天王圣明！"

这些人一拜，一些心中暗向独孤信，或是心存观望的朝臣也都跟着跪倒，呼呼啦啦，倒是占了半数。

宇文护见宇文毓竟敢自作主张，心中暗怒，瞪他一眼。只是宇文护虽然跋扈，但事已至此，也不能当着所有的朝臣发作，也只能忍气，将此事认下。

宇文毓见宇文护满脸怒容，心中打一个突，却仍然强撑道："那就流放千里，到赣岭吧！"

赣岭是江南烟障之地，被发配去那里的囚犯九死一生。杨忠等人听到，不禁面面相觑，宇文护却脸色稍和，大声领旨。

宇文毓见众人不再有异议，暗拭一把冷汗，望了内侍安德一眼。安德会意，立刻高声道："天王退朝——"

宇文毓趁势起身，出殿而去。

群臣送天王离去后，这才向大殿外而去。刚出殿门，就见两名侍卫匆匆而来，杨忠认出是刚刚扶豆卢宁出殿的侍卫，忙将人叫住，问道："大司寇病情如何？"

侍卫躬身回道："回大人，大司寇未到太医府已经急火攻心而亡！"不等他再问，已匆匆而去。

杨忠整个人怔住了，回头与高宾对视一眼，都从对方的眼里看出了愤怒。

宇文护经过二人身侧，冷笑几声，大步而去。

第十三章

遭流放暗计求人
QUEEN DUGU

　　随国公府书房里，独孤伽罗正等得焦急，见杨忠回来，忙起身迎去，急声道："杨叔父，怎么样？我母亲和兄嫂几时能回来？"

　　杨忠看着她，连连摇头，一时不知从何说起，隔了好一会儿，才将朝堂上双方争执、豆卢丁身亡的事说一回，最后说道："天王也是无法，只能判为流放，如今看来，这已是最好的结果！"

　　独孤伽罗听到"流放"二字，脑中顿时轰的一声，眼前一片黑暗。

　　杨坚见她身子摇晃，大吃一惊，忙抢前扶住，连声道："伽罗，你不要急，如今既然保住了岳母大人和兄嫂的性命，日后我们再想法子！"

　　独孤伽罗扶住桌子站稳，等一阵眩晕过去，这才又看向杨忠，定定地问道："流放，是流放去哪里？"

　　杨忠见她脸色惨白，心中不忍，却又不能不说，低声叹道："赣岭！"

　　独孤伽罗心中一阵抽痛，闭眼将那痛楚压下，而后慢慢转身，向墙上望去。

　　杨忠是沙场老将，数年来南征北战，要熟悉大周各处的地形，书房中一面墙上，挂着一张大周的疆域图。

　　杨忠看出她的心思，过去在地图上轻轻一指，正是赣岭所在的地方。

　　独孤伽罗一瘸一拐地过去，在"赣岭"两字上定定地注视片刻，又沿着图上标志道路的细线，慢慢转向长安方向。

　　杨忠以为她不舍家人，指着那细线道："从长安到赣岭，途经州府还有我的一些故交，我即刻修书一封，命人快马先行，请他们沿途照应！"

　　独孤伽罗点头，轻声道："多谢杨叔父！"虽然是道谢，却语气飘忽，心神不宁，一双眸子定定地盯着地图上某一点。

　　跃马渡！

那个地方，她曾与宇文邕结伴同游，现在闭上眼，那里的山川河流，就在胸间。那里山势险峻，道路难行，是一个设伏的好地方。根据路程计算，流放的队伍走到那里，应该是出发三天之后！

独孤伽罗无法眼睁睁看着母亲、兄嫂被流放赣岭，更等不到他们被流放至赣岭之后，现在，最好的办法，就是在这里下手！

现在的问题是，母亲和嫂嫂没有武功，哥哥独孤善虽然武功高强，可是没有人相助，恐怕也无法脱身。更何况，她要如何将整个计划告诉他？

心中迅速计算府中众人的实力，只是短短片刻，独孤伽罗便拿定主意，向杨忠施下礼去，轻声道："伽罗多谢杨叔父为独孤家奔波，也多谢对伽罗的照应！"

中途劫囚成功，她和她的家人就只能亡命天涯，眼前这个待自己亲厚，为独孤家尽心尽力奔波的老人，自己怕再也无力回报了！

杨忠没料到她突然行大礼，忙将她扶住，摇头道："孩子，先不说你与大郎的亲事，就是你我两家，也素有渊源，你又何必如此？"

独孤伽罗默默起身，低声道："伽罗心里乱得很，先请回去歇息！"见杨忠点头，她转身慢慢向门外走。杨坚赶上去想扶她，却被她一把推开。见她步履艰难，杨坚心中疼惜，愣怔一会儿后，还是跟了出去。

看着二人的背影走远，杨忠满心无奈，轻轻叹出一口气来。

独孤伽罗一瘸一拐地走进客院，"砰"的一声将门关上。杨坚慢慢跟过去，立在门外，几次抬手想要敲门，却又强行忍住。他张了张嘴，想要说些什么，可是此时此刻，所有的语言都显得苍白无力。隔了一会儿，他终于一声长叹，从怀中取出一瓶药膏放在窗台上，轻声道："伽罗，无论如何，你总要顾着自己身子。你脚上有伤，记着上药！"默立片刻，听屋里人没有应声，他只得叹一口气，一步三回头地离开了。

独孤伽罗早知杨坚跟在身后，此时倚门而立，听着他关切的嘱咐，一瞬间，泪盈于眶，却很快忍了回去。听着他离开，她慢慢走到案前，准备笔墨，微一沉吟，挥笔落纸，再没有一丝的迟疑。

天色渐渐昏暗，杨坚坐立不安，几次出门想要去看伽罗，却又怕自己的打扰更加让她难过，来来回回几次，见有丫鬟捧着托盘从客院过来，忙迎上去问，丫鬟皱眉道："独孤小姐午饭就不曾用，方才敲门，也没有人应声！"

杨坚心头一跳，不安的感觉变得更加强烈，抛下丫鬟，飞快向客院跑去。

打开客房的房门，放眼望去，屋子里一片孤寂，又哪有伽罗的身影？杨坚紧张得双拳紧握，明知无人答应，还是忍不住放声叫道："伽罗！"回望间，见桌子上静静躺着一封书信，不禁心头狂跳，扑上前抓起，但见信封上写着"杨公叔父亲启"几字。

杨坚一愣，想要拆开，又停住，转身冲出客房，直奔书房去找杨忠。

杨忠听说伽罗留书出走，也是满心的震惊，忙将信接过一看，就见信上写道："杨公叔父台鉴！家父此番获罪，杨家四处奔走，伽罗铭感五内。然事已至此，伽罗一介女流，无力回天，唯愿与家人同生共死，再不分离，望叔父大人见谅！"信封中另有一封书信，标明是写给杨坚的。

杨坚手指微颤，接过书信，只见信上写道："杨公子！父亲生前为你我订立婚约，伽罗蒙公子抬爱，对伽罗呵护有加。只是伽罗欠杨家良多，已无以为报，今日立此字据，解除婚约，盼你早得佳人为偶，也是伽罗生平之愿！"

杨坚一字字读完，脑中却一片混沌，不解其意，再看一回，才明白信上说的是什么，心中大痛，嘶声叫道："伽罗……"疾冲出门，脚步却又停下，茫然四顾，竟不知去哪寻找伽罗。

杨整、杨瓒闻讯赶来，看到眼前的情形，也不禁面面相觑。杨忠将信再看一回，跌足道："这个傻孩子！"

杨坚白着脸回来，急声问道："父亲可知道伽罗去了何处？"

杨忠叹息摇头，指着信道："她说要与家人同生共死，恐怕是去了大牢！"

大牢……

杨坚身子一震，脸色更白了几分，握信的手指慢慢收紧，轻轻摇头，心底呐喊：不！伽罗！你不可以！你怎么可以这样残忍？

大牢里，卫国公府众人见伽罗穿着一身囚衣被带了进来，也是齐惊。崔氏扑上前一把抱住她，连声问道："伽罗，你……你怎么会来？发生什么事了？"

背后狱卒道："卫国公获罪，家人流放，独孤伽罗自首！"说完，锁上牢门离去。

崔氏听说独孤伽罗竟然自投罗网，忍不住痛哭失声。对面男牢的独孤善听到，又惊又痛，摇头道："小七，父亲蒙冤未雪，你怎能如此轻易放弃？你让父亲在九泉之下，如何心安？你……你这是不孝不义啊！"

上官英娥听他把话说重了，急忙阻止。

独孤伽罗眸中带泪，嘴角却浅浅含笑，安抚过母亲，抱抱大嫂，转头去瞧独孤善，轻声道："大哥，伽罗是独孤家的女儿，岂不知家人在受苦？伽罗今日不来，才是此生之憾，父亲泉下有知，也必会明白伽罗！"

独孤善张嘴想要驳斥，对上她明如秋水的眸子，心中顿时感觉到一丝异样，张了张嘴，话到喉咙，却没有出口。

几天不见，眼前的妹妹虽然仍是旧日的容颜，可是，有什么地方不一样了！她瘦了，却似乎……长大了！

众人悲伤一阵，看着独孤伽罗笃定的笑容和安然的眼神，终于安静下来，看着靠坐在一起的三个女人，所有人的心里，倒多了些安宁。

是啊，自己的家人都在一起，总强过两处的牵挂，如此，也好！

鲁国公宇文邕听到伽罗投狱的消息，大惊失色，匆匆赶入大牢。

他从牢中提出独孤伽罗，心痛地看着她穿着一身白色的囚衣，轻轻摇头，哑声道："伽罗，你何苦？"

独孤伽罗低头微笑，淡淡道："此事已成定局，伽罗再无他法，只求与家人在一起！"

宇文邕摇头，上前一把将她抱住，恳切道："伽罗，是我无能，救不出伯父，救不出你的家人，只是……我还可以保你一世的安稳，你大可不必来这里受苦！"

独孤伽罗轻挣，却被他紧紧抱住不放，也不再与他强抗，只是淡淡道："阿邕，家破人亡，伽罗已成一叶浮萍，又哪里来的安稳？"

"你可以的！"宇文邕低吼，急切地扳过她的身子让她面对自己，连声道，"伽罗，你嫁给我，只要嫁给我，你还有你贵族的身份，没有人敢将你怎么样，我会用我的一生，护你一世的安稳！"

独孤伽罗抬头，定定地看着他，嘴角抿出一抹冷意，摇头道："阿邕，枉我与你一同长大，相知一场，你竟然当我独孤伽罗贪生怕死，不顾家人安危，能安心与你共享荣华吗？更何况，当初你负心背盟，迎娶阿史那颂，我和你之间就再无可能！"

这一番话，说得斩钉截铁，将宇文邕整个人说得愣住，隔了一会儿，他才摇头道："伽罗，你明知我迎娶她是迫不得已！"

"那赟儿呢？"独孤伽罗立刻反问回去，一字一句道："阿邕，你忘了你的儿子吗？在迎娶阿史那颂之前，你就有了赟儿，难道也是迫不得已？"

听到她的斥问，宇文邕满脸不解，摇头道："伽罗，男子三妻四妾，实属平常，我是皇室宗亲，又怎么可能只有一个女人？你知道，我心里只有你啊！"

独孤伽罗定定地看着他，隔了片刻，才轻轻摇头，叹道："阿邕，相识一场，你并不知道我独孤伽罗要的是什么，又何必多言！我意已决，你不要再来找我！"她将他推开，大步走向门外。

宇文邕怔怔地看着她挺直的脊背，感觉就是当初的决裂，也没有今日这般让他觉得陌生而遥远。眼看着她已踏出房门，他忍不住赶上前两步，大声道："那杨坚呢？他是你想要的吗？你与他相识不过几日，他懂你吗？你懂他吗？"

听到杨坚的名字，独孤伽罗顿时停住脚步，心底没来由地升起一缕暖意，默然片刻后，轻轻摇头，低声道："阿邕，有道是，白首如新，倾盖如故！你不懂我，正如你不懂他，并不在于相识多久！"说完，再不理他，径直大步而去。

宇文邕呆立当场，喃喃着重复："白首如新，倾盖如故？白首如新，倾盖如故？伽罗，你就如此认定，杨坚懂你？"

只是，他的问题，已没有人能够回答。

数日后，到了流放的期限，卫国公府众人被从牢中提出，一路穿过长街，走向城门。

往日的权贵，一朝沦为阶下囚，街上的百姓指指点点，议论纷纷，而卫国公府的人，却只能低着头，默默前行。

独孤伽罗和大嫂上官英娥一左一右扶着母亲崔氏，走在队伍之中，不经意间抬头，于人群中对上杨坚心痛的眸子，只是微微一怔，跟着转过头去，眉目都不曾稍动。

杨坚唇微微一动，无声低唤，看着伽罗更显清瘦的身影，心中的疼痛无以复加。

他想就这么冲上去，将她紧紧抱住，想告诉她，不管什么时候，他都会在她身边。

可是，她冷漠的目光，胜过押差手中的棍棒，让他如此无法接近。

流放的队伍出城，一路向南。瞧热闹的百姓也渐渐散去，只余一些赶路的百姓和过路的行人。

上官英娥几次回头，都见杨坚默默跟着，回过头，却见独孤伽罗只是固执地沉默着，固执地不愿意去看一眼，只能轻轻叹息。

虽然说，这两个人相识不久，可是，杨坚待伽罗之心，众目所见。本来，伽罗逃脱，他们盼望杨坚能给她一个家，让她能够平平安安地活下去，哪里知道，还是走到今日。

看到嫂嫂的反应，独孤伽罗不用回头去看，也自然知道杨坚还跟在身后。表面上，她保持着冷漠和决绝，心底，却说不出的焦灼。

三日之后，流放的队伍会到跃马渡，在那里，有一处天险。在赶到那里之前，她只要暗中通知独孤善和其余会武功的家人，听从她的号令，在恰当的时机动手，这区区几十个押差很容易解决。之后她便可带家人逃入山里，避开朝廷的追踪，再另寻地方安身。

这是当天她心中盘谋的计划，经过大牢中这几日的深思熟虑，怎样动手，怎样保护不会武功的女眷，再怎样退入山里，一切一切，所有的细节，她都已经计划周密。

可是现在，杨坚一直随行，如果他一直跟着不去，到时动手，他不知道她的计划，恐怕会被误伤！

要想一个办法，激他离开！

看看已到中午，天气越来越炎热，队伍走上偏僻的山路，给行路的人增添了一些艰难，崔氏已经步履蹒跚，时时被押差催促。

杨坚略略迟疑，快步跟上来，将领队的押差截住，赔笑道："押差大哥，走这半日，大伙儿也累了，不如歇息片刻再走！"

押差皱眉，为难地说道："杨公子，你跟着一路，我们已经为难，如今怎么还来阻碍我们走路？这些囚犯要是不能按时送到赣岭，我们也是要担干系的！"

杨坚连连点头，取钱袋塞进他手里，含笑道："杨坚知道押差大哥辛苦，只是这天气实在不宜赶路，何况又有这许多女眷，押差大哥行行好，给个方便！"

押差掂掂钱袋，感觉入手沉重，立刻换上一张笑脸，说道："素闻杨公子心好，果不其然！"接着挥挥手，命队伍原地休息。

崔氏一生养尊处优，哪里吃过这种苦，走这半日，早已累得上气不接下气。听到可以休息，独孤伽罗连忙扶她坐下，取帕子替她拭汗、扇风。

杨坚快步过去，取水囊送到崔氏面前，轻声道："岳母……"话出口，想到独孤伽罗的退婚书，心中一黯，改口道，"伯母，喝些水吧！"

崔氏看他一眼，见他眸底全是关切，不由暗叹一声，接过水囊道："有劳杨公子！"心中暗暗难过。

这样好的一个孩子，又对伽罗有情，偏偏，伽罗无福啊！

这个时候，身后有几个行人赶了上来，见这里队伍休息，也找树荫坐下，自顾自饮水、说笑，时不时望这里几眼。

独孤伽罗向那里看去一眼，只见四人都是粗布衣衫，头戴斗笠，居中一人三十余岁年纪，倒生得长眉朗目，颇有一些英气，另几人却相貌平平，并不出色。

只是这里是过山的官道，来往有各色人等，独孤伽罗自顾自想着自己的计划，对这几人并不留意。见杨坚将水囊递来，她抬头注视他，低声道："一会儿队伍上路，你不必跟着了！"

杨坚一窒，低声唤道："伽罗！"

独孤伽罗摇头，淡然道："事已至此，你跟着也于事无补，反而令我更加不安！"

杨坚心知她说的是实情，可是，又哪里忍得下心就此离她而去，张了张嘴，却说不出话来。

就在此时，山道另一边传来一阵马嘶，紧接着马蹄声疾，片刻间转过山坳，马上几十名蒙面人手舞长刀大戟，向这里冲来。

一名押差跳起，大声喝道："喂，干什么的？"话刚出口，但见马上人信手疾挥，已一刀将他劈翻，长刀带起鲜血，在骄阳下闪出一道血色。

众蒙面人见他一招得手，发一声喊，全部纵马冲入人群，见人就砍，竟然刀刀都是杀招。

众押差大惊，急忙跃起，取兵刃抵挡。只是他们只是寻常的差役，又哪里抵挡得住如此迅猛的冲杀，不过一招，就都被砍于刀下。

第十四章

受屠戮全家逢难
QUEEN DUGU

　　卫国公府众人大惊失色，纷纷跳起身来，只是苦于手中没有兵刃，会武的家丁赤手空拳上前迎敌，女眷惊呼尖叫，向四处逃开。

　　正在此时，只听山道上又是一阵马蹄疾驰，一队衣服撕掉号牌的府兵疾冲而出，齐声呐喊，向蒙面人冲去，满山遍野，顿时变成一处修罗战场，杀声震天，鲜血四溅。

　　杨坚长剑出鞘，环顾一周，向崖边大石一指，叫道："伽罗，你们去那边避避！"手中长剑疾挺，向最先的蒙面人迎去。

　　蒙面人纵马赶到，手中长刀疾舞，朝杨坚当头就劈。

　　杨坚听风声劲疾，不敢强抗，身形疾闪，剑走偏锋，向他手腕斜挑。

　　蒙面人一刀劈空，刀势走老，正要回刀再砍，骤然间手腕剧痛，一声惨叫，一只手掌带着长刀疾飞而起，还不等他再次喊疼，杨坚已飞身而起，长剑疾挺，一剑洞穿他的咽喉。

　　独孤善随后赶到，见他两招毙敌，大喊一声"好！"，随即一跃而起，接住落下的长刀，大喝一声，冲入蒙面人中，片刻间砍翻两人。

　　几名蒙面人一见，大吃一惊，互相招呼一声后，三人缠住独孤善，另有两人跃过他向独孤伽罗等人杀去。独孤伽罗大惊，护着崔氏连连后退，转头见地上有一柄长剑，忙向上官英娥道："大嫂，你和母亲躲躲！"接着在她肩头一推，俯身捡起长剑，迎上蒙面人。

　　与此同时，在之前树下歇息的几名行人也已经跃起，"铮铮"声响，竟然从包袱中取出兵刃，也立刻加入战团，向蒙面人杀去。一时间，山野间一片厮杀声，双方都有人不断倒下，很快尸横遍野。

　　自从被擒，独孤善在牢中受尽窝囊气，此时杀起了性子，当真如猛虎出笼一般，势不可挡，蒙面人见他神勇，不敢缨其锋芒，转而去追杀府中家丁、婢女。

　　独孤善见状，冷哼一声，提刀赶上，刀刀狠辣，接连劈翻两人，而后回身架开第三人的暗袭，反刀向对方颈上疾抹。

那人见刀至，大吃一惊，身体疾速后仰，手中刀反手格开，顺势向他胸前斜挥。

独孤善不料此人竟然不是庸手，来不及伤敌，急忙回刀自救。就在此时，大石后另一名蒙面人一跃而出，手中长剑向他后心疾刺。

眼看独孤善腹背受敌，难以招架，只听一声厉喊，上官英娥疾扑而出，挡在他的身后。血光迸现，蒙面人的一剑已直刺入她的身体，跟着一掌直击，她一口鲜血喷出，身子如断线风筝一般飞起，跌下悬崖。

独孤善心胆俱裂，悲声大喊："英娥！"手中长刀疾卷，将身前杀手的头颅伴着鲜血，挥出丈余，跟着向悬崖冲去，想要查看英娥的下落，却听身后风声飒然，一柄长剑已洞穿他的身体，一口鲜血顿时激喷而出。

不远处，护院丁大力正与蒙面人厮杀，一眼见到，不禁失声大吼："公子！"挥刀劈翻一名杀手，疾冲而来，一把将他抱住，反手将暗算之人砍倒。

独孤伽罗正被两名蒙面人夹击，听到独孤善悲声大喊，循声望去，正见他被长剑洞穿，大惊之下，剑招微乱，一名杀手横刀劈来，她闪避不及，只觉肩上一凉，顿时鲜血长流。

杨坚激斗中，时时留意伽罗，见她突然受伤，大吃一惊，挺剑逼退一人，返身赶向她。一名蒙面人长刀疾挥，再将他拦住。杨坚大急，手中长剑疾舞，几次强冲，竟不能摆脱蒙面人的纠缠，急得连声大吼。

独孤伽罗肩膀剧痛，长剑几乎拿捏不稳，眼见杀手又刺来一剑，索性一咬牙，一剑格开，挺身直上，向杀手怀中扑去，竟然是两败俱伤的打法。

杀手从不曾见过这样的招式，微微一愕，还不及反应，只觉胸口一凉，独孤伽罗手中长剑已挺入他的胸膛。

此时杨坚终于将身前蒙面人一剑刺死，飞奔赶来，一把扶住独孤伽罗，急声道："伽罗，你怎么样？"

独孤伽罗摇头，撑剑站起，瞥见大石后露出崔氏的双脚，不禁心头大震，推开杨坚，踉踉跄跄地向她跑去，大声喊道："母亲！母亲！"她扑到石后，只见崔氏横躺在地，肚子上的伤口犹自不断冒出血来，整个人顿时僵住。

独孤伽罗只觉心中顿时一空，悲切大喊："母亲！"飞扑上崔氏身体，连声哭喊，"母亲，你怎么样？你不要抛下伽罗，母亲，求你醒醒……"

似乎听到女儿的呼唤，崔氏身子微微一动，慢慢睁开眼睛，看到眼前的女儿，眸中闪过一抹光彩，一只手紧紧抓住她的手指，拼力说道："伽罗，听娘的话……好好活着……"话未说完，已用尽最后的气力，手一松，与世长辞。

"母亲……"独孤伽罗痛哭失声。

就在此时，只听到另一边丁大力大叫："公子！"，独孤伽罗抬头，只见独孤善一口鲜血喷出，身子直挺挺地后仰倒下。

独孤伽罗惊得魂飞魄散，大声叫道："大哥！"随即拔步向独孤善赶去，刚刚冲出两步，脚下一个趔趄，跟着眼前一片漆黑，身体软软地倒了下去。

杨坚大吃一惊，纵身赶上，一把将她抱住，大声叫道："伽罗！伽罗！"可是怀中人已经失去意识，听不到他的呼唤。

这一战，从正午开始，至申时结束，长达两个时辰。几十名押差和一队府兵无一生还，卫国公府众人也几乎被杀干净，蒙面人杀至最后一人，眼见杨坚等人早已杀红了眼，不敢再战，上马逃走。

原来的几名路人有一人身亡，见蒙面人逃走，两人上马去追，片刻间消失在大路的尽头，山里，只剩下满山的鲜血和尸体。

残阳如血，照在十几座新坟上，令整个山野更显荒凉。

杨坚立好最后一块墓碑，手指拂过墓碑上的名字，怔立片刻，而后默默跪倒，心中暗暗念道：伯母、大嫂，杨坚此生，必会拼死护伽罗周全，你们英灵不远，但请放心！默祷完毕，他连磕三个响头，好一会儿后，才慢慢起身，抱起躺卧在身边的人儿，大步离去。

暮色渐拢，残阳最后一抹光线掠过墓碑，最前四块墓碑上，赫然是独孤善、独孤崔氏、独孤上官氏、独孤伽罗四人的名字。

是啊，独孤伽罗死了！但愿她的死，能让她从此避开宇文护的追杀，平平安安度过余生！

杨坚心里默念。

长安城中，宇文邕骤闻噩耗，整个人如遭雷劈，不顾阿史那颂阻止，跌跌撞撞地上马，与高颎一路赶出城去。

怎么能信？今天一早，卫国公府一行才被押送出城，他生怕宇文护中途下手，已派出一队府兵暗中保护，怎么可能在短短几个时辰内就遭此毒手？

然而，当他赶入山里，看到那满山遍野的鲜血，看到那一大片的新坟，看到墓碑上那个熟悉的名字时，整个人几乎陷入疯狂。

卫国公府上下尽数遇难，独孤伽罗身亡！

消息传来，王后伤痛欲绝，第二日一早，带着宫女南枝与一队侍卫出王宫，直奔独孤家的遇难现场。

宇文护对独孤伽罗之死本不起疑，但听完宇文会的禀报，微一沉吟，扬眉冷笑道："那我们也出城去看看吧！"随即下令整顿人马，向城外而去。

那一天，派去的杀手只有一人逃回，回禀独孤家全部被杀，只有独孤伽罗一人重伤，被杨坚所救。现在，独孤伽罗这个死讯，是真是假？

城外三十里远的山坡上，一座座新坟触目惊心。王后抚过一个个简陋的墓碑，不禁泪如雨下，一个个唤道："母亲、阿善、英娥、伽罗，你们怎么就走了呢？你们走了，留下我一个人，要怎么办？"

宫女南枝听着心酸，不断柔声劝解。

王后哭了一会儿，这才跟着她慢慢起身，吩咐带来的工匠动工，修筑陵墓，雕刻石碑。

如今，这已经是她能为亲人做的最后一件事了！

眼看着坟墓修好，工匠正将独孤伽罗的墓碑立起，王后瞧着碑上的名字，又忍不住落下泪来，喃喃道："七妹，你安心去吧，姐姐必会报此血海深仇！"

话音刚落，就听马蹄声响，宇文护在前，宇文会、赵越等人在后，率队向这里驰来。

王后似早料到，眉目不动，冷冷地注视马上人。

宇文护奔到近前，居高临下地逼视她，见她面无惧色，冷哼一声，向四周望去，冷声道："王后好大的胆子，胆敢为罪人修筑陵墓，置我大周法度于何处？"

王后也是一声冷哼，淡淡道："我父一生光明磊落，如今为奸人所害，家人蒙难，本宫身为独孤家的女儿，为家人修筑陵墓，何罪之有？"

宇文护听她竟然不加掩遮，直指自己陷害忠良，脸色顿时一沉，指着她喝道："王后蔑视国法，将她给我打入天牢，等候天王发落！"

话落，已有几名侍卫冲上来，要对王后动手。南枝大吃一惊，忙挺身挡在王后身前，厉声喝道："大胆，王后是一国之母，你们是什么东西，胆敢无礼！"

宇文护不料她一个小小宫女有如此胆量，凝视她，冷笑道："王子犯法，与庶民同罪！"

王后将南枝拉到身后，昂然道："纵然本宫有错，也自有天王定夺，轮不到你一个臣子在此指手画脚！"目光一扫墓群，暗暗咬牙，毅然转身，大步向马车走去，吩咐道："回宫！"

宇文护冷笑，眼底都是轻蔑的笑意，淡淡道："天王？我倒要瞧瞧，天王是不是还会护你！"看着王后的马车走远，他回过头，目光扫过独孤家的墓群，最后定在独孤伽罗的墓碑上，向赵越使个眼色，自己掉转马头，跟在王后身后，直奔王宫。

赵越躬身，眼瞧着他一行走远，这才一指独孤伽罗的坟墓，喝道："挖，我倒要瞧瞧，独孤伽罗是真死，还是假亡？"

随着一声令下，护卫上前推开工匠，动手挖掘独孤伽罗的坟墓。新坟筑起不久，搬开新彻的石块，不过片刻，就将疏松的泥土挖开，露出一身白色囚衣的女子。

女子身上有数处刀伤，拨开披垂的长发，露出脸来。虽然是新丧，可是这里土壤潮湿，加之天气炎热，脸上肌肤已经开始溃烂，乍看上去，果然像是独孤伽罗。

文昌殿中，天王宇文毓见宇文护不顾侍卫阻拦，押着王后长驱而入，惊讶之余，又不禁心惊，连忙起身询问。

宇文护略躬躬身，算是行礼，大声道："天王，王后身为一国之母，私自为罪人修筑陵墓，无视大周法度，请天王裁决！"

王后却不惊不惧，昂首道："天王，臣妾虽为王后，但也是独孤家的女儿，我父为小人陷害，含冤而死，并不能定罪。如今我家人又无故遭受屠戮，臣妾只是为家人修筑陵墓，何错之有？"

宇文护听她一再强调独孤信是被人陷害，脸色一沉，冷笑道："独孤信谋反，此案震惊朝野，独孤氏一门被流放，也是天王下旨，怎么，王后质疑天王枉判吗？"

宇文毓见王后直对宇文护，竟然分毫不让，不觉有些心慌，忙劝道："王后，事已至此，你少说几句！"

王后见他一副惶恐模样，不禁满心失望，张了张嘴，一时说不出话来。

宇文护冷笑一声，又道："既然嫁入王室，便该一心只为天王、为王室着想，王后却一心只想着独孤家，就不配身为王后！"转向宇文毓拱手行礼，大声道，"天王，恳请天王废后，以正后宫！"

宇文毓身子一震，失声惊呼："你说什么？你要朕废后？"他看看宇文护冷冽的眸子，再看看王后渐变苍白的脸，倒退几步，轻轻摇头，颤声道，"你要朕废后，不如，先废了朕这个天王！"

此话一出，不只王后震动，就连宇文护也震惊莫名，微微回神，瞬间大怒，一记耳光重重挥去，怒喝道："你身为天王，却说出这等话来，如何对得起宇文家的列祖列宗？"

宇文毓被他打得一个趔趄，几乎摔倒，见王后来扶，一把将她拉在身后，不管不顾地大吼："天王？朕连自己的王后都不能保护，算什么天王？朕早已对不起宇文家的列祖列宗！"

王后不料他竟然有这样的勇气，心中惊痛交集，又有一些感动，低声喊道："天王！"

宇文护见他竟敢强抗，倒是大感意外，看看相顾扶持的二人，冷笑一声，咬牙点头道："好！好！既然天王力保，那就罚王后幽禁佛堂三个月，无旨不许外出！"一甩衣袖，大步而去。

宇文毓本就是凭着一时勇气勉力支撑，见他离去，一口气顿时懈去，腿一软，慢慢坐倒。

王后见宇文护如此跋扈，想自己一家人全部被害，天王又被他钳制，不知这血海深仇要如何去报，激怒之下，一口鲜血激喷而出，后仰倒下。

四周一片黑暗，独孤伽罗一个人在奔跑。她觉得很累，却无论如何也停不下来，似乎身后有什么东西在追赶，又似乎前方有什么人在召唤。

不知跑了多久，突然间，前方出现点点星火，在那微弱的光线下，她看到独孤信含笑向她招手。

"父亲……"独孤伽罗哭起来，更加奋力地向前跑。她用尽全身的力气，独孤信却离她越来越远，渐渐变成微弱的一点光芒。

独孤伽罗连连摇头，惊恐地大喊："父亲别走！"

可是，没有什么为了她的伤心和恐惧停留，独孤信最后的一抹笑容还是消失在黑暗里。

独孤伽罗仓皇四顾，脚下还在不断地奔跑，却不知道自己究竟要跑去何处。

突然间，四周亮起来，露出一片山野，一群提刀的蒙面人纵马杀来，鲜血四溅，山野上的人一个一个地倒下。

崔氏、上官英娥、独孤善……

独孤伽罗嘶声大吼，想要冲去相救，可是任她如何奔跑，她始终游离在那片山野之外。

"母亲……大哥……嫂嫂……"独孤伽罗哭喊着，头在枕上痛苦地辗转，额角的冷汗一滴滴淌下来，浸湿了衣领。

杨坚迷迷糊糊时听到她的喊声，一惊而醒，扑到床边连喊："伽罗！伽罗！"

却见独孤伽罗的眼睛仍然紧闭，头还在枕上不安地辗转，杨坚心里一紧，探手摸摸她的额头，再与自己的额头比较，才轻轻松一口气。

他带她回到竹庐，已经三天了，她始终高烧不退，昏迷不醒，现在虽然还在昏迷，但至少烧已经退了下去。

他担忧地叹口气，替她把满头的冷汗拭尽，默默凝视她片刻，这才起身出去替她熬药煮汤。

杨整兄弟来时，满脸是灰的杨坚正在熬鱼汤。见到三个人进来，他连忙起身问道："怎么样？"

将伽罗带回竹庐的第二天，他就请三兄弟设法在长安城散播独孤伽罗的死讯，希望宇文护能停止对她的追杀。

杨爽本来一脸好奇地研究他锅里煮着什么东西，听到他的话，一脸气愤地抬头，握紧小拳头咬牙道："那个宇文护，始终不信伽罗姐姐真的死了，趁着王后修筑墓碑，还是让人挖开坟墓，幸好大哥早有防备！"

杨坚点头，想到宇文护的多疑和狠辣，忍不住皱眉。

杨瓒向屋里张望几眼，而后凑到杨坚身边，轻声道："大哥，伽罗姐姐总不能就这么隐姓埋名地躲着吧，你有没有想过，以后怎么办？"

杨坚垂眸，掩去眼底的一些情绪，低声道："我已经想好，你们不必担心！"

他想着自己的决定，心底毕竟有些难过。如果弟弟们知道，恐怕会不舍吧？

三兄弟见他不想多说，也不多问，说到独孤一族本来兴盛，如今只剩下伽罗一人，都不禁唏嘘。他们陪杨坚说了一会儿话，再问过伽罗的身体，这才告辞离去。

杨坚炖好鱼汤端进屋里，才发现伽罗已经醒来，大喜过望，忙将鱼汤送过去，柔声道："大夫说你失血过多，又高烧昏迷，需要好生补补，这鱼汤趁热喝了吧！"

独孤伽罗点头，双手接过，却没马上喝，低头怔了片刻，才低声道："墓里的是谁？"

"什么？"杨坚一下子没听懂。

独孤伽罗抬头看他，脸色苍白如纸，一字一句问道："我墓里的人是谁？"

第十五章

欲报仇公子被擒
QUEEN DUGU

　　杨坚这才明白，刚才他们在门外的对话已经被她听去，只得说道："是云欣，她年纪、身量都和你差不多！"话说出口，心里不禁有些歉疚。
　　那天，他掩埋了独孤家所有的尸体，为了让人相信独孤伽罗已死，就将云欣的尸体略做处理，顶替了独孤伽罗。云欣在狱中多日，早已蓬头垢面，又是一样身穿囚衣，并不费什么手脚。可是他怕宇文护立刻命人掘墓，只好将云欣的尸体先用水浸泡，促使她加速腐烂。
　　独孤伽罗听完，只是默默点头，这才大口大口把鱼汤喝完，又默默躺下，侧身向里睡去。
　　杨坚见她一声不吭，心里担心，想要劝慰几句，又怕说到她伤心处，张了几回嘴，终于还是没有出声，隔了好一会儿，才轻声道："伽罗，你放心，日后，我总会在你身边！"说完静坐　会儿，见她再没有声音，轻叹一声，拿着碗出去。
　　等到伽罗睡熟，杨坚抽空回府去见杨忠。杨忠听说伽罗还活着，又惊又喜，转念又觉不安，皱眉道："你瞒得过宇文护一时，可又如何瞒得过一世？伽罗总不能就这样躲着不见人吧？"
　　杨坚听他问到，掀袍跪倒，求道："父亲！请父亲允许儿子立刻与伽罗成亲，带她远走高飞！"
　　杨忠一愕，转瞬陷入沉默，沉思片刻后，才轻轻一叹，一手将他拉起，点头道："你少小离家，如今又要远走，是我父子缘浅啊！"
　　杨坚听他这话是已经答应的意思，不禁大喜过望，转瞬又觉难过，低头道："是儿子不孝！"
　　杨忠叹一口气，摇头道："父亲知道，你是个好孩子！"既然已经决定，也不再耽搁，催他收拾细软，尽快带伽罗离开。

杨坚见父亲如此通达，想这一走再无相见之期，心中百感交集，跪下端端正正地连磕三个响头，这才一步三回头地离去。

等杨坚收拾妥当后，杨整三人已在府门口等候，见他出来，齐齐上前。杨爽舍不得大哥，抱住他直掉眼泪，杨整、杨瓒强忍不舍，与他一一道别。

杨坚向兄弟三人郑重嘱咐，始终不见杨忠出来，心知他不想面对离别，只好咬牙狠心，上车而去。

这一来一回，天色已经昏暗，杨坚担心伽罗醒来没人照应，一路疾驰，向竹庐赶去。

竹庐里，一如他离开时一样，竹门紧闭，没有一丝灯火。杨坚一跃下车，一步步向竹门走去，不知道为什么，突然觉得，这一切静得可怕。

他心中有些忐忑，快走几步，轻轻打开竹门，轻声唤道："伽罗！"

可是竹庐里一片寂静，并没有人回答。

杨坚不禁心头狂跳，急忙将灯点燃，回望间，只见竹床空空，屋子里竟然没有伽罗的身影。

杨坚心中暗惊，正要向门外冲去，瞥见桌上放着一封书信，心头"怦"地一跳，忙一把抓起，但见信上是独孤伽罗娟秀的字迹："杨坚，多日来承蒙照顾，伽罗不胜感激，只是伽罗已孑然一身，再无牵挂，不愿再连累你，连累杨家，就此别过，请君勿念！"

"伽罗！"杨坚大吼，疾冲出门，但见暗夜沉沉，竹影重重，又哪知道伽罗去往何处？

手指不自觉地将信握紧，杨坚心中有说不出的伤感、失落。他一心一意，只想陪着她，伴着她，保护她，可是，她一次次不告而别，在她的心里，竟然没有他的一席之地吗？

或者，她只是一时冲动，等她想通，自己就会回来？

杨坚上车想要离开，转念又怕伽罗回来不见他失望，又转身回来。

他在屋子里独坐，每次听到屋外有声，都以为是伽罗回来了，大喜迎出，才发现不过是风声，又失望而回。

如此折腾一夜，独孤伽罗始终没有回来，杨坚心中说不出的失望，只好离开竹庐，拖着疲惫的身心，慢慢回随国公府。

杨坚刚刚穿过长街，就听前边鸣锣开道。杨坚抬头，就见宇文护的护卫队全副武装，步履整齐，正护着宇文护的马车穿过长街。

杨坚看到如此阵势，脑中突然灵光一闪，心头狂跳，几乎喊出声来。

短短几日，独孤家家破人亡，依独孤伽罗的性子，她断断不会善罢甘休。她留书出走，言辞决绝，不想再和杨家扯上任何干系。如果她是自己远走高飞，大可不必如此，既然不是，那么就只有一个解释，那就是……报仇！

想通这一点后，杨坚一颗心怦怦直跳，目光迅速在人群中搜索。可是长街上人群熙熙攘攘，又哪里找得到伽罗的影子？他微微抿唇，低头默思片刻，而后慢慢挤出人群，跟在宇文护车队之后。

如果他没猜错，独孤伽罗迟早都会找上宇文护，只要他跟着宇文护，就一定能等到独孤伽罗！

宇文护回府，赵越正在偏厅里代他宴客，见他回来，忙快步迎了出来，躬身道："大冢宰，那几个人已经到了！"

自从私铸劣币的事情被独孤信追查，两名钱商被他们处死以后，铸钱的事就停下了，现在，终于又找来三个合作的钱商。

宇文护点头，大步进厅，目光向厅里三个人一扫，大刺刺在居中椅子里坐下。

三人忙起身见礼，各自通名，恭恭敬敬地道："小人见过大冢宰。"

宇文护微微颔首，望了三人一眼，才慢慢道："既然要跟着本官做这生意，就当尽心尽力，中间丝毫不能大意，若有差错，可是性命攸关的大事，到时不要怪本官翻脸无情！"

三个人被他的目光一扫，顿时心头寒意暗生，再听他说出这一番话，更是暗暗胆寒。其中一个名唤钟非的略略镇定，向上行礼道："大冢宰放心，我等一定加倍小心！"

宇文护挑挑嘴角，淡淡道："只怕日后各位发达了，得意忘形，不将本官放在眼里！"

张宇忙道："大冢宰这是哪里的话？大冢宰带小人们发财，就是小人们的再造恩人，小人们岂敢对大冢宰不敬？"

宇文护摇头，淡淡道："口说无凭，诸位总要让我相信才是！"

李志听得心里打鼓，问道："大冢宰要我们如何表忠心？"

此时赵越另取一壶酒，将三人的杯子倒满，嘴角露出阴冷笑意，淡淡说道："不瞒三位，这酒中下有蛊毒，三位饮下，日后就听命于大冢宰，只要没有行差踏错，大冢宰自然会赐解药，不然……"后面的话用几声冷笑代替。

三个人一听，都脸色大变。李志"扑通"跪倒，向宇文护磕头，颤声道："大冢宰，小人上有老下有小，不……不能死啊，求大冢宰放小人一马！"

宇文护皱眉，冷冷注视他一瞬，点头道："好！"微微摆手。

李志大喜，忙道："谢大冢宰！谢大冢宰！"连磕几个响头，随即转身逃命似的向厅外跑。

钟非、张宇神情微动，正要起身，却见门口一名护卫一跃而出，一刀劈向李志。李志一声惨叫，脚步踉跄奔下石阶，往前一扑，一动不动。

钟非、张宇惊得魂飞魄散，互视一眼，只好各自举杯，向宇文护敬道："小人愿受大冢宰驱策！"手指微抖，闭眼将酒饮下。

宇文护哈哈大笑，连连点头道："好！好！富贵险中求，二位前途不可限量！"他随意与二人共饮一杯后，将他们交给赵越招呼，自己起身离去。

杨坚跟着宇文护的马车直到晋国公府别苑，眼瞧着宇文护进去，自己找一个角落藏身，留意别苑的一举一动。

哪知道独孤伽罗没有出现，却见两名护卫推出一具用青布遮盖的男子尸体，显然是什么人又被宇文护所害，不由暗暗皱眉，心中满是愤怒。

一连数日，杨坚暗中跟踪宇文护，却始终没有看到独孤伽罗的身影。

那一天，他如常赶在宇文护上朝之前去晋国公府门外守候，眼看着宇文护上轿，悄悄在护卫队后尾随。

清晨的集市，已经有早起的摊贩和百姓。杨坚穿着一袭粗布衣衫，默默走在暗处，时时留意四周的动静。

集市的中间，上方有一条横街的廊桥。杨坚见宇文护的车队正慢慢接近廊轿，不禁抬头向桥上望去。

这几天来，他天天跟着宇文护走在这条路上，都没有任何异样，可是今日，不知为何，他心底有一丝隐隐的不安。

他皱眉凝思，不经意撞上一位挑担子的老妇。杨坚急忙伸手扶住她，歉然道："大娘，你不要紧吧，有没有伤到你？"随即低头查看老妇有没有受伤。

就在此时，突然间，暗器破空声骤起。廊轿上十几支利箭疾射而出，中途突然点燃，直扑宇文护的卫队，其中几支径直射上宇文护的马车，顿时火光乍起，整辆马车瞬间被点燃，护卫队立时大乱。

宇文护骤然遇袭，眼见满轿起火，情急间已顾不上受伤，以袖遮脸，从轿中扑出。

宇文会疾抢而上将他扶住，退至轿子数十步之外，大声喝令整肃队伍。护卫队慌乱间听到号令，很快镇定，将宇文护护在中间，四处寻找刺客身影。

杨坚一惊，抬头，只见廊桥上赫然站着一道黑衣人影，手中弩箭连发，箭箭不离人群中间的宇文护，不由心头一紧，忙取青巾蒙面，从袍底抽出长剑，向廊桥疾冲而去。

那人虽然是一袭男装，虽然是黑巾蒙面，可是那身形、那动作，他再熟悉不过，不是遍寻不见的独孤伽罗又能是谁？

宇文会替宇文护挡开几箭，也已看到刺客，提剑一指，大声喝道："刺客在那里，给我上！"

众护卫闻令，留下一半人守护宇文护，另一半人大声呐喊，向廊桥上冲去。

独孤伽罗眼见宇文护脱险，众护卫也已赶到，再也无法射箭，伸手抽出长剑，一跃避开第一名护卫的单刀，反手一剑刺向第二人，还不等招数用老，双脚骤出，已向第三人径袭而去，顺手挥剑，抹向第四人的脖颈。

她的一轮突袭，弄得众护卫手忙脚乱，却见她的身影早已掠过数人，径直向宇文护方向扑去，竟然是不顾性命，立意要将宇文护毙于剑下。

众护卫大惊，齐声呐喊，折身杀回。此时独孤伽罗已被随后的护卫截住，眼见离宇文护已近，却腹背受敌，情急下长剑脱手而出，带着风声向宇文护当胸疾掷而出。

宇文护眼见长剑寒光破空而来，不禁大惊失色，想要闪避，可是众护卫围护中互相推挤，竟然无处闪避，眼见就要被一剑贯胸，宇文会疾跃而起，狠狠一推他身畔护卫。

护卫立足不定，向宇文护扑去，正逢长剑掷到，挡在宇文护身前，瞬间毙命。

宇文护逃过一劫，勃然大怒，向黑衣人一指，喝道："上！给我上！给我抓活的！"

而此时的独孤伽罗已经手无兵刃，眼见最后一击落空，不禁咬牙暗恨，回身避开两名护卫的袭击，已无法避开第三人，只觉大腿一疼，已中一刀，瞬间立足不定，摔倒在地。

护卫大喜，抢上一步，就要将刺客毙于刀下，却觉后心一凉，已被一剑从背后洞穿。

杨坚一剑得手，扑上前拉起独孤伽罗，喝道："快走！"又顺手挥剑替她挡去一刀暗袭。

独孤伽罗心思只在宇文护身上，一时没有认出他，咬牙道："多谢！"随即竟然折身，向宇文护方向杀去。

杨坚大惊，一把将她拖回，顿足道："你今日杀不了他！"拖着她要走，却见廊桥四周的退路已被护卫封死。

他正着急，突然间，只听到马蹄声响，十几骑快马转过集市，向这里疾驰而来，马上人穿着一色青布长衫，戴黑色斗笠，手中兵刃挥舞，瞬间冲破护卫的包围，向二人疾闯而来。

杨坚见来了救兵，顿时精神一振，挥剑挡开护卫的袭击，拉着独孤伽罗向众青衣人迎去。

而独孤伽罗经过一轮激战，又身负重伤，整个人早已难以支撑，勉力跟出几步，身子摇摇欲坠。

就在此时，为首的青衣人纵马赶到，俯身下探，一把将她抓起横在马上。

杨坚一惊，抬头望去，正对上青衣人灼亮的眸子，不由微微一怔。他略略定神，但见此人三十来岁年纪，生得长眉朗目，颇有一些英气，竟然是当初官道上与他们一同杀贼的过路人，不禁又惊又喜。眼见众护卫又杀来，他忙连声喝道："带她走！快带她走！"挥着挥剑向众护卫迎去。

青衣人眼见他陷入重围，纵马想要去救他，却见侧边巷子里，一队兵马疾涌而出，尽数向这里杀来，竟然是巡城的兵马闻讯赶到。

青衣人眼见难敌，只得咬牙，喝道："撤！"一声令下，带头向集市外行去，十几骑快马疾冲之下，瞬间脱出包围，消失在街道的尽头。

杨坚见独孤伽罗脱险，暗松一口气，转身向人少处疾掠，哪知道刚刚跃出廊桥，就见宇文会率人赶到，两名护卫疾冲上前，对他左右夹击。

杨坚挥剑疾挡，刚刚将第二刀挡开，宇文会已绕到他身后，一刀砍向他。杨坚听耳后风声，急忙侧身，却已慢了一步，只觉手臂剧痛，长剑脱手而出，跟着后颈一凉，已被钢刀架上。几名护卫疾扑而上，将他按倒在地。

宇文护虽然保留一条性命，可是刚才大火起得仓促，已经将他烧得衣衫破碎、面目乌黑、长发凌乱，还带着一股焦糊味。

此时见一场厮杀终于结束，他怒气冲冲上前，一把向他脸上抓去，抓下青巾，一眼看到竟是杨坚，不由一怔，扬眉道："是你？"

杨坚微微抿唇，侧头不理。

宇文护也只是愣怔瞬间，跟着挑眉笑起，大声道："好！好！当真是好得很啊！"霍然转身，命道，"回府！"

独孤伽罗的意识浮浮沉沉，她一时感觉到身边有人照应，一时又陷入无边的黑暗。不知隔了多久，突然间，她悚然而醒，猛地坐起，却觉腿上一阵剧痛，忍不住"啊"地叫出声来。

身畔一个清冷的声音道："素闻独孤伽罗聪明，想不到如同一个莽夫！"

独孤伽罗忍痛抬头，但见眼前人穿着一袭青布长袍，生得长眉朗目，不禁一怔，道："是你？"转瞬又问，"可是，你是谁，为什么救我？"

这一瞬间，她已经认出眼前男子是当初他们在山野中遇袭，与他们一同御敌的过路人，却不明白，他为什么会在廊桥出现，还对她舍命相救。

那人微默一瞬，轻声叹道："我父本是商人，被宇文护所害，几乎灭门。我被令尊大人所救，暗中教养！"

独孤伽罗心中念头一闪，一时又惊又喜，霍然站起，失声道："你是徐卓，徐大哥？"话刚出口，腿上一疼，又"哎哟"一声坐下。

当初她和杨坚夜探天牢，独孤信曾经说过此人。只是她多方打听，竟然没有人知道此人的下落，想不到，他竟然早已在身边，只是没有来得及相认。

徐卓忙扶住她，点头道："不错，是我！"

独孤伽罗咬牙忍痛，不解道："既然你与宇文护有毁家灭族之仇，为何不将他杀了报仇？"

徐卓定定地看着她，跟着淡笑一声，眼底满是失望，摇头道："宇文护一党侵吞国产，中饱私囊，残害忠良，铲除异己，岂是杀他一人能够了结的？枉大司马英明一世，怎么会生出你这样的女儿？"

独孤伽罗听他语气嘲讽，不禁气往上冲，怒道："你有仇不报，枉为男儿，又哪有颜面来教训我？"说完，一手将他推开，起身要走。

徐卓也不拦她，只是大声道："拼一夫之勇，杀人何难？人生于世，当留有为之身，行有为之事，大司马没有教过你吗？"

独孤伽罗脑中轰地一响，脚步顿时停住，喃喃道："留有为之身，行有为之事……"随即她慢慢转身，定定地注视徐卓，隔了好久才轻轻点头，低声道，"徐大哥责备得是！"

这是当初，她夜探天牢，父亲对她的谆谆叮嘱，她竟然将它抛到了脑后。此时被徐卓当头一喝,她顿觉无地自容。

徐卓见她满脸羞愧,轻叹一声,放缓语气道:"今日救你的,还有一人,只是他为我们殿后,恐怕已经被擒!"

独孤伽罗一惊,失声问道:"谁?"

徐卓道:"就是在山道上遇袭,将你救走之人!"

杨坚!

独孤伽罗身子一晃,一瞬间,脑中全是杨坚的身影,咬牙道:"我去救他!"拔腿就向外冲。

第十六章

中埋伏兵权换人
QUEEN DUGU

徐卓一把拦住她，冷声道："怎么方才说的话，你又忘了？你现在身上有伤，跑去晋国公府，不过是自投罗网，要救杨坚，总要先顾好自己！"

是啊，今天她身上没伤时，突施偷袭都斗不过宇文护，现在她身上有伤，晋国公府又守卫森严，又能做什么？

独孤伽罗脸色苍白，隔了一会儿，才轻轻点头。

杨坚被擒，消息传回随国公府，杨忠大惊，即刻带杨整上门，面见宇文护。

宇文护闻报，毫不意外，慢条斯理处理了手上的事，才慢慢向白虎堂走去。

白虎堂里，杨整早已等得焦躁不安，一见宇文护，立刻上前一步，大声道："大冢宰，我大哥绝对不是刺客，你快放了他！"

宇文护冷笑一声，居中坐下，目光往他们父子二人身上一扫，才淡淡道："杨坚行刺，众目所见，容不得他抵赖！只是本官倒想知道，杨将军带着令郎上门耀武扬威，将我这大冢宰府当成什么地方？"

杨忠拱手为礼，温声道："大冢宰，犬子禀性温良，又与大冢宰无冤无仇，断断不会行刺，想来是一场误会！"

"误会？"宇文护冷笑，扬眉道，"那本官杀了杨坚，也可以说是一场误会？"随即眯眼打量他，点头道，"不错，杨坚禀性温良，自然不会行刺，想来是背后有人主使。只是，除了你杨大将军，还有谁指使得了他？"话落挥手，冷声喝道，"给我拿下！"

一声令下，宇文府护卫"呼啦"一声，一拥而上，兵刃出鞘，将杨家父子团团围住。

杨整大怒，大声道："我父亲是朝廷命官，国之柱石，你们胆敢擅自拿人？"手在腰间一摸，就要拔刀。

杨忠一把将他手掌抓住，轻轻摇头，向宇文护道："大冢宰，纵然杨坚行刺，也是我杨忠管教无方，此事与杨整无关，还请大冢宰高抬贵手，放了他！"

宇文护冷笑道："杨大将军当我白虎堂是什么地方，任你说来就来，说走就走？"随即向左右挥手，大声喝道，"带他们走！"而后他起身向地牢而去。

众护卫应命，齐齐上前，向父子二人逼近。杨整大怒，上前一步就要迎敌，却被杨忠死死抓住，低声道："二郎，大郎还在他们手里！"

杨整握刀的手青筋尽现，隔了一会儿，终于无奈放下。

宇文会最初躲在众护卫身后，一见如此情形，立刻跳出来大喝："带走！"

众护卫一拥而上，将父子二人绑起，押往地牢。

地牢里，杨坚被吊在刑架上，受刑之后，只觉全身上下被烧灼一般疼痛，却狠狠咬牙，一声不吭。

地牢门响，杨坚无意识地抬头，骤然见到杨忠、杨整被宇文护押来，不禁大吃一惊，身子使劲挣脱，大声喝道："宇文护，你想干什么？"

宇文护扬眉，冷笑道："行刺朝廷命官，自当株连全家，杨坚，这可是你咎由自取！"

杨坚连连摇头，大声道："宇文护，我杨坚一人做事一人当，与我父亲、弟弟无关，你快放了他们！"

"放？"宇文护挑眉，冷笑道，"杨公子若当真在意家人，就说出主使之人是谁，否则，独孤家的今日，就是你杨家的明日！"说完将手一挥。

两名护卫上前一步，在杨整的身上一推，喝道："进去！"将他推进囚室，绑上刑架。

杨坚又惊又怒，大声喝道："宇文护，你要干什么！此事与他无关，快放了他！"

话音刚落，就见宇文会冲上前一步，一鞭子抽在杨整身上。杨整不防，闷哼出声。

杨坚大怒，厉声喝道："宇文护，你私设公堂，还有王法吗？"

宇文护像听到一个极大的笑话，仰头大笑道："王法？我宇文护就是王法！"

赵越、宇文会等人也跟着大笑，随着笑声起，众护卫的皮鞭一鞭一鞭抽在兄弟二人身上。

杨忠又惊又痛，抢前几步想要阻止，却被护卫以刀拦住。

杨坚身上虽疼，却不及心头的疼痛，眼看杨整身上已血迹斑斑，忍不住痛呼出声，终于大声叫道："宇文护，住手！住手！我说！"

宇文护摆手命停，上前一步，冷声命令道："说！"

杨坚死死地盯住他，一字一句道："不是别人，是我！是我要为伽罗报仇，雇凶杀你，可惜还是没有得手！"

"独孤伽罗？"宇文护眯眼，冷笑道，"还真是阴魂不散啊！"

杨坚点头，对他怒目而视，咬牙道："伽罗是我杨坚未过门的妻子，却惨遭你宇文护毒手，不报此仇，我杨坚枉为男儿！"

听到独孤伽罗的名字，杨忠、杨整已瞬间明白，杨坚是在为独孤伽罗抵罪。

杨忠顿时陷入沉默，只是沉痛地看着杨坚。

想不到，这个儿子对独孤伽罗用情已经如此之深，舍身相救倒罢了，此刻为了保护她，竟然不惜替她一死。

杨整却大叫："大哥，你不能承认！行刺的人不是你，你不能承认！"

杨坚咬牙，低声道："二郎，我对伽罗之情，你又不是不知，行刺的人是我！我要为她报仇！"

杨整大急，脱口而出："大哥，你替伽罗姐姐顶罪，她知道之后，岂不是更加痛苦！"

杨忠、杨坚大惊，齐声喝道："二郎！"

只是杨整的话已出口，哪里还来得及阻止？宇文护冷笑一声，淡淡道："独孤伽罗果然没死！"

杨整一句话说错，心中又痛又悔，歉疚地叫道："大哥！"

杨坚心中抽痛，闭眼不理。

宇文护连连点头，赞道："好！好啊！杨公子果然有情有义，只是不知道，独孤伽罗知道你为他顶罪，会不会来救你！"说完，哈哈大笑，转身大步而去。

杨坚大惊，大声叫道："宇文护，你要干什么？你回来！你快回来！"

只是宇文护哪里理他，大笑着一路向外，连同宇文会、赵越等人，片刻间走得干干净净。

杨坚不知宇文护又要耍什么毒辣手段，暗暗心惊，看看杨忠，又看看杨整，心中担忧独孤伽罗，却已无计可施。

随国公府大公子杨坚为报私仇行刺大冢宰宇文护，被宇文护判为斩刑，第二日执行！

随着告示的贴出，此消息很快传遍长安城大街小巷。

杨瓒、杨爽见杨忠父子未回，正焦急，惊闻消息，杨爽吓得大哭，杨瓒一时无计可施，只能进宫求见天王相救。宫中偶遇顺阳公主宇文珠，宇文珠听明来意，一同向天王相求。

天王深知如此下去，朝中忠良必然被宇文护一一铲除，思之再三后，以退为进，捧传国玉玺前往大冢宰府为杨坚求情。

奈何宇文护志在独孤伽罗，痛斥之后，命人送他回宫。

见天王救杨坚不成，杨瓒只好出宫，再找大将军高宾、蜀国公尉迟迥等人商议。高宾、尉迟迥二人对杨坚行刺一事百思不得其解，杨瓒无法，只好说出独孤伽罗未死的消息。

此时宇文邕、高颎也闻讯赶来。听到杨瓒的话，宇文邕点头叹道："当初以为伽罗身亡，我曾偷入卫国公府祭拜，正巧遇到她偷偷回府。当时竟没想到，她留在长安，是为了行刺宇文护！"说到这里，说不出地后悔。

早知如此，他该早一些劝她离开，而他当时只是纠缠于儿女私情，并没有想到此节。

高颎皱眉道："听说杨坚是被当场抓获，证据确凿，他宁死不肯说出同党，所以宇文护才要杀他以儆效尤，难道，这个同党是伽罗？"

宇文邕也是不解皱眉，摇头道："奇的是，宇文护抓了杨坚，后又关押随国公和杨整,却迟迟不动杨府,这葫芦里卖的是什么药?"

尉迟迥猜测道:"或者,他并不想灭了杨家?若不然,他大可咬定随国公是主谋。如今只斩大郎一人,还将告示贴得满城都是,当真是奇怪得很!"

他的话一出口,高颎、宇文邕同时脸色大变,高颎失声道:"糟了,恐怕他的目标就是伽罗!"

宇文邕脸色更加难看,一言不发,拔腿就走。

高颎在后叫道:"阿邕,你干什么去?"

"我去找伽罗,定要劝她离开!"宇文邕头也不回地回答,话说到最后,人已在府门之外。

高颎愣怔一瞬,心里也实在放不下伽罗,忙向余下的几人告辞,跟着冲出府去。

同一时间,郊外小院里,独孤伽罗听说杨坚要被问斩,不禁又惊又怒,恨不能立刻冲进晋国公府,杀死宇文护,救出杨坚。

徐卓见她焦急,安慰道:"你身上有伤,纵然有心,也做不了什么。此事交给我,我一定会把他救出来!"他命吴江召集手下,仔细研究刑场四周的地形,计划何处理伏人手,如何出手相救杨坚,再如何全身而退。

独孤伽罗见他心思缜密,计划周全,不禁暗暗佩服。

第二日一早,已是行刑当日,吴江早已召齐手下。几十条汉子,都已换成寻常百姓的打扮,只在衣下暗藏兵器,齐刷刷站在院子里听命。

徐卓将此行重申,郑重道:"我知道,各位都深恨国贼宇文护,只是我们此行只为救人,不为杀贼,一旦得手,务必全身而退,记下了吗?"

"记下了,请徐大哥放心!"众人轰然齐应。

徐卓点头,回头向伽罗点头示意,这才挥手道:"出发!"带着吴江当先奔出小院,向城里赶去。

独孤伽罗倚门而立,眼看着那几十人奔出院子就分散开来,挑担的挑担,推车的推车,扮成寻常百姓向城里赶去,欣慰之余,不知为何,心中又有些不安。

这些人能救出杨坚最好,如果不能……

她想到这里,不禁心中栗六,低头默想片刻后,转身进屋,脱下罗裳,换成粗布衣衫,又在脸上涂涂画画,绝丽的容颜瞬间变成另一副模样,然后拿着一根拐杖,弯着身子出门。

只是片刻,一个妙龄少女,变成一个枯朽老者。

时间慢慢流逝,刑场四周已经围满了观刑的人。宇文邕、高颎带着本府的护卫,还在人群中焦急地寻找,却始终没有看到伽罗的影子。

独孤伽罗看到宇文邕,微微低头,仍然弯着身子慢慢蹭进人群。避在人群后,她悄悄抬头望去,只见宇文护居中高坐在监斩席上,杨坚已被押跪于台上,就连杨忠、杨整也被押来观刑,不禁暗暗咬牙,袖中双拳紧紧握起。

宇文老贼,好毒辣的心肠啊!

只是想到徐卓的话，她满腔的恨怒只能压下。

是啊，今日只为救人，不为杀贼，若她一时冲动，搅乱计划，不但救不了杨坚，就连徐卓等人也会陷入危险。

眼瞧着时辰将至，刽子手将杨坚压在木桩上，台下杨爽已经开始放声大哭，台上杨忠也不禁老泪纵横。

独孤伽罗只觉一颗心怦怦直跳，紧握的双手掌心已经渗出冷汗。

依照计划，就在宇文护抛出监斩令的时候，徐卓埋伏在刑场四周的人会一起动手，有人假意袭击宇文护，让他无暇顾及杨坚，有人对付刽子手，让他不能对杨坚动手，然后有人带走杨坚，自有另一班人马替他们开路。

而这个时候，城门那一边，也已有人动手，抢夺城门只要半炷香的时间，之后徐卓就可以带着杨坚冲出城门，放他远走高飞。

整个计划在心里迅速过一遍，仍然天衣无缝。

就在独孤伽罗稍稍放心之际，瞥眼间，她突然看到阳光照射下，监斩台后泛出兵刃的寒光。

独孤伽罗心头突跳，忙向四周望去。她原本没留意，此刻才发觉，刑场两端的民房里藏有无数的人马，二楼窗上更是露出森冷的箭尖。

有埋伏！

这个念头在独孤伽罗脑中闪过，眼瞧宇文护手拿监斩令牌，大声喝令，扬手抛起，再也无暇多想，立刻厉声喝道："且慢！"手中拐杖疾掷而出，"当"的一声，将监斩令牌撞飞，跟着挺直脊背，拨开人群，慢慢向台上走去，怒喝道，"宇文老贼，你要找的人是我，不要滥杀无辜！"说话间，已撕下胡须，挥开斗笠，露出本来面貌。

杨坚见她突然出现，心中又惊又痛，挣脱刽子手的压迫，嘶声叫道："伽罗，不要！快走！快走！"

独孤伽罗看着他，强撑着腿伤，一步步接近，看到他满身的鲜血，微挑嘴角，竟然露出一抹轻浅的笑意。

——你可以为我而死，我又何惜为你一搏？

二人一个台上，一个台下，随着伽罗慢慢接近，四目交投，似乎都读懂了对方的心思，一个满心激荡，一个心怀感动，这一瞬间，眼里再没有旁人。

人群中，宇文邕失神地望着一步步跨上监斩台的少女，整颗心顿时空荡荡的，再不存一物。

她来了！

她还是来了！

她来，是为杨坚而来！

此刻，她的心里、眼里，也只有杨坚一人！

而另一边的高颎，却是满心的震动，仰头看着踏上高台的少女，喃喃唤道："伽罗……"

如此一个小小的女子，在遭逢巨变，承担了那么多的苦难之后，还能以如此傲人之姿，挺立在仇敌面前，实在令男儿汗颜。

而人群里的徐卓和吴江等人正打算动手，骤然见独孤伽罗出现，不禁大吃一惊。徐卓立刻命令暂停行动，目光疑惑地随着独孤伽罗移动，但见她回首瞬间，目光不经意地扫来，又扫向他背后的民房，下意识回头，瞬间看到暗藏的刀光利箭，不禁轻吸一口凉气，随即向吴江低声道："传令，让兄弟们离开！"

现在他才明白，这一场行刑，根本是宇文护的阴谋。宇文护在刑场上布下天罗地网，只要有人相救杨坚，立刻一网打尽。独孤伽罗正是看破这一点，才挺身而出，阻止他们动手，阻止不必要的牺牲。

宇文护奸计得逞，宣称案子又有新疑点，将杨忠、杨坚、伽罗等人一齐押回晋国公府，直入白虎堂。

独孤伽罗傲然而立，大声道："宇文护，你要的人是我，刺杀你的人也是我，与杨坚无关，更与杨家无关，快些放人！"

杨坚心痛难耐，摇头道："伽罗，你不该来！"

宇文护冷笑一声，淡淡道："杨坚是被当场抓获，纵不是主谋，也是从犯，岂能容你说放就放？"

独孤伽罗怒道："动手的只我一人，杨坚不过是路过罢了，你不要冤枉好人！"

宇文护冷笑一声，并不理她，只是转头望向杨忠，淡淡道："是不是冤枉，那就要看杨大将军肯不肯割爱了。"

杨忠一怔，心里隐隐有一些不安，皱眉道："大冢宰此话何意？"

宇文护起身，踱到他面前，缓声道："杨大将军不但骁勇善战，沙场征战无往不利，更是擅于练兵选将，手中两支精兵可谓我大周的精锐，本官心慕已久！"

杨忠心里"咯噔"一声，双眸骤然大睁，失声道："你想要我手中两支精兵？"

宇文护轻笑一声，扬眉道："只是不知道，杨大将军是爱兵如子，宁肯眼睁睁看着爱子获罪，也不肯为他割让兵权呢，还是爱子心切，肯用手中一支精兵救他性命？"

这话已说得极为明显，杨忠顿时陷入沉默，杨坚却怒声啐道："宇文护，那两支精兵，是我父亲倾尽心血所练，你痴心妄想！"

宇文护扬眉，点头赞道："杨公子如此风骨，令人赞佩，只是不知道杨大将军如何取舍？"阴冷双眸，定定地凝视着杨忠。

杨坚大急，连声道："父亲，你决不能答应！"

要知道宇文护狼子野心，独孤信死后，也只有杨家的兵马能与他相抗，如今再将兵权交给他，日后他在朝中便将更加肆无忌惮。

杨忠心中也是天人交战，想想自己那两支精兵，都是随着他南征北战，出生入死，又如何舍得交给宇文护这个恶贼？

可是，他看着眼前满身是伤的爱子，想着他年幼离家，并没有得到自己多少关爱，此时又岂能眼睁睁看着他送死？

他心中权衡，终于一咬牙，点头道："好，我答应你！只是我另有一个条件！"

宇文护见他终于松口，脸上掠过一抹得逞的笑意，淡笑道："杨将军请说！"

杨忠定定地注视他，一字一句道："伽罗是我杨家的媳妇，我用另一支精兵，换她的性命！"

此话一出，不但宇文护愣住了，就连独孤伽罗也大感意外，失声叫道："杨叔父，万万不可！"

留下一支精兵，杨家还能自保，如果全部交出，那岂不是任人宰割？

杨坚却满心震动，抬头深深注视父亲，眼底满是崇敬和感动。

他自幼离家，对家人虽看重，却少了亲昵，杨忠在他眼里，始终是个严父。而此刻，他没有料到，父亲竟然可以为他做到这个地步。

宇文护怔怔片刻，突然间哈哈大笑，击掌道："不错！不错！杨大将军当真是有情有义，佩服！佩服！"侧头望向独孤伽罗，冷笑道，"本官没有料到，独孤信的女儿也值一支精兵！只是不知道，日后再落入本官手里，杨家还有没有精兵换你性命！"大笑声中，命令放人，自己转身而去。

见杨忠因此失去兵权，独孤伽罗心中愧疚不已，杨家兄弟也不免有微词。杨忠虽说心中不舍，可是事已至此，终究是沙场老将，豪迈男儿，很快将此事放下，大手一摆，向伽罗道："你是我杨忠选定的长媳，与我儿无异，我杨忠岂能见死不救？如今宇文护已解除对你的追杀，就择日与大郎完婚吧！"

第十七章

成亲日各怀机心
QUEEN DUGU

独孤伽罗愕然，杨坚却大喜过望，连忙跪倒道谢："儿子多谢父亲大人成全！日后必当设法夺回兵权，再振我杨家声势！"

杨忠摇头叹道："傻孩子，伽罗有情有义，你得妻如此，是你之福，我杨家能有此长媳，是我杨家之幸。只要我杨家上下齐心，还怕家业不振？"

独孤伽罗心中既感动又佩服，上前一步跪倒在地，泣声道："都是伽罗鲁莽，不只险些害死杨坚，还连累杨家，如今杨叔父待伽罗如此，伽罗实不知如何报答。"

杨忠轻轻摇头，劝道："孩子，过去的事，不必多想，你身上有伤，还要好好休养才是！"他唤过一旁的丫鬟歆兰，说道，"日后歆兰就跟着你，这里就是你的家！"

歆兰上前一步，先拜过杨忠，再拜伽罗，扶着她起身。

独孤伽罗见杨忠如此相待，忍不住落泪，只能点头谢过。眼见杨家三兄弟神情各异，似对这亲事颇为不满，而杨坚却一脸喜色，望向她的目光满是深情，她张了张嘴，拒婚的话终究没有出口，再向众人一礼，由歆兰扶着出厅，向后院而去。

入夜，歆兰早已沉沉睡去，独孤伽罗想着这几日发生的一切，却辗转难以成眠。反复许久，她终于披衣而起，悄悄离开随国公府，穿过静夜里的长街小巷，向昔日的卫国公府而去。

在离开杨坚的那几日，她就是躲在被封的卫国公府中，制定刺杀计划，打磨所用的暗器、兵刃。

而此刻，卫国公府还是一片破败模样，原来府门上的官封却已经被掀去。

这也是杨忠用两支精兵换来的吧？

独孤伽罗心中满是感动，心底深处却又带着一些无奈。

杨忠的厚爱、杨坚的深情，她实在不知道，这一生该如何去回报。

独孤伽罗伸手轻推，府门"吱呀"一声打开，尘土带着一片破败的气息扑面而来。

独孤伽罗垂眸,掩去眼底的一抹伤痛,静静地穿过庭院,缓慢却毫不迟疑地走向后宅祠堂。

祠堂里,倒比旁处干净许多,上方,是她逃生后第一次回来亲手为父母、兄嫂刻就的灵位。

独孤伽罗怔怔而视,强撑的坚强终于轰然崩塌,慢慢跪倒,泪珠滚滚而下,低声道:"父亲,母亲,伽罗没用,杀不了宇文护,如今还连累杨家。伽罗实在不知道,如今,伽罗该何去何从……"

只是,天地有情,灵位无声,独孤信和崔氏,都不能给她一个回答。

独孤伽罗心中更觉凄惶无助,跪前几步,用手帕轻拭父母牌位,喃喃道:"爹,当初你给女儿选定亲事,是女儿不懂事,屡次忤逆,如今遭逢巨变,只有他不顾生死,一路相扶相伴,女儿知道,已欠他良多,可是……可是……如今,女儿一意复仇,不想再连累他,连累杨家……"凄凄惶惶,满腹的话,对着父母的灵位说个不停。

有风吹过,灵堂里烛光摇晃,由缓变疾,暴涨一下,随即全部熄灭。独孤伽罗一惊,悚然间,但觉脑后阴风乍起,一只冰凉的手探向她的肩头。

无暇思索,独孤伽罗肩膀骤然一沉,反手回勾,一把扣住来人手腕,用力向侧一扭,冷声喝道:"什么人!"话刚出口,不禁倒吸一口凉气,慌忙撒手,倒退两步。

残月照入,只见一道黑色的身影,飘虚,单薄,黑影脸上的面纱滑下,一张脸伤疤纵横,狰狞恐怖,在这暗夜里,竟像是地狱里逃出的恶鬼。

独孤伽罗一声惊呼还未出口,只听黑影叫道:"伽罗,是我!"声音温和柔润,竟然如此熟悉。

独孤伽罗一怔,试探着唤道:"大嫂?"

这个声音,竟然像极了坠崖而死的大嫂,上官英娥!

黑影见伽罗认出自己,眼泪瞬间滑下,冲上前两步将她抱住,呜咽道:"伽罗,你来了,你真的来了!"

独孤伽罗从震惊中回神,一瞬间,心里的欢喜迅速蔓延,忙反手将她抱住,也一齐落泪,哽咽道:"大嫂,你竟然活着,我……我看到你落崖,还以为……以为……"

上官英娥点头,轻声道:"当日我落崖,当真是九死一生,幸好有人路过相救,只是等我伤好回去,看到的却是你们的坟墓,我也以为,你们都已经不在了……"说到这里,泪落如雨,再也说不下去。

姑嫂二人劫后重逢,相拥哭一场,这才依偎着,说起别后的事情。

当日上官英娥坠崖,身受重伤,容貌尽毁,所幸被人所救,伤好后再回山坡,看到家人的坟墓,伤心之余,又无处可去,只能悄悄潜回长安,回到卫国公府安身。

而听过独孤伽罗所经历的一切后,她心惊之余,柔声劝道:"真情无价,既然杨坚待你如此,你为何不尽快嫁他为妻,爹娘在天之灵,也会得到许多安慰。"

独孤伽罗轻轻摇头,想说如今复仇为重,想说再不愿意连累杨家,可是话还没有出口,就听到祠堂外有脚步声向这里慢慢而来。

姑嫂二人一惊，互视一眼，匆忙起身，躲入祠堂一侧的耳房。

隔了一会儿，只见一道俊挺的身影拖着疲惫的脚步，慢慢跨进祠堂，对着灵位默立片刻，而后摸索着将灯火点燃，轻声念道："岳父大人、岳母大人、大哥、大嫂，我父亲已答应让我尽快迎娶伽罗。杨坚请你们放心，日后杨坚必会敬她、爱她，助她一同铲除宇文护，报此血海深仇！"

烛光亮起，映出一张苍白俊美的面容，正是今日差点被宇文护问斩的杨坚。

独孤伽罗听他语气真诚，心中微动，轻按上官英娥手臂，示意她不要妄动，自己起身出去，轻声唤道："杨坚！"

杨坚看到她毫不意外，慢慢起身，轻声道："你不在府里，我想你或者会回来这里，放心不下，所以来看看！"

独孤伽罗"嗯"了一声，目光掠过家人的牌位，低声道："我只是想家，想家人，所以回来看看！虽然，我已经没有家了！"

杨坚上前一步，恳切道："伽罗，杨家就是你的家，我就是你的家人！"

独孤伽罗默然一瞬，低声叹道："杨坚，伽罗是不祥之人，杨家已经为我所累，你更是险些丧命，你又是何苦？"

杨坚见她神色黯然，心中牵痛，上前一步，拥她入怀，轻声道："伽罗，若我不能为你而死，又岂能值得你将一生托付？"

独孤伽罗震撼莫名，迅速将他推开，大声道："杨坚，你不明白吗？我连累的已不只是你，还有杨家，你的家人，难道你不在意吗？你不在意，我在意，我不想连累杨家，不想连累任何人，你知道吗？"她边说边退，已到门口，话说完，猛地转身向门外冲去。

杨坚大喊："伽罗！"拔步追去，却见她的背影已经消失在黑暗中。

杨坚停步，看着已经没有人影的庭院，喃喃道："伽罗，无论如何，我不会放手！"

立在黑暗里的上官英娥眼瞧着这一幕，不禁微微摇头，泪水静静滑落。

当真不知道，这是一段佳缘，还是一段孽缘，让两个人如此纠缠不清，又相互折磨。

宇文护释放杨家父子，解除对独孤伽罗的追杀，一切，都似乎归于平静。而宇文护得到杨家两支精兵的兵权，也除去心头一大隐患，纷扰数月的大周朝堂和后宫，倒也得到一时的平静。

那一日，顺阳公主宇文珠带着宫女宝莲，抱着兔子七公主在御花园里闲逛，远远地听到乐曲声声从乐部方向传来，两眼顿时一亮，将兔子往宝莲怀里一塞，拎起裙摆，拔腿就跑。

宝莲大喊："公主！"喊声刚刚出口，宇文珠的身影就消失得无影无踪，动作之迅速，行动之敏捷，与七公主有得一比。

宝莲瞠目结舌，愣了好一会儿，只好向她跑的方向找去。

绕过围墙，就是乐部的大门。宇文珠就趴在门侧的栏杆上，双手托腮，痴痴地注视院子里。

宝莲瞧瞧她，再顺着她的目光望去，只见院子里十几名男女乐工正在排练乐曲，其中一人珠带束发，修眉朗目，正专心弹奏箜篌，举手投足之间，淡雅从容，正是乐部中大夫杨瓒。

宝莲吐吐舌头，伸手在宇文珠面前连晃，低声唤道："公主！公主！"

宇文珠回神，一把将她的手打开，继续保持原来的姿势。

宝莲凑到她耳边，低声笑道："公主，你口水都流出来了！"

宇文珠忙吸溜一下，横她一眼，不理，回头继续盯着杨瓒。

可就是在这一回头的瞬间，只见杨瓒已经起身，指教一名女乐工敲编钟。女乐工回头浅笑，望向杨瓒的眸子里皆是温软的笑意。

宇文珠双眼顿时大睁，立刻跳起冲出去，咳嗽一声，喊道："杨瓒！"

众乐工一见是她，连忙跪倒磕头，齐声道："参见公主！"

宇文珠随意摆手道："免礼，都退吧！"见杨瓒要跪，一把扶住，含笑道，"杨大夫不必多礼！"抓住他的手不放，脚步又向他移近几分。

啧啧，这杨家三郎，远看是翩翩公子，近看是俊俏少年，真是让人心动呢！

杨瓒双手被她抓住，一时不知道该不该抽出来，见她移近，又不自觉退后一步，却见她又上前一步，淡淡的脂粉香随着她的一举一动飘来，心中说不出的窘迫，低声道："不知公主有何吩咐。"

其实这几天来，这位公主随时驾到，除了要他教过几回琴，也不见有什么吩咐。

宇文珠眨眼，含笑道："杨大夫今日无事，陪本宫走走可好？"

哪里是无事，分明是被你搅了！

杨瓒无奈，只得躬身答应。可二人离得太近，这一躬身，脸颊蹭上公主的发鬓，又连忙缩回来，一张俊脸不禁微红。

宇文珠笑起来，拉着他向御花园里走，侧头笑道："杨大夫不知可曾议亲？如此害羞，又如何与夫人共处？"

杨瓒不知所措，低声道："臣还不曾议亲，哪里……哪里来的夫人？"

宇文珠大喜，眸子放光，又凑近他一些，问道："不知杨大夫要一个什么样的女子，本公主为你做媒可好？"

她这一凑近，口中气息如兰，徐徐拂到杨瓒脸上，杨瓒脸更红了，结结巴巴道："公主……公主做媒，自然……自然是好的！"

宇文珠开心点头，想一想笑道："杨大夫如此人物，自然要一个温柔淑德、才貌俱佳的小姐相配！"

杨瓒心中尴尬，随口应付道："如此好的女子，岂是容易遇到的？"

宇文珠眨眼，更向他凑近一些，挑眉道："怎么没有？远在天边，近在眼前啊！"

杨瓒一怔，这才明白她说的竟是她自己，顿时手足无措，匆忙退后几步，躬身道："公主说笑，臣还有事，先走一步！"也不等她答应，转身落荒而逃。

宇文珠追出几步，眼看他走得飞快，咬牙跺脚，恼道："我又不咬他，跑那么快干什么！"看着他的身影消失，一瞬间情绪低落，耷拉下肩膀，垂头瞧着脚下，嘟囔道，"为什么每次都要躲开我？"

宝莲抱着兔子凑上来，望一望杨瓒远去的方向，抿唇笑道："公主，若想他不躲开还不容易？"

宇文珠顿时精神一振，问道："怎么？"

宝莲忍笑，凑到她耳边道："公主既然喜欢他，不如招他为驸马，看他还躲到哪里去？"

"对啊！"宇文珠瞬间高兴起来，连声道，"走走，我们去找天王哥哥！"说完，也不等宝莲，自己拔腿向文昌殿跑去。

宇文毓听她说明来意，几乎从龙椅上摔下来，定一定神，才皱眉道："杨瓒虽好，可是杨家与大冢宰势成水火，万一大冢宰不应，朕也没有办法！"

宇文珠瞪眼，顿足道："那我去找堂兄，若他答应，你可不许不允！"说完，不理宇文毓，又转身跑出去，出宫直奔晋国公府。

宇文护听她要嫁杨瓒，也觉错愕，跟着沉下脸来。

他和杨家已水火不容，想不到这个时候，宇文珠竟然要嫁杨瓒！

宇文珠见他不应，立刻又哭又闹又是寻死，扬言非杨瓒不嫁。

宇文护被她搅得头疼，想一想，心中念头微动，点头道："你要嫁杨瓒，也不是不行，只是你要定期向我汇报杨家的一举一动。否则，你就是真死，我也不会答应！"

宇文珠但求能嫁给杨瓒，哪里去想许多，连忙没口子地答应。

圣旨传来，杨家上下都惊诧万分，杨瓒被突然而来的喜讯弄蒙了，在杨忠的连声催促下，才想起谢恩。

传旨内侍一走，杨整、杨爽立刻将杨瓒围住，一人一句追问他如何把那个刁蛮公主治得服服帖帖，竟然愿意委身下嫁。

杨瓒一脸傻笑，被苦苦追问之下，无法抵挡，只好老老实实将杨忠父子被擒，他如何进宫请天王相救，如何巧遇公主，后教公主抚琴的事一五一十说一回，引来兄弟二人阵阵笑声。

杨坚含笑望着笑闹不休的三个弟弟，转念想到伽罗，心中顿时黯然。

就在杨家一团喜气，准备迎娶公主时，城中突然多出许多难民。独孤伽罗一问之下，才知道是宇文会为了扩建晋国公府别苑，大肆侵占民田民宅，致使大量百姓流离失所，竟然上告无门。

上官英娥见众百姓无家可归，与独孤伽罗商议，将卫国公府后门打开，放难民进来暂避风雨。

当初独孤信被抓，卫国公府被抄，值钱的金珠玉器、字画古玩早已被席卷一空，倒是粮仓还存着些粮零。上官英娥就唤人尽数搬出来，在府后熬粥施放。

这个时候，城外军营传来消息。杨忠交出的两支精兵，被宇文护交到宇文会手上。宇文会不仅没有善待，还处处压制，竟闹出人命。

将士不服，奋起反抗，哪知道宇文会倒行逆施，竟然强力镇压，致使军中将士怨声载道，更有人决意刺杀宇文会，替枉死的兄弟报仇。

杨忠负手在厅中走来走去，慨然叹道："这些将士，都跟着我出生入死，情同兄弟，可是如今，是我将他们交到宇文护的手上，才酿成如此大错！是我对不住他们！"

杨坚皱眉，沉吟片刻，而后决然道："父亲，如今杨家与宇文护已势成水火，此贼不除，不但杨家不能安宁，就是我大周也必受其害，我们不能再听之任之！"

杨忠听他和自己想到一起，眸中露出赞赏，却又不禁迟疑，摇头道："只是刺杀宇文护，关系重大，一旦事发，就是毁家之祸。如今，为父只能将你几个弟弟托付给你，你带他们远走高飞，长安的事，交给为父处置！"

杨坚大吃一惊，立刻反对道："身为人子，岂能让父亲一人冒险杀敌？还是父亲带他们离开长安，杀贼之事，儿子一力承担！"

父子二人争执不下，见对方之意已决，杨忠默然片刻，只能点头，说道："也好，你我父子二人联手，必要一击即中，铲除此贼！"

杨坚大喜，点头道："父亲放心，我会设法将弟弟们送出长安，保他们万无一失！"

杨忠点头，心中再无后顾之忧，这才说出自己的计划。

杨坚听他竟然想在杨瓒的婚礼上动手，微微摇头，皱眉道："公主对三郎一往情深，我听说，为了不使杨家太过招摇，大婚一切从简，送她出嫁的，是鲁国公，而不是宇文护！"

也就是说，公主大婚，宇文护不会出现！

杨忠一时再无计策，杨坚倒是心生一计，略略筹思，先去和独孤伽罗商议。

独孤伽罗听说父子二人要刺杀宇文护，又惊又喜，立刻提出要全力参与。

杨坚这才说出自己的计划。

杨瓒大婚之日，他和独孤伽罗同一日成亲，并给宇文护送去请帖，在宇文护前往随国公府的路上动手。

独孤伽罗闻言，立刻反对，摇头道："你要利用大婚将他引入圈套，一旦事发，不论成败，杨家都摆不脱干系。"

杨坚早已想到此节，点头道："此事我已细细想过，只要宇文护未到青庐，我们中途袭击，就不必我父亲、弟弟动手，到时杨家就可置身事外。"

可是，他呢？一旦失手，是不是他要舍弃自己，保护家人？

独孤伽罗默默注视他，心中各种念头纠缠，终于拿定主意，突然道："杨坚，你果然想要与我成亲？"

杨坚不料她说出这句话来，一时喜出望外，忙握住她的手，点头道："杨坚待你之心，可昭日月，今生能得伽罗为妻，再无所求！"

独孤伽罗点头，慢慢说道："可是，你要知道，不管到几时，我终究是独孤家的女儿，你我大婚，我要在这里，卫国公府出嫁，这里，才是我独孤伽罗的娘家！"

"当然！"杨坚毫不迟疑地点头，跟着又歉然道，"伽罗，你从这里出嫁自然名正言顺，却无宾客观礼，总是委屈了你！"

不管这场婚礼是真是假,他总想给她最好的!

独孤伽罗微微勾唇,转头望向后院的难民,淡淡道:"怎么会没有宾客?他们一定会给我们最诚挚的祝福!"

二人大婚,可以下帖相请宇文护,如果能将宇文护请到卫国公府,在这些人中埋伏下许多高手,到时就可以趁着杨坚迎亲队伍未到,将宇文护击毙在这卫国公府里。到时,所有的后果,她一力承担,一则让杨家完全置身事外,二则,也让独孤家的在天之灵,亲眼看到那恶贼伏诛!

而杨坚又哪里知道她另有打算,一双灼亮眸子满含深情,定定地看着她,点头道:"不错,他们才是最尊贵的客人!"心里却在暗暗筹划,如果宇文护当真会来卫国公府,就可借请他观礼,一同前往杨府,到时路上动手,一举将他击毙,刺杀之名自己承担,就可让父亲、弟弟置身事外。

独孤伽罗静静回望他,手掌感觉到他大手传来的温度,心中有一瞬的安稳,跟着,又掠过一抹酸涩。

这样好的男子,她今生有幸相遇,而她,却无福与他相伴一生。

少女眸中的温情,令杨坚心头怦动,跟着,却转为一缕怅然。

如此美好的少女,他杨坚只愿呵护一生,可是,放手一搏之后,恐怕他再也无法完成那个承诺。

第十八章

行奇计英娥生变
QUEEN DUGU

　　计策定好，请帖发出，剩下的，就是赴郊外小院，找徐卓安排当日的刺杀。
　　徐卓听过杨坚的计划，连连点头道："我会让一些武功高强的兄弟加入迎亲的队伍，务必一击即中，再不给他逃脱的机会！"跟着，画出卫国公府到随国公府一带的街道，详细研究从哪里下手，如何下手，在哪里派人接应，再从哪里撤退。
　　杨坚见他片刻之间思虑周全，连连点头，略想一下又道："徐大哥，杨坚还有一个不情之请！"
　　徐卓见他客气，忙道："杨公子但说无妨！"
　　杨坚看看伽罗，欲言又止。独孤伽罗见状，借故走开，拐过墙角，却脚步迟迟。
　　杨坚目送独孤伽罗身影消失，这才道："徐大哥，我想请徐大哥派几名身手好的兄弟，送我两个弟弟离开长安！"
　　徐卓最初见他神神秘秘，有话还背着伽罗，不想他说出这样一句话来，一拍大腿，应道："杨公子放心就是，我必会确保他们平平安安！"
　　墙角另一边的独孤伽罗听到，微微抿唇，径直向院门外走去。
　　杨家家业都在长安，行刺之后，必然有一次大的改变，这样的事他不愿意让她知道，想来是怕她心里愧疚吧？
　　杨坚见徐卓应得痛快，微微点头，目光向墙角扫了一眼，确信这次伽罗真的离开，才低声道："徐大哥，到了那日，请你不惜一切代价，保护伽罗的安全，事成之后，尽快送她离开长安，不必管我！"
　　徐卓一怔，恍然明白，这才是他支走伽罗的本意，心中感动，点头道："杨公子放心，纵然没有你特意嘱托，大司马的女儿，我就是拼掉这条性命，也会护她周全！"
　　他心里暗暗赞叹。这位杨公子，到这种时候，心里惦着的全是独孤伽罗。而在这之前，独孤伽罗也曾同样向他说过，要他全力保护杨坚的安全。这两个人，还真是天生的一双呢!他又怎会不尽力成全?

杨坚心中最后一丝隐忧除去,眉结打开,露出一个轻松的笑容,向徐卓拱手,郑重谢道:"多谢徐大哥!"

徐卓连忙起身还礼。见事已说定,杨坚也不再多停,当即告辞,于院外会齐独孤伽罗,一同回城。

随国公府迎娶独孤伽罗,消息传进王宫,王后不禁喜极而泣,力求天王放她出宫,为她唯一的妹妹送嫁。

虽说宇文护的三个月禁令未除,但天王受不住她的一求再求,终于点头应允。

转眼已到大婚前夕。

除去一个不敢以真面目示人的大嫂,独孤伽罗再没有亲人,可是卫国公府后院收留的百姓,将整个卫国公府擦抹得干干净净,贴上大红喜字,全府上下,顿时一团喜气。

后宅厨房里,一应的喜糖、喜饼,都是伽罗亲自动手,众百姓帮忙,倒也备得妥妥帖帖。

终于到日落黄昏,热闹一整天的卫国公府终于安静下来,上官英娥敲门,慢慢跨进独孤伽罗的房间,倚门看着坐在镜前的少女含泪微笑。

"大嫂!"独孤伽罗起身迎过去,拉着她的手进门,歉然道,"伽罗出嫁,府中再没有旁人,本该大嫂为伽罗送嫁,可是……可是……"

可是,宇文护若知道独孤家还有一人生还,怕对大嫂不利。

上官英娥含泪点头,轻声道:"七妹,我明白!能亲眼看到你出嫁,也可告慰爹娘在天之灵了!"说着拉着她的手在镜子前坐下,取梳子给她梳展长发,轻声道,"这些事,本该族中长者来替你做,如今,就由嫂嫂代劳吧!"

独孤伽罗忍泪点头,转过身去。

上官英娥将她乌亮的长发打散,用梳子一下一下从头梳到底,并低声念道:"一梳夫妻和顺,二梳举案齐眉,三梳子孙满地……"

她恍惚间好似看到当年自己出嫁,她满心的欢悦和羞涩,等着成为独孤家的长媳、独孤善的妻,听着长者的祝祷,一心一意要与她的夫君白头到老,为他生儿育女,与他举案齐眉。哪里知道,青春正好,却已天人两隔,自己也早已是半残之身……

泪水大颗大颗地滑落,无声地滴入脚下的泥土,嘴角的笑意却没有丝毫的消减。

眼前的少女,是夫君最疼爱的妹妹,独孤家最后的一点希望,只盼望她嫁入杨家,从此一生和顺,再没有任何的苦难。

独孤伽罗从镜中默默注视她。虽然她容颜尽毁,可是举手投足间,那浑然自成的大家风仪,没有人能够代替。

明天,她行刺宇文护之后,必然难逃一死,到时,会有人将大嫂带离长安,妥善安置,只是,从此以后,姑嫂二人就是永别,再无相见之期。

独孤伽罗心中酸涩难明,几次张嘴,想说几句嘱咐的话,终究怕她起疑,又全吞了下去。

第二日一早，独孤伽罗大红嫁衣穿起，乌亮长发高绾，端端正正地插上四支金凤钗，配以全套的赤金头面，一时间，整个人端丽无双、艳光四射。

　　一切收拾妥当后，独孤伽罗将一柄短剑藏入嫁衣，以备不时之需。宽大的嫁衣遮挡，镜中自照，见看不出一丝痕迹，她这才唇含浅笑，慢慢踏出房门，向前厅而去。

　　前厅里，作为宾客的众百姓早已入座，看到她来，齐齐含笑注视。

　　独孤伽罗微笑点头，目光不经意地扫向紧闭的府门，似有所待。

　　按照迎亲的仪程，杨坚要在巳时进府，陪她饮过别亲酒，就带她上轿，前往随国公府。

　　可是，在此之前，作为卫国公府的宾客，宇文护应早他一步。只要他来，她已做好万全的准备，一击即中！等到杨坚前来，一切都已结束！

　　她心中正想，就听府门外，远远有笙歌鼓乐之声，跟着车马声也隐隐传来。来的人不似宇文护，却是前来迎亲的新郎杨坚！

　　他竟然提前半个时辰赶到了！

　　独孤伽罗心头一紧，脸色不禁变得凝重。她脑中迅速转念，不禁暗叹一声。

　　罢了！幸好她有另一手安排，即使他来，只要是在卫国公府上将宇文护击毙，也有法子让他和随国公府摆脱嫌疑！

　　想到这里，她脸色恢复如常，嘴角再次泛上微笑。

　　此时只听车马声已到门外，鼓乐声也暂时停下，杨坚清润的声音念起迎亲唤门偈，朗声道："下走无才，得至高门，窈窕淑女，君子求成！"

　　独孤伽罗缓缓步下石阶，穿过庭院，向府门走去，边走边念应门偈，清声道："请君下马来，缓缓便商量！"

　　听到里边应声，门外迎亲众人顿时呐喊助威，高声喊道："新妇子，催出来！新妇子，催出来！"

　　杨坚上前立在门首，朗声念道："门额长时在，女是暂来客！"

　　独孤伽罗听他念完，上前一步，"哗"的一声将门打开，抬头望去，但见门外少年一袭大红吉服，珠冠玉带，衬着一张俊逸容颜，当真是谦谦君子，温润如玉。

　　杨坚垂眸，也望向门内女子，但见她端丽清华，绝艳无双，一时瞧得痴住了。

　　门里门外，二人四目交投，心中都是又喜又悲。喜这一世，最好的年华，遇到了彼此，而在今日，最美的她望在他的眼里，最好的他驻在她的心上；悲的是，这一生，终究太短，必会结束在这最美的一天。

　　看着二人深情对望，已有人大声笑起，善意调弄。

　　杨坚恍然回神，俊脸微红，忙踏进大门，从怀中取出一支木簪，轻声道："伽罗，这木簪虽然简陋，却是我亲手所刻，你留着，做个纪念吧！"

　　今日一击之后，恐怕他和她就会天人两隔，希望，在未来的岁月里，她看到这木簪，还能想起他，想起他们的今日！

　　独孤伽罗含笑接过，细细端详，只见是一支乌木雕成的木簪，通体打磨光滑，在簪尾雕着一枝精致的玉兰，足见是花了一番功夫的，心中感动，轻声道："很美！"

杨坚听她称赞，不禁嘴角微扬，露出一个灿烂的笑容，柔声道："你喜欢就好！"

独孤伽罗回他一笑，又送回他手中，含笑道："你给我簪上吧！"

杨坚微愕，瞬间笑起，见她转身，轻轻替她插在髻上。鼻端她幽幽的发香传来，令他心魂皆醉。

多想，这一世为她簪发画眉，多想，这一世与她吟诗作对，可是，他们能有的，只有这一日，这一时！

感觉到发鬓上恋恋不去的手指，独孤伽罗眸中迅速泪水充盈，却在低头间忍了回去，再抬头，已是灿烂的笑颜，绝世的风华，心中暗念：杨坚，你待我之情至深，杨家待我之意至诚，伽罗今生无以为报，只能寄予来生！

二人双手相携，穿过庭院向厅里走去。刚刚走出几步，突然间，听到身后内侍尖亮的声音叫道："王后驾到！"

二人一惊回头，果然见府门外，王后正扶着南枝的手下车，急忙转身迎上去。震惊之余，独孤伽罗忘记行礼，一把抓住她的手问道："大姐，你怎么来了？"

一会儿宇文护到府，若是暗算不成，恐怕就是一场血战，大姐这个时候过来，岂不是被她连累？

王后又哪知道她心里的计较，目光在她身上略一打量，见她衣饰虽然考究，身边却无亲人，这喜气中，终究透出些荒凉，不禁落泪，轻声道："本宫的妹妹出嫁，做姐姐的岂能不来？"

独孤伽罗轻轻摇头，低声道："可是……"可是大姐被宇文护幽闭佛堂，三个月期限还没有到啊！

王后知道她的心思，握着她的手一紧，含笑道："今天是你大喜的日子，不要去想那些不快的事！"随后携着她的手，径入前厅。

众百姓哪里见过王室的人物，听说是王后到府，纷纷跪倒见礼，拜道："参见王后！"

王后倒不料厅里有这许多人，但一眼望去，都是寻常百姓，想必是独孤伽罗为免凄凉充充门面，也不以为意，轻轻点头道："各位乡邻免礼！"

等众乡邻入座后，王后才又转向伽罗，轻声道："今日是你出嫁，娘家人自当有嫁妆相陪。那些是当年我出嫁时，父母所备，今日全部带来给你，权当是爹娘为你准备的！"说着指指门外。

府门外，十几名内侍正抬着一只大红描金的箱子进门。

独孤伽罗见她如此用心，忍不住落泪，点头道："还是大姐想得周全！"

王后替她拭泪，含笑摇头道："傻丫头，今天是你大喜的日子，哭什么？"话虽如此，想到自己这个妹妹历经生死磨难，终于等来这一天，心中激荡，不禁低咳一声，又忍住，转向杨坚道，"从今之后，本宫这个妹妹就交给你，若有什么行差踏错，念在她已故的爹娘，你好歹容让一些！"

杨坚连忙掀袍跪倒，行礼道："请王后放心，杨坚能得伽罗为妻，是杨坚三生之幸，莫说伽罗行止端方，断断不会有错，纵然有错，也是杨坚之错，又岂能为难伽罗？"

王后听他说得诚挚，心里大觉宽慰，连连点头，向南枝伸手示意。

南枝上前，奉上一只盒子，盒子打开，里边是一只精美的酒壶。

王后接过，又续道："这是天王御赐的西域葡萄酒，祝你二人夫妇和顺，永结同心！"

独孤伽罗接过，俯首道："伽罗何德何能，得天王厚爱，请王后代伽罗谢过天王！"垂眸见酒壶精美绝伦，心中微微动念，起身将它放上桌案，背身的瞬间，壶盖轻启，手指微弹，已有药粉洒入。

杨坚心里惦记着随后的刺杀，见姐妹二人叙过话，上前一步向王后行礼，劝道："王后出宫不便，心意尽到就好，还请早些回宫！"

独孤伽罗转身回来，也道："是啊，大姐，我们在此款待过乡邻，随后就去随国公府！"

王后迟疑道："本宫想送你上轿……"

话还没有说完，就听府门外护卫扬声道："大冢宰到！"

王后一惊，向府门望去，果然见宇文护在前，赵越等人随后，大踏步跨进府门，不禁脸色微变，低声道："他怎么会来？"

独孤家败落，他宇文护是始作俑者，难不成今日伽罗出嫁，他是来欣赏他的战果吗？

宇文护大步进府，见在座宾客虽多，却都是粗衣布衫的寻常百姓，眼底不自觉露出几分讥讽，最后目光落在王后身上，扬眉道："王后为何在此？"

王后也冷冷回望他，眼底丝毫不掩对他的厌恶，淡淡道："本宫妹妹出嫁，本宫前来相送，是在情理之中。倒是大冢宰，为何本宫到哪里，大冢宰都会很快跟来，这鼻子倒比宫里的阿黄还灵敏一些！"

阿黄是皇宫御膳房养的一条狗，王后这不是暗贬，已经是明骂了。

如果不是心里有许多事情重压，独孤伽罗险些笑出声来。

宇文护大怒，向王后喝道："三月之期未到，你擅自出宫，置国家法度于不顾，身为王后，该当何罪？"

王后全然不惧，淡淡道："今日是本宫亲妹妹出嫁，本宫请准天王御旨，为妹妹送嫁，人之常情，何错之有？倒是你，身为臣子，对本宫大呼小叫、指手画脚，又该当何罪？"

宇文护脸色铁青，转念又突然笑起，点头赞道："王后果然牙尖嘴利，只是如今你私自出宫，怕天王也不能保你！"向身后护卫喝道，"送王后回宫！"

众护卫齐应，已有四人上前，分立王后两侧，齐齐躬身，大声道"请王后回宫！"，表面虽然恭敬，实则满是威吓的姿势。

王后怒极，突然喉咙一甜，一口鲜血几乎喷出，却又强行忍住，转向独孤伽罗，强笑道："七妹，今日姐姐能见你出嫁，又见杨坚能如此待你，心愿已了，为了姐姐，为了家人，你千万保重！"

独孤伽罗轻轻点头，忍泪道："也请姐姐保重！"姐妹二人四目交投，未出口的话，尽在不言之中。

王后再深望她一眼，这才转身，淡淡吩咐道："回宫！"随即将手搭在南枝腕上，缓步出厅，脚步不疾不徐，径直向府门口而去，单薄的身体，挺直的脊背，竟然带着一丝不可冒犯的凛然，走过处，就连众护卫也不禁躬身俯首，不敢逼视。

眼看着王后的背影走出大门，跟着内侍的喝声传来，车轮滚滚，渐渐远去，独孤伽罗强忍心中的不舍，将目光收回，落在宇文护的身上，慢慢上前一步，缓声道："今日是杨坚和伽罗大喜的日子，大冢宰能来，伽罗不胜感激。王后不过是心疼伽罗，才会请旨出宫，还请大冢宰不要见怪！"

宇文护听她这番话说得不卑不亢，既不像王后一样强抗，也毫无畏惧之意，一时不知道她葫芦里卖的什么药，冷哼一声，并不答话。

独孤伽罗从案上取酒斟满两杯，一杯自留，一杯送到宇文护面前，又道："此酒是天王所赐，闻说来自西域，伽罗借花献佛，代王后向大冢宰赔罪，请大冢宰千万高抬贵手！"

宇文护目光在酒杯上一转，并不接杯，冷笑道："今日独孤小姐倒是应答周到！"

独孤伽罗垂眸，轻声道："今日伽罗大婚，只盼与大冢宰冰释前嫌，日后平平安安，相夫教子罢了！大冢宰今日能来，岂不是也有此意？就请满饮此杯，日后各不相干，如何？"说完，又将手中的酒杯送上。

见她极力劝酒，宇文护眸中骤寒，冷冷注视她。就连杨坚也不禁惊异，看看伽罗，再看看她手中酒杯，猜不透她内里藏着什么玄机。

独孤伽罗却面无异色，见宇文护不饮，扬唇浅浅笑起，淡淡道："大冢宰权倾朝野，哪知不过如此心胸，当真令伽罗刮目相看！"说完仰首将杯中酒饮尽，随即将酒杯向他一照，淡笑道，"天王所赐御酒，大冢宰也怕有毒，未免以小人之心，度君子之腹。"

宇文护被她言语相激，又见四周百姓都齐齐注目，不愿在这些贱民面前丢掉颜面，慢慢伸手将酒杯接过，淡淡道："本官怕什么？本官若是有事，这里的人，怕一个也不能活！"双目死死盯着独孤伽罗，仰首将酒喝下。

独孤伽罗神色不变，只是勾唇浅笑，击掌道："大冢宰果然男儿本色，伽罗佩服！今日伽罗大喜，承蒙大冢宰贵趾前来，还请吃一枚喜饼，伽罗也该上轿了！"她转身捧起一盘喜饼，送到宇文护面前。

此时，宇文护也好，杨坚也罢，包括宇文护随行的护卫人等，所有人的注意力全在她的一言一语、一举一动上，只有站在阴暗角落里扮成百姓的上官英娥，用充满仇恨的目光死死着在宇文护。

上官英娥此刻听伽罗竟然要与仇人冰释前嫌，微觉诧异，目光不禁向她投去，在她转身一瞬，隐隐见她衣底露出一点寒光，凝神一瞧，顿时大吃一惊。

独孤伽罗出嫁，要嫁的是待她一心一意的杨坚，她嫁衣下藏剑，自然与杨坚无关。只是伽罗大婚，不料宇文护竟然会来，而伽罗似乎也在意料之中，难道，她衣底藏剑，竟然是为了刺杀宇文护？

上官英娥目光迅速扫过院子里宇文护的卫队，不禁心底骤寒。

不要说宇文护本人极为机警，她贸然出手，未必伤得了他，就算是她能一击刺杀宇文护，在这些护卫的围困之下，又如何逃得了性命？

上官英娥心中念头电闪，脚步已经轻移，向前边的几人接近。

宇文护定定地注视着独孤伽罗，见桌子上放着十几碟喜饼，她只是随手拿起一碟，却并不能放心，便看了身边的赵越一眼。

赵越躬身，取出银针，插入喜饼，隔一会儿后拔出，银针还是通体银白，说明喜饼无毒。

宇文护微微扬眉，望向独孤伽罗的眸子中露出一丝疑惑，转念间，想她之前的一番话，似乎只是怕他为难王后，心中原来的一点怀疑也抛开，信手取过一枚喜饼，淡笑道："想不到独孤信有你这样的女儿，当真令人意外！"说完，将喜饼往口中送去。

独孤伽罗淡淡地看着那主仆二人的做作，脸上不动声色，心里却不禁冷笑。

喜饼中，她早已放下毒药，只是要与酒同喝才会发作。宇文护，你老谋深算，万万没有料到吧？

而就在此时，上官英娥已慢慢走到近处，眼看独孤伽罗一只手垂下，靠近身上短剑，再顾不上多想，手腕一翻，顿时寒光乍现，手中多出一把匕首，拼力向宇文护刺去。

变故骤起，宇文护匆忙间手指一弹，将喜饼当成暗器打出，跟着侧身，躲过英娥致命一击，不攻英娥，却反手向独孤伽罗疾抓而去。

独孤伽罗不意英娥突然出手，大惊之下，正要抢上前去，却被杨坚一拉，挡在身后，恰好避过宇文护的一抓。

赵越等人大惊，齐声叫道："来人啊，抓刺客！"

十几名护卫顿时冲上来，向英娥扑去。

第十九章

嫂殒命王后崩逝
QUEEN DUGU

英娥身无武功，那一刺本就凭着一股刚勇，一刺落空后，向前一个踉跄。她站稳回头，却见宇文护竟然向伽罗抓去，微一转念，瞬间明白。自己一刺，宇文护却抓伽罗，自然是怀疑自己与伽罗同谋。

闪念间冲上前几步，英娥一把抓住独孤伽罗，将匕首抵上她的脖颈，喝道："站住，不然我杀了她！"带着伽罗退后几步，低声道，"伽罗，我知道你恨极那个老贼，只是如今你势单力薄，纵能杀他，也无法全身而退，你听大嫂的，好好活着，再另寻法子报仇！"

如今也只有如此，才能让伽罗摆脱嫌疑。

独孤伽罗见她完全会错了意，而这一刺，也将自己的计谋破去，不禁心底暗叹，低声道："大嫂，你快走！"脚步后移，试图向门外挪去，目光掠过观礼的百姓人群。

在百姓之中，藏着徐卓手下十几个高手，本来是想若下毒失败，便一起动手对宇文护做雷霆一击，哪里知道上官英娥横插一脚，不但让她功败垂成，还打草惊蛇。

今天已杀不了宇文护，只盼这十几名高手能将英娥救出。

旁人又哪知这其中还有许多曲折，见刺客突然改袭独孤伽罗，都是一怔，杨坚急喊："不要！"冲上前几步想救人，却又怕误伤伽罗。

宇文护却冷笑道："给我上，抓活的！"

一声令下，众护卫再不顾及独孤伽罗，齐齐向上官英娥扑去。

就在此时，只听府外一阵脚步声，宇文邕带着一队禁军冲进来，一眼看到眼前的情形，不禁一愣，向宇文护问道："发生什么事？"又看到伽罗竟然被人所擒，大吃一惊。

他本来是送公主出嫁，只等杨坚和伽罗一到，就一同拜堂成亲，哪知道到了吉时，还是不见杨坚和伽罗的影子，心里不安，才带禁军赶来，想不到这里果然出事了。

上官英娥只见有宇文府众多护卫，并不知百姓中有伽罗藏下的高手，自知今日已无法逃走，狠狠向宇文护瞪视，厉声骂道："宇文老贼，你侵田占地，鱼肉百姓，害我家破人亡，我今日不能杀你，纵化厉鬼也必不饶你！"喊声中，一头乱发甩于脑后，露出一张狰狞恐怖的脸孔，当真犹如鬼魅。

众人一见齐惊，还不等反应，就见她将伽罗重重一推，手中匕首疾落，已插入自己胸口。

独孤伽罗被她推得一个踉跄，急忙回身，却见血光乍现，她身体轻轻一晃，向前扑倒。

独孤伽罗如遭雷击，张嘴要喊，却发不出一声，泪珠大颗大颗地滑落。

杨坚见她落入刺客之手，本来又惊又急，此刻抢上前一步，一把拥她入怀，胸前感觉到她滚落的泪珠，心头不禁震动，凝目望着英娥。

从刚才英娥那一击看来，这刺客并没有武功，以伽罗的功夫，又怎么会轻易被她所擒？而此刻刺客身亡，伽罗又是这样的反应，那这刺客，自然与伽罗有极大的关系。

只是，眼前情形，已不容他仔细去查刺客是谁，他只能紧紧抱住伽罗，将她的悲痛全部挡在怀里，尽量不让宇文护怀疑到她的身上。

宇文护见英娥身亡，冷哼一声，不理宇文邕，转身向杨坚和独孤伽罗一指，大声喝道："将这二人给我拿下！"

众护卫齐声应命，向二人冲去。

宇文邕大声喝道："慢着！"上前两步挡在二人身前，问道，"大冢宰，你这是何意？"

宇文护冷笑，咬牙道："这二人突然决定成亲，又向本官下帖，分明就是想借机行刺本官！"

杨坚紧紧抱住伽罗，大声道："大冢宰，我与伽罗都出自将门，真要行刺，又岂会假手一个不会丝毫武功的妇人？更何况，方才伽罗也受胁迫，大冢宰要借机嫁祸，恐怕难以自圆其说！"

宇文护被他几句话反击，一时答不上来，目光在独孤伽罗身上一扫，见她一言不发，越发起疑，咬牙道："独孤伽罗，你说，她到底是谁？"

杨坚微微一愕，不禁望了刺客的尸体一眼，顿觉有些眼熟，心中微微一凛，立刻大声道："大冢宰！你宇文家害人无数，结怨太多，连自己也不知道自己有多少仇家，伽罗又如何知道刺客是谁？"

独孤伽罗眼见英娥血溅当场，心如刀绞，全身颤抖，耳听着宇文护步步逼问，深知自己不说话，此事实难罢休，便强忍心中酸痛，哑声道："此人是我收留的落难百姓，我并不知道是谁！"

宇文护冷笑道："独孤伽罗禀性刚烈，此人若是与你无关，你又岂会为她落泪？"

独孤伽罗身子轻轻颤抖，狠狠咬牙，充血双眸望向宇文护，恨恨道："她与我一样，也是被你宇文护害得家破人亡，所谓兔死狐悲，我独孤伽罗只恨自己没有她的勇气，敢为自己的家人一搏！"

宇文护跨前一步，咬牙冷笑道："独孤伽罗，你休想巧舌如簧，摆脱与她的干系！"

独孤伽罗轻轻摇头，露出一脸疲惫，泪珠却不断涌落，淡声道："独孤家只剩我一人，今日大冢宰要借故斩草除根，进而对付杨家，怕难堵天下悠悠众口！"

宇文护听她说话不但滴水不漏，还反咬自己一口，不禁恨得咬牙，连连点头，冷笑道："纵然刺客已死，本官一样有办法挖出幕后主使！"他大声喝令，命人将上官英娥的尸体带走，狠狠瞪了一眼二人，而后大步向府外而去。

等到宇文护出门，几名护卫上前，拖起上官英娥的尸体随后出府。独孤伽罗眼睁睁看着上官英娥被拖出府去，想要冲过去抢回来，却又什么都不能做，只觉心头绞痛，身体一阵阵颤抖。

杨坚紧紧拥着她，心痛地唤道："伽罗！"

独孤伽罗轻轻摇头，低声道："她是我大嫂……"

他虽然已经料到这名刺客和独孤伽罗有莫大的干系，可是没有料到，那竟然是上官英娥。

杨坚大吃一惊，眼前顿时出现纳征那日所见到的那个端庄温婉的少妇，不禁心里一疼，将独孤伽罗抱得更紧一些。

宇文邕虽没听到二人的对话，可是看到伽罗这副模样，还是忍不住心疼，拽下披风，连头到脚将她裹住，才向杨坚道："随国公府宾客在等，你们……"

请帖已发，到府祝贺的都是朝中重臣，大婚的仪程，不能不继续。

可是他想到刚才的场面，再看独孤伽罗的模样，后半句话已不忍出口。

是啊，如果婚礼就此取消，势必会让宇文护抓住把柄，自己倒也罢了，还有整个杨家呢！

独孤伽罗闭眼，深吸一口气，点头道："是，我们一定要去，走吧！"说着，她站稳身子，向大门外走去。

小小女子，遭受许多磨难，却坚强得令人心疼。

杨坚咬牙，重新拥她入怀，揽着她走出府门。迎亲队伍中，他对上徐卓关切的目光，轻轻摇头示意，抱着伽罗上轿。鼓乐声再起，迎亲队伍再次出发，向随国公府而去。

从府里传来争斗，到宇文护出府，徐卓已经知道起了变故，只能暗暗顿足，见到杨坚示意，只好悄悄传令，接着有兄弟离开，传令各处取消计划。

迎亲花轿在随国公府门口停下时，独孤伽罗早已平复情绪，重新整理过妆容，此时她从容下轿，跟着杨坚步步入府，举止间已是一派端庄，仿佛刚才什么都没有发生。

依照习俗，女子出嫁，要由兄长送入青庐，送到夫君手中。公主宇文珠由宇文邕送亲，而独孤家早已无人，就由高颎顶替，挽着她走入青庐拜堂。

在宾客的一片赞叹声中，独孤伽罗随着司礼的喝赞，亦步亦趋，分毫不差地行着大婚叩拜之礼。

杨坚的目光，始终落在她的身上，怜惜，呵疼，带着深深的眷恋，给她支持，给她支撑。

整个大婚的仪程，足足一个时辰，独孤伽罗始终唇含浅笑，没有丝毫偏差，却在被送入洞房的一瞬，一口鲜血喷出，昏倒在杨坚怀里。

宇文护在独孤伽罗大婚之日遇刺，消息传遍整个长安城。而宇文护却并没有从上官英娥的尸体上查到任何线索，暴怒之下，命人将其丢出城外。

一腔怒火无从发泄，宇文护借题发挥，在朝堂上逼天王宇文毓废后，朝中顿时一片哗然。

王后本已病体沉重，强撑送独孤伽罗出嫁之后，心中了却一桩大事，病势更加汹涌而来，卧床不起。此时听到消息，震怒之下，她勉强起身，直闯朝堂。

朝堂上，宇文毓、高宾等人为王后据理力争。宇文护却一口咬定王后为了一己私念，惑主媚上，大声道："王后以后宫乱政，媚惑天王，祸乱朝纲，王后不废，怕我大周永无宁日！"

话音刚落，只听殿门口王后清冷的声音喝道："宇文护！你欺君犯上，把握朝政，颠倒是非，天理不容！"

众人一惊回头，只见王后身穿朝服，一身凛然跨进大殿，双眸含威，怒视宇文护。

宇文护冷笑，大声道："朝堂之上，岂容后宫妇人涉足？"随即向两旁侍卫喝道，"来人，将王后带回后宫！"

王后见几名侍卫跨前几步，立刻喝道："你敢！"食指尖尖，直指宇文护，厉声道，"宇文护，大殿之上，你目无天王，私自发号施令，分明要一朝独大，架空王权，当真是乱臣贼子，人人得而诛之！"

宇文护冷笑，转向宇文毓，大声道："天王，王后以后宫干涉，臣请立刻废后！"

王后全然不惧，昂然道："宇文护狼子野心，残害忠良，我独孤氏身为一国之后，恨不能手刃此贼！"

宇文毓眼见王后寸步不让，生怕宇文护对她不利，忙劝道："王后，朝中的事，朕会处置，你还是回去歇息！"

宇文护脸色乍青乍白，咬牙喝道："后宫妇人，胆敢辱骂朝臣，还不将她拖下去！"

众侍卫被他目光扫到，立刻有几人上前，抓住王后向外拖去。

杨忠见王后受辱，上前一步，大声喝道："王后乃一国之母，岂容你们如此羞辱，还不放手？"

众侍卫一怔，互视几眼，一时不知该如何是好。

王后趁几人迟疑，突然拼力挣脱，大声叫道："此贼不除，必是我大周之患！我独孤氏纵然变鬼，也必要看着你这恶贼的下场！"大叫声中，疾冲向前，一头向大殿柱子上撞去。

"王后……"宇文毓大惊之下，嘶声大吼，踉跄着冲上前想救她，终究晚了一步，只见鲜血迸溅，王后的身体已软软摔倒。

宇文毓跌跌撞撞地冲来，颤抖着抱起王后的身子，连声唤道："王后！王后！你不要走，不要离开朕！"

王后挣扎着抓住他的衣襟，拼尽最后一口气力，哑声道："天王，你是……天王，为了……贤儿，为了……大周，不要再……受制于人……"话未说完，已发不出声音，眼底的光芒黯去，手指慢慢松开，彻底断了呼吸。

"不！"宇文毓嘶声大吼，连声叫道，"不！王后！你不要走！不要走！"

怀中人虽然身体温软，可是双目紧闭，面容死寂，再也没有一丝动静。

宇文毓慌乱地抬头，急切地吼道："太医！太医！快……快救救王后……"

眼见王后死得如此惨烈，殿上顿时一片死寂，满朝文武与众侍卫、内侍跪倒满地，齐声道："天王节哀！"

宇文护却冷笑连连，望着宇文毓怀中的女子，咬牙道："便宜了她！"

悠长的钟声，划破了长安的上空，王后宾天的消息，很快传遍长安。

接连送走两个亲人，独孤伽罗已欲哭无泪，只是手握鼓槌，一下一下，击出阵阵鼓声，发泄着自己的愤怒和悲伤。

从此之后，独孤家真的没了！大姐已是她最后一个亲人，从此之后，天地间只有独孤伽罗，却再也没有独孤家小七，再也没有人会唤她一声"七妹"了！

杨坚默默地立在她的身后，静静地等她将满腔的情绪发泄完，直到她累了、倦了，才慢慢上前，张臂拥她入怀，轻声道："伽罗，你还有我！"

独孤伽罗埋首在他怀里，轻轻摇头。

不一样！

杨坚虽然待她至深至诚，可是，又岂能与她的家人相比？家人在，人生尚有来处；家人不在，人生就只剩下归途。

虽然怀中女子不语，可是杨坚读懂了她的心思，微默一瞬，终于拿定了主意，轻声道："伽罗，有一件事，我想你应该知道！"

"什么？"独孤伽罗闷闷地应着，整个人还沉浸在失去亲人的痛苦中。

杨坚抱紧她一些，埋首在她耳侧，轻声道："你大哥，他还活着！"

这句话入耳，最初独孤伽罗一无反应，愣怔一瞬之后，小霍然抬头，双眸大张，双手紧紧抓住杨坚，紧张得连声问道："你说什么？你再说一遍！"

杨坚微微挑唇，露出一抹宽慰的笑意，再郑重点头确认，轻声道："你大哥，独孤善，他还活着！"

当初，独孤家在流放途中遭遇无辜杀戮，上官英娥坠崖，独孤善重伤之下昏倒。他醒来后叮嘱杨坚瞒过他生还的消息，隐姓埋名远走他乡，誓要查出宇文护的罪证，为独孤家报仇雪恨！

独孤伽罗静静听完，已经满心振奋，原本一双黯淡的眸子顿时灼亮如天边的星辰，双拳不自觉地紧握，重重点头道："好！好！我兄妹二人齐心，此仇岂有不报之理？"

杨坚点头，轻声道："还有我！"

是啊，她还有他，他的背后，是整个杨家，他和她已经成亲，不论真假，他们已是一体，荣辱与共，生死相随！

第二十章

起战事再设奇计
QUEEN DUGU

公元558年,周大冢宰、晋国公宇文护依旧全面掌控政权。王后的离世终于唤醒了天王宇文毓的血性,他开始韬光养晦,表面仍然是一个傀儡帝王,实则已开始准备一步步夺回属于自己的王权。他从最不易引起宇文护注意的文化做起,同时佯装玩乐,不理朝政,有若富贵闲人。

另一方,独孤伽罗感激杨家为自己所做的一切,大婚之后勤俭持家。她结交朝中众臣内眷,并在府中广纳门客,又力促杨整与蜀国公之女尉迟容的婚事,得到尉迟迥的支持,令杨家不再孤立无援,也令宇文护有所顾忌,得到喘息之机。

天气乍暖还寒,独孤伽罗已为门客备好开春的衣服,与尉迟容一同送去,杨坚相陪同往。

偏院里,众门客正品茶畅聊,见到三人进门,齐齐起身见礼。门客张剑见伽罗带来衣物,不住地称赞,众门客齐声附和。

杨坚唇含浅笑,听着众门客对伽罗的赞誉,虽是温文而笑,眼底已是满满的自傲。

独孤伽罗却有些不好意思,含笑客套道:"大伙儿进入杨府,我们便是自家人,又何必客气?此许衣物,也是伽罗分内之事!"

旁边尉迟容被当成风景,静立许久,早已有些嫉恼,闻言忙道:"是啊,各位先生何必客气,还是先来领取衣物!"自己动手,打开箱笼。

众门客见状,一一上前领取衣物,随即再次道谢。十几人之后,一名长身鹤立的青年上前,双手抓住尉迟容递上的衣物,却不收回,只是定定地看着她,含笑道:"谢过二夫人!"

尉迟容本来一心只在衣物上,听到熟悉的声音,讶然抬头,瞬间撞入一双深情的眸子,不由心头一跳,笑容顿时僵在嘴角。

独孤伽罗见状,只道二人不曾见过,含笑道:"容儿,这位是陆作谦陆先生,前日刚刚到府！"

尉迟容这才回过神来，匆忙点头，掩去自己眼底的情绪，施礼道："原来是陆先生！"

陆作谦躬身还礼，向她深望一眼，而后转身离去。

尉迟容抬头，迅速向杨坚、独孤伽罗各望了一眼，见二人都低眉浅笑，与门客应答，对这边并未留意，才悄悄松一口气。

一整日神魂不定，好不容易熬到黄昏日落，尉迟容才避过众人，一个人向花园僻静处走去。

刚刚绕过假山，冷不丁背后窜出一个人来，一把抱住她，低声道："容儿，你想死我了！"

尉迟容吓一跳，却并不吃惊，忙转身将他推开，皱眉道："你怎么会在这里？你想干什么？"来的人正是白天见过的新门客陆作谦。

陆作谦上前，还想要抱，却被她躲开，只能无奈停手，眼底满是痛苦，低声道："我不过是想你，想见到你而已，我只能用这个法子！"

尉迟容侧头避开他的双眼，低声道："我已嫁杨整为妻，与你已各不相干，你又何必苦苦纠缠？"

陆作谦连连摇头，沉声道："什么父母之命，媒妁之言，什么门当户对？杨整一介武夫，除去有一个好的家世，又有什么？你虽嫁他为妻，却对他并无感情可言，容儿，你甘心吗？你甘心吗？"

是啊，甘心吗？

尉迟容微微咬唇。

眼前，似乎看到杨坚和独孤伽罗的心意相通，看到杨瓒与宇文珠的甜蜜恩爱，可是自己呢？

面前这一个，是自己青梅竹马的爱侣，只因出身寒微，相爱却不能相守。至于杨整，没有杨坚的执着深情，也没有杨瓒的儒雅风趣，从成亲到现在，对她虽然敬重，却始终带着些陌生，言谈间格格不入。

陆作谦见她不语，又上前一步，将她抱住，低声道："容儿，你许我留下，我答应你，绝不会让人知道！"说着，俯首吻了下去。

尉迟容大惊，连忙挣扎，却被他紧紧抱住。尉迟容生怕被人听到，又不敢强挣，只能抿唇忍耐。

北国王子阿史那玷厥意欲联合大周攻齐，徐卓得到消息，想趁机与北国人合作兵器生意，积累资金，招揽更多的人手，约杨坚、独孤伽罗前往商议。独孤伽罗为掩人耳目，将见面地点改为城里的废弃酒庄。

徐卓本是富贾出身，说到做生意，目光自然奇准。反是杨坚、独孤伽罗并不精通，也就交由他自行决定。

杨坚再问独孤善的消息，徐卓见他不避伽罗，知道伽罗已知实情，也据实说道："虽说查到一些蛛丝马迹，奈何对方防守严密，还不知如何下手，只能静观其变。"

独孤伽罗乍听兄长消息，又喜又悲，点头道："报仇之事不能着急，大哥先要保全自己要紧！"

徐卓见她经历过许多之后，终于褪去原来的急躁，遇事变得沉稳，不禁暗暗点头。

三人将事情议妥，各自通报各方的情况之后，两前一后离开酒庄。

大婚之后，独孤伽罗成日忙于府中事务，极少外出，今日倒是得到一些闲暇，与杨坚并肩而行，看着繁华街道上叫卖的摊贩和过往的行人，顿觉心胸舒畅，回头与杨坚对视一笑。

这个时候，对面两人走来，与二人擦肩而过，其中一个人说些什么，另一人不禁纵声大笑，公鸭般的嗓音听来极为刺耳。

独孤伽罗脚步顿时一停，骤然转身，注视那二人一瞬，拔腿就要跟上。

杨坚不解，忙随后追来，一把将她拉住，低声问道："伽罗，怎么了？"

此时，跟在后边的徐卓见二人有异，也跟了过来，问道："发生什么事？"

独孤伽罗暗指前边两人，低声道："那两个人，曾在市上散售劣币，或者可以查到什么线索。"

徐卓立刻道："你二人回府，我去！"说着将头上斗笠拉下，转身跟了上去。

徐卓是寻常百姓打扮，又常年行走江湖，有他跟踪，自然强过杨坚和伽罗。

杨坚放心，拉着伽罗回头，不解道："你怎么知道那二人散售劣币？"

独孤伽罗回头侧望他一眼，不禁抿唇微笑。

此一刻，仿佛时光倒流，那时，她还是被家人娇宠的少女，不知世事变迁，只为了父亲给她说亲，就任性出来饮酒，在酒楼多管闲事，与骗子结怨，在被骗子追打时，却得他相救。

经她一提，杨坚恍然大悟，失声道："哦，原来竟是此人，你竟然记着！"

是啊，她记着！她独孤伽罗过目不忘，何况她几乎栽在那个人手里。可惜，那个时候，她不知道劣币与她家，与她的父亲竟然有莫大的干系，闲事管过，也就罢了。如果，那个时候她知道独孤信在极力追查劣币一事，是不是可以助父亲一臂之力？那样，事情也就不会变成今天这个样子！

杨坚见她神色瞬间黯淡，不禁暗叹一声，在她肩头轻拍，低声道："伽罗，往事不必再想，若是能从这二人身上查出什么线索，进而收集宇文护的罪证，岳父大人在天之灵，想来也会安慰！"

是啊，往事已矣，来者可追！

独孤伽罗点头，振作一下精神，向他展颜一笑，深深吸气，点头道："是啊，追查线索的事，有大哥和徐大哥帮忙，我们有自己的事情要办，走吧！"伽罗再也无心观赏街景，快步前行，径直回随国公府。

杨坚微停，看着前边女子坚定的脚步，嘴角扬起一抹赞赏的浅笑，很快快步跟上，与她并肩而行。

为了杨家在外的应酬，独孤伽罗几次缩减府中的用度，旁人倒不以为意，养尊处优的宇文珠却叫苦连天，只是见杨忠极力支持伽罗，也不敢强争，只得转而求助宇文护。

宇文护为了从她口中得到杨家更多的消息，自然对她有求必应。

北国、大周与齐国疆土犬牙交错，相互牵制，多年来纷争不断。三年前，因齐国强盛，形成对大周和北国的威胁，北国与大周结盟，共抗强齐。

如今北国渐渐强大，意欲伐齐扩大疆土，北国以王子玷厥为帅，率兵十万，直指齐国。另北国向大周下达国书，请求借兵，一同伐齐。

国书下达之日，天王宇文毓急召大冢宰宇文护进宫商议，宇文护一惊之后，迅速审时度势，决定借兵。

有道是，没有永远的盟友，只有永远的利益。当前形势，以齐国最强，大周最弱，北国意欲扩张领土，若大周拒不出兵，所结盟约势必土崩瓦解，到时北国反而联合齐国向大周运兵，大周腹背受敌，那可是亡国之祸。

天王宇文毓对他虽然又恨又怕，但听他一番话，还是心中暗暗佩服，可见宇文护能到今日，除去靠阴狠手段，胸中也不乏真才实学。

既然决定同北国出兵，带兵的人选倒成了头等大事。赵越向宇文护献计，派杨忠出兵。

宇文会听他说出杨忠的名字，吃惊地张大嘴，叫道："杨忠？我们好不容易得到他的两支精兵，难道再带回给他？"

赵越摇头，含笑道："正因我们拿走他两支精兵，他心中自然不忿，如今给他机会带兵，也算是稍做安抚。更何况，若是此战能胜，他得到的不过是一个虚名，回兵之日，兵权仍要交回大冢宰手里。可是此战若败，正好趁机将杨家除去，同时也给北国一个交代。"

宇文护听他说到后句，微微点头沉吟。

宇文护决意出兵，消息传遍整个大周朝堂，立刻引起不小的震动。尉迟迥、高宾等人不约而同齐聚随国公府，与杨忠商议。

大周与北国结盟，此战势在必行，可是兵马一动，朝中的局势必然会有一些改变，是福是祸，可说只在一念之间。

独孤伽罗深思片刻后，向众人说起王后逝后天王的改变，以为天王宇文毓经过一段时日的韬光养晦，该是施展拳脚，收回王权的时候。此次北国借兵，是一个千载难逢的良机，如果能将宇文护调离长安，就能趁机助宇文毓夺回王权。

将宇文护调离长安？

听她的话出口，杨忠、尉迟迥等人饶是身经百战，也不禁脸色微变。

宇文护是一朝辅宰倒也罢了，可事实上，整个大周朝廷皆在他的掌握之中，要将他调出长安，这下的可是通天之局啊！

可是，转念想到朝中局势，几人又都暗暗点头。

是啊，如果宇文护固守住长安，守住朝堂，他们又岂有机会放手一搏？

只是，要如何令宇文护出兵，倒是一件难事。

杨忠、高宾等人互视，皱眉思索。

杨坚筹思片刻，迟疑道："既然是两国联兵，如果是玷厥王子要求宇文护出兵，想来他必不能推脱，只是……"

只是，玷厥是北国王子，又如何说服他选中宇文护一同发兵？

杨忠、高宾等人对视，轻轻摇头。

独孤伽罗被杨坚一点，倒是有了主意，扬眉道："要说服玷厥王子，就要先说服鲁国公夫人，此事交给伽罗就是，只是到时朝堂上，还要父亲与几位伯父相助！"随即将众人凑到一起，细细分说。

高宾听得连连点头，大拇指一挑，赞道："早听说独孤家小七聪明绝顶，当真是名不虚传！"

独孤伽罗浅浅含笑，俯首道："高伯父取笑！"

既然计策已定，独孤伽罗再不耽搁，立刻命人传话，邀鲁国公夫人阿史那颂酒楼一见。

因为宇文邕，阿史那颂心里对独孤伽罗充满敌意，闻她相约，本不愿去，可是又实在好奇这个驻在自己丈夫心中的女子约自己做什么，犹豫许久之后，始终压不下心中的疑惑，依时赴约。

阿史那颂踏进酒楼，直上二楼，还没有走近雅室的门，就听到雅室内传出铮铮琴声，曲调奔放，犹如万马奔腾，竟是北国之曲。

阿史那颂脚步微停，一瞬间，脑中闪过北国辽阔的草原、奔腾的骏马，和那高天上的流云、牧群中的歌声。

从三年前和亲嫁入大周后，那些她再不曾见过！

阿史那颂心神微晃，很快回神，脚步缓缓，踏进雅室，淡淡道："早闻杨夫人精通音律，不想还擅抚我北国之曲，当真是令人意外！"

琴声戛然而止，独孤伽罗从琴后起身，含笑行礼道："班门弄斧，教鲁国公夫人见笑！"说完伸手肃客，与她分宾主坐下。

阿史那颂性情直率，虚礼论过，也不绕圈子，直言问道："杨夫人今日相邀，不会只是为了让我听夫人抚琴吧？"

独孤伽罗微微一笑，亲手替她斟茶，淡淡道："伽罗虽是闲人，却也不敢擅自惊扰夫人！今日相约，自然是有大事相商！"

阿史那颂虽然料到她有事，可是听她说出"大事"二字，神情不由变得凝重，沉声问道："何事？"

要知独孤伽罗不是寻常闺阁妇人，她出自将门，又历经劫难，她口中的"大事"自然不会是寻常事。

独孤伽罗见她刚才还一副漫不经心的模样，此刻已很快变得凝肃，微微一笑，不先回答，只是向身侧立着的歆兰望了一眼。

歆兰会意，福身为礼，退出雅室，立在门口守着。

阿史那颂虽不知道独孤伽罗葫芦里卖的什么药，但见她如此郑重，也只得向自己带来的茜雪点头，命她一同出去。

雅室的门被带上，阿史那颂这才皱眉道："此刻只有你我二人，你总能说吧？"

独孤伽罗点头，轻声道："夫人想也知道，如今宇文护把握朝政，架空天王，陷害忠良，铲除异己，意欲一朝独大！"

阿史那颂不意她张嘴就是家国大事，心中立刻警觉，皱眉问道："你要说什么？"

独孤伽罗身子前倾，定定地看着她，一字一句道："如今天赐良机，独孤伽罗想请夫人一同，共除此贼！"

这一句话出，阿史那颂顿时脸色大变，"呼"的一声站起，冷声喝道："独孤伽罗，你疯了？"转头看看雅室的门，想到外边有自己和她的丫鬟守着，略略放心，暗暗咬牙，低声道，"此刻若是让旁人听去，立刻是抄家灭族之祸，你独孤家已经无人，就不为杨家想想？"

独孤伽罗也慢慢站起，目光灼灼，与她对视，淡淡道："正是为了杨家，为了满朝的忠良，为了我大周天下，独孤伽罗才要放手一搏！"

阿史那颂冷笑，摇头道："独孤伽罗，谁不知道你恨宇文护入骨！你要报仇，与我何干？"说完，拂袖就走。

独孤伽罗并不阻拦，只是冷笑一声，冷声道："夫人一向自诩对鲁国公一往情深，如今看来，也不过如此！"

第二十一章

约公主北国计成
QUEEN DUGU

宇文邕本是阿史那颂心头的一块心病，更何况，这心病的源头，就在独孤伽罗身上，此时听到她语含讥讽，阿史那颂顿时停住脚步，霍然回头，对她怒目而视，咬牙道："独孤伽罗，你说什么？此事与阿邕何干？"

独孤伽罗见成功将她留住，又慢慢坐下，啜一口茶，淡淡道："鲁国公身为皇室宗亲，天王嫡亲的弟弟，宇文护把持朝政，挟制天王，此事岂能与他无干？夫人枉自作为他的枕边人，竟不知道他为此忧心如焚？"

阿史那颂听得脸色变幻，终于咬牙，低声道："纵他是天王的弟弟，如今做天王的也不是他！"话虽如此，语气已有些飘忽，说得毫无底气。

独孤伽罗微微含笑，挑眉道："如此说来，宇文护挟制天王，与鲁国公无干，那么夫人已嫁入大周，北国的事、玷厥王子的事，也与夫人无干？"

阿史那颂又是一惊，失声道："大周朝廷的事，又如何牵扯上北国，又和玷厥有什么关系？"

独孤伽罗微微摇头，淡淡道："北国出兵伐齐，玷厥王子向大周借兵，这大周如何出兵，全在宇文护一念之间，怎么夫人以为，大周朝堂与北国无关，与玷厥王子无关吗？"

阿史那颂咬唇，思量片刻后，慢慢走回，凝视独孤伽罗，低声道："你要我做什么？"

独孤伽罗浅浅笑起，指指对面的椅子，示意她坐下，低声道："我要夫人说服玷厥王子，要求宇文护亲自带兵出征！"

阿史那颂一惊，眸子骤然大张，转念间点头道："调虎离山！"

独孤伽罗见她一点就透，也不禁赞赏，微微点头道："出兵伐齐，快则数月，慢则经年，只要宇文护不在长安，我们必会设法助天王整顿朝堂，重掌王权！"

阿史那颂轻轻点头，低头将她的话细细思索一番，突然冷笑，咬牙道："独孤伽罗，你要除掉宇文护，此举却也要陷北国大军于险地。你可别忘了，我虽嫁入大周，可也还是北国的公主！"

独孤伽罗扬眉，不解地问道："夫人此话怎讲？"

阿史那颂冷笑道："宇文护为人虽然阴狠毒辣，却并不擅征战，由他带兵，岂有胜理？沙场之上，刀剑无眼，他若一败，连累的就是我北国的大军，玷厥可是我的亲弟弟！"

能想到此节，这位北国公主也算是有见识！

独孤伽罗暗暗点头，含笑道："夫人也别忘了，宇文护权势滔天，手下兵多将广，他若出征，必然是选他手下最好的精兵强将，纵然说倾大周一国之兵压境也不为过，他若会败，试问满朝将领，还有谁能得胜？"

是啊，整个大周的兵权，几乎全部握在宇文护手里，他亲自出兵，岂能不倾尽全力？

阿史那颂默然，将当前情势反复思索，一时难以决断。

独孤伽罗见她已不再坚持，心知将她说动，转话道："三年前，公主和亲嫁入大周，令两国得这三年的休养生息，功在公主。只是闻说，宇文护在两国邦交上，屡屡与可汗抗衡，令可汗愤怒不已。长此下去，大周、北国盟约难久，到兵戎相向之日，公主又何去何从？"

之前她一直唤阿史那颂为"夫人"，自然是对她鲁国公夫人的身份说话，此刻突然改称公主，自然是要点明，在大周，她不过是一府夫人，在北国，她可是一朝公主，若大周、北国翻脸，她的身份就会极为尴尬。

阿史那颂闻言，心头顿时一紧。

是啊，她阿史那颂和亲的使命，就是联系北国和大周的盟约，如果两国交恶，她以北国公主的身份留在大周，又有谁还将她放在心上？旁人倒也罢了，宇文邕呢？他心中本就无她，若她再失去这一价值，他是不是还肯再多瞧她一眼？

阿史那颂听独孤伽罗以淡然的语气分析天下情势，心中既惊且佩，又不自觉多出些嫉妒。

难怪！难怪宇文邕对她念念不忘，原来，她竟是如此一个奇女子！

只是此刻，她已无暇去想儿女情长，心中将当前的情势反复思量，良久之后，又皱眉道："我虽是玷厥的姐姐，可是终究已嫁入大周，这两国用兵，玷厥也不会听我的！"

独孤伽罗听她语气松动，心知已经将她说服，立刻道："伽罗听说北国人也笃信佛教，只要到时夫人携王子前去妙善庵礼佛，往后的事，依计而行就是！"说着向她手中塞入一卷纸条，而后再不多说，款款施礼，开门翩然而去。

阿史那颂怔立许久，才慢慢出门，带着茜雪回府。

北国王子来朝，阿史那颂以长姐的身份先设私宴招待，后赴妙善庵礼佛祈福。

姐弟二人在佛前许过心愿后，刚刚踏出庙门，就见门口一名相士向玷厥招手，唤道："借东西的那位公子，请借一步说话！"

玷厥一怔，左右瞧瞧，再没有旁的公子，疑惑地问道："你在叫我？"

阿史那颂目光与那相士一对，见他微微点头，忙在玷厥肩上一推，轻声道："弟弟不正是为借东西而来？"

玷厥恍然大悟，点头道："是啊！"随即不自觉走到相士面前，问道，"先生有何话说？"

相士含笑，指指签筒道："公子可抽一签！"

玷厥依言抽出一签，自个儿瞧瞧，念道："山至高处人为峰！"不禁皱眉，问道，"这签何解？"

相士接过看一回，摇头晃脑道："有道是，山高云雾漫，拨雾见红日！奉劝公子睁大双眼，不要被假象迷惑，一定要与权力最大之人合作，才是上上之策！"

玷厥皱眉，将他的话重复几回，思索片刻，却不得其解，摇头离开。

得到阿史那姐弟前往礼佛的消息后，独孤伽罗知道第一步计成，当即盛装打扮，以前王后妹妹的身份，以探望太子为名，进宫去见宇文毓。

宇文毓听过她的计划，心中又是振奋又是紧张，连连点头。

隔日，天王在宫中设宴，为北国王子接风，群臣伴宴。

宇文毓等群臣拜过后，传旨入宴，向宇文护拱手，恭恭敬敬道："大冢宰，请上座！"随即回身指向自己的位置。

这句话一出，满殿皆惊，所有的目光都落在宇文护身上。

宇文护也微微错愕，看看玷厥，又看向宇文毓，实不知他葫芦里卖的什么药。

玷厥看得皱眉，撇嘴道："天王，君即是君，臣即是臣，岂有君臣不分之理？"

宇文毓听他语气讥讽，丝毫不以为意，摇头道："王子不知，我朝大冢宰为国处理政事，劳苦功高，远胜朕这个天王，理应上座。"又转身对宇文护道，"大冢宰，请！"

玷厥见他如此抬高宇文护，心中暗暗惊异，转头深深凝视宇文护。满朝文武眼见自己的君王如此没有风骨，在异国王子面前丢尽颜面，都不禁暗觉羞惭。

只有杨忠、尉迟迥等人知道，宇文毓抬高宇文护，正是依伽罗之计而行，心中暗暗点头。

宇文护听宇文毓直言盛赞自己，想自己虽不是天王，可是这大周天下，整个朝堂，早已在自己掌握之中，心中顿时傲然，自不肯在别国王子面前丢掉颜面，点头道："那臣先谢过天王！"而后老实不客气，在天王的位置坐下。

玷厥见到这君臣错位的异象，不禁错愕，转念想到相士所言，微微眯眼，向宇文毓和宇文护各望去一眼。

如此看来，难道大周最有权势之人，不是天王宇文毓，竟然是大冢宰宇文护吗？

略略沉吟后，玷厥向宇文毓举杯道："天王，小王此次来意，早有国书递送，小王想请问天王，打算派哪一位将军与小王一同出征，建这不世功勋。"

宇文毓一脸错愕，点头道："是啊，王子此来，是要联我大周攻打齐国！"而后倾身望向宇文护，问道，"大冢宰以为，派哪位将军出兵合适？"

经过多日深思熟虑，宇文护心中实则早有人选，此刻被问，故意沉吟片刻才道："杨忠杨将军骁勇善战，臣以为杨将军是最佳人选！"

此话一出，不只天王宇文毓，就是杨忠本人也是一脸错愕，实不知此人又动什么心机。

玷厥却不以为意，爽然一笑道："可是小王听说，杨将军的两支精兵如今在大冢宰手上，这手中无兵，如何对敌啊？"

想不到这件事连一个异国王子也知道！

杨忠不禁苦笑。

宇文护也不料玷厥竟然知道得如此详细，可见来前做足了功夫，微怔之后，顺口问道："那王子以为，哪一位将军更加合适？"话问出口，目光不自觉扫向鲁国公宇文邕。

不久之前，对齐一战宇文邕刚刚大获全胜，且他又是玷厥王子的姐夫，难道这玷厥王子要趁机为自己的姐夫争取兵权？

他念头刚刚一转，就听玷厥王子淡然的声音响起："大冢宰你！"

"什么？"宇文护一时没听明白。

玷厥王子笑起来，将杯中酒饮尽，而后道："大冢宰手中兵多将广，也曾战功赫赫，小王以为，大冢宰是出征的最佳人选！"

这一次，话已说得明明白白，满朝文武都面面相觑，最后将目光落在宇文护身上。

天王宇文毓眼看计成，一颗心不禁怦怦直跳，手心渗出冷汗，静等宇文护的反应。

宇文护不意玷厥竟然点他出征，不由皱眉，下意识想要拒绝，摇头道："玷厥王子……"

"大冢宰！"不等他的话出口，玷厥已出声打断，淡淡道，"当初我北国与大周订盟，约好守望相助，如今北国借重大周，大周不会毫无诚意吧？"

语气虽然散漫，字字句句却充满威吓之意，大周君臣瞬间色变，殿上顿时一片纷议。

杨忠轻轻摇头，低声道："若大冢宰不出兵，北国必然怀疑我们结盟的诚意，这两国邦交岂不是毁于一旦？"

尉识词跟着点头，叹道："我大周应付齐国，已经吃力，再加上一个北国，那岂不是腹背受敌？"

杨忠点头道："成败皆在大冢宰一念之间！"

也就是说，宇文护答应，就要亲自出兵；宇文护不答应，日后若是兵败，这笔账就要算到他的头上。

他二人的座位离宇文护不远，几句私议全部落在宇文护耳中。宇文护心中念头电闪，只好点头道："承蒙玷厥王子看重，宇文护自当全力以赴！"

"好！"玷厥在案子上重重一拍，大声赞道，"大冢宰果然是爽快人，来！你我共饮一杯！"举杯向他一照，将杯中酒一饮而尽。

听到宇文护答应，上至宇文毓，下至杨忠等人，都暗暗松了一口气。宇文毓脸上却露出一些关切，向宇文护道："如此，辛苦大冢宰了！"

事已至此，宇文护也只能强撑笑意，心里却暗暗叫苦。

不要说他行军打仗并不精通，就是这大周朝堂，他这一去，恐怕也会有不小的变故。只是到此地步，他只能再另做应对。

宇文护出兵在即，为了更牢地掌握宇文毓的一举一动，以国不能无后，后宫不能无主为名，上书天王，要求选立新王后，同时，将自己的外甥女云婵提为王后待选人。

所有的人都知道，有大冢宰的外甥女在，旁人一律成为陪衬，王后人选早已内定。

宇文毓刚刚从即将摆脱宇文护的欣喜中回神，心中立刻蒙上一层阴霾，可是他也知道，这个时候，若是对宇文护有所反抗，必会引起宇文护的怀疑，那么，之前所做的一切，都将白费。

太子宇文贤得知要立新后，心中也是既怒且悲，常常独自一人到独孤氏生前的崇义宫去磕头说话，宛如母后在时。

正逢独孤伽罗进宫，面见过天王，也顺路往崇义宫来。她在殿门外听到宇文贤的低语，慢慢跨进殿门，叹息唤道："贤儿！"

宇文贤不意背后有人，一惊转头，见到是她，不禁又惊又喜，一跃而起将她的手抓住，连声道："姨母，你几时进宫的，贤儿竟不知道！"

独孤伽罗含笑，俯首向他行礼，这才道："天王相召，也是临时进宫！"她摸摸他的头，牵着他的手在椅中坐下，目光掠过崇义宫的一景一物，想到姐姐，心中也觉酸涩，轻声道，"贤儿是因为天王要立新后，所以想念母后？"

宇文贤点头，想到宇文护的安排，一张小脸愤怒到通红，捏紧拳头道："虽说后宫不能无主，可是，为什么定要是他的人？"

独孤伽罗含笑将他一抱，柔声道："贤儿，你长大了，你知道，既然宇文护有此安排，你父王就不能拒绝，既然知道是他的人，行事就当多几分小心，免得她在宇文护面前说了什么，为难的就是你的父王！"

宇文贤噘起小嘴，满脸不服，想一想，又沮丧地低头，不情不愿地道："姨母说得是！"

独孤伽罗见他懂事，心中疼惜，揉揉他的发顶，牵着他的手向外走，轻声道："这崇义宫是王后寝宫，日后你还是少来的好！"

王后寝宫，可也是他母后的寝宫啊！

宇文贤虽然满心不愿，可是也知道独孤伽罗所言是实，只能暗暗咬唇，跟着她向外走。

二人出崇义宫，独孤伽罗见宇文贤对自己依恋，也不急出宫，一边轻言细语与他说话，一边向御花园里逛去。

刚刚转过一片假山，就听到一阵呜呜咽咽的哭声，独孤伽罗一怔，顺着声音望去，只见锦鲤池边，一名少女坐在湖石上，正哭得伤心。

宇文贤终究是小孩儿心性，听到旁人哭，顿时将自个儿满心的烦恼抛开，上前一步，大声问道："喂，你是何人，哭什么？"

少女一惊，身子几乎滑入池中，忙手脚并用地站好，回过身，向二人各望了一眼，又将头低下，低声道："我……我想……家，所……所以才哭……"

她这一转身抬头，独孤伽罗不禁眼前一亮。但见眼前少女，杏目桃腮，黛眉入鬓，唇若含丹，竟然生得十分颜色，加上她一袭团云绕花颇有异族风情的衣裳，更是衬得身姿娉婷，宛若仙子临波，伽罗不由赞道："姑娘身上的衣裳真是好看，我从不曾见过！"

少女见她打量，本来紧张得手足无措，听她称赞，一双眸子瞬间被点亮，喜道："真的吗？这衣裳是我自己所做，从来没有人夸过！"刚才说话还结结巴巴，这一下倒说得流利。

独孤伽罗见这少女片刻间就转悲为喜，显然天真未琢，不由喜欢几分，点头道："当真是很美！"

太子宇文贤对这少女容貌、衣服却浑不在意，只是奇道："你想家？想家为何不回去，却在这里哭泣？"

少女一张小脸儿又瞬间黯淡，咬唇摇头，头又低下，沮丧道："我也……想回家，可是……可是姨丈说，要我……要我参选王后……王后之位。"

宇文贤听到"姨丈"二字，不禁皱眉，问道："你姨丈是谁？"

少女头更低一些，手指绞着手帕，低声回道："是大……冢宰！"

大冢宰宇文护？

眼前这个少女，就是他的外甥女，云婵？

独孤伽罗和宇文贤同感意外，忍不住对视一眼。宇文贤小脸儿上瞬间闪过一抹厌恶，大声道："你既不想做王后，又来宫里做什么？还不快回家去！"

云婵错愕地望着他，结结巴巴道："我……我也想……"

独孤伽罗生怕宇文贤再说出什么，忙道："太子，你该上晚课了，我陪你回去！"说完拽着他离开。

第二十二章

假夫妻耳鬓厮磨
QUEEN DUGU

独孤伽罗出宫回府时，已经是日落时分，正逢徐卓派人传来消息，约她和杨坚第二日前往废弃酒庄相见。

独孤伽罗见杨坚不在书房，只好先拿着信函回自己房里去，径直推门而入。

杨坚正在更衣，见她进来吓一大跳，手忙脚乱地将衣服穿上，一张俊脸微红，讷讷道："伽……伽罗，你怎么这会儿回来？"

平时她处理过府里的事，总要到掌灯时分才能回来。

独孤伽罗骤见他衣衫半解，胸膛半露，也是微微一怔，跟着见到他竟然窘得脸红，又不禁好笑，轻轻摇头，含笑道："收到徐大哥的消息，他请我们明日去酒庄一见！"她将手中的信函给他看过后，在灯上点燃。

杨坚衣衫不整，有她在面前，老大不自在，胡乱应过后，抓起衣服躲去屏风后更衣，哪知道匆忙间只拿了中衣，忘记亵裤。

独孤伽罗看到，好笑地摇头，取来他的亵裤隔着屏风给他递过去，含笑道："你的裤子！"

杨坚正光着两条腿不知所措，听到她说话，吓一大跳，手忙脚乱地去抓，却一把抓在她的手上，手指感觉到柔腻温软，心头顿时一跳，又慌忙撒手。哪知道独孤伽罗以为他已接住，也同时撒手，裤子径直向地上掉去。

独孤伽罗"哎哟"一声，忙伸手去接，身子在屏风上一撞，屏风微微一晃，竟向杨坚倒去。

眼看屏风将要砸到自己身上，杨坚急忙侧身闪避，双手将屏风托住。

这一来，屏风虽然未倒，可是杨坚上衣未束，裤子未穿，整个人顿时暴露在伽罗面前，偏偏双手托着屏风，又不能躲不能闪，只能尴尬地立着，一张俊脸已经涨得通红。

看到眼前景象，独孤伽罗也是一怔，可是又不能不管，看到他那副窘迫不堪的模样，一时哭笑不得，假装浑不在意，过去助他一起摆正屏风。

屏风后，挡去屋里大半的烛光，光线变得幽暗。二人举止间，耳鬓厮磨，呼吸相闻，暧昧的气氛在空气中悄悄流淌。独孤伽罗的发丝，柔柔地拂上杨坚光裸的胸膛，令他的心也跟着酥酥麻麻，他顿时心猿意马。

虽然隔着一小段空气，男儿特有的体温还是传了过来，令独孤伽罗也不禁心跳加速，她忙将裤子塞进他怀里，转头逃了出来。

杨坚抱住裤子，眼看着她仓皇的背影，嘴角不自觉地咧开，露出一个傻笑。

看到伽罗为他而失去原有的淡然，他心底竟然说不出的愉悦。

当初为了刺杀宇文护，二人才筹划了那场大婚，后来刺杀不成，也只能将就计完婚。这些日子以来，在别人的眼里，他们是一对恩爱夫妻，可是也只有他们自己知道，从成亲那日到现在，他们仍然相互守礼。

独孤伽罗逃出屋子，捂住发烫的脸孔，还是忍不住心跳加速。她一直庆幸，自己所嫁的人是一个君子，而这个时候，却不知为何，心底深处萌生了一些陌生的东西，让她且羞且喜，心中若有所待。

直到夜深，独孤伽罗在府里绕了几圈，实在已没有事情可做，才不得不回自己屋里去。

推开门，但见烛光摇曳，而杨坚却已经缩在屏风后睡下，从头到脚包得严严实实，松一口气的同时，又不禁好笑。

之前的事，她心里尴尬，没想到，还有一个比她还害羞的。

第二日一早，二人如约前往废弃酒庄。徐卓已在前院等候，见到二人进来，迎上去见礼，随即先说独孤善的消息。

那天独孤伽罗在街上认出"公鸭嗓"，他追踪之下，果然查到散售劣币的窝点，跟着顺藤摸瓜，线索竟然直指一处隐秘的冶金、制造工坊。

独孤伽罗大喜过望，急忙问道："现在呢？是我大哥在追查？"

徐卓点头道："你大哥已经借机混进工坊，下一步若能得到管事钱商的信任，必能拿到宇文护私铸劣币的罪证！"

独孤伽罗连连点头，眼眶又不禁泛红，低声道："如此一来，我们独孤家就平冤有望！"

杨坚在她肩头轻拍，以示安慰，转话向徐卓说到宇文护即将出兵伐齐的消息。

徐卓也是喜不自胜，点头道："如今我们的人手充足，只要他一离开长安，我们就分往各处查找他爪牙的罪证，一一铲除。他虽树大根深，但也终有一日会动摇根本！"

独孤伽罗忙道："有天王配合，必会事半功倍！"

徐卓摇头，皱眉道："如今宇文护出征在即，天王身边必有他的眼线，倒不必急着让天王插手。如今我担忧的是，宇文护离开长安，我们也无法知道他的一举一动，要设法在他军中安插我们的人才好！"

独孤伽罗点头，沉吟道："此人不但要行事谨慎，还要武功不弱，最重要的是，得是我们信得过的人！"

杨坚扬眉笑起来，指指自己道："如此说来，最佳人选岂不是近在眼前？"

"你？"二人齐惊。独孤伽罗下意识反对，摇头道："刀枪无眼，你不能冒险！"

杨坚叹道："我不冒险，总要有人冒险！何况我此去投军，不只是为了报私仇。宇文老贼不除，我大周君不君，臣不臣，民怨沸腾，国无宁日。"

寥寥数语，却直抒胸臆，为国为民之心，跃然而出。独孤伽罗心中感佩，微微抿唇不再多说。

杨忠闻后，却不容分说，坚决反对。

杨坚满怀报国之心，却苦于杨忠不懂，心中苦闷至极，只能躲在屋子里借酒浇愁。

独孤伽罗进来，见屋子里烛火不点，满屋子的酒气扑鼻而来，不禁暗暗叹息。去将灯点亮后，见他仰头还要再喝，她伸手将酒壶抓住，摇头道："杨坚，父亲也是为了你好！"

杨坚心中说不出的苦闷，摇头道："平日父亲常说，我们出身将门，当为国为民马革裹尸，如今国家有难，我要投军，为什么他又不许？难不成报效国家，只是说说？"

独孤伽罗叹息摇头，劝道："父亲一片为国为民之心，又怎么会只是说说？只是你此次是要随宇文护出征，那宇文护手段毒辣，与我们又水火不容，父亲是怕你被他加害，岂不是死得冤枉？"

杨坚摇头，低声道："你怎么也与父亲一样！"说完伸手去抓她手中酒壶。

独孤伽罗避开，叹道："我只是明白父亲为子女的一片心罢了！"

杨坚抓着酒壶不着，整个人趴在桌子上，嘟囔道："为父之心，我自然明白，可是我杨坚堂堂男儿，岂能缩在父亲羽翼之下，只为自保，只因为惧怕宇文护，就任凭国贼横行，朝纲不振，民不聊生？"

独孤伽罗叹息，试图扶他坐起，轻声道："杨坚，你喝醉了！"

杨坚摇头，一把将她的手抓住，连声道："不，我没醉！我没醉！我知道我在说什么！伽罗，我不求建功立业，不求名扬天下，只想为国为民一抒抱负，你明白吗？你明白吗？"

心中的苦闷无从发泄，此时对着一生挚爱的红颜，仿若溺水之人抓到一棵救命的稻草，希望从她的身上得到一些支持、一些理解。

看着一向温和的男子，此刻俊脸上全是沉郁之色，独孤伽罗心中满是疼惜，轻轻点头道："懂，我懂！杨坚，你的心思，我都明白！"

"真的？"杨坚迷醉的眸子骤然一亮，惊喜地注视她。

独孤伽罗点头，叹道："抛开家仇不说，此次出征，对齐一战也至关重要。胜则不只可保大周一方边界安宁，与北国的邦交也势必更深。可是若是战败，齐国必将反击不说，恐怕与北国也会决裂。你此去虽说是为了监视宇文护，实也是存着一颗报国之心，不畏生死，不惧艰险，伽罗佩服！"

杨坚听自己的满腹心事被她一语点破，一双俊眸中顿时都是神采，喃喃唤道："伽罗，杨坚得你，夫复何求？"醉眼迷离中，眼前娇丽的容颜更添几分妩媚，不知不觉，凑首向她吻去。

微醺的气息袭来，独孤伽罗一怔，身子只是下意识向后一缩，跟着脑中掠过二人相识之后过往种种，心中不禁情动，不自觉回抱住他，仰首相就，由着他吻下去……吻下去……

历经劫难，身心俱伤，她本以为自己早已是一叶浮萍，再也无根。而此时，一颗漂泊的心，终于有了归处，从此之后，他即是她！她即是他！

杨坚醒来时，已经天光大亮，睁开眼，看到上方的床帐，不由惊坐而起。被子滑下，光裸的上身感觉到微微的凉意，他心中更加惊慌，悄悄掀开被子瞧一眼，顿觉心惊肉跳，又立刻盖好。

昨夜的一幕一幕，全部在脑中回演，却只停留在他吻上伽罗的那一瞬，那样甜蜜，那样美好，他却想不起自己如何躺到了床上。

他抱头思索，却觉得头疼欲裂，又哪里想得起什么？

就在这个时候，房门一声轻响，独孤伽罗端着清粥、小菜推门进来。

杨坚大吃一惊，迅速躺倒，用被子将头盖住，一颗心怦怦直跳，实不知该如何面对她。

独孤伽罗瞧见，不禁好笑，含笑道："你醒了？昨夜喝多了酒，快起来喝些粥，胃里才会舒坦。"将粥摆好，听他不应，回过头，就见他用被子把自己从头到脚包得严严实实，忍不住笑道，"你不起，我可要掀被子了！"

杨坚吓一跳，连忙向里滚一滚，闷声道："你……你转过身去……"

独孤伽罗好笑又无奈，只好转身，低声道："又不是大姑娘，还怕谁瞧你？"

杨坚偷偷掀开被子一角，见她果然转身，匆忙抓过衣服穿好，搓着手，讪讪地过来，低声唤道："伽……伽罗……"一张俊脸通红，像一个做错事的孩子，不敢抬头看她。

独孤伽罗浅笑，拉着他的手坐下，替他盛了碗粥摆在面前，这才轻声道："你常说，酒能伤身，日后，若有什么为难之处，我们夫妻一同商议，不要再借酒浇愁了！"

酒能伤身，也能乱性！

杨坚心中不安，抬眼偷瞧她一眼，嗫嚅道："伽罗，我……我……昨晚……昨晚……"心中窘迫不安，竟然说不出一句完整的话来。

独孤伽罗好笑，伸手握住他的手，柔声道："大郎，你待我如此，我独孤伽罗今生今世再无遗憾，也希望你不会后悔娶我！"

杨坚听到后一句，连忙抬头，急道："我杨坚能娶你为妻，实是今生之幸，又怎么会后悔？"

独孤伽罗含笑，点头道："既然不悔，又何必愧疚？昨夜是伽罗自愿的，从今之后，你我夫妻一心，同舟共济，如何？"

寥寥数语，道尽了多少痛苦挣扎，道尽了多少心酸历程，如今，她终于与他心归一处。

杨坚满心震动，痴痴与她对视，不自觉地点头，轻声道："是，从此之后，我们夫妻一心，同舟共济！"

听着他的重复，独孤伽罗整个人都觉得踏实。

眼前这个男子，不会花言巧语，没有海誓山盟，却在她最艰难的岁月里，坚定地站在她的身后，给她力量，给她支撑，陪着她一同闯过风雨。

她独孤伽罗这一生，能得他如此，夫复何求？

为了探问各路消息，徐卓在长安繁华街道开了一家酒馆，取名归林居，由吴江充任掌柜。

杨坚进去的时候，正是午后闲暇时分，酒馆里三五成群聚着许多汉子，正在纵情饮酒，高谈阔论。

吴江见到他，几不可见地点头，算是招呼。

杨坚微微一笑，算是还礼，而后找一张没人的桌子坐下，敲敲桌面，扬声道："掌柜的，来坛好酒，越醇越好！"

"好嘞！"吴江答应一声，进店后取酒。

杨坚向店中打量，但见十几张桌子分开摆放，简洁干净。此时不在饭点，却有几桌人聚在一起饮酒，瞧起来都是三教九流的人物，不禁暗暗点头。

也只有如此，才能打听到各方的消息吧！

正在此时，居中桌子上一名二十余岁的汉子突然跳起，向窗边冲去，窗边一人也迅速跳起，二人挥拳打在一起。

杨坚见二人突然大打出手，不禁看得愣住了。

吴江从店后出来，见此情形，忙上前拦阻，连声道："二位客官，二位都是有志之士，不要伤了和气！"

那二人打起了性子，又哪里管他，仍然你一拳、我一脚，打得不亦乐乎。

吴江要隐藏身份，不便施展功夫，凭蛮力又拉不开二人，眼瞧着桌倒椅翻，不禁苦笑，只能连声道："小店小本生意，请二位客官手下留情！"

杨坚见这片刻，二人已交手数十招，另一人倒也罢了，那个二十余岁的汉子虽然已有酒意，但拳脚相交间，竟然招招不凡。他心中微微动念，也起身过去，劝道："二位有话好说，又何必动手，反教掌柜的为难！"话说得柔和，手上却丝毫不停，这边一格，那边一架，将两人分开。

交这一回手，窗边那人已知不是汉子对手，狠狠瞪他一眼，冷哼道："我懒得与你这等人计较！"骂骂咧咧，出门而去。

汉子大怒，准备赶上去骂，却被杨坚一把拖住，他劝道："这位兄弟，不过口角之争，又何必意气用事？"

汉子本也只是为了争回颜面，听到他劝，也就止住，冷哼一声道："若不是我杨素多喝了几杯，这等人岂是我的对手？"说完，跟着杨坚回他桌边坐下。

杨坚替他倒上一杯酒，含笑道："这位兄弟身手敏捷，日后定有惊人的艺业，不知高姓大名？"

汉子眸子一亮，在他肩膀上重重一拍，大声道："大哥当真是慧眼独具，小弟杨素，听说大冢宰要率兵出征，正要前去投军。"

杨坚被他拍得一个趔趄，听他要投宇文护，不禁心头一窒，注视他，问道："朝廷每年征兵，为何杨兄弟偏偏要投大冢宰？"

杨素扬眉道："所谓良禽择木而栖，大冢宰位高权重，在他的麾下，才更有施展身手的机会！"见他拧眉思索，凑近他一些，问道，"怎么样大哥，我们一起去投军，也搏一个封侯拜将，光宗耀祖如何？"

杨坚苦笑道："杨兄弟当真是有鸿鹄之志，佩服！佩服！"他想到自己满腔的抱负，想到杨忠的反对，对眼前这个汉子倒生出些羡慕来。

杨素见他神色迟疑，犹豫不决，在他肩上重重一拍，大声道："大哥，当兄弟的说一声，好男儿当执戟沙场，建功立业，如今天赐良机，失不再来啊！"说完，拿起他的酒坛子一饮而尽，赞道，"好酒！"随即也不向他告辞，转身大步出门而去。

杨坚定定地望着他高大的背影消失，心中似有所动，垂首凝思。

吴江见杨素离开，这才慢慢凑过来，一边擦抹桌子，一边低声与他叙话，讲述各方的消息。

杨坚默默听完，取几个钱抛在桌上，含笑道："掌柜的这酒不错，改日必当再来！"点头算是辞过，向门外而去。

杨坚刚刚出归林居不远，但听脚步声声，一队官兵全副武装，从街上疾步跑过，唬得百姓纷纷避让。

杨坚立在檐下，不禁暗暗皱眉。

宇文护出征在即，看来，已经在调兵了！

等到官兵通过，杨坚才又前行，走出路口，但见街边围着一大群人，还有百姓纷纷向那里跑去。

杨坚一时好奇，也凑上前去。他踮脚向里望去，只见墙上贴着一张告示，隔着人群，却瞧不清上面写的什么。

众百姓不识字，都纷纷打听，一名书生打扮的男子被让出来，对着告示摇头晃脑地念道："大周邻国暴齐，屡屡以武犯境，侵我国土、扰我百姓，使家国不宁，民不聊生。今有盟友北国，助我共抗强齐，大周子民当奋勇应战，保家卫国，守我家园。"

场面话之后，就是征兵的细则，言明士族免役，上等户、中等户自愿抽丁，下等户每户必出一人，逾期不到者，以国法论处。

书生读完，不禁神色黯然，连连摇头。众百姓更是哗然，有人怒道："我们每年交纳赋税，给朝廷养兵，如今当真开仗，却要从我们之中抽丁，天理何在？"

"对啊，平日士族子弟只知道横行乡里，如今国家用人之际，这些人又在哪里？"另一个人也愤愤地接口。

听到二人的话，众百姓之中，顿时一片附和之声。

杨坚立在人后，听着人群中怨声载道，心中羞愧难当，握紧双拳，悄悄从人群中退了出来。

是啊，平日里，士族子弟养尊处优，斗鸡走狗，而寻常百姓却为了衣食奔波，艰难求存，如今国家有难，又是强抽他们前往沙场，也难怪会民怨四起。

他低头凝思，心头渐渐变得明朗，胸中的闷气也渐渐淡去，心中拿定主意，再不犹豫，大步向募兵处而去。

三日之后，校场大比，杨坚再遇杨素，当日与杨素发生争执的王鹤竟然也在其中。校场几轮较量后，杨坚、杨素脱颖而出，杨素被选为主帅营侍卫，杨坚被选为前锋营斥候，二人各得所愿。

得知杨坚私自投军，杨忠震怒，极力反对，情急之下，竟说出断绝父子关系的话来。杨坚想要辩解，可是杨忠素来威严，一时间竟不知从何说起。

眼睁睁看着杨忠拂袖而去，杨坚只好闷闷地回自己屋子里去。

第二十三章

冒奇险杨坚投军
QUEEN DUGU

独孤伽罗进门,见他独自一人闷坐,不禁好笑。她倒一杯茶送到他手里,在他身边儿坐下,含笑道:"那日你与我侃侃而谈,怎么在父亲面前就说不出话来?"

杨坚深叹一声,闷声道:"父亲素来威严,我又自幼不在父亲身边,实不知该如何开口!"

独孤伽罗想想,轻轻点头。

何止是杨坚,就连杨整、杨瓒兄弟,在杨忠面前也只有俯首贴耳的份。也只有杨爽,想来是自幼丧母,杨忠一手带大,还敢在父亲面前说笑几句。

此时正值黄昏时分,屋子里光线渐暗,回过头,就见杨坚一张俊脸隐在朦胧的暗影里,竟有些瞧不真切。独孤伽罗突然有些心慌,轻声道:"大郎,或者……这次你不去了吧!"

杨坚不意她说出这句话来,不满地低声道:"伽罗!"他前几日还引她为红颜知己,怎么今日她就说出这样的话来?

独孤伽罗轻叹一声,身子向他移近些,轻轻靠在他肩上,轻声道:"你几个弟弟说的话,你又不是没有听到!"

刚才,杨忠听说杨坚投军,大发雷霆,杨整、杨瓒担心杨坚的安危,杨爽更是直言,杨坚是因为独孤伽罗要报私仇,才不顾自身安危投身沙场。

杨坚一怔,心中不禁有些愧疚,轻声道:"阿爽年幼,你不必计较!只要你知道我的心意,我知道你的心意就好!"

是啊,他知道她的心意,她也知道他的!

独孤伽罗默然片刻才轻声道:"也不只是为了他们,还有我!我也不愿看你冒险,你若有个好歹,我又该怎么办?"

杨坚心中一暖,张臂拥她入怀,在她额上轻吻,低声道:"伽罗,你放心,就是为了你,我也一定会活着回来!"

"嗯！"独孤伽罗低应一声，再不说话。隔了好一会儿，她才道："既然如此，你安心准备行装，父亲那里，交给我就是！"

杨坚疑道："你？"

独孤伽罗抬头，向他嫣然一笑，顽皮道："在你们眼里，父亲是严父，可是在伽罗眼里，他只是一个慈爱长者，又有什么话是不能说的？"微微一顿，凑首上前在他唇上一吻，低声道，"等我！"说完迅速起身，向屋外而去。

夜幕初降，独孤伽罗捧着一盏新茶前往杨忠书房。杨忠正浓眉紧皱，独自研究棋局，见到她，长长一叹。

独孤伽罗将茶在他面前放下，含笑道："父亲还在为大郎从军的事忧心？"

杨忠皱眉，摇头道："你多劝劝他！"

独孤伽罗微默，慢慢在他对面坐下，轻声道："伽罗知道，父亲不是不愿他为国效力，也不是担心沙场凶险，而是怕他为宇文老贼所害！"

杨忠被她点破心思，长叹一声，将手里的棋抛下，闷声道："大郎若是也如你一样善解人意，也不会做出今日的事来！"

独孤伽罗微笑，轻声道："父子连心，父亲为大郎之心连伽罗都能明白，大郎又岂有不明白的道理？只是大郎也知道，事有可为，有不可为，如今他一心为国除奸，父亲当引以为傲才是。"

为国除奸？

杨忠听到这四个字，不禁满心疑惑，定定地注视独孤伽罗。

沙场征战，又与为国除奸有什么关系？难不成大军出征，他刺杀主帅？那岂不是给敌军可乘之机？

独孤伽罗抿唇，低声道："父亲，如今宇文护出征，天王要趁机收回王权，大郎此去，一为为国出力，二为监视宇文护。"

杨忠吃惊道："监视宇文护？那大郎岂不是更加危险？"

独孤伽罗轻轻摇头，轻声道："父亲，我们杨家与宇文护结怨，满朝皆知，父亲也是担心宇文护趁机谋害大郎。可是，伽罗以为，正因为宇文护与我们杨家结怨，他才不会轻动大郎！"

"此话怎讲？"杨忠不解。

独孤伽罗眸中露出一些讥讽，冷笑道："宇文护此人虽然手段毒辣，可是同时也欺世盗名，强加我父亲罪名就可见一斑。大郎此去，只要没有行差踏错，他要轻动，怕会落人口实，说他公报私仇！"

听她分析字字入理，杨忠轻轻点头。虽然说，他心中仍然担心杨坚，可是终究是沙场老将，心怀家国天下，想到杨坚的满怀抱负，也只能默许。

得知杨忠同意自己出征，杨坚大喜过望，先大礼谢过伽罗，而后兴冲冲地准备出征所用的东西。

独孤伽罗见他开心得像一个讨到糖果的孩子，不禁好笑，转念想到离别在即，关山万里，又悄悄多了些离愁别绪。

那日入夜后，独孤伽罗处理好府中事务，问过杨坚不在书房，想来是已经回自己院子，便亲自去厨房将给他熬的汤取来，也往自己院子里去。

刚刚穿过花园，她就听到树后有一个人念念叨叨，竟然似杨坚的声音。

独孤伽罗好奇，放轻脚步绕去看时，就见月光下，杨坚捧着一只酒坛蹲在树下，正在那酒坛上刻着什么，一边刻，嘴里还一边嘀咕："伽罗，埋下这坛夫妻酒，你我二人生生世世都结为夫妻，白首不分离。"

他将字刻好，用布帕擦擦，又仔细端详片刻，而后含笑将酒坛埋入树下的土坑里，再用土盖好，又对着埋好的土坑傻笑一会儿，才起身离开，自始至终，竟没有发现身边多出个人来。

独孤伽罗听得又是好笑，又是感动，等他离开后，对着那显然挖过的痕迹默视片刻，心中也暗道：但愿我二人生生世世结为夫妻，白首不分离！手指握住腰侧的荷包，心里安然而温暖。那里，是她与杨坚结为真正夫妻时剪下青丝打成的发结。

她默立片刻，终于轻轻吁一口气，唇含浅笑，慢慢转回小路，向着杨坚离开的方向走去。

她穿过半个园子，蓦然间，只听假山后传来一阵窸窸窣窣声，不由一惊，跟着心里暗暗好笑。

刚才杨坚一个人在树下念念叨叨，这一回不知道又是谁。

一时间她童心大起，蹑手蹑脚向假山后绕去，安心要将人吓一跳。

哪知道转过假山，一眼望去，只见陆作谦正将尉迟容压在山石上亲吻，独孤伽罗大吃一惊，失声道："容儿，陆先生，你们在做什么？"一声喊出，自己也羞红了脸，跺了跺脚，转身就走。

那两人止在纠缠，被她一喝，顿时魂飞天外。眼见独孤伽罗怒气冲冲而去，尉迟容很快定神，对陆作谦顿足道："还不快走！"之后顾不上理他，快步追上独孤伽罗，扑上前跪倒，急声喊道，"大嫂，容儿错了，求你千万饶容儿这次！"

独孤伽罗气得全身发抖，指着她道："容儿，杨家待你不薄，你……你如何对得起二郎？"

尉迟容连连摇头，拼命解释道："大嫂，我没有！陆……陆作谦与我是青梅竹马，我与他早已了断，只是他不甘心才混进府来，容儿实在并没有和他做什么。"

独孤伽罗咬牙，摇头道："既然如此，当初你见到他，就不该留他在府里，如今你又置二郎于何地？"

尉迟容急得几乎哭出来，连连摇头道："大嫂，我会与他有个了断，日后决不再见，求你不要告诉二郎！"

独孤伽罗默然片刻，想着杨家好不容易有今日的平静，想着二郎杨整那忠厚的笑容，终于心软，低声道："此事你必要处理得干干净净，否则只能请父亲和二郎裁决！"

尉迟容听她语气松动，大喜过望，连连点头应道："是，大嫂，容儿知道！容儿知道！"见独孤伽罗再不说什么，爬起来仓皇而去。

第二日黄昏，独孤伽罗留意到尉迟容离府，特意在花园必经之路上等候。

夜静时分，果然见尉迟容拖着疲惫的脚步回来，独孤伽罗起身唤道："容儿！"

尉迟容一惊，迅速向四周望一圈，见并没有旁人，这才放心，低下头，结结巴巴唤道："大……大嫂！"

独孤伽罗紧紧注视她，一字字问道："事情都解决了？"

尉迟容点头，低声道："大嫂放心，他走了，永远不会再回来！"话说出口，手指不自觉地收紧，心底说不出的窒闷。

是啊，陆作谦，他不会回来了！因为，他死了！她亲眼看着他溺死在河里，却没有相救。从此之后，她只有杨家，只有杨整了！

独孤伽罗并不知道内情，见她说得果断，轻轻松一口气，柔声道："如此最好。你要知道，你我同是杨家的媳妇，你们的亲事又是我一手促成的，我不愿意看到杨家蒙羞、二郎受辱，你明白吗？"

尉迟容脸色乍青乍白，轻轻点头道："容儿明白！"

独孤伽罗想要再说什么，看到她苍白的脸，又觉说不出什么，只好轻轻叹一口气，轻声道："夜深了，回去吧！"而后转身先走。

尉迟容迟疑片刻，也只好垂着头，慢慢跟着她离去。

直到二人一前一后离开，假山后，杨整才慢慢出来，低头看看手里握着的一只锦盒，惨然而笑。

眼看出征在即，宇文护召集亲信，做自己出征后的安排，另一方面，着手安排天王选立新后。

由于对宇文护的厌恶，宇文毓心里对云婵也充满了排斥，只是，在这紧要关头，对宇文护也只能言听计从，当殿选定云婵为新后。

这个结果不出所有人的预料，高宾、杨忠等人都不禁叹息，暗暗为天王担忧。独孤伽罗想起前次御花园相遇，倒觉那少女纯真可爱，一切，或者没有大家想的那么糟糕。

北国联兵，宇文护挂帅，高颎等将军随行，兵将齐集，大军开拔。独孤伽罗带着杨爽，前往城门为杨坚送行，不厌其烦，一次次叮嘱他事事小心。

杨坚一一答应，心中对她也满是不舍，殷切嘱咐，难分难舍。

这个时候，就听人群里有人大呼自己的名字，杨坚回头，只见杨素正拨开人群挤过来，大声道："杨大哥，原来你在这里！"看看独孤伽罗，又看看杨爽，笑道，"这位是嫂夫人吧？那这位……"

"舍弟阿爽！"杨坚笑应，向伽罗和杨爽道，"这位是杨素兄弟，此次他和我是一同投军！"

杨素听他引见，恍然想起什么，回头一望，忙拖过一个少妇，笑道："这是拙荆郑氏！"

独孤伽罗施礼，含笑道："原来是杨大哥、杨大嫂！"目光在郑祁耶身上一转，心里暗暗喝彩，好一个干净利落的妇人！

眼前少妇虽然荆钗布裙，身上还打着几处补丁，可是一袭衣衫干干净净、整整齐齐，就连补丁也是针脚细密，可见是理家的一把好手。

郑祁耶连忙还礼道："杨夫人，不敢当！"目光在她身上一转，见她一袭衣衫虽不华贵，却极为考究，眼里多出些羡慕。

这里正在叙话，暮然间，听到城门方向号角声响，杨素"呀"的一声，叫道："大军开拔，今日天王送行，我们需回队伍里去！"说完，在大庭广众之下，张臂抱一下郑祁耶，而后转身就走。

郑祁耶立时湿润了眼眶，忙追上前几步，大声叫道："夫君，你定要活着回来！"

杨素回头，给她一个灿烂的笑容，挥挥手，消失在人群里。

杨坚轻叹一声，垂首望向伽罗，轻声道："伽罗，我也要走了！"他看着眼前挚爱的女子，多想像杨素那样，不管不顾，拥她入怀，却只能这样静静地注视着她。

独孤伽罗点头，对上他的眸光，瞬间领会了他的心思，上前轻轻抱住他，含笑道："我会等你回来！"

千般叮咛，万般嘱咐，此时此刻，也只有这一句。

感觉到她的依恋和不舍，杨坚一双乌亮的眸子更加亮得惊人，轻轻点头道："你放心，我必会平安回来！"

不说建功立业，不说名扬天下，此时，他知道，她盼的，不过是他的平安！

二人四目交缠，久久互视，直到第二声号角响起，才恍然惊觉。杨坚快速道："伽罗，我走了！"

独孤伽罗点头，见他转身要走，才又突然想起一事，忙赶上前两步将他叫住，从怀中取出一本册子塞入他怀中，轻声道："这本行军手札是我连夜书写，都是爹爹生前和大哥行军所得的经验，你留着或许有用！"

杨坚点头，只手紧按胸口，那里炙热滚烫，满满的，全是她的深情，目光胶着在她的身上，迟迟无法移开。

杨爽看到眼前情形，才意识到大哥就要离开，吸吸鼻子，抓住他的衣袖，不舍地唤道："大哥！"

杨坚回神，摸摸他的头，轻声道："阿爽，帮大哥照顾大嫂！"

杨爽一怔，看看独孤伽罗，再看看杨坚，不情愿地点头。

第三声号角响起，已经不能再多耽搁，杨坚望着深爱的女子和疼爱的弟弟，步步后退，直到退出人潮，才转过身，大步而去。

城楼上，宇文护早已一身戎装，率领众将向天王辞行。

宇文毓全套王服王冠，率领众臣高立城楼，扬声道："各位将士，今日各位随大冢宰出征，外拒强齐，朕特来为我军壮行，祝我将士，沙场杀敌，扬我国威，回兵之日，朕必当亲备御酒出城劳军！"

城楼上下，众人听得热血澎湃，将士们手举兵刃，齐声呼道："沙场杀敌！扬我国威！沙场杀敌！扬我国威！"
　　宇文毓听着一浪高过一浪的呼声，望着脚下的千军万马，胸中豪气顿生。
　　这江山，是他的！这军队，是他的！这万千子民，也是他的！
　　宇文护听着呼声渐落，上前一步，大声道："臣与众将士谢天王隆恩，此去一战，大周必胜！"
　　他的话落，众将士再次跟着高呼："大周必胜！大周必胜！"
　　宇文护听着轰然的呼声，一时踌躇满志，大手一挥，喝道："出发！"
　　一声喝令，城楼上下，轰然齐应，声震穹宇。战马嘶鸣，旌旗蔽日，大军浩荡远去。
　　众军的呼声遥遥传来，许多送行的家眷跟着大军奔跑，眼见越离越远，便冲上山岗遥望。
　　郑祁耶双拳紧握，满心激奋，突然间，拔步飞奔，跟着送行家眷冲上山岗，跳着脚向大军挥手，大声喊道："夫君，我等你回来！"
　　众人被她吓一跳，一齐回头去看。可是郑祁耶一心只在那远行的大军身上，不管不顾地冲上山岗最高处，突然将卷在手里的一面大旗抖开，扬声大喊："夫君，你要活着回来！"
　　有风起，大旗飘扬，一个斗大的"胜"字迎风招展。
　　杨爽被她的举动吓住，小眼瞪得溜圆，惊望她。独孤伽罗被她感染，也跟着冲上山岗，向着大军远去的方向大喊："一定要活着回来！"
　　一定要活着回来！
　　对亲人的挂念，总是有无穷的感染力，一个声音变成两个，两个声音变成一片，最后山岗上的人齐声高呼："一定要活着回来！"
　　大军中，无数男儿红了眼眶，也更加坚定了脚步。

第二十四章

喜传书伽罗有孕
QUEEN DUGU

大军出征，宇文护离朝，还政于天王。天王宇文毓随之大婚，立云婵为后，朝堂、后宫暂时得到一些平静。

这个时候，徐卓传来消息，独孤善已顺利接近铸币工坊的钱商，只要得到那二人信任，很快就能拿到宇文护私铸劣币的罪证。

独孤伽罗大喜之下，想时机已经成熟，与徐卓商议之后，决定将所有的计划禀告天王。

第二日一早，独孤伽罗以探望太子为名进宫，先赴文昌殿拜见天王。

她刚刚进入御花园，就见前边云婵低着头，边走边哭，似受了什么极大的委屈。

独孤伽罗福身施下礼去，说道："臣妇参见王后！"向她身后望去一眼，只见南枝轻轻摇头，神色间极为担忧。

云婵正哭得伤心，不防有人说话，忙将眼泪擦去，结结巴巴道："免……免礼！"随即向她打量一眼，疑惑道，"我……我见过……见过你，你是……是……"

独孤伽罗谢过起身，含笑道："臣妇独孤伽罗，是随国公长媳！"

"是……是杨夫人……"云婵点头，又低下头垂泪，低声道，"是啊，那天……那天你和太子……"

云婵想起那一天，她和太子共游御花园，神态亲密，言谈融洽，可是自己，名为一国之后，天王的妻子，太子的母后，却从来没有看过这二人对自己露出一张笑脸。今日，她不过是送一碗汤，没承想也会引天王大发雷霆。

素来听说，新王后一紧张就会结巴，此时独孤伽罗听她半天说不出一句整话，心里暗暗叹息，代她道："是啊，那天御花园里，我和太子一起见过王后！"

云婵点头，神色黯然，垂头绞着手中的手帕，低声道："看……看得出太子……很喜欢你，只是天王……和太子，都……都讨厌我……"

看来，她是在天王那里受了委屈！

独孤伽罗见她一副楚楚可怜的模样，不禁心软，柔声道："王后多虑了，或者天王只是忧心朝政，心里烦闷罢了！"心里暗暗叹息：天王为人温厚，若不是因为她是宇文护的外甥女儿，又何至于让她受如此委屈？

云婵抿唇，轻轻摇头道："不，不是……他……他就是讨厌我。我……我只是……想为他分忧，可……可是……"

话虽说得并不完整，可是满面的忧伤和语气中的诚挚，令独孤伽罗动容，她上前一步，柔声道："王后，天王与先后伉俪情深，如今先后新丧，天王仍在悲痛之中，或者对王后有所冷落。王后既有心为天王分忧，只需真心以待，日久天长，天王必会知道王后的一片心意！"

云婵听她说完，侧头想了片刻，连连点头道："夫人……说得是，天王……不忘先后，正……说明他重情重义，是云婵……太过心急了！"

独孤伽罗见她很快转悲为喜，不禁好笑，施礼道："伽罗妄言，请王后不必介怀！"

云婵急忙摆手，说道："夫人肺腑之言，都是为了云婵，云婵岂会介怀？"想一想，从衣袖里摸出一方手帕，含羞送上，轻声道，"云婵来长安数月，也只夫人肯与云婵说句肺腑之言，夫人是云婵在长安第一个朋友，依照我们的风俗，都要以手帕相送，这手帕是云婵亲手所绣，还请夫人不要嫌弃！"

独孤伽罗听她这番话倒说得流利，一时愣怔，见她将手帕送来，本想不要，可是听她语气诚挚，又不好推托，只好接过，谢道："多谢王后！"随即辞过她，仍然往文昌殿去。

文昌殿里，独孤伽罗将当初独孤信追查劣币被宇文护所忌，最终被害得家破人亡的事实，原原本本地述说一回，略过独孤善不提，只说徐卓追查私铸劣币已有眉目。

宇文毓不料独孤信一案背后还有这样的隐情，更不料宇文护除去把握朝政、陷害忠良，竟然还贪赃枉法、私铸劣币，一时又惊又怒，咬牙道："朕本来以为，他虽然专横跋扈，但至少为了大周还算尽心尽力，哪里知道，他竟然如此丧心病狂，当真是国之蛀虫，这可是动摇国本啊！"

独孤伽罗点头道："此贼不除，大周不兴。只是此贼党羽甚多，徐卓虽能追查到他的罪证，可是终究是江湖中人，在朝中官员之间，无法施展手脚！"

宇文毓点头，思谋良久，终于道："如此，朕可下一道密旨，建立一支暗卫军，交由朕的王弟宇文邕统领，与你们一同彻查宇文护的罪证！"满朝文武，能胜此任，他又能完全信任的，也只有宇文邕了！

独孤伽罗大喜，施礼道："有天王相助，必定事半功倍，铲除国贼，指日可待！"

想到事成之后大周便会振兴，宇文毓也是满心奋勉，一双眸子灼亮，连连点头道："伽罗，这一次，我们下的可是通天之局，切忌急功冒近，也切忌打草惊蛇，务必一击即中！"

独孤伽罗点头，突然想到刚才的事，趁机劝解道："王后云婵虽是宇文护的外甥女，却未必真心相助宇文护。更何况，纵然她是宇文护的人，也请天王稍做委蛇，也免得多生事端！"

提到云婵，想到她是宇文护安插在自己身边的耳目，宇文毓心中立刻涌起一阵厌恶。可是他也知道，独孤伽罗所言是实，如果自己不能隐忍，之前所做的一切全将白费不说，也不知道还要搭上多少人的性命，只好长叹一声，点头答应。

得到天王密旨，暗卫军很快组建，伽罗得宇文毓授意，引见宇文邕与徐卓相识，共谋除奸大业。追查宇文护罪证以及同党的行动，紧锣密鼓地展开。

秋风乍起时，长安接到前方战报，对齐一战首战告捷。

天王宇文毓闻讯，心中喜忧参半。喜的是大周得胜，异域扬威；忧的是宇文护旗开得胜，恐怕更加助长他的声势。加上京中宇文护的同党在朝政上处处掣肘，宇文毓心中恨怒难言，又只能隐忍不发，更加坚定必除此贼。

鲁国公宇文邕见兄长终于振作，立誓鼎力支持，必除宇文护。

首战告捷的消息传到随国公府，独孤伽罗大喜之下，携杨爽前往杨素家，向郑祁耶报喜。

郑祁耶听说周军大胜，不禁喜极而泣，对伽罗不断道谢。两人虽是初识，但因牵挂着同在一方的丈夫，一时亲密许多。

杨爽出生富贵，第一次进入寻常百姓家，见大嫂与郑氏闲话家常，无聊起来，东瞧西看，突然看到一块黑乎乎的东西，拿起来瞧瞧，实不知是什么，忙跑去拿给伽罗，问道："大嫂，你瞧这是什么？"

独孤伽罗还未瞧清，就觉一股刺鼻的气味扑鼻而来，不禁一阵恶心，侧过身一阵干呕。

郑祁耶吓一跳，连忙替她抚背，手足无措地道："杨夫人，这……这是怎么了？"

杨爽也吓一跳，忙将手里的东西丢掉，连声道："大嫂，你怎么了？"

独孤伽罗摆手，强忍胸中的不适，苦笑道："无妨，想是近几日伤到了肠胃。"她不想他们担心，起身告辞。

坐上马车后，随着马车的颠簸，胸口仍然翻腾不已，独孤伽罗只能强行忍耐。

杨爽见她脸色苍白，心里打鼓，怕是自己闯了祸，一路上也不敢多说话。马车在府门前刚刚停稳，他就急忙跳下车向里跑，大惊小怪地嚷："父亲，大嫂病了！大嫂病了！"

一句话，惊动满府。杨忠见伽罗脸色苍白，也不禁担心，连声命人去请大夫。

独孤伽罗见满府的人为她担忧，心中歉然，摇头道："不过一时不舒服罢了，不必担忧！"

只是她拗不过众人的好意，又见大夫到府，只好由他问脉。

大夫将她两只手腕都仔细诊过，脸上凝重的神色这才放松，起身向杨忠一礼，含笑道："恭喜随国公，令媳有喜了！"

"什么？"满府的人闻言，一时都没有明白其中含意，愣愣地注视着大夫。

大夫含笑再说道："杨大夫人有喜了！"

这一回，杨忠最先反应过来，不禁大喜过望，忙命人取银子给大夫打赏，连声道："我杨家有后！杨家有后了！"

尉迟容眸中闪过一抹嫉恼，很快掩去，含笑向伽罗道喜："恭喜大嫂！"

独孤伽罗这才回过神来，一时红飞双颊，又羞又喜，手掌轻轻覆上小腹，喜悦的情绪瞬间在心中泛涌。

孩子！她有孩子了！她和杨坚的骨肉！

这个时候，大军在首战之后，再次整顿兵马，兵逼落雁山，筹划下一次的出击。百忙中，杨坚收到来自长安的家书，独孤伽罗以喜悦的语气写道：一别月余，日夜思念，边疆艰苦，沙场凶险，万望为妻儿珍重！

杨坚嘴角含笑，读一回，似乎有什么不妥，再从头细细读一回，低声念道："万望为妻儿珍重！万望为妻儿珍重！妻儿？伽罗有喜了？伽罗有喜了！"

想通这一节后，他整颗心顿时被喜悦涨满，像要炸开一样，想要大叫大嚷，张开嘴却又发不出声音，只是怔怔地立着，嘴角咧开一个傻傻的笑容。

而此时帅帐里的宇文护，也是一脸冷然的笑意，握紧手中细绢。

朝堂倒也罢了，有他的党羽从中作梗，宇文毓还做不出什么。令他惊讶的是，密报说，杨坚竟然在他的军中！

心腹李文贵闻言，立刻道："大冢宰，此事交给属下，定将他揪出来！"

宇文护摆手，淡淡道："黄口小子，谅他也翻不出什么风浪，命人盯着就是！如今，还是战事要紧！"说完，俯身去看面前的沙盘。

首战大胜，军中士气高昂，众将士力请一鼓作气，击溃齐军。

宇文护心知不能离开长安太久，也有心速战速决，命令斥候查明敌军军情，决意一举攻下洛阳。

前锋营里，众斥候听过高颎的交代，仔细在图中研究插入敌军的道路。依照往常的经验，都是进入落雁山，暗察敌军的部署、阵营。

杨坚看着图上落雁山的山谷思索片刻，而后轻轻摇头道："我们首战告捷，固然士气大振，可是那一战，齐军只出动千余兵力，实在是蹊跷得很！"

三国之中，齐国最强，如今以一千人对抗大周十万兵马，无论如何也说不过去。

高颎点头道："应该是北国玷厥王子在北方吸引去齐国大部分的兵力，我们才会胜得如此容易！"

可是如今与大周对敌的，是齐国名将徐之信！

杨坚摇头，盯着地图默思良久，而后指着落雁山一处高耸的山峰道："这里地势多变，山林幽谷处处，极易藏兵，我们要观全貌必上这鬼崖才好！"

高颎双目凝视图上，点头道："话虽如此，可是这鬼崖陡直，极难攀爬，何况还在敌军的环围之中，实在太过危险！"

杨坚坚持道："正因危险，敌军防守才会疏漏，卑职愿意一试！"

几名斥候闻言，不禁脸色微变，面面相觑。高颎默思片刻，终于点头道："敌后情形,我们不能尽知,到时你们见机行事,若是可行,当可一试,若是不行,断断不能勉强,免得打草惊蛇!"

杨坚与众斥候齐声领命,随即回营整肃行装。

众人走出大帐,其中一人在杨坚肩上一拍,摇头道:"杨兄弟,当真是初生牛犊不畏虎啊!我大周和齐国开战以来,这许多年可只有一人爬上过鬼崖。"

杨坚含笑道:"既然有人曾经上去,又焉知我们不能?"说着话,一只手不自觉抚上胸口,独孤伽罗手书的行军手札,熨帖暖心。

当年,曾经爬上鬼崖的不是别人,正是独孤伽罗的哥哥,独孤善!这册行军手札里,伽罗做了详细的记录,他早已烂熟于胸。

相信,凭借这册手札和他杨坚的身手,他一定会攀上鬼崖,探察到敌军第一手军情。

夜幕初降,六名斥候已整装待发,高颎送众人出营,细细嘱咐道:"此去你们只为刺探军情,能不被敌军发现固然是好,若是不小心暴露行踪,即刻撤回,千万不要贪功冒进!"

众斥候点头,齐声道:"将军放心!"

高颎拽住杨坚稍落后几步,又说道:"我知道你此去有心一探鬼崖,只是鬼崖地势奇险,你必要量力而行,我只要你平安回来!"

杨坚好笑道:"大哥方才说过!"

高颎瞪他一眼,不悦道:"若不是伽罗再三嘱托,我也不愿意做你的老妈子!"

杨坚低笑,又很快严肃表情,轻声道:"高大哥,我知道,为了伽罗,我也会平安回来!"言毕快走几步跟上另五人,又转身向高颎抱拳为礼,随即很快消失在夜色中。

绵绵密密的秋雨下了一整夜,到清晨时分渐渐停下。独孤伽罗一早进宫,直奔崇义宫而去。

云婵闻报她来,大喜迎出宫来,一把抓住她的手,连声道:"我正想着有日子不见,夫人就来了!"说完看看她微隆的肚子,满脸羡慕,轻声道,"恭喜夫人!"

独孤伽罗心底甜意散开,抿唇浅笑,携着她的手向宫里来,轻声道:"我今日来,是有一件事找你商议!"

云婵忙道:"夫人请说!"

独孤伽罗从袖中将前次她送的手帕取出,问道:"你说这帕子是你亲手所绣?"

云婵不解,点头道:"是啊,我们那里人人会绣!"

独孤伽罗含笑,轻声道:"如果有人学了你的手艺,可以对她们有很大帮助,你可肯教她们?"

云婵大喜,连连点头道:"我自然愿意!"

独孤伽罗知她心性纯良,必不会拒绝,此时听她应允,也觉得欢喜,笑道:"等我一切备妥,再来与你商议详细的法子!"又与她闲坐一会儿,这才告辞出宫。

从那日见过郑祁耶后,独孤伽罗见她家徒四壁,只靠朝廷的救济过日子,心中就生出相助之意。只是独孤伽罗虽聪明绝顶、满腹才华,对寻常百姓的生计却无一筹莫展,无意中看到手帕，倒是想起了云婵。

办妥一件大事，独孤伽罗顿觉心情舒爽，眼见车窗外又飘起雨丝，索性将帘子打起观赏雨景，脑中却细细思索此事如何进行。

这时，她听到车夫在外恭声道："大夫人，到了！"

独孤伽罗回神，这才发现马车已在随国公府门前停下，不禁哑然失笑。

自己想得出神，竟然连到家了都不知道！

独孤伽罗从车里钻出，踩着踏脚下车。

此时宇文珠正一边端正鬓边首饰，一边从府里出来，看到她，大惊小怪地嚷："啊哟，大嫂，这大雨天你也不打伞！"

独孤伽罗冷不丁听她一嚷，心里一惊，已一脚踩空，身子一斜摔了下去，只觉腹中一阵抽痛，顿时满头冷汗。

同一时间，杨坚轻装而行，冒着大雨慢慢向鬼崖上爬去。越往上爬，四周的阻挡越少，山风狂卷，暴雨如注，杨坚目难视物，只能凭着一股刚勇，借助山石中横出的小树、藤蔓，奋力向上攀爬。

眼看渐渐接近崖顶，杨坚吁一口气，看准一棵小树，奋力向上一跃，伸手握住。

哪知道暴雨之下，小树根部的泥土早已松动，此时骤然承上一个人的重量，只是微微一晃，一片风化的岩石碎裂，小树被连根拔起，向下直落。杨坚不防，整个身子顿时无所凭依，跟着向下摔去。

下边的斥候瞧见，忍不住齐声惊呼。

随国公府中，独孤伽罗悚然而醒，失声叫道："大郎！"睁开眼，却对上杨爽担忧的眸子。

杨爽见她醒来，大喜叫道："大嫂，你醒了！"忙冲出门去，大声喊道："父亲，大嫂醒了！"

杨忠闻讯而来，见独孤伽罗脸色苍白，担心道："伽罗，你怎么样？"

独孤伽罗摇头，拭掉满头的冷汗，轻声道："我不要紧，只是做了个噩梦，梦到大郎！"

梦境是那样的真实鲜明，她分明看到杨坚从悬崖上摔下来。

杨忠点头，安慰道："日有所思，夜有所梦，你不必在意。只是你性子要强，如今有了身孕，还是留在府里好好休养才是！"

独孤伽罗手抚肚腹，也觉后怕，轻轻点头，应道："父亲，伽罗明白！"嘴里答应，却心神微漾，不自觉地瞧向窗外的大雨。

大郎，他还好吧？

悬崖上，杨坚身子直往下落，却临危不乱，甩手抛开小树，信手一摸，已拔匕首在手，奋力向崖壁插去。

匕首在崖壁上拖出一道长长的印迹，终于止住，杨坚再不多停，双脚在山壁上力撑，拔出匕首的同时飞身直上，几个起落后已经落在崖顶。

暴雨渐停，山下一草一木尽收眼底，杨坚向幽林掩盖的深谷望去，不禁轻吸一口凉气。

在落雁山的另一侧，山势突然变得平缓，与四周起伏的山峰形成一个小小的盆地，就在那盆地里，大片军营连绵，一下子竟然难以计数。

只这一处山谷，最少可藏兵五万啊！

想起首战的那一千兵马，杨坚暗暗心惊，急忙取出备好的白布、炭笔，细细描画。

由此可见，首战那一千兵马，完全是齐军的骄兵之计，只要大周兵马中计，贪功冒进，恐怕就有全军覆没之险啊！

第二十五章

窥敌情边疆传讯
QUEEN DUGU

整整三天过去,前往刺探军情的斥候还没有消息,宇文护却再次收到来自长安的密报,说天王宇文毓频频密见六府官员,已有不少官员摇摆不定,随时偏向天王一方。

宇文护脸色阴沉,咬牙在帐篷里走来走去。

从砧厥点他出兵起,他已知道其中必有文章,想不到,他出征才月余,天王竟然有如此大的动作。

宇文护心里焦躁,在帐中来回踱步,思索片刻后,大声将李文贵叫来,命他立刻传书齐军中的细作,探察齐军的兵力分布。

黎明时分,齐军细作的消息首先传来,齐国只有五千兵马,依据天险,守住山口。

宇文护大喜,正在沙盘上研究如何突破齐军主力,杀个措手不及,就听帐外杨素回道:"大冢宰,高将军求见!"

跟着高颎挑帐进来,向上行礼道:"大冢宰,派去刺探敌情的斥候已经回来,齐军狡猾,竟然在落雁山山谷里藏下大量兵马,只等我军中伏!"说完,将杨坚所绘的地图双手送上。

宇文护接过细看一回,微微扬眉,冷笑道:"五万兵马?不过是徐之信虚张声势罢了!"

高颎一怔,急道:"大冢宰,这是我军斥候冒死攀上鬼崖探来的军情,断断不会有假!"

宇文护冷笑一声,定定地看着他,淡淡问道:"我军斥候?杨坚吗?"

高颎不意他说出杨坚的名字,微微一窒,随即苦笑道:"原来大冢宰知道!"

宇文护冷笑道:"身为一军主帅,若连堂堂随国公大公子到我军中都不知道,还谈什么知己知彼?"指指李文贵,淡淡道:"去请杨大公子!"

李文贵大声应命,转身出去。

杨坚刚刚换下满是泥土的衣服，见李文贵亲来，才知道宇文护早已知道自己的行踪，心里暗暗叫苦，但也只好硬着头皮出帐，跟着他向主帅大帐而去。

跟着李文贵进帐，杨坚只是向上一望，跟着躬身施礼道："杨坚见过大冢宰！"

宇文护冷冷看着他，淡淡道："杨大公子来我军中做一个小小的斥候，当真是委屈！"

从前锋营营帐到帅帐，不过数十丈的距离，这片刻之间，杨坚已将出征后所有的事情在脑中过了一遍。虽然他几次刺探宇文护的举动，也向长安传递过几次消息，可是其中并未出什么纰漏。目光再转过宇文护面前自己手绘的地图，他心中更加了然，朗声回道："回大冢宰，杨坚投军，只为报效朝廷，并没有什么委屈！"

宇文护见他竟然面不改色，倒也意外，微一转念，冷笑一声，将面前的地图向他丢过去，冷声道："报效朝廷？只怕是你包藏祸心，故意谎报军情，为了将我大军拖在边疆，好令长安的人施展手脚吧？"

这几句话落在耳里，杨坚顿时大惊，上前一步，大声道："大冢宰，这军情句句属实，请大冢宰明察！"

"明察？"宇文护冷笑，咬牙道，"只怕我再查下去，延误战机，反中了你们的圈套！"随即扬声喝道，"来人，杨坚谎报军情，拖下去给我重责一百大板！"

一百大板，那岂不是要了他的性命？

高颎大吃一惊，忙上前一步，施礼道："大冢宰，杨坚纵然有错，也不过是被齐军迷惑，以至于军情有误，请大冢宰手下留情。"

李文贵皱眉，凑到宇文护身边，低声道："大冢宰，此时若是将他打死，怕被人说是公报私仇，军心不稳啊！"

宇文护死死盯着杨坚，慢慢点头道："好，念你是初犯，拖下去，重责二十大板！"

李文贵连忙应命，出外传令。

高颎眼看着杨素、王鹤二人将杨坚拖了出去，心急如焚，却又无从劝解，只能听着帐外板子的起落声，暗暗着急。

宇文护看着他的模样，心底暗暗冷笑。

谁不知道随国公杨忠与大将军高宾一向交好，如今天王宇文毓积极运筹要夺回王权，断断少不了这二人的支持。此刻在军中要安定军心，先放过这二人，只等时机一到，必取这二人性命。等日后回返长安，不管是随国公府，还是大将军高府，必将让他们鸡犬不留！

只是转念之间，已经毒计横生，他暗暗冷笑。

好不容易等二十下板子打完，高颎忙向宇文护告辞，匆匆向杨坚帐子里去。跨进军帐，见杨坚趴在榻上，身上的衣衫已经被鲜血和汗水浸透，高颎不禁又气又急，低声道："早知如此，你倒不如不去！"而后小心助他褪下衣衫，替他敷药。

杨坚摇头，苦笑道："若只是我受些委屈，倒也罢了，只是如此重大的军情，他竟然弃之不顾，我大周数万兵马，恐怕损失惨重！"

高颎点头，咬牙道："身为一军主帅，如此鼠肚鸡肠，以小人之心度人，岂有不败的道理？"

杨坚无奈，低声道："方才听他话里有话，似乎已经知道长安一方的动静，必然是急着回去，才如此草率用兵！我们要想法子给长安传个消息才是！"

高颎皱眉道："他们既然知道你在军中，必然暗中监视，你要如何传递消息？"

杨坚不语，沉默片刻，突然低声笑起来，向他招手道："我有法子！"随即凑首在他耳畔细说。

这个时候，就听帐外脚步声响，杨素拿着金创药挑帘进来，看到高颎也在，微微一愕，忙先给他见礼，跟着谦然唤道："杨大哥！"

刚才在帅帐之外，是他和王鹤给杨坚动的刑。

杨坚见他神情不安，猜到他的心思，微笑道："无妨，你也是奉命行事，还要多谢你手下留情！"

杨素性子豁达，闻言立时释然，爽然一笑将药放下，笑道："早料到你出身不俗，不想竟然是随国公府的大公子！"也难怪他和高颎如此熟稔。

杨坚歉然道："往日不曾明言，是不想旁生枝节，请杨兄弟不要见怪！"

杨素见他说得坦然，倒也毫不挂怀，有高颎在场，也不好深谈，问候几句后，告辞离去。

高颎等他出去，向杨坚一笑，低声道："今日你好生养着，明日依计而行！"接着在他肩膀上拍一掌，也跟着离去。

第二日一早，薄雾未散，杨坚手提鸽子笼，一瘸一拐，鬼鬼祟祟地摸出营地，向林子的另一边过去。

看看四周无人，他从怀中摸出一条细绢，细细卷好塞入竹管，又左右仔细查看一番，这才挥手将鸽子放飞。

就在此时，他突然听到一声大喝："杨坚，你胆敢私通敌军，传递军情？"

杨坚大吃一惊回头，就见李文贵从树后大步出来，一把将他抓住，冷笑道："走，随我去见大冢宰！"

杨坚神色惊慌，挣扎道："你不要血口喷人，说我传递军情，可有证据？"

李文贵冷笑一声，打个呼哨，就见刚刚飞出林子的信鸽转一个圈又飞了回来。

杨坚微微色变，咬唇不语。

李文贵更加得意，一只手握住信鸽，一只手拽住他，转身就走。

二人还没踏进林子，就见高颎东摇西晃地出来，他看到二人拉拉扯扯，一脸吃惊地问道："李将军，杨公子，发生何事？"

李文贵看到他，微觉意外，也顾不上深究，将手中信鸽一举，冷笑道："杨坚私自传递军情，被我抓个正着，正要带他去见大冢宰！"

杨坚看到高颎，仿佛溺水之人抓到一棵救命稻草，忙道："高将军，我没有！"

高颎看他一眼，接过李文贵手中的信鸽，取信看一眼，忍不住笑出声来，向杨坚一望，戏道："杨大公子果然是个多情种子！"

杨坚一张俊脸涨得通红，低声道："高将军取笑。"

李文贵听得奇异，问道："你们在说什么？"劈手一把将高颎手中的细绢夺过来，细看一眼，顿时愣住了。

这哪里是传递军情的密信？字里行间，满是甜言蜜语和思念之情，分明是杨坚寄给夫人独孤伽罗的一封情书。

杨坚见他不语，一张脸更红了，期期艾艾地道："李将军，杨坚知道不该用信鸽传递家书，只是……只是一时思家心切，还望李将军放杨坚一马！"

高颎手指向他点了点，摇头道："杨坚啊杨坚，昨天刚刚受刑，今日就又生事，若再受罚，看你有几条命扛着！"说完换上一张笑脸，向李文贵道，"李将军，杨坚年少，与夫人情深，昨日受些委屈，心里想家也是人之常情，李将军就请高抬贵手，饶他这回，日后绝不再犯！"说完在杨坚肩上狠推一把，喝道，"还不向李将军求情？"

杨坚忙道："是！是啊，李将军，我只是一时想家，还请李将军高抬贵手！"他从怀中摸一枚玉佩塞进李文贵手里，求道，"李将军，我父亲年高，夫人又有了身孕，若知道我在军中受刑，必然受惊。李将军是大冢宰面前的红人，请不要与我计较！"

玉佩入手，触手温润，李文贵也是见多识广之人，知道是好东西，又听他言语间极为抬举，目光一扫高颎，点头道："也罢，你我同在军中，也算有同袍之谊，瞧在高将军面上，今日的事，我且饶你，下不为例！"

得一块玉佩，还要高颎承他一个人情，这笔买卖倒是划得来！李文贵心中暗喜，又训斥几句后离去。

杨坚唯唯称是，直到他走远，还抻着脖子嚷一句："多谢李将军，杨坚铭感五内！"

高颎横他一眼，低声道："快些吧！"随即将细绢重新装回竹管，将信鸽放飞。

这个小子，太过入戏，连夫人有孕也说出来了。

杨坚听他嘀咕，俊脸又不禁涨红，低声道："是伽罗当真有孕！"说着取出独孤伽罗的信来给他瞧。

高颎又惊又喜，在他肩膀上猛地一拍，笑道："好小子，真能干！"

杨坚被他拍得一个趔趄，几乎没有站稳，也只能跟着嘿嘿傻笑。

长安城，随国公府。

独孤伽罗坐在窗前，一边与杨爽说笑，一边缝制小孩的衣裳，不时轻抚微隆的小腹，想着远征的杨坚，念着肚子里的孩子，嘴角不自觉地挂上一抹甜笑。

冷不丁一只信鸽飞来，扑棱着翅膀落在窗棂上。杨爽大叫一声，扑上前去抓，鸽子扑棱着翅膀避开。杨爽瞪眼，鼓起腮帮子与鸽子斗气。

独孤伽罗好笑，上前两步将鸽子抓来，从脚上取下一支竹管。

杨爽大奇，嚷道："咦，大嫂，是谁写信给你，这么神秘？"转念明白，"啊"了一声，笑道，"一定是大哥！"

"人小鬼大！"独孤伽罗在他脑袋上轻拍一掌，展开细绢细读。

杨爽悄悄凑上去，看到细绢上情话绵绵，双手捂住嘴，咻咻地笑。

独孤伽罗横他一眼，取出一本书来，一一对照。

杨爽奇道："大嫂，你在做什么？"

独孤伽罗含笑不语，只是随着暗语一句句对出，脸色也渐渐变得凝重，轻吸一口凉气，而后起身就走。

在杨坚出征之前，夫妻二人相约，如有紧急军情，就将情报藏在情书之中，再由此书译出。此刻，她译出的情报竟然是——"速战速决，速回长安！"。

看来，宇文护对朝堂上的动静已经知觉，是要立刻挥兵结束这场战争，赶回长安了！如此一来，天王所做的一切，也要加快进行！

她心中想着，霍然拉开房门，却险些与进门的尉迟容撞个正着。

尉迟容忙一把扶住她，问道："怎么，大嫂要出去？"

独孤伽罗微愕，摇头道："只是屋里待着气闷，去花园里走走！"

尉迟容见杨爽睁大眼，一脸的不解，已知有什么缘故，也不说穿，含笑将手里的汤送上，温声道："先喝补汤，一会儿我陪你！"

独孤伽罗只好转身回来，慢慢将补汤喝完，又与她闲话一回家常，并不提出去走走的话。

尉迟容见她神色懒懒，也不再留，告辞出去。

独孤伽罗立刻唤过杨爽，轻声道："大嫂出去，你留在这里做掩护，若有人来，就说我在花园里散步，可好？"

杨爽立刻道："我也去！"他答应大哥照顾大嫂。

独孤伽罗微笑，抚摸他的头，轻声道："这里更重要呢！"

杨爽想想，只好点头答应。

独孤伽罗换过衣裳，悄悄出府，直奔皇宫而去。

还没有到文昌殿，就见后宫方向小太监一阵乱跑，像是发生了什么大事，想到太子宇文贤正在病中，独孤伽罗心中暗惊，已顾不上是在宫里，拔腿飞奔，跟了上去。

文昌殿里，宇文毓听完太监禀报，急匆匆出来，看到独孤伽罗，只是向她略一点头，就快步直奔后宫。

独孤伽罗顾不上多问，转身跟在他的身后，眼见他不去太子的东宫，而是直奔崇义宫，心中更觉奇异，稍稍落后几步，拽住之前报信的小太监，低声问道："发生何事？"

小太监匆忙道："王后染病，怕不太好！"

独孤伽罗大吃一惊，忙甩开他，跟着宇文毓奔进崇义宫。

王后寝宫外，宫女南枝一脸焦急，正团团乱转，见到宇文毓，忙施下礼去。

宇文毓脚步一停，皱眉问道："太医怎么说？"

南枝几乎哭出来，回道："回天王，太医说，是……是和太子一样的病症！"

宇文毓身子微微一晃，跟着大怒，喝道："王后怎么会染上此病？"

数日之前，太子宇文贤突然全身起满红疹，浑身瘙痒，高烧不退。太医不知药物是不是对症，本来要找宫人试药，被他斥责。又因此病传染。他已下严令，除太医之外，不许任何人擅自出入东宫，此时竟然说云婵也染上此病。

被他一喝，殿前的宫女、太监立刻呼啦啦跪伏满地，连连磕头，却说不出话来。

此时，寝宫里云婵听到他的声音，低咳一声，提高声音道："天王，是臣妾自个儿故意染病，与他们无关！"

"什么？"宇文毓一惊，以为听错，大步闯进寝宫，怒道，"方才你说什么？"

太医见他进来，立刻阻止，低声道："天王，保重龙体，还请不要靠近！"

宇文毓停步，凝神望向床上，只见帐幔低垂，云婵单薄的身子半倚在云被里，几乎无法瞧见，心底不知为何涌起一些不知名的东西，低声道："你究竟在做什么？"

从这女子进宫起，他就时时提防，对她从来不假辞色。如今，他自己也不知道，这心底莫名的情绪是为了什么。

或者，是她每日尽心地服侍令他心软？还是……她跟着独孤伽罗尽心尽力为平民百姓奔波，让他有了不一样的看法？

云婵低咳一声，缓口气才道："天王，太子病重，天王不肯让无辜之人试药，可是再拖延下去，太子怕有性命之忧。臣妾身为太子母后，也做不了什么，所以……所以臣妾愿以身替太子试药！"

她的话还没有说完，宇文毓已十分震惊，定定地望着帐幔后的身影，一时说不出话来。

为太子试药？这可是以性命做代价啊，她怎么会……

他难以置信地摇头，低声道："你大可不必！"

帐子里的云婵微默一瞬，轻咳一声，轻声道："臣妾只想天王好、太子好……"轻柔无力的声音，却带着一种固执的坚持。

独孤伽罗心中微动，向床帐施礼，轻声道："王后宅心仁厚，对天王和太子一片赤诚，伽罗感佩！"

从大婚之后，因为云婵与宇文护的关系，天王对云婵始终冷漠以待。而云婵生性单纯，对天王却出自一片真心，处处为天王考虑，她全部瞧在眼里，此时见云婵如此用心，趁机出言劝谏。

云婵听到她的声音，顿时精神一振，轻声道："是姐姐来了！"

宇文毓听独孤伽罗意有所指，深望她一眼，再回头看看帐内的云婵，连自己也道不明这其中的情绪，不禁长叹一声，向太医道："还不快去配药，王后有什么闪失，朕唯你们是问！"

太医躬身忙应，快步退出殿去。

宇文毓望着微动的床帐，静立片刻，几次张嘴，想要安抚几句，可是大婚之后，毕竟并没有给过她一个好脸，一时竟然难以开口，最后只是遮掩道："你好生休养，免得大冢宰知道担忧！"说完转身出去。

床帐里，云婵听到他的话，心里一阵难过，低声道："臣妾谢天王！"自己对他一片真心，不惜以身为太子试药，到头来，他只是担心触怒宇文护。

独孤伽罗看着二人的情形，却不禁暗叹摇头。

当初，她发现云婵性子单纯，绝不会为了宇文护去谋害天王，就试图撮合二人。如今，天王分明也已经心软，偏偏走不出宇文护的阴影。

只是这男女之间，旁人也只能敲敲边鼓，实在无法劝解太多。她只好叹一口气，跟着出去。

离开崇义宫，宇文毓长吁一口气，挥掉满心的烦闷，这才问起独孤伽罗来意。

独孤伽罗将杨坚传书，自己破译情书真意的事简略说过。宇文毓暗惊，速召鲁国公宇文邕进宫议事。

第二十六章

巧设计套问藏金
QUEEN DUGU

鲁国公府。

阿史那颂有喜,宇文珠一早前来道贺。阿史那颂也是满怀喜悦,嘴里与她闲话,一双眸子却不自觉望向丈夫宇文邕。

成亲三年,如今总算怀上麟儿,总能绑住他的心了吧?

宇文邕脸上难得露出一抹笑意,听着姑嫂二人闲聊,自个儿取了本书坐在树下翻看。

就在此时,管家禀告道:"爷,宫里来人了!"

宇文邕抬头,就见安禄跟在管家身后进来,忙问道:"何事?"

安禄回道:"杨夫人进宫,天王请鲁国公即刻进宫议事!"

"好!"宇文邕再不多问,转身回来命人更衣。

阿史那颂本来满心欢喜,见此情形,脸色立刻沉了下来,霍然站起,皱眉道:"怎么独孤伽罗要见你,还要天王传召?"

宇文珠也觉意外,瞪眼道:"我大嫂?不是父亲不许她乱跑?"

宇文邕看看宇文珠,又看看阿史那颂,淡淡道:"必然是有要紧的事相商,你们不要乱猜!"随即不理二人,径直开门出去。

阿史那颂心中怒极,快步跟到门口,咬牙道:"在你心里,独孤伽罗的事,都是要紧的事,不要说我怀孕,就是我病了、死了,你也不放在心上,是不是?"

宇文邕脚步一停,转身定定地注视她,脸色也沉了下来,低声喝道:"你胡说什么?"抬眸望向宇文珠。

阿史那颂这才想起有宇文珠在,咬一咬牙,将即将脱口的话忍住不说,眼睁睁地看着他与安禄离开。

宇文邕一路急赶进宫,听独孤伽罗将之前的事再说一回,不禁皱眉道:"宇文护急着回京,速战速决恐怕对战事不利!"

宇文毓点头道："想来是他得到了什么消息！"

独孤伽罗皱眉道："只是如此一来，他岂不是陷我十万大军于险地？"

宇文邕低头默思片刻，皱眉道："如今我们查处宇文护党羽和各州府贪官，还只进行一半。若是此时收网，难免有漏网之鱼，宇文护得到消息，恐怕会更加扰乱战局。可是若不能在宇文护回兵之前将这些人一网打尽，等到宇文护回京，我们怕会前功尽弃。"

是啊，他们费尽心计调走宇文护，又耗费许多人力追查宇文护罪证，清查其党羽，等到宇文护回京，重掌朝政，那当不是前功尽弃？

宇文毓脸色微变，暗暗咬牙。

独孤伽罗默思片刻，而后轻声道："如今只能尽量张开大网，严阵以待，另一方面严密留意边关的消息，一旦听到宇文护回兵，我们立刻动手，总强过任人宰割！"

如今看来，也只好如此！

宇文毓、宇文邕点头。

事情议定后，宇文邕与独孤伽罗相伴出宫。看到伽罗眉心紧皱，面有忧色，宇文邕不禁心疼，低声道："军中有高大哥在，他身经百战，一定会设法阻止，你不必担心！"

他心里暗叹，她除去关心战局，只怕更担心的是杨坚吧？

独孤伽罗微默一瞬，随即点头道："但愿如此！只是如此一来，我们若不能将宇文老贼的党羽连根拔除，怕后患无穷！"

宇文邕点头，沉吟道："只是依我们原来的清查方式，只能循序渐进，如今事态发展，却要找一个突破口，迅速抓到宇文护的罪证才是！"

独孤伽罗拧眉，低声道："宇文护老奸巨猾，行事极为小心，罪证岂能如此容易抓到？除非……"说到这里，眸子一亮，扬眉道，"幸好，他还有一个弱点！"

宇文护的独子，宇文会！

宇文邕心领神会，二人相对而笑。

入夜后，长安城最大的一座青楼丝竹声声、莺歌燕语。厢房里，宇文会衣衫半敞，左拥右抱，已经有三分醉意。

吴江径直开门进去，将两名歌妓的领子一拎，顺手丢出门去，在宇文会身边坐下。

宇文会吓一跳，跃身要起，却被他搂住脖子压下，不禁大嚷："你……你是什么人，要做什么？我爹可是当朝的大冢宰！"

吴江拿起他面前的酒杯，灌他喝一杯，才悠悠笑道："哦，大冢宰啊！听说大冢宰生财有道，所以兄弟来请宇文公子引领引领！"

宇文会本来有一些慌乱，听他只是为了求财，立刻来了精神，点头道："这个好说！那要看兄弟有没有诚意。"

吴江斜眼瞧他，淡笑道："宇文公子要什么诚意？"话还没落，挟着他的手臂一紧，倒杯酒又给他灌下。

宇文会只觉得整个人被他一臂压得死死的，肩头重逾千斤，几乎喘不上气来，忙道：

"好说！好说！过几日有一批劣币到货，大哥若是有心，大可以和我们合作！"

吴江扬眉，问道："劣币？这私铸劣币，可是犯法的，你宇文府不怕抄家灭族吗？"

宇文会冷笑道："什么抄家灭族？谁敢动我们晋国公府，独孤信就是例子！"

吴江听他提到独孤信，眸色一深，冷声道："听说独孤信是行刺大冢宰获罪，与劣币有什么干系？"说着倒杯酒，再给他灌一杯。

宇文会被他几次强行灌酒，又咳又喘，心里又怕，只得道："还不是那独孤信不识时务，本来能带着他发财，他偏偏要查劣币，竟然查到我父亲头上！"

吴江身子又向他压一压，低声问道："难不成是他查到了什么证据？所以大冢宰急于找个借口除去灭口？"

宇文会点头道："是啊，他不但见过那两个钱商，听说还看过什么信函，如果不是尽早将他除去，大伙儿哪里还有发财的路子？"

吴江听到这里，不耐烦地一杯杯灌酒，最后索性拎起酒壶给他灌下去，慢慢问道："是什么样的信函，公子可曾见到？"

宇文会挣扎着将酒壶推开，整个人已喝得头晕眼花，打一个嗝，点头道："自然见过，只是那密信用佛教偈语所写，我看不大懂！"

吴江冷笑道："想不到宇文公子是个草包，看到的信函，还有不懂的，也不知是不是大冢宰的儿子！"

宇文会一听，瞪大眼叫起来："都说是密函，哪有一看就懂的，我父亲迟早都会告诉我！"

吴江冷笑一声，摇头道："就算不知道什么意思，总该记得写的什么吧，若都不记得，不是草包又是什么？"

宇文会平日因为行事莽撞，不经大脑，常被宇文护呵斥，此时听吴江左一声草包，右一声草包，听得心头火起，大声道："怎么不记得？不过是我读的佛经少，记不周全罢了！"

吴江扬眉，问道："那你记得什么？"

宇文会翻白眼望望天，又皱眉看看地，冥思苦想片刻，才迟疑地说道："有什么'七宝'，还有'伽蓝陀'，啊！有一句是'不生不灭，不垢不净，不增不减'！"

"就这些？"吴江挑眉。

宇文会想一想，再想不起来，沮丧道："就这些！"

吴江见再问不出什么，拿起桌边的酒坛子，给他一股脑儿灌下去。

宇文会无力抗拒，呛得连连咳嗽，一坛酒大半灌进肚子，另一小半全洒在身上。

直到他烂醉如泥，吴江这才停手，将他往桌子上一推，起身出门，再将门口晕倒的两名歌妓和四名护卫拎起来，一一丢进门去，再替他把门关好，这才向隔壁去。

隔壁厢房，独孤伽罗穿着一袭宽大的男子衣衫，掩住微隆的肚腹，正与徐卓坐着喝茶，见他进来，微微点头示意。

吴江耸肩，皱眉道："这个宇文会，当真是什么都不知道！"

独孤伽罗皱眉凝思，轻轻摇头道："倒也未必，方才他说'七宝'，或者指的就是藏金！"低头思索片刻，另几个词却不得要领，摇头道，"我们先回去，再慢慢推敲！"之后她和徐卓一起身出去，经过宇文会的厢房时，脚步微微一停。

吴江明白她的意思，笑道："等他明儿醒来，只记着自己烂醉一场，说了什么、做了什么，谅他也想不明白！"

他说不出什么，那几个护卫保护不利，就更不会随便说什么。

想想也是！

独孤伽罗忍不住好笑，与徐卓径直下楼回府。

就在边疆、长安两方的明争暗斗都进入紧要时期时，远在歧州的独孤善也终于得到钱商钟非的信任。

当初，他和丁大力二人根据徐卓给出的线索，一路追查到歧州，化名陈喜，借机混入铸币工坊，做起了铸工，随后，凭借本身的武艺，引起钟非和张宇的注意。

在一次运货途中，路遇山贼劫货，独孤善不但救下钟非性命，还拼死保全货物。钟非见他为人豁达，又慷慨豪爽，渐渐对他极为信任。

这一日，货物被运到歧州，钟非将旁人支开，带着他一人向酒楼而去。

独孤善见他神情恍惚、心事重重，忍不住问道："钟老板，如今我们货物已经运到，不知道还有什么难解的事，说出来，或者我可以帮忙！"

钟非摇头苦笑，欲言又止，只是道："一会儿要见的人，可是大冢宰眼前的红人，你说话要小心一些！"

独孤善听他提到宇文护，心中暗吃一惊，脸上却不动声色，踏上楼梯，正见一个小二捧着残汤剩水下来，擦肩而过时，假装闪避，却故意脚下不稳，向小二撞过去，"啊哟"一声，只听到丁零当啷、稀里哗啦一阵大响，小二满手的碗盏全部打得粉碎，残汤剩水浇得独孤善满头满身都是。

钟非听到独孤善的叫声，回头见他一副狼狈模样，连连顿足，埋怨道："你怎么不小心一些？"替他整理一下衣衫，但见他身上的衣裳早已被残汤浸透，无奈道，"你这副模样，如何见人？"

独孤善满脸沮丧，低声道："是啊，钟老板给机会，偏偏……"匆忙整理衣裳，又哪里弄得干净？

钟非无法，只得道："下次有机会再见吧！"命他在楼下等着，自己向二楼一间厢房而去。

独孤善作势下楼，回头见他推门进去，才又转身悄悄上楼，向厢房外而去。

他轻轻拽开一扇窗户，但见钟非立在桌前，正躬身回话，而桌子另一边坐着的人正是宇文护身边第一谋士，赵越！

独孤善心惊之余，暗暗庆幸：幸好！幸好自己多一份小心！这若是跟着钟非进去，立刻就会被赵越认出来。自己一死倒也罢了，父亲的冤屈、独孤一家的深仇，是再也无人能伸，无人能报！

独孤善微微定神，屏住呼吸，再向里望去，只见钟非虽然脸色如常，可是垂下的衣袖无风自抖，显然害怕到极点，躬身道："赵先生，劣钱已全部脱手，换到的足量钱，明儿就启程，很快送到府上！"

赵越大模大样端坐在椅子里，抬起头，用鼻孔对着他"嗯"了一声，抱拳望空一拜，傲然道："钟老板，你记着，我们都是为大冢宰效命，大冢宰平安，你我才能发财，我这可是为了大伙儿着想！"

钟非连连躬身，唯唯应道："是！是！"

赵越从袖子里取出一枚丹药放在桌子上，慢悠悠地道："这次差事办得不错，日后定当再多用些心思！"

钟非额头冒汗，点头连应，恭恭敬敬上前，将药丸取过，忙不迭地吞了下去。

独孤善瞧得满心疑惑，听二人再说不出什么，生怕赵越此时出来，悄悄关下窗户离开。

夜幕时分，独孤善打一壶好酒，置几个小菜，与钟非共聚，直到酒过三巡，见他有几分醉意，才试探道："钟老板，我们为朝廷做事，为何要见大冢宰的人？"

钟非被他触动心思，伸手在桌子上重重一拍，骂道："是啊，我们出生入死，他宇文护却坐享其成，当真是贪得无厌！"

独孤善小心问道："钟老板是说，我们做的生意，和宇文护有关？"

钟非冷笑，大大灌一口酒，而后低声道："兄弟有所不知，我们铸的，可都是劣钱，劣钱换来的足量钱，都孝敬给了宇文护！"

独孤善听他说出劣钱，心头突突直跳，知道离宇文护的罪证已经越来越近，装出吃惊的模样，低声道："钟老板，私铸劣钱可是杀头的罪名，钟老板不怕？"

此时钟非已有八分醉意，独孤善这一句正触到他的伤心事，于是趴在桌子上哭起来，摇头道："我能如何？赵越给我们下蛊，还以家人威胁，若我们不做，立刻是杀身之祸啊！"

这一句话倒是大出独孤善意外，他不禁大吃一惊，望着醉倒在桌子上的钟非，陷入沉思。

风雨过后的边疆，繁星满空。

宇文护专心注视着沙盘，凝思良久，而后取一个小木牌插入落雁山正面，再隔一会儿，再插入一个。

李文贵在旁边默立多时，此时见他把一个木牌插入一条幽静的山谷，奇道："大冢宰，这不是杨坚所说的道路？"

当初杨坚从鬼崖回来后，力请从这幽谷出兵，绕过落雁山正路。

宇文护冷笑一声，咬牙道："他既然要去，就让他去！"见李文贵不解，指着幽谷解释道，"根据细作打探，这处幽谷果然是通往落雁山的另一边，必然有齐国军队把守。杨坚既要从这条路出兵，那就命前锋营前去，战场凶险，刀剑无眼，到时他力战而死，也算是了他一桩心愿！"

李文贵听得连连点头，大拇指一挑，赞道："大冢宰高明，如此一来，就是随国公也怪不到大冢宰的头上！只是……高将军……"

高颎可是前锋营的统领，用前锋营设计杨坚，高颎也势必牵涉其中。

宇文护眼底透出一抹阴狠，冷冷道："他们既然兄弟情深，自当患难与共！"想一想，又道，"从我们的府兵中抽出一队人马，暗中随行，必要时送他们一程！"

李文贵看到他面上阴冷的笑意，心头不自觉打一个突，连忙躬身应命，奔出大帐安排人手。

清晨，朝阳初升，就已角声连营，大周兵马齐集，整装待发。

宇文护向高颎道："大军正面出击，对抗敌军大部分兵力，你率前锋营从这幽谷小路前往，时时扰敌，以做牵制，等到穿过落雁山，给齐军迎头痛击，与我合兵一处，直攻洛阳！"

杨坚闻言一惊，上前一步想要说话，却见高颎一抱拳，大声道："末将遵命！"手肘一横，有意无意将他拦住。

宇文护看在眼里，暗暗冷笑，大手一挥，喝道："出发！"

高颎领命，跃身上马，扬声喝道："出发！"当先纵马向幽谷小路驰去。

杨坚无法，只得上马跟上，追到高颎身后，担忧地唤道："高大哥！"

高颎侧头斜望他一眼，又回头望向率大军而行的宇文护，低声道："昨日听帅帐里传出的消息，说是齐军一方有细作传递军情，或者齐军部署有变，我们听命行事就是！"

杨坚闻言，这才稍稍放心，跟着他一同率整个前锋营进入幽谷。

幽谷深深，两旁密林遮掩，不见天日。前锋营在崎岖的道路上穿行，时不时要砍开两旁横生的草木才能通行。

整整走了一日，并没有看到齐军一兵一卒的影子，杨坚心中开始起疑，勒马停住，向左侧山中一指，低声道："高大哥，从这里翻过这片山岭，就是当日我在鬼崖上所见齐军藏兵之处！"

高颎立在马上张望，点头道："我们大军从正路出发，要比我们快些，此时想来已穿过那片盆地，既然没听见厮杀声，想来齐军大军已撤到山那边！"

话音刚落，突然间，就听到"当当当"三声号炮，紧接着一声接一声的爆炸声响起，顿时喊杀声震天，响彻整座山谷。

杨坚脸色顿时大变，失声道："糟了，定是大军遭到埋伏！"

高颎双目迅速搜索，向一条横插的小路一指，喝道："从那里横穿过去，速速前往增援！"马缰疾提，一马当先，向那小路上疾驰。

杨坚拔剑在手，紧随其后，信手挥开挡路的树枝，令身后前锋营的人马能快速通行。

　　整队人刚刚冲下山坡，突然间，就听山坡上一人高喝："放！"紧接着，箭落如雨，向前锋营疾射而来。

　　猝不及防，前锋营顿时人仰马翻，片刻间就有十几人倒地。

　　杨坚大惊，挥剑而上，挡在高颎身前，将及身羽箭纷纷打落。他抬头望去，但见前方山坡上，树丛掩映间，露出幽冷箭尖，却瞧不见齐军人马，不由暗暗咬牙，马缰疾带，竟迎着箭雨向山坡上冲去。

第二十七章

中埋伏大军被困
QUEEN DUGU

高颎一见大惊,大声喝道:"杨坚,回来!"

杨坚却充耳不闻,挥剑扫开射来的箭羽,提马疾冲。

大军中伏,急需驰援,他们又前途受阻,如今之计,只有杀入敌阵,才能扰乱敌方弓箭手,让前锋营顺利通行。

奈何敌方箭雨太过猛烈,连冲几回,都被挡了回来,杨坚急得连连跺脚,回头望去,但见前锋营的人马已死伤无数,只得向高颎道:"高大哥,再冲下去,恐怕伤亡惨重,不如暂退,再想法子!"

高颎点头,扬声喝道:"撤!"命后队改前队,与杨坚二人断后,沿原路撤回幽谷。

而埋伏的齐军见只是一队人马,并不穷追。前锋营驰出一段路程后,慢慢停下。

这个时候,在过落雁山的主道上,大周主力被困在山谷之中,四面八方喊杀声震天,竟然埋伏着无数的齐军。正前方,一骑高头大马缓缓从山后驰出,齐国大将徐之信向山谷中冷然而视,身后一杆大旗迎风招展,上书斗大的一个"徐"字。

宇文护一眼瞧见,不禁目眦欲裂,扬声喝骂道:"徐之信,无耻狗贼!"此时看着满山遍野的齐军,他心里已经明白,自己在齐军中安插的细作早已被徐之信知道,对方只是将计就计,谎称只有五千兵马,引他入围。

徐之信听他喝骂,嘴角挑出冷然笑意,将手中帅剑一举,大声喝道:"尽歼周军,活捉宇文护!"

他的话声一落,就听齐军齐声大吼:"尽歼周军,活捉宇文护!"

"尽歼周军,活捉宇文护!"

……

大吼声中,箭矢如雨,齐兵如潮水一般,向山谷中杀来。

周军本就是仓促迎敌,此刻见满山遍野都是齐兵,呈锐不可当之势,顿时乱成一团,几乎没有抗击之力。

宇文护心中暗惊，只能强自镇定，大声喝道："退！快退！"只要退出山谷，据险以守，就可暂时对抗齐兵。

周军巴不得他这一令，乱纷纷应命，回身就跑。

哪知道还未冲出山谷，就听谷口又是一声炮响，喊杀声四起，一队齐兵从身后杀出，截断了退路。

李文贵看得心惊胆战，冲到宇文护身边，一边挥剑扫开箭雨，一边颤声道："大……大冢宰，我们中埋伏了！"

废话，还用你说？

宇文护心中恨怒，横他一眼，目光向四周疾扫，寻找退路。

此时杨素砍翻两名杀来的齐军，冲到他身边，向一条小路一指，大声道："大冢宰，属下护大冢宰从这里杀出去。"

此刻四周的环境，除去那条小路，再没有任何退路。

宇文护看一眼漫山遍野杀来的齐军，将牙一咬，大声命道："撤！"随即当先向小路冲去。

大周众将士一见，也都纷纷喝令，率领所部跟着他向小路落荒而逃。

快马疾驰，刚刚跑出三四里地，只见小路在前方疾转，通入两面夹峙的山壁。宇文护一怔，立刻勒马，心中大感踌躇。

这里的地势，分明是一夫当关，万夫莫开的情形，若是另一边是条死路，这里再被人封死，当真是插翅难逃。

可是也只是迟疑一瞬，身后兵马已向这里退来，李文贵大声道："大冢宰，徐之信的兵马追来了！"

宇文护将牙一咬，向他指道："你带一队兵马守住此处，必不能失！"说完，也不等他应，提马向山谷夹壁间冲了过去。

身后，大队周军跟着蜂拥而过，李文贵大声喝令，带领一队人马退入山口，据险以守。

宇文护冲过山口，沿着小路驰出片刻，突然勒马停住，心中暗暗叫苦。

只见这里四面环山，除去进来的山口之外，竟然再没有通道，大周兵马竟然活生生被装入一个葫芦里，无处可逃。

另一边，高颎、杨坚率领前锋营一路狂奔，直到听不到身后齐军追来，才慢慢停下，清点人马，竟然损失过半，余下的也都丢盔弃甲，狼狈不堪。

高颎和杨坚面面相觑，隔了一会儿才低声道："大军中伏，正如你上鬼崖所探，可惜……"

可惜，宇文护刚愎自用，以小人之心度人。他纵不肯相信杨坚，若再命人细查，也不至于一败至此。

杨坚双眉紧锁，心中惦记大军安危，低声道："如今大军中伏，我们当设法救援，若再晚几日，怕会全军覆没。"

高颎摇头道："前锋营兵马不过千人，如今更损失过半，又如何对抗齐国五万大军？"

杨坚点头，思索片刻，才低声道："为今之计，不能力敌，只能智取！只要我们悄悄潜入敌营，刺杀徐之信，齐军失去主帅，必然大乱，我们大军就可趁机突围！"

高颎一惊，下意识反对道："不行，太过危险！"

杨坚耐住性子分析道："如今大军被困，我们岂能见死不救？纵然我们逃困报讯，朝廷兵马也是远水救不了近火。只是我们人手不足，除去行刺，再没有旁的法子，只能一试。"

高颎虽然反对，但其实心里也知道，除此之外再无他法，不禁皱眉沉吟，低声道："此处地形复杂，我们选派几个高手进去，或者不是难事。可是徐之信是齐军主帅，他的身边必然防守严密，要如何动手，才能万无一失？"

杨坚已将此节想得一清二楚，立刻道："此处山丘绵延，少有平地，我们的行踪极好隐藏。我们只要悄悄潜入敌营，接近帅帐，一旦见徐之信出来，立刻放冷箭射杀，倒不必近身！"

高颎听他已思量周全，凝思细想一回，确实除此之外再没有旁的法子，只好点头，低声道："不妨一试，一切小心为上！"

杨坚点头答应。

入夜后，高颎做过细致的安排，将前锋营分成三组，一组潜往敌营外围接应，另一组前往山口以备扫清阻击的敌兵，随后，自己和杨坚二人各带领两名前锋营校官，身背弓箭，从无路处翻下山岭，潜入敌军大营。

此刻齐军刚刚用过晚饭，因为大胜，整个营帐中一片欢笑之声。

徐之信走出帅帐，沿途巡查整个军营，篝火边众将士见到他，齐齐起身问好，举杯同祝。

杨坚、高颎等人伏身在长草之中，借着树木的掩护，一寸寸向他接近。

眼瞧着对方已经在弓箭的射程内，杨坚、高颎二人同时开弓，冰寒箭尖同时指向徐之信的要害。

有风过，光影有一瞬间的黯淡，高颎低喝一声"放！"，手指同时一松，两支利箭在夜幕中疾射而出，直奔徐之信。

此时徐之信正在一处篝火边停下，一名士卒看到他霍然站起，大声道："将军……"话刚出口，后心骤然一凉，一支利箭已穿心而过。

徐之信一怔，身子下意识向后一缩，避开第二支利箭，士卒的尸体猝然倒地。

身边副将大惊，立刻大声吼道："刺客，有刺客！"拔剑在手，护在徐之信身侧。

徐之信目光如炬，迅速向利箭来处望去，但见草丛中人影一闪而过，伸手一指，喝道："在那边！"

一声令下，已有两队兵马向高颎、杨坚等人的藏身处包抄而去。

高颎、杨坚眼见一击不中，已经错失良机，恨得连连顿足，却也知不能恋战，二人同出一箭，将两队当先赶来的统领射杀，随即与另二人同时转身，向密林深处逃去。

齐军大营受袭，还是在帅帐之外，徐之信大怒，一手带过马缰，亲自带兵疾追。

耳听着追兵越来越近，高颎、杨坚四人在密林中狂奔，突然间，身后风声乍起，无数箭雨向这里疾射而至。杨坚回头，信手格开几支长箭，却见一支利箭发出劲疾风声，直奔高颎后心。

杨坚无暇他想，纵身向前一扑，大声叫道："高大哥小心！"一把将他撞开，却觉背后一凉，闷哼一声，扑倒在地。

高颎被他一撞扑倒，回身见他伏在草丛中一动不动，顿时惊得三魂七魄丢了一魄，厉声吼道："杨坚！"反手连射三箭，也无暇去顾有没有射中，扑上前背起杨坚，命另二人掩护，转身狂奔。

眼瞧着箭雨越来越密集，四人已经招架无力，但闻山道两侧一声呼喊，箭矢如雨，向徐之信等人迎去，瞬间将齐军箭雨压下。

高颎见是自己伏下的第一路人马，大喜过望，立刻叫道："快走！"

徐之信亲自追赶，他的身后可是数万齐军主力，自己这一方不过数百人，难以应战，只能射出一轮急箭，攻对方一个措手不及，而后立刻上马，纵马飞逃。

齐军被暂时压下，很快发现对方人少，又即刻追来，越追越近，箭雨再次疾射而来。

前锋营十余人殿后，替众人挡开射来的长箭，高颎等人一味向山谷方向狂奔。

眼瞧着距离越来越近，很快就要短兵相接，徐之信冷笑，挥手喝道："抓活的！"他倒想看看，是什么样的人有如此孤勇，胆敢闯他的齐军大营。

就在齐军箭雨一收，高颎、杨坚等人已冲出谷口之时，只听谷口两端有人同时喝道："放！"一瞬间，满天箭雨向齐军袭去。

齐军不防还有第二道接应，猝不及防之下，顿时阵脚大乱。徐之信连声喝命，这才重新整肃，放箭回击。

可是只这一耽搁，谷口两端的箭雨已停，谷外马蹄声疾，已驰出一段路程。

徐之信被三次偷袭，顿时怒火中烧，咬牙喝令穷追不舍，几路分兵，截击退路，渐渐将这一行人马逼向迷踪林。

经过第二次接应，高颎等人已拉开与追兵的距离，听着四周传来的呐喊声，只能向没人的方向疾冲。

前边不远处露出黑压压的一片密林，阴森得难见边际。耳听着身后追兵已越来越近，高颎挥马鞭一指，喝道："进林！"一声令下，整个前锋营的人马纵骑疾驰，不过片刻间，已闯入密林，纵马再驰片刻，终于听不到追兵的呐喊，这才慢慢停下。

高颎见一支利箭正插在杨坚的后心，心头顿时一凉，咬一咬牙，撕开他的衣衫，却见贴身衣衫之外，悬着一枚护心镜。护心镜已被射穿，却阻挡了大半的箭势，虽然长箭入肉，却并没有性命之忧，高颎不由轻轻松一口气，将护心镜抛给他，笑道："你小子当真是命大！"说着着手替他止血，包扎伤口。

杨坚捡起护心镜瞧瞧,想到当初出征时几个弟弟相送的情形,微微一笑。

杨坚包好伤口,此时才有时间抬起头观看四周的地形,一望之下,但见巨木参天,不见天日,地上积满陈年的落叶,一脚踩下去,直埋过膝。

不知为何,杨坚的心中悄悄掠上一抹不祥的预感。

另一方,北国玷厥王子强攻齐军不下,正在僵持,听到周军被困的消息,不禁大吃一惊,失声道:"宇文护可是携大周倾国之兵,怎么如此不济?"

副将脸色微变,急道:"王子,大周一败,齐国援军必然会向我们围攻,再加上晋阳的兵马,我们腹背受敌啊!"

玷厥皱眉,迟疑道:"可是我们与大周结盟,若是就此弃他们而去,岂不是背弃盟约?"

副将摇头道:"王子,难不成我们要给他们陪葬?不如趁齐军全围之势未成,我们疾速撤兵,否则我北国儿郎,怕伤亡惨重!"

玷厥点头,默默看着地图凝思片刻,终于长叹一声,下令道:"撤兵!"

副将得令,立刻奔出帐出,命令传出,北国大营中顿时一片忙碌,一个时辰之后,挥兵北归。

大周大军被困,北国撤兵,前锋营前往救援失败,下落不明。消息传回,满朝皆惊,宇文毓急传杨忠、宇文邕等人进宫,商议对策。

蜀国公尉迟迥闻言,大惊失色,急道:"徐之信是齐国名将,为人果决,下手绝不容情,如今我大军被困,若不及时救援,怕会全军覆没!"

杨忠点头道:"宇文护出兵,带的可是我大周的精锐,若是全军覆没,我大周再也无力一战!"

宇文毓默思片刻,皱眉道:"宇文护带走的,可是我们倾国之兵,如今长安只有数千兵马防守,若是出兵相救,我长安就如空城!"他起身来回踱步,细思片刻,而后向宇文邕问道,"你与齐国交兵不下十几战,依你之见,宇文护还有没有还击之力?或者可以绝地反击,逃出生天?"

宇文邕摇头道:"若是前锋营不失,或者还可以扭转战局,可是如今前锋营自身难保,没有人与宇文护里应外合,怕很难脱困!"

宇文毓向三人各望一眼,心中踌躇,低声道:"可是,我们也不能置长安的安危于不顾,还是再想想吧!"挥手命三人退去。

一连十几日,独孤伽罗见杨忠每日一早匆匆而出,至晚方归,神情一天比一天凝重,追问之下,却得不到任何答案,而边疆再也没有杨坚的来信,心中越来越不安。

那日见杨忠出门,独孤伽罗立刻离府,直奔鲁国公府而去。眼见宇文邕出府,立刻迎上,劈头问道:"阿邕,边疆发生何事?"

宇文邕乍见到她,不禁又惊又喜,不意她问出这句话来,一时语结,迟疑一瞬才道:"并没有发生什么,伽罗,你不要乱想!"

独孤伽罗摇头,定定地看着她,一字一句道:"阿邕,旁人不知道,你该明白,如此遮遮掩掩，只会令我更加担心！"

是啊，眼前女子，纵不能成为他的妻子，可是自幼至长，他们一同长大，这世上，怕没有人比他更了解她！

宇文邕微微抿唇，慢慢向她靠近一步，轻声道："伽罗，你别急，听我慢慢说！"他担忧地看她一眼，斟酌一下用词，这才道："宇文护大军被困，吉凶未卜，杨坚和高大哥率前锋营陷身迷踪林，下落不明！"

虽然早有心理准备，独孤伽罗脑中还是一阵昏沉，身子微微一晃，倒退一步。

宇文邕一惊，抢前一步扶住，连声道："伽罗，你怎么样？你要不要紧？"

独孤伽罗忍住铺天盖地而来的黑暗，轻轻将他的手推开，低声道："我不要紧！"随即慢慢转身，向自己马车走去。

宇文邕见她身子虽然挺得笔直，双腿却渐渐无力，在后唤道："伽罗，我送你回去！"

独孤伽罗摇头，一手扶住车辕，却已经说不出话来，眼前一阵阵黑暗袭来，但觉身子绵软，使不上丝毫气力。

宇文邕眼见她身子慢慢软倒，大吃一惊，一把抱起她，急声道："伽罗，你怎么样？"

而此时，阿史那颂正从前厅里出来，骤然见到府门外宇文邕将独孤伽罗抱在怀里，因着还有一段距离，并未听到他说什么，只见他俯首，竟似向怀中人吻去，不禁大吃一惊，怒喝道："阿邕！"拔步向府门外追去。

此时宇文邕整个心思都在独孤伽罗身上，哪里还留意到身后有人，眼见独孤伽罗脸色苍白，眼神也似乎涣散，心中大急，打横将她抱起，跃身上车，向车夫道："快，送你家夫人回府！"

车夫见独孤伽罗脸色苍白如死，也吓一跳，忙应一声，催赶马车，向随国公府疾驰。

阿史那颂急追出府，眼瞧着宇文邕没有丝毫避忌，竟然抱着独孤伽罗共乘一车离去，又气又怒，连连顿足，咬牙切齿唤道："独——孤——伽——罗！"

独孤伽罗这一下，病势竟然汹汹而来，一连数日高烧不退，昏迷不醒。杨府上下陷入一团混乱。一方，是杨坚生死不明，另一方，是独孤伽罗大病不起。

杨爽想到大哥临行前的嘱咐，更是心急如焚，成日守在伽罗身边，念叨这几日发生的新鲜事，盼着伽罗能够好转。

匆匆又是月余，宇文护大军被困山谷，幸好死守谷口，徐之信几次冲杀，大周虽然损兵折将，却幸好谷口未失。

如此两军对峙，僵持不下，周军粮草越来越少，此时徐之信下书招降，言明只要宇文护投齐，便许以高官厚禄。

宇文护大怒，一把撕毁招降书，咬牙道："这徐之信当真是痴心妄想，竟然想要我宇文护投降！"

李文贵劝道："大冢宰息怒，不要中了徐之信的激将之计！"

宇文护怒气冲冲地来回踱步，片刻之后，终于冷静下来，低声道："虽说我们守住谷口，但徐之信要想将我们围歼，也并不是难事。如今他将我们一困就是月余，难道还有旁的打算？"又想起一事，问道："高颍在哪里？"

李文贵苦笑道："前锋营也同时中伏，被逼逃进了迷踪林，恐怕凶多吉少。我们怕还要等长安的援兵！"

宇文护冷笑道："长安？"

这一次出征，就是宇文毓想尽办法将他调离长安，如今他被困落雁山，长安迟迟不派救兵，显然是想就此将他置于死地，又怎么会派救兵增援？

只是，前锋营身陷绝地，无法自保，北国又已撤兵，他们所能寄望的，也只有长安的援兵了！

宇文护思之再三，立刻命人传书，命党羽向宇文毓施压。

独孤伽罗病愈，已经是两个月之后。杨爽伴她出城，往当初给杨坚送行的山岗上去。看着向远处延伸的道路，眼前，似乎又出现当初大军出征的场面。

杨爽立在伽罗身侧，轻声道："大嫂，大哥会回来吗？"

独孤伽罗点头，坚定地道："会！他一定会回来！"

是啊，他一定会回来！

独孤伽罗手抚高隆的肚腹，心中的信念，没有一瞬的动摇。

他们的孩子还未出世，他还没有看上一眼，他不会就这么离开，他一定会回来！

心中念头微转，最后向大路望去一眼，独孤伽罗终于深深吸一口气，果断地道："走吧！"随后她转身走下山岗，直奔皇宫，面见天王。

从宇文护出兵起，天王一方就加紧对宇文护一党的清查，如今虽说已清查出大半官员，可是为免打草惊蛇，始终隐忍不发。而追查宇文护的罪证，眼看已有眉目，却还没有拿到实据。

此时宇文护大败，周军被困，若是朝廷不出兵救援，宇文护必死在齐军的围困之下，到时大网齐收，就可将宇文护一党一网打尽，从此之后，大周朝廷就会一片清明。

而，这一切，要以大周的十万将士的性命作为代价。

可是若朝廷出兵救援大军，宇文护还朝，必将重新把持朝政，之前所做的努力，就全部白费了，大周朝廷将恢复宇文护只手遮天、一朝独大的局面。

这所有的一切，也正是天王宇文毓心中所想，他见她分析透彻，轻轻点头道："伽罗，如果是你，此事要如何决断？"

第二十八章

求出兵杨忠增援
QUEEN DUGU

独孤伽罗咬牙，高声道："回天王，伽罗以为，宇文护纵然该死，却不能以大周十万将士陪葬！伽罗恳请天王出兵增援，莫使十万将士成为他乡之鬼，令满朝文武与大周百姓寒心啊！"

宇文毓听她字字铿锵，竟然没有一丝迟疑，定定地注视她，隔了好一会儿才轻声道："伽罗，你知不知道，今日朕只要点头，大司马的冤情，你独孤家的血海深仇，就不知几时能报！"

独孤伽罗霍然抬头，大声道："天王，伽罗不敢以一己私仇，置大周十万将士，置天下苍生于不顾，今日若是父亲在生，也必然会求天王出兵！"说着重重磕下头去。

宇文毓动容，摆手道："你先起来吧！"

独孤伽罗不为所动，再次求道："请天王出兵！"

宇文毓轻叹一声，示意内侍安德将她扶起，点头赞道："大司马的女儿，果然深明大义，朕身为天王，又岂能不明白这个道理？"见她眸中露出疑惑，淡笑一声道，"蜀国公已在调集各州郡驻军，你放心吧！"

这一笑，释然中，带着酸苦，不甘中，又带着安然。

一旦出兵，待宇文护还朝，宇文毓便还是那个被他捏在掌心，事事听命于他的天王。可是，也正如独孤伽罗所说，他无法坐视大周十万兵马为宇文护陪葬，也无法面对满朝文武与天下百姓的失望。

十日之后，各州郡兵马调集完毕，尉迟迥请命出征。

宇文毓见他连连咳嗽，似乎身体不适，心中担忧，思量片刻后，决定将率兵出征之事交给杨忠，留他在京安心静养。

杨忠、尉迟迥二人领命，即刻出宫交接兵马。杨忠担忧尉迟迥身子，劝他先回府医治休养。

尉迟迥诡秘一笑，见左右无人，轻声道："此次出兵辛苦，我不过是一时贪懒罢了，倒教杨公见笑。"

杨忠一怔之后，很快明白。如今宇文护被困，高颎、杨坚下落不明，他早已忧心如焚。尉迟迥必然是体会到他的心情，才将此次救援的机会让了给他。

一则，他亲往边疆，可以尽心尽力寻找杨坚等人的下落；二则，他救宇文护脱险，宇文护必然要承他一个人情，日后朝中再见，也会给他留几分余地。

想通此节，杨忠心中大为感动，向尉迟迥深施一礼，谢道："多谢尉迟兄用心！"

尉迟迥含笑回礼，随后二人相携出城点兵。

三日之后，杨忠率兵出征，直奔落雁山，誓要救出大周十万将士，寻回高颎、杨坚等前锋营人马。

独孤伽罗满怀希望，送杨忠出城，心中忧思难弃，不愿回府，径直进宫去探望云婵。

刚刚踏进崇义宫，就见太医兴冲冲地出来，独孤伽罗见他面带喜色，忙上前问道："太医，王后病情可有好转？"

太医连连点头，施礼道："借夫人吉言，王后病情已有好转，太子那里也已开始用药！"

独孤伽罗大喜，抛下太医，直奔云婵寝宫。

云婵看到她来，忍不住喜极而泣，轻声道："姐姐，方才天王已经下旨，只要我身子养好，就可以……可以继续帮助郑姐姐她们开办染坊，还特准我重启命妇会。"

之前独孤伽罗为了使郑祁耶等一些贫民摆脱困境，从中穿针引线，请云婵为她们教导绞缬之术，其后又请徐卓帮忙，开办染坊，打开销路，一时令许多百姓摆脱困境。

后来，宇文毓得知云婵私自出宫，一怒之下，禁止她再外出，染坊也一度荒废。

此次云婵为太子以身试药，终于感动天王。云婵因祸得福，一片真心终于得到天王的认可，大喜之余，对独孤伽罗充满了感激。

重启命妇会，各府夫人应召前来，云婵请独孤伽罗与鲁国公夫人阿史那颂一同协理命妇会。

议过事情，独孤伽罗先送云婵回宫，自己才慢慢向宫门走去。

独孤伽罗刚刚走出御花园，就听身后一声怒喝："独孤伽罗！"阿史那颂怒气冲冲地赶来，横身挡住她的去路，冷笑道，"杨夫人果然是通天妙手，阿史那佩服！"

独孤伽罗一怔，不解地问道："鲁国公夫人何出此言？"

阿史那颂向她踏近一步，咬牙道："独孤伽罗，当初你巧舌如簧，劝我说服弟弟点宇文护出兵，不过是为了借齐军之手公报私仇，对不对？"

独孤伽罗皱眉，摇头道："不，不是！"

阿史那颂扬眉，冷笑一声道："不是？你独孤伽罗只是区区小计，就将宇文护推入绝地，独孤家的仇，也算是报了一半。可是，只因我听信于你，却将我北国推入绝地，损兵折将不说，我弟弟玷厥更是威信扫地，你让我有何颜面再见他，再见北国的百姓？"

独孤伽罗静静听她说完，脸上露出一抹痛苦，低声道："你以为，宇文护战败是我造成的？若果真如此，我岂会让大郎出征？难道，我会故意将自己的夫君送上死路？"

阿史那颂冷笑，咬牙道："不管如何，若不是你，宇文护就不会出征，也就不会有今日的败局。"

独孤伽罗默然片刻，而后低声道："此事是我一手促成不假，只是谋事在人，成事在天。如今战败之局已成，你要怪我，我也无话可说！"说完福身向她一礼，淡淡道，"夫人有孕在身，还请保重，伽罗告辞！"随即转身向阶下走去。

阿史那颂满心愤激无从发泄，见她说走就走，更加怒发如狂，大声喝道："独孤伽罗，你一句无话可说就完了？你要我如何向弟弟、向北国交代！"说着紧赶几步想要去抓她，不防脚下一空，"啊"的一声惊呼，向前扑去。

顺阳公主宇文珠本来跟在二人身后出宫，见二人起了争执，就避让一旁，此时见她突然失足，不禁大惊失色，尖声叫道："四嫂，小心！"

独孤伽罗见阿史那颂蛮不讲理，本不想再说，此时听到惊呼，回头见阿史那颂身子不稳向下扑来，也是大惊失色，忙伸手去拉，却终究晚了一步，但见阿史那颂已扑倒在地，顺着台阶滚了下去。

宇文珠吓得魂飞天外，尖声叫道："四嫂！四嫂！"飞奔下台阶将她抱住，连声问道，"四嫂，你怎么样？"

独孤伽罗也是吓得心惊肉跳，连声道："快，快请太医！"她快步向石阶下走去，问道，"你怎么样？"

阿史那颂只觉腹痛如绞，抬手向独孤伽罗一指，厉声喝道："独孤伽罗，你好毒的心肠，你为何推我？"话落，在宇文珠耳边低声道，"帮我！"

宇文珠一怔，还没有说话，但见她裙摆下流出一摊血来，顿时吓得慌了手脚，连声喊："流血了！流血了！四嫂……四嫂，快……快传太医……"

呼喊声惊动近处的宫人，一时脚步纷杂，众人齐齐向这里赶来，七手八脚抬起阿史那颂，向太医府奔去。

日落时分，终于有消息传来，阿史那颂滑胎，而且日后再不能有孕。

独孤伽罗听后，震惊莫名，却又无可奈何。

晋国公府，宇文会一连接到边疆的十几封传书，早已经急得团团乱转、六神无主。等到听说援军由杨忠带领，他更是惊得面如土色，哆嗦着嘴唇道："为了一个独孤伽罗，杨家和我们势同水火，杨忠出兵，他若是落井下石，那父亲岂不是更回不来？"

赵越也是心里暗惊，心里念头电闪，劝道："公子，为今之计，我们只能做最坏的打算，大冢宰能够回来最好，若是不能，我们总要想法子自保，多积钱财傍身啊！"

如果宇文护回不来，这晋国公府很快就会一败涂地，这里的人也会马上作鸟兽散，他赵越总要为自己留条后路。

宇文会哪知道他的心思，闻言连忙点头道："对对！你速速命人多铸钱币，尽快兑成金银财宝给我送来！"

哪有这么快？

赵越默默扶额，只能耐着性子劝道："公子，这铸钱要有大量的赤铜，开采铜矿、提炼赤铜，都要大量的时间！"

宇文会急得上蹿下跳，连连跺脚，连声道："怎么这么麻烦，我等不了！我真的等不了！"转身看到案上的摆设，眼前一亮，拍手道，"我知道了！我们马上从市面上收集纯铜的摆设，打破作为铜材，再铸成钱币！"他越说越兴奋，大声道，"就这么定了！"

赵越听得心里发堵，嘴里发苦，苦笑道："公子，且不说这法子太过粗糙，纵然能行，近日司金府的尉迟宽也盯上我们，如此大的动作，怕会落下把柄！"

宇文会瞪眼，傲然道："那就遇神杀神，遇佛杀佛，我们晋国公府怕谁？"

人家怕的是大冢宰，又不是你！

赵越无语，默想一瞬，上前献策道："这尉迟宽为人刚正，不好收买，他父亲尉迟迥又是沙场老将，不好得罪，我们只能智取！"随即凑首在他耳畔低语。

宇文会听得连连点头道："就这么办！"

司金府内，尉迟宽正气得全身哆嗦。

这些日子以来，他全力追查，已经抓到宇文会不少贪赃枉法的罪证，可是哪知道，一夜之间，全部不知去向。

正在此时，就听晋国公府的人前来下帖相请。

尉迟宽不知其故，有心一探虚实，就随后前往。哪知道话不曾说几句，宇文会就命赵越送上一纸契约，皮笑肉不笑地道："尉迟兄，你我一见如故，日后一同发财！"

尉迟宽接过一瞧，对方竟然要拉他入伙，一同做那伤天害理的勾当，不禁勃然大怒，将契约一掷，向宇文会指道："宇文会，你们结党营私，私铸劣币，贪赃枉法，如今又想贿赂本官，当真没有王法吗？"

宇文会哈哈大笑，大声道："王法？我晋国公府就是王法！"他向两边招手，悠悠道，"我们请尉迟大人过府饮宴，总要一尽地主之谊，尉迟大人没有喝好，可是我们没有尽到待客之道啊！"

两侧的人立刻上前一步，冷笑道："还请尉迟大人多喝几杯！"

尉迟宽大惊，转身就要离开，却已被二人一左一右擒住，拎起酒壶给他灌了下去。

尉迟宽连连挣扎，可是又哪里挣扎得开，不过一会儿，就被灌得烂醉如泥。

宇文会冷笑连连，命人替他在契约书上按下指印，随后将他扔回蜀国公府。

尉迟宽酒醒，看到手指上的朱丹，心知受了宇文会的算计，只是尉迟迥向来严厉，他不敢让父亲知晓，只得向大司空高宾求助。

高宾思索之后，建议他查明宇文会罪证，上承天王，以示清白，并增派人手相助。

尉迟宽恨极宇文会的跋扈，立誓定要追查到底。

长安城中，在众人焦急的等待中，杨忠所率援军经过十几日不眠不休的行军，终于赶到落雁山山脚。杨忠命令众将士原地休整，急命哨探前去打探消息。

半个时辰之后，哨探赶回，向杨忠禀道："将军，三十里外发现齐军阵营，大冢宰所率的大军被困山谷，从谷中的烟火来看，似乎已经断粮。"

虽然早知大军情况不妙,杨忠还是忍不住皱了皱眉,接着问道:"前锋营呢?可有消息?"

哨探为难道:"回将军,迷踪林外已无敌军踪迹,可是我们用尽法子向内通传消息,始终无人回应,恐怕……恐怕凶多吉少!"

杨忠听到最后一句,只觉眼前一黑,几乎一头栽倒,勉强用长枪拄地,让自己保持清醒,咬牙道:"他们都是我大周的精锐之师,忠魂不远,我等必为他们报仇!"

闻言,众军同悲,齐声道:"必报此仇!"

"必报此仇!"

……

几位将军当即单膝跪倒,请命道:"请将军下令,击杀齐军,救我大军脱困!"

"好!"杨忠点头,就地铺开行军布阵图,唤过哨探,指点宇文护被困的山谷,向众将道,"这山谷呈葫芦状,四周是坚崖峭壁,只有一处山口可通。大军被围困数月,还能支撑至今,他们必然是死守谷口,据敌谷外!"说过当前形势,又指着谷外的山岗分析齐军布置,向两位副将道,"一会儿你从这里诱敌,我从正面冲杀,余下的人去接应大军出谷!"

众将闻命,齐声应命,随即纷纷上马,疾驰而去。

山谷里,大周兵马早已没有了原来的一点威势,靠坐在树下,强忍着饥饿,闭目休息。

李文贵跟着宇文护从崖洞里出来,看到眼前情形,不禁缩缩脖子,低声道:"大冢宰,我们断粮已有七日,若是援军再不到,不用齐军进攻,我们自己就先饿死了。倒不如……不如……"

宇文护见他吞吞吐吐,扬眉问道:"不如什么?"

李文贵瞧瞧他的脸色,试探道:"大冢宰,有道是,留得青山在,不怕没柴烧,如果我们假意投降,日后再图东山再起……"

宇文护大怒,不等他说完,反手给他一记响亮的耳光,指着他喝道:"你当我宇文护是什么人?若我贪生怕死,投降齐军,还有何面目回我大周?再有人乱我军心,定斩不赦!"

李文贵被他吓到,再不敢说,只能唯唯应是。

杨素正将一只烤好的兔子送来,听到二人对话,不禁心头微动,望向宇文护的目光多了些敬佩,上前一步道:"不错,大冢宰,我们定当死战到底,决不能投降敌军!"他将手中的兔子送上,继续道,"大冢宰,这是属下刚刚打到的兔子,大冢宰吃饱了,才能带我们冲出去!"

宇文护听他几句话说得掷地有声,不禁连连点头,打量他几眼,见他虽然也军服破碎,可是仍然腰身笔挺,神采奕奕,与满山谷的疲兵形成鲜明的对比,不禁连连点头,说道:"生为男儿,当如是!"

宇文护接过他手中的兔子,刚刚张嘴,就听不远处惊呼声伴着惨叫声,跟着一阵大乱。

宇文护大吃一惊，抬头望去，但见一个个火球正从两侧山崖上滚落，沿途烧焦无数草木，径直冲入谷底。

众将士见状大惊，纷纷跃起，向四周闪避。可是火球不断砸下来，整个山谷很快陷入一片火海，惨叫声、呼号声不断，又哪里还有避处？

李文贵惊得手足冰凉，颤声道："徐之信没有了耐性，要将我们赶尽杀绝了！"

杨素立刻道："大冢宰，谷里岩石多过草木，我保护大冢宰冲过去！"说着话，长剑出鞘，一剑挑开滚来的火球，大声招呼近处的护卫，拉着宇文护就向谷里闯去。

听到他镇定的呼声，王鹤等人也很快冷静，几面盾牌排开，护着宇文护向谷里冲去。

只是，谷里虽然不易起火，可是地势迎风，浓烟滚滚而来，迅速将所有的人席卷。

宇文护连连咳嗽，眼望着满山谷的大火，耳听着自己将士的呼哭哀号，一颗心一寸寸地沉了下去，仰头望天，喃喃道："这是天要亡我啊！"

杨素突然"咦"了一声，侧耳倾听，脸上神情从惊诧到凝重，再从凝重变为狂喜，大声道："大冢宰，谷外有我们的战鼓声，应该是援兵到了！"

宇文护一怔，也凝神侧耳听去，果然听到谷外隐隐传来周国的战鼓，伴着喊杀声阵阵。

李文贵也已经听到，大喜道："大冢宰，我们杀出去吧！"

宇文护疑道："徐之信只想将我活捉，今日突然火攻，谷外又响起我军的战鼓，恐怕有诈！"

杨素急道："大冢宰，如今困在谷中只能等死，冲杀出去，或者还有一线生机！"

这一刻，宇文护也是心思电闪，心知杨素所言是实，终于点头道："好，我们冲出去！"

杨素大喜，振臂高呼，大声道："兄弟们，援军已到，我们随大冢宰冲啊！"

王鹤等人也跟着齐呼："援军已到，冲啊！"

山谷中众将士正惊慌失措，像无头苍蝇一样乱冲乱撞，心里全是绝望，此刻听到呼声，都是一阵振奋，跟着放声高呼，于浓烟中分辨出出谷的方向，拥着宇文护向谷外冲去。

谷口外，徐之信眼看着周军杀出，不禁扬声笑起，喝道："来啊，我们去迎一迎降军！"一声令下，亲卫队齐声高呼，拥着他向谷口杀去。

宇文护一见大惊失色，跌足叫道："中计了，退！快退！"

只是谷口本来就小，此刻谷内大火熊熊，所有的周军都向谷口拥来，希望能够逃生，又哪里肯再退回去，上万兵马挤在小小的谷口，顿时乱成一团。

就在徐之信得意忘形，挥兵杀到之际，只听两侧战鼓声再起，一个洪亮、高昂的声音传来："杨忠在此，儿郎们，杀啊！"

两侧将士高呼："杀啊！杀啊！"众人齐声大吼，群山轰鸣，仿佛有千军万马压敌而来。

宇文护身后的将士本已饥寒交迫，疲惫不堪，更是一团混乱，此刻听到"杨忠"二字，顿时有杨忠的旧部振奋而起，大声叫道："是杨将军！杨将军来救我们了！兄弟们，杀啊！"说着手挥兵刃，当先抢上前迎敌。

宇文护又惊又疑，低声问道："杨忠？"

因为独孤信一案，他与杨家早已结成死敌，此时大周援兵赶来，带兵的人竟然是杨忠？

似乎是在回应他的疑问，只听杨忠又扬声喝道："徐之信小儿，拿命来！"

随着呼声，但见山岗上一匹战马纵跃而上，马上一员老将手握长枪，枪身如龙，骄耀灵动，枪尖闪闪，点、扎、戳、拿，竟然无一招落空，势如破竹，向这里疾冲而来。

杨忠旧部看见，顿时精神振奋，高举手中兵刃，扬声大呼："杨将军来了，杀啊！"

"杀啊！"其余将士受到感染，也跟着扬声大呼，纷纷举起兵刃，拼力向外疾冲。

徐之信本来是擂鼓诱敌，设计活捉宇文护，哪里知道，大周援军竟在此时赶到，惊怒之下，手中长戟一拎，纵马向杨忠杀去。

杨忠见他杀到，长笑一声，纵马迎上，枪挑直线，径刺他的咽喉。徐之信大怒，仰身闪过，长戟疾挥向他颈侧劈去。

杨忠纵马避开，长枪回挑，直奔他的心窝。徐之信长戟横截，将他长枪封在外门，跟着反手，向他拦腰直击。

二人这一交上手，竟然招招直奔要害，立心要将对方毙于马下。

而这一刻，大周两路兵马合一，一部分铠甲鲜明，一部分破衣烂衫，可是不管是哪一方，都是招招奋勇，拼死力战。

大军在谷中被围困数月，此刻早憋着一肚子怒气，下手更是招招狠辣，片刻间，就见山坡上已血流成河，齐军死伤无数。

徐之信见周军如猛虎出山，而杨忠一杆长枪更是如游龙在野，越战越心惊，略一闪神，只觉左肩一阵锐疼，已被杨忠一枪洞穿，挑于马下。

徐之信大惊，手中长戟疾挥，挡开身侧两人劈下的长刀，跟着一跃而起，奋力向杨忠挥去一戟，竟然是两败俱伤的打法。

第二十九章

返长安喜得千金
Q<small>UEEN</small> D<small>UGU</small>

　　杨忠不先毙敌，先求自保，撤枪回马闪避。
　　哪知徐之信这一招是以进为退，一招逼退杨忠后，他返身向后疾跃，大声叫道："撤！快撤！"扬声喝令，拼死冲上山坡，带领部属疾退。
　　杨忠所携骑兵虽然悍勇，可是终究人少，见齐军溃退，并不敢强阻，呐喊厮杀一阵，也就见好收兵。
　　眼看着一场大战随着徐之信的受伤，很快就已结束，宇文护虽然与杨忠不和，此时心中也不得不佩服。眼看齐军退尽，再无危险，他挥手摆脱扶着他奔逃出谷的杨素，昂首向杨忠迎去，拱手道："随国公不愧是沙场名将，佩服！佩服！"
　　杨忠见到他，心中恨得牙痒痒，却只能客气拱手，说道："杨忠来迟，请大冢宰不要见怪！"目光向他身后的残兵望去，心中不禁一阵哀痛。
　　这里，可是有他杨忠亲手挑选、训练的精锐之师，只因眼前此人之错，几乎让他们全军覆没。更何况，还有前锋营……
　　想到高颎，想到杨坚，他心口顿时一疼，几乎难以呼吸，却也只能传令整军，三日后启程，回返长安。
　　在离此处不过十里的迷踪林里，高颎、杨坚与所剩不多的前锋营将士散靠在树上休息。三个月来，他们只能以树根、草根为生，原来刚劲有力的筋骨，早已熬得形销骨立，相互之间，竟连说话的气力也失去了。
　　杨坚整个人昏昏沉沉的，感觉自己的身体轻了许多，飘飘荡荡的，似乎要从上空离开这片可怕的密林。
　　突然间，耳边一个熟悉的声音大喊："大郎！你醒醒，大郎！"
　　杨坚一惊，只觉整个身子顿沉，人已霍然而醒，茫然四顾，喃喃唤道："伽罗，你在哪里？"

可是密林之中，哪有独孤伽罗的身影，只有团团黑色的瘴气正弥漫而来。

杨坚悚然坐起，抬手压一压胸口。那里，有伽罗手书的行军手札，有她说自己怀有身孕的书信，她在等他，他不能死！

杨坚狠狠在唇上一咬，让自己提起些精神，奋力向高颎爬去，连声唤道："高大哥，你醒醒！你快醒醒！"转头见黑气越来越近，咬一咬牙，扑上前抓起行囊，迅速翻出一束草点燃，大声吼道，"前锋营的将士们，起来！快起来！"他挥舞手中的火把，在兄弟们面前晃。

沉睡的人被他唤醒，一个一个爬起来，看到黑气升起，纷纷跃起，点燃火把，护在自己身前。

苍术草的烟雾很快将黑色的瘴气冲散，杨坚轻轻吁一口气，一把拉起高颎，回头向大家望去，沉声道："兄弟们，我知道你们很累，我也很累，可是，我们不能死在这里，我们一定要走出去！我们的父母、我们的家人在等着我们！"

是啊，他们还有家人在等他们回去！

众将士闻言，默默点头，慢慢背起行囊，跟着他深一脚浅一脚地继续前行。

这三个月来，他们穿过毒气弥漫的烟瘴，踏过巨蛇横行的蟒林，不断与食血异鸟争斗，兄弟们一个又一个倒下，这些人却凭着一股刚勇和毅力，凭借林中极少可食用的野草，穿林而过。

当抬头望见高蓝的天空、飘荡的流云，听到山间清脆的鸟鸣和细微的风声，所有的人都一时静默，不敢相信这一切竟是真的。

杨坚扶着步履艰难的高颎，目光热切地望着眼前的一切，突然举起手中长剑，扬声叫道："兄弟们，我们出来了！出来了！"

他们出来了！

这一瞬间，所有的将士回过神来，齐声欢呼，抱住身边的兄弟，顿时哭出声来。

是啊，他们出来了！

历经数月的磨难、数不尽的艰险，他们终于活着出来了！

高颎激动地看着众人，等到大伙儿稍稍平静，才大声道："兄弟们，我们稍做歇息，今日天黑之前赶出山去，等打探到大军的消息，再定行止！"

"好！"众人齐应，相互扶持，觅路出山。

哪知道还没走出多远，就听马蹄声疾响，一队人马向众人驰来，穿的是大周府兵的服饰。

高颎大喜迎上，大声道："前边是哪一府的人马，前锋营在此！"

哪知他话声一落，就听空气中破空声疾响，几支长箭疾射而来，已有几名兄弟倒地。

杨坚大惊，立刻挥剑上前迎敌，喝道："我们是大周前锋营，你们是何人？"

众杀手不应他的话，冲到近前，兵刃齐出，立时又有两名前锋营兄弟倒下，使的竟然都是杀招。

杨坚惊怒交加，再不多问，手中长剑疾挺，向当先一人迎去。

前锋营众兄弟一见，也是放声齐呼，各自上前迎敌。

只是他们经过数月磨难，早已经无力冲杀，不过数招，就被杀手毙于刀下。

杨坚整个人本来也早已困乏不堪，见此情形，心中又惊又怒，突然疾冲而上，手中长剑疾舞，挡开袭向自己的兵刃，另一手信手在地上一抓，挥手疾扬，石子夹着风声，向杀手疾射而出。

众杀手见来势凶猛，挥兵刃要格，可是那石子离地极近，竟然直袭马腿。

马腿被石子击中，顿时一片嘶鸣声响起，人立而起，众杀手猝不及防，顿时摔落马下，还不等起身，就见人影晃动，高颎、杨坚二人已疾扑而前，一招一个，都是连毙两人。

众杀手大惊，跃起厮杀，只是此时高颎、杨坚二人早已杀红了眼，刀剑砍在身上，似乎已经不知道疼痛，招招都是同归于尽的招式。

众杀手见状，不禁胆寒，想要奔逃，偏偏被二人缠住，如此一来，更是招式错乱，不过半个时辰，竟被二人全部毙于刀下。

杀掉最后一人，杨坚拄剑而立，累得呼呼直喘，抬头望去，但见共经患难的前锋营兄弟，没有死在迷踪林里，此刻却已经被杀得一个不剩。

杨坚心中悲愤莫名，咬牙道："他们是什么人？"一脚踢翻一具尸体，检查他身上的号牌，号牌却早已被撕去。

高颎手足冰凉，喃喃道："是大周的府兵，究竟是谁，要置我们于死地？"

杨坚咬牙，冷笑道："还能是谁？"

高颎一惊，抬头凝视他片刻，而后咬牙道："杨坚！走，我们走！"带过两匹战马，与他一同翻身而上，觅路疾赶向长安。

独孤善得知钟非是受赵越蛊毒所制，立刻传书徐卓，请百草谷方求大师出山相助。

方求大师精心医治，解去钟非身上的蛊毒，钟非感激之余，对独孤善的身份却开始怀疑。他设计试探，得知独孤善真实意图，想到宇文护的阴狠毒辣，决定倒戈一击。几人一同悄悄潜回长安，与徐卓共谋。

徐卓假扮私贩铜材的商人，由钟非引荐给宇文会。宇文会正急着敛财，被徐卓三言两语一说，深信不疑，立刻订立盟约。

暗中监视的尉迟宽查到宇文会与人交易，立意要当场人赃俱获，带人一路尾随，直到歧州的铸造工坊，就在徐卓与宇文会交易时，带人杀出。

哪知这本是徐卓等人一计，此时宇文邕也依计赶到，将所有人包围，因司金府中官吏大多被宇文会收买，不容尉迟宽分说，一起带回长安。

经过一年多的追查，终于生擒宇文会，拿到宇文护私铸劣币的罪证，宇文邕大大舒一口气，向独孤善抱拳道："杨将军已经回师，宇文护不日回到长安，如今我们拿到他的罪证，他大败之后，威信尽失，必将一败涂地，恭喜大哥大仇得报，可以回京兄妹团聚了！"

独孤善却心中不稳，轻轻摇头道："宇文护不死，我心中终究不安，现在，还不是回长安的时候！"

所谓百足之虫，死而不僵，如今虽然宇文护新败，又拿到他的罪证，但是能不能定他的死罪，还很难说。只要宇文护不死，以他的手段，怕还有反击之力。只要他不回去，敌明我暗，宇文护再有什么动作，还好再思对策；如果他回去，宇文护有所防备，难免受他所害。

宇文邕身在朝堂，自然深知宇文护的奸诈，见他意坚，也不勉强，只是叹道："算来，伽罗也快临盆了，你们兄妹许久不见，她常常念起你！"

独孤善想到那个自幼疼爱的妹妹，心中微疼，一时默然。

一夜北风怒号，黎明时分，大雪骤降，纷纷扬扬整整一日。到黄昏时分，狂风袭来，漫天的大雪变得更加狂猛，一时间，店铺关锁，行人绝迹。

而在随国公府后宅，却灯火通明，独孤伽罗的院子里，丫鬟、婆子匆匆忙忙奔进奔出，一盆盆热腾腾的清水端进去，很快便有一盆盆血水端出来。

屋子的窗缝都被棉絮密密塞住，不漏一丝空隙，而独孤伽罗一声声清晰的痛喊声，还是传了出来。

杨爽顶着大雪，在院子里急得来回乱转，嘴里念念有词，却听不到说什么。

宇文珠裹着裘毛大氅立在廊下，见他身上落满雪花，忍不住叫道："阿爽，你到廊下来避避，做什么站在雪里？"

杨爽急道："大嫂的孩子怎么还没有生出来？"

这样的情形，可是已经整整维持了一天。

尉迟容立在宇文珠身侧，耳听着独孤伽罗的声声惨呼，望向屋子的眼神晦暗不明，嘴角却勾出浅浅冷意。

狂风怒卷，猛烈地摔打窗棂。屋子里独孤伽罗发出一声嘶喊，突然间没有了声音。

杨爽吓了一跳，焦躁的脚步停下，不解地看看屋门，再回头去瞧宇文珠和尉迟容，实不知发生了什么。

还不等他问，只听"砰"的一声，房门被冲开，歆兰脚步踉跄地冲出来，一把抓住杨爽，带着哭音叫道："公子……公子……夫人难产，稳婆问保大保小？"

杨爽一怔，一时不明白她在说什么，瞪眼道："什么……什么难产……"跟着回过神来，顿时脸色惨白，一时手足无措，转头去瞧宇文珠和尉迟容。

宇文珠也被惊到，结结巴巴道："什……什么保大保小，当然是大小都要！"

杨爽也忙道："是啊，大小都要！"

歆兰跺脚，急道："稳婆说，只能保一个！"

"那就保大嫂！"杨爽脱口而出。

尉迟容眸中闪过一抹幸灾乐祸，却很快掩去，淡淡道："大哥已经不在了，若孩子有个好歹，岂不是让大哥绝后？"

歆兰急得要哭出来，连声道："到底保谁？"

而此刻，杨坚生死不明，杨忠出征未回，这天大的事情，满府竟然没有一个做主的人。

正在此时，只听院门"砰"的一声，一个衣衫褴褛、形容枯槁的人影疾冲而入，直奔正房房门。

歆兰吓一跳，急忙张手拦住，大声道："喂，你是何人，做什么的？"

那人一把抓住歆兰，急声连问："伽罗呢？她怎么样？"

他一说话，杨爽、宇文珠立刻惊呼出声："大哥！"

眼前此人，竟然是出征大半年，生死未卜的杨坚！

杨爽大喜之下，连声道："大哥，大嫂在生孩子，稳婆说难产，问保大保小！"

杨坚脑中轰的一声，身子晃了晃，勉强站稳，冲上前就要撞开房门。

歆兰急忙将他抓住，连声道："大公子，产房不祥，当防血光之灾啊！"

杨坚一僵，踉跄着上前几步扑在门上，向内大喊："伽罗！伽罗！我是大郎！你的大郎回来了！"嘶哑的声音，带着难以抑制的颤抖，他以头抵门，轻轻辗转，喃喃道，"伽罗，大郎回来了，你答应我一声！答应我一声啊！"

历经生死，他终于回来了，却不料她走在生死边缘，难道，他们夫妻竟然如此缘浅，定要以这种方式诀别？

屋子里，独孤伽罗气力早已耗尽，迷蒙中，似乎听到有人声声呼唤，却又听不真切。而她心底似乎知道，那个人对她至关重要。她努力集中意识，去分辨那一声声的呼唤，终于抓摸到一丝熟悉，苍白的唇微张，低声唤道："大郎……"

那个声音，竟然似是她心心念念的丈夫，他在呼唤她，他在叫她的名字。那么，他是死了吗？他的魂魄来牵引她一起离开？还是，这依然是她迷乱时的错觉，她的大郎，已不知身在何处？

屋子里传来稳婆急切的声音："夫人！夫人醒醒，大公子回来了！"

杨坚听到伽罗微弱的呼唤，顿时精神一振，抬手在门上连拍，大声叫道："伽罗，是我！我是大郎！我没有死！你醒醒，你来看看啊，你的大郎活着回来了！"

意识渐渐聚拢，这几句话清晰地传入耳中，独孤伽罗茫然半张的眸子，顿时焕发出一抹神采，喃喃道："大郎……大郎还活着……"

"是啊，夫人，大公子还活着，他就在门外！"稳婆连忙接口。

房门外，杨坚听到，连忙道："是啊，伽罗，我还活着！你的大郎还活着！你要撑住啊！我们说好要江山同游，我们说好要白头到老，你不能言而无信，不能抛下我不管！还有我们的孩子，我还不曾见过他！"

"大郎，真的是大郎！"屋子里，独孤伽罗所有的意识终于回笼，不禁喜极而泣，哑声道，"大郎！大郎没死！没死！"

稳婆点头，急道："是，夫人，大公子活着回来了，他在等你！等你和孩子！"

独孤伽罗点头，正想再说什么，一阵疼痛袭来，迅速席卷全身，不由"啊"的一声嘶喊，全身的气力凝聚向疼痛的源头，拼力而出。

门外，杨坚听到伽罗一声大叫后，瞬间没有了声音，不由心胆俱裂，嘶声吼道："伽罗！"再也顾不上什么产房不祥，撞开房门疾闯而入。

他刚刚进去，就听一声响亮的儿啼划破夜空，不禁一呆，一时不知发生了何事。

很快，里间稳婆抱着婴儿出来，满脸是笑，却眼中带泪，含笑道："恭喜大公子，喜得千金，母女平安！"

母女平安！

杨坚一颗心顿时一松，整个人如脱力一般靠在门上，深吸一口气，才又站稳，颤抖着双手，接过她怀中的婴儿，只见软软小小、粉粉的一团，此时已停止了哭泣，小拳头紧握，向他怀里歪了歪脑袋。

杨坚怔怔而视，不禁落下泪来，慢慢向房里走去，在独孤伽罗床边跪倒，哑声道："伽罗，我们有女儿了！你看看，我们有女儿了！"

独孤伽罗无力地睁眼，目光眷恋地在女儿身上略停，最后落在杨坚的脸上，抬手在他脸上轻抚，手指被他脸上杂乱的胡子扎到，终于抓到一些真实，落泪道："是你，真的是你！你瘦了，也黑了……"

还有那满身的血迹和破碎的衣服，让她知道，他是如何九死一生，才能站在她的面前。

"是我！"杨坚点头，握住她的手放在自己脸上轻轻摩擦，轻声道，"伽罗，我回来了。日后我们一家人，再不分开！"

是啊，一家人，再不分开！

有她！有他！还有他们的孩子！

院子里，听到稳婆的话，杨爽愣怔一会儿，随即"哇"的一声大叫出来，开心得手舞足蹈，叫道："大嫂生了个女儿，我有侄女了！我有侄女了！"转身就向门外冲去，大声道，"我去告诉二哥、三哥！"兴奋之下，一头撞在一个人身上，却顾不上去瞧是谁，只是大叫一声"我有侄女了！"就跑得无影无踪。

看着眼前的一切，尉迟容嘴角的笑容僵住，袖子里的双手却不自觉地握紧，心中的恨意像野草一样滋长蔓延。

独孤伽罗，你为什么不死？

她愤然转身，越过院门口呆立的人影，也出门而去。

宇文珠看看正房的门，又看看尉迟容的背影，微微撇唇，低声道："不过是个女儿罢了！"转身向外走，看到门口已经石化的人影，脚步一停，奇道，"四哥，你怎么在这里，几时来的？"

宇文邕怔怔地站在风雪中，整个人似已无知无觉，耳边都是刚才杨坚的喊声。

是啊，他们要江山同游，他们要白头到老！这一切，与他无关！伽罗，也与他无关！

第三十章

速收网奸佞装病
QUEEN DUGU

杨坚、高颎二人虽在宇文护之后脱困，但是二人一路纵马疾驰，都是抄的山间小路，早已赶在杨忠的大军之前。直到他回家三日之后，杨忠和宇文护的大军才回返长安。

驻兵城外，杨忠无暇回府，与宇文护直奔皇宫向天王缴旨。

大德殿上，天王高坐，众臣齐集。听着内侍的声音一声声传报出去，都不禁回头望向殿门。

此一役，朝中一手遮天的宇文护以倾国兵力落一个惨败，而杨忠却只用八千人马击退齐军，力挽狂澜，救大军于危难。如今回朝，这朝堂之上，又不知会是怎样的一番局面。

大殿门外，脚步声响起，铠甲鲜明的杨忠与衣衫褴褛的宇文护并肩而入。杨忠龙行虎步，在御阶下跪倒，大声道："臣杨忠回朝缴旨，幸不辱命！"

宇文护却抢前几步，扑跪在地，放声痛哭，大声道："天王，老臣有罪，愧见天王啊！"

满朝君臣没料到他如此作为，都吓了一跳，宇文毓定一定神，先命杨忠平身，才道："大冢宰，起来说话！"

宇文护连连磕头，哭道："臣有负天王厚望，有负太祖所托，只求天王开恩，容臣戴罪立功，再伐齐国！"

还要再打？

殿上君臣都不禁脸色微变，面面相觑。

宇文毓见他不起，也不相强，向他默视片刻，而后点头道："是啊，大冢宰此次出征，我大周伤亡惨重！大冢宰对不住的，不是朕和太祖，而是我大周万千将士、举国百姓！"

宇文护本来想以退为进，等他说句恕罪的话，就将此事揭过，哪知道他竟然说出这些话来，不禁一怔，抬头向他望去，不解道："天王此话何意？"目光中已带出些恼意。

宇文毓不闪不避，垂目与他对望，定定道："大冢宰此次出兵，置我万千将士于险地，几乎全军覆没。我大周受此重创，又哪里还有余力伐齐？大冢宰请求出兵，难不成为了你一人功绩，置我大周江山于不顾？"

宇文护不料在他面前一向唯唯诺诺的天王会说出这样的话来，不禁脸色微变，戏已经演不下去，挺身而起，大声道："胜败乃兵家常事，自古以来，又有哪一员大将是没有吃过败绩的？天王以一时成败，要定臣之罪，臣不服！"只这一瞬之间，跋扈之气毕现，哪里还有一丝请罪的样子？

天王慢慢站起，解开王袍玉带，挥去长袍，露出里边的一身白衣，慢慢向阶下来，脸色沉痛，一字一句地道："大周十万将士，大好男儿，为护我大周，保我家园，随你出征，九死一生，你却为了一己之私，贪功冒进，置他们于死地，岂是如今一句'胜败乃兵家常事'就可推卸责任的？今日大军返京，有多少男儿埋骨沙场，多少将士无缘返乡，如今他们英魂不远，我身为天王，必要为他们讨一个公道！"

说话间，人已停在宇文护面前，昂然而立。

满朝文武听他字字如锋，句句铿锵，朗朗而言，都不禁耸然动容。宇文邕、高宾等人互视一眼，也都解去外袍，露出内里白衣，一齐拱手，大声道："各位将士英魂不远，必要还他们一个公道！"

杨忠立在殿中，见此情形，想到那山谷里的大火、满山谷残破的尸体，一时心中激荡，也慢慢解盔卸甲，挥去外袍，露出里边沾满汗水的月白中衣，朗声道："请天王还各位将士一个公道，使英魂无憾！"

"使英魂无憾！"

大殿上，众臣轰应，声震穹宇。黄惠之流见此声势，不禁脸色微变，互视几眼，不禁悄悄后退，却也跟着脱去外袍。

宇文护被他声势震住，忍不住退后一步，很快稳定心神，大声道："天王，臣出兵失利，自知罪不可恕，可是臣一片丹心，为国为民，并没有私心！"

"没有私心！"宇文毓冷笑，伸手向他怒指，喝道，"若果然是你无德无能，倒也罢了，只是在前方战士浴血苦战之时，你宇文护一党却大肆贪赃，牟取私利，敲骨吸髓，置我大周于不顾，置我百姓于不顾，如此国贼，今日不除，朕枉为天王，愧对大周列祖列宗！"

此话出口，黄惠等人早已色变。宇文护十分震惊，被他逼得步步后退，突然咬牙，大声道："天王，欲加之罪，何患无辞？对齐一战，臣有愧于将士，有愧于朝廷，可是天王要污蔑微臣，臣心中不服！"

宇文毓见到了此时他还嘴硬，向他怒视片刻，突然仰头哈哈大笑，随即厉声道："既然如此，那就请满朝文武、满天英魂做一个见证！跟我来！"说完，大步向大殿外走去。

高宾等人一见，都齐齐跟在天王身后。杨忠深望宇文护一眼，也转身大步而出。宇文邕上前一步，向宇文护伸手，说道："大冢宰，请！"

宇文护虽不知道他们君臣准备了什么，可是当前情形已不容他说一个不字，只好咬一咬牙，跟着转身向殿外而去。

大德殿外的广场上，不知几时已跪满了人，一个个面如死灰。杨整率领禁军看守，见到殿上众人出来，齐齐躬身，大声道："参见天王！"

宇文会被囚多日，此时被押在这里，早已六神无主，此时听到声音抬头，一眼看到宇文护，顿时狂喜，跪前两步，大声叫道："父亲救我！"

宇文护循声望去，只这一眼，顿时如遭雷劈，呆立当场。

下跪这些人，大多是他培植多年的亲信，各州各郡的官吏、党羽，有所勾引的贪商巨贾，而此时，竟然被全部绑在这里，自然是暗中所做的那些勾当被发现了。

尉迟迥跟在杨忠身后，一眼看到儿子尉迟宽也在其中，不禁心头大震，低呼一声，竟不知该如何是好。

高宾上前一步，握住他手腕，侧头给他一个安心的笑容。

尉迟迥虽不明白就里，可是眼前情形又不容他多问，只能耐下性子静等。

从杨忠出征起，宇文毓就料到宇文护会很快回朝，便命令宇文邕立刻行动，在宇文护回来之前，将所有清查在案的人员一同擒拿在案。

这些人被人赃俱获，自知已无法幸存，此时看到宇文护，顿时大喜如狂，乱纷纷大叫："大冢宰，救命啊！"

"大冢宰，属下冤枉！"

只要有大冢宰在，天王又能如何？

宇文护心头震动，好一会儿后回神，向宇文毓一礼，急道："天王，小儿无知，一向不涉朝政，不知所犯何罪？"

他脑中念头电闪：眼前这些人都是自己的同党，既然在这里，想来已被抓住把柄，如今只能先假装不知，救出儿子再说。

宇文毓冷笑一声，慢慢踏下石阶，向众囚走来，手指一一指过众人，咬牙道："在我大周将士为保家国，奋勇杀敌之时，就是这些人，中饱私囊，私相贿赂，以权谋私，贪没国库，鱼肉百姓。更还有你！宇文会，你为了一己私欲，私铸劣币，动摇国本，今日若不严罚，朕愧对我大周将士数万英魂！"

宇文护听到"私铸劣币"四字，顿时心头一震，转头望向宇文会。

触上他的眸光，宇文会心头打一个突，不禁低下头去。

宇文护此时心中已明白大半，暗恨儿子如此不争气，竟然落人口实，心中急速转念，要如何扳回这一局。

宇文毓并不给他机会反击，扬声道："国之恶贼，不除不足以平民愤，今日朕当着满朝文臣审定此案，判涉案人等一律罚没家产，主犯人等三日后问斩，一应涉案官员全部革职，流放千里，永不录用，贪商巨贾施以杖刑，逐出大周，永不许入境！"

此话一出，场中顿时一片哀声。杨整将手一挥，禁军齐齐上前，将众囚拖起。

宇文会吓得面如土色，身子被两名禁军提起，急忙拼命挣扎，大声叫道："父亲，儿子冤枉，不关我的事，父亲救我！"

宇文护恍然回神，忙上前一步，向宇文毓施礼，急道："天王，此事必有隐情，请天王明察！不能枉杀无辜啊！"

宇文毓冷笑一声，淡淡道："人赃俱获，铁证如山，还有何隐情？有道是，王子犯法，与庶民同罪！他是你大冢宰的儿子，朕若轻饶，如何去堵天下悠悠众口？"

宇文护脸色大变，忙俯身跪倒，大声道："天王，是臣管教无方，致生此祸，但是小儿必然是为奸人利用，请天王饶他一命，日后臣必然严加管束！"

宇文毓冷笑一声，点头道："不错，大冢宰身为一朝辅宰，却纵子妄为，确实难辞其咎。"

宇文护听他话锋一转，顺势将矛头指到自己身上，更是心头大震，难以置信地抬头，叫道："天王！"

宇文毓神色冰冷，淡淡道："大冢宰出师不利，令我大周损兵折将，令数万将士埋骨他乡，已无权执掌兵权！"

宇文护脸色骤变，咬牙道："你要夺我兵权？"这一瞬间，双拳紧握，心中念头电闪。

十万大军，虽然折损两万，可是还有八万就在城外，只要他宇文护一声令下，挥兵逼宫，废宇文毓自立，也不是难事！

就在这一瞬间，毒念横生，还没等他动作，就听宇文毓淡淡道："大冢宰纵子妄为，动摇我大周国本，已经罪责难逃，此时若再轻动，不必等到三日之后，今日就将他毙于阶下！"

随着他的话，杨整已上前一步，一脚将宇文会踹倒，手中长剑出鞘，横架在他颈上。

宇文会顿时吓得魂飞天外，尖声叫道："不！不！父亲救我！父亲救我！"

宇文护大惊，失声叫道："不！不要！"冲上前两步，想要去阻止杨整，却见他将刀一横，宇文会颈中已迸出鲜血。

只要他敢再上前一步，宇文会就会血溅当场。

宇义护骤然停步，但觉手足冰凉，却无法可想，僵立片刻后，终于咬牙，转身在宇文毓面前跪倒，从怀中摸出兵符，双手高举，低头道："臣阵前失利，自当交出兵权！"并不承认宇文会的罪行！

宇文毓见终于逼出他的兵符，一颗心怦怦直跳，脸上却不动声色，望了安德一眼。

安德会意，立刻上前取过兵符，躬身交到他手里。

宇文毓轻轻摩挲兵符，强压住心头的激动，冷声道："将宇文会收监，三日后问斩。大冢宰管教无方，罪责难逃。有道是，不能齐家，如何治国，这大冢宰一职……"

宇文护听到这里，心中不禁暗惊。

看来，他今天要的，不只是兵权，还要将他夺官削职啊！

心中念头电闪，不等宇文毓说完，宇文护突然闷哼一声，身体砰然倒地，抽搐几下，再不动弹。

黄惠"啊"的一声低呼，急声道："大冢宰昏过去了！"立时将宇文毓的话打断。

宇文毓话说半句，再说不下去，心中暗恼，只得咬牙道："送大冢宰回府休养！"随即甩手向殿内而去。

宇文会见这生死关头，宇文护竟然昏倒，立刻尖声大叫："父亲！父亲！"只是宇文护伏在那里一动不动，何人能够救他？他只能任由禁军将他拖走。

宇文会被判斩刑，宇文护交出兵权，上至天王，下至宇文邕、高宾等人，心头都如卸下一块大石。

宇文毓见杨忠征尘满身，想他此次出征的功绩，心中感佩，命他回府休息。而因为尉迟宽一案，高宾暗示尉迟迥、宇文邕留下，向天王禀明尉迟宽被宇文会设计的始末。

杨忠眼见君臣同贺，都是满脸的轻松喜悦，想到杨坚，却心头沉重，几次看着高宾想要说话，却又不知从何说起，只好告辞回府。

他在府门前下马，就听到院子里传出笑声，心中更觉沉重，拖着疲惫的脚步踏进府门，但见宇文珠正抚着面颊与丫鬟宝莲说话，杨爽指着她嘻嘻哈哈笑道："三嫂，三哥已经被你迷得七荤八素，不用再美了！"

宇文珠听他取笑，忍不住瞪眼，跟着又得意，下巴一扬道："当然！若是我不美，三郎又怎么会喜欢？"

杨爽听她一说，更加笑得前仰后合。

杨忠看在眼里，却觉满心凄凉，张了张嘴，低声叫道："阿爽！"

杨爽回头看到是他，"哇"的一声冲过来，满脸的兴奋，叫道："父亲，你回来了？我们一早听说大军驻扎城外，怎么父亲这会儿才回来？"见他手里提着铠甲，忙替他抱过来。

宇文珠也忙迎上来，含笑施礼道："父亲回来了！"

杨忠"嗯"了一声，慢慢向厅里走，走过半个院子，终于忍不住道："你大哥……"

从一早回朝，到现在，竟然没有一个人问起杨坚。他可是为国捐躯啊，不能得一丝嘉奖倒也罢了，所有的人竟然都将他忘记？

哪知道话刚出口，杨爽很快接口道："大哥在后院陪着大嫂！"说完像是想起什么，"啊"了一声，拍手道："大嫂说，要父亲给孩子取名字呢！我们快去！"说完，拉着杨忠就走。

杨忠以为自己听错了，被他拽着走出几步后，问道："你是说，你大哥回来了？还有……还有孩子？"

杨爽连连点头，想到当日的惊险，仍然心有余悸，拍拍心口道："那日大嫂难产，吓死我们了，幸好大哥及时赶回来！"指手画脚，将当天的事细说一回。

这一次，杨忠听明白了，一瞬间，心中满是欢喜，忍不住老泪纵横。

杨坚活着！杨坚回来了！

听到杨忠回府，杨坚、伽罗也是大喜过望，抱着女儿前来书房拜望。

杨忠见儿子无恙归来，又得一宝贝孙女，自然是喜不自胜，逗弄一会儿孩子，想一想道："这是我杨家第一个孙女，我不求她像儿孙一样，驰骋沙场，只愿她一生和顺，端丽清华，就叫丽华吧！"

独孤伽罗和杨坚闻言大喜，齐声称是，小婴儿也似乎很满意这个名字，嘟起小嘴儿，吹出一个泡泡，引得三人跟着笑了。

说笑一会儿，杨忠才说起朝中的事，叹道："如今宇文会问斩，宇文护被夺兵权，为大司马申冤指日可待了！"

杨坚喜得连连点头，说道："等到宇文护伏诛，岳父在天之灵也可告慰了！"

独孤伽罗也觉心里微松，低叹一声道："宇文护把持朝政多年，树大根深，难免有漏网之鱼，日后还需严加提防才是！"

几人正说着，就听门外家人回禀，说鲁国公宇文邕到访。

杨忠心知这几个年轻人另有话说，自己在这里不便，加上满身征尘未洗，道了请，就先行离开。

小丽华一双小眼睛看随着祖父，见他出去，小嘴儿发出几声嘟哝，引得杨坚过来，握住她的小手，含笑道："丽华，在说什么？"

伽罗含笑道："丽华定是在谢祖父赐名呢！"

此时宇文邕跟着小厮进来，一进门就看到一家三口其乐融融的场面，胸口微微一室，跟着恢复如常，向独孤伽罗道喜，含笑道："如今宇文会伏诛，宇文护失去兵权，急火攻心，性命去掉半条，独孤家的大仇，也算是报了大半！"

独孤伽罗忙将丽华交给歆兰抱走，与宇文邕见礼入座，轻轻摇头道："宇文护为人阴险狡诈，宇文会又是他的独子，他怎么会坐视他被斩？以他的性子，必然会设法相救！"

宇文邕挑眉，冷哼道："天牢我已设下重重守卫，难不成他还敢硬劫天牢？"

杨坚也心中暗忧，不禁问道："问斩当日路上呢？恐怕会在那里下手！"

宇文邕早已想到此节，含笑道："那日我会命暗卫军沿途监视，断断不会让他被人劫走。"

杨坚见独孤伽罗脸色沉郁，纤眉微锁，心知她放心不下，向宇文邕道："鲁国公，宇文会行刑当日，我能否同行？"见宇文邕眼中露出疑问，忙道，"这宇义会虽不比他的父亲，可是也作恶多端，与我又有旧怨，总要亲眼见他人头落地，才能消我心头之恨！"

宇文邕释然，点头道："到时你隐在暗卫军中就是！"

此事议过，三人再议起如今朝中局势，想到宇文护的阴险狡诈，都是心中暗忧。

第三十一章

闻琴声杨坚生疑
QUEEN DUGU

三天之后，是私铸劣币一案主犯人等问斩之期。

时辰将至，宇文邕将一干人犯提出，押往刑场。所过街道，禁军前行开路，两侧护卫随行，禁止百姓靠近。

杨坚穿着一袭布衣，与暗卫军中的马冰、李潇二人隐在百姓之中，见到宇文邕囚车行来，若即若离，跟在车后。

走出两条街，再往前不远就是刑场。就在众人微松一口气的时候，但见前边一条巷子里突然有一辆驴车冲出来，车后两名百姓打扮的汉子边追边喊："驴子惊了！快让开！驴子惊了！"

前行禁军一惊，立刻停住，为首一人大喝："做什么的，还不快走？"手按腰间刀柄，目光向那两人凝视。

那两人急得满头是汗，连声答应，拼命奔跑，渐渐追近驴车，其中一人疾扑而上，抓住驴子缰绳。

驴子正在发足狂奔，突然被他抓住，发出一声嘶鸣，身子一扭躲避，却听车子"吱咯"一阵乱响，车辕断裂，车子顿时翻倒，车上堆满的柴草顿时滚落满地。驴子却向前一蹿，顿时挣脱缰绳，向对面巷子跑去。

那两人顾不上地上的柴草，大声呼喝向驴子追去，片刻间消失了踪影。

宇文邕策马上前，看到有柴草挡路，不禁皱眉，向两名禁军指道："去理清道路！"

远远跟着的杨坚看到，心中隐隐觉得不安，快步向这里走来。

就在此时，两侧民房上突然站起几人，手中弓箭连发，箭身带着熊熊火苗疾射而下，扑上柴草，轰的一声点燃，只是一瞬间，竟然燃起熊熊大火，挡住一方的道路。

还不等禁军反应，弓箭手又齐齐向后，只见火箭连发，竟然是向着囚车射去。

火箭射上囚车，顿时将囚车点燃，只这一下，整个车队顿时大乱，拉车的马匹受惊，一时乱踢乱踏,四处乱冲乱撞。

宇文邕虽惊不乱,大声喝令众禁军守住囚车,护卫上前应战。错眼间,但见宇文会的囚车横着撞开几名禁军,向一条巷子里驰去,他心中一紧,顾不上细想,手中马缰一提,纵马疾追。

而就在此时,只听屋顶上又一阵大喊,几十名黑衣人跃出,径直向囚车扑去。

杨坚一见,也低声喝道:"追!"当先跃上屋顶,施展轻功,向马车疾追而去。马冰、李潇二人随后,一路替他挡开黑衣人的袭击。

眼瞧着越追越近,突然一支火箭射来,正中囚车车壁。囚车瞬间"轰"被点燃。杨坚一愣回头,只见对面屋脊上一名弓箭手迅速收弓,向另一侧逃去。

杨坚心头一动,低声喝道:"跟我来!"不再追击囚车,却横身纵掠,越过几重民房,向弓箭手方向追去。

马冰、李潇二人不知何故,但见囚车着火,宇文邕已快赶到,怕他有失,也折身随后赶去。

杨坚追出十几重民房,眼看弓箭手的背影一闪消失,忙足下加力,向那里疾掠而去,随后向下望去,却见一队黑衣人夹着一个白衣人影正纵马从巷子里驰出,直奔城门方向。

杨坚大惊,拨步奋力疾追,可是又哪里追得上奔马,眼看那队人越来越远,急得连连顿足。

正在此时,只听马蹄声疾,宇文邕带人从另一条巷子里驰出,看到杨坚,大声道:"囚车里的不是宇文会!"

杨坚顾不上多说,飞身跃下,一把从护卫手中夺过马匹,大声喝道:"对不住兄弟!"随即纵马转过街口,向城门方向疾追而去。

宇文邕见状,也急忙纵马跟上。

驰不出片刻,再次看到之前的那队人马,杨坚大喜,忙取弓箭在手,马上开弓向前直指。可是一望之下,整队人竟然一色黑衣,已经没有白色囚衣的影子。

杨坚心中惊急,暗暗咬牙,拼力催马疾追,眼看越来越近,还是不见宇文会,情急智生,大声喝道:"宇文会!"

喝声刚出,但见其中一人慌乱中回头望来,再不迟疑,弓弦声响,长箭已疾射而出。

宇文会回头,但见一支长箭直奔心窝,吓得"啊"的一声大叫,转头拼命抽打马身。与此同时,长箭夹着风声骤然而至,"噗"的一声,正中后心。

宇文会身子一僵,跟着向前扑倒,几名黑衣人大惊,马上回身,手中弓箭向后连发,阻挡杨坚等人的追击。另两名黑衣人急忙催马赶上,一左一右将宇文会护在中间,连连催马,疾驰中闯城而出。

杨坚一箭射出,立刻引来一阵箭雨阻击,再也无暇去放第二箭,只能抽兵刃挡格,眼睁睁地看着宇文会的背影消失在城门之外。

宇文会被劫,丝毫不出独孤伽罗意料,听杨坚说完,她轻轻叹一口气道:"宇文会是宇文护独子,今日他若不设法相救,反而让人奇怪!"

杨坚咬牙道："我那一箭，正中宇文会后心，他必会没命，可恨没有抢到他的尸体，用他的鲜血一祭独孤家的英魂！"

独孤伽罗默然片刻，握住他的手道："会的！总有一日，我要用宇文护项上头颅，为我家人的献祭！"

私铸劣币一案，终于告一段落，二人暂时放下一段心事。此时独孤善悄悄回京，探视伽罗。兄妹再见，早已世事变迁，沧海桑田，当真是又悲又喜。

经过近两年的江湖打磨，独孤善已不愿羁于朝堂，加上宇文护未除，终究是心腹之患，他意图广结义士，培植人马，以备不时之需。

独孤伽罗虽舍不得与哥哥分离，可也知道他所言是实，只能忍泪，小聚之后，看着他再次飘然远走。

私铸劣币一案，牵出宇文护大批党羽，按刑处置之后，宇文护称病不出，其余党羽也一时蛰伏，朝堂之上顿时一片清明。而只有宇文毓、宇文邕与一干老臣心中知道，这平静的背后，潜藏着深不可知的风波。

转眼已是春暖花开，小丽华百日小宴，宇文邕、高颎前往道贺，宴后与杨坚、伽罗二人在花园小聚。独孤伽罗问起宇文护近日的情况，宇文邕道："宇文会一死，他深受打击，得了中风之症，怕一时不会再为祸！"

这个结果倒大出意外，独孤伽罗与杨坚对视一眼，怀疑道："此事可确切？"

想宇文护从跟着太祖打天下，出生入死，经历过多少风浪，如今小小刺激竟然就会有如此严重的后果？

宇文邕点头道："前几日天王带太医上门，亲自探望，确信无疑！"

独孤伽罗怔了一会儿，才恨恨道："若果然如此，倒是便宜了他！"

宇文护如果当真得了中风之症，日后再不理事，也就不会行差踏错，倒是能在大冢宰这个位置上安养天年。

杨坚在她手腕上轻拍，以示安抚。

宇文邕点头，轻叹一声，皱眉道："如今倒是有一事为难！当初组建暗卫军，就是为了查出宇文护的罪证，我是临危受命。只是我身份太过招摇，若继续统领暗卫军，怕迟早被宇文护察觉！"

高颎点头道："暗卫军不属司兵府管制，却是天王嫡系，总要一个信得过的人来统领！"这也就是当初天王指定宇文邕的原因。

宇文邕点头，接口道："不只要信得过，还不能引起旁人的注意。我本想向天王引荐徐大哥，可是他一心只在江湖，不愿入朝为官，当真是可惜！"

高颎感叹道："徐大哥为人慷慨仁侠，急公好义，又智勇双全，自然是个难得的人才。"心里颇为惋惜，这样的人才，竟不能为朝廷所用。

独孤伽罗听二人商议片刻，心中不禁动念，向杨坚望去一眼，含笑道："二位为何舍近求远？"

宇文邕与高颎一怔，同时问道："何人？"

独孤伽罗向杨坚望了一眼，含笑道："暗卫军身份隐秘，不可令太多人知晓。大郎不在朝中为官，又与暗卫军有所来往，重要的是，他智勇双全，必然能够胜任。"

杨坚听她当着旁人的面夸赞自己，不禁有些窘迫，一张俊脸涨得通红，低声道："伽罗，不要乱说话！"话虽如此，心底还是泛上一些甜甜的喜悦。

原来，在伽罗眼里，自己是这么好！

哪有这样夸赞自己夫君的？

高颎和宇文邕互视一眼，一个眼底皆是笑意，另一个却心中微苦。

独孤伽罗抿唇，笑道："举贤不避亲，伽罗不过是据实而言。"

高颎一拍桌子，大声道："不错，落雁山一战，可见杨坚智勇双全、才智过人，暗卫军统领一职，必然能够胜任。"

宇文邕见独孤伽罗对杨坚称赞不已，心中暗觉酸苦，只是回想宇文会行刑当日，杨坚的临机应变，又暗暗点头，强压心中的嫉妒，含笑道："杨坚之才，岂能无用武之地？我自当向天王举荐！"

事情说妥，四人又说起旁处各路消息，谈说之间，倒颇为融洽。

天王宇文毓听完宇文邕的奏请，想这一年与宇文护的较量中，杨坚之才崭露头角，加之伽罗和随国公府的关系，又值得信任，思之再三后，点头应允，由杨坚出任暗卫军统领。

晋国公府。

宇文护送走众太医，脸色瞬间变得阴沉，恨恨咬牙，冷笑道："当真是我小瞧了宇文毓，被他逼至今天这个地步，他还是不放心！"

如果不是事先买通太医，他假装中风的事，又如何瞒得过宇文毓？

赵越皱眉道："如今虽然瞒过天王，可是装病总不是长久的法子。"

宇文护点头，冷笑道："既然不能被我把握，他只有死！"说到最后一字，从齿缝间迸出森森冷意，带着一抹阴狠。

赵越了然，嘴角露出一抹冷然的笑意。

伐齐一战，宇文护兵败，陷大军于绝境，回朝后被夺去兵符，事情也似乎告一段落。

而就在此时，北国的国书送达，直指大周出兵失利，连累北国损失惨重，要求做出补偿。

大殿上，众臣闻言，立时一团轰议，杨忠怒道："若不是北国自行退兵，齐国失去牵制，何至于我大军没有还手之力？"

尉迟迥点头，跟着出列向上行礼，大声道："天王，北国贪得无厌，长此下去，怕后患无穷！"

宇文邕稍稍迟疑，却道："只是如今我们元气大伤，不宜再动刀兵，若是严词相拒，引北国入侵，怕我们无力以抗！"

这说的也是实情！

满朝文武不禁面面相觑。

答应北国的要求，固然不妥，可是若是拒绝，又无力与北国开战，当真是两难。

高宾皱眉思索，目光掠过宇文邕，突然眼前一亮，立刻向上行礼道："天王，倒不如遣一位公主和亲北国，以安北国之心！"

当年，大周与北国交恶，是北国阿史那公主和亲大周，才避免一场战乱。如今倒不妨故技重施。

听他一言，朝中众臣大半点头附议，只有宇文邕一人，想到当年的和亲，自己迎娶阿史那公主，将大好姻缘就此断送，不禁心中暗酸。

宇文毓思量片刻，见再没有更好的法子，也就点头答应，和亲人选交由命妇会议定。

妇命会上，云婵、独孤伽罗等人反复商议，最后议定阿史那颂推荐的义诚公主为和亲人选，却在为北国王子接风的节目上发生分歧，只好交由天王定夺。

宇文毓听过几人的细述，向宇文邕询问，宇文邕不约而同，选定伽罗所提议的鼓舞，引来阿史那颂的嫉恼。

北国王子即将来朝，因为阿史那颂的关系，一应接待事宜交在鲁国公宇文邕身上。

那一日，宇文邕相约独孤伽罗前往九曲廊，商议接待北国王子当日鼓舞所用的舞曲，独孤伽罗欣然前往。

黄昏时分，杨坚回府，不见伽罗回来，满心想要给她一个惊喜，驱车赶往九曲廊。在九曲廊外等候片刻，不见伽罗出来，他便嘱咐车夫等候，自己向廊内走去。

虽然已经是黄昏时分，可是九曲廊内还是笙歌处处，水榭内，隐隐可见起舞的水袖，不远处观棋的人群中，时而传来阵阵喝彩。

杨坚也不着急，沿着曲曲折折的回廊缓缓而行，脑中闪过当日与伽罗相见的场面。

那时，他初识伽罗，虽然两次邂逅，却无缘知道她的姓名。当日被父亲逼婚，他不得已前来九曲廊见卫国公府的小姐，哪里知道，他想尽一切办法想要避开的父母之命，竟然就是他的情之所钟！

想到当日的情形，他嘴角的笑意深了几分。

就在此时，只听一间茶室里传出悠然琴声，跟着一个清润的声音唱道："有一美人兮，见之不忘。一日不见兮，思之如狂。凤飞翱翔兮，四海求凰。无奈佳人兮，不在东墙……"歌声浑厚，似含深情。

杨坚被歌声触动，脚步微停，想到与伽罗的点点滴滴，心中皆是柔情。

而就在此时，只听琴声戛然而止，一个女子微嗔的声音道："鲁国公，你约我来商议国宴大事，怎么抚起琴来？"

这声音落在耳中，杨坚顿时一怔，一声呼唤几乎脱口而出，又强行忍住。

里边女子的声音，熟悉得不能再熟悉，正是他杨坚挚爱的妻子、钟情的恋人，独孤伽罗！

此时，只听茶室内传来宇文邕一声低笑，轻声道："伽罗，你还是和当年一样，喜欢在我动情时打断我！"

这是什么话？

杨坚不明所以。

紧接着，只听独孤伽罗不悦的声音道："阿邕，过去的事，不提也罢！"

宇文邕轻叹一声，似陷入往日的回忆，轻声道："那时我们一起读书，一起习武，我心里只有你，你心里也只有我，我以为，会永远下去……"

茶室外，这句话入耳，杨坚脑中顿时嗡的一声，耳边一片轰鸣，身子开始轻轻颤抖，满心想要冲进去，向伽罗问个明白，可是双腿如灌铅一样，迈不动半步，张开嘴，想要大喊，喉咙却似被硬物堵住，发不出一点声音。

他一直以为，不过是因为高宾与独孤信交好，借由高颎的关系，独孤伽罗才会与宇文邕熟悉，哪里知道，他们之间竟有旧情。

不但如此，听宇文邕的语气和歌声，他对伽罗也并没有忘情。

而此时，二人相约在这里，孤男寡女共处一室，至晚不归……

一瞬间，宇文邕回京后对伽罗的种种齐袭心头，杨坚只觉一颗心慢慢沉下去，沉到不知名的地方。混沌间，他木然转身，踉踉跄跄地向廊外奔去，脚步越来越快，似乎想要逃开什么可怕的东西。

他刚刚冲出九曲廊，不防与人撞个满怀。杨坚退开一步，见是一位带着孩子的大嫂，忙躬身为礼，歉然道："这位大嫂，当真对不住！"抬头瞬间，不禁一呆，失声唤道，"嫣儿？"

眼前少妇，竟然是他儿时同伴，赵嫣！只是她形容憔悴，又是一袭寻常衣衫，乍看上去，竟似一位大嫂。

赵嫣认出杨坚，也是又惊又喜，忙唤道："杨大哥！"

杨坚略一打量她，见她一只手提着包袱，另一只手牵着一个五六岁年纪的女娃，不解地问道："你们这是……"

他和赵嫣自幼在寺庙中相识，也算是童年玩伴，后来赵嫣长成，嫁入蜀国公府，给尉迟宽为妻，一别七年，不意在这里相遇。

赵嫣脸色顿时一黯，微微咬唇，垂下头去。

杨坚见赵嫣显然有难言之隐，想要追问，又不知如何启齿，正不知该当如何，就见小女娃扯扯她的手，可怜巴巴地道："娘，我饿……"

赵嫣迅速看一眼杨坚，轻声道："文姬，我们马上就去吃饭！"神情却有一些窘迫。

文姬忍不住哭出来，继续道："娘，我饿……"

赵嫣想要再劝，一时却红了眼圈，说不出话来。

杨坚见她神情有异，忙道："嫣儿，许久不见，不如坐下一叙？"虽然是询问的口气，可是也并不等她回答，见不远处有一家饭馆，便一手替她接过包袱，当先向那里走去。

赵嫣微一迟疑，牵着文姬默默地跟在他身后。

杨坚找一张干净桌子坐下，不知道文姬口味，各样粥饼、包子、小菜都点些，命小二送来。

文姬看到，小眼顿时冒光，低下头大口大口地吞咽，倒似饿了许久。

杨坚看得直皱眉，一边替她布菜，一边劝道："文姬，你慢些吃，仔细噎着！"

文姬抬头冲他甜甜一笑，又低头大吃。

赵嫣望着二人，叹息道："杨大哥，你还是当年的模样，待人温厚宽和！"

杨坚微微一笑，劝道："你脸色不好，想来是平日操劳，该注意身子才好！"

赵嫣低应一声，垂下头去。

杨坚见她不语，含笑道："天色不早了，你也快吃，等吃饱了，我送你们回去，顺便拜望尉迟大哥！"

他的话刚一出口，赵嫣已经色变，文姬"哇"的一声哭出来，一把抱住赵嫣，哭道："娘，我不回去，我不要回去，他会打死我们！"

杨坚被她吓了一跳，狐疑地看看文姬，再看看赵嫣，但见她只是默默垂泪，不禁心中一紧，再也顾不上失礼，忙问道："嫣儿，究竟发生什么事？"

赵嫣紧紧抱住文姬，默默垂泪，隔了一会儿，才迟疑地将事情原委说出来。

原来，尉迟宽性子本来温良软弱，可是尉迟迥以为出身将门，就当执戟沙场，才显他将门虎子的本色，数年前，逼他一同出征。

哪知道，看过战场上的惨烈，尉迟宽精神受到极大刺激，竟然性情大变，加上长期抑郁，竟然染上癫狂之症，每次病发，就会对妻儿挥拳相向，大打出手。

说到后来，赵嫣已经泣不成声，低声道："这几年精心医治，他本来已好了许多，哪知道上次受宇文会陷害，病情变得更加严重，如今……如今……"她说到后句说不出来，慢慢卷起文姬的衣袖，轻声道，"再留在府里，我怕我们母女都会被打死，所以……所以带着文姬逃了出来！"

杨坚听得十分震惊，万万没有料到，这世间还会有这样的事发生。他看着遍体鳞伤的母女二人，不禁深深叹一口气，问道："你带着文姬离府，可有落脚的地方？"

赵嫣迟疑一下，点头道："妙善庵的慧远师傅，与我有些交情！"

杨坚看看她，又看看文姬，轻叹一声道："跟我来吧！"说着抱起文姬，当先出店。

马车一路出城，在竹庐外停下，杨坚抱文姬下车，带着赵嫣向竹庐而去，边走边道："这竹庐自我母亲去后，已经无人居住，你们可以暂且在这里安置！"他进门将灯火点燃，但见屋子里陈设虽然简单，却干净齐整，不由心中一暖，嘴角多出些笑意。

这竹庐是独孤家家变后他带伽罗来的地方，成亲之后，她还经常带人过来收拾清扫，可见这里对她的意义。

文姬"哇"的一声大叫，惊喜地道："娘，这里真好！"她挣脱杨坚，屋里屋外地跑着去瞧。

赵嫣心中感激，眼圈微红，轻声道："杨大哥，大恩不言谢，只是……只是我们的行踪，还请杨大哥代为保密！"

杨坚点头道："放心吧！"他将母女二人安置妥当后，见天色不早，当即告辞。

哪知道人刚走到门口，突然听到文姬"啊"的一声尖叫，杨坚吓了一大跳，连忙转身回来，只见文姬倒在地上，抱着肚子打滚，已经疼得满头冷汗，还在不断呕吐。

第三十二章

起争执伽罗堕河
QUEEN DUGU

赵嬷吓得心惊肉跳，张手抱住她，连声道："文姬，你怎么了？别吓娘！你怎么了？"

杨坚也不禁暗惊，忙将文姬抱上床榻躺好，嘱咐道："你看好文姬，我很快回来！"随即转身冲出竹庐，跳上马车，疾驰回城。

半个时辰之后，杨坚带着大夫赶回，急急奔进竹庐。

赵嬷正急得手足无措，见他回来，一颗心顿时一定，急忙迎过去，落泪道："大夫，求你救救我的女儿！"

大夫点头，也不敢耽搁，忙细细替文姬诊治。

赵嬷火急火燎，眼看着大夫的眉心越皱越紧，一颗心也跟着越来越紧，终于忍不住问道："大夫，我女儿怎么样？"

大夫微微摇头，又将双手交替诊一回，这才慢慢站起身来，默思一瞬后问道："请问夫人，令千金最近可曾受伤？"

一句话，直切赵嬷痛处。赵嬷心口一阵抽痛，一时说不出话来。

杨坚代她道："大夫有话，但讲无妨！"

大夫长叹一声，摇头道："这孩子小小年纪，就五内郁结，应当是惊恐忧惧所致。若老夫所料不错，她平日必然是常受打骂，五内受损，今日一同发作出来罢了！"

赵嬷听完，吓得脸白，双腿一软跪倒，连声道："大夫，求你救救我女儿！"

大夫连忙扶住她，摇头道："夫人不必如此，医者父母心，老夫自会尽力！"他也不耽搁，立刻匀墨铺纸，挥就一张药方，交代道，"此药两个时辰一服，若明日能够醒来，当无大恙！"

杨坚吃惊道："若是明日不能醒呢？"

大夫摇头，话却不忍出口，慢慢收起一应用具，轻叹道："只能尽人事，听天命！"

赵嬷疯狂摇头，顿时泪如雨下，扑到榻边抱住文姬，哭道："不，不会的！文姬，你不要吓娘！"

杨坚心中暗惊，却也只能道："嬷儿，你不要急，你好好照顾文姬，我送大夫回城，顺便取药回来！"说完带着大夫出门。

整整一夜，杨坚与赵嬷衣不解带，细心照顾，第二日清晨，文姬终于醒来，杨坚大大松一口气，这才告辞回府。

杨坚一夜未回，独孤伽罗坐等一夜，黎明时分才趴在桌子上沉沉睡去。

杨坚推门进来，看到眼前情形，心中顿觉愧疚，忙取件衣裳给她披上。

独孤伽罗被人触动，迷迷糊糊地睁眼，看到杨坚，顿时清醒，忙起身道："大郎，你回来了？昨夜怎么没有回来？"

杨坚一怔，心里没来由地有些心虚，含糊道："有些事情处置！"

独孤伽罗心头一紧，忙问道："暗卫军连夜行动，是有什么大事？"

杨坚见她想到暗卫军身上，微微一怔，倒也并不否认，含糊道："宇文护足不出府，并没有什么，不过是小事！"想到自己任职暗卫军统领，是伽罗向宇文邕举荐，心中顿时闷堵，见她来服侍更衣，将她手推开，道，"这几日你也累着了，不必了！"

独孤伽罗见他神情有异，不禁微微一怔，转念明白，含笑道："这几日我与鲁国公忙着筹备国宴，等将北国王子送走，我们再好好聚聚！"

想来是自己这些日子太忙，陪他太少，所以他在耍小孩子脾气。

杨坚本想听她亲口解释与宇文邕的关系，哪知道她轻轻一语带过，心里越发不舒服，要想发作，又发作不出，只好闷闷地道："我累了，要歇会儿！"也不更衣，自顾自面墙躺下。

独孤伽罗见他似在生气，又想不出为了什么，瞧着他的背影怔立片刻，不禁轻轻摇头，轻声道："累就歇着吧！"说完替他盖上被子，而后抱着丽华出去。

同一时间，鲁国公府内，阿史那颂端着补汤走进书房，见宇文邕正在更衣，不禁微微皱眉，问道："阿邕，怎么刚刚下朝，又要出去？"

宇文邕"嗯"了一声，道："玷厥王子来朝，一应接待事宜，还有许多不曾安置妥当！"

阿史那颂咬唇，强压下心头的不适，强笑道："他是我弟弟，纵有什么不妥，瞧在我的面上，还能说什么？你倒不必如此操劳！"将手里的汤送上，柔声道，"这些日子你也辛苦，喝点汤补补身子吧！"

宇文邕回头向她一望，冷笑一声道："瞧在你的面上？他若是当真能瞧在你的面上，不加计较，此次也不会因为宇文护战败，向我大周兴师问罪！"

阿史那颂被他几句话噎得脸色乍青乍白，咬牙道："当初若不是听从独孤伽罗之计，推宇文护出兵，又怎么会有此败？难不成北国是没有损失的？"

宇文邕扬眉，淡淡道："纵没有大周失利，对齐一战，北国又占得到什么便宜？还不是处处受挫？如今不过是借机向我们发难，出一口怨气罢了！"

阿史那颂听得气往上冲，大声道："此事都是因独孤伽罗一人而起，你是我阿史那颂的丈夫，为何总是偏帮外人？你的心里，还是只有独孤伽罗是不是？你又将我置于何地？"

她说到这里，心中说不出的酸苦。

她嫁他已经四年，他的心里，却始终只有一个独孤伽罗。如今，独孤伽罗不但害得北国损兵折将，还害她失去孩子，可是她的丈夫，心里仍然有独孤伽罗，只有独孤伽罗！

宇文邕霍然回头，紧紧盯着她，冷声道："偏帮外人？你不要忘了，我不只是你的丈夫，还是大周之臣，如今你为了一己私怨，要我偏帮北国太子，又将我置于何地？"伸手一把拽下玉带，围腰扣上，转身就走，冷声道，"你如此劳心费神，还是自个儿补补吧！""砰"的一声将门关上，大声喝道，"车夫！备车！进宫！"靴声隐隐，向府门外而去。

阿史那颂僵立当地，过了许久才回过神来，恨恨地唤道："独——孤——伽——罗！"心中是漫无边际、滔天的恨意。

她为了两国的和平，远赴大周和亲，本想安安稳稳，与自己的丈夫共度一生，又哪里知道，这世上竟然有一个独孤伽罗，占去丈夫的心不说，还处处与她作对，如今，不只让她在丈夫心里没有方寸之地，更让她无颜面对故国的亲人百姓！

她不甘心！她死也不会甘心！

宇文邕，今生今世，她必然要得回他的心！

宇文邕出府，直奔皇宫而来，刚刚踏进御书房的门，就见宇文毓招手，将一封奏章送到他面前，皱眉道："你瞧瞧这封密报！"

宇文邕见过礼，取奏章一瞧，顿时大吃一惊，颤声道："王兄，这是……"

宇文毓神色凝重，缓缓点头道："恐怕有人要反！"

密报上所奏，是在岐州、洛州、华州、同州等地发现几处兵马，不归朝廷管辖。这几州离长安极近，若是当真有人要反，一声令下，不过短短两日，就可以兵逼长安！

宇文邕脸上变色，沉声道："宇文护！"

这几路兵马的养成，断断不会是一朝一夕之功，除了宇文护，谁又有如此深的心机？除了宇文护，谁又有如此雄厚的财力养兵？除了宇文护，谁又有这通天的胆量？

宇文毓听他说出自己心里的名字，缓缓点头道："若果然是他，如今他必然是诈病，长安城内，我们也不可不防！"

宇文邕点头道："暗卫军始终紧盯晋国公府，只要有风吹草动，必然马上回报！"

宇文毓心中略松，轻轻点头，想一想，又摇头道："虽说此事八成是宇文护所为，可是也不排除有其他人狼子野心，你传话杨坚，命暗卫军加紧追查！"

宇文邕点头领命。

他刚刚说完，就见安禄捧着果品进来，躬身放在二人面前。安德上前试过毒，躬身道："请天王、鲁国公慢用！"

宇文邕目光在几只桃子上一落，含笑摇头道："王兄可真是爱吃桃子！"想着手里的事不敢耽搁，起身告辞。

晋国公府。

从宇文护被夺兵权，进而一病不起之后，晋国公府门前冷落，早已失去往日车水马龙的景象，整座府邸竟然显出些荒凉。

而在晋国公府内，宇文护立在檐下，一边逗弄鹦鹉，一边听着赵越的回话，嘴角不禁漾起一抹阴冷的笑意。

如今虽然他失去朝廷的兵权，可是数年来，他就在各州郡暗中屯兵，就是为了防患于未然。所谓养兵千日，用兵一时，是到用得着他们的时候了！

想到此处，他微微皱眉，低声道："宇文毓对我们藏兵似乎有所察觉，此次行动一定要快，不能再给他们还手之力！"

赵越躬身领命，冷笑道："大冢宰放心，我们送去的桃子，他可是一直在吃呢！"

一句话，引出宇文护一阵张狂的笑声。

他宇文护不在朝已经四个月，这四个月来，除去自己的亲信，满朝文武都以为他就此一蹶不振，可是谁又能想到，这四个月，他从来就没有停止过筹谋，夺回大权指日可待！

只要……宇文毓一死！

从安禄开始给宇文毓进毒桃起，已经三个多月，算起来，宇文毓已经离死不远，他宇文护重掌大权的日子，也就不远了！

调养几日后，文姬病情渐好。那日，杨坚等到伽罗出门，才带着杨爽，提着一些日用物品离府，向竹庐而来去。

文姬正瞪着眼前的白粥使性子，看到杨坚进来，立刻大喜，唤道："杨阿叔！"跟着看到杨爽，眨着小眼，一脸好奇地端详他。

杨爽见文姬生得清秀可爱，也喜欢几分，拉着她说笑。

赵嬷看看文姬，再看看桌子上的白粥，发愁道："文姬不肯好好吃饭，这可怎么好？"

文姬噘嘴，拉住杨坚的袖子撒娇道："杨阿叔，文姬吃不下嘛！"

杨爽瞧瞧白粥，立刻道："我知道临江楼有一种像白兔的饺子，若不然带你去尝一尝？"

文姬眼睛一亮，鼓掌道："好啊好啊！"

赵嬷连忙拉文姬，向杨坚道："大夫说，文姬只能吃清淡些的东西，还不能吃油腻。"

杨坚含笑道："无妨！"一把抱起文姬扛在肩上，大声道，"走喽，吃饺子去喽！"

文姬先是被他吓一跳，跟着咯咯笑出声来，也欢快地道："是哦，吃饺子去喽！"

杨爽跟在他们身后跑出去，笑道："我能吃一大盘哦！"

赵嬷无法，只得跟着他们一同出去。

马车进城，直奔临江楼而去。杨坚要了一个包厢，怜惜母女二人饱受折磨，避开油腻，点了一桌子好菜。

文姬左等右等，看到饺子上来，果然被做成兔子白白嫩嫩的模样，忍不住大声欢呼，迫不及待地夹起一个去咬。

赵嬷担心，急忙阻止，却被杨坚拉住，只见他含笑道："我让他们把肉馅换成参汤煮过的白菜，吃几个不打紧！"

赵嬷见他如此心细，心中说不出的感动。

此时小二上完最后一道菜，讨好地道："杨公子，你女儿真是可爱！"

杨坚一愕，还不及接话，杨爽已皱眉恼道："不要乱说话，我大哥的女儿好端端地在府里呢，哪里还有女儿？"他看了文姬一眼，原来的喜欢淡了几分，颇有些为丽华不平。

小二一怔，心知说错了话，不禁尴尬，只得道："是！是小人眼拙，小公子不要见怪！"道几声歉后，匆忙出去。

杨坚见杨爽突然发脾气，微觉诧异，唤道："阿爽，他不过顺口一说，又何必认真！"

杨爽抿唇，看看赵嬷，再瞧瞧文姬，埋头吃饺子，再不说话。

文姬却道："杨阿叔待我好，我自然就是杨阿叔的女儿！"转头望向杨坚，甜甜一笑，娇声叫道，"杨阿叔，我叫你父亲可好？"

赵嬷见眼前情形，心里又酸又苦，又有些怅然，轻声道："文姬，杨阿叔就是杨阿叔，怎么能叫父亲？"

文姬一听，一张小脸儿顿时涨得通红，泪珠儿在眼里滚了滚，撇着小嘴儿道："不嘛，我就要杨阿叔做我父亲！"

杨爽再忍不住，抬头嚷道："文姬，你有自己的父亲，我大哥也有女儿，你做什么抢旁人的父亲？"

文姬被他一吼，泪珠滚滚而下，哭道："不嘛！不嘛，我不要那个打人的父亲，我要杨阿叔做我父亲！"

赵嬷说不出地尴尬，连声劝哄，却哪里哄得住？

杨坚苦笑，只好道："好！文姬喜欢杨阿叔，就做杨阿叔的干女儿可好？"

文姬将泪一擦，摇头道："不，文姬要做杨阿叔的女儿，不是干女儿！"

杨坚叹气，只得敷衍道："好，是女儿！"夹菜给她，哄道，"快些吃吧，一会儿凉了！"

文姬见他答应，这才破涕为笑，得意地向杨爽一抬下巴，又大口大口吃饭。

杨爽侧头，深深望了杨坚一眼，嘟囔道："难怪把我叫来！"而后再不多说，低下头吃饭。

这母女二人如此难缠，大哥自然是怕大嫂误会，所以才拉他同来。

饭后，四人出临江楼，也不乘车，而是一同往江边游玩。杨爽本就年幼，之前对文姬的不满很快被抛到脑后，带着她沿江奔跑放风筝。

赵嬷与杨坚并肩而行，闲话当年在寺里的往事，恍惚间，又回到年少时那段清苦却快乐的岁月。看着前方欢快奔跑的女儿，她心里突然多出些恍惚。

如果，她的家就是如此，该有多好？

整整游玩一日，到日暮时分，杨爽有功课要做，先一步回府，杨坚则送赵嫣母女向竹庐而去。

在院子外下车，文姬一只手牵着赵嫣，一只手牵着杨坚，蹦蹦跳跳而行，欢声笑道："父亲，母亲，文姬饿了，我们快些回家！"

赵嫣无奈，含笑道："中午才吃过饺子，怎么又饿了？"

杨坚笑道："文姬前几日亏了身子，此时是要补补！"

文姬仰头，冲着杨坚甜笑，娇声娇气地道："还是父亲最疼文姬！"

杨坚摸摸她的头笑着应："我们文姬最乖！"

这里三人心无旁骛，连院门旁多出一辆马车也不曾留意，正在说说笑笑，只听前方有人一字字唤道："杨——坚！"

杨坚一怔抬头，但见竹庐门口，独孤伽罗脸色煞白，正倚门而立，望向他的目光满是震惊和难以置信。

杨坚顿时慌了手脚，忙甩开文姬的小手，抢前几步唤道："伽罗，你……你怎么来了？"

独孤伽罗死死地盯着他，轻轻摇头，隔了一会儿，冷冷笑出声来，点头道："是啊，我不该来，你们一家其乐融融，我又岂能横插一脚？"

杨坚见她把话说重，顿时又惊又急，伸手去握她的手，连声道："伽罗，不是的！你不要误会！你听说我！"

尉迟文姬却一脸好奇，看看赵嫣，又看看杨坚，问道："父亲，母亲，她是谁，为什么在我们家？"

赵嫣大惊失色，急声唤道："文姬，不要胡说！"

独孤伽罗如遭雷击，身子微微一晃，将杨坚伸来的手掌甩开，握拳道："是啊，这是你们家，我来做什么？"说完再不多看他一眼，拔腿就走。

杨坚大急，急声道："伽罗，你听我说！"他赶前几步去追，却被文姬一把抱住双腿，连声道，"父亲！父亲不要走，不要丢下文姬！"

杨坚心中一片慌急，想要甩开她，又怕将她弄伤，急切抬头，却见独孤伽罗已快步上车，马车竟不多停，绝尘而去。

赵嫣忙将文姬抱住，掰开她的手，向杨坚道："杨大哥，你快去吧，不要让夫人误会！"

杨坚微一迟疑，跟着狠下心，拔腿向院外追去。

文姬"哇"的一声哭出声来，在赵嫣的怀里挣扎，手伸向杨坚的背影，大声哭道："父亲！父亲不要走，不要丢下文姬……"

赵嫣拼命抱紧她，也忍不住泪如雨下，连声道："文姬，不要叫了，他不是你父亲，他是杨阿叔……"

杨坚跳上车，一路疾赶，直到赶至城门，才看到前方伽罗的马车，看着她竟不回府，像是向江边冲去，心里说不出的焦急。

驰到江边，伽罗的马车早已停下，杨坚跳下车，远远望到伽罗沿江而行，急忙飞奔追去，大声喊道："伽罗！"

伽罗听到他的声音，强忍的眼泪终于夺眶而出，不愿回头去看，也不想看到他，转身拔步向远处飞奔。

杨坚大急，连声呼唤，拼力狂奔，奔出老远终于将她追到，张臂一把抱住她，连声道："伽罗！你听我说，是误会！真的是误会！"

独孤伽罗拼命挣扎，大声道："我都听到了，难不成还有假？杨坚，我只道你是谦谦君子，哪知道你背后会有这等勾当！"

杨坚听她误会至此，急道："赵嫣是尉迟宽的妻子，和我幼时相识，那日我见她母女有家不能回，才在竹庐安置她们！"

独孤伽罗霍然回头，一字一句地问道："那夜你彻夜不归，就是为了她们？"

杨坚忙道："那日是文姬生病，我代为照应罢了，当真没有什么！"

"既然没有什么，为什么不能如实相告，为什么要撒谎？"独孤伽罗奋力将他推开，转身就走。

杨坚大急，大声道："我没有说，自然有不说的苦衷。你和宇文邕的私情，又几时向我说过？"他不假思索，脱口而出，话刚刚出口，他就恨不得抽自己一巴掌，又将伽罗抱住，连声道，"伽罗，你不要生气，你听我说！"

可是说出的话已无法收回，独孤伽罗双眸大睁，难以置信地望着他，一张脸顿时变得惨白，咬牙骂道："杨坚，你浑蛋！"随即一把将他推开，转身就走。

杨坚深知是自己情急之下说错了话，忙又追上，央求道："伽罗，是我的错，是我不好，我不该乱说话，你千万饶我这次，不要生气！"说着上前去抓她的手。

独孤伽罗心中愤恨难平，一只手被他抓住，奋力一挥，吼道："你不要碰我！"手腕在杨坚手中滑脱，哪知道重心不稳，接连向后倒退几步。

杨坚眼见她身后就是滔滔江水，大惊失色，嘶声叫道："伽罗！"他抢前要抓，却终究晚了一步，独孤伽罗已一脚踩空，身子一晃，直直向江中落去。

杨坚心胆俱裂，无暇多想，身子疾扑向前，一把抓住伽罗的手臂，跟着"砰"的一声摔入江中。

春寒料峭，虽说江水不深，可是独孤伽罗在盛怒之下，被江水一激，顿时背过气去。杨坚抱着她爬上江岸，但见她脸色青白，双目紧闭，不禁心惊胆战，不敢耽搁，脱下长袍将她裹住，打横抱起她，一路狂奔冲上马车，连声喊道："快！快快回府！"又向另一个车夫一指，急声道，"快！快去请大夫！"

两个车夫眼看这等情形，哪敢耽搁，急应一声，各自驱车疾驰。

第三十三章

生误会幼弟释疑
QUEEN DUGU

　　满府的人看到二人这副模样回来，都吓一大跳。宇文珠大惊小怪地连声问发生何事，尉迟容却眸子发亮，暗暗幸灾乐祸。
　　杨爽吃惊不小，连忙跟着跑来，刚刚进门，又被杨坚丢了出来，直到给伽罗换上干爽的衣服，被子盖好，才放他进去。
　　此时大夫也已经赶到，给伽罗诊过脉，轻松一口气，向杨坚道："杨公子放心，尊夫人只是气急攻心，又受些风寒，吃两剂药就会没事！"说完，起身开药方。
　　杨坚吁一口气，连忙谢过大夫，命人送大夫出去，顺便将药取回来。
　　到这一会儿，杨爽才得空，追着他问道："大哥，大嫂怎么和你在一起？你不是送那两个人回竹庐吗，又怎么和大嫂全身湿透地回来了？"
　　杨坚苦笑，却无心向他解释，只是握住伽罗的手，细细摩挲，轻声道："伽罗，今天是我的错，你当真生气，就打我骂我，千万别不理我！醒一醒好不好？"
　　杨爽瞧瞧他，撇嘴道："大嫂才不会打你骂你，只会不理你！"
　　杨坚无奈，满肚子的话要说，偏有一个搅事精在这里，只好推他道："你去瞧瞧，若是大嫂的药煎好，快些让人送来！"一路把他推出门，将门关上。
　　他折身回来，却见伽罗已经醒来，正挣扎要起，连忙上前将她扶住，柔声道："大夫说你受了风寒，总要休养两日，快躺着吧！"
　　独孤伽罗身子被他碰到，立刻向后一缩，沉声道："不要碰我！"
　　杨坚的手僵在半空，好一会儿后才颓然放下，他低声求道："伽罗，我知道错了，你听说我好不好？"他在她身边坐下，想要去抱她，却又被她躲开，只得无奈道，"赵嫣的事，是我的错，没有事先和你说。只是她离府出走，不愿意被蜀国公府的人找到，我才会替她保密！"
　　独孤伽罗冷笑道："你与她青梅竹马，她离府出走，你就收留，当真是好得很啊！连女儿都有了！"

杨坚急道："文姬是尉迟宽的女儿，与我何干？"

独孤伽罗冷笑，咬牙道："一口一个父亲，叫得何等亲热，你又置丽华于何地？"

杨坚结舌，结结巴巴道："她当真是尉迟宽的女儿！"急切间，不知该如何解释。

他正着急，杨爽推门进来，看到伽罗喜道："大嫂，你醒了？药马上就好！"

独孤伽罗见到他，倒生不起气来，低声道："谢谢阿爽！"

杨坚见她对自己神色冷冷，对杨爽却是一如既往的温和，心中沮丧，轻声求道："伽罗，我说的是真的，文姬年幼不懂事，随口乱叫罢了，又怎么能当真？"

独孤伽罗好气又好笑，摇头道："孩子年幼，不知道谁是她的父亲？那你呢？她的母亲呢？也不知道谁是她父亲，容她如此乱叫？"

杨坚结舌，讷讷道："我们想着童言无忌，只是……只是叫几声罢了……"

只是叫几声？

独孤伽罗气结，不愿再去理他。

一旁的杨爽倒听出些端倪，问道："大嫂是说文姬那个小丫头？她，她亲生的父亲经常打她，见大哥待她好，所以非要唤大哥父亲，不答应就哭鼻子，当真是个烦人精！"说完，还一脸不以为然，连连摇头。

独孤伽罗见他那副模样，不禁好笑，心底顿时一松。

连杨爽都知道赵嫣母女，看来还真是自己误会了。

杨坚有杨爽做证，连忙点头道："对对，今日阿爽本来与我们在一起，他都知道！"

他都知道？

独孤伽罗横他一眼。杨爽都知道，偏他不肯向她说个明白！

杨坚知道她的心思，忙道："听赵嫣说，尉迟宽经常对她们打骂，所以她才会带着文姬逃出府来。"

杨爽也连忙点头道："我瞧见文姬手臂上有许多伤痕，还有头上，一处新伤还不曾好！"

独孤伽罗不曾想到有此一节，倒是微微一怔。

杨坚见她神色稍缓，忙向她凑去，轻声道："伽罗，我答应赵嫣不说出她们母女的行踪，哪里知道你竟然会撞去。"

独孤伽罗皱眉，嗔道："若是你将此事和我说起，难不成我会告去蜀国公府？"

如果他当天就向自己说明白，又岂会有今日的误会？

杨坚一时语结，转头去瞧杨爽。

杨爽见他神情尴尬，立刻道："我去给大嫂瞧药！"说完，转身跑出去，还将门仔细关上。

杨坚这才松一口气，试探着去握伽罗的手，轻声道："此事本不该瞒你，只是那天……那天我到九曲廊接你，听到宇文邕……宇文邕给你弹琴，唱那首《凤求凰》，又……又说那许多话，才知道你和他……你和他……"

见他话说半句说不下去，独孤伽罗冷笑一声将手抽回来，替他说道："你听他弹琴唱曲，才知道我和他有私情？当时为什么不进去捉奸？"

杨坚吓一跳，忙道："伽罗，我……我知道是我的错，我不该胡思乱想，只是那日乍然听到，一时不知该如何是好，就……就只想逃开，然后就遇到了赵嬷母女！"

独孤伽罗咬唇，低声道："可是平日，也从不曾听你说过赵嬷！"

如果不是心里有鬼，为什么提都没有提过？

杨坚叫起冤来，忙道："我们只是幼年相识，后来她嫁入蜀国公府，七年来再不曾见过，若不是此次相遇，我早已忘记世上还有此人，又如何说起？"

是啊，自己也不曾向他说起宇文邕，是因为自己早已放下！

独孤伽罗默然。

杨坚见她不语，又急起来，忙道："你不愿意让她们住在竹庐，我另外安置就是，日后若没有事，也绝不再去！"

独孤伽罗横他一眼，咬牙道："若只是她们倒也罢了，我和宇文邕的事早已过去，那日也说得明明白白，可是你竟不信我！"

杨坚听她主动说到宇文邕，心中又喜又愧，连忙点头道："是！是！那日是我想偏了，都是我的错，你不要再生气！"

独孤伽罗默然片刻，幽幽叹道："能有今日的误会，总是你我二人之间不够信任，实则与旁人无关！"

杨坚连忙点头，将她双手合握在手中，郑重道："伽罗，你放心，从今以后，任是何事，我决不再疑你，若有不解，自当询问你，再不会胡乱猜测！"

独孤伽罗见他说得真挚，心中微动，也点头道："我也是！"

刚说到这里，就听门一响，杨爽的小脑袋探进来，只听他笑嘻嘻道："你们和好了没有，和好我就进去了！"

二人一见，不由相视一笑。

杨坚笑骂："人小鬼大！你大嫂的药呢？"

独孤伽罗只是偶感风寒，并没有大病，加上习武之人本就身康体健，两服药下去，就已生龙活虎。

第三天，她与杨坚二人带着精致的吃食，一路驱车出城，向竹庐而去。

文姬隔门瞧见杨坚，欢呼一声，奔出相迎，欢声叫道："父亲！父亲！"一眼看到伽罗，脚步顿时停住，恨恨地瞪着她。

独孤伽罗不以为意，伸手在她头上轻抚，含笑问道："文姬，你母亲呢？"

文姬咬唇，侧头躲过她的手，却抓住杨坚的衣袖不放。

杨坚无奈，只得牵着她向竹庐里走，柔声问道："文姬，母亲呢？"

这个时候，赵嬷听到文姬的欢呼，从竹庐里出来，看到伽罗，顿时手足无措，低声唤道："杨夫人！"

独孤伽罗盈盈向她施下一礼，歉然道："尉迟夫人，那日是伽罗莽撞，没有问清事情来龙去脉，委屈夫人，当真是过意不去。"

赵嬷见她突然客气，不由一愕，抬头看一眼杨坚，但见他脸上带着些歉意，望向伽罗的目光却温柔缠绵，瞬间明白伽罗已经知道一切，只得还礼，轻声道："是赵嬷冒昧，令你夫妻二人误会！"

独孤伽罗上前一步，将她扶住，轻声道："你与杨坚一同长大，此时有难，杨坚相助原是情理之中的事，那日是我一人之错。只是你我如此拘礼，倒显得生疏，夫人年长，我唤一声姐姐如何？"

赵嬷见她举止有度，温和有礼，心中暗折，当即点头道："赵嬷却之不恭！"心中暗叹：难怪杨坚对她如此爱重，确是一个难得之人。

几人见过进屋，赵嬷引二人坐下，忙着沏茶倒水。伽罗拉住她，轻声道："姐姐不必如此客气！"拉着她在身边坐下，这才慢慢说道，"我和大郎商议过，这竹庐地处郊外，出入不便，又只有你母女二人，也不是久居之地，今日不如跟我们一同回随国公府，也好有个照应，可好？"

赵嬷一惊，连忙摆手道："不可！若我们去了随国公府，这家丑如何能遮掩？我已想过，夫君不发病时，待我们也甚好，躲这几日，想来他也着急，我们母女终究还是要回去的！"

文姬本来抱住杨坚的胳膊撒娇，一闻此言，"哇"的一声大哭起来，尖声叫道："不！不！我不要，我不要回家！"

伽罗不防，被她吓一跳。

赵嬷心中酸涩，伸手将她搂过来，轻拍安慰，柔声道："文姬不怕，父亲也不是有心想要伤害我们，这一次，母亲定会保护好你！"

文姬连连摇头，已哭得上气不接下气。赵嬷虽然极力强忍，可还是红了眼圈，只是泪珠在眼眶里滚了一圈，又忍了回去。

伽罗看到母女二人的情形，心中暗忧，抬头望了杨坚一眼。

杨坚略略一想，轻声道："嬷儿，你离府多日，回去势必要给家人一个交代，既然回去，等你定好时日，我和伽罗一同送你们回去，也好令你家人知道去处。"

这是怕她过不了这一关吧？

赵嬷心中感激，强忍酸涩，轻轻点头。

第二日，杨坚、伽罗如约接赵嬷母女回府。几人刚刚踏进府门，尉迟宽已快步从厅里迎出来，看到赵嬷，张了张嘴，低声叫道："嬷儿！"声音里满是内疚和不安。

文姬看到他，忙躲在杨坚身后，小脸儿埋在他衣袖里，再不出来。

赵嬷脸色乍红乍白，终于低声应道："夫君！"

此时尉迟迥也踏出厅门，叹一口气，向杨坚道："家中琐事，倒令世侄见笑，还请厅里坐吧！"

杨坚忙带着伽罗上前给他见礼，含笑道："那日与尉迟夫人偶遇，恰逢文姬生病，本该即刻送回府上，是杨坚多事劝她多歇息几日，还请尉迟伯父不要见怪！"

家宅不宁，以致已婚妇人离府出走，说出去并不是光彩的事。尉迟迥听他一句话，将赵嫣离府出走推到文姬生病的事上，不由暗暗点头，顺势道："有劳世侄照料！"随即望了尉迟宽一眼，心中暗暗叹惜。

如果尉迟宽也如杨坚一样温文守礼，家中何至于如此？

这几日，蜀国公府遍寻不着赵嫣母女，尉迟宽心中早已愧悔难当，此时见文姬始终藏在杨坚身后不出来，忍不住唤道："文姬，到父亲这里来！"

赵嫣也忙道："是啊，文姬，去见过父亲！"

文姬身子一缩，更加躲在杨坚身后，连连摇头，就是不肯出去。

杨坚微觉尴尬，伸手将她牵出来，柔声道："文姬不要怕，去见过父亲！"

尉迟宽见文姬依恋杨坚却对自己惧怕，心中掠过一抹恼意，又强行压下，伸手去拉，哄道："文姬，父亲给你扎风筝可好？"

可是文姬一看到他，忍不住"哇"的一声大哭，回头又扑抱上杨坚的双腿，大声道："杨阿叔，我不要，我要和你在一起，我不要在这里！"

尉迟宽伸出的手僵在半空，一双眸子里已满是怒意，额角青筋毕现，几乎就要发作。

赵嫣大急，忙上前一步，将文姬从杨坚身上拽下来，低声斥道："文姬，昨天母亲说过什么？还不放手！"拉着她向尉迟宽面前送去。

文姬尖声叫道："不！我不要！我不要！"甩开手就向外冲。

独孤伽罗眼明手快，忙一把将她抱住，连声道："文姬，不要怕，不要乱跑！"

尉迟文姬一见她，更加发狠，大声道："坏人！都是你！都是你！"拼力向她身上一撞，而后拔腿就跑。

独孤伽罗正弯腰与她说话，不防竟被她撞个趔趄，几乎没有站稳。

杨坚抢前一步扶住她，急道："伽罗，你怎么样？"

独孤伽罗摇头道："无妨！"随即急切地望向门外，叫道，"快！快将文姬截住！"

赵嫣赶前几步，一把将文姬抓住，匆匆一望杨坚、伽罗，轻声道："今日文姬失礼，改日登门赔罪！"说完，抱起拼命挣扎的文姬，又向尉迟迥一礼，匆匆向厅外走。

文姬拼力强挣不脱，抬头恨恨地望向独孤伽罗，突然大声道："我恨你！我恨你这个坏女人！是你抢走杨阿叔！是你送我回坏人家里！我恨你！我恨你！"

稚嫩的声音，带着不相称的彻骨恨意，令厅中几个大人同时一怔。

独孤伽罗看到她眼神里的怨毒，背脊没来由地窜起一缕寒意。

尉迟宽脸色乍青乍白，突然惨然而笑，摇头道："作为儿子，不能令老父满意，作为父亲，竟致女儿不认，我尉迟宽当真是失败！"

杨坚见他脸色奇差，不由担心，伸手握住他手腕，轻声劝道："尉迟大哥，文姬年幼，日后慢慢劝导才是！"

尉迟宽冷笑一声，摇头道："我瞧文姬更愿意你做她的父亲！"说完，挥开他的手，大步而去。

尉迟迥大怒，拍案喝道："孽子，回来！"

只是尉迟宽对他的话好似不闻,片刻间冲出府门,消失了踪影。

伽罗和杨坚没有想到此事会闹到这个地步,互视几眼,都从对方眼中看到无奈。只是这等家事外人不好多劝,他们只好宽慰几句,而后起身告辞。

一个月后,北国王子阿史那玷厥来朝,天王宇文毓传旨,命朝中众臣与一干命妇伴宴,以示隆重。

时当深春,长安城正是最宜人的季节,整个御花园里早已绿荫处处,百花齐放,飞鸟成行。司工府经过一段时间的准备,此时御花园的太液池边已搭起一座饮宴的高台,台高三丈,长宽均依大德殿的规模,大红地衣铺地,逶迤直到台下,台阶两侧彩旗招展,映着蓝天白云和远处的琼楼玉宇,喜庆中不失庄严。

当日一早,众朝臣依例寅时进宫,早朝议事,众命妇却是在辰时末进宫,先往长寿亭齐集,待到巳时二刻,内侍通传,一同向太液池边的高台而去。

阿史那颂身为众命妇之首,走在队列最前边。沿途望去,但见本就修筑齐整的御花园,此刻亭台楼阁更是洗刷一新,就连假山石上也以红绸挽系,令整座御花园平添几分喜气。

这是为了迎接她北国的王子,她的弟弟!

阿史那颂心里升出一些傲然,随即想到当初独孤伽罗的设计、宇文护的惨败,又不由暗暗咬牙。

幸好!幸好有高宾提出这和亲之法,若不然,大周、北国决裂,她阿史那颂又当如何自处?

装点华丽又不失庄重的高台已在不远处,阿史那颂极目向另一边望去,果然见鲁国公宁文邕在前,杨忠、尉迟迥等众臣随后,都是一袭崭新朝服,阔步而来,视线顿时胶着在宇文邕的身上,再不稍离。

两队人越走越近,在台前相遇,众臣齐齐俯首,算是向众命妇行礼,众命妇微微福身还礼。而后众人同时转身,男子在左,女子在右,踏上台阶两侧,踩着大红地衣登上高台。

起身一瞬,阿史那颂忍不住向宇文邕望去一眼,却见他目不斜视,昂首阔步,自顾自踏阶而上,目光竟不向她稍斜,不由微微咬唇,眼底皆是失望,慢慢垂下头去。

众人上到高台,分两侧在案后侍立,隔不过片刻,就听内侍尖亮的声音高呼:"天王驾到——王后驾到——"

随着他的呼声,但见十二侍卫开道,十二宫婢随行,天王宇文毓身穿一袭崭新王袍,脚踏描金绣龙宫靴,龙行虎步,踏着大红地衣登上高台,径直向居中的龙椅而来;王后云婵穿着一袭如意缎绣五彩祥云朝服,八支金丝八宝攒珠钗压发,莲步盈盈,落后半步紧随。

众臣与众命妇齐齐跪倒行礼,高声呼道:"参见天王,参见王后!"百人同呼,声势隆隆，直震穹宇。

天王、王后二人居中而坐，天王宇文毓点头，大袖一摆，扬声道："诸位爱卿、夫人免礼，入座吧！"

"谢天王！"众人再次齐呼，这才站起，向各自的位置而去，依品依阶落座。

宇文毓向下环视一眼，扬声道："今日北国王子来朝，两国再次联姻，乃我大周盛事！两国盛事！有请玷厥王子！"

"有请玷厥王子——"随着他的话声一落，内侍立刻高呼。

呼声一声接一声地传了出去，隔不过片刻，但见北国王子玷厥头缠珠丝镶珠巾，身穿深紫绣蟒袍，昂首阔步而来，大步踏上长阶，睥睨间，满眼傲色，居中向天王行礼，大声道："小王阿史那玷厥见过天王！"

虽是见礼，神情却颇为倨傲，令杨忠、宇文邕等人不禁皱眉。

宇文毓也眉梢微挑，淡淡道："王子远来是客，不必拘礼，请坐吧！"

玷厥再拱一下手，挑唇笑道："北国粗鄙，不及大周繁盛，小王此来，携一薄礼，还请天王不弃！"说着轻轻击掌，就见阶下一名北国侍卫捧着一只木匣向台上来，走到玷厥身后停住。

宇文毓微觉意外，示意安德取来，含笑道："王子当真是客气！"垂目向打开的盒子望去，不禁微微一愣，跟着伸手取出，在手中略一翻看。

此时众臣也正心中猜测这北国王子送的什么礼物，一眼望去，竟然是一部《孙子兵法》，不由错愕，面面相觑。

玷厥见众人都是满脸疑惑，心中大为得意，摇头晃脑道："《孙子兵法》是兵家圣典，送予贵国将军们研读！"

此言一出，大多官员仍不解，宇文邕、杨忠等人已不禁微微皱眉。

看来，伐齐一战，宇文护战败，这北国王子仍然心中不忿，这是讥讽他大周无将可用啊！

第三十四章

计中计伽罗起疑
QUEEN DUGU

　　天王宇文毓微怔之后，也瞬间明白，心中暗怒，脸上却不动声色，将兵书放回匣中，命安德收起，这才慢条斯理地道："有道是，上兵伐谋，大周将士虽拼力死战，终不及北国全身而退。我大周泱泱大国，礼仪之邦，于这用兵诡道，与贵国自然有不同的见解，王子盛意，先行多谢！"

　　是啊，我大周确实惨败，不能否认。可是你北国不战而退，是不是因为兵法学得好，走为上策？

　　这几句话说出来，大多臣子更是一头雾水，玷厥瞠目不知所对，宇文邕却忍不住闷笑出声。

　　大周战败，北国当即退兵，本来就已经背弃守望相助的盟约，而北国却以此兴师问罪，强词夺理，强压大周，就更加于理不通。

　　宇文毓这番话简单来说，就是：尔乃蛮夷，我大周礼仪之邦，不予计较！

　　玷厥王子虽似懂非懂，听到"礼仪之邦"四字，却也隐约明白，宇文毓是以"北国失礼"来对抗他所说的"大周无将"，一时不禁语结。

　　宇文毓本不欲与北国决裂，见扳回一局，见好就收，含笑道："今日王子来朝，是为我两国再结秦晋之好，就请王子一见我朝义诚公主！"

　　话声一落，也不等他示意，身旁内侍已扬声道："请义诚公主！"

　　玷厥见天王宇文毓言辞犀利，思维敏捷，再没有一丝当初唯唯诺诺，一切以宇文护之命是从的模样，心中微窒之后，倒也不敢再造次，听到内侍喝令，回身向高台末端望去。

　　那里，义诚公主穿着一袭华丽宫衣，正由两名宫婢虚扶，袅袅婷婷迈上高台，向御前而来，随后福身行礼，朱唇微启，轻声道："义诚见过天王！"声音清脆温柔，却自有一丝爽落，没有一点矫揉造作。

　　玷厥王子见她生得桃腮杏目、眉若弯柳，竟然是北国少有的绝色，不由眼前一亮，目光停在她的脸上，再也移不开半分。

天王宇文毓看到他如此模样，心中已经了然，微微一笑道："义诚，见过北国王子殿下！"

义诚公主应命，又向玷厥盈盈施下礼去，轻声道："义诚见过王子殿下！"目光盈盈含羞，举止间端庄有礼。

玷厥王子连忙还礼，忙道："公主不必多礼！"他想要伸手去扶，又生怕唐突，一时间倒不知道该如何是好。

宇文毓见状，勾唇微笑，轻咳一声唤他回神，倾身问道："王子对我义诚公主，可还满意？"

玷厥早已三魂七魄丢了一魄，闻言回神，忙道："满意！满意！小王一见公主，惊为天人，失礼勿怪！"

义诚公主粉面微红，抿唇垂下头去。

宇文毓哈哈大笑，立刻道："既然如此，朕即刻传旨，将义诚公主赐玷厥王子为妃！"

玷厥大喜，立刻单膝跪倒，向上大礼参拜，大声道："谢天王！"

义诚公主也是盈盈拜倒，轻声道："谢天王！"

宇文毓满意点头，含笑命二人免礼。

玷厥起身，大声道："义诚公主于归，是我北国万千之喜，大周盛情，小王无以为报，区区薄礼，还请天王不弃！"说完，将手一挥。

又是薄礼？

满朝文武不禁对视一眼，实不知这位北国王子在拿出《孙子兵法》之后，还会拿出什么东西来。

疑惑间，只见八名北国侍卫抬着四只描金大木箱子沿阶而上，到高台中央停住，也不等吩咐，自行掀起箱盖。

箱子被打开，顿时珠光宝气，竟将满眼的阳光也似压下去几分。四只箱子中，装的竟然全是奇珍异宝，顿令满朝众臣轻吸一口凉气。

宇文毓却只是微微含笑，点头道："玷厥王子有此诚意，朕心甚慰！"摆手命人将箱子收下。

大事议过，正宴才刚刚开始。天王宇文毓吩咐一声"开宴"，只听鼓乐声起，身着各式彩衣的宫女翩然而上，奉茶倒酒，各式佳肴流水般被送上席来，一时间，玷厥与众臣都含笑相应，举杯邀酒，一片欢乐之声。

到此时，两国联姻之事已成。阿史那颂心头微松，不觉抬眼望向对面的宇文邕。

相似的场景，四年前，是她的来归，结束了两国的纷争；四年后，历史重演，只是这一回是以义诚公主出嫁北国为结果。此情此景，不知是不是也触动了那位男子的情怀？

然而，对面并没有她期待中的回望，只见宇文邕一手握杯，唇含浅笑，一双眸子却望向高台的尽头，神情似有所待。

此时，酒过三巡，天王宇文毓起身，大声道："今日玷厥王子来朝，我两国再结秦晋之好，日后守望相助，共享太平！"

话落，立刻赢得众人满堂的呼应。

宇文毓待呼声稍停，这才道："为庆此盛事，我朝特备鼓舞，为玷厥王子接风，为大伙儿助兴！"

随着他的话落，原来悠扬柔缓的乐曲一变，轻柔中突现出一些刚劲，紧接着，鼓声阵阵，彩衣缤纷，十几名彩衣舞姬身穿白色为底、大红团花绞缬染就的舞衣，水袖飘舞，沿长阶翩然而至。在她们周围，几十名内侍一式黑衣红绸，搬抬大大小小数十面鼓，纵跃腾挪，穿梭来去，随时变幻队形，却始终不离众舞姬左右。

宇文邕的眸子瞬间点亮，眼睛一眨不眨地望向众舞姬身后。

就在第一轮急鼓敲过，但见又一道窈窕身影身穿水墨铺展的舞衣，翩跹而至，素色的舞衣在一大群大红舞衣的烘托下，丝毫不显其素淡，反而更像是万花丛中一只独立的仙鹤，给整支队伍添上浓墨重彩的一笔。

但见她楚腰款摆，水袖飞扬，手中两根系着红绸的鼓槌信手翻飞，击出一声重似一声的鼓声，却在她飞身而起，最后重重一击之后，声音戛然而止。

只这一下，声震全场，顿时赢来满堂的彩声。

独孤伽罗！

阿史那颂一眼瞧见，心头顿时一震，又转头向宇文邕望去。但见他双眸灼亮，定定地望着独孤伽罗翩然起舞的身影，嘴角浅浅含笑，双眸湛湛有神，似已浑然忘我，不知身在何处。

原来，他刚才的若有所待，是在等待独孤伽罗的献舞！

阿史那颂心头苦涩至极，垂眸掩去眼底的失落，强行挤出一抹笑意，侧身向上首的玷厥、义诚二人敬酒。

玷厥乍见独孤伽罗如此舞技，也忍不住惊讶，还不等细瞧，见阿史那颂敬酒，立时回神，与她含笑对饮。

见北国王子对眼前神技并不在意，上至天王宇文毓，下至群臣，都微感失望。

似乎感觉到场上气氛的变化，突然间，独孤伽罗飞身而起，双足连点，踩鼓而上，以一鹤冲天之势，在半空中往复回旋。

同一时间，众内侍齐声高喝，身形纵起，袖中暗藏的竹筒挥出，顿时水珠四溅，众舞姬水袖连扬，粉红花瓣伴着各式彩带如雨般飞散而出，以独孤伽罗为中心，呈放射状飘散。

而就在此时，但见独孤伽罗的身影骤然凌空倒翻，手中鼓槌疾舞中，鼓声如急雨而至，伴着花瓣、水珠飘然下落，仿若九天玄女飘落凡尘。

满堂的喝彩声中，玷厥的目光终于被场上奇妙的鼓舞吸引，他站起身来，连声叫好。

王后云婵灼灼的目光凝在独孤伽罗身上，轻声赞道："伽罗姐姐不止智勇双全，不想还有如此出神入化的舞技！"

天王宇文毓点头，望着场中起舞的人影，也是暗暗赞叹。

此时乐曲再转，声音铿锵，已到最后的高潮，但见独孤伽罗一轮急鼓之后，众舞姬手中的鼓槌都突然脱手，在空中交错向远处的鼓面击去，一击之后又立即弹回，再被抛向另一处鼓面。独孤伽罗身姿翩然，在其间穿梭，一轮鼓声时缓时急，从她手中击出，一时间，鼓槌交错，彩带翻飞，却似有一只仙鹤在其间穿行，煞是好看。

就在众人看得目动神摇时，随着一声鼓响，只见众舞姬突然水袖轻扬向两侧铺展，彩带飘飞间，顿时如万花齐放，同时独孤伽罗身形突然一收，双袖疾挥，两道水墨铺展，凌驾在万花之上。

鼓声、乐声戛然而止，独孤伽罗与众舞姬组成的图案也缓缓落下，渐渐铺展于地，独孤伽罗已率着众舞姬拜倒，由上而下望去，仍如万花丛中一只栖息的仙鹤。

满场顿时一片寂静，隔了一会儿，才突然响起雷鸣般的掌声。玷厥站起，大声喝道："好！实在是太精彩了！姑娘神技，小王当真是从所未见！"

阿史那颂微微咬唇，忍不住向对面望去一眼，但见宇文邕双眸灼亮，望向场中的独孤伽罗，早已是满脸的陶醉，不由心中一涩，袖中双手暗暗握紧，强压住心中的妒火。

天王宇文毓心中欣喜，与云婵相视一笑。

公元559年，大周与北国再次联姻，两国缔结盟约，暂得和平。天王宇文毓励精图治，勤政爱民，大力打击贪腐，百姓得以休养生息，国力渐渐强盛，天王威望与日俱增。大周众臣以为，称王不足以威慑天下，联名上奏，宇文毓遂称帝，号武成，封宇文贤为皇太子，追尊父亲宇文泰为文皇帝，追封独孤氏为皇后，大赦天下。

徐卓回京，带来一个奇怪的消息，说近几日有一支凉州的兵马偷偷潜到长安附近，并不知道意图，请伽罗和杨坚多加留意。

二人细细商议，直觉此事与宇文护有关，不能掉以轻心。

只是如今暗卫军初建，人手短缺，加之朝中多事，人手更显不足。独孤伽罗想到前几日郑祁耶相托为杨素谋差事，遂向杨坚推荐。

暗卫军是宇文毓为了对付宇文护暗中组建，不比寻常军队，杨坚思量之后，与高颎一同约见杨素，决定观其言行再做决定。

临江楼上，杨素过时不到，高颎开始失去耐心，皱眉道："此人有约不至，即便有些本事，怕也不适合进你暗卫军！"说完起身就走。

杨坚忙拦住他，劝道："杨素与我们同上战场，确实是一把好手，不妨多等片刻！"

高颎冷哼，不满道："军旅之中，目无军纪是为大错，此人不能守约，岂能遵守军纪？"

杨坚正想再劝，突然见墙上题着一首诗，"咦"了一声，念道："从军有苦乐，但问所从谁。所从神且武，焉得久劳师。相公征关右，赫怒震天威……"诗虽是魏晋时期王粲所作，但见这字笔力雄浑、苍劲有力，有志难伸之意跃然而出，不禁击案叫绝，赞道，"好字！好字！"

高颎听他念得慷慨激昂，也过来细瞧，点头道："看起来，倒是一位有志之士！"想一想，将小二唤来，问道，"这墙上的诗，是何人所题？"

小二笑道："这位爷是我们临江楼的常客，名唤杨素！"

高颎一怔，与杨坚对视一眼，迫问道："杨素？不知生得什么模样？"

小二道："身形高大壮硕，皮肤较黑，倒是相貌堂堂，生得不俗！"

杨坚含笑道："看来，正是我们认识的杨素！"他挥手命小二退去，拍拍高颎的肩，含笑道，"瞧在这字的分上，再等等吧！"

哪知道这一等，就是整整一日，杨素却始终没来。高颎叹息，向杨坚道："杨素此人急功近利，我劝你还是慎用！"说完将杯中酒饮尽，拂袖而去。

岂不知就在二人枯等时，杨素与王鹤二人已跟着赵越走进晋国公府。看到安然无恙的宇文护，杨素吃惊之余，又暗暗欣喜。

原来，宇文护是装病，看来，跟着他，还可大有作为！

宇文护望着下立二人，凌利眸光全是探究，淡笑道："你二人可知我生病？"从他装病起，这两个人没少在他府门前出现，这也是他今日将他们唤来的原因。

王鹤迟疑未答，杨素立刻点头道："回大冢宰，小人知道！"

宇文护不料他答得如此坦然，扬眉问道："既然知道，为何还要见我？"

杨素上前一步，抱拳道："回大冢宰，伐齐一战，我们虽然中齐军诡计失败，可是山谷中大家共经患难，大冢宰爱兵如子，我杨素早已决定，此生此世，唯大冢宰马首是瞻！"

王鹤被杨素抢了先机，连忙点头道："大冢宰，小人也是！"

宇文护听杨素说得情真意切，倒也有些动容，转念再问道："你们可曾想过，我既生病，如今为何又安然无恙？"

王鹤一窒，又说不出话来。

杨素只是微微一默，抬头向宇文护望了一眼，这才试探着回道："回大冢宰，小人是想……是想大冢宰痛失爱子，一时心灰意冷，不愿过问朝政，才……才会装病……"说到后句，心里终究有些不稳，不禁有些忐忑。

王鹤闻言，却暗暗心惊。

宇文护装病，这可是欺君之罪，这杨素堂而皇之地说出来，就不怕宇文护杀他灭口？

眼看着宇文护一脸冷肃，二人心里正在暗暗打鼓，却见他突然哈哈大笑，点头道："不错！不错！果然是男儿赤胆！只是，此事极为隐秘，你就不怕我杀你们灭口？"

王鹤大惊，"扑通"一下跪倒，连连磕头，颤声道："大冢宰饶命！"

杨素微一迟疑，也跟着跪倒，却向上拱手，朗声道："大冢宰若不愿我二人得窥天机，大可对我二人置之不理，如今既然命人将我二人唤来，大费周折，总不会是为了我二人这两条小命！"

宇文护微怔，注视他片刻，这才又笑起来，点头道："好！好！有胆有识，才配跟着我宇文护！"说完向赵越微微摆手。

赵越上前，送上两个钱袋，含笑道："二位兄弟日后就是自己人了，从此效忠大冢宰，事成之后，封侯拜相，指日可待！"

杨素、王鹤大喜，连忙谢过，立誓效忠。

看着护卫送二人离去，宇文护起身，踱到廊下，看着鸟笼中已死的鹦鹉，眸中透出一抹阴冷，淡淡道："时机已到，你传令凉州的那队人马，可以依计行事了！"

这只鹦鹉，服的是和宇文毓相同的毒药，鹦鹉一死，宇文毓也已离死不远！

赵越自然知道他的意思，嘴角勾出相同的冷意，躬身领命，快步而去。

徐卓带来的消息事关长安的安危，杨坚等人不敢怠慢，高颎带领暗卫军一个小队，乔装出城暗察。

本来以为，调兵的人若有所图，必然行事诡秘，不是一朝一夕能有眉目的，哪知道不过两日，高颎当真抓了四名凉州口音的商人回来，将一封调兵文书往杨坚手里一拍，皱眉道："果然是凉州的兵马，在他们房中还查出官制的兵刃，只是任我们如何审问，都坚决不说是何人调兵！"

杨坚脸有忧色，摇头道："暗卫军也查到，近几日有不少生面孔趁夜出入晋国公府，若说此事与宇文护无关，也未免太过巧合！"

独孤伽罗一边烹茶，一边听二人谈话，此时突然道："高大哥，那四个人假扮凉州商人，你如何瞧出破绽？"

高颎"嗨"了一声，摇头道："那几人口音极重，我们本就已经留意，哪知道他们说到什么窖子里的姑娘，竟然动手，一瞧就是习练有素，哪里是什么商人？"跟着将如何在驿站遇到四人，如何探问他们的底细，又如何激四人动手的事，细细说一回。

独孤伽罗皱眉，低声道："凉州的兵马秘密调来长安，不但轻易被我们察觉，他们还假扮商人，跑去驿站招摇……"说到这里，骤然停住，看看高颎，又看看杨坚，一字一句道，"不对，这里有鬼！"

"怎么？"两名男子同时挑眉。

独孤伽罗摇头道："这几人所作所为，若说是凑巧，更像是故意要引起高大哥注意。若果然如此，他们此举一定是想吸引开我们的注意，用来遮掩他们真正的目的！"

不只如此，还好巧不巧，房间里藏着兵刃不说，还有调兵文书！

被她一提，高颎、杨坚二人同时一惊，互视一眼，都微微点头，同声道："声东击西！"

想明白此节后，杨坚一跃而起，快速道："我立刻命人出城，查探旁处兵马有没有异动！"也不和高颎客套，随意将手一拱，而后径直大步而去。

高颎也跟着起身，冷哼道："我就不信，重刑之下，他们真的能死扛到底，这幕后之人，非查出来不可！"说完向独孤伽罗拱一拱手，也大步出府。

两个人说走就走，片刻间走得无影无踪，独孤伽罗看得好笑又无奈，轻轻摇头，慢慢替自己斟上一杯茶细品，思绪却不禁在刚才所说的消息里徘徊。

如果凉州兵马当真是个幌子，背后要掩盖的，必然是旁处的兵马。可是，只有城外的兵马又如何举事？

想到这里，她不禁微微皱眉，凝思间，一个念头在脑中升起，失声道："糟了！"霍然站起，连声命人备车，快步出府，直奔皇宫。

第三十五章

防毒手云婵殒命
QUEEN DUGU

云婵因为百姓房屋破旧之事，刚刚和阿史那颂等人商议完毕，见到独孤伽罗来，忙迎上去，笑道："怎么伽罗姐姐这会儿才来，旁的夫人们刚出宫！"握住她的手，慢慢前行，将众命妇的话细说一回，轻声赞道："鲁国公夫人不愧是北国公主，能想出按片为百姓建房子的法子！"

独孤伽罗听她说完，含笑点头道："鲁国公夫人考虑得极为周详！"说完左右看看，将她的手一紧，靠近一些，低声道，"皇后，我此次进宫，是有要事和你说！"

云婵见她神色凝重，示意南枝带着众宫女停步，自己跟着她走出一段，才问道："何事？"

独孤伽罗低声道："早在去年，暗卫军就在附近几州发现有不明来历的藏兵，今日又得知凉州兵马有异动。我细细想过，若只是城外调兵，不要说逼宫，就是攻破长安也并不容易，只恐怕宫里有什么变数，所以你必得加意提防！"

云婵大惊失色，结结巴巴道："你……你说逼宫？那……那皇上……"

独孤伽罗郑重点头，将她双手紧紧握住，低声道："长安城内，有鲁国公和高大哥在，定会加强防守。就是这皇宫内外，也会增派禁军。如今我担心的，是你们的身边人，皇上的饮食，你必得万分小心！"

云婵初经大事，一张小脸儿由白转青，又由青变白，隔了好一会儿，才似下定极大的决心，轻轻点头，低声道："姐姐放心，我一定会多加小心！"

独孤伽罗看着她坚定的眼神，微微松一口气。

经过两日的暗查，杨坚终于查到，各州县竟然都有小队的人马调动，全部指向长安，再加上之前四州的人马，人数竟然不少，心惊之余，即刻请高颎进宫，向皇帝回禀。

高颎不敢耽搁，会同宇文邕一起进宫，将此事前后向皇帝细说一回。宇文邕道："皇上，如今宇文护各地的亲信都在赶往长安，恐怕他立刻就会造反！"

宇文毓也暗暗心惊，咬牙道："当初还是我心太软，留下这个祸根！"

高颎沉吟片刻，而后回道："那几路兵马，已经被暗卫军盯上，若我们此时动手，攻他们一个措手不及，自然可以将一场大祸消于无形，只是名不正言不顺，不但会落人口实，也拿不到宇文护的罪证！"

宇文邕点头，跟着道："若是等宇文护动手，我们自然可以名正言顺将他拿下，只是，如今仅我们知道的兵马就已数万，长安城内还不知有多少接应，到时恐怕会是一场苦战，更何况，还有城中无辜的百姓！"

是啊，这两个办法，各有利弊，让人难以取舍。

宇文毓皱眉，凝神思索，相互权衡。

高颎想一想，又道："或者，微臣率领数十高手，趁夜摸进晋国公府去，一不做二不休，将他直接做了，到时群龙无首，那几路兵马自退！"

宇文邕连忙摆手道："使不得，那些人既然追随宇文护多年，就不会是安分守己之辈，我们杀宇文护容易，届时被这些人散去，再暗中谋逆，就再也无从追查！"

听到这里，宇文毓连连点头，一拍龙案站起，沉声道："那就将各处死死盯住，暗中调动兵马围困，长安城内加强戒备，只等他们一动手，我们即刻后发制人……"话说半句，突然眼前一黑，感觉到一阵眩晕，胸口烦恶欲吐。

宇文邕见他身子摇晃，站立不定，大吃一惊，忙上前扶住，问道："皇上，你怎么样？可是身子有恙？"

宇文毓定一定神，眼前的黑暗褪去，微微摆手，苦笑道："想来是近几日太过劳累，常常会力不从心，太医已经瞧过，无妨！"

宇文邕这才放心，与高颎一同向他行礼，说道："如此，臣弟与高将军速去布置，以保万全！"

宇文毓点头，无力多说，只是摆手命退。

宇文邕、高颎二人出宫，径赴废弃酒庄，前院里，杨坚早已等候，见到二人进来，忙起身相迎，问道："皇上怎么说？"

宇文邕和高颎互视一眼，将方才宫里的话转述一回。宇文邕吁一口气，含笑道："幸好伽罗窥破他们的阴谋，若不然，我们专心对付凉州兵马，又如何能够察觉旁处兵马的异动？"

杨坚也跟着点头道："如今我们尽知他们兵马动向，只要暗中监视，严密布置，到时只要他们举兵，我们就可将他们一网打尽，到时铁证如山，谅那宇文护再也难以狡辩。"

高颎听二人一说，顿觉信心满满，重重点头，高声道："不错，只要你我兄弟同心，必除奸佞！"

杨坚也是血脉偾张，跟着道："不错，兄弟同心，必除奸佞！"伸手与高颎手掌交握。

宇文邕眉梢微挑，伸手将二人手掌握住，含笑道："既然如此，我们何不结为兄弟？"

高颎、杨坚二人同时一怔,问道:"结为兄弟?"
　　宇文邕点头道:"不错,我们同经患难,始终相互扶持,不是兄弟,却胜似兄弟,何不义结金兰,日后同心携手,扶危济困,闯一番事业!"
　　二人被他说得满怀激荡,同时点头,大声道:"好!"
　　三人都是豪迈男儿,既已说定,也不再另选日子,当即以草为香,在院子里跪倒,对月长拜,洒酒以贺,结为兄弟。
　　三人细序年齿,以高颎年纪最长,称一声大哥,杨坚又大宇文邕两岁,称一声二哥,宇文邕就是理所当然的三弟。
　　八个响头磕过,三人起身,握手大笑,心中情绪激荡。
　　定下除奸之计后,皇帝宇文毓心中也暂得一时宽松,难得放下奏章,携云婵、宇文贤往御花园散步。
　　云婵见他脸色越发苍白,心中担忧,劝道:"皇上脸色不好,还是请太医诊诊的好!"
　　宇文毓摇头,叹道:"不过是朝政辛劳罢了!"侧首回视,见身畔女子容颜恬静,清灵俊秀,一双盈盈水眸满含着关切,定定地注视他,不由心中情动,柔声道,"倒是你,一个女儿家,本该在闺阁中安享荣华,可是跟着朕,吃许多苦头不说,还要为百姓的生计奔波!"想到最初对她的种种,心中更加说不出的愧疚。
　　云婵满腹柔情被他勾动,抿唇浅笑,低声道:"臣妾今生能为陛下之妻,于愿足矣!"
　　盈盈水眸,脉脉含羞,拨动宇文毓心底最敏感的心弦,他忍不住将她纤手握住,轻声道:"云婵,朕能得你,也是万千之幸!"
　　是啊,当初宇文护送她进宫,本来是想在他身边安插下一枚棋子。却不料,云婵生性纯良,对他宇文毓更是坚贞不二,当真是他宇文毓之幸!
　　二人双手交握,想着过往种种,恍如过眼烟云,只有此一时,此一刻,他心中有她,她心中有他,浑然忘记身在何处、自己是谁。
　　被遗忘成空气的太子看着二人眼神缠绵纠缠,忍不住轻咳一声,转身背对他们,含笑道:"既然父皇、母后不需要儿臣,儿臣先请告退!"话虽如此,一双脚却钉在原地一动不动。
　　他一句话,顿时将那二人飘荡的神思唤回,云婵一张脸儿顿时涨得通红,忙将手从宇文毓手中抽出,咬唇垂头,且羞且喜。
　　宇文毓却含笑望着宇文贤,双手负后,点头道:"哦,贤儿要走,那就去吧,今日的功课,再多做一回!"
　　宇文贤大惊,忙转身叫道:"父皇!"
　　云婵见他一脸慌急,忍不住"扑哧"笑出声来,忙将他拉住,笑道:"是父皇说笑,贤儿不必当真。"
　　宇文贤见宇文毓满脸的笑意,明白上当,不依道:"父皇,君无戏言,岂能随意取笑儿臣？"

宇文毓挑眉，含笑道："既然是君无戏言，若不然贤儿当真回去做功课？"

宇文贤连忙摆手，连声道："父皇说笑，儿臣岂会不体圣意？"

这话说得宇文毓与云婵一同笑起来。

三人说说笑笑，在御花园中闲逛一回，看日头渐落，云婵担心宇文毓身子，劝他回去歇息。

四更时分，云婵早早起身，只带南枝一人，向御膳房而去。

到五更，宇文毓要早起上朝，这个时辰炖好汤品，恰巧赶在他上朝前送去，也免得他空着肚子。

这个时辰，御膳房除去守夜的小太监，还没有人影。二人见那小太监窝在门洞里打盹，也不唤醒，自顾自向里边去。

越过御膳房大厨房的门口，再往前，是专用的小厨房，这个时候，云婵突然发现腰间的玉佩不知所踪，急忙命南枝沿路回去寻找，自个儿沿走过的路一路找去。

走走停停，始终没有看到玉佩的踪影，云婵心中焦急之余，又多出些庆幸，幸好亲手替皇帝绣的桃形香囊还在。

她将香囊握在手中细细摩挲，想到宇文毓的温情，嘴角不觉露出一抹甜甜的笑意。

别人哪里能想到，高高在上的君王，竟然那么喜欢吃桃子！

她含笑转身，透过御膳房半开的窗扇，就见安禄正将一只只桃子泡进一盆清水，隔一会儿后，又用竹夹夹出来，放在托盘中，其间还时不时抬头，留意四周，似是怕被人知觉。

云婵见他举止怪异，不由微怔，瞬间想起伽罗的话，不由心头一紧，立刻推门进去，大声喝道："安禄，你在做什么？"

安禄乍见她闯进来，大吃一惊，跟着见她身边无人，才略略定神，躬身道："回皇后，这桃子在糖水中浸泡，更增口感罢了！"

云婵似信似疑，皱眉道："是吗？你吃一个给本宫瞧瞧！"

安禄讪笑，慢慢凑近她，躬身道："娘娘说笑，这桃子可是给皇上的贡品，奴才又怎么敢？"话音未落，一只手突然探出，直接掐上云婵脖颈，冷声道，"此事本与你不干，可你偏偏闯来，那就怪不得奴才！"说话间，早已将她推到墙角，手指用力掐下去。

云婵喉咙被他掐住，想喊，喊不出声，想挣扎，却又挣扎不开，一双眸子死死盯着安禄，心底却说不出地愤恨。

原来，是这个人，他隐藏在皇帝的身边，对皇帝加以毒害。这些日子以来，皇帝吃的桃子，竟然有毒！

想到这一节，她心中一阵锐痛，手指触到掌中的香囊，立刻拼命握紧。

但愿！但愿！但愿皇帝看到她的尸体，看到这个桃形的香囊，会联想到桃子！但愿，她还来得及救他！

呼吸渐渐困难，眼前越来越黑，终于，她陷入无知无觉之中，而一双怒睁的眸子，却仍然死死盯着安禄。

惊闻皇后身亡，宇文毓顿时心胆俱裂，哪里还顾得上什么帝王威仪，疾步奔过整个皇宫，跌跌撞撞冲进崇义宫，一眼看到床榻上静卧的云婵，整个人几乎疯狂，踉跄着扑上去，一把将她抱住，连声叫道："云婵！云婵！你醒醒！你醒醒啊！不要和朕开这种玩笑！"

可是，怀中女子失去了她原有的温度，甚至，也失去了她原有的柔软，只是僵硬冰冷地躺在他的怀里，不会说，也不会动，更不会紧张、羞涩得结结巴巴。

身畔安德也十分震惊，看到他这副模样，不禁担心，拭一把泪，躬身劝道："皇上，龙体要紧，节哀啊！"

安禄眸中含着一抹阴冷，脸上却是一层悲戚，也忙跟着假意劝道："是啊，皇上保重龙体。"

宇文毓恍若不闻，颤抖的手指抚过云婵的发鬓、云婵的面颊，最后落在她带有红紫掐痕的脖子上，不禁悲愤莫名，咬牙问道："究竟是发生什么事？昨日她还和朕有说有笑，为什么？为什么？"

为什么只是这短短一个时辰，她就会变成一具无知无觉的尸体？

南枝伏在地上，早已泣不成声，摇头道："皇上，都怪奴婢！都怪奴婢！娘娘说她不见了玉佩，奴婢就回头去找，等找到玉佩回来，就看到娘娘……"说到这里，心中又酸又痛，痛哭失声，叫道，"是奴婢的错，不该留娘娘一人！"

宇文毓轻轻摇头，低声道："玉佩，只为了一枚玉佩！云婵，朕的云婵！"双手紧紧抱住云婵的尸体，哀痛欲绝。

只是，任他如何呼唤，云婵已不能再应一声，随着他的动作，手臂无力地垂下，手指却仍僵硬地紧握着。

禁军左宫伯杨整强压住心中的不忍，上前劝道："皇上，臣已命人彻查皇宫，必会将凶手找出来！"

宇文毓轻轻摇头，只觉胸口闷堵，几乎难以呼吸，许久说不出话来。

凶手能轻易在皇宫中杀人，又岂是那么容易找出来的？即使找出来又能如何？他的云婵……已经没了！

想到最后一节，他心中的哀痛铺天盖地而来，更加不能断绝。他搂紧云婵的身子，再次痛哭失声，手指颤抖地去握她的手掌。

纤细的手掌早已失去往日的绵软，而变得冰凉僵硬，紧紧握着，几近痉挛。

宇文毓微觉不解，低头去看，见她拳头紧握，边缘露出红绸一角。

云婵至死都紧握在手里的东西，难道和凶手有关？

宇文毓微怔，慢慢将云婵的手指扳开，但见露出一只绣工精美的桃形香囊，更加迷惑不解。

南枝看到，又忍不住落下泪来，低声泣道："皇上，这是娘娘为皇上绣的香囊，还不曾送给皇上，就……"说到后句，又忍不住落下泪来。

就在此时，只听门外脚步声匆匆，太子宇文贤跌跌撞撞地冲了进来，一眼看到云婵的尸体，悲声叫道："母后！"扑前跪倒，痛哭失声。

宇文毓颤抖着将他抱住，再一次泪如雨下。

窗外，一道闪电划破长空，撕裂了夜幕，令整个夜空看起来多了几分狰狞，随着一声巨雷的炸响，暴雨倾盆而下。

宇文毓穿着一身素衣，呆呆地坐在灵床边。看着闪电划过窗外的夜空，眼前似乎看到一张狰狞的脸，他突然打一个哆嗦，霍然站起，眼见灵床边放着压魂的宝剑，顺手抽出来向殿外冲去。

殿门外，禁军左宫伯杨整见他双眸通红，直直地冲出来，直奔宫门，吓了一大跳，急忙上前拦住，连声道："皇上，你去哪里？皇上！"

宇文毓全身颤抖，双眼直勾勾地盯着宫门，咬牙切齿地道："是他！是他！朕要杀了他，为皇后报仇。"也不用手去推，横冲直撞撞开杨整，向外直闯。

杨整大惊，急道："皇上，不可！"已顾不上君臣之礼，一把将他拦腰抱住，连声道，"皇上！皇上此刻前去，于事无补，求皇上三思！"

可是愤怒之下的宇文毓又哪里听得进去，咬牙狂吼，拼力挣扎，怒声吼道："放开我！放开我！"

杨整却不为所动，死死抱住他跪倒在地，连声道："皇上，臣但有一口气在，绝不敢放皇上出宫，皇上若是强闯，臣唯有一死！"

宇文毓暴怒，怒喝道："你道朕不敢杀你？"手中长剑当刀，向他身上劈去。

众禁军一见，顿时失声惊呼。

杨整不闪不避，仍死死将他抱住，大声道："臣纵一死，亦不敢私离职守，有负君恩！"

眼见杨整就要血溅当场，宇文毓残存的理智令他一愣，手臂骤停，手中剑却收势不及，磕上杨整的额头，顿时鲜血长流。

鲜红刺目的颜色顿时令宇文毓一醒，只是，心中的悲伤愤怒如狂潮疾卷，掩盖了暴雨，掩盖了雷电，偏偏无从发泄，他忍不住怒声狂啸，大声叫道："宇——文——护！"手中长剑疾挥，在雨中乱劈乱刺，仿佛宇文护就在那风雨中一般。

惊闻皇后身亡，独孤伽罗如遭雷击，喃喃道："为什么？为什么？"

皇后云婵生性纯良，不管是与城里百姓，还是朝中命妇，都相处甚欢，从不与人结怨，又怎么能想到，有人会向她施以毒手？

杨整额头上的伤口已经包扎好，想到昨夜的惊险，也是心有余悸，摇头道："皇上认定是宇文护动手，昨夜竟然要提剑报仇！"

杨坚望了独孤伽罗一眼，低声道："皇上一连有两任皇后死在那老贼之手，但有一丝血性，如何能忍？昨夜之举虽说冲动，也在情理之中！"

独孤伽罗默默静听，听他说到自己大姐，心中微酸，却突然问杨整："你说皇后是死在御膳房里？"

杨整点头道:"是!那时御膳房中已没有人,跟着的宫女说,皇后是去给皇上备汤品,一时落单,不想就遭了毒手!"

独孤伽罗脸色微变,失声道:"糟了!"看看杨坚,又看向杨忠,一字一句道,"凶手的目标,是皇上!"

此话一出,众人齐惊,杨忠脸色微变,急声问道:"何以见得?"

独孤伽罗的目光扫过在场众人,而后她轻声道:"虽然并无真凭实据,可是皇上和我们,都知道是宇文护所做!"见众人点头,微顿一瞬,又接着道,"如今宇文护各处兵马异动,正是风雨欲来之势。云婵虽说不愿受他指使,却也并不会成为他的阻碍,他没有非除去云婵不可的理由!"

是啊,如果幕后真凶果然是宇文护,杀掉云婵无疑是打草惊蛇。而宇文护老谋深算,纵对云婵有什么不满,又怎么会蠢到这个时候动手?

杨忠沉吟片刻,而后向独孤伽罗问道:"这些推断虽然合情合理,可是你可有什么依据?"

独孤伽罗点头,看看杨坚道:"那日我们查到城外有兵马调动,虽然人数不少,但不足以攻破长安,城内必然会有人接应!"

这些情况,杨坚和高颎、宇文邕二人曾经反复推敲,自然知道实情,对上她的眸光,微微点头。

独孤伽罗接着道:"纵然城内有接应,能够攻破长安,想要进宫,也还有一场血战。我想,最好的法子就是从皇上身上下手,所以进宫提醒云婵!"跟着她将那日进宫,向云婵示警的事细说一回,眸中露出些悲痛,低声道,"必定是云婵在御膳房发现了什么,才会遭人毒手!"

第三十六章

受暗算皇帝托孤
QUEEN DUGU

杨忠大吃一惊，失声道："你是说，有人在皇上的饮食中动手脚？"

能在皇帝饮食中动手脚的，不但是宫里的人，还是皇帝身边的人！

杨整也惊得脸白，喃喃道："难怪我搜遍整座皇宫，都不见凶手的踪迹。"

如果本就是皇宫里的人，任他如何搜查，又怎么能够查出？

杨忠点头道："不错，皇上若有不测，朝中群龙无首，到时再兵逼长安，整个朝政大权就又会落入宇文护之手！"

杨整变色道："如此一来，整个朝廷又风云巨变，乾坤逆转，那我杨家岂不是危矣？"

杨忠起身，在厅中踱步，隔了一会儿在门前停住，慨然道："逆贼横行，国难当头，我杨家护国有责，又岂能只为了一家安危缩手缩脚？"

寥寥数语，老将风骨凛然而出，听得杨坚、伽罗二人连连点头，杨整不禁汗颜，点头道："父亲言之有理！儿子必当尽心尽力，护卫整座皇宫，若宇文护敢来，必与他拼个鱼死网破。"

杨忠点头，眸中露出些欣慰，独孤伽罗却纤眉微拢，眸中都是忧色。

皇后身亡，朝中局势骤紧，杨家父子几人分头各自忙碌，独孤伽罗前思后想，放心不下皇帝，换上一身素服，以祭奠皇后之名进宫，直奔文昌殿。

文昌殿里，宇文毓一个人坐在龙榻上发呆，不说不动，只是怔怔地看着手里的香囊。

看到独孤伽罗进来，安德急忙迎上，连声道："杨夫人，你劝劝皇上吧！"

独孤伽罗望了宇文毓一眼，但见他神情恍惚，不禁暗暗担心，低声问道："皇上如何了？"

安德摇头，低声道："从皇后出事，这几个时辰，皇上水米不进，不眠不休，只是盯着皇后留下的香囊发呆。皇上身子本就不好，若是再这样下去……"话说半句，连连摇头。

独孤伽罗轻叹一声，慢慢向宇文毓走去，福身行礼道："臣妇独孤伽罗见过皇上！"

听到独孤伽罗的名字，宇文毓身子微微一动，却也只是抬头看她一眼，就又将头垂下，看着手里的香囊发呆。

独孤伽罗起身，慢慢过去，在他面前跪倒，轻声道："皇上，皇后在天之灵，必不愿皇上如此伤心！"

宇文毓轻轻摇头，低声道："是朕负她良多，本来以为，往后有许多的岁月可以弥补，可是……可是她竟然等不到！"

想当初云婵进宫，只因她是宇文护的外甥女，他不但对她厌恶至极，还时时伤害她。如今，他总算明白她的一片心意，想要与她共度后半生的时候，她竟然就这么走了！

独孤伽罗心中也觉一阵酸痛，勉强压下，看看他手里做工精致的香囊，轻声问道："皇上，这是皇后送给皇上的香囊？"

宇文毓摇头，又跟着点头，低声道："南枝说，她本是要送给朕的，可是……可是还没有来得及，就……就被人所害。她临去时，手里还紧紧握着，她……她临去时，还是在念着朕啊！"说到这里，再也忍不住心里的悲痛，热泪滚滚而落。

独孤伽罗见他悲伤得不能自已，微微咬唇，低声道："皇上可曾想过，皇后临去，手里握着香囊，不是因为她惦着皇上，而是因为，她发现了与皇上有关的什么事情，才遭毒手？"

宇文毓一怔，霍然抬起头来，落泪的眸子大睁，颤声道："你说……你说她是因为朕被害？"

独孤伽罗点头，轻声道："皇上请想，皇后去御膳房，是为皇上准备膳食，却在御膳房中被害，显然不是有人蓄谋，必是撞见了什么见不得人的事情！"

宇文毓喃喃道："撞见了见不得人的事情……"他微微皱眉，苍白的脸色更白了，握住香囊的手用力握紧，身子开始不自觉地颤抖，哑声道，"在御膳房撞见见不得人的事情，又是与朕有关，只能杀人灭口。难道……难道是有人……有人……"

独孤伽罗见他已经想通，缓缓点头，沉声道："宇文护动手在即，山雨欲来，这个时候断不会与皇后为难。定是有人要害皇上，在膳食中动手脚，却被皇后撞见，只好杀人灭口！"

宇文毓悚然一惊，咬牙道："也就是说，凶手就在御膳房！"

独孤伽罗点头道："纵不是御膳房里的人，至少能查到些端倪。皇上一味在这里伤心，皇后的大仇，就不报了吗？"

宇文毓脸色骤变，霍然站起，握紧手中香囊，点头道："若真如此，云婵是为朕而死，朕必要为她讨一个公道！"说完，径直向外冲去，哪知道刚刚走出几步，突然胸口一甜，一口黑血激喷而出，身子轻轻一晃，扑前摔倒。

伽罗、安德大惊失色，急忙抢前扶住他，连声呼唤，却见他已双目紧闭，昏了过去。

伽罗惊得心胆俱裂，急声道："太医！快传太医！"

殿门口安禄耳听着独孤伽罗层层剖析，将矛头直指御膳房，早已心中暗惊，看到此情此景，心底微微一松，嘴角泛出一抹冷然笑意，躬身领命，转身而去。

眼看着宇文毓昏迷不醒，太子宇文贤早已慌了手脚，只会在龙榻前哀声痛哭，独孤伽罗心中又忧又急，却又无可奈何，想到宇文毓口中吐出的黑血，一颗心早凉了半截。

虽说她不通医术，可是，本该是鲜红的血，此刻呈现黑色，她也知是中毒的迹象。

难道，云婵虽然发现了什么，可终究还是晚了一步？

她心中焦急，眼看着太医环绕中，宇文毓还不知几时会醒，暗暗咬牙，转身退出来，自己向御膳房走去。

云婵新丧，御膳房已被禁军封禁，应该能查出些蛛丝马迹。

哪知她刚刚走出文昌殿，就听身后有人呼唤，转身见安禄气喘吁吁地赶来，急声道："夫人慢走！"

独孤伽罗停步，问道："何事？"

安禄苦笑道："回夫人，皇后新丧，这大葬的仪典还要皇上拿主意，可是……皇后娘家人，也只有大冢宰在京，偏偏大冢宰又是那等情状。夫人与皇后情同姐妹，奴才也是没法子，才敢惊动夫人！"

皇帝昏迷不醒，自然拿不出什么主意。而宇文护称病不朝，想来也不会来管云婵的丧事。

独孤伽罗无奈，只得道："那我随公公走一遭吧！"于是她跟着安禄前往处理云婵的后事。

她本来以为片刻就回，哪知道等到一切安置妥当时，已经日影西斜。她担忧宇文毓病情，只好先往文昌殿而去。

直到黄昏时分，宇文毓才悠悠醒转，见太子宇文贤跪在龙榻前，早已哭得上气不接下气，独孤伽罗与太医、内侍们侍立，微微闭眼，轻声叹道："都出去吧，贤儿和伽罗留下！"

众人微怔，又不敢违逆，只得齐声领命，退出殿外，只留独孤伽罗与宇文贤二人。

独孤伽罗知道他有话说，也不再拘礼，慢慢上前，在龙榻边跪倒，轻声道："不知皇上有什么吩咐，但讲无妨！"

宇文毓轻叹一声，伸手轻抚宇文贤发顶，轻声道："朕知道，朕大限已到，要去找你姐姐和云婵了，如今放心不下的，只有贤儿！"

宇文贤大惊失色，连连摇头，大声哭道："父皇，不会的！你不会丢下贤儿！父皇！"

宇文毓嘴角微挑，竟然露出一丝笑意，轻声道："傻孩子，人都难逃一死，你母后是，云婵母后还是，父皇也一样是！"

宇文贤疯狂地摇头，连声道："不！不会！父皇，你不要吓儿臣！"双手紧紧抓住他的胳膊，生怕一松手，他就这样消失得无影无踪。

独孤伽罗轻轻叹息一声，轻拥住宇文贤，轻拍他背脊，柔声道："贤儿，听父皇说完！"

宇文贤抽抽噎噎忍住哭声，抓着宇文毓的双手却不肯放松。

宇文毓轻叹一声，慈爱的目光凝在爱子身上，低声道："宇文护为人奸险，朕这一生，虽然先为天王，后为皇帝，却始终活在他的阴影之下，甚至不能保护自己的妻子。贤儿是朕的独子，朕不想让他再步朕的后尘！"

宇文贤听他提到自己的母后和云婵，心中越发悲愤，摇头道："父皇，儿臣必会手刃此贼，为两位母后报仇雪恨！"

宇文毓连声咳嗽，一时说不出话来，隔了好一会儿才轻轻摇头，低声道："你年纪还小，又岂会是他的对手？你记着，父皇只想你快快乐乐地长大，平平安安地过此生！"

宇文贤埋首在他身上，痛哭失声道："父皇，儿臣有父皇在，才能快乐，你不要丢下儿臣！"

宇文毓见他哭得哀切，心头有瞬间的柔软，轻声道："贤儿，这皇位、这江山，本该是你的！可是，你年纪还小，守不住，反而累及性命，你不要怪朕！"

宇文贤摇头，哭道："父皇，儿臣不要什么皇位，不要什么江山，儿臣只想陪着父皇！"

是啊，在别人眼里，皇帝高高在上，受万众叩拜，那至尊之位，更是多少人拼命想要爬上去的。可是，他自幼眼睁睁地看着父皇受宇文护欺凌，连自己的母后也是被逼而死，如今又是云婵。

这皇宫对他来说，处处阴森恐怖，皇位对他，不只没有诱惑，甚至，他还有些畏惧。

宇文毓闭一闭眼，压下满心的酸痛，这才向独孤伽罗道："伽罗，是朕一时妇人之仁，没有斩草除根，才令那老贼死灰复燃。如今，朕再无力与他一争，只求你，将贤儿送出大周，远离那老贼的魔掌。"

此话一出，独孤伽罗和宇文贤齐惊，宇文贤痛哭喊道："父皇，儿臣不走！"

独孤伽罗急道："皇上，宇文护谋反，鲁国公和高大哥已经在追查罪证，我们还有机会，皇上不能放弃啊！"

宇文毓轻叹一声，闭眼摇头，轻声道："朕怕是等不到了！"一手抓住宇文贤的手，狠心将推拉开，低声道，"走！走吧！"

"父皇！"宇文贤大哭，摇头道："不，儿臣不走！不走！"

宇文毓眸中全是哀痛，向独孤伽罗道："快，带他走！"

"皇上！"独孤伽罗低喊。

"走！"宇文毓连咳数声，嘶声道，"你姐姐泉下有知，必会同意朕的决定，不要让她在天之灵不安，也不要让朕死不瞑目！"

"皇上……"独孤伽罗张了张嘴，已无言再劝，看着他眸中的决绝，狠狠咬唇，点头道，"皇上放心，伽罗必会不负重托！"说完磕一个头起身，一把拖起宇文贤，转身向殿外就走。

宇文贤大惊，嘶声叫道："不！我不走！父皇！父皇！"

独孤伽罗一把将他的嘴捂住，痛声道："贤儿，你父皇拼尽最后的心志，只为救你，你真要你父皇死不瞑目吗？"

宇文贤一窒，呼声顿停，眼泪不停滚落，隔了好一会儿才轻轻点头，任由独孤伽罗拖拽而行，回头恋恋不舍地望着文昌殿的宫门越来越远，终于消失在视线里。

听到皇帝病重的消息，宇文护顿时双眼发光，再三向太医确认之后，激动地在厅中走来走去，冷笑道："终于等到这一日！"他唤来杨素，吩咐道，"你去西郊，命藏在那里的兵马准备，随时跟我进宫！"

杨素应命，正要离开，却被李文贵拦住。李文贵向宇文护躬身道："大冢宰，杨素入府不久，怕是眼生，以防万一，不如属下去吧！"

杨素见他抢自己的差事，不禁一愣，微微皱眉。

宇文护倒无可无不可，挥手道："去吧，一切小心！"

李文贵大喜，高声应命，得意地向杨素抛去一瞥，随即快步而去。

风雨欲来，对晋国公府的监视早已成为重中之重。

此时，高颎、杨坚二人带着马冰、李潇等十几名暗卫军亲自监守，乍见李文贵神气活现地出来，不复往日的畏缩，不由微微扬眉，对视一眼。

杨坚见高颎点头，立刻吩咐马冰回去调配人手，命李潇留下继续监守，自己和高颎带着几名暗卫军悄悄跟了上去。

眼看宇文护重掌大权的日子在望，李文贵但觉意气风发，似乎已跟着鸡犬升天，浑然不知道身后已经有人跟踪。

他直赴西郊藏兵的营地，将令符交给严统领验看，又将宇文护的命令传达一回，而后拍拍严统领的肩，大声笑道："严统领，我们终于等到这一日了！"

严统领也开怀大笑，立刻命属下烹肉上酒，要与李文贵一醉方休。消息传开，整个营地顿时一片欢腾。

一场酒，从黄昏饮至半夜，酒酣耳热，气氛也推向高潮。哪知道就在此时，蓦然间，但闻不远处一声喝令："全部拿下！"随着喝声，四周林中人影闪动，已不知有多少兵马杀来，营中兵将正在举酒豪饮，没有一丝防备，刚刚跳起，就已被暗卫军全部打翻在地。

杨坚与高颎一人一个，将李文贵和严统领擒住，互视一眼后，扬声喝令，将所有人带回城去，严加审问。

独孤伽罗趁着夜色出城，将宇文贤和南枝交给吴江，一路护送离开大周。看着马车遥遥而去，终于没有了踪影，她这才回去，进宫向宇文毓复命。

直赴文昌殿，才知宇文毓在崇义宫中，独孤伽罗暗叹，只好又往崇义宫而去。

安德守在门外，见到她来，轻声道："皇上吩咐过，夫人若来，不必通禀！"他轻轻将门打开，放她进去。

独孤伽罗一路走进寝宫，直到内室，才见宇文毓正在案后独坐，挥笔写着什么，上前施礼，轻声道："皇上，太子已经离开长安！"

宇文毓手中的笔微微一顿，眼底闪过一抹痛色，很快又再平复，也不抬头看她，低声问道："可还平安？"

独孤伽罗慢慢上前，轻声叹道："我带他乔装出宫，并没有人知晓，所托之人极为可靠，请皇上不必担心！"

宇文毓轻轻松一口气，但想今生今世再不能见爱子一面，终究伤痛。目光在殿中寸寸望去，低咳一声道："贤儿这一走，再也与皇室无缘，你姐姐和云婵，必会体会朕的苦心！"

在这间寝殿里，曾经住过两个深爱着他，也牵动他心的女子，如今，她们都因他而死，只留下他一个人守着这空荡荡的屋子。

独孤伽罗点头，轻声道，"姐姐是贤儿生母，自然不愿他活在这人心诡诈的地方。云婵待贤儿亲厚，自然也盼他平平安安的！"

宇文毓点头，出了一会儿神，而后轻声道："朕宣鲁国公进宫，怎么他还没到吗？"

独孤伽罗摇头道："城外兵马异动，鲁国公已率兵出城，怕还不知道宫里的消息！"

宇文毓眸中一黯，低头望着案上的锦绢，低声道："看来，朕是等不到了！"说完，他去案侧盒子里取出玉玺，在面前的锦绢上盖了下去。

只是这一点点的动作，整个人似乎不胜重荷，伏在案上喘息一会儿，才将玉玺费劲地移开。

独孤伽罗看得不忍，取盒子替他将玉玺装起，目光扫过案上，这才注意到，刚才他书写的竟然是一道圣旨。

宇文毓见她留意，将圣旨向她推近几分，冷冷一笑，咬牙道："明日若能够拿下那个恶贼，固然是好，若是不能，朕也断断不能让他如意！"

独孤伽罗看到圣旨上的内容，暗吃一惊，忙道："皇上，你这又是何必？"

宇文毓摆手，慢慢将圣旨卷起，沉吟片刻后才低声道："朕大限已到，如今不过是强撑一口气罢了！"见她双眸含泪还要再说，他轻轻摇头，低声道，"朕可信之人不多，如今，有一件大事，只能相托于你！"

独孤伽罗见他脸色灰败，说一句话都要喘息片刻，心知他所言不假，强抑心中酸痛，点头道："皇上请说，伽罗定不负所托！"

宇文毓点头，探手入怀去摸，哪知却一手摸空，顿时脸色大变，仓皇站起，但觉脑中一阵眩晕，几乎摔倒。

独孤伽罗大吃一惊，忙将他扶住，连声道："皇上，你怎么样？我去唤太医！"

"不！"宇文毓急急摇头，颤声道，"兵符……兵符……"

独孤伽罗心头一紧，失声道："皇上，兵符怎么了？"

宇文毓强压住铺天盖地而来的黑暗，勉强定神，定定地看着她，脸色早已苍白到透明，一字一句道："朕……忘记带出兵符……"

独孤伽罗这一惊非同小可，脸色也跟着变得苍白，抓住他的手，连声道："皇上，宇文护随时进宫，这兵符不能有失啊！"

宇文毓点头，向外看看天色，咬牙道："马上就要上朝，此事只能托付给你！"说完喘一口气，而后凑首到她耳畔，轻声低语。

第三十七章

搏生死皇帝驾崩
QUEEN DUGU

　　五更时分，民间早已一片鸡啼之声，宫里阵阵钟磬声传来，直入大德殿，宣示皇帝临朝。

　　眼看过了时辰，众臣已等得焦急，闻报立刻按班站好。看着宇文毓脚步艰难，慢慢踏上御阶，杨忠等人心中暗忧，黄惠等人心中暗喜，都齐齐行下礼去，大声道："臣，参见皇上！"

　　宇文毓抬手，淡淡道："都平身吧！"

　　此时殿外侍卫回道："回皇上，鲁国公、宁远将军殿外候旨！"

　　宇文毓眸中露出一些欣喜，侧头向安德示意。

　　安德领命，向外高声宣道："宣鲁国公、宁远将军上殿——"

　　随着他长长的尾音，宇文邕在前，高颎在后，身后四名护卫押着两个人大步进殿，当殿跪倒行礼，大声道："参见皇上！"身后那两人也随即被护卫按倒。

　　黄惠等人一见，大吃一惊，不禁互视几眼。

　　被押的两个人不是别人，正是出城传令一夜未回的李文贵和西郊统兵的严统领。实不知道，这两个人如何被抓。

　　宇文毓倒似毫不意外，命宇文邕、高颎免礼，目光向那二人一扫，淡淡问道："就是这二人意图谋反吗？"

　　宇文邕上前一步，大声禀道："回皇上，正是这二人，臣已拿到他们确凿的罪证！"说着，将一封供状双手呈上。

　　众臣闻言齐惊，一时间，殿上一阵窃议声。黄惠等人更是惊疑不定，抬头细查宇文毓的脸色，暗暗筹思对策。

　　宇文毓接过供状略看，脸上神情没有一丝改变，淡淡道："宇文护等不及朕归天，终于要动手了吗？"虽是疑问，语气中却含有讥讽。

听到宇文护的名字，朝中不明真相的众臣又不禁一阵纷议。

大冢宰宇文护，从伐齐一战失败交出兵权之后，又痛失爱子，疾病缠身，这可是一年没有临朝了。难道今日说的谋反，竟然与他有关？

黄惠等人闻言，却不禁心中暗急，不断向殿门望去，不知宇文护此时已到何处。

宇文邕向上行礼，大声道："皇上，宇文护私自调兵，意欲谋反，请皇上下旨，剿拿此贼，以正朝堂！"

宇文毓却不急不慌，淡淡一笑，摇头道："他要逼宫，自然会来，与其大费周章，倒不如以逸待劳。"

宇文邕见他竟然置反叛于不顾，不禁大急，上前一步，大声道："皇上……"

宇文邕想要再次请命，被他摆手打断，他淡淡道："朕有旨意要下！鲁国公宇文邕接旨！"

宇文邕一怔，只好跪下，向上磕头道："臣接旨！"

安德见宇文毓示意，强抑心中悲痛，上前一步，展开圣旨，朗声读道："朕禀承天意，受太祖在天之灵眷顾，继大周之位，感激不已。如今朕病入膏肓，时日无多，今太子年幼，不堪重任，深恐我大周后继无人，夙夜忧思。今有鲁国公宇文邕，天性聪敏，禀性宽仁，特传皇帝位于皇弟宇文邕，盼我众臣倾力扶持，共保我大周江山，护我黎民，朕虽身死，亦必含笑九泉！"

此旨一出，满朝震惊，杨忠等人望着皇帝的苍白虚弱似有所觉，心中说不出的悲痛。黄惠等人却不料会有此变，一时说不出的慌乱。其中最为震惊难信的，自然是鲁国公宇文邕，他跪在大殿中央，整个人已经怔住，隔了好一会儿，才勉强出声，唤道："皇上！"

宇文毓摆手阻止，定定地看着他，郑重道："鲁国公，朕将大周天下、大周百姓，都交给你了！"万千嘱托，殷殷叮咛，已尽在其中。

宇文邕心头激荡，张了张嘴，想要再说什么，一时却无法说出口。

正在此时，只听靴声隐隐，宇文护率领一队人马，一身凛然闯入大殿，哈哈大笑，扬声道："皇上，你不经朝议，就将皇位传给四弟，怕不妥吧？"

一看到他生龙活虎地出现，殿上又是一阵纷议，此时众臣才知，此人真的是在装病。

宇文毓却毫不意外，冷冷道："你终于来了！"

宇文护冷笑道："我再不来，这大周天下，就要被你兄弟二人私相授受！"

宇文毓淡淡一笑，挑眉道："何谓私相授受？四弟宇文邕是太祖子孙，皇室宗亲，自然可以继承大统，不传位给他，难不成要传位给大冢宰吗？"

宇文护脸色微沉，冷声道："国有储君，岂能弃之不理，传位给旁人？"

宇文毓淡然道："朕圣旨中已说得明白，今国有巨贼未除，大周天下不平，任重而道远，贤儿年幼，不堪重任，唯有托国给鲁国公，才是正道！"

他语气虽然平淡，可是这"国有巨贼"四字，已直指宇文护。朝中众臣一噤，都不禁暗暗咋舌。

宇文毓在宇文护的强压下，素来软弱，致使前皇后独孤氏在这大殿上死谏，撞柱而死，哪料今日竟敢如此强抗，丝毫没有惧色。

饶是宇文护沉得住气，被他指着鼻子直骂，也不禁脸上变色，咬牙道："皇上金口玉言，如此信口攀污，岂能服众？"

"信口攀污？"宇文毓冷笑，颤颤站起，居高临下向他直指，咬牙道，"你私自调兵，兵逼长安，如今又携重兵闯宫，不是乱臣贼子，又是什么？"

宇文护扬眉，朗声道："臣闻就在这皇宫中，皇后被人暗杀，可见禁军对皇宫保护不利，特携兵而来，一为勤王，二为除恶！"

宇文毓见他到了这个时候还颠倒黑白，不禁气结。他咳嗽几声，强抑心头不适，厉声道："你装病不朝，欺君罔上，其罪当诛！"

宇文护冷笑，仰首道："之前臣重病在身，有太医诊断为证，皇上也曾亲临，又如何判定臣是装病不朝？可有证据？"

"证据？"宇文毓双眸充血，死死盯着他，突然冷笑连连，扬声道，"好啊，大冢宰要证据！那朕就给你看看证据！"他一伸手，从安德手中取过一道奏折，冷声道："私占良田，贪污国库，这就是证据！"信手一抛，掷到宇文护脚下。他再探手取过一卷，大声道："豢养府兵，意图不轨，这就是证据！"挥手一掷，再摔到宇文护面前。

"收取贿赂，私卖官职，这就是证据！"

"伪造公文，滥杀无辜，这就是证据！"

"私铸劣钱，牟取暴利，这就是证据！"

一取一抛，并不细看，却桩桩件件，都是宇文护的罪状！

宇文护脸色乍青乍白，退后一步，厉声喝道："够了！"

"够了吗？"宇文毓大笑，抱起面前奏折，拼力向他砸去，咬牙道，"宇文护，你的罪行，罄竹难书，桩桩件件，都有铁证，你纵万死，也难赎其罪之万一，今日朕不杀你，愧对我大周百姓，愧对我大周列祖列宗！"抬手向他一指，厉声喝道，"来人，给朕将此贼拿下！"

一声令下，只听兵刃出鞘之声连响，杨整所率禁军即刻向宇文护逼近。

宇文护哈哈大笑，怒喝道："谁敢？"

随着话落，但听脚步声忽至，大批府兵迅速涌入殿门，兵刃齐出，将殿上众人齐齐围住，寒光闪闪，利刃直指咽喉要害。

宇文毓脸无惧色，手指宇文护，咬牙笑道："你率兵逼宫，强闯大殿，还敢说你不是乱臣贼子？"他恨恨咬牙，向外喝道，"亲兵何在？还不擒贼？"

随着喝令，各处殿门突然洞开，以杨坚为首，身穿禁军服饰的亲兵、暗卫军涌入，顿时将整个大殿团团围困。

宇文护不料皇帝还有此奇兵，震惊之余，咬牙道："宇文毓，我可当真是小瞧了你！"他心中暗惊，实不知大周还有这样的一支人马，自己一时失察，怕今日逼宫不成，反而要沦为阶下之囚。

宇文毓眼见宇文护已插翅难逃，心中悲喜交加，向他一指，恨道："给我将此贼拿……"话说一半，心情激荡之下，突然一张嘴，一口黑血激喷而出，身子一软，后仰倒下。

杨坚、宇文邕等人大惊失色，齐声惊呼，向他扑去，伸手将他身子接住，但见他脸色惨白如死，口中仍在不断涌出黑血。

宇文邕见状，不禁目眦欲裂，悲愤怒吼："宇——文——护！"转身要与宇文护拼命，却被宇文毓紧紧抓住，凑首到他边，低声道："兵符……伽罗……"四字出口，手指微松，已晕死过去。

宇文邕与杨坚离他最近，这四字落在耳中，都是一惊。

宇文护眼见在这千钧一发之际，宇文毓竟然毒发，心中暗喜，立刻向手下使个眼色，大步上前，大声道："皇上圣体有恙，快传太医！"

与此同时，但见宇文护所携来的兵马突然向外疾冲，不等暗卫军反应，已经封锁所有的殿门，反将暗卫军挡在殿内。

只是片刻之间，包围之势逆转，禁军、暗卫军顿时处在下风。

宇文邕与杨坚对视一眼，霍然起身，大声道："我亲自去请太医！"

宇文护扬眉，冷笑道："鲁国公，又何必多此一举！"

宇文邕冷笑道："以防太医被人收买，毒害皇上！"话出口，心中悲愤莫名。如果不是太医被收买，皇兄又何至于中此剧毒？

宇文护微微扬眉，嘴角皆是冷然笑意，点头道："鲁国公言之有理，请便！"说罢挥手命人让路，眼底露出一抹讥讽。

宇文毓中毒已深，神仙难救，就是任他去请太医，又能如何？

宇文邕向他狠视一眼，示意杨坚同来，大步出殿。杨坚会意，将皇帝交给高颎等人后，带领几名暗卫军紧随而去。

独孤伽罗受宇文毓所托，带着他的令牌直奔文昌殿。禁军见她手持皇帝令牌哪敢多问，躬身让过。独孤伽罗依宇文毓所言找到书架开关，果然看到虎形兵符就在其中，急忙一把抓起，向殿外跑去。

刚刚出殿，只见一队兵马向这里冲来，为首之人高大壮硕，竟然是许久不见的杨素，不禁微微一怔。

杨素一眼看到她，也不禁错愕，奇道："杨夫人，你怎么在这里？"话问出口，也瞬间明白，向她伸手，无奈道，"将兵符给我，大家不必伤了和气！"

独孤伽罗看到他身后兵马，也瞬间明白，此人竟然投靠了宇文护，暗暗咬牙，突然转身就逃。

杨素大喝："追！"拔步向她追去。

禁军见状，立刻呼喝一声，上前阻挡，奈何敌不过杨素等人人多，不过片刻就全部被打倒在地。

杨素再不多停，向独孤伽罗逃走的方向追去。

独孤伽罗冲出文昌殿，连换几条道路，都见前边有宇文护的府兵把守，不禁心中暗惊，略略一想，转身向宫门逃去。

或者，她还可以寻机先逃出宫去。

哪知道她刚刚冲上大德殿前的广场，但见宫门方向一队宇文护的府兵冲来，与她迎头撞上。

杨素自后赶来，一眼瞧见，大声喝道："抓住她！"

众府兵闻命，立刻向独孤伽罗赶去。

后有杨素，前有府兵，独孤伽罗腹背受敌，将牙一咬，转身向大德殿冲去。

纵然整座皇宫都落入宇文护的手里，至少大德殿那里还有满朝文武，还有宇文邕、高颎等人！

耳听着身后脚步声越来越近，独孤伽罗暗暗咬牙，只能拼力狂奔。

看看快到大德殿殿门，杨素已经追到她身后，喝道："杨夫人，你还是给我吧！"说着劈手向她肩头抓去。

也就在此时，只见宇文邕、杨坚带着几名暗卫军出来。

独孤伽罗大喜，扬声喝道："大郎，接着！"她甩手力挥，手中兵符在空中划出一道金弧，向杨坚抛去。

杨坚一见伽罗，刚才宇文毓的话瞬间闪过脑海，心头一震，立刻一跃而起，向兵符抓去。杨素瞧见，顾不上去抓独孤伽罗，纵身上前，向兵符疾抓而去。

宇文邕大惊，跟着跃起，避过杨坚，劈手向杨素咽喉横击。杨素一惊，只好反手挡格。只这微微一顿，电光石火间，杨坚已一把将兵符抓在手中。

与此同时，王鹤疾扑而上，一把抓住伽罗，喝道："别动！"手中钢刀已架在她的颈上，扬声笑道，"杨坚，要你夫人的性命，就将兵符给我！"

杨坚一惊，忙上前一步，喝道："住手！"眼睛盯着独孤伽罗，满眼都是焦灼。

独孤伽罗咬牙，大声道："大郎不要管我，速去城外调集驻军，前来勤王！"

杨素上前一步，向杨坚道："杨坚，我也不愿伤到尊夫人，你将兵符给我，我们立刻放人！"

杨坚双眸紧紧逼视他，摇头道："杨素，宇文护阴狠毒辣，祸国殃民，你助纣为虐，到头来也会落一世骂名，此时弃暗投明，还不算晚！"

这一番话，虽是劝解，却也言辞恳切，奈何杨素丝毫不为所动，摇头道："有道是，忠臣不事二主，我既已选择大冢宰，岂有再投他人的道理？你若不把兵符交出来，就不要怪我不念旧情！"

王鹤听二人说个没完，皱眉喝道："杨坚，你再不交兵符，我杀了她！"手中钢刀微送，独孤伽罗的脖颈立刻鲜血长流。

杨坚大惊，喝道："住手，我将兵符给你！"

独孤伽罗急道："不！大郎，不能给他！"

连宇文邕也震惊莫名，看看杨坚，再看看伽罗，心中天人交战，实不知如何是好。

如果交出兵符，这一年多来所有的心血就都付之东流。可是，若不交出兵符，万一伽罗有什么不测，他也一样会痛悔终生。

此时杨坚已举着兵符慢慢向杨素靠近，口中还在不断劝说，另一手负后，却悄悄向宇文邕打一个手势。

宇文邕正凝神向他注目，立刻心领神会，悄悄传令暗卫军向两侧包抄。

独孤伽罗虽没有看到杨坚身后的手势，可是眸光相对，瞬间明白他的心思，微微抿唇，凝视着他一步步靠近。

杨素听他说个不休，心中不耐烦，皱眉道："道不同，不相为谋，你又何必多说！"向他伸手道，"把兵符给我！"

杨坚眸中皆是惋惜，摇头道："杨素，你再不是我杨坚认识的杨兄弟了！"

杨素心中微晃，却也只是瞬间，冷声道："何必多说废话！"劈手向他手中抓去。

杨坚迅速撒手，杨素一把抓空，两侧暗卫军趁众人分神，正要向独孤伽罗扑去，突然间，只听空气中破空声疾响，伴着独孤伽罗惶急的叫声："大郎，小心！"

杨坚闻声，不及细想，本能地迅速侧身，但觉手臂一疼，一支利箭已擦破他的手臂疾射而过，手中兵符脱手而出。

众人齐惊，杨素、宇文邕同时和身扑上，连王鹤也抬头望向兵符。

独孤伽罗趁隙横身一撞，摆脱王鹤的钳制向杨坚冲去。

杨坚横臂疾拦，将她护入怀中，这才转头向兵符望去。

但见兵符被抛空，直线下落，杨素与宇文邕同时抢上。奈何杨素就在杨坚面前，宇文邕却离得甚远，不过冲出几步，兵符已被杨素接住。

大德殿门外，宇文护将一张硬弓抛给护卫，一步步向阶下而来。

杨素快步迎上，将兵符双手送上，躬身道："大冢宰！"

宇文护信手接过，赞道："做得好！"目光一一扫过宇文邕、杨坚、独孤伽罗等人，张狂大笑道，"尔等大势已去，一切重归我手，我倒要瞧瞧，你们还能奈我何！"言罢大笑着转身而去。

崇义宫中，皇帝宇文毓静静躺着，整个人已进入弥留之际，耳听着宇文护跨进殿门，狂肆地屏退众人，微微睁眼，就看到那张得意狰狞的脸，不经意地，嘴角竟扬起一抹笑意，淡淡道："宇文护，你赢不了！朕才是天命所归，朕才是九五之尊，你纵然夺取了兵权，也赢不了！"

宇文护冷笑道："败军之将，还在这里嘴硬！"

宇文毓嘴角笑意不减，淡淡道："你道朕一死，你就可以立贤儿为帝，继续挟天子以令诸侯，做你的清秋大梦！"

宇文护一把抓住他的衣领，冷声道："宇文毓，你现在改遗诏还来得及！"

此话入耳，宇文毓像是听到一个极大的笑话，忍不住哈哈大笑，拼尽全力喝道："改遗诏？传位给你吗？哈哈哈哈，宇文护！你休想！这一生，你只能对我皇室俯首称臣，做我皇室之狗，休想名正言顺登上帝位，终其一生，你只能是个乱臣贼子！乱臣贼子！"

宇文护咬牙，怒声道："宇文毓，你会后悔的！"

"后悔？"宇文毓的笑声更加畅快淋漓，他大声道，"你拿什么让朕后悔？朕的爱妻？朕的儿子？还是朕的这条残命？哈哈哈哈，宇文护，朕之一死，输的是你！是你！"大笑声中，一口黑血疾喷而出，溅了宇文护满头满脸，笑声戛然而止，宇文毓撒手长逝。

宇文护气得呼呼直喘，咬牙狠视着宇文毓的尸体，只觉他嘴角的笑意带着说不出的诡异。

是啊，他赢了！他这一死，自己再也没有什么可以威胁他！他宇文护再手眼通天，也没有办法让一个死人害怕什么。

可是，门外，还有大批的活人！

宇文护咬牙，恨恨地将尸体抛下，取手帕擦去脸上的黑血，大步向殿外而去。

崇义宫外，朝中众臣与杨坚、伽罗等人焦灼地等在门外，奈何杨素率人持刀守卫，无法硬闯。

突然间，见殿门大开，宇文护一脸沉痛地跨出殿来。

宇文邕再也忍耐不住，横身撞开阻拦的护卫，疾步抢入，一眼看到宇文毓的尸体，纵声悲鸣："皇兄——"

殿外众人齐惊，面面相觑。宇文护一脸沉重，目光向众人扫去，慢慢道："皇上驾崩了！"

这一句话，恍如焦雷炸响，杨忠、尉迟迥等人心头大震，悲声呼道："皇上……"纷纷跪倒。

整个朝堂，尽在宇文护兵马围困之中，兵符已被宇文护夺去，如今皇帝驾崩，一切大势已去，所有辛苦经营的一切，都化为流水。

宇文护遍寻太子宇文贤不获，以怀疑宇文邕夺位为由，将另立新君一事压下，另又指禁军左宫伯杨整失职，将他撤职，由杨素接任。

满朝文武都知道，他在排除异己，安插亲信，杨整虽说不服，当此情形，也只能忍气吞声。

皇帝驾崩的消息，随着鼓楼上悠长的钟声传遍整个长安城，很快，又传遍整个大周，举国同悲。

第三十八章

留遗诏皇位虚悬
QUEEN DUGU

大德殿内一番争斗，暗卫军第一次堂而皇之站在人前，却因皇帝突然驾崩，除奸之举以一败涂地告终，大权再归宇文护之手。

杨坚、高颎商议之后，为保暗卫军不受打压，决定将其暂时解散。

暗卫军中人不比寻常军队，都是千挑万选出来的忠勇男儿，闻言都大为不舍，只是为大势所逼，也只能与杨坚、高颎二人挥泪而别，相约若有一日能够重建，必然再聚。

另一边，独孤伽罗深知杨家与宇文护结怨已深，为了使染坊不受杨家牵连，将染坊交给郑祁耶打理。

而在鲁国公府，因为先帝的一道传位诏书，宇文邕身陷旋涡，苦恼不堪。

一方面，是兄长临终之际以朝廷相托，以太祖基业相托，另一方面，想到两位兄长都死于宇文护之手，上阵杀敌都不曾有一丝惧怕的鲁国公，第一次有一些畏缩。

那一日，夜色渐浓，阿史那颂回房，却见屋子里灯火不点，宇文邕独坐窗前，望着窗外的月亮发呆。

阿史那颂向他凝望片刻，而后慢慢走到他身边，顺着他的目光望了一眼，轻声问道："阿邕，你在想什么？"

宇文邕目不稍斜，仍然怔怔地注视月亮，低声道："我想问问太祖，是不是也想让我做这个皇帝。"

阿史那颂微觉意外，奇道："难不成你不想做？"

这天下，多少人为了一个皇位争得你死我活，甚至父子失和、兄弟反目，还是第一次听到有人说不想做这个皇帝。

宇文邕的目光终于从月亮上移回，他却垂头望向自己的双手，低声道："若是做皇帝会死呢？"

这个问题问出来，连他自己也颇感意外。

年少投军，纵横沙场，这几年来，大大小小数十战，又有多少回险象环生，可是他从没有怕过。可是，为何想到宇文护的阴毒，想到那皇宫中潜藏的黑手，他就会不寒而栗？

阿史那颂也未料到，她心中无所不能的丈夫，铁骨铮铮的男儿，竟然会说出这样的话来，吃惊地反问："会死？做皇帝为何会死？阿邕，究竟发生什么事？"

宇文邕轻轻摇头，低声道："皇兄他……是被宇文护毒死的！"

当日，宇文毓当殿吐血，他看在眼里，惊在心上。黑色，那可是身中剧毒，五内俱伤的病症。皇兄不但是中毒而死，恐怕那毒也下了不止一日两日。

想到这一年宇文护的蛰伏，想到他在各州各府所藏的兵马，其心机之深，当真是鬼神莫测，令人不寒而栗。

而宇文毓临终，舍太子而立他为帝，究竟是一番托付，还是只是为了保全太子？

阿史那颂也不料皇帝驾崩背后还有如此隐情，一时愣住。但她终究出身北国王室，见多了同室倾轧，不过片刻，回过神来，伸手将他的手掌握住，轻声道："阿邕，先帝与你兄弟情深，断断不会将你送入虎口。他弃太子而传位给你，自然是知道你有勇有谋，有血性有担当，足以与宇文护抗衡，他希望你担起重任，保住太祖的这番基业！"

宇文邕听她一番话，虽将心底原来的疑惑除去，可是想到宇文护的阴毒，还是心中迟疑，摇头道："三哥睿智，大哥沉稳，却都难逃宇文护的毒手，我……我只会沙场征战，这阴谋算计并非所长，当真能对付宇文护？"

阿史那颂连忙点头道："阿邕，你不要忘了，你还有支持你的朝臣，还有我，还有我身后的北国！"

宇文邕默然一瞬，轻轻摇头道："北国纵然能全力支持，可是这大周宫廷内斗，他们终究是外人，又如何插得进手来？宇文护要的只是一个傀儡，我回京之后，与他多次冲突，他又岂会放过我？"

阿史那颂诧异，不解道："阿邕，你行事向来英勇果决，怎么如今会前怕狼后怕虎？"

宇文邕错愕，问道："我也是人，我不能怕吗？"心中无奈，摆手道，"罢了，你不会懂我，还是让我静静！"

阿史那颂见他直接赶人，不由心中暗怒，站起身走出两步，又转身回来，摇头道："阿邕，你可曾想过，不管你登不登帝位，你都是太祖的子孙，先皇的弟弟，皇室正统，你以为你放弃帝位，宇文护会放过你？纵然他篡位登基，终究名不正言不顺，他必然视你为眼中钉！我不懂你？你可曾给过我懂你的机会？"说完再不多停，扭转身子，"砰"的一声摔门出去。

宇文邕愣住了，隔了好一会儿才喃喃道："是吗？纵然我不登帝位，他也不会放过我？"他抬起头，又望着月亮出神。

皇帝大丧之期已过，皇帝人选却迟迟未决。众人不知宇文护意欲何为，暗中揣测之余，又多加戒备。

这个时候，鲁国公府来人传话，宇文邕约见独孤伽罗。

当此紧要关头，虽然宇文护左右一切，可是宇文邕的心思也至关重要。

独孤伽罗不敢耽搁，即刻出府赶往相约之地，匆匆见礼后问道："阿邕，你可是为了继承皇位的事？"

宇文邕点头，向她注视片刻才低声道："伽罗，如果……如果我说我不想做这个皇帝，你会不会明白我？"

或者，他不在意全天下的不解，却不能不在意眼前的女子。

独孤伽罗微怔，瞬间了然，点头道："因为先帝被毒害一事，你心中无底？"

宇文邕心头微松，脸上露出一丝笑意，点头道："伽罗，只有你懂我！"

独孤伽罗默默注视他，但见他神色虽不及刚才沉闷，可是眸底带着丝迟疑，似乎有什么难解的东西在心里纠缠不去，不禁微微挑眉，浅笑摇头道："阿邕，你并不是当真不想做这个皇帝，你只是心中难决，希望从别人的嘴里给自己的退缩找一个理由！"

宇文邕抿唇，立刻转身避开她的注视，低声道："我是当真不想做！"

独孤伽罗轻叹一声，问道："你不做，难道让宇文护来做？你甘心太祖打下的江山，你两位兄长拼死守护的基业，就这样拱手让给那个老贼？"

宇文邕心中不稳，垂眸道："不甘心又能如何？我两位兄长拼尽性命，到头来，一切还不是在宇文护的手里？"

"所以，你更加不能退缩，不能任由巨贼横行，任由他践踏你两位兄长以命守护的江山！"独孤伽罗很快接口。

宇文邕听她语气凌厉，眸中露出一抹痛色，神情变得激动，咬牙道："伽罗，你们个个都想我做这个皇帝，都想要我来对付宇文护，可是你们有没有想过，我两个哥哥先后遭他毒手，或者下一个是我！你们没有人在乎过我的安危吗？旁人倒也罢了，你是我自幼长大的挚友，你也不在乎我的生死？"

独孤伽罗被他一席话说得怔住，隔了好一会儿，突然轻轻笑出声来，微微摇头，轻声道："阿邕，我就知道，你不会因为怕死就置大周的江山于不顾，置太祖的基业于不顾，置先帝的嘱托于不顾。你怕的，只是站上那至尊之位后，你不再是你自己，也不再是我们身边的阿邕，是吗？"

是吗？

宇文邕怔住了。

连他自己也不知道，他的退缩，究竟是为什么。

独孤伽罗见他不语，轻叹一声，摇头道："阿邕，你口口声声说我们不顾你的安危，可是你也明白，你是太祖的嫡系子孙，不管你登不登位，对宇文护始终是一个威胁。你登位，天下瞩目，他要动你，总要动些心思。可是你若不登位，他宇文护大权在握，你岂不是他砧板上的鱼肉，任人宰割。如今你只有登上帝位，才有机会与宇文护周旋，才有力量为自己、为天下一争！"

这些话，倒与阿史那所说异曲同工！

宇文邕抿唇，垂头默思，连独孤伽罗几时离开的也不知道。

短短数日，宇文护的人马搜遍了整个长安，还是没有太子宇文贤的影子。

宇文护怒极，想到宇文毓临死前的那一番话，又有些无奈，低声叹道："还真是你赢了！"

是啊，宇文毓用一纸诏书、自己的身死，让他陷入两难。

此刻，虽说天下尽在他手，可是，他终究名不正言不顺，若是强行登基，也会被人骂一句乱臣贼子、窃国之贼，青史之上，背负一个骂名。

最好的结果是，找到宇文贤，废先帝遗诏，以他太子之名，扶他登基，挟天子以令诸侯。

可是如今宇文贤不获，国不可一日无君，势必不能再这样拖下去。

可是，依照先帝遗诏，扶宇文邕登基吗？

想到宇文邕沙场上的威名，这一年来扶助先帝所做的一切，他又不禁皱眉。他们兄弟之中，恐怕这个小四，是最难把握的！

就在他举棋不定时，门外护卫回禀，鲁国公宇文邕求见。

宇文护微感意外，向赵越看了一眼，挑眉道："唤他进来！"

护卫应命而去，片刻后带着宇文邕进来。宇文邕当先向宇文护施礼道："见过大冢宰！"

宇文护笑起来，一脸玩味地向他打量，淡淡道："不敢当！鲁国公是先皇钦定的新君，臣可不敢受此大礼！"

宇文邕慢慢直起身，也是淡淡向他回视，摇头道："皇兄虽有遗诏，可是我尚未登基，此时还论不及君臣，此其一。其二，大冢宰是我宇文邕堂兄，长幼有序，自然受得起这一礼！"

宇文护见他神情镇定，应答间不卑不亢，不禁微微扬眉，目光中就多了些探究，撇开之前的话不理，挑眉问道："不知鲁国公今日前来，有何贵干？"

宇文邕抬头，不闪不避，定定与他对视，慢慢道："今日我此来，是想知道，我几时可以登基，或者，如何可以登基？"

宇文护倒不料他问出这句话来，微微一怔，瞬间笑起来，摇头道："怎么，你想登基为帝？如今天下尽在我宇文护掌握之中，你纵登基，又能做什么？"

宇文邕对他的笑声浑似不觉，只是淡淡地回视他，慢慢道："国不可一日无君，如今先帝大丧结束已有几日，若是再不立新君，怕很快就会变生民乱。我身为太祖子孙，实不愿太祖的一片心血就此毁于一旦！"

宇文护见他侃侃而谈，不禁鼓掌喝彩，点头赞道："不愧是太祖的子孙，沙场勇将，果然强过你两个哥哥！只是，所谓识时务者为俊杰，你不明白，如今你纵有传位诏书，我宇文护不答应，你就休想登上帝位！"

宇文邕微勾了勾嘴角，淡淡道："我明白，所以我才来问大冢宰，我如何才能登上帝位。"

宇文护扬眉，身子前倾问道："此话何解？"

宇文邕定定向他注视，一字一句道："大冢宰想要的，无非是朝政大权，如今没有新君，大冢宰纵将江山握在手里，也无法发号施令。若是我答应，我登基之后，一切听凭大冢宰吩咐，如何？"

宇文护紧紧与他对视，隔了好一会儿，冷笑出声，摇头道："小四，你可是我瞧着长大的，向来有勇有谋，你以为这一番话，本宰能信？你岂会是听命于人之辈？"

宇文邕向他默默注视，隔了好一会儿才垂下眸子，低声道："若是我说，我想保命呢？"这句话说出，语气里就多出一份沮丧。

宇文护一怔，瞬间哈哈大笑，起身走到他面前，在他肩上重重一拍，笑道："不错，难怪太祖在时，夸你聪慧机变，果然比你两个哥哥更懂得变通。"

宇文邕不防，被他拍得一个趔趄，退开一步，皱眉问道："大冢宰以为如何？"

宇文护向他凝视片刻，轻轻点头道："好！臣即刻筹备登基大典！"

如果说，宇文邕一进府门就向他屈服，甚至哀求，他必然认定是这人别有居心。可是如今，宇文邕先是忧国忧民，再以太祖基业说项，强撑着他身为皇室宗亲的傲气，直到最后才不得不说出"保命"二字，倒是让宇文护信服，他果然是为了保全一条性命，才不得不做出妥协。

宇文邕闻言，脸上神情无惊无喜，整个人倒似放松一些，向宇文护一礼，躬身道："多谢大冢宰！"再不多说，转身就走。

宇文护看着他的背影，摸着下巴，若有所思。

第二日黎明时分，沉寂多日的朝钟悠悠敲响，杨忠、尉迟迥等人吃惊之余，心知有大事将要发生，匆匆换上朝服，齐齐进宫向大德殿而去。

大德殿内，满朝文武已经齐集，看着殿上空荡荡的御座，都在心中暗暗揣测。大位虚悬，十几日不上朝，今日撞响朝钟，当然是要议定新君的人选。

只是太子无踪，鲁国公宇文邕虽有先帝诏书，却与宇文护势成水火，难道，今日宇文护要冒天下之大不韪，篡位称帝？

文武群臣各怀心思，只是迫于宇文护的淫威，只与交厚的几人眼神互通，无人敢私相议论。

宇文邕立在阶下，看到杨忠等人询问的目光投来，只是微微摇头。虽然那日他和宇文护已经说得明白，可是那人心机太深，心思百转，是不是会有变故，连他也没有把握。

朝钟九响之后，随着小太监的禀报，大冢宰宇文护大步跨进大殿，径直踏上御阶，回过身在龙椅前一站，居高临下地望向群臣。

黄惠等人一见，领先行礼，大声道："见过大冢宰！"

这一带头，倒有一大半朝臣跟着施下礼去。

杨忠等人无法，微微皱眉，也只得躬身见礼，心底不禁暗暗筹思，如果宇文护真要废遗诏自立，又要如何阻止。

哪知道宇文护先追念一番太祖，随后说到先帝的病情，话锋一转，叹道："国不可一日无君，如今太子无踪，再不立新君，恐怕大周周边各国都会有异动，我大周危矣！"

高宾扬眉,正要说话,却见黄惠上前一步,躬身道:"大冢宰,先帝驾崩之日留有遗诏,传位于鲁国公,如今自当遵照遗诏,奉鲁国公为帝!"

他的话一出口,杨忠、高宾等人都是一怔,不禁互视几眼。高宾轻轻摇头,示意众人不要妄动。

这黄惠虽然也是朝中重臣,可是一向以宇文护马首是瞻,如今说出这些话来,难道……

几双疑惑的眸子都不约而同地看向宇文护。

难道,在遍寻太子不获,朝堂已渐渐呈出纷乱之象时,宇文护终于决定扶鲁国公宇文邕登基?

若果真如此,此时倒可静观其变。

果然,宇文护听黄惠等人一番大论之后,顺水推舟,向宇文邕道:"既然如此,就请鲁国公顺应天命,继承大统!"

宇文邕见他一番做作,心底说不出地厌恶,脸上却配合地露出一些惊喜之色。

杨忠大喜过望,当先领头下跪,大声道:"请鲁国公顺应天命,继承大统!"

高宾、尉迟迥一怔之后,也随即跪倒,大声道:"请鲁国公顺应天命,继承大统!"

众臣眼见是宇文护拥立,也忙跟着跪倒,请宇文邕登基的呼声此起彼落。

宇文护见宇文邕神情怔忡不知所应,躬身拱手道:"众望所归,请皇上不要再推辞!臣即刻命人准备登基大典!"虽然是在行礼,可是他在阶上,宇文邕在阶下,看起来仍然是高高在上的压迫之势。

他的一句"皇上"出口,宇文邕才恍似回过神来,微微点头道:"有劳大冢宰!"

此话一出,大位已定,杨忠等人大喜,即刻俯首参拜,大声道:"臣等参见皇上!"

呼声隆隆,在整个大殿中回响,宇文邕转身,向俯拜的群臣望去,一时间,心中情绪激荡,忧喜参半,待稍稍平复后才抬手道:"众爱卿免礼!"又向宇文护拱手道,"朕初登大位,一切还需仰仗大冢宰辅佐!"

从此刻开始,大周的江山,大周的帝位,已在他手,他是高高凌驾于所有人之上的九五之尊。可是,这宝座上兄长的血迹未干,皇室中还有几条冤死的亡魂未复,他这登基之路,今日才刚刚开始。

宇文护见他神态恭敬,忍不住哈哈大笑:"臣定当尽心竭力,辅佐新君!"也不施礼,大袖一摆,朗声道,"退朝吧!"随即当先大步出殿。

满朝君臣看着他狂肆的背影踏出大殿,欣喜、得意、愤怒、痛恨……各种情绪在众人心头交织,却都说不出话来。

消息传回鲁国公府,阿史那颂大喜过望,即刻命人大肆收拾府邸,为宇文邕庆贺。

宇文邕回府,刚刚踏进府门,看到的就是满府上下一片欢腾。五岁的宇文赟飞奔而来,一把抱住他的双腿,大声叫:"父皇!父皇!"

宇文邕微怔,抬头望去,就见阿史那颂笑意吟吟,率领满府奴仆施下礼去,齐声道:"恭喜皇上,贺喜皇上!"

宇文邕微默一瞬，摇头道："还不曾正式登基，如此称呼，怕还不妥！"他摸摸儿子的头，而后径直向府里走去。

阿史那颂连忙跟上，含笑道："大位既定，难不成还能更改？你也太过小心！"她心中喜悦莫名，并没有留意宇文邕的神色，一边跟着他往里走，一边自顾自道，"等到大典日子一定，我就传书北国，父汗虽不能来，玷厥或者可以前来观礼！"

宇文邕听她絮絮不休，心中烦躁，脚步在书房前一停，冷冷道："我今日累了，要歇息片刻，你退吧！"自顾自开门进去，"砰"的一声关上门。

阿史那颂瞬间闭嘴，看着紧闭的房门，张了张嘴，却说不出话来。虽然说，宇文邕还是那个宇文邕，夫君还是那个夫君，可是不知为何，他刚才的那几句话中，隐隐透出些凛然之气，竟然令她心生怯意。

书房里，将阿史那颂的声音摒弃门外，宇文邕望着一室的寂寥，不由轻轻吁一口气，心中暗叹。如今表面看来他即将登基为帝，何等的风光，可是这一步踩进去，当真是步步惊心、处处艰险。偏偏，懂他之人，不在身边。

第三十九章

出意外赵嫣身亡
QUEEN DUGU

大位既定，一时间，鲁国公府门前车水马龙，一团热闹。谁都知道，再过几日宇文邕就会登基为帝，到时要想见这位鲁国公一面，就要进宫三叩九拜，不趁这个时候巴结，更待何时？

而宇文邕也知道，这些人会来，一则是要在自己面前摆出一副效忠的模样，二则，也是因为自己这个未来的皇帝得到了大冢宰宇文护的认可，更甚至，如黄惠之流，是替宇文护来探看自己的虚实。

他心中虽然烦躁不堪，但仍然强撑笑脸，打起十二万分的精神应付。

阿史那颂却是满心的欢喜，眼看着府中人来人往，想到日后与宇文邕共登帝后之位，更是说不出的兴奋。

那日刚刚送走一批朝中官员，就听家人来报，说是杨坚夫妇与高颎一同到府。

宇文邕微觉意外，但听到有伽罗在内，心中立时透出一抹欢喜，立刻向前厅迎去。

阿史那颂听到独孤伽罗的名字，却心头一室，眼看宇文邕连脚步也似乎变得轻松，心中更加不是滋味，略略一想，只好跟了出去。

前厅里，杨坚三人正等得焦急，见宇文邕进来，忙上前见礼。高颎劈面就道："阿邕，快跟我们去救人！"上前拖着他就走。

宇文邕错愕，问道："发生什么事？救什么人？"

他与高颎自幼相识，还不曾见他如此失了分寸。

高颎见他不走，急得连连跺脚，嚷道："路上再说！"

杨坚倒还沉得住气，将高颎拉开，这才向宇文邕道："方才宇文护命人将我父亲和高伯父、尉迟伯父一同请去，说是饮宴，我们恐怕其中有诈，所以才来找你！"

宇文邕诧道："会有什么诈？"

独孤伽罗摇头道："今日的事，与当初他设计我父亲的情形极为相似，我们是怕历史重演，晚了，怕就追悔莫及！"

高颎已经急得跳脚，连声道："阿邕，快走吧，再晚怕来不及了！"

宇文邕微一迟疑，皱眉道："如今一切都是你们猜测，若是贸然前去，岂不是令宇文护知觉我们对他有所防备？"

高颎急道："人命关天，哪里还顾得上许多？"

宇文邕脸色微变，沉吟不语。

阿史那颂本是满心嫉妒，只防着独孤伽罗，哪知道听到的竟然是如此大事，略略一想，上前一步道："阿邕，如今你登位在即，正要人辅佐，杨将军三人都是国之栋梁，若当真有什么闪失，岂不是如折飞翼？"

更重要的是，若他不出手相救，那三人有失，就等于同时失去这三家的支持。

平日里，独孤伽罗没少受这位鲁国公夫人的闲气，此时见这紧要关头，她能以大局为重，不禁心中暗暗感佩，向她望了一眼。

宇文邕向阿史那颂一望，皱眉道："随国公三人都是良臣，我岂有不知的道理？只是如今晋国公府内情况不明，我们纵然要去，也要师出有名！"

高颎急道："事情紧急，只怕等你想到万全之策，已经来不及了！"

独孤伽罗强压住心中的焦灼，也跟着说道："阿邕，你纵不顾念几家的情谊，如今朝中宇文护一人独大，只手遮天，若此时任他排除异己、残害忠良，日后你登基为帝，又有何人能够助你？你纵不顾念自个儿的性命安危，难道也要置太祖的基业、大周的黎民于不顾？"

宇文邕与这几人本就交好，听说杨忠三人有难，本已心中焦急，只是想到朝堂争斗，想到宇文护的阴狠，还在其间权衡，此时听她以大义相责，脸色微变，点头道："不错，既然他在朝堂上已拥我为帝，料想不会将我如何？"唤人备马，向高颎道，"高大哥，你率领我的府兵接应，我立刻就去！"话说完，大步出府。

晋国公府白虎堂内，宇文护居中而坐，正与杨忠等人饮酒，突然听到门外护卫禀报道："大冢宰，鲁国公……皇上来了！"

随着话落，只见宇文邕已大步入府，径直向厅里而来。

宇文护扬眉，目光扫过杨忠三人，眸中已带上些玩味，微微欠身，含笑道："皇上前来，微臣有失远迎！"

杨忠三人起身齐齐见礼："臣见过皇上！"

宇文邕见三人无恙，暗暗松一口气，脸上却露出些诧异之色，摆手命三人免礼，淡淡道："想不到随国公、蜀国公、高司徒也在，倒是朕来得巧了！"虽未加重语气，但一个"朕"字，咬紧了君臣之别。

宇文护眉心微动，只得慢慢起身，躬身为礼，问道："皇上有事，命人相召就是，岂能劳动皇上亲自奔波！"

宇文邕含笑道："朕本就一介武夫，岂能与大冢宰相比！"他随口客套，跟着在主案后坐下，示意众人落座，这才道，"大冢宰，那日在朝上，大冢宰曾道，我大周周边各国会有异动，朕想与大冢宰商讨这演兵之策，也好防患于未然！"语气自然随意，似乎他此次前来，当真是为了商讨国策。

宇文护微微一默，跟着哈哈大笑，手掌在他肩上一拍，笑道："皇上和微臣，可是想到一起了！"

宇文邕一怔，扬眉道："还请大冢宰指教！"

宇文护向下座的三人望去，含笑道："今日本宰请三位到府，便是替皇上请将！随国公、蜀国公都是沙场名将，不但能征惯战，还擅于练兵，将大军交给他们操练，皇上可还放心？"

宇文邕本是找个借口上门，只为带杨忠等人安然离开，万没料到他说出这番话来，顿时错愕。目光向下投去，但见杨忠微不可见地一点头，自然是说，此事方才当真已经说过，他顺口道："大冢宰慧眼独具，赏识人才，朕岂有异议？"

宇文护点头，嘴角的笑意深了几分，目光却多出些阴冷，又道："本宰管教无方，驭下不严，致使逆子和那些下属做出私铸钱币、贪赃枉法的事来，深觉羞愧。如今，就请高司徒严查贪官，重惩枉法之徒，如何？"

有前边对杨忠、尉迟迥二人的任用，这句话虽然颇出宇文邕意料，却已不及刚才的话令人难以置信，他侧头向高宾一望，点头道："高司徒一向有识人之明，大冢宰当真是用人得当！"

这也就是御准了！

宇文护眸中闪过一抹厉色，却仰头哈哈大笑，将酒杯向三人一照，大声道："从今之后，本宰与三位共同辅佐新帝，创我大周万世基业！"

虽然知道眼前之人阴毒胜过蛇蝎，可是此时他的气势仍然令杨忠等人心中暗赞，三人一同举杯，大声道："我等愿追随大冢宰左右，辅佐新帝，保我大周万世江山！"

宇文邕默默注视，不禁心头微动。虽然他知道这三人在宇文护面前也像自己一样，都在掩饰着什么，可是此时这些话听在耳中，听得出语出至诚，脸上笑意不减，眸中已多出些凝重，轻轻点头，心中暗自庆幸：幸好！幸好朝中还有他们，他纵然陷身宇文护的阴谋，也不至于孤掌难鸣。

杨坚等人在离晋国公府不远的巷子里焦急等候，没有宇文邕的号令，又不敢轻易冲进去，终于看到四人出府，这才轻轻松一口气。

直到跟着杨忠回府，杨坚才忍不住问起这半天来所发生的事情。

杨忠神色凝重，简略讲述，叹道："宇文护那老贼，自己掌握所有的兵权，却让我们替他练兵！"

杨坚沉吟道："既然父亲对于他还可利用，他一时就不会动我们杨家，如此一来，我们倒争得了喘息之机！只是军营辛苦，儿子愿与父亲一同前往！"

独孤伽罗心念微动，突然道："伐齐一战，我大周损兵折将，必然还要招兵买马！大郎，我们何不将暗卫军拆整为零，纳入军队，日后必有所用！"

暗卫军人数虽然不多，却都是千挑万选出来的佼佼者，一旦被编入军中，假以时日，必会崭露头角，日后若当真要用兵，就不会只是一支暗卫军的力量。

杨坚眼睛一亮，向杨忠看去。杨忠点头道："不错，虽说兵权在他的手上，但只要我们运用得法，军队还是可以为我们所用！"

见此法可行，三人又详细计议，如何征兵，如何选用，暗卫军又插入哪几个营更能派上用场。等所有的计划初步成形，杨坚这才兴冲冲出府，去和高颎、宇文邕商议。

数日之后，暗卫军重聚在废弃酒庄，杨坚将初步的计划说完，谦然道："如今国贼横行，我暗卫军不能光明正大为国除奸，如今只能将你们编入新军，掩藏身份，也便于我们日后的行动！"

马冰、李潇二人当先点头，高声道："杨统领放心，不管我们身在何处，这一生都是暗卫军的人！"其余人也跟着纷纷点头。

杨坚、高颎见众人再无异议，这才依各人所长，引导如何去编入杨忠和尉迟迥所征的新军。直到将最后一名暗卫军送走，二人才向酒庄后院里去。

后院里，宇文邕正独自饮酒，看到二人进来，微微一笑，叹道："往日征战沙场，并不觉得如何，如今看着你们为军务奔波，我日后却只能做一个闲人，倒羡慕得紧！"

高颎拍拍他的肩，笑道："日后你是九五之尊，我们都是臣子，岂有君羡慕臣的？"

宇文邕看他一眼，默然不语。

杨坚想到先帝之死，倒明白他的心思，心中暗叹，脸上却没有一丝流露，反而笑道："日后三弟身登大宝，成日有许多朝政大事处置，整个大周的兴衰、黎民百姓的疾苦，全在三弟身上，又怎么会是闲人？"一手举杯，向高颎道，"来，大哥，我们共敬三弟一杯！"

宇文邕微默一瞬，轻声叹道："但愿我不负先帝重托！"言罢深吸一口气，仰首将杯中酒饮尽。

是啊，从此之后他不再是原来的宇文邕，他登基为帝，就要为大周的兴亡、大周的百姓计！

杨坚见他眉宇间似有忧色，微一沉吟道："二弟，伽罗说，皇后死得蹊跷，必然与先帝中毒一事有关，请你登基之后，务必小心提防！"

宇文邕听到独孤伽罗的名字，精神一振，心底却又微微失望，低声问道："她要你转告我吗？她自己怎么不来？"

杨坚点头道："那日皇后被害，她本来要查御膳房的线索，只是被事情绊住，竟然再没有机会。"谈到伽罗，眸中多出些喜色，轻声道，"近几日她身子不好，不便出府！"

宇文邕一惊，忙问道："伽罗抱恙，可曾唤大夫瞧过？"

杨坚点头，又跟着摇头，含笑道："伽罗无恙，只是这几日需要静养！"

宇文邕一时还没有明白，倒是高颎反应过来，伸手在杨坚肩上一拍，笑道："好小子，又要当爹了！"

杨坚俊脸微红，脸上是掩都掩不住的喜悦。宇文邕一室，顿觉胸中酸涩难当，只能低头饮酒，以做掩饰。

是啊，独孤伽罗已是杨坚之妻，早已与他宇文邕渐行渐远，等他登基为帝，就连要见一面，恐怕也再不容易！转念再想到前途的艰难，他心中越发苦闷，连饮数杯，随后向高、杨二人拱一拱手，扬长而去。

公元560年四月，宇文邕奉先帝遗诏，继皇帝位，立阿史那颂为皇后，封宇文赟为鲁国公。

登基大典盛况空前，大德殿前，大红地衣铺满殿门前整个高台和长长的玉阶，两侧彩旗招展，沿着大红地衣，一路顺阶排下，横成行，竖成列，在殿前广场上迎风飞舞。

随着司礼大监的引领，祭过天地、拜过宇文氏的列祖列宗后，宇文邕与阿史那颂身穿崭新帝后朝服，高高站在玉阶上，接受群臣叩拜。看着万众拜伏脚下，高呼万岁，宇文邕脸色沉凝，目光由最初的犹疑，慢慢变得坚定。

而阿史那颂却激动万分，看着拜伏的人群，嘴角不经意勾出一抹笑意，眸底皆是陶然醉意。

她没有想到，有一日自己的夫君会君临天下，更没有料到，自己会登上这女子的至尊之位。如今，整个天下都被踩在宇文邕的脚下，只有她阿史那颂可以与之比肩，独孤伽罗又算什么？

阶下众臣之首宇文护，叩拜完毕起身，仰头望向高高在上的二人，嘴角却是不屑的笑意。不错，江山是在宇文邕手里，可是军政大权，包括宇文邕本人，在他宇文护手里！大位，又算什么？

此后，北周政权进入另一个时期。宇文护重掌大权，架空皇权，后又设置中外府，都督中外诸军事，权力扩张，更胜从前。朝中众臣为求自保，大多依附于他，宇文邕身边仅有为数不多的大臣支持，不但势单力薄，日行起居还要受禁军左宫伯大夫杨素的监视。

而另一方面，杨忠、尉迟迥奉命招纳新军，重整军队，依照原计，将暗卫军拆整为零，分编入各处新军，杨坚、杨整也同时投军，在杨忠麾下效力。虽然说，两股势力暗地里相互试探较量，可是大周朝堂上，表面上已经恢复一片平静。

等独孤伽罗的身孕渐稳，朝中、军中的一切，也渐渐恢复秩序。那一日，伽罗与杨坚同赴蜀国公府，探望尉迟迥。

尉迟迥见二人前来，心中喜悦，客套几句后分宾主坐下，见独孤伽罗已肚子微显，不由微微一叹，含笑道："想起文姬出世，还像是昨日的事，这一转眼，就已六年！"这六年中，尉迟宽和赵嫣却再没有添一男半女，心中微觉遗憾。

独孤伽罗听他提到文姬，自然问起赵嫣母女近况，听说尉迟宽病情渐好，与赵嫣也是夫妻和谐，不禁心中宽慰，点头道："尉迟大哥性子温和，与嫣姐姐本就是良配，日后必然夫妻和顺！"

哪知道话音刚落，就听后宅方向一阵吵闹，紧接着一个丫鬟满脸惊慌地冲了进来，身上还沾着斑斑血迹，哭叫道："郎主，不好了！快！快救救夫人！"

尉迟迥一见她的模样，不禁大吃一惊，霍然站起，喝问道："你说什么，夫人怎么了？"

丫鬟惊得脸色苍白，连连摇头，哭道："夫人本来在绣花，不知道何故，大公子突然闯进来，动手就打，夫人……夫人……"

独孤伽罗听得心惊，急道："尉迟伯父，我们去看看吧！"

尉迟迥心惊胆战，点一点头，拔腿就向后宅冲去，杨坚扶着伽罗随后跟来。

几人冲进赵嫣的绣房，但见满屋子的绣架都已摔倒破碎，到处都是飞溅的血迹，赵嫣脸色惨白，气息奄奄地躺在地上，身下晕染出大片的鲜血。

尉迟迥脸色骤变，连声命人去请大夫，怒喝道："阿宽呢？这个畜生在哪？给我将他带来！"

独孤伽罗看到赵嫣的模样，惊得的三魂七魄丢了一魄，定一定神，连声道："尉迟伯父，还是先将嫣姐姐移回房里，包扎伤口要紧！"说完顾不上自己怀有身孕，叫两个婆子合力将赵嫣抬回房里。

文姬早已经吓得傻住，只会抱住赵嫣哀声痛哭。

大夫匆匆赶来，一见赵嫣的伤势，先就心惊，诊一回脉，终于摇头，向尉迟迥拱手，叹道："蜀国公，夫人伤重，已经回天无术！"

尉迟迥脑中嗡的一声，转头不见尉迟宽，暴怒之下额角青筋毕现，恨恨咬牙，怒声吼道："这个孽障！"随即撞开众人，疾冲出房。

独孤伽罗也是如遭雷击，与杨坚对视一眼，只觉手足冰凉，只是当此情形，眼见尉迟府中无人，又不能袖手旁观，只得强抑悲痛，将管家唤来，为赵嫣准备后事。

刚刚吩咐妥当，就见床上的赵嫣身子一动，慢慢醒了过来。文姬一见大喜，欢声叫道："娘，你醒了！你吓死文姬了！"

赵嫣嘴角微动，想扯出一个笑容，终究没有成形，抬手握住女儿的小手，有气无力地道："文姬，娘怕不能陪着你了，你……你要听祖父的话……"

尉迟文姬被她的话吓到，"哇"的一声哭出来，连连摇头道："不！不！娘，不会的！你快起来啊！你不要不理文姬！"

杨坚心中不忍，上前一步，轻声道："嫣儿，你不要胡思乱想，还不到那一步！"

文姬也连忙点头，连声道："是啊，娘，你看，杨阿叔来了，你起来，我们跟杨阿叔走，会像以前一样快乐，你快起来……"

赵嫣连连摇头，轻咳一声，鲜血顺着嘴角涌了出来，一时说不出话。

尉迟文姬吓得手足无措，连声哭道："娘……娘……"却不知道该如何是好。

赵嫣咳一会儿，缓过口气来，强打精神道："杨……杨大哥，我和文姬最快乐的，就是……就是在竹庐那段日子。我这一走，最放心不下的，就是文姬，求你……求你看在我们相识一场，帮我多多照看……"

杨坚见她说到最后，眼底焕发出一抹神采，知道是回光返照，心中难过，点头道："好！我答应你，从今之后，文姬就是我杨坚的女儿！"

话音刚落，就听门外一声怒吼，尉迟宽一身酒气，脚步踉跄冲进门来，双眼赤红，一把抓住杨坚的衣领，咬牙切齿嘶声吼道："奸夫！你这个奸夫！难怪文姬不愿意认我，原来她是你的女儿！"

杨坚大吃一惊，忙道："尉迟大哥，你听我说！"

独孤伽罗也急忙上前劝道："尉迟大哥，你误会了！快放手！"她抓住他的手，试图将他和杨坚分开。

尉迟宽整个人早已陷入疯狂，突然将手一挥，大声吼道："滚开！"

独孤伽罗不防，被他大力一挥，身子向后直撞。杨坚大惊失色，眼见她要摔倒，忙疾冲而前，一把将她扶住，连声问道："伽罗，你怎么样？你要不要紧？"

尉迟宽甩脱独孤伽罗，自己倒退两步，靠在墙上呼呼直喘，嘴里还在不断地低嚷："奸夫淫妇……奸夫淫妇……"

独孤伽罗惊魂未定，抚着胸口连连摇头，还不等说话，突然就听文姬大声尖叫，一惊回头，但见赵嬷大口鲜血喷出，整个人直挺挺地倒进床里，一动不动。

第四十章

立新帝奸佞专权
QUEEN DUGU

管家急忙上前一看，悲声道："夫人……殁了！"

独孤伽罗胸口一阵绞痛，低声唤道："嫣姐姐……"话出口，泪珠已滚滚而落。

尉迟宽本来神情凌乱，还在自言自语，话一入耳，整个人顿时一震，双眸骤然大睁，连连摇头，嘶声道："不！不会！"他扑到赵嫣床前，连声道，"嫣儿，你不要死！你不会死……"他颤抖着抱起赵嫣，却见她脸色灰败，双目紧闭，一时间，脑中更是一团混乱，疯狂摇头，嘶声叫道，"不，不是我……不是我……"突然回身，愤恨地指向杨坚，厉声道，"你！是你，是你害死嫣儿……"大声叫着，向杨坚冲去。

杨坚怕他伤到伽罗，忙挺身迎上，劝道："尉迟大哥，你冷静点！"

此时的尉迟宽哪里还能听进话去，已拼力向他冲来。手还没有碰到杨坚，就见门外尉迟迥冲进来，一手将他抓住，挥手就是两记耳光，怒喝道："你这个畜生，做错了事，只会怪到旁人头上！"

尉迟宽被他打得眼冒金星，人倒清醒了许多，看看床上的赵嫣，再看看哀声痛哭的文姬，突然大叫："死了！死了！"一转身，发狂一般冲了出去。

尉迟迥一把没有拉住，回头看看已经断气的赵嫣，再看看哭得上气不接下气的文姬，不禁老泪纵横，摇头道："冤孽！冤孽……"扶住椅子，慢慢坐下。

独孤伽罗心中难过，劝尉迟迥："尉迟伯父，人死不能复生，还望节哀顺变！"她连声安抚，见他轻轻点头，又去牵文姬的手，柔声道，"文姬……"

独孤伽罗手刚碰到文姬的小手，文姬像被火烧到一样跳起来，狠狠将她一推，尖声叫道："你走开！你这个坏女人！都是你！都是你抢走了杨阿叔！都是你送我们回来！是你害死了我的母亲！我恨你！我恨你！"叫到最后，双手握拳，冲出门去。

独孤伽罗被她推得倒退两步，愣愣地看着她小小的身影跑远，不禁嘴唇轻轻颤抖，喃喃道："是我错了吗？"

当初她送赵嬷回来，是盼他们夫妻和睦，哪里想到竟然会走到今日，难道，真的是她错了？是她害死了赵嬷？

杨坚见她脸色苍白，心中担忧，揽住她的肩膀轻拍，柔声道："伽罗，不关你的事！"当初回来，也是赵嬷的选择。

独孤伽罗轻轻点头，勉强振作一下精神，看一看似乎一下子衰老许多的尉迟迥，低声道："尉迟伯父家中无人，这丧事，我们不能不管！"

杨坚点头道："我知道！"言罢扶她坐下，自己与管家商议处理丧事。

从入殓到布置灵堂，再往各府报丧，请妙善庵的尼姑前来念经超度，这一通忙乱下来，已经是黄昏时分。

独孤伽罗见尉迟迥的情绪已经平稳，丧事也已经安排就绪，轻轻吁一口气，目光扫过灵堂，突然间脸色大变，失声道："文姬呢？"

被她提醒，众人这才想起，似乎已经很久没有看到尉迟文姬。众人顿时一阵大乱，尉迟迥大惊失色，连声道："快！快命人去找！"

独孤伽罗惊得脸色惨白，看看尉迟迥，再看看杨坚，眼底满是惊悸。赵嬷已死，尉迟宽疯狂，如果文姬再有什么三长两短，这尉迟府可就真的没人了！

尉迟文姬失踪，尉迟容得到消息，也是大惊失色，匆匆赶来，与独孤伽罗等人一同到处去找。

可是，偌大的长安城，一个小小的孩子，任凭他们出动两府的力量，竟然没有找到一点踪迹。直到天色黑透，暴雨倾盆而下，众人才不得不打道回府。

踏进府门，独孤伽罗看着前边尉迟容微佝的肩膀，心中是满满的不安，轻声唤道："容儿……"

尉迟容身子微微一僵，却不回头，擦一把泪，加快步子离去。

杨整从回廊里出来，恰巧看到这副情景，望了尉迟容的背影一眼，慢慢上前给独孤伽罗见礼："大嫂辛苦了！"

独孤伽罗叹一口气，轻轻摇头，低声道："尉迟府中多事，容儿心情不好，你替我多劝劝罢！"

杨整眸光微黯，答应一声，点头道："大嫂放心，大嫂为了容儿、为了杨家之心，杨整明白，容儿……她也会明白！"

独孤伽罗满腹心事，也未察觉他神情有异，只是点点头，拖着疲惫的身子，慢慢向后宅走去。

杨整立在原地，看着她的背影走远，终于忍不住长叹一声。

从当初他得知尉迟容与陆作谦有私情后，他就搬去了书房，再也没有踏进过房门一步。晃眼间，数年过去，一切归于平淡，所有的悲伤、愤怒，都已被岁月抚平。

那一件事，眼前这个女子知道所有的一切，却始终守口如瓶，独自默默承受了尉迟容明里暗里的刁难和报复。她为的，不过是杨家的家声，和他杨整的颜面。

数月之后，独孤伽罗产下一子，取名杨勇。

就在杨家沉浸在得子的喜悦中时，朝堂上宇文护更加嚣张跋扈，不断打压功勋卓著的老臣，提拔亲信，为了将大周兵马更牢地握在手里，竟然提出要选拔更多的将军，甚至柱国大将军来协助统兵。

宇文邕本就是武将出身，闻言一惊，忙道："大冢宰，柱国大将军是授予将军的最高荣耀，岂能随意任用？"

重要的是，朝中八位柱国将军分掌八方的兵马，使大周兵马调动运用达到一个平衡，如果随意添加，必然会将这平衡打破。

宇文护对他的话不以为意，大手一摆，大声道："皇上，用人当知奖罚分明，若是只因柱国大将军职数已满，后起的将领就不能晋升，岂不是有功不赏？若皇上顾念几位老臣，倒不如令柱国大将军不再统兵，享有勋号便是！"

杨忠、尉迟迥等人闻言，不禁脸上色变。宇文邕吃惊道："柱国大将军不再统兵，那我大周兵马岂不是成了一盘散沙？"

宇文护淡笑道："如今已设置中外府掌管中外军，各州府驻军自然有各州府的将军统领。柱国大将军虽不统军，但是往日功勋尚在，还当受满朝文武敬重！"

只是如此一来，八位柱国大将军全部被他架空，大周的统兵大权，也全在他的手里！

尉迟迥性情暴烈，迈出一步正要说话，却被杨忠死死拉住，杨忠向他轻轻摇头。

如今的宇文护，恐怕正要寻尉迟和杨府两家的麻烦，只是师出无名。此时他风头正劲，出去不但于事无补，还会给他打压的机会。

宇文护见众人不语，眸中露出些得意，摆手道："既然都无异议，就这么定了！"

宇文邕早已气得胸闷气堵，只是知道他心意已决，再说也是无用，只得宣布退朝，起身离去。

崇义宫，阿史那颂见他怒气冲冲地回来，心知他又是在朝堂上受了宇文护的气，暗叹一声，示意安德带人退出去，这才上前柔声劝道："皇上，事已至此，又何必生气，当心伤了身子！"

宇文邕越想越怒，突然挥手将一个花瓶砸在地下，咬牙道："他专横跋扈，大权独揽也倒罢了，如今为了抓住大周兵马，更将八柱国形同虚设，长此下去，我整个大周江山，怕毁在这老贼手里！"

阿史那颂吓一跳，忙轻嘘一声，低声道："皇上，此话不可乱说！"

宇文邕"嘿"了一声，咬牙道："当初，朕以为朕能忍旁人不能忍，如今才知道，做这个傀儡皇帝，当真能生生将人逼疯！"

阿史那颂看着他暴怒的眉眼，心中不禁微疼。

是啊，眼前这个人，暴躁易怒，早已不是当初那个让她深深迷恋的铁骨男儿，而改变他的，竟然是这皇位，是那朝堂，是那个大权独揽、专横跋扈的宇文护！

阿史那颂垂首默思片刻，突然心念微动，凑首到宇文邕耳边，低声道："皇上生性刚直，岂会就此任人宰割？臣妾虽是一介女流，无法相助皇上，可是臣妾背后，还有整个北国，若是皇上决定反击，臣妾必当说服父汗，助皇上一臂之力！"

宇文邕心念一动,整个人顿时冷静下来,垂眸细细凝思。

只是,大周内斗,朝堂纷争,纵然北国肯为他出兵,他又如何才能夺回兵权,重振朝堂,扫除奸佞?

这一瞬间,宇文邕心中已闪过千百个算计,可是每一个都有重大的缺陷。苦思片刻都无法得一良策,心中不自觉闪过一个人的身影,他微微抿唇,点头道:"你容朕想一想!"随即起身离去。

宇文邕悄悄出宫,秘密约见伽罗。独孤伽罗趁夜前往废弃酒庄相见,听完他的话,皱眉凝思片刻,而后轻轻摇头,叹道:"如今宇文护权势滔天,想要动他,谈何容易?若是贸然动手,只会增加不必要的伤亡,我们不能轻举妄动!"

宇文邕皱眉,闷声道:"难不成就这么罢了?我们就任由他掌控江山,朕就此甘心做一个傀儡,你也忘记了你的血海深仇?"

"当然没有!"独孤伽罗摇头,轻叹一声道,"当初先帝为了对付宇文护,韬光养晦,隐忍了多久才得到一个机会?如今不管是在朝堂上,还是在军中,我们都没有力量与他抗衡,也只能蛰伏,保全自己的同时,暗中培养力量,等他自己露出破绽,一击即中,再不给他翻身的机会,而不是莽撞,增加不必要的损失!"

宇文邕虽知她所言是实,可是想到自己每日活在宇文护的阴影中,又说不出的焦躁,摇头道:"可是我怕我等不了那么久了,我宁肯放手一搏,拼一个鱼死网破!"

"鱼死网破?"独孤伽罗低笑,摇头道,"不!不会!纵然我们所有的人愿意随你一拼,到头来,他只会毫发无伤,反而是我们,会被他一网打尽,永绝后患!这是你想要看到的局面吗?"

宇文邕脸色乍青乍白,咬牙道:"当初,是因为玷厥借兵伐齐,先帝才得到一个机会,如今有颂儿在,北国可汗一定会倾力相助,我们不能故技重施吗?"

独孤伽罗轻轻摇头,叹道:"当初,先帝也是隐忍许久,令他放下戒心,才会被我们设计。更何况,当年他虽然手握兵权,可是至少朝中还有你,有蜀国公几人手中有兵。如今呢?不要说各州驻军与朝廷中外军,就连守卫皇宫的禁军都是他的人,你要用什么来对付他?"

随着她层层分析,宇文邕的心一寸寸沉了下去,他挣扎道:"暗卫军呢?暗卫军总不会听他调遣吧?"

独孤伽罗叹道:"时日尚短,暗卫军区区千余人,又能做什么?"

宇文邕满心失望,低声道:"这也不行,那也不行,难道我们就这样任由他坐大,任由他将我们全部困死?"

独孤伽罗点头,轻声道:"我们不但要让他坐大,还要促使他坐大,等他自己露出破绽!"

宇文邕微怔,疑惑地问道:"促使他坐大?"

独孤伽罗点头道:"宇文护此人,虽然心机深沉,难以估量,可是也嚣张狂妄,不将任何人放在眼里,这也是他会让你登基的原因。既然如此,你就事事听从于他,甚至处处为他着想，令他放下戒心，露出破绽！"

　　宇文邕皱眉凝思，默然许久，才轻轻叹出口气，点头道："或者你是对的！"

　　是啊，无兵无权，他无法放手一搏，纵然他身边的人不畏死，他也无法坐视他们跟着他送死。只是在宇文护的强压下，他胸中的苦闷将他整个思绪占据，令他觉得再也无法忍耐。此刻，对着独孤伽罗叙述之后，再听她分析利弊，他倒觉得胸中的沉闷松懈许多。

　　独孤伽罗见他已经想通，轻吁一口气，嘴角挑出一抹欣然笑意，轻声道："阿邕，你记着，我们虽然不能时时陪在你的身边，可是我们都会支持你，你不是一个人！"

　　宇文邕神情微动，低声道："我不是一个人……"

　　多久了，从他登上高位那天开始，他只能高高在上地看着群臣在他的脚下伏拜，只能看着他们的头顶，听一些冠冕堂皇的假话，他深深体会到了两位兄长所经历的孤寂，而现在，有一个人对他说，他不是一个人，而她，又是他今生的挚爱！

　　宇文邕深吸一口气，眼神里多了一丝勇决，重重点头道："对，我不是一个人，我有你，有大哥、二哥，还有许多忠臣良将的扶持，我们一定会赢！"他呼一口气，嘴角挑出一抹笑意，定定地注视着眼前的女子，轻声道，"伽罗，谢谢你！"话说完，转身就走。

　　这一番话，说得慷慨激昂，倒是有当初第一次率军出征时的勇决。独孤伽罗看着他的背影，心中有一些感动，突然想起一事，忙将他叫住问道："你登基之前，我托大郎给你传的话，你可曾去查？"

　　宇文邕低头苦笑一声，摇头道："查什么？在我进宫之前，宇文护撤换掉御膳房所有的人，我悄悄命人按册去查，竟然或者身亡，或者没有下落，又哪里还找得出人来？"

　　独孤伽罗听得怔住，隔了良久才摇头道："欲盖弥彰，宇文护越是遮掩，越说明当初云嫔之死，与先帝中毒有关！他换掉御膳房所有的人，恐怕就是为了隐藏真正的凶手！"她越说越惊，担忧地望向宇文邕，轻声道，"阿邕，你人在深宫，我们鞭长莫及，你必当小心身边的人啊！"

　　宇文邕也听得暗惊，握紧的双拳手心皆是冷汗，涩声道："你是说，给皇兄下毒的凶手，还在宫里？"

　　独孤伽罗慢慢点头，低声道："或者，就在你身边！"

　　宇文邕一张脸渐渐变得苍白，一双眸子却变得黑亮，咬牙道："不管是谁，我一定会将他揪出来，为皇兄报仇！"说完，他向独孤伽罗略一拱手，算是告辞，转身大步而去。

　　独孤伽罗看着他笔挺的背影，担忧中，又带着些期许。但愿，他能够坚持下去，但愿，他不会让他们失望。

　　夜色已深，独孤伽罗不愿惊动家人，越墙回入随国公府。她刚刚推门进入自己的屋子，就见榻上杨坚翻一个身，撑起半个身子笑着望她，问道："你回来了？"

　　独孤伽罗"嗯"了一声，先将一身黑衣换掉，才在他身边坐下，将宇文邕的话略述一回，低声叹道："他年少投军，半生戎马，如今却要困在那一方宫城里，与宇文护互斗心机，也难为了他！"

　　杨坚握住她的手轻轻摆弄，听到这里，点头道："其实他心里也知道，如今任何的行动都没有胜算，可是怕也只有你能劝住他！"说到最后一句，语气里带出一些酸溜溜的醋意。

是啊，宇文邕是他杨坚的结义兄弟，宇文邕偷偷出宫，想要商议反护大计，不约高颎，不约他杨坚，却深夜约他的妻子相见。

独孤伽罗闻言先是一怔，随后忍不住低笑出声，伸指在他额上一戳，咬牙道："你呀，几时还这么大的醋意？我和他之间，早已说得清楚明白，如今也不过剩下自幼的一些情分和共同的敌人！"

杨坚顺手将她捞在怀里，轻哼道："许多时候，我倒宁愿你笨一些，不要让人处处想到你！"

独孤伽罗轻笑出声，索性放软身子偎入他怀里，轻声叹道："大郎，我很庆幸，这个世上有你……"

她庆幸这个世上有他，在她遭逢巨变，家破人亡之后，还有一个倚靠，还有一个人再给她一个家，让她疲惫时有一双栖息的臂膀，在她无助时给她力量和支撑。

上朝的钟声在黎明的曙光里悠悠敲响，皇帝临朝，群臣叩拜。

宇文邕示意众臣免礼，安德依例上前一步，扬声道："有本早奏，无本退朝！"

话音刚落，就听宇文护咳嗽一声。

宇文邕立刻倾身问道："大冢宰身子不适？"

宇文护本来是有话要说，被他一问，顿时卡了回去，微微错愕道："臣不过偶感风寒，有劳皇上动问！"再咳一声，正想要说话，宇文邕已从御座上下来，担忧道，"偶感风寒，可也会引发大的病症，大冢宰辛苦，快快赐坐！"

宇文护话没出口，又被他堵了回去，可是见他一脸关切，又不能发作，见内侍搬来椅子，只好谢过坐下。

等宇文邕回到龙案坐好后，他刚要开口，就听宇文邕又道："唉，大冢宰嗓子不适，离朕甚远，说话还要大声，不如坐到朕的身边，也好让朕就近聆听大冢宰教诲。"他说完又跑下来，伸手去扶宇文护。

接连三次，宇文护要说的话都被他堵了回去，此时深深怀疑他是故意的，看着他一脸的坚持，深以为不跟着他坐上龙椅，今天他就不会让自己说出话来。

可是他宇文护只手遮天，坐个区区龙椅又能如何？

宇文护凝视宇文邕片刻，胸中傲气暗生，搭着宇文邕的手起身，向御阶上走去。他在龙椅前微一迟疑，宇文邕已含笑道："大冢宰请坐！"说着亲自扶他坐下。

这一下，满朝文武都十分震惊。宇文护一党黄惠、徐怀民等人自然是暗喜，杨忠、高宾等人却不明所以，不解互视。

宇文邕对殿下众臣的反应似无所觉，转身在宇文护身边坐下，满意地点头道："如此一来，大冢宰不必费力说话，朕也能听到大冢宰的教导！"他笑眯眯地侧身，向宇文护注视，含笑道，"今日大冢宰有什么示下，请说吧！"

宇文护张了张嘴，又不禁侧头看他一眼，见他再没有旁的举动，这才开口道："皇上，戎州刺史……"话说个开头，又停住。

两个人共坐一把龙椅，脸对脸地说话，哪里像是朝堂议事，更像兄弟二人促膝谈心一样。再看看下方，离众臣隔着长长一道御阶，他说的话，皇帝倒是听得清清楚楚，可是若不大声，下立的群臣又难听到。

宇文护有些不适应，又清清喉咙，拔高声音道："皇上……"

话刚出口，宇文邕已将案上的茶送过去，恭恭敬敬道："大冢宰嗓子不适，请喝茶润润喉咙再说不迟！"又向安德吩咐，"日后上朝，给大冢宰备一盏好茶！"

宇文护见自己的话再次被他堵了回来，心中已有些不耐烦，可是看他一副笑眯眯、恭恭敬敬的样子，又无从发作，只得冷哼一声，将茶接过抿一口，茶杯一丢，这才目光扫过群臣，大声道："戎州刺史胡建民上任一年以来，政绩突出，而华州却经济不兴，若是将他与华州刺史丁毅互调，必能对华州有所帮助！"

高宾闻言出列，躬身行礼道："皇上，臣以为不可。华州经济不兴，是因连生水患，如今该当治理渠道，兴修水利，而不是调任刺史！"

宇文护高坐龙椅，见高宾行礼，口称皇上，似乎是对着自己，心中顿觉舒畅，听他反驳，倒也不恼。

还不等他说话，就见宇文邕摇头道："兴修水利也好，治理渠道也罢，丁毅在华州两年，都不曾有建树，换一个人试试何妨？就依大冢宰提议，调任吧！"

宇文护见他应得顺畅，微觉诧异，微微颔首为礼道："谢皇上！"

高宾错愕，与杨忠、尉迟迥等人互视几眼，只得应命退了回去。

宇文护直到下朝回府，心中还是想着宇文邕今天的一举一动，问赵越："这个小四要做什么？"

虽说宇文邕登基之后就处处受他钳制，纵有不满，也不敢强抗，可是像今日这样主动，还是第一次，让他想起来，就隐隐不安。

赵越给他奉上一盏茶，皱眉想想，试探道："或者，他是在模仿大冢宰，想以退为进？"

宇文护扬眉，忍不住笑起，摇头道："小四聪慧，若当真是以退为进，必有后招。当初逼宫，先帝的那支军队，我们还没有查到下落，更何况还有失踪的太子，怕也是后患，若这几方联合……不得不防啊！"

赵越躬身道："大冢宰放心，如今朝中众臣任哪一府都有我们的人，大冢宰要查什么，岂有查不到的道理？"

宇文护点头，冷笑道："蜀国公府已经无人，不足为虑，你命人盯好杨家！"

赵越躬身领命，谄笑道："大冢宰放心！"

随着宇文护对权力的掌控，杨忠等人闲暇的时间越来越长，每日也只能与门客下棋饮酒打发时间。

那日杨忠正与门客张剑展开棋局，恰高宾到访，便替代张剑，与他对弈。独孤伽罗将新得的好茶取来，在一旁替几人烹茶，时不时闲聊几句。

棋下至中途，杨瓒闷闷地向这里而来，观望棋局一会儿，在独孤伽罗对面坐下，长长叹出一口气来。

高宾捏着一枚棋子，正在皱眉凝思，听他叹气，抬头望他，问道："三郎为何叹气？"

杨瓒再叹一声，摇头道："以往朝堂争斗，无论如何不会波及我们乐部，如今宇文护为了彰显他的权力，时常将我们唤到他的府里奏乐，我们倒像是街上的伶人。"

张剑插口道："可惜先帝费尽心血，也没能将宇文护废掉，以至于让他死灰复燃！"

高宾下棋的手微微一顿，望了他一眼，皱眉道："张先生，此话不可乱说，若是被人听到，可是灭门之祸！"

张剑缩缩脖子，忙向四周望一圈，这才低声道："高司空，你们说，当今皇帝会不会也像先帝一样，设法对付宇文护？"

高宾一怔，迅速抬头与杨忠对视一眼，微微摇头道："不会。"

"为什么？"张剑挑眉。

独孤伽罗恰巧过来奉茶，接口道："因为有前车之鉴。当今皇帝之智，连太祖也称赞，他又怎么会笨到步先帝的后尘？"

张剑摇头道："正因为聪明，恐怕才不会甘心被人掌控！"

独孤伽罗深望他一眼，正色道："张先生，高司空说得是，我们虽是闲话，但传出去，可是会祸及杨家满门，还请先生谨言！"

张剑被她一说，老大不好意思，连忙点头道："大夫人说得是！"他讪讪地走开，去池塘边欣赏园子里的风景，还时不时在一个小本子上勾勾画画。独孤伽罗替杨忠、高宾二人换茶，目光不经意地落在他的身上，遥遥向他手中的本子一望，眸中露出一些疑惑，皱眉凝思。

独孤皇后【下】

闲闲的秋千 著

QUEEN DUGU

百花洲文艺出版社
BAIHUAZHOU LITERATURE AND ART PRESS

第四十一章
疑奸细巧谋拭探
—— 265 ——

第四十二章
齐设谋张剑中计
—— 272 ——

第四十三章
攻北国父子出兵
—— 279 ——

第四十四章
查线索智救皇后
—— 287 ——

第四十五章
设奇谋可汗被擒
—— 295 ——

第四十六章
暗布置巧救玷厥
—— 301 ——

第四十七章
失魂症新帝中毒
—— 308 ——

第四十八章
除奸佞将计就计
—— 315 ——

第四十九章
遭设计杨忠身亡
—— 321 ——

第五十章
识阴谋布下罗网
—— 328 ——

第五十一章
假传信回师勤王
—— 335 ——

第五十二章
强闯府兴师问罪
—— 342 ——

第五十三章
数罪状巨奸伏诛
—— 349 ——

第五十四章
受猜忌杨坚伐齐
—— 356 ——

第五十五章
述旧情伽罗受辱
—— 363 ——

第五十六章
通相士兄弟异心
—— 370 ——

第五十七章
受围困天降奇兵
—— 377 ——

第五十八章
灭齐国功高震主
—— 384 ——

第五十九章
避帝忌携家出藩
—— 392 ——

第六十章
夺藏金治理定州
—— 400 ——

CONTENTS

第六十一章
重回京再见故人
—— 406 ——

第六十二章
见丽华太子钟情
—— 412 ——

第六十三章
入皇室长女为妃
—— 419 ——

第六十四章
立五后丽华有孕
—— 425 ——

第六十五章
情已绝杨后产女
—— 433 ——

第六十六章
护胎儿朱氏感恩
—— 440 ——

第六十七章
设陷阱杨坚进宫
—— 448 ——

第六十八章
闻生变伽罗闯殿
—— 455 ——

第六十九章
争太子朱后身亡
—— 462 ——

第七十章
太皇崩杨坚夺权
—— 469 ——

第七十一章
起异心赵越逼宫
—— 475 ——

第七十二章
废静帝代君传位
—— 482 ——

第七十三章
建大隋帝后双治
—— 489 ——

第七十四章
表帝心六宫虚设
—— 496 ——

第七十五章
伐陈国一统天下
—— 503 ——

第七十六章
起叛乱疑指太子
—— 509 ——

第七十七章
废太子杨勇疯狂
—— 518 ——

第七十八章
诱帝心文姬为祸
—— 526 ——

第七十九章
明真相尉迟作恶
—— 534 ——

第八十章
魂有知地下相会
—— 541 ——

第四十一章

疑奸细巧谋试探
QUEEN DUGU

入夜,杨坚回房,就见独孤伽罗捧着本书坐在榻上,目光却落在不知名的地方,连书拿反了也不知道。杨坚不禁觉得好笑,手掌在她面前轻晃,含笑唤道:"伽罗,你在想什么?"

独孤伽罗恍然回神,皱眉道:"我在想张剑!"

杨坚一脸惊吓,问道:"张剑?伽罗,在我面前,你居然敢想着别的男子!"

独孤伽罗被他说笑,瞪他一眼,拉着他在身边坐下,细细将白天的事讲了,皱眉道:"这位张先生到我们杨府已有些日子,一向不太过问朝中的事,这些日子不知为何如此古怪,不仅议论宇文护,还打听皇上的事!"

被她一说,杨坚的神色也变得凝重,点头道:"前几日,阿爽也似说过,说是张先生有一个小本子,当宝贝一样藏着!"说到这里,夫妻二人对视,都从对方的目光里感觉到了事情的严重性。

第二日,天还没有大亮,杨爽就被杨坚从被窝儿里拎出来,径直往独孤伽罗的院子里走。

独孤伽罗见他睡眼蒙胧,不住抱怨,忍不住感到好笑,忙取水给他净过脸,一脸严肃地道:"阿爽,大哥大嫂要你帮一个大忙,事关我们杨家的安危哦!"

见她脸色凝重,杨爽的睡意顿时全消,他两手将衣袖向上一撸,大声道:"大嫂,你说,阿爽赴汤蹈火,在所不辞!"

独孤伽罗忙轻嘘一声,垂首在他耳畔轻声低语。

杨爽听得连连点头,道:"我就说那小本子有鬼,这次非抓住他不可!"

独孤伽罗摸摸他的头,向杨坚道:"一会儿我会将其他的门客全部调走,给他留些空隙,你和父亲去军营,要设法令他不起疑!"

杨坚点头道:"你放心,我会和父亲说明!"

三个人商量妥当，眼看已经到杨忠下朝的时间，便分路往前院去。

杨忠回府，杨坚如常陪伴用膳，瞥眼便见张剑与几个门客进来，给杨忠见过礼，在最近的一张案子后坐下。杨坚状似无意，含笑道："父亲，前锋营重建，缺少几位带兵的将领，前几日新军里倒选出几位，身手不错，只是还要父亲亲自考较，不知父亲今日可有空闲？"

前锋营挑选将领之事昨日刚刚议过，断没有这么快就选出来的。杨忠听他说得奇怪，心知有异，点头道："今日朝中无事，正可往军营去走走！"杨忠不知道他葫芦里卖的什么药，也不再多问。

用过早膳，杨坚陪着杨忠出府，直奔军营。走至中途，杨坚见四周再没有旁人，这才向杨忠说明原委。杨忠继续前往军营，杨坚却自行中途折回，从后门进府，往自己的院子走去。

此时独孤伽罗已将旁的门客调走，留杨爽守在偏院，自己回院子里等他。见他回来，只是互换一个眼神，她便和他一同向偏院门客们的住处走去。

偏院外，杨爽正在探头探脑、东张西望，见到二人，立刻展开一个大大的笑容，一脸的跃跃欲试。见独孤伽罗点头示意，他转身便溜进院子里去。

东厢房里，张剑侧耳听听，发觉门外寂寂无声，又低头在小本子上描描画画。突然间，房门"砰"的一声被人撞开，杨爽直冲进来，大声喊："张先生！"

张剑吓一大跳，匆忙要将本子藏进怀里，手腕却已经被杨爽抓住杨爽使劲拉着他出门，连声嚷道："快！张先生，快和我们去蹴鞠。"

张剑忙道："阿爽，你慢些！"说着手忙脚乱想要将本子藏起，偏偏拗不过小阿爽的手劲。

杨爽不依，嚷道："快些吧，旁人都等急了！"目光在他手里的本子上一转，杨爽皱眉道，"去玩蹴鞠，带这劳什子干什么？仔细丢了！"说着一把夺过，随手掷在榻上，拖着他就向外走。

张剑无奈，只得道："好好！"他不放心地回头瞅一眼本子，随手抓过件衣裳丢过去盖住，便被杨爽横拖倒拽出门。

见二人出门往后院里去，杨坚和独孤伽罗从另一边墙后绕出来，快步进入偏院，直奔东厢房。虚掩住房门，二人默契地一个往左，去搜书案和衣橱；另一个往右，去检查床铺和案几。

杨坚将案几上的书迅速翻一遍，没有发现什么，顺手掀起床铺上的衣服，一眼看到小本子，立刻欢声道："在这里！"他取过小本子向独孤伽罗走去，翻开来瞧，见上边只是画着一些花草，配着诗句，不禁皱眉道，"怎么只是些花草？难道不是这本？"

独孤伽罗取过本子瞧了瞧，轻声道："是这本！"一边说，一边从头至尾将本子快速翻一遍。

杨坚皱眉，不解道："这些花草并没有什么，为什么他如此遮遮掩掩？或者，是因为画得不好，羞于见人？"

独孤伽罗摇头，低声道："我觉得没有那么简单！"一本册子很快翻完，她放回原处，用衣裳盖好，说道，"走吧，张剑很快就会回来！"说着便拽着杨坚出门。

杨坚身不由己，直到被她拖着走出去老远，才缓过口气来，皱眉道："那花草中或者藏着什么玄机，我们没有时间推敲，该当抄录一份才是！"

独孤伽罗抿唇一笑，手指点点自己的脑子，径直拉着他回房。她铺纸研墨，很快将张剑本子上的花草、诗句一张张描画书写出来。

杨坚见她竟然不假思索就默画出来，不禁又惊又佩服，赞道："伽罗，你总是能给我惊喜！"

独孤伽罗微微一笑，低声道："这本册子上一定有什么东西，我们慢慢推敲，这几日你暗中留意张剑，追踪他的去处！"

杨坚点头答应，替她将一幅幅字画吹干收起。

两日之后，张剑果然离府，杨坚悄悄跟了出去。

独孤伽罗将这一切瞧在眼里，不动声色，依然将府里的事务如常处置，这才慢慢去书房等候。

没有等多久，杨坚就匆匆回来，也不等她问，即刻开口道："伽罗，你猜我看到了谁？"

"谁？"独孤伽罗反问。看着他隐约含怒的表情，她皱眉凝思，猜测道："难不成他真的与宇文护的人勾结？"

杨坚点头，一字一句道："萧左！"

萧左？当年楚国公赵贵的谋士萧左！独孤信一案的始作俑者，萧左！

这个名字入耳，独孤伽罗双眸骤然大张，一时，父亲身亡、全家被屠杀的惨象历历在目，一颗似乎早已陷入死寂的心，再次怦怦跳动。

自嫁入杨家以来，她渐渐与杨家所有的人融为一体，有了自己的儿女，那份家破人亡的仇恨早已被她埋藏在心里。而这一刻，那些仇恨随着这个名字的出现蓦然间奔涌而出，带着无尽的痛楚。

就在此时，杨忠从门外进来，恰恰听到这个名字，问道："什么萧左？"

杨坚忙上前给他见礼，将下午的事细细述说一回，冷哼道："如今我们动不了宇文护，这个萧左横竖不能放过，我已命人盯住他！"

杨忠也大为意外，皱眉道："高司空奉命彻查贪腐，宇文护将他的亲信调来调去，想要瞒天过海。前几日听说萧左被调回长安，想不到竟然与这张剑有旧！"

张剑进入随国公府，还是在伽罗嫁过来之后。

独孤伽罗此时已缓过神来，轻轻摇头道："只怕不是有旧，而是有所勾结！"

杨忠吃惊道："怎么讲？"

独孤伽罗将手中一沓纸呈上，说道："这是我描摹张剑的本子所画，这两日仔细揣测，已经知道其中玄机！"将纸在案上摊开，翻开其中一页，道，"他画的这株兰花看似平淡无奇，可是配上旁边的诗句，按叶子的数目和花朵的数目由这诗前后数过去，选出其中的字！"一边说，一边另取一张纸，将数出的字一个字一个字写出来，低声念道，"初三到临江楼见柳宗卿……初五与高宾下棋，论及皇帝赐座……"

杨忠越听越惊，伸手在案上重重一拍，咬牙道："想不到他竟然在记录我的行踪和言行！"

杨坚脸色微变，皱眉道："当年，他们就是用了这个法子让萧左颠倒黑白，攀诬岳父和楚国公，如今竟然故技重施，这是要对付我们杨家啊！"

杨忠恨道："张剑这厮，本来穷困潦倒，我瞧他有几分才学，才将他带回府来，想不到他竟然吃里爬外，投靠宇文护！"越说越气，他转身就向门外走去，冷声道，"我先杀了他和萧左，再想法子对付宇文护！"

独孤伽罗一惊，连忙抢步跟上，唤道："父亲留步！"见他停下，她摇头道，"父亲纵杀得了一个张剑，可是宇文护大可再收买第二个、第三个！更何况，如今萧左已经是朝廷命官，杀了他，怕落宇文护口实，倒不如将计就计，既除这两个叛徒，又不脏父亲的手！"

杨忠微怔，跟着点头，叹道："还是你思虑周详，为父莽撞了！"说罢转身回来，几人细细筹谋。

独孤伽罗先问杨坚暗查萧左的情形，杨坚道："萧左是调任回京，携有妻儿，我已托徐大哥的两名兄弟盯紧萧左，他有任何举动，都会立刻给我们消息！"

独孤伽罗点头道："事过境迁，如今我父亲一案已无人再提，萧左敢堂而皇之地回京，自然是有恃无恐。我们既然不能与他硬碰硬，倒不妨与他结交！"

杨坚一脸震惊，反问道："结交？"萧左可是她家的仇人啊，她竟然要结交？

独孤伽罗见父子二人都是一脸惊讶，浅浅一笑，慢慢道："萧左本是楚国公的谋士，却卖主求荣，投靠宇文护。宇文护生性多疑，若是得知萧左与我们结交，不知又会如何？"

杨坚瞬间恍然大悟，手指向她一点，笑道："反间计！"

杨忠向独孤伽罗投去赞赏的一眼，慢慢点头道："一箭双雕！"

张剑既然向宇文护禀告杨府众人的一举一动，那杨忠结识萧左，他自然不会不向宇文护禀报。宇文护生性多疑，必杀萧左。而张剑误报消息，怕也难逃一死！

父子二人同时点头。转念间，杨坚又不禁皱眉，摇头道："萧左谋害岳父，对我们必然戒备，如何肯与我们结交？"

独孤伽罗冷笑道："何必当真与他结交，只要骗过张剑就是！"微微一顿，突然笑道，"方才你说萧左是携妻儿回京，我们倒不妨从这里下手！只是，还是要小阿爽出马！"

杨忠、杨坚听完她的计划，连连点头。杨坚道："我这就去叫阿爽！"说罢匆匆出门而去。

第二日，跟踪萧左的人传来消息，萧左带着妻儿在临江楼用餐。杨忠即刻依计带着杨爽、张剑二人前往。

踏进临江楼，张剑一眼看到萧左，颇感意外，立刻又将目光移开，脸色恢复如常。

杨忠看到萧左，也是一脸意外，却即刻上前见礼，含笑道："前几日听说萧大人调任回京，不想今日巧遇，当真是幸会！幸会！"

萧左见到他，连忙起身，目光向他身后的张剑一扫，只当不识，也含笑拱手道："原来是杨将军，萧某荣幸！"

杨忠看看他身边的端丽妇人和乖巧孩童，含笑问道："想来，这是尊夫人和令公子？"

萧左只得道："正是拙荆和小儿萧孝！"转向妻子和儿子，说道，"快见过杨将军！"妇人和萧孝同时施礼见过杨将军。

杨忠点头，向后一指，含笑道："这位是张剑张先生，这是小儿阿爽！"

萧左与张剑各自见礼，故作不识。倒是杨爽给萧左见过礼，一下子跳到萧孝身边，笑道："你叫萧孝？我是杨爽！日后可以找我练习弓马！"

萧孝眼睛一亮，立刻点头，却道："可是我不会，你能教我吗？"

杨爽小胸膛一挺，大声道："包在我身上！"

杨忠看着两个孩子含笑摇头，向萧左道："萧大人，相请不如偶遇，我在二楼厢房已订下位子，不如一同去饮上几杯，就当给萧大人接风洗尘！"

萧左迟疑道："杨将军不必客气！"

杨忠含笑道："萧大人，今时不同往日，如今你我同在大冢宰座下效力，为萧大人接风洗尘也是尽同僚之谊，又何必推托？"

萧左迟疑未答，杨爽已抓住萧孝的手，连声道："走吧走吧，父亲已点好许多好吃的，都是这临江楼的招牌菜式，非常好吃！"说完，还怕不能取信于萧孝，他掰着手指一口气数出十几道菜式来。

萧孝早已听得直流口水，连忙点头道："好啊好啊！"也不管父母答不答应，便跟着杨爽跑上楼去。

杨忠看着二人的背影，含笑道："两个孩子倒是投缘，萧大人，请！"一手斜引，向二楼走去。

萧左无法，只好向他一拜，目光扫过张剑，微微皱眉示意，却无法多说，跟着他上楼。

二楼厢房内，萧左与杨忠分宾主而坐，最初还满心戒备，哪知道杨忠始终东拉西扯，只是与他谈论各州的风情，并不谈论朝政，更没有一个字提到当年的案子，萧左这才渐渐放心，与他含糊周旋。

一餐饭直吃了一个时辰，直到杨忠的马车走远，萧左这才轻吁一口气，吩咐妻子带着儿子立刻回家，自己片刻也不敢耽搁，径直往晋国公府而去。

宇文护听完他絮絮叨叨的禀报，随意询问几句，命他退去。直到看他走出府门，宇文护才望向赵越，问道："此事你以为如何？"

赵越摇头，不以为然道："杨忠禀性刚烈，与独孤家又是姻亲，见到萧左，没有拔刀相向，已经算沉得住气，又怎么会与他闲话家常？当真奇怪得很。还有那个萧左，巴巴地跑来向大冢宰回禀，分明是此地无银三百两，欲盖弥彰，怕这背后做了些什么见不得人的勾当！"

宇文护点头，眸中闪过一抹厉色，冷笑道："此人本是赵贵的谋士，当初他为了一己富贵能出卖赵贵，如今……怕也能出卖我！"咬牙默思，向赵越道，"盯紧他和张剑，若有异动，立刻……杀！"最后一个字从齿缝间迸出，带着一丝阴冷。

赵越点头，躬身领命。

自临江楼一别之后，杨爽时常念叨萧孝，隔上几日就缠着张剑与他同去萧府，找萧孝玩耍。杨忠瞧在眼里，虽不见如何热情，倒也并不阻止。张剑乐得光明正大去见萧左，十次倒有八次答应，与杨爽欣然同往。

那一日是萧孝的生辰，独孤伽罗亲自下厨包了几十个饺子，做成各种有趣的形状，细细装入食盒，在花园找到张剑，含笑道："阿爽和萧左的小儿子极为投缘，听说今日那孩子庆生，闹着要去。只是今日萧府必然人多，碍着两府的关系，阿爽不便上门，只是好歹要有些表示，听说那孩子爱吃饺子，我就包了几个，劳烦张先生跑这一趟。"

张剑颇为意外，不解道："大夫人，我怎么听说当年卫国公一案与那萧左有牵扯？难为大夫人不念旧恶！"

独孤伽罗微微一笑，笑容中却多了些苦涩，低声道："逝者已矣，如今情势如此，我也只能先顾着杨家。萧左是大冢宰的亲信，若能得他说几句好话，或者杨家就不会如此艰难！"

张剑恍然大悟，略略一想，又问道："如今高大人惩治贪腐，夫人就不怕连累杨家？"

独孤伽罗瞬间笑起来，摇头道："不过是几个饺子罢了！"

张剑也跟着笑起来，点头道："夫人说得是！"说罢向独孤伽罗一拜，提着食盒离去。

独孤伽罗望着他的背影走远，嘴角是不减的笑意，眸底的寒意却越来越深。

张剑，只要今日他踏进萧府，一切就都落入她的算计中，不管是萧左也好，还是他张剑也罢，谁都跑不了！

宇文珠一早看到独孤伽罗下厨，直等到她离开，忙从厨房弄来一盘饺子，兴奋地一个一个咬开，在里边找来找去。可是一盘饺子几乎全部找过，却什么都没有找到，她不禁皱眉将筷子摔到一边。

刚才她分明看到独孤伽罗将金子包在饺子里，可是这会儿竟然一个都没有找到。

这个时候，她就见远处的回廊上，独孤伽罗将一只精美的食盒交到张剑手中，浅笑盈盈，之后与他相伴离开。

一府的夫人，与一个门客有什么好说的？宇文珠"咦"了一声，蹑手蹑脚地跟过去。

离二人越来越近，宇文珠躲在廊柱后，隐约听伽罗说到了"饺子"，紧接着张剑就提着食盒离开。微怔之后，她整个人瞬间如被雷劈了一般，呆立原地，喃喃道："不得了了，可是不得了了！"她已经顾不上什么饺子不饺子，扭头就跑。

直到用过午膳，独孤伽罗才看到张剑回府，忙上前见礼，谢他代为奔波。张剑自然也客套一番，这才向偏院门客的住处而去。

独孤伽罗见他神色无异，不由心底暗暗冷笑，转身往书房而去。

书房里，杨忠父子三人早已在等候。独孤伽罗进门，见三人目带探询地望来，便轻轻将头一点，轻声道："成了！"

张剑神色没有异常，也就是说，萧左贪财，留下了包在饺子里的金子，没有让他知道！

杨爽欢呼一声，忙问："大嫂，这第二步计成，接下来呢？"

第二步计成，接下来，就是最关键的一步！

独孤伽罗在书案上铺纸研墨，微一沉吟道："萧左投靠宇文护多年，必然有书信来往，他的字迹，当年我倒是见过一回，怕写得不能十分相像，但好在字数不多，想来也足以蒙混过关！"说罢避开纸张的左侧不写，只在右侧写下断断续续的几句话。

杨坚看她原本娟秀的字迹在这一刻竟然变得大开大阖，十足是男子的笔迹，不禁佩服，赞道："伽罗，想不到你还有这一手！"

独孤伽罗抬头向他一笑，略想一下，换上另一种纸，将手中的狼毫交给杨忠，含笑道："父亲的笔迹，宇文护想来也很熟悉，只要他瞧见，不由他不信！"由她口述，杨忠落笔，很快写成一封书信。

独孤伽罗取两种不同的封套，将两封信封好，再将自己所写的那封在灯上烧去一半，交到杨坚手里，郑重道："明日的计划，任哪一步出乱子，也足以让我们功败垂成。大郎，这两封信可都在你的手上！"

杨坚郑重点头，低声道："你放心，八宝斋我已经安排妥当，断断不会出问题！"

独孤伽罗点头，回头与杨忠、杨爽各自对望一眼。四人心中一时又是兴奋，又是紧张。

第二日，打听到杨忠没有出府，张剑腋下夹着本书，状似悠闲向花园里行去。

花园空地上，杨忠正在教杨爽习武，看到他来，随意打了个招呼，仍仔细纠正杨爽的姿势。

张剑在廊中坐下，笑望父子二人一会儿后，将书摊开放在膝上，又从袖中摸出小本子藏在书后开始描画。

他还没画几笔，远远地就见独孤伽罗和杨坚一边低声说着什么，一边匆匆向书房方向走去，杨坚还不时抬头望望四周。

张剑心中起疑，向杨忠看去，见他似乎并没有离开的意思，想一想，合起书假装四处观看风景，慢慢接近园门，很快出去，快步向书房走去。

看到张剑离开，杨忠和杨爽对视一眼，都从对方的眼底看出笑意。

第四十二章

齐设谋张剑中计
QUEEN DUGU

宇文珠用过养颜汤品，心满意足地从厨房出来，一边使帕子轻点嘴角，一边慢慢向园子行去，还没走到园门，远远就见张剑东张西望地向书房摸去，不禁起疑，忙蹑手蹑脚地跟在他身后。

书房内，独孤伽罗刚刚架起一盆炭火，隔着窗隙，瞥见那道鬼鬼祟祟跟来的人影，故意压低声音道："这几日风声紧，这些书信被旁人瞧去可不得了，还是快烧了吧！"

杨坚点头，将一沓书信丢入火中，迟疑一下后问道："萧左这封呢？父亲还不曾看过！"

独孤伽罗道："烧了吧，横竖我们知道写了什么就行！"

杨坚应一声，将手里最后一封信丢入火里，微微侧身，挡去窗外望进来的目光，却将半截残信放在火盆边儿上，口中道："父亲给萧左的信快些让人送走，以免夜长梦多！"

独孤伽罗点头，从书架上取下一只礼盒，轻声道："我与萧先生约好了，一会儿你将这幅画送去八宝斋修补，他自会去取，你放心就是！"一边说话，一边从怀中摸出一封书信，细细插进画轴里去。

杨坚点头，捧着装画轴的盒子和她一同出去，一个往前院离府，一个向后院而去。

张剑瞧着二人走远，急忙冲进书房，将盆中的火踩灭，捡起烧得只剩一半的残信展开来看，见上边残留的字迹是："蒙将军赐金……不辱使命……为死者申冤……"他一时一头雾水，皱眉思索片刻后还是不得要领，只好塞进怀里。

正在此时，门外一个响亮的声音大声道："好哇，你果然在偷东西！"书房门被人撞开，宇文珠大步闯了进来，指着他大嚷。

张剑大吃一惊，连忙摆手道："公主，没有！我没有！我只是来还书，你不要误会！"说着，还忙把自己手里的书举了举。

宇文珠哪里肯信，大声道："我分明看到你往怀里塞东西，你还不认？若不然，我们去找父亲，一搜便知！"

张剑眼见她叫个不休，心中大急，急忙上前一步，连声道："公主，我真的没有！"

宇文珠见他靠近，这才惊觉书房里只有自己一人，大吃一惊，失声道："你要干什么？你要杀人灭口？"说完，转身就向门外逃去，尖声叫道，"来人啊，杀人了……"

张剑吓得脸色惨白，疾声道："公主，你误会了！你误会了！"说着急急追出门去。

宇文珠还没跑出院子，迎面与刚刚进来的独孤伽罗撞上，忙一把将她抓住，指着张剑大声道："大嫂，张先生偷东西被我撞到，还要杀我灭口！"

独孤伽罗一怔，问道："张先生怎么会偷东西？书房里有什么东西好偷？"她满脸疑惑地望向张剑，留意到他脚上沾着些许纸灰，心里微松，却又暗暗无奈。

本来是给张剑下的一计，怎么就被宇文珠撞见了？

张剑见到伽罗，一时心惊胆战，连忙摆手道："大夫人，小人来书房只是还书，何况一介书生，又怎么会杀人？"

宇文珠有伽罗在身边，胆子顿壮，指着他嚷道："我看到你往怀里藏东西，怎么不是偷？"

独孤伽罗暗暗抚额，忙劝道："公主，这书房里除了书，就是一些笔墨纸砚，有什么东西好偷？想来是公主看错了！"

宇文珠瞪眼，叫道："大嫂，你怎么偏帮外人，不信我的话？"话问出口，宇文珠看看张剑，又看看伽罗，恍然大悟，尖声道，"我明白了，前几日你将金饺子给了张先生，如今张先生偷东西，你又替他遮掩，你二人一定不清不楚，我要去告诉父亲和大哥！"说完转身就跑。

张剑听到"金饺子"三字，心中顿时恍然大悟。独孤伽罗却哭笑不得，生怕她这一跑出去，当真说出些什么来，忙随后追去，唤道："公主！你不要乱说话，快停下！"

宇文珠哪肯理她，顾自向外冲去，迎面见杨忠和杨爽过来，忙向二人跑去，大声道："父亲！父亲！你快管管大嫂！"

杨忠突然见到宇文珠，也觉奇怪，向随后追到的伽罗望去一眼，见她微一点头，知计成，心中微微一松，问道："公主，发生何事？"

宇文珠跑得呼呼直喘，回身指着独孤伽罗，大声道："父亲，大嫂送金饺子给张先生，今日张先生进书房偷东西，大嫂又替他遮掩，他们之间一定有鬼！"

闻言，杨忠错愕，不知道这个误会怎么来的。伽罗只觉又无奈又好笑，不知如何说起。杨爽先是一愣，紧接着忍不住放声大笑，一只手指着宇文珠，一只手捂着肚子，笑得直不起腰来。

张剑赶来，一脸尴尬，向杨忠道："随国公，这……这没有的事，误会小人倒也罢了，怎么能说到大夫人头上？"

杨忠这才回过神来，将脸一沉，斥道："胡闹！这种事也是能乱说的？"

宇文珠跺脚道："父亲，这是真的！不信，搜张剑身上，一定有见不得人的东西！"

张剑脸色顿时变得雪白，连连摇头道："不是！没有的事！没有的事！"

杨忠只觉又好气又好笑，脸上还不能露出半分，只能沉着脸道："胡闹，张先生为人端方，岂是苟且之徒？何况事关你大嫂清誉，岂能乱说？我相信张先生，更相信你大嫂！"

独孤伽罗心里是说不出的无奈，又不知道从何解释，见杨爽还在大笑不止，忙将他一推。

杨爽用尽全身的力气才忍住笑，揉着肚子喊"哎哟"，拉着宇文珠道："公主，你快瞧瞧，你的妆都花了，头发也乱了，三哥马上回来！"

"啊？"一句话，立刻引开了宇文珠的注意，她连忙摸摸脸，扶扶发髻，连声道，"糟了，一定是刚才跟踪张先生弄的！"也不再管张剑和独孤伽罗有没有私情，急匆匆地离去。

独孤伽罗与杨忠对视一眼，觉得好笑之余，又悄悄松一口气。杨忠向张剑道："公主一向莽撞，还请先生不要放在心上！"

张剑忙道："小人倒也罢了，险些连累大夫人的名声！"

杨爽笑道："张先生，公主一向如此，千万别和我三哥说啊！"

张剑忙道："自然自然！"施过一礼，匆匆而去。

看着张剑走远，杨忠、伽罗、杨爽三人互视一眼，都轻轻吁出口气，又忍不住笑出声来。

想不到，他们的一番算计，倒教宇文珠摆出这么大一个乌龙，幸好没有误事。

不出所料，一个时辰之后，张剑果然悄悄离府。杨坚坐在八宝斋对面的茶室里看着他把画取走，才安心回府。

那封残信，虽然只是寥寥数语，却直指当年独孤信的冤案。张剑不知此事的底细，自然参不透其中玄机，但那残信若落在宇文护手里，几句断断续续的话连起来就是：杨忠送萧左金子，萧左答应说出当年的一切，为独孤信翻案，为死者鸣冤。而藏在画轴里的书信确实是杨忠的手笔，只是措辞似是而非，粗粗看去，似乎是在指点萧左升迁之道，但是落在有心人眼里，再和残信对照，那可就是杨忠指点萧左如何为独孤信翻案了！

第二天一早，消息传来，萧左已被人杀死在一条陋巷之中，一刀割喉。独孤伽罗与杨坚互视一眼，同时轻吁一口气。

这步步算计，虽然都考虑得十分周到，可是他们深知宇文护老奸巨猾，若是被他看出一丝破绽，就足以将他们的全部计谋拆穿，令他们前功尽弃。如今萧左一死，也就是说，所有的计划成功！

杨忠想着这步步算计，不禁连连点头，向伽罗望去一眼，叹道："独孤兄有女如此，在天之灵也当告慰！"独孤一家被害，匆匆已经数年，到今日，他总算为他们出了一口恶气！

接下来，要处置的就是张剑！

独孤伽罗嘴角挑出一抹笑意，淡淡道："张剑助我们诛杀萧左小人，为我独孤一门出此恶气，我独孤伽罗自当备酒一谢！"向杨家父子三人一笑，转身翩然而出，吩咐人准备午膳。

　　午膳时分，杨忠难得地将家人全部召齐，就连杨丽华和蹒跚学步的小杨勇也到了前厅，除此之外，还特意请张剑一同入席。

　　宇文珠好奇地瞧瞧张剑，又瞧瞧独孤伽罗，再看看杨坚，不解地望向杨忠，问道："父亲，发生什么事？是大嫂和张先生的事吗？"

　　她的话一出口，杨爽一口茶几乎喷出来，杨瓒却不解地问道："珠儿，大嫂和张先生能有什么事？"

　　杨忠微扬了扬嘴角，脸上却没有一丝笑意，淡然道："此事说来，还当真是伽罗和张先生的事！"

　　张剑本来也一头雾水，闻言大惊，连忙双手连摆，疾声道："随国公，杨将军，这……这话当真不能乱说，我……我和大夫人之间，当真没有什么事情……"

　　话还没有说完，他就见独孤伽罗举杯站起，离席向他走来，含笑道："张先生过谦，张先生助伽罗报此大仇，怎么说没有什么事情？大恩不言谢，伽罗敬先生一杯！"

　　张剑顿时张口结舌，讷讷道："大……大夫人，何出此言啊？"

　　独孤伽罗嘴角含笑，眸中却露出一些悲切，依次向厅中众人望去，一字一句道："当年，我父与楚国公受萧左设计，被宇文老贼所害，至今白骨已枯却含冤莫白。今日，全凭张先生巧谋设计，除去萧左那个小人，为我独孤家在天之灵出了一口恶气，于我独孤伽罗自然有恩，伽罗岂能不谢？"

　　此话出口，杨整、杨瓒等人顿时恍然大悟，立刻击掌称快。尉迟容微愕之后，神情不明，向独孤伽罗望去一眼。宇文珠睁大眼，瞧瞧独孤伽罗，再瞧瞧张剑，"哦"了一声，道："原来是张先生替大嫂报仇，难怪大嫂会送你金子，怎么不早说？引出那许多误会！"

　　杨爽听到她的话，又忍不住闷笑出声，趴在桌子上连声咳嗽。

　　张剑脑中却似落下一道惊雷，顿时脸色大变，呼地一下站起，嘴唇哆嗦，结结巴巴道："大……大夫人！"心中一团迷乱，脑中却似已恍然明白，原来，是自己中了杨家的反间计，借宇文护之手，除去了当年构陷独孤信的萧左！

　　独孤伽罗似笑非笑，双眸向他定定而视，轻声道："张先生，不知有何话可说？"

　　张剑脸色乍青乍白，整个身子瑟瑟发抖，突然扑通跪倒，先向独孤伽罗磕了几个响头，又忙转向杨忠，颤声道："杨将军，小人也是万不得已，饶……饶命啊……"

　　杨整、杨瓒本来还在赞叹张剑的义举，见他突然这副模样，都是一脸错愕。只是二人纵使不知道事情的经过，也知道此事必有内情，立刻住笑声，瞧瞧他，再向杨忠望去。

　　宇文珠却不大明白，瞪大眼吃惊地瞧着他，奇道："张先生，你立下大功，大嫂本当谢你，你怕什么？谁又会要你的命？"

　　杨忠冷笑一声，慢慢起身，踱到张剑面前，淡淡地道："是啊，你依计将密信交给宇文护，替我们杨家、独孤家除去萧左，自然有功，又怕什么？"

　　这话已说得极为明白，杨整首先反应过来，霍然站起，指向张剑，道："张剑，原来你吃里爬外，做了宇文护的走狗！"

杨爽这个时候才从桌子上爬起来，笑道："可不是吗！大嫂发现他将我们府里人的一言一行全部报告给宇文护，就设下反间计，利用他除去萧左，哪知道当天诱他入计时被三嫂撞见，差点误了大事！"说到最后，想起当天的场面，他忍不住哈哈大笑。

而宇文珠听完他前半段话，想到自己的所作所为，早已震惊，哪里还顾得上他的取笑，脸色也渐渐变得苍白，迅速向杨瓒望去一眼，咬唇垂下头去。

独孤伽罗将她的反应瞧在眼里，心中微动，却无暇追究。

杨整向张剑一指，喝道："张剑，我杨家自问待你不薄，想不到你竟然做出这样的事来，你不知道这会祸灭杨家满门？"

张剑全身瑟瑟发抖，又转向他连连磕头，颤声道："二公子，小人……小人知道，只是……只是宇文护手段毒辣，小人不做就是死。小人实在是没有法子，只求饶过小人这条狗命！"

独孤伽罗冷笑一声："若宇文护知道是因你而误杀萧左，你以为他会放过你？"张剑吓得一个哆嗦，连声道："但求饶小人一命，小人即刻远走高飞，离开长安！"

杨坚向杨忠望去，见他满脸厌恶，皱眉不语，于是起身向张剑喝道："今日饶你一命，但他日若见你还为虎作伥，必不轻饶！"

张剑先是一愣，跟着大喜望，连连磕头，连声道："谢随国公，谢大公子……"话还没有说完，已连滚带爬地逃了出去。

杨整咬牙道："大哥，这等小人，岂能轻饶？"

独孤伽罗摇头，目光扫过宇文珠，叹道："宇文护结怨太多，既然他是宇文护的细作，自然会有人收拾他，倒不必脏了我们的手！"

宇文珠眼看着张剑仓皇逃出府去，脸色微白，神情恍惚，对众人的话似乎充耳不闻。

尉迟容脸色不佳，埋怨道："这么大的事，我们竟然被蒙在鼓里，难道大嫂也不放心我们？若是公主早知道，也不会误会，差点坏了大事！"

独孤伽罗被她一顿数说，微觉尴尬，只得点头认错："容儿说得是！"

杨整见尉迟容还要再说，向她望了一眼。尉迟容目光与他一对，微微抿唇，侧过头去。

杨忠正色道："一家人，又哪里是不放心？只是宇文护手眼通天，此事自然知道的人越少越好，你们不必多心！如今萧左已除，也算是一桩喜事，大家该当庆祝一下才是！"说罢命众人入席，举杯同庆。

独孤伽罗看向宇文珠，说："是啊，宇文护手眼通天，我们杨家的人该当齐心协力，不要再让他有机可乘才是！"见杨勇的小手抓来，她伸手握住，含笑问道，"阿勇，是不是呀？"

宇文珠脸色乍青乍白，再也坐不下去，匆匆道："我身子不舒服，不吃了！"起身匆匆向杨忠一拜，快步离去。

杨爽看看一桌子好菜，奇道："咦，今日公主怎么了？"

独孤伽罗侧头望着宇文珠的背影走远，脸上露出一抹深思之色，略略一想，将歆兰唤过来，附耳低语。歆兰点头，将杨勇交到她手里，出厅而去。

离开大厅，宇文珠直奔回房，砰的一声将门关上，往床上一扑，埋首在被子里，连声嚷："怎么办怎么办怎么办……"

宝莲随后跟来，在门上连拍，急喊道："公主，你在干什么？快开门！快开门啊！"连拍十几下，才发现门只是关上，并没有落闩，连忙开门进去，见宇文珠好端端地趴在床上，这才长吁一口气，"公主，你可吓死奴婢了！"

宇文珠翻身坐起来，一把抓住她，惶急地问："宝莲，你说伽罗知不知道我的事？她会不会也查出来了？她会不会告诉三郎？"问到最后一句，几乎哭出来，捂住脸道，"三郎知道的话，一定恨死我，再也不理我了！"

宝莲没有回答，反而不安地说："公主，晋国公府那边派人催过几次了，你再不去，大冢宰恐怕会生气！"

宇文珠跺脚道："我还怎么去？张剑都能被伽罗查出来，如果父亲、三郎知道我也向大冢宰报告，我还怎么留在杨家？"

宝莲为难道："这，去也不是，不去也不是，到底要怎么办？"

宇文珠呜咽一声，又转身扑进被子里，哼唧半天，才抬起头来，向宝莲道："你替我去趟晋国公府吧，就说我病了，不能去！你去报个信儿，就说杨家借张剑的手，杀了萧左！"

宝莲失惊道："公主，还报信儿啊？"

宇文珠哼道："反正张剑被赶出杨府，大冢宰迟早会知道！唉，这是最后一回，我再也不去了！"说完，又把头埋进被子里哼哼唧唧。

宝莲见她再不肯多说一个字，无奈之下，只得叹口气，出门前往晋国公府。歆兰立在院外的树后，见她出府，向宇文珠的院子望去一眼，随后跟上。眼看着宝莲进了晋国公府，歆兰才转身回来，向独孤伽罗禀报。独孤伽罗想到处置张剑时宇文珠的反应，心中顿时恍然大悟，不禁轻轻一叹。

宇文珠为人单纯，毫无心机，独孤伽罗倒并不担心，只是宇文护收买张剑监视杨府一事顿时令她心生戒备。宇文护既然能收买张剑，在杨府安插细作，那别的府邸呢？皇宫呢？军营？是不是到处都有他的眼线？

细细将此事斟酌一番，独孤伽罗找杨忠父子商议。杨忠听她说完，也是一脸凝重，点头道："宇文护为人奸险，不能不防，意态不明的府门倒也罢了，与我们交好的几府，都去打个招呼，让他们多加小心！"

杨坚点头道："此事交给我就是！"

杨忠"嗯"了一声，皱眉道："杨素将皇宫守得跟铁桶一样，除去上朝，很难有人能见到皇上，我们只能相机行事。军营嘛……"说到这里，眉头锁得更紧，低头思索。

军营更不比别处，上阵杀敌，讲的是令行禁止，上下齐心。若是军营也像府里，有人怀有二心，到时可不是打一次败仗那么简单，严重一些，可是亡国灭种之祸！

独孤伽罗思忖片刻，也暂无良法，只好劝道："好在如今不是战时，军中纵有宇文护的人，也不会立时为祸。父亲只需悄悄传令暗卫军，命他们平日多多留意就是！"

杨忠点头道："只好如此！"

另一边，宇文护听到宝莲传来的消息，脸色越来越难看，只是萧左已死，错已铸成，一切无法挽回，只能将一腔怒火发泄在张剑身上，命令赵越立刻将张剑除掉。

再想到如今宇文珠总是推三阻四，整个杨府竟然再也无法监视，他只能命李文贵从军中下手，监视杨忠的一切。

第二天，独孤伽罗刚刚处置完府里的事，就见杨整从府外回来。杨整看到她，上前几步见礼，开口就道："大嫂可知道，张剑死了？"

一个对宇文护再没有用处的人，自然不会被留下！

独孤伽罗对这个消息并不意外，只是不料宇文护的手脚会如此的利索，微微扬眉，冷笑道："这就是给宇文老贼做走狗的下场！"

张剑一死，杨整整个人都放松许多，笑道："难怪大哥、大嫂肯放那厮走，原来是大嫂神机妙算，早已料到宇文护不会放过他！"

二人边说边向后宅而去，途经通往厨房的小路，独孤伽罗看到宝莲遭雷劈了一样立在路口，不由心头微动，再走出一程，便借故与杨整分路，自己转身向宇文珠院子而去。

第四十三章

攻北国父子出兵
QUEEN DUGU

宝莲给宇文珠取汤，刚从厨房方向走来，将二人的对话完全听在耳中，不由心惊胆战，连忙跑回宇文珠的院子，急吼吼地冲进门就嚷道："公主，方才奴婢听说那个张剑死了，像是大冢宰做的！"

宇文珠的脸顿时变白，急道："张剑死了，和我有什么关系，你和我说什么？他是大冢宰的细作，我又不是！"

宝莲见她一副拒不认账的样子，不由瞠目结舌，好一会儿才嗫嚅道："可是当初公主为了向大冢宰要钱，也传过不少消息！"

宇文珠吓得跳起来，又是跺脚又是摆手，申辩道："我那是为了三郎！若不是为了嫁给三郎，为了在三郎面前美美的，我为什么要向他要钱，为什么要给他传消息？"说到后面，到底心虚，垮下一张脸，声音也放低了，"后来……后来听说他对付我们杨家，我也不敢再拿他的钱了，我……我可没想帮他害杨家，更不会害三郎……"说到最后，她拉住宝莲的手，可怜巴巴地道，"你说，我这么说，伽罗会不会相信？"

独孤伽罗走进院子，恰听到最后一段对话，忍不住觉得好笑，接口道："会！"然后慢慢跨进门来。

宇文珠大惊失色，急忙嚷道："宝莲，你怎么不关门？"

独孤伽罗一边笑着回应："我已经进来了！"一边向宝莲挥手，命她出去。宝莲脸色微变，咬唇看看独孤伽罗，又看看宇文珠，施礼退了出去。

宇文珠脸色乍青乍白，瞪了独孤伽罗好一会儿，才沮丧地垂下头，低声道："你……你都听到了？你……你会不会告诉三郎？"

独孤伽罗含笑在她身边坐下，抿唇笑道："我自然会！"

宇文珠"啊"了一声，几乎要哭出来，连声道："不要啊大嫂！三郎如果知道这事，一定会很生气，怕再也不会理我了！"

独孤伽罗见她心里眼里惦记的都是杨瓒，顿时放心，轻叹一声，拉住她的手说："你待三郎之心，纵我不说，他岂有不知道？只是宇文护虽是你的堂兄，可是狼子野心昭然若揭，你又心思单纯，难免被他算计，当真不该和他走得太近。"

宇文珠连忙点头，忙道："我知道了。张剑给他传递消息，只是错那么一回，他就把张剑杀了，若是日后你也借我传假消息，我岂不是死得更快？我再也不敢了！"

独孤伽罗听她把话说得如此直接，觉得又是好笑又是无奈，点头笑道："你我都是杨家的人，虽说我不会设计你，宇文护此人却不能不防，日后你只管貌美如花，让三郎为你着迷就好，旁的事，自然有父亲和大哥、大嫂，好不好？"

"真的吗？"宇文珠睁大眼看着她，不敢相信，又极愿意相信。

伽罗握握她的肩，轻声道："杨家好，三郎才能好，不是吗？我和你一样，只有杨家好，大郎才会好！我们的心是一样的，不是吗？"面对这位单纯公主，独孤伽罗很难与她讲什么朝堂纷争、家国天下，只能从夫妻情分上入手。

宇文珠听得连连点头，连声道："是啊，若是有谁敢伤到三郎，本公主一定和他拼命！"

独孤伽罗含笑点头道："如此最好！"知道话已说透，她不再多说，起身往外走。宇文珠愣愣地瞧着她，直等她走到门口，才将她唤住，轻声道："谢谢你，大嫂！"

独孤伽罗脚步微停，回头向她一笑，开门离开。

就在大周朝堂内外表面平和，暗里风起云涌之时，北国可汗突然驾崩，虽说传位于玷厥王子，可是北国各部首领并不心服，一再阻止玷厥登位，整个北国分崩离析，各部之间争斗不断，更有不少部族开始扰边，掠夺大周边境的百姓。

消息传来，大周朝堂为之震动。李文贵、黄惠等人力请出兵，而高宾以为，战事一起，怕就怕战火纷飞，边境更加会民不聊生，而且因为两国的和约，大周不能与北国反目，要通过谈判解决。

此话正中宇文邕下怀，却不能直抒胸臆，转向宇文护问道："大冢宰以为呢？"

宇文护拍案而起，居高临下逼视高宾，冷笑道："两国和约？如今是他们率兵叩边，扰我百姓，又几时顾过两国和约？再说，如今他们还没有可汗登位，你纵要和谈，又和谁谈去？"

高宾被他问得张口结舌，一时说不出话来。杨忠出列，向上行礼，大声道："大冢宰，北国兵强马壮，兵力始终在我大周之上，如今虽说各部纷争，可是若我们挥兵攻打，难保他们不联手相抗，到时吃亏的，怕是我大周！"

宇文护听他反对，出言讽刺："杨将军，这大周兵马可是杨将军亲手训练，怎么此刻长他人志气，灭自己威风啊？还是这一年来，杨将军根本没有好生为朝廷练兵？"

杨忠听他直指自己玩忽职守，心中暗怒，却只得忍气："我大周兵马纵强，可都是我大周大好男儿，轻易点燃战火，怕会生灵涂炭，也使我大周男儿浴血。何况北国与我大周本有盟约，能够和平解决，又何必定要兵戎相向？"

宇文邕听得暗暗点头，又向宇文护问道："大冢宰以为呢？"

高宾得到杨忠的支持，连忙点头道："是啊，大冢宰，与民休息，才能使国力日盛。倒不如遣派使者，请北国各部约束部下，还我边境安宁便是！"

宇文护向他定定而视，冷笑道："还我边境安宁？你忘了太祖在时一心想要平灭北地，只是始终不能如愿？如今是北国扰边在先，我们不趁机出兵，一了太祖心愿，却贪恋一时安稳，曲意求和，可对得住太祖的在天之灵？"说着他转向宇文邕，问道，"皇上以为呢？"

宇文邕一听他将太祖搬了出来，这才讷讷道："朕岂敢对不住太祖？……"

还不等宇文邕把话说完，宇文护已大手一摆打断，大声说："既然皇上同意出兵，那我们就立刻选派将领，点兵出征，给北国还以颜色！"见宇文邕张嘴还想说什么，他完全不理，径直说了下去，朗声道，"北国来犯，此战必要以我大周精锐之师给予迎头痛击。臣以为，大司马为我大周将领之首，身经百战，统兵有方，是此次挂帅最佳人选！"

宇文邕见他强曲圣意，径自决定出兵，心中又是愤怒又是无奈，闻言更加错愕，瞠目结舌道："大司马？如今大司马重病在身，已有数月不能上朝，如何统兵出征啊？"

宇文邕对他的反对似早在预料之中，点头道："不错，大司马身体抱恙，已无法胜任此职，那就改封太师，令其安心休养。至于大司马之职，臣以为杨忠杨大将军是最佳人选！"

此话一出，朝中顿时一片哗然。谁不知道，杨家与宇文护之间水火不容，如今也不过是保持表面的平和，哪知道宇文护一句话，竟然封杨忠为大司马。这岂止是加官晋爵，还拥有了大周的统兵之权啊！

杨忠更是惊疑不定，迟疑问道："大冢宰，是说末将？"

宇文护将众人的反应看在眼里，眼底露出几分满意，点头道："不错！杨将军本就是沙场名将，如今我大周兵马又是你亲手训练，由杨将军统兵出征，必能事半功倍，扬我大周国威！"说完转身望向宇文邕，挑眉道，"皇上以为呢？"

虽然他是询问，可是，所有的一切他早已决定，就算谁有异议，怕也没用！

宇文邕心中暗怒，却又无法可施，而将兵权交到杨忠手里，总又强过别人。他心中念头微转，只得点头同意："大冢宰言之有理，就封杨将军为大司马，即刻点兵出征吧！"

杨忠对宇文护此举也是百思不得其解，听宇文邕传旨，只得跪倒领命道："臣必当执戟沙场，拒敌国门之外，以报君恩！"

宇文邕见此事就此定下，心中闷闷的，见宇文护再没有旁的话说，便传旨退朝，下殿而去。

阿史那颂正带着宇文赟在御花园中玩耍，见宇文邕怒气冲冲地赶往文昌殿，忙将杨素叫住，一问之下，得知大周竟然要出兵攻打北国，不禁大吃一惊，忙将宇文赟交给茜雪，自己向文昌殿赶去。

文昌殿内，宇文邕一腔怒气无从发泄，正坐在榻上生闷气，见阿史那颂进来，挥手命安德、安禄退出去，皱着眉问她："你想说什么？"

阿史那颂急走两步，一把抓住他的胳膊，急切地问："皇上，你真的要攻打北国，是吗？"

宇文邕料到她为此事而来，"嘿"了一声，咬牙道："如今北国叩边，宇文护执意出兵，你要朕怎么办？"

阿史那颂脸色瞬间苍白，几乎落泪："皇上，我父汗刚刚驾崩，北国纷争不断，你这个时候攻打北国，那不是要我弟弟的命吗？宇文护要打，可是皇上若是不应，他又如何去打？"

宇文邕摇摇头，苦笑着说："朕又岂会不知？可是如今是北国侵边在前，擅自撕毁盟约，大周师出有名，你倒给朕一个不出兵的理由！"

阿史那颂面如死灰，眼中满是失望，连连摇头道："皇上，你是皇上啊！你若不答应，他又如何能够出兵？你不是没有理由，你只是为了讨好宇文护，竟然不顾与北国的结盟之义，不顾与臣妾的夫妻之情，你还是那个有勇有谋的阿邕吗？"

宇文邕被她说到痛处，顿时心头怒起，厉声喝道："够了！北国擅自动兵，又几时顾过和我大周的情谊？"

阿史那颂摇头，勉强道："可那并非我弟弟之意，岂能怪他？"

宇文邕冷笑道："他不能约束部族，引起北国内乱，致使两国失和，不怪他，难不成还能怪到朕的头上？"说到这里，他只觉身心俱疲，摆手道，"够了，你身为皇后，本不该干政，还是出去吧！"

阿史那颂满心苦涩，只是看他这副模样，张了张嘴，却再也说不出什么，只好匆匆施礼，转身退出殿去。

宇文邕耳听着她离开，她的话却在脑中回旋。想当初自己正当年少，首次率兵就大获全胜，何等的意气风发！而如今，自己虽然高居帝位，却处处受宇文护钳制，又是何等的窝囊！心中愤恨交织，宇文邕突然挥拳砸上床柱，狠狠咬牙，低声道："是啊，朕还是那个阿邕吗？"

安德刚刚进来，见状吓一跳，忙上前两步，低声劝道："皇上，请保重龙体！"

宇文邕闭眼，努力平复情绪，默思片刻，低声道："你设法出宫传话给独孤伽罗，请她无论如何都要进宫一趟！"安德点头，领命而去。

独孤伽罗得到消息，略作收拾，向皇宫而去。安德已在门口等候，见到她躬身行礼，引着她向御花园而去。

她刚刚走到拱门前，杨素就将她拦住，拱手施礼道："杨夫人，宫禁森严，外人不能随意出入，夫人请回！"安德忙上前一步道："杨大人，杨夫人是皇上相召！"

杨素恭敬神态不变，微微躬身道："安内官，没有大冢宰的命令，卑职不敢放人！"

独孤伽罗扬眉，冷笑道："杨宫伯，你是说，如今大冢宰凌驾在皇上之上，皇上要见什么人，还要大冢宰允许？"

虽然事实如此，可是被她这么明晃晃地说出来，那可是欺君之罪啊！杨素一怔，躬身道："杨夫人言重，杨素不敢！"

独孤伽罗冷哼一声，并不理他，迈步向里强闯。

杨素横身一挡，皱眉道："杨夫人，还请不要令我们为难！"更有两名禁军齐齐拔出兵刃，横刀拦在独孤伽罗面前。

独孤伽罗气往上冲，冷声道："杨素，你当真有种，就让我独孤伽罗血溅当场！"话声刚落，一手骤出，抓住一名禁军的手腕，跟着顺手斜挥，拖动禁军手臂，刀刃与另一人的兵刃相交，发出"当"的一声长响。

两名禁军猝不及防，双刀同时荡开，都是大吃一惊，忙撤身退开。杨素大惊，上前一步还要阻拦，就听身后宇文邕怒声喝道："住手！"皇帝已绕过假山，大步而来。

杨素一怔，只好躬身退开。两名禁军对视一眼，也只得还刀入鞘，躬身道："见过皇上！"

宇文邕冷哼一声不理，向杨素道："杨夫人是朕命人相请，杨宫伯为何阻止？"杨素躬身道："回皇上，微臣身负皇上安危，不敢轻易放闲杂人等进宫！"

宇文邕扬眉，淡然道："杨夫人与朕自幼相识，不会威胁到朕的安危，更不是闲杂人等，杨宫伯可以放人了！"

杨素见他态度强硬，独孤伽罗更是寸步不让，只得躬身应道："是！"说完向独孤伽罗微微躬身，侧身让行。

独孤伽罗深望他一眼，这才跟着宇文邕向御花园深处走去。侧头见杨素跟在不远处，她不禁暗暗皱眉，低声唤道："皇上！"

她虽然知道他登基之后处处受宇文护钳制，可是没想到，就是在这宫禁之中，还要时时受人监视，当真是形同软禁。

宇文邕明白她的心思，苦笑一声，叹气道："如今人为刀俎，我为鱼肉，又能如何？只能尽力不让宇文护抓到把柄罢了！"说着引着她沿湖边走去。

独孤伽罗回头见杨素跟在数丈之外，微一沉吟，轻声问道："皇上相召，是为了与北国的战事？"

宇文邕见她早已料到，毫不意外，恨恨道："宇文护此举，是想将朕逼入死局啊！此战不论胜败，大周势必与北国撕破脸，那时朕就失去了北国的支持。"

独孤伽罗点头道："如今出征之事已成定局，我们也只能走一步看一步了！"宇文邕怒道："难不成朕就只能坐以待毙？"

独孤伽罗轻轻摇头，低声道："皇上要反击，如今怕还不是时候！"

宇文邕伸手在栏杆上一拍，咬牙道："宇文护在朝中树大根深，只怕时日越久，越难动他。等到朝臣全部依附他，他下一步恐怕就是废朕自立了！"

独孤伽罗摇头道："如今许多大臣虽说表面依附他，不过那都是为了自保，只等我们时机成熟，绝地反击之时，这些人必会倒戈相向！"

宇文邕疑道："会吗？"

独孤伽罗点头道："据我们所知,宇文护在各大府第中都安排了细作,注意所有文武大臣的一举一动,若是此事传扬出去,必然人心不稳,朝臣们又岂会甘心为宇文护所用?"

宇文邕暗吃一惊,皱眉道："此事你如何知道?可是有人在监视杨家?"

独孤伽罗点头,将之前张剑和萧左的事细说一回,说："宇文护疑心极重,又刚愎自用,总有一日我们能找到他的破绽,一击即中!"

宇文邕点头,皱眉道："只是此次他极力推举随国公出征,又不知安的什么心?"

独孤伽罗冷笑道："宇文护野心极大,他不过是想借我们的手,替他扩张领土罢了。只是通过张剑一事,我们怀疑军中也有他的细作,本想慢慢将人找出来,哪知道北国突然侵扰大周边境,竟然……"

她话还没有说完,身后就传来一声怒喝:"独孤伽罗!"

伽罗愕然回头,不防阿史那颂已一掌挥来,一记耳光结结实实打在脸上。独孤伽罗被她打蒙,不自觉倒退一步,还没有回神,她第二掌又跟着挥来,眼看着就要打中,宇文邕劈手一把抓住她手腕,咬牙吼道:"你疯了?"

阿史那颂奋力挣扎,指着独孤伽罗大声骂道:"独孤伽罗,又是你!是你挑唆皇上出兵攻打北国是不是?你害我一次不够,定要我北国灭国你才满意,是吗?"

宇文邕听她越说越不像话,大声喝道:"够了!军国大事,与伽罗何干?你不要信口攀咬!"

阿史那颂见他一力回护独孤伽罗,心中更是妒火狂燃,眸中带泪,却幽幽笑起,恨恨咬牙,指向独孤伽罗,道:"你护着她!你永远都护着她!为了她,你不惜夫妻反目;为了她,你不惜让两国交锋,是吗?独孤伽罗,你还真是好手段,将一个男人迷惑到六亲不认,你当真是好手段!"

宇文邕看着她通红的眸子、狰狞的面孔,不由连连摇头:"疯了,你疯了!她不过小小女子,两国开战,与她何干?你要怪,就怪你那个出尔反尔的弟弟!"说完一把将她推开,向杨素喝道,"送皇后回宫!"

杨素微一迟疑,向独孤伽罗看了一眼,只得向阿史那颂躬身道:"皇后,请吧!"

阿史那颂唤道:"皇上!"刚刚上前一步就被杨素挡住,又见宇文邕转过身去不理,心中愤恨难平,却又无可奈何,恨恨地向独孤伽罗瞪去一眼,只好转身离开。

黄昏时分,独孤伽罗出宫回府,问过家人,知道杨忠还在书房,匆匆而去。她刚进书房院子,就见杨坚也从外赶回,夫妻二人只是对视一眼,已明了对方来意,一同向书房行去。

杨坚见杨忠浓眉紧锁,安慰道:"父亲,父亲统兵多年,如今的将士又是父亲亲手操练,而北国正逢内乱,一盘散沙,我们此战必胜,不必担忧!"

杨忠点头,叹气道:"此战要胜不难,只是我不知道大胜之后,会有什么样的后果。"

杨坚沉吟片刻,皱眉道:"大胜之后,父亲自然功在社稷,可是如今宇文护只手遮天，纵然父亲立下奇功，到时怕也会被他一句话抹去。这倒罢了，只怕到时北国被灭，帝后失和，后宫不稳……"说到后句，他脸色渐变，再也说不下去。

独孤伽罗想到今日宇文邕和阿史那颂的争执，深知他这话直中要害，不禁轻轻点头，接口道："若是胜了，后宫不宁，皇上再也无暇顾及朝政，宇文护更加肆无忌惮，甚至可以以皇帝不理朝政为名废帝。可是若是失败，那就是杨家授人以柄、落人口实，让宇文护有足够的理由打压我们杨家！"

杨坚挥拳在案上一击，咬牙道："如此说来，不论胜负，都落入宇文护的算计中，这个老狐狸！"

杨忠点头，叹道："如今北国叩边，我大周百姓流离，此战是非胜不可！"

独孤伽罗心头微动，轻声道："只是……要如何胜法，我们倒是可以斟酌！"

父子二人听她话中有话，对视一眼，又齐齐向她望去。独孤伽罗浅浅一笑，低声道："北国可汗驾崩时已传位给玷厥王子，如今各部入侵也并非玷厥本意，我们大可以从这里入手……"声音越说越低，几不可闻，而父子两人的眼睛却越来越亮，他们对视一眼，都轻轻点头。

入夜，杨坚慢慢收拾行装，听到身后门响，回头见独孤伽罗抱着坛酒进来，扬唇笑起，用轻松的语气问道："怎么，你要为我饯行吗？"

独孤伽罗将酒放在他的面前，含笑道："夫妻酒，你不认识吗？"

杨坚一怔，仔细向酒坛子望去，果然上边有自己刻下的字迹，竟然是自己第一次投军随宇文护伐齐之前，埋在花园里的夫妻酒，不由懊恼道："怎么什么事都瞒不过你？"

独孤伽罗抿唇笑道："你既要夫妻同心，你这心里装着什么，我岂有不知道的道理？"倒上两杯酒，将一杯送到他手里，举杯道，"大郎，伽罗祝你们一战退敌，早日回来！"说完，一饮而尽。

只是寥寥数语，道尽了她心中的祝愿和企盼，杨坚心中感动，也仰首将酒饮尽，张臂拥她入怀，低声道："伽罗，此一去，府中的事又要尽数压到你的肩上，辛苦你了！"

独孤伽罗轻轻摇头，反手将他一抱，轻声道."大郎，伽罗庆幸还有一个家让伽罗奔忙，并不知何为辛苦！"抬头向他一笑，转身去替他打点行装，看到桌上破旧的行军手札，不由微微扬眉，含笑道，"当年你第一次出征，我放心不下，以此相赠，如今怕用不上了吧？"

杨坚走过去，从身后拥她入怀，埋首在她颈侧，轻声道："虽然它烂熟于胸，可是有它在我身上，我就当你在我身边，必会平平安安地回来见你！"

独孤伽罗听他真情流露，不由心头震动，轻轻点头，不再多说。

三日之后，大周将士城外誓师，杨忠携杨坚、杨整等十余位将领，率十万大军挥兵攻打北国。直到看着遮天蔽日的旌旗消失，君臣与送行的百姓才各自散去。

杨素、李文贵二人跟着宇文护回府。宇文护当先向李文贵问道："你跟着杨忠在军营整整一年，可曾查到什么？"

李文贵皱眉，摇头道："他平日只是练兵，除去他那两个儿子，也不见和旁人如何亲近，更不见连群结党，倒是他练兵的法子，卑职尽数看在眼里，日后可以更好地为大冢宰效力！"

宇文护皱眉，挥手道："那你就去训练集州新征的兵马吧！"又追问，"你在他军中安插的细作呢？可曾有什么消息？军中就没有什么人与杨坚兄弟走得更近？"

李文贵一怔，摇头道："倒不曾听说！"

宇文护微觉失望，转向杨素道："你有何事？"杨素立刻将一封书信呈上，躬身道："大冢宰，这是皇后写往北国的书信。"

宇文护将信接过，细看一番，冷笑道："到了此时，那个女人还想和谈，阻止这次战争！"他冷哼一声，将信揉碎扔进火里。李文贵"呀"了一声，说："大冢宰，这封信是她私通北国的证据，正可定她一个叛国之罪！"

杨素摇头道："信中她只是劝玷厥和谈，并没有大周的军情，若是拿出来，反而是我们落人口实，让皇帝知道我们阻截皇宫来往的信函！"

宇文护向他投去赞赏的目光，点头道："还是你思虑周全！只是那个女人处处与我作对，迟早要让她吃些苦头！"

杨素、赵越二人点头，李文贵却眸子一亮，若有所思。

如今，宇文护显然对杨素更加信任，如果能替他除掉阿史那颂，是不是就能得到他的重用？李文贵心中念头微转，已经拿定主意，嘴角泛起一抹冷意。

杨家父子三人出兵，随国公府里的事倒是较往日少些。那一日，独孤伽罗处置过往常的事务，刚刚回到后院，就见管家杨福带着内侍安德进来，禀道："大夫人，安公公来了！"

独孤伽罗大奇，忙起身相迎，问道："公公，可是宫里发生了什么事？"安德是宇文邕身边贴身的内侍，若不是有什么大事，又岂会亲自出宫？

安德给她见过礼，苦笑道："杨夫人果然聪慧，奴才还没说，就已猜到！"略略将声音压低，"昨夜皇后被人绑走了！"

第四十四章

查线索智救皇后
QUEEN DUGU

这个消息，可比北国入侵更加令人震撼，独孤伽罗大惊，失声问道："你说什么？"

安德重整一下思绪，这才从头讲述道："昨夜掌灯时分，皇后被人绑走。听茜雪说，是有几个蒙面人夜闯崇义宫，将所有的宫女、内侍打晕，等到他们醒来，皇后就已经不见了。皇上不愿此事张扬，才命奴才着人分头请高将军和杨夫人。"

独孤伽罗听得纤眉紧皱，点头道："我们速速进宫！"说罢跟着安德拔腿就走。

直到宫门前，恰遇高颎跟着另一名内侍匆匆而来，二人对视一眼，顾不上叙话，径直进宫，直奔崇义宫。

皇后无故失踪，不要说皇帝宇文邕震惊，就连杨素也吃惊不小。虽然说阿史那颂屡屡对宇文护不敬，但此时正逢大周和北国开战，若她在这个时候出事，必然会扰乱宇文护的计划。而他杨素身负皇宫的守护之责，这失职之罪毋庸置疑，纵宇文邕不追究，宇文护也不会放过他。

此时，他与王鹤等一众禁军跪伏在崇义宫门外，正暗暗盘算，见高颎与独孤伽罗进宫，微一迟疑，却并不敢起身阻止。他深知独孤伽罗智计非凡，此时也盼她能找回阿史那颂，解这个危局。

高颎、伽罗二人无暇去理门前的禁军，径入宫门，直奔寝宫而去。踏进殿门，只见十几名宫女、内侍跪了满地，宇文邕双手负于身后，在殿中焦急踱步，两人互视一眼，齐齐下拜，道："见过皇上！"

宇文邕回头看到二人，眉结顿时展开，摆手命二人免礼，点头道："伽罗来了最好！"

高颎性急，问道："皇上，这皇宫大内，皇后怎么会被劫？可有什么线索？"

宇文邕冷哼一声，咬牙道："皇宫大内又能如何？若是有人里应外合，还不是轻而易举？"说话间，目光扫向殿外跪伏的禁军，意有所指。

独孤伽罗皱眉道："皇上是说，此事与宇文护有关？"下巴向殿外一扬，问道，"他们怎么说？"宇文邕冷哼一声道："能怎么说，自然是矢口否认！说没有看到任何可疑之人，直到今日清晨，这帮奴才醒来才出声示警。"

独孤伽罗低头凝思，沉吟道："如今大周和北国开战，大军刚刚出征，这个时候绑架皇后……"说到这里摇头，果断道，"不！此事纵与宇文护有关，也断断不是他的本意！"

虽说皇后几次与宇文护冲突，可是她对宇文护并不能构成什么威胁。相反，如今大周和北国开战，宇文护正要利用阿史那颂让宇文邕后宫不稳，自顾不暇，更加无力去管理朝政。这个时候将阿史那颂绑走甚至谋害，简直愚蠢至极。

可是，若不是宇文护绑架的，又能是谁？

高颎听她说完，也不禁皱眉，指向茜雪，道："你快说说事情经过到底如何，越详细越好！"

茜雪趴在地上，早已哭得气咽声丝，闻命忙将泪拭净，整理一下思绪，回答说："昨夜掌灯时分，奴婢正服侍皇后卸妆梳头，准备就寝，哪知道门外突然冲进来几个黑衣蒙面的歹徒，不容分说将我们全部打晕，等到我们醒来，皇后就已经不见了……"说到这里，她向前膝行两步，再次磕头，"皇上，求皇上万万设法救救皇后，她在这大周再无亲人，所能依傍的也只有皇上！"

宇文邕听她说得哀切，与阿史那颂终究是多年夫妻，想她孤身一人嫁入大周，如今大周与北国又开战在即，心中倒升起一些怜惜，点头道："你放心吧！"

独孤伽罗听茜雪说完，依着她的话慢慢在殿中踱步，低声道："为皇后卸妆，那么她定是坐在妆台前。你是立在她的身后，其余几人应当是立在门口和床前……"独孤伽罗一步一步，沿着她所述的方位走一回，最后停在妆台前，见台面朝着殿门，扬眉道，"皇后坐在妆台前，虽然是背对殿门，镜子却恰好可以映出殿门的情形，她就没有发现什么？"

茜雪听她所问切中要害，眼睛一亮，连忙点头道："是皇后先发现歹徒，起身喝问，只是歹徒动作太快，还不等我们反应，就一人一个将我们打晕！"

一人一个？

独孤伽罗微怔，问道："你是说，一人一个，不是一招一个？"

茜雪不懂这其中有什么区别，只是茫然点头道："是啊，是一人一个，他们有好多人！"

独孤伽罗目光向殿中一扫，见满地跪的宫女、内侍至少有十几个人，歹徒能一人一个，而且出手迅速，除去人数相当之外，也应该熟悉这殿里的环境和奴仆所站的方位。

那么歹徒就算不是经常出入宫禁的人，也必然对宫里的规制非常熟悉，而又……不会武功！

若是有习武之人入殿，这满殿的寻常宫女、内侍挡不住三招两式，单单为绑走一个阿史那颂，又何必动用十几个人？如此看来，此事不但与宇文护无关，也与殿外跪着的杨素无关。

可是绑匪既不是宇文护，也不是杨素，又能是谁？

一时间，独孤伽罗只觉此事难以捉摸，在妆台四周仔细察看。目光落在桌面上，但见桌子上摆放着两枚耳坠和一支珍珠流苏的步摇，除此之外，竟然再也没有别的首饰，她不由心头微动，向茜雪问道："歹徒进殿时，皇后身上的首饰可曾全部取下？"刚才茜雪说那时皇后正在梳头，头上的首饰必然是全部取下的，而阿史那颂身为皇后，又怎么会只有一支步摇？

茜雪连忙点头道："已经全部卸下，都摆在妆台上，只是如今有八支盘丝金钗和一支赤金压发不知去向，只剩下耳坠和步摇！"

也就是说，歹徒不仅绑走皇后，还顺手拿去了首饰。只是，单看那支步摇就价值不菲，却被歹徒留下，可见歹徒不是为财而来，而是见财起意，只是走得匆忙，并没有来得及将首饰全部带走。

想到这里，独孤伽罗躬下身，在妆台前后仔细搜索。高颎看到伽罗的动作，忍不住问道："伽罗，你在找什么？"

独孤伽罗道："歹徒虽然熟悉殿中的规制，但是走得匆忙，又在这附近逗留过片刻，或者会留下什么蛛丝马迹！"刚说到这里，她突然眼睛一亮，低呼一声道，"有了！"她探手到妆台下，捡起一根鸡毛。

高颎和宇文邕异口同声道："怎么会有鸡毛？"

宇文邕拧眉，目光落向独孤伽罗，沉吟道："这宫里有鸡毛的地方，只能是御膳房！"

御膳房，一直是先帝与皇后云婵殒命的一个疑点。

独孤伽罗摇头道："那个时辰，宫里还没有下门禁，御膳房更没有熄火，若真是御膳房的人，岂会没有人发觉？更何况，皇后的首饰都属定制，宫里的人不会拿走引火烧身。还有，皇后一个大活人，也无法藏在御膳房里！"

高颎急道："不是御膳房，哪里还有鸡毛？难道是宫外的人？"话一出口，他大吃一惊，看看宇文邕，再看看独孤伽罗，喃喃道，"当真如此，又到哪里寻去？"

皇宫虽大，可也只是四面红墙，只要出动禁军搜索，必然有个下落。可是若阿史那颂当真被人绑到了宫外，不要说长安城外，就是在这偌大的长安城，想要藏一个人，也容易得很。

独孤伽罗点头，低头看着手里的鸡毛略略沉吟，心中动念，突然抬头向宇文邕道："皇上若信得过伽罗和高大哥，此事交给我们二人就是！"

宇文邕见这一瞬间她眸子里的迷惑尽褪，取而代之的是一片清明，知道她已有线索，点头道："一切小心！"

独孤伽罗点头，与高颎二人同时行礼，告辞出宫。

踏出崇义宫宫门，独孤伽罗瞥见跪在阶下的杨素，脚步一停，向他直直走去，在他面前停下，冷声唤道："杨素！"

杨素早已跪得双膝酸麻，闻唤抬头，见她居高临下，双眸灼灼逼人，气势先就弱了几分，微微抿唇，低声应道："杨夫人！"

独孤伽罗冷笑一声，摇头道："掌灯时分，宫门未禁，你身为禁军左宫伯，竟然容歹徒出入，掳走皇后，该当何罪？"

杨素张口结舌，讷讷道："歹徒必然对皇宫地形和禁军守卫极为熟悉……"

话还没有说完，已被独孤伽罗打断，她冷笑道："杨宫伯是说，对皇宫熟悉，就能瞒得过禁军的守卫？一句熟悉就能将此事搪塞？如此一来，要你禁军何用？要你杨宫伯何用？或者，杨宫伯身为禁军左宫伯，只是为了阻止皇上召见臣属，并不理会皇上的安危？"

杨素被她说得脸色乍青乍白，咬牙道："夫人言重了，杨素自知失责，自当请罚！"

独孤伽罗冷笑道："请罚？不知杨宫伯是向谁请罚？皇上还是旁人？杨宫伯是不是要想一想，自个儿究竟做的是大周的官儿，还是谁的走狗？"说到这里，再不看杨素，抬腿就走，扬声道，"皇后若有闪失，昨日的守卫怕都要给天下人一个交代！"

是啊，阿史那颂不只是一朝皇后，还是北国公主，因和亲还远嫁大周。若是她在大周遇害，不只是北国，恐怕各国都会请大周给一个说法。

杨素脸色微变，回头望着那道纤细的身影越走越远，不知为何，心里泛起一缕敬畏。

如此小小女子，不过寥寥几句说辞，竟然给他一种莫名的震撼，仿佛那纤细的身躯包罗整个天地，带着令人折服的力量。

直到离开皇宫，高颎才向独孤伽罗问道："伽罗，你可有什么线索？"

独孤伽罗略一沉吟，摇头道："从那些人进殿的情形和取走皇后的首饰的行为来看，我可以推断他们出身必然不好，且不会武功，却与朝中，或者宫里的人有来往，所以知道皇后寝宫的格局。身上沾有鸡毛，虽然不排除偶然，可是也可能是三教九流的人物！"

高颎听得连连点头，却又为难道："这长安城中，三教九流的人物多如牛毛，又往哪里查去？"

独孤伽罗摇头道："三教九流的虽然很多，但是与朝中、与宫里有来往，又熟悉宫中格局、奴仆规制的，就不会太多！"说到这里，她向他展颜一笑道，"当初徐大哥开办归林居，为的就是探听各方消息，吴江吴大哥也与三教九流的人物来往颇多，我们不妨去找吴大哥！"

高颎眼前一亮，点头道："不错，要打听三教九流的消息，非归林居莫属！"有了方向，二人再不多停，一路向归林居赶去。

吴江见二人神色凝重，相携而来，知道有事发生，即刻关门停业，进店与二人坐下商议。

听高颎说完事情始末，吴江皱眉道："要说与朝中、宫中人来往的混混，我倒是知道几个，就如杨素、王鹤等人，发迹之前都是混迹市井的。现在也还有些人与他们有所来往，偶尔会到我这小店里来饮酒，只是一一去查，范围未免太大。"

一名兄弟也道："是啊，这宫里找根鸡毛不易，如今出了宫，寻常百姓哪一家不养几只鸡？无法将这鸡毛当成线索。"

是啊，总不能把长安城养鸡的人家都搜一遍。

独孤伽罗点头沉吟，低声道："虽说极不合理，可是如今除了宇文护之外，我实在想不出皇后得罪过什么人，又有谁有这通天的本事，能从皇宫劫出人来。"

听她提到宇文护，吴江突然想起一事，忙道："两天前，宇文护手下的李文贵倒是来我店里喝酒，奇怪得很！"

高颎听到李文贵的名字，立时来了精神，忙问道："怎么个奇怪法？"

吴江冷笑一声，撇嘴道："李文贵素来嫌我们小店简陋，那日却带着四五个汉子一同来饮酒，说话鬼鬼祟祟，每次有人靠近，他们就会停口，我隐约只听到说什么集州……哦对！"突然一拍桌子，大声道，"还提到皇后了！"

独孤伽罗吃惊道："集州？怎么会和皇后有关系？难道他们把皇后绑去了集州？"高颎皱眉道："不管有没有，总要命人去查！"向吴江问道，"那几个是什么人？"

吴江仔细回想一下，摇头道："瞧衣着打扮，也就是寻常百姓……"说到这里，眸子骤亮，看看高颎，又看看伽罗道，"那些人举止粗俗，倒像是混迹市井的混混！"

高颎与伽罗对视一眼，点头道："说不定，皇后失踪，就与这些人有关！"向吴江道，"速速命人盯住李文贵！"

吴江点头，又皱眉道："李文贵一向在军中，城中只在晋国公府落脚，难道皇后是在晋国公府？"

高颎点头道："那就命两个兄弟探一探晋国公府！"

独孤伽罗点头沉吟，突然想起一事，向吴江道："当初追查宇文护私铸劣币，徐大哥曾经跟踪过两个人，我隐约记得，后来找到一个叫什么陈二的，就是贩卖鸡鸭的小贩，是替那二人散布劣钱的！"

被她一提，吴江立刻想起来，一拍桌子道："不错，是后街的陈二！当初我们就是跟着这条线索剥茧抽丝，独孤公子才找到钟非！"说完大拇指一竖，赞道，"想不到时隔一年，杨夫人还记得此事！"

独孤伽罗含笑淡淡地道："这些人虽说是市井之徒，却与宇文护的人有千丝万缕的联系，而李文贵又恰恰与这类人密谋，加上皇后失踪也是三教九流的人所为，那么……"

太多的巧合，往往就不再只是单纯的巧合！如此说来，答案呼之欲出。

吴江在桌子上一拍，起身道："我即刻命人暗查后街一带的鸡鸭贩售点，必要找出这伙人来！"虽然说偌大一个长安城极容易藏起一个人，但是鸡鸭贩售点这样的地方脏污不堪，臭气熏天，等闲没有人愿意靠近，用来藏人，就更加隐蔽。

独孤伽罗挑唇，含笑道："还有，留意各大首饰铺子和典当行，看有没有人出卖或抵押宫制的首饰！"

吴江点头，即刻将人唤来，分配各路人手。

近午时，前往晋国公府的人最先回来，说晋国公府一切如常，阿史那颂并不在府里。

独孤伽罗与高颎对视一眼，都不禁微微皱眉，心中暗忧。阿史那颂已经被劫整整一夜半日，时间越长，越有危险，找到的机会也就越渺茫。

眼看着时间一点一滴地流逝，各路人马仍然没有消息传来，高颎开始焦灼不安，在店堂里走来走去。独孤伽罗心情也渐渐沉重，拧眉细思什么地方有疏漏。

正在这个时候，但见吴江匆匆进来，低声道："有消息！"

高颎脚步一停，立刻问道："在哪里？"

吴江看看独孤伽罗，再看看高颎，挑唇笑道："方才盯首饰行的兄弟传来消息，果然有人拿着皇后的累丝金凤钗去变卖，掌柜的本来要报案，被我们的人压下了。"

独孤伽罗眼睛一亮，立刻问道："可曾命人跟上？"

吴江点头道："一有消息，立刻会来回报！"

高颎松一口气，向独孤伽罗大拇指一竖，赞道："难怪连随国公都赞你智计非凡，果然名不虚传！"如果不是独孤伽罗注意到皇后的首饰有失，命人盯住首饰行，他们只怕根本找不到线索。

近黄昏时，消息传来，变卖首饰的人进入后街的一条暗巷，因巷子人少，为防打草惊蛇，他们的人没有跟进去。

吴江点头道："整条后街不过几十门户，我们就是依次去搜，也不怕找不出人来！"

高颎点头道："我即刻去调府兵，守住两端的路口！"正要出门，就见另一名兄弟匆匆进来，低声道："高大人，杨夫人，李文贵乔装出府，正往后街赶去。"

独孤伽罗向高颎一笑，起身道："区区几个毛贼，不必动用府兵，我们带几个兄弟去瞧瞧就是！"几人一同出店，向后街而去。

入夜，整个长安城已渐渐安静下来，后街的一个鸡鸭贩售点内，却有一伙人在肆意大笑。

阿史那颂手脚被绑，眼睛被蒙，嘴巴也被堵住，刺鼻的臭味熏得她喘不上气来，身边有一人笑道："皇后！看啊，这就是大周的皇后，平日高高在上，想不到如今落在我们手里！"说着，伸手去抬阿史那颂的下巴。

感觉到他的触碰，阿史那颂大吃一惊，身子拼命往后缩，张嘴喝骂，只是嘴里塞了一块臭布，只能发出几声呜咽，又哪里说得出话来？她挣扎之下，不过是引得笼中鸡鸭一阵惊跳，鸡毛乱飞。那人一手摸空，却被飞起的鸡毛扑了一脸，顿时恼羞成怒，反手一掌打去，怒声骂道："该死，落到老子手里，还想摆什么皇后的架子！"

阿史那颂从小养尊处优，几时受过这等对待，被他一掌打得眼冒金星，心中又惊又怕，身体蜷成小小的一团，缩在角落，再不敢动。

另一个声音笑道："什么北国公主，什么大周皇后，再过一会儿，还不是我们的刀下之鬼？只是……看这娘们儿生得细皮嫩肉，临死之前，我们是不是能尝尝滋味？"

一句话，引来十几个人的笑声。

阿史那颂听在耳里，不禁心头大震，绝望铺天盖地而来，只觉脑中一阵轰鸣，几乎就要昏过去。她是北国公主、大周皇后，一死倒也罢了，若是被这些人羞辱，整个北国和大周皇室都会跟着她蒙羞。

正在此时，只听得房门被人轻叩，一长两短，最先说话的汉子的声音再次响起："李将军来了！"

阿史那颂心头一个激灵，脑中顿时清明，李将军？难道竟然是朝廷的人？

院门吱呀一声打开半扇，李文贵回头望望身后，这才闪身进去。院子里的臭气立刻熏得他喘不过气来，过了好一会儿他才道："人呢？"说着跟着开门的人向院子里走去。

看到缩在角落的阿史那颂，他不由笑起，向身边几人点头道："辛苦几位兄弟了！"他走到阿史那颂面前蹲下，冷笑道，"这贱人仗着自己是皇后，处处与大冢宰为难，这一会儿，看她还哪里去摆皇后的架子！"

阿史那颂听到"大冢宰"三字，一颗心顿时沉入谷底。宇文护手段毒辣，无所不用其极，既然是他想要杀她，今日她必无生机。

有一人小心地道："李将军，此事可是大冢宰授意？若不然，我们先请大冢宰示下再动手？"

另一人却道："这么美的娘们儿，杀了当真是可惜！"

"色鬼！"李文贵向他笑骂，又向前一人瞪眼道，"大冢宰早想收拾这贱人，如今我们将事做得干净利索，等着请赏就是！"说着从靴中拔出匕首，慢慢贴上阿史那颂的脖颈，冷笑道，"皇后，你可不要怪我们心狠手辣，要怪，就怪你自己和大冢宰作对！"话说完，匕首一横，就要将阿史那颂一刀毙命。

就在此时，只听一声断喝传来："住手！"跟着风声劲疾，一枚石子直直撞上他的虎口。李文贵疼得手一颤，匕首顿时脱手而出。与此同时，院子的木门发出"砰"的一声巨响，已经被人踢飞，伽罗、高颎二人并肩而入。

李文贵大惊，转瞬回神，向二人一指，喝道："快，将这二人杀了，要不然我们一个都别想活！"转身就向阿史那颂扑去。

只有擒阿史那颂为质，这两个人才不敢动他！

话音刚落，就听墙上有人笑道："不错，全部拿下，一个都别想活！"随着笑声，四五道人影从墙上跃下，手中兵刃翻转，向歹徒刺去。

高颎疾步而上，手中长剑疾刺，刺入李文贵的心窝，鲜血飞溅。独孤伽罗一脚踹飞一名歹徒，顾不上院子里一瞬间的血肉横飞，径直冲到阿史那颂身边，将捆绑她手脚的绳索割断，又将她眼上、嘴里的破布拽开，连声问："皇后，你怎么样？有没有哪里受伤？"

阿史那颂早已吓得魂不附体，身子瑟瑟发抖，连连摇头，喃喃道："不……不要……"

独孤伽罗见她惊得脸色惨白，眼神涣散，虽然一身狼狈，却并不见受什么伤，心里微微一松，将她整个人抱住，轻声道："皇后，不用怕，没事了！没事了……"说着在她肩头轻拍。

感觉到她的安慰，阿史那颂总算回过些神来，抬头向她望去，张了张嘴，低声道："独孤伽罗……"

来的人竟然是独孤伽罗！她几乎用尽了全身力气恨着的一个人，在这危急关头，竟然救了她！

这一刻，阿史那颂实在不知道自己究竟是该庆幸她赶来相救，还是宁肯就这么死了，也不要受她的恩惠。

　　独孤伽罗哪里知道她的心思，只是向她展开一个安慰的笑容，轻轻点头道："是我，独孤伽罗！"听到她说话，独孤伽罗心里暗暗松了一口气。

　　还好他们及时赶到，没有酿成大祸。若是阿史那颂一死，北国和大周的议和恐怕再不能达成，前方的将士也必然因为阿史那颂遇害而陷入苦战。到时候，战火连天，两国不知道要添多少无辜的冤魂。

第四十五章

设奇谋可汗被擒
QUEEN DUGU

杨忠父子率领大军离开长安，浩浩荡荡向北而行，三日之后，进入连绵群山，到黄昏时分，杨忠传令扎营，埋锅造饭，一时间，山间炊烟四起，军营里开始传来阵阵笑语声。

杨坚、杨整和将士们一同用过晚膳，这才慢慢向帅帐而去。杨忠正对着行军布阵图沉吟，见到二人，投去询问的目光。

杨坚轻轻将头一点，慢慢走到杨忠的身边，目光也落在图上，轻声道："我已通知暗卫军几位将领，三更之后会来听令！"

杨整心中略有不安，皱眉道："父亲！大哥！虽说大嫂智计无双，但毕竟她不曾上过战场，此计当真可行？"

杨忠向两个儿子各望一眼，目光又落在地图上，摇头道："伽罗算计的，是北国各部的人心，这仗如何去打，还是要看我们自己。只盼伽罗计成，让我们此战不但功成，还不落入宇文护的算计！"

兄弟二人点头，与他一道将早已推敲过很多回的计划再仔细试演一回，见再没有什么纰漏，才微微松一口气。

三更时分，马冰、李潇等原来暗卫军的几名将领悄悄进入帅帐。经过一年的时间，几人都已由普通的兵卒升为统兵的校尉。

见人到齐，杨坚先将目前的情形与几人细说一回，低声道："我们此战只能胜，不能败，却又不能给朝廷留下后患，令宇文护有机可乘。为今之计，就是请各位各自统率一队人马，孤军深入北国，暗袭北国各部。"

李潇大吃一惊，反问道："我们只以一队人马袭击北国一个部族，那岂不是以卵击石？"

马冰等人也是满心疑惑，连连点头，望向杨坚。

杨坚微微一笑，摇头道："只是暗袭，让你们造成大周要全力平灭北国之势，并不是全力攻打！"说罢转向杨忠道，"父帅！"

杨忠点头，将几人叫到行军图前，指着地图详细讲解，北国哪一部，处在什么方位，应该如何袭击，如何退守，如何隐匿，再何时出来，说得极为详细。

马冰听得连连点头，佩服道："依元帅之计，我们一队人马倒是灵活得很，没有意外，就不会有大的伤亡！"

杨坚点头，指着大军行军的路线道："你们要做的，就是逼得各部自顾不暇，不得不向别的部族求助，到时我会率领大军在这里给北国迎头一击！"

李潇听到这里，突然皱眉道："杨将军，如此一来，岂不是逼北国各部互为呼应，再次携手？"

杨忠点头道："如今我们只要北国不再侵扰大周，而不是要将北国灭国，他们只有再次凝聚，听命于一人，此战才能结束！"

一场战争，不知道会有多少的将士战死沙场，又有多少的将士埋骨他乡。不管是暗卫军也好，其余的将士也罢，虽然投军时，是以保家卫国为己任，可是没有人愿意兵连祸结，烽火连天。现在，大周已经出兵，无可挽回。所谓伤敌一千，自损八百，此战纵胜，整个大军也必会受到重创。而此刻杨忠所说，是结束这场战争最快且伤亡最少的办法。

马冰等人听得连连点头，齐声道："末将愿听元帅号令！"

杨忠点头，高声道："好！此刻你们回去，暗中挑选一队人马，五更时分，我会传令出发，到时你们就依路离开大军，从既定的路线潜入北国，依计而行！"

杨整忍不住道："军中怕有宇文护的细作，选人时要格外小心！"

"无妨！"杨忠摇头道，"只要不将计划泄露，他们纵然被选入小队，也不知道我们的意图，等到深入北国，他们再想传递消息，怕也没那么容易！"这也是当时独孤伽罗想到应对宇文护细作的办法。

马冰等人见杨忠父子将每一步都已计划周全，哪里知道是独孤伽罗之计，更不知道这是她和父子几人连夜不眠不休才有的详细方案，他们心中只是说不出的佩服，选出各自的行军路线，告辞离去。

五更天，天光初显，吹角连营，帅帐传出将令，即刻拔营，整兵出发！

军令传下，营中顿时一阵忙碌，不过一刻钟，全军已经列队，沿山路向北进发。而就是趁着这微亮的天光，十几小队人马离开大队，消失在山间的小路之上。而浩浩荡荡十万大军中，少去这区区千数人马，竟然无人察觉。

七日之后，大周兵出雄关，踏上北国疆土，兵锋之下，首当其冲的就是北国吉古部的领地。杨忠并不急着与敌交锋，而是扎下大营，派遣使者，向吉古部传递战书。

吉古部得知大周兵马压境，立刻起兵迎战。杨忠大军按兵不动，只派杨坚率前锋营迎敌，一轮冲杀，就将吉古部杀得节节败退，直到吉古部以箭阵迎敌，杨忠大军才鸣金收兵。

杨整眼看着自己一方大获全胜，急得马上跺脚，向杨忠道："父帅，为何不乘胜追击，将他们一举击破？那样对其余各部岂不是更大的威慑？"

杨忠摇头道："北国各部如今虽说是一盘散沙，可是他们之间又互有联系。如今我们率兵攻打，他们同仇敌忾，必会联兵。可是若我们一意强攻，将一个部族平灭，势必会令与这部族交好的部族誓死以抗，那就违背了我们此行的初衷。"

杨整听得连连点头，忍不住问道："这话也是大嫂说的？"

杨忠忍不住笑起来，摇头道："你大嫂只是说，切忌赶尽杀绝！并未说如何用兵！"他在心里暗叹，可惜独孤伽罗是女子之身，若是身为男儿，必有一番惊人的作为。

吉古部败退之后，大周兵马再次缓缓逼近，不急不躁，也绝不有片刻的停止。

三日之后，斥堠来报，再往前二十里，发现北国的营地，占地颇广，而且阵容庞大。

杨坚脸上露出一抹喜色，点头道："北国仅仅一个部族不会有如此大的阵营，必然是伽罗之计已成，在我大周兵马全面进击之下，北国各部终于联兵！"

依独孤伽罗之计，起用暗卫军安插进大军的将领，马冰、李潇等十几人各率小队抄小路潜入北国，分头进攻各处部族，每次都是一击即退，虽然各部伤亡不重，但是几日下来，也是风声鹤唳，惶惶不安。

这个时候，大周大军压境，单以前锋营的人马击退吉古族的主力，步步逼近。北国各部自然明白，以一族之力，连大周潜入的小队人马都无法对付，更加不能与大军相抗，内部若再斗争下去，结果只能是被周军各个击破，造成亡国灭种之祸，便再次结盟，集兵共抗周军。

很快消息传来，北国各部再次联盟，阿史那玷厥登基，为北国可汗，集北国十几部的兵马，共抗周军。

北国兵马本就强盛，如此一来，两军对阵，强弱之势逆转，大周兵马的进攻就渐渐显得吃力。

两军对峙三日，杨忠计算时日，料想马冰、李潇等十几路人马已到既定好的方位，才向杨坚道："大郎，这一战成败都在于你，一切小心！"

杨坚眸中露出一抹坚决，重重点头，低声道："父帅放心，此一去，儿子必会不负众望！"说完动手解下盔甲，只穿轻便长袍，身背强弓，腰悬佩剑，带几名身手敏捷的暗卫军跟着斥堠趁夜潜出营地，向北国大营摸去。

杨坚伏在山丘上往下望，但见北国大营中营火点点，向远处延伸出去，竟然看不到边际。而在整个军营的正中是一片宽大的营地，营中几顶帐篷隔开一些距离，显得营地有些寂寥，而营中灯火较旁边又更加明亮。

杨坚看到这里，微微点头，轻声道："那里想来就是北国大军的帅帐所在，我们悄悄摸过去，切忌暴露行踪！"他轻轻招手，几人在山间草丛伏行，悄悄向大营里摸去。

接近大营营地，一队巡查的兵马向这里而来，杨坚伏在草丛中，见对方只有几人，心中微动，向身边人低语，很快将命令传给每一个人，都静静伏在草中等待。

眼看着巡查兵马走近，头兵已经过去，杨坚突然低喝一声："去！"当先纵身而起，自后向头兵扑去，不等对方叫出声来，已一把将其打晕。而在他身后几人同时跃出，一人对付一个，整队兵马就这样无声无息地被放倒在地。

杨坚等人再不多停，将人拖进草丛，迅速剥下对方军服穿上，如方才巡查兵马的样子排成一列，直直向正中的主营走去。

主营中共有十几顶营帐，整个营地灯火通明，其间还有舞姬穿梭来去，在正中的帐篷中频频出入，而那帐篷中，时时传来阵阵笑语。

杨坚向身后打了一个手势，几人趁守兵不留意迅速散开，躲入暗处，向正中帐篷靠近。杨坚用匕首将帐篷轻轻划开一道口子，凑眼向内望去，只见玷厥大马金刀地仰躺在一张短榻上，正搂着一个舞姬大口吃肉，大口喝酒，还时时与舞姬调笑。

杨坚一见大喜，向身后几人做个手势，自己快走几步，当先一掀帐帘进去，向玷厥抱拳行礼道："见过可汗！"

玷厥一怔，向他略一打量，见他穿着本国兵卒的衣服，皱眉道："何事？"

杨坚含笑上前几步，躬身道："我军元帅请可汗前去一见！"见他一怔之后，杨坚奋力跃起，出手如风，一把捏住他的咽喉，含笑道："可汗，多有得罪！"

舞姬见二人说话，本未留意，见此情形，尖叫一声向帐外逃去，却见帐门口早守着二人，被人一把捂住嘴推回帐内，跟着另一人将其一掌劈晕在地。

玷厥又惊又怒，咬牙道："这是在我北国大营之中，只要本汗一声令下，你等立时会被斩成肉酱，插翅难逃！"

杨坚扬眉，低声笑道："那就要看旁人还顾不顾得上可汗了！"口中说话，手中不停，利索地将玷厥的王服扒下，又将其双手反剪，绑得结结实实，再用外袍一罩，将绳索挡住。

随着他的话落，突然间，只听不远处的营地中轰的一声巨响，一座帐篷瞬间燃起，火光冲天。大营中顿时一阵大乱，有人大声嚷道："快！保护可汗！"跟着有人向帐篷冲来。

玷厥冷笑道："你们以为可以趁乱逃出去？你们不要忘了，我可是北国的可汗！"

北国兵马训练有素，一营起火，也只有这一营的人前去灭火和保护营中主将，其余营帐的人地只是留神观望，并不轻易插手，杨坚纵能将他带出自己营地，也绝对没有办法穿过整个北国军的大营。

哪知道他话声刚落，突然间，只听号炮"当当当"三响，跟着喊杀声四起，难辨有多少兵马杀入。北国各营立刻奋起迎敌，整个北国军大营终于大乱。

杨坚再不多等，低声喝道："走吧！"挥剑挑开营帐，一剑疾刺，将入帐报信的兵卒毙于剑下，拖着玷厥向马厩方向冲去。

玷厥又惊又怒，想要不走，背后却有兵刃顶在腰上，心知自己稍加反抗，立时就会命丧当场，只得闷不吭声任由杨坚拖着上马，催马向人少处疾冲而去。

四周的杀声不断，伴着接连的爆炸，声势极为惊人。大营一片混乱中，玷厥又未着王服，暗夜中，竟然无人留意他们的可汗就这样被人从大营中带走了。

杨坚等人穿营而过，直到沿路驰上山岗，这才停下缓一口气，含笑道："好险！"

要知道这北国大营可有数万兵马，而他们只有区区十几人，若是有什么闪失，怕连尸首都难找回来。

珓厥惊怒之余，又大为不解，实不知大周哪来的兵马会突然袭营，此时回头望去，只见整个大营虽然混乱，却只有外围的几营中时时有炮火声响起，只是因为喊杀声由四周而起，暗夜中才引起大军的恐慌，不由恨恨咬牙，向杨坚怒目而视。

杨坚微微含笑，挑眉道："可汗，所谓兵不厌诈！算来，还多亏可汗赠我国兵书，杨坚在此谢过！"

当初宇文护伐齐失败，北国趁机问罪，曾送一部《孙子兵法》羞辱大周无将。此时杨坚轻轻一语反击，立时噎得珓厥说不出话来。

杨坚微微一笑道："北国大军很快能查到那几路兵马的虚实，我们走吧！"说罢催马下山，径回大周大营。

原来，这是早已定下的良计。李潇、马冰等人各率小队兵马潜入北国，暗袭北国各部，促成各部再次联兵。而珓厥继位，消息自然会传遍整个北国。马冰等人只要得到珓厥继位的消息，立刻回兵，接近北国大营，埋伏待命。

等到杨坚等人潜入北国大营，生擒珓厥，再以一枚火弹令一座帐篷爆炸起火，就是给马冰等人传递的信号。马冰等人一见，立刻分四周佯攻北国军营地，号炮打得山响，攻击却只是一战即退。

只是在暗夜中，北国军不知敌情，听到声势惊人，自然恐慌，造成整个营地大乱，杨坚趁乱将珓厥带走。

北国可汗被擒，大周此仗不战而胜，杨忠即日回兵，将珓厥押回长安。

消息传回，大周朝堂顿时震动，一则，喜于杨忠果然不负众望，将一场大战消于无形；二则，是北国可汗被擒，北国与大周的形势必将有一个翻天覆地的变化，而如何变化，却无人能知。

宇文护吃惊之余，很快转惊为喜，擒到北国可汗，手中就多一个和北国谈判最强有力的筹码。而另一方，皇后阿史那颂听到弟弟被俘，必会有一场大闹，后宫不宁，朝堂怕也纷争不断，他可以趁机再夺取更人的利益。

而独孤伽罗得到消息，知道计成，微松一口气的同时，即刻进宫，面见宇文邕。

宇文邕得到战报，也是且忧且喜，听到独孤伽罗进宫，即刻命人请入，开口就问道："你可知道杨将军擒到珓厥？"

独孤伽罗点头道："我正为此事而来！"

宇文邕揉一揉额角，苦笑道："生擒北国可汗，北国俯首称臣自然是好事，只是如此一来，颂儿必然会大闹一场。"

独孤伽罗摇头道："皇后那里，慢慢分说就是，只是宇文护此人贪得无厌，留下珓厥，只会令宇文护当成筹码，进而向北国步步紧逼，得到他想要的东西，令两国关系恶化。"

宇文邕微怔，问道："那依你之意，该当如何？"

独孤伽罗扬眉道："我们要与北国议和，岂能扣留北国可汗？自然是放回去！"

宇文邕眉头皱得更紧，轻轻叹一口气，摇头道："人既已抓来，轻易放人，会令玷厥以为我们大周忌惮北国，日后再想钳制，恐怕不易。"

独孤伽罗浅浅一笑道："生擒北国可汗已在北国各部之前扬我大周国威，形成威慑。而此次叩边本也不是玷厥之意，等他来到长安，我们只以上宾之礼相待，再重述两国结盟之谊，随后将他放回。恩威并施，才能令他心服，进而约束北国各部，再不进犯。"

宇文邕听得连连点头，说道："是啊，两国若能议和最好，只是……宇文护怕是不会答应！"

独孤伽罗点头道："若是将玷厥扣住不放，时间一久，北国群龙无首，恐怕再生内乱，那时我大周边境也必受波及。而宇文护狼子野心，只想吞并北国，根本不顾两国百姓的疾苦，势必不会放人！"

宇文邕心中烦乱，起身来回踱步，点头道："是啊，若果然如此，就辜负了此战随国公的一番苦心！"

独孤伽罗福身为礼，轻声道："这就是伽罗赶在大军回朝之前来见皇上的原因！"

宇文邕扬眉，问道："你可有什么好计策？"

独孤伽罗眸中露出一抹狡黠，低声道："若到时宇文护当真不肯放人，万不得已，伽罗只好劫天牢造反了！"

宇文邕一惊，跟着恍然大悟，不禁哑然失笑，摆手道："朕可什么都没有听到！"

独孤伽罗抿唇，浅笑道："臣妇也不曾来过！"

第四十六章

暗布置巧救玷厥
QUEEN DUGU

不出独孤伽罗所料，杨忠挥师回朝，宇文护不顾众臣反对，当即将玷厥打入天牢，派重兵把守。

朝堂上一番争执，高宾见宇文护一意孤行，心中怒极，又无可奈何，只好前往随国公府与杨忠商议，怒道："虽说大周战胜，可是玷厥终是一国之君，将他关入天牢，分明是在羞辱北国，这不是逼北国出兵吗？"

杨忠浓眉深锁，长叹道："出兵之前，我等对宇文护的图谋不过是猜测，所以定计将玷厥擒回长安，是盼以玷厥为质，与北国定城下之盟，再不侵犯我大周领土。如今看来，宇文护当真是野心不小，竟然想借玷厥再挑战火，吞并整个北国。"说到这里，他向独孤伽罗看去。

当初，为了减少伤亡，早早结束这场战争，伽罗献计先推玷厥登位，然后再擒他钳制北国，如今虽然计成，却不料还是要被宇文护利用。

高宾听得暗暗心惊，皱眉道："如此说来，随国公父子奔波劳碌一场，竟然变成宇文护的帮凶？"

独孤伽罗闻言低笑："宇文护能利用我们，我们又何尝不能利用他？"

高宾眼前一亮，向她笑道："伽罗丫头又有什么妙计？"

独孤伽罗轻叹道："宇文护嚣张跋扈，无所不用其极，纵在邦交上，也不肯做任何退让。等北国可汗在牢中看尽他的真面目，明白他的野心，他日回国，自然知道该怎么做。"

高宾眯眼，轻声重复："他日回国？也就是说，这北国可汗还有回国之日？"

"玷厥是皇后的亲弟弟，只有他做北国可汗，北国才能成为皇上最强有力的支持。要想折服北国可汗，本当恩威并施，如今既然宇文护一意要以武力压迫，那我们就等着送个人情！"独孤伽罗低眉浅笑，将最后一盏茶奉上。

高宾不解："伽罗，你有对付宇文护的法子？可要我们做什么？"

独孤伽罗含笑道："朝堂上，宇文护只手遮天，连皇上也不敢逆他之意，就请高伯父和父亲静观其变就是！"

也就是说，他们什么都不用做，眼睁睁地看着宇文护为所欲为？

杨忠见她一副胸有成竹的模样，不禁微微挑眉，转念想到与北国一战，她远在千里之外，却算无遗策，既然将玷厥擒来，自然早有应对的法子，如今她既不说，他也不追问。

高宾向杨忠望去，但见后者微微含笑，连刚才的一丝焦灼也荡然无存，不禁低声嘟囔："不知又卖什么关子？老喽，由你们小的们闹去。"取过茶细品，竟然也不再问。

独孤伽罗低笑，唤家人前来服侍，随后出门，径往归林居而去。

归林居店门已关，高颎、吴江与几名兄弟已在店堂里等候。看到她来，几人齐齐起身相迎。高颎性急，抢先道："伽罗，如今宇文护不但将玷厥扣留，还那么羞辱，北国愤怒之下，恐会发兵啊！"

独孤伽罗冷笑："若是北国能够出兵倒也罢了，只怕群龙无首，立刻就会内乱！"

高颎色变，急道："那岂不是重蹈之前的覆辙？这可如何是好？"

独孤伽罗示意他少安毋躁，向吴江道："吴大哥，我们派去集州的人马如何？"

吴江点头，脸色变得凝重："依你之计，已经有二十余名兄弟渗入宇文护的兵马之中。"

前次阿史那颂被劫，因为李文贵曾提到集州，他们本来派出一队兄弟前往集州查探皇后的消息，哪知道一查之下，竟然发现集州有宇文护的五千藏兵。独孤伽罗吃惊之下，当即请吴江传讯徐卓，又增派人手渗入宇文护的兵马之中，相机而动。

此事高颎自然知晓，只是今日要议的是玷厥的事，不明白她为什么突然说到集州的兵马。

独孤伽罗见二人都是满脸疑惑，不禁冷笑："宇文护狼子野心，非止一日！只是当初他本来要派李文贵前去集州练兵，哪里知道李文贵想在他面前立功，绑走皇后，被我们所杀，所以，集州虽有五千兵马，却还是一帮乌合之众。"

高颎与吴江对视一眼，不知道她的心思转到何处，只是轻轻点头，等她说出下文。

独孤伽罗低声道："吴大哥，我需要这队兵马制造一次兵变！"

高颎一惊，失声道："什么？"

独孤伽罗向二人凑近一些，轻声低语。

高颎越听眸子越亮，大拇指向她一竖，赞道："好计！"

吴江也连连点头："杨夫人果然足智多谋，此事交给我就是！"说完再不耽搁，向二人一拜，大步而去。

高颎道："暗卫军自然有杨坚，我命人备好退路。另处，我会封锁通往北国的消息，给我们争取时间！"事已说妥，二人行礼后各自离去。

阿史那颂得到弟弟下天牢的消息后大惊失色，好不容易等到宇文邕下朝，已等不及见礼，劈面就问："玷厥身为北国可汗，纵然被俘，又岂能受辱？难不成你定要挑起两国之争，进而吞并北国？"

宇文邕被她劈头盖脸一顿质问，不由心中暗恼，不悦道："若不是北国侵犯在先，纵朕要挑起两国之争，也要师出有名。如今他已是阶下之囚，难不成还要朕待他如上宾？"

阿史那颂见他说得冷淡，心中一冷，颤声道："皇上，你要怎么样才肯放他？是要北国割地？还是要北国进贡？或者，是要北国俯首称臣？"

宇文邕见她满脸哀戚，一时倒也硬不起心肠，揉揉额角，苦笑："如今一切都在宇文护手中，朕要怎么样，怕也说了不算！"

阿史那颂脸色变白，急急摇头道："皇上，玷厥是北国可汗，他若不能回去，北国必然又是一场大乱，到时无人约束部族，恐怕大周也不能安宁。皇上纵不为臣妾，也要为大周想想啊！"

宇文邕点头沉吟，又不禁喟叹："你是朕的皇后，北国与朕也算同气连枝，朕又岂能不知？只是如今玷厥已在天牢，纵朕有放他之心，宇文护也不会答应。"

阿史那颂听他语气松动，心中刚刚一喜，紧接着就听他把此事推到宇文护身上，心头又不禁一沉，咬唇不语。

宇文护独掌朝堂，她岂能不知？她只是不明白，宇文邕为何对他处处忍让，此刻显然也并不打算为了她、为了玷厥去逆他的意。

宇文邕见她脸色苍白，心中微有不忍，温言道："你姐弟二人许久不见，如今他在难中，你在此逼我，倒不如去看看他！好在他是北国可汗，虽受些苦，但还不至于危及性命！"说罢叹一口气，起身离去。

阿史那颂垂头默思片刻，想不出应对宇文护之法，又确实惦记玷厥，只好命人备一些精致食物，前往天牢探望。

玷厥身为北国可汗，被囚天牢，心中早已惊怒交加，见到阿史那颂，张口就问："姐，皇帝究竟要怎么样？"

阿史那颂默然片刻，轻叹道："虽说我是北国公主，可如今也是大周皇后，有些事，本不该与你说起……"说到这里，有些碍口，却又不得不继续，"大周朝廷，宇文护只手遮天，如今他想借你激怒北国动兵，满朝君臣，竟然无人能劝。"

宇文护的跋扈，玷厥虽说早有耳闻，可是被阿史那颂点明，还是吃惊不小，脸色骤变，咬牙道："难道宇文护的目的，不是割地称臣，竟然要将我北国灭国？连皇帝也不能制止？"看到阿史那颂哀戚的表情，他只觉一颗心一寸寸地沉了下去，喃喃道，"北国内乱不久，好不容易再次凝聚，若我不能回去，他们出兵事小，恐怕还会再生内乱，到时大周大军压境……"竟是越说越惊，再也说不下去。

阿史那颂见他脸色苍白，忙轻声安慰："玷厥，你是我弟弟，不管大周和北国走到哪一步，我断断不会不管你！你先安心忍耐，我会再想办法劝皇上设法救你！"说完将手中食盒给他送上。

到此地步，玷厥再也无法可想，只能点头答应。

第二日早朝，宇文护力排众议，请宇文邕立刻下达国书，命北国俯首称臣，割让城池，进贡马匹、铁器、财物，才肯放回北国可汗。

宇文邕心知国书一旦送出，非但不会令北国人降服，反而会激起他们更大的怒火，立刻就会对大周兴兵。可是眼看宇文护步步紧逼，满朝文武已不敢再多抗议，他心中焦急，频频向杨忠、高宾等人望去，盼他们出言阻止。

哪知杨忠、高宾二人对上他的目光，一个微微摇头，示意不可与宇文护强抗；另一个轻轻点头，示意顺从宇文护。宇文邕看得心里迷糊，不知这二人何意，只是见二人不语，宇文护又一再催促，他心中无奈，只得取出玉玺，依宇文护之意，传达国书。

国书送出，宇文护心中得意非凡，心中暗暗筹谋，只等北国兴兵，要如何令杨忠、尉迟迥等沙场名将替他卖命，自己如何坐享其成。

哪知道国书刚刚送出去两日，就传来集州兵变的消息，宇文护又惊又怒，即刻命人赶往集州，镇压兵变，擒拿为首之人回京。

七日之后，集州一方传回消息，兵变已经被镇压，为首几人与其同党十余人被押回长安。宇文护生怕自己集州养兵之事外传，不送秋官府，却将这十几人一同押入天牢。

独孤伽罗得到消息，与杨坚相视一笑，轻声道："天牢内乱一起，守卫必有一时松懈，到时就看你的手段！"

杨坚含笑点头，又与她细细计议一番，当即出城，召暗卫军布置人手。

秋风暗起，秋夜瑟瑟，一行黑衣人分成四个方向，悄悄向天牢靠近，直到看到天牢大门，才寻暗处隐蔽，密切留意天牢的动静。

天牢门外，一队守兵分守各处，全神警戒，而四周除去风声，再无其他声音，与过去的半个月没有什么区别。

四更天，正是黎明前的黑暗。守兵开始困倦，有一些倚着墙壁开始打瞌睡，纵然是勉强支撑，也已无法集中精神。突然间，天牢内有人高叫："走水了……走水了……"紧接着，是铁门"咣当"的撞击声。

守兵顿时惊醒，互视几眼，又都转头警觉地向四周张望。为首的赵统领道："不要乱，里边自有守兵，当心有人劫牢！"

有一人低声道："可若是烧死北国可汗，我们如何担当得起？"

是啊，如今这天牢里关的可不只是大周的重刑犯，还有一个北国可汗，若是他死了，朝廷震怒，他们这些人，又有哪一个能活？赵统领心中不安，略想一瞬，命令一半人留下，自己开门带人进去。

黑暗中，杨坚看到天牢大门打开，向后轻轻挥手，身后一队人已无声无息地冲了出去，黑色的身影、涂黑的兵刃与夜色融为一体，直奔守兵。众守兵刚刚惊觉，还来不及呼喊，已被一刀夺命。

天牢大门夺下，另三队人也跃身出来，杨坚命李潇、马冰两队人留下守门，与高颎二人带队直闯天牢。

天牢里，赵统领带人刚刚冲进天牢，就见中层的粗铁栅门内浓烟滚滚，热浪扑面，竟然是不小的火势，大惊之下，连声喝问："牢头呢？快！快快开门救火！"

中层守兵领队冲来，被呛得连咳，大声嚷："赵统领，这火起得蹊跷！"

话声刚落，就听里边的叫声更大，呼救声伴着人痛极的惨叫。

赵统领脸色微变，顿足道："北国可汗有失，你我一个都别想活！快快开门！"他向身后几人一指，喝令几人退后把守，几人进去救火。

牢头耳听着里边的惨叫声越来越多，也吓得心惊胆战，连忙取钥匙开门，颤声道："天牢严禁明火，怎么会起火？怎么会起火？"

大周天牢半处地底，构造极为坚实，而各处牢房大多铺着干草，极易着火，所以一向禁用明火。如今火起，只要牢门不开，里边的人难以逃出来。

赵统领听他絮叨不休，哪里听得进去，伸手一触后只觉铁栅已经发烫，飞起一脚踹开，大声命道："快！快去带北国可汗出来！"喝令声中，已有十几个人冲进牢里。

浓烟四起，目不见物，十几人刚刚冲入丈余，只听耳畔风声骤起，还不等反应，已失去知觉。

二层门外，赵统领扬声高问，却只听到惨呼声不绝，并没有人应声，心中又惊又疑，向几人喝道："你们留下，余下的人跟我进去！"他拔刀在手，一只手挡住口鼻，一只手挥刀向内直闯。

刚刚冲入丈余，只觉脚下一绊，软绵绵的似乎是人，他微微一怔，正要弯腰去摸，突然间只觉身侧烟雾有异，似乎有什么东西迅速扑来，不由大惊，顾不及细想，已纵身扑出，与一人擦身而过。

有人偷袭！

赵统领大惊，立刻大叫："当心，有人！"说着手中钢刀疾舞，拼力向内疾冲，只是冲出十几步余，只觉眼前一亮，这里浓烟变得稀薄，更加看不到火光。还不等他反应，就听身侧有人冷笑，一条白色身影疾扑而来，劈面一掌向他击去。

赵统领大惊失色，后闪躲避，挥刀向那人砍去，同时放声高呼："来人啊，有人劫狱！"此时他已将牢里的情形看得一清二楚，但见靠近二层门的几间牢房被点燃，浓烟将那一片地方遮挡，又哪里是天牢失火，分明是有人故意为之。

随着他的叫声，二层门外突然传来一阵纷乱，惨呼声、惊叫声和兵刃碰撞声传来，伴着守兵的疾声大呼："有人劫狱……有人劫狱……"

赵统领又惊又怒，使出全身的招数向来人扑去。就在此时，只见大牢深处又有数十人冲出，将燃起的干草踏灭，一同向牢外疾闯。

赵统领大惊，回身想要阻止，已被一人扑上缠住。慌急间他回头望去，只见这些人大多身穿白色囚衣，只是有些还算干净，有些衣衫褴褛，白衣带血，一望就是受过重刑的囚犯。

这么多囚犯越狱，追查下来，他们这些守卫难逃罪责！

赵统领又惊又怒，急切间又杀不出去，慌急间招数凌乱，被人一掌劈翻，跟着被一刀柄打晕在地。

北国可汗玷厥夹在人群中间，只觉两条胳膊被人拖住，身不由已向外疾冲，穿过浓烟，冲出二层牢门。一群白衣人中瞬间冲入十余名黑衣人，带着众人向外层牢门冲去。

天牢门外已有一辆马车等待，其余囚犯一哄而散，玷厥却被人径直塞入马车，跟着两名黑衣人一左一右窜出，将他夹在中间，不等他问上一句，马车已一路疾驰，向城门冲去。

玷厥一颗心突突直跳，直到离天牢已远，这才勉强缓过口气来，向左右两侧的黑衣人问道："你们是谁？"刚刚虽然一团混乱，可是那故意点起的火堆，那故意制造的浓烟，还有昨天才关进天牢的囚犯，处处都有人为的痕迹，还有这辆等在天牢门外的马车，当然不可能是偶然。

车中一片静默，两名黑衣人像没有听到一样，并不回答他的问话，而前边马车已经接近城门。也就在此时，城中街巷中，也传来最后的一次更鼓，三短两长，已经是五更天，天色微亮，城门开启。

马车疾驰之势竟不稍减，已从半开城门中疾驰而出，沿着大路狂奔，直到驰出数里，才突然转上小路，再驰数里，两名黑衣人一左一右拉着玷厥下车，向左侧林中冲去。而马车却仍然片刻不停，沿小路疾驰而去。

玷厥不知二人要将自己如何，又忍不住问："你们到底是什么人？可知道我是谁吗？你们放了我，我必有重谢！"

二人仍然不理，拉着他直奔林中深处，晨雾已起，纵目望去，只见一道纤细人影牵马而立，看到他们入林，那人快步向这里迎来。

走到近处，但见来人竟然是一位容颜绝丽的女子，玷厥微微皱眉，疑道："你是……"眼前少妇，他似曾相识，却想不起在哪里见过。

女子浅浅含笑，福身施礼："独孤伽罗见过北国可汗！"

她一开口说话，玷厥立刻想起，她竟然是当初北国与大周和亲时领跳鼓舞的女子，当日一见，他惊为天人，不想在这里见到。只是，她与自己素无交情，又为什么相救？

此时，他身边两人取下面罩，左首之人含笑行礼："可汗受惊了！"

玷厥一见，大吃一惊，连退两步，咬牙道："杨坚！"

左首这人可是化成灰他都认识，正是将他掳出北国大营，令北国在那一战中一败涂地的大周前锋营主将，杨坚！

杨坚浅浅笑应："正是杨坚！"

玷厥惊疑不定，看看杨坚，再看看独孤伽罗，又转头去看另一边的高颎，忐忑问道："你们要做什么？"

杨坚含笑不语，高颎耸耸肩也不回答，独孤伽罗抿唇低笑："我们动用三方人力，下了许多功夫，自然是为了救你。"

"救我？"玷厥怀疑地看看杨坚。

这个人花许多力气把他擒住，又不远千里带回长安，然后又花这许多功夫救他，岂能让他相信？

杨坚轻叹："当初北国进犯，大周不得已出兵，实为自保，随后请可汗来大周一行，也不过是为了两国再不起战事。哪里知道朝中有人作梗，如今只有可汗回国，才能保两国百姓的安稳！"

玷厥皱眉，向三人各望一眼，摇头道："你这人狡诈得很，是不是又给我下什么圈套？"

独孤伽罗哑然失笑，将马缰向他面前一送，笑道："若可汗怕是圈套，大可以自行回长安天牢，等着北国大乱，两国拼个你死我活；若是相信我们一番好意，就请立刻返回北国，一路之上有人接应，断断不会有失！"话说完，从怀中摸出一封红皮封套、金漆封印的密函向他手里一塞，"这是我们截获宇文护送往北国的国书，今日当面交给你，你自个儿斟酌吧！"

玷厥注视三人片刻，垂眸凝思，问道："你们要我怎么做？"

这位北国可汗，还算不笨！

独孤伽罗摇头道："我们只要两国和平，若可汗不想生灵涂炭，回国之后，当向大周求和，北国如今的难关，我们会力劝皇上相助！"

"皇帝会听你的？"玷厥扬眉。

"他和皇后同仇敌忾，不是吗？"独孤伽罗淡应。

玷厥眸光微亮，想到牢中阿史那颂所言，向她定定而视，片刻之后点头，抱拳告辞，一跃上马，疾驰而去。

第四十七章

失魂症新帝中毒
QUEEN DUGU

天牢被劫，北国王子玷厥逃脱，另有数十名囚犯逃狱，朝野震惊。宇文护等不到早朝，直闯后宫，质问宇文邕。

宇文邕刚刚起身准备上朝，听到他的怒吼，穿着中衣就冲出殿来，一脸惊慌地问道："大冢宰，发生了何事？"

宇文护一把抓住他的衣领，咬牙道："说！玷厥怎么逃走的？"

宇文邕一阵愣怔，还没有回过神来："玷厥？他……他不是在天牢里吗？"

宇文护指着他，胸口气得一起一伏，一时说不出话来。好不容易缓过口气，宇文护咬牙道："有人劫了天牢，将玷厥救走，必定是你所为，你不要装糊涂！"

宇文邕大吃一惊，失声道："劫天牢，不是有重兵把守吗？怎么会轻易被劫？"在杨忠回师之前，虽然独孤伽罗说过劫天牢的话，可是玷厥被打入天牢之后，天牢始终有重兵把守，他纵然想起劫牢，也不信她小小女子能够成事。如今听到天牢当真被劫，他一时又疑此事不是她所做。

殿内阿史那颂听到宇文护的吼声，顿时惊喜交加，又难相信，顾不上穿鞋子，赤脚奔到门口，俯在门上倾听。

宇文护见宇文邕神情震惊，不似作伪，疑道："纵不是你，也是皇后指使！"

宇文邕从震惊中回神，缓缓摇头："颂儿虽是北国公主，可是身边只有几个婢女，且都不会武功，又如何劫牢？"压不住心中的好奇，他竟忍不住问，"天牢守卫森严，玷厥究竟是如何被劫的？"

宇文护强闯禁宫是为了问他，见他倒先问起来，将他一推，冷声道："即刻就要上朝，朝上说吧！"转身大步而去，一路喝令禁军向外传话，集结兵马追赶玷厥。

宇文邕被他推得直撞上殿门才算站稳，默默注视着宇文护远去的背影，嘴角似若无意勾出一抹笑意。

不管此事是不是伽罗所为，能让宇文护如此气急败坏，总也是一件好事。

此时阿史那颂挽着他的长袍从殿内出来，替他披在身上，柔声道："皇上，谢谢你！"虽然说，宇文护只手遮天，可是这大周总还是宇文邕的天下，而这个天下，能与宇文护抗衡的，怕也只有他了。如今玷厥被劫，想来也应该是他的手笔。

宇文邕回头注视她，思索片刻，才道："不是朕！"此刻默认此事自然可以让她承自己一个情，可是不知道为什么，此刻他心里全是伽罗的身影，竟然不想贪此一功。更何况，此事若不是伽罗所为，也只有北国的人会冒此奇险，救走玷厥。如果是，那就和阿史那颂脱不了干系。

阿史那颂微微错愕，眼底闪过一抹失望，见他眸光灼灼，不禁心慌，忙道："也不是臣妾，臣妾并没有做什么！"

宇文邕微默一瞬，侧过头去。伽罗也好，北国也好，如今玷厥逃走，至少让宇文护手中少了一个筹码。

文武众臣刚刚上殿，天牢被劫的消息就已传遍，顿时一片纷议，其中详情却并没有人知道，只是纷纷胡乱猜测。杨忠、高宾二人对视一眼，都从对方的眼睛里看到一些欣慰。

不用质疑，这一定是独孤伽罗的手笔！

正在这时，殿外内侍用响亮的声音高呼："皇上驾到——大冢宰到——"随着喝声，宇文邕在前，宇文护在后，大步进殿，直上御阶。

众臣立刻跪下参拜，还不等宇文邕命起，宇文护就不耐烦地摆手："都免礼吧，各位可听到天牢被劫的消息？"

众臣起身，黄惠当先出列，躬身行礼："回大冢宰，卑职等人刚刚听说！"

刚刚发生的事情，可不就是刚刚听说？

杨忠、高宾暗暗觉得好笑，跟着躬身，齐声道："回大冢宰，卑职等人也是刚刚听说！"

宇文护凝视杨忠等人片刻，却瞧不出丝毫端倪，轻轻点头，慢慢开口："天牢有重兵把守，竟然被劫，必然有人里应外合，本宰倒想知道，是什么人有如此大的能耐！"即刻传令，将昨夜天牢的值守带来。

天牢刚刚被劫，消息报入朝里，赵统领等人就已跪在殿外候旨。此时听到传令，一行人胆战心惊地爬进殿来，向上连连磕头，颤声道："臣见过皇上，见过大冢宰！"

宇文护向赵统领略一打量，冷声道："说！你携有重兵，如何被人劫了天牢？"

赵统领略理一下思绪，将天牢被劫前后细述一回，这才磕头道："大冢宰，卑职以为，此次是有人里应外合，以大火骗开牢门，外边又有兵马强攻，才将囚犯劫走！"

"里应外合？"宇文护冷哼，向他道，"天牢守卫森严，如何能里应外合？你身负守卫之责，竟不知道外边有人进去？还是守兵中竟然有人敢吃里爬外？"

赵统领急忙摇头，向上行礼，大声道："回大冢宰，大火起后，卑职率兵冲入天牢救火，哪知道刚进牢门，竟然有人暗袭，功夫竟然不弱，身上穿的却是白色囚服！"

白色囚服，也就是说，是关在大牢里的囚犯？

朝堂上，众臣又是一片纷议。高宾虽然料到此事是独孤伽罗所为，但听到这里也觉奇异，问道："怎么，不是说劫牢吗？此刻听着倒像是囚犯自个儿逃狱！"

赵统领道："是囚犯骗开牢门，与外边的人马里应外合，才逃狱成功。"

宇文护怒道："可曾查过是哪些囚犯逃走了？立刻命人一一追查！"

赵统领微一迟疑，见他目光凌厉，也不敢再隐瞒，只得如实禀报："是昨日集州押来的十几个人，另外一同逃走的，是高司空查出的各州各府贪赃枉法的官员。"

此话一出，宇文护顿时大吃一惊，就连杨忠和高宾也颇觉意外。集州那十几个人是宇文护私养的兵马，只因带头兵变，才被押入天牢，而那些贪赃枉法的官员更是与宇文护有所勾结，只是被高宾查出，宇文护一时无法相救而已，怎么就一起逃走了？

高宾愣怔片刻才回神，心里暗赞伽罗妙计，脸上却不流露分毫，向上行礼道："皇上，大冢宰，如此看来，此事倒像是有人设谋救那几个贪赃枉法的官员，恐怕玷厥是趁乱自己逃走。"

杨忠立刻点头："是啊，那北国可汗也是马上战将，天牢既被攻破，他要想逃出小小牢门，趁乱逃走，想也不是难事！"

宇文护张口结舌，心中纵有千万个不甘，也说不出话来。

追问下去，首当其冲的就是集州藏兵的事，再下去，是那几个官员贪赃枉法的事，这两件任是哪一件，都与他宇文护有绝大的关系，任哪一件都会让他引火烧身，现在，他也只能哑巴吃黄连，吞下这口闷气。

下朝出宫，高宾紧跟着杨忠回府，直到踏进府门，见左右再没有旁人，这才一挑大拇指，赞道："伽罗这个丫头，想不到如此大的手笔！"

杨忠点头，问明伽罗在花园里，就带着高宾往花园里去。

独孤伽罗正教小杨勇习字，见到二人前来，如常起身见礼，倒像什么事都没有发生过一样。

高宾也不绕弯子，立刻就问："你救玷厥倒也罢了，集州的兵马和那几名官员又是怎么回事？"那可是他费尽心血才查出来的贪官。

独孤伽罗含笑，先亲手为二人沏上一壶好茶，这才将宇文护集州私自养兵，她请吴江派人渗入，此次故意闹出兵乱，让宇文护的人押回长安，打入天牢的经过略述一回，又道："那几名官员是高伯父所查，自然绝不会冤枉。只是那几个人官居要职，宇文护必然设法为他们脱罪，如今私逃，虽不能将他们治死，至少再不能为祸，也令宇文护怀疑他们生有二心，不会重用！"

之前听说天牢被劫，高宾就已料到是独孤伽罗为救玷厥使的手段，可是此刻听她说完，还是惊得目瞪口呆，喃喃道："一石三鸟，环环相扣，伽罗，你当真令我刮目相看！"

只这一计，先让集州兵乱，纵然不能立刻散掉兵马，也一定会被人留意。救出玷厥之余，又顺手将那几名官员带出，混淆视听，虽说令他们不受牢狱之苦，身份却再也不能见光，无形中除去了宇文护的几个爪牙。最妙的是，这所有的线索都紧紧咬住宇文护，让他投鼠忌器，不敢彻查。

杨忠也听得连连点头，心中暗叹：娶媳当如伽罗啊！

高宾像是看出他心中所思，回望一眼，眼底皆是羡慕。

高颎那个臭小子，还比杨坚年长两岁，如今杨坚的儿子已满园子在跑，他却连根媳妇的毛都没带回来，唉！

独孤伽罗像是看出他的心思，抿唇笑道："有几位夫人给高大哥说亲，我与大郎商议过，准备选个好时候，请各位小姐与高大哥见上一面！"

高宾大喜，连连点头道："好！好！那个小子，怕你们说的话他还肯听些！"

另一边，宇文护怒气冲冲地回府，满腔怒火无从发泄，将厅中摆设一通乱砸，咬牙狠骂："若是北国人出手，又岂有如此奇诡的心思？小四一向足智多谋，必定是他悄悄授意！"

赵越见他大发雷霆，始终缩在角落，见他住手，才慢慢凑上前来，低声问："大冢宰，皇上可曾说什么？"

"他？他能说什么？"宇文护冷哼。

这半年来，不管朝中所议何事，宇文邕一向只有两句，或问"大冢宰以为呢"，或答"大冢宰说得是"，再也没有旁的话。

赵越皱眉，低声道："如此看来，皇上不过是在大冢宰面前装傻罢了，这些事，指不定都是他在背后指使！"

是啊，单是劫牢一事，当真是环环相扣，几路人马配合得天衣无缝，连出城的时间都拿捏得分毫不差，若说是旁人的手笔，还真难令人相信。

宇文护"嘿"了一声，伸拳在桌子上一砸，咬牙道："这小子竟敢和老夫装傻！"

赵越脸上闪过一抹戾色，上前低声道："大冢宰，那我们何妨将他变成真傻？"

"哦？"宇文护扬眉，向他望去。

赵越"嘿嘿"冷笑，从袖中摸出一只小小瓷瓶，双手奉上，低声道："此药久服，会损伤神志，渐渐就会令人变成一个傻子！大冢宰，一个傻子，总比常人更好控制！"

宇文护手指向他一指，突然哈哈大笑，瞬间将原来的不快抛在脑后。是啊，他只要能掌控皇帝，要出兵攻打北国便是迟早的事，又何必急于一时？

有徐卓的人马暗中保护，玷厥一路顺利逃回北国，赶在北国各部再生变乱之前，以可汗之名约束，更以武力镇压几个不服的部族，坐稳可汗大位，紧接着，向大周传达国书，为之前扰边一战请罪，并为北国百姓呈情，请求大周援手。

大周朝堂上，众臣听过内侍宣读国书，只觉玷厥言辞恳切，都不禁暗暗点头，又闻北国前次扰边是北国大灾，百姓颗粒无收所致，实是情有可原。

宇文邕见玷厥竟然肯向大周低头，惊讶之余，也觉欣喜，只是宇文护面前，又不能直言表达，只得向他询问："大冢宰以为呢？"

此时宇文护心里正暗暗盘算如何将皇帝弄成傻子，再一步一步蚕食天下，已无心再与北国起什么纷争，顺势应道："北国与我大周本是盟国，既然可汗亲自认错，我们也不必不依不饶，就依玷厥可汗所请吧！"

宇文邕没想到他应得如此痛快，不禁微微一愕。可是此事正是自己所求，他立刻传旨，接受北国的议和，并命有司府衙筹备粮食，对北国施以援手。

由于劫狱一役，伽罗利用了宇文护在集州所养的兵马，宇文邕知道宇文护仍在别处私自养兵，越想越惊，秘密出宫召见高颎和杨坚，授意重组暗卫军，由杨坚统领，以备日后对付宇文护所用。

君臣各有算计，朝堂上倒是暂得一时的平稳，独孤伽罗和杨坚借此闲暇忙着替高颎张罗亲事。高颎千挑万选，最后选定范匠师之女范云香。

数月之后，高颎大婚，宇文邕受身份所限不能出宫，命安德携礼道贺。高颎亲自将安德迎进门来，与杨坚、伽罗等人相见。安德向几人行礼，含笑道："奴才宫里还有要事，需赶着回去，不敢多留，先给几位赔礼。"

众人知道他前来只是替宇文邕尽个礼数，自然不敢强留，客套一番，饮一盏茶，也就送出府去。只有独孤伽罗见他虽然满面含笑，却眉有忧色，心里倒留意了几分，只是此等场合也不便多问。

当初先帝在位时，皇后云婵曾替百姓请命，修建民房，之后云婵惨死，皇帝宇文毓身亡，宇文护霸权，就将此事搁下。如今朝中平稳，郑祁耶再次找到独孤伽罗，请她代百姓筹谋。独孤伽罗思量再三，带她进宫去见阿史那颂，盼说服阿史那颂以命妇会之名劝服皇帝将此事做成。

阿史那颂见到独孤伽罗，心情极为复杂，一则自然是因宇文邕对她之情，二则是因为之前她出手相救。好在此次独孤伽罗所说只关乎百姓生计，当年也是她向云婵提议，闻后点头答应，向郑祁耶赞道："如今杨夫人已今非昔比，还如此关心百姓疾苦，本宫身为一国之后，岂能不鼎力相助？"她心里暗叹，宇文邕一向称赞独孤伽罗良善，肯为百姓奔波，但愿自己的所作所为也能让他留心。

郑祁耶听她赞赏，倒有些不好意思，连忙行礼，替百姓道谢。

事情办成，独孤伽罗也不多留，含笑向阿史那颂告辞。看着她转身，阿史那颂突然将她叫住，对上她的目光，一时又不知如何启齿。

独孤伽罗见她欲言又止，脸上神情颇为为难，想到那日安德的神色，心知此事必然与宇文邕有关，微一沉吟，向郑祁耶望了一眼。

郑祁耶平日虽大大咧咧，却也心思通透，见状向阿史那颂行礼，自行走远一些。

阿史那颂见独孤伽罗领会自己之意，饶是对她又嫉又恨，也不免暗赞她聪慧。阿史那颂忙命茜雪跟上，免得郑祁耶在御花园中走丢，这才与独孤伽罗并肩而行，低声道："近几日皇上精神不振，性情也变得暴躁，又时常神思恍惚，唤太医来瞧，却又瞧不出什么。"

"你是说……"独孤伽罗暗自心惊，话只说了半句，想到先帝之死，脸上已微微变色。

当年，先帝宇文毓也是神思渐渐困顿，太医却查不出什么，到最后身中剧毒，吐血而亡，足见是宇文护买通了太医。如今宇文邕的情形，竟然与先帝如出一辙。

她的话虽然没有出口，阿史那颂却已经想到，脸色渐变苍白，咬唇点头，期待地向她看去。嫁入大周之后，阿史那颂虽然始终以她为敌，可是也不得不佩服她的智计。如今宇文邕性命受到威胁，阿史那颂也只能向她求助。

独孤伽罗皱眉，低声道："如此说来，倒不可不防，只是我不懂医术……"脑中闪过一人，她眸光一亮，立刻道，"有一人或可以帮忙！"知道事不宜迟，她即刻向阿史那颂行礼，告辞出宫，直奔归林居。

得到消息，数日后，百草谷方求大师应徐卓所请，疾骑赶入长安。独孤伽罗将他扮为内侍，趁夜进入皇宫，为宇文邕诊治。

方求大师细细诊断之后，细问宇文邕日常症状，脸色渐渐变得凝重。阿史那颂细瞧他的脸色，心中担忧，终于忍不住问道："大师，皇上身体如何？可是……中毒？"最后两个字说出，她心中说不出的忐忑，紧紧盯着方求，只盼他说不是。

方求大师略一沉吟，跟着点头轻叹："此毒极为阴毒，长期服用，会使人精神失常，神志涣散，最终失心失魂。"

宇文邕震惊莫名，霍然翻身坐起，脸色已经变得铁青。

阿史那颂大惊失色，只觉眼前一黑，仰头倒去。独孤伽罗忙将她一把扶住，疾声问："大师，可有解救之法？"

方求点头："幸好皇上中毒不深，等我配制解药，服用几日之后，体内之毒自解，只是日后饮食需多加小心！"

此时宇文邕已勉强定神，不料自己对宇文护言听计从，他还是下此毒手，心中愤恨，暗暗咬牙，心中疾速转念，突然问道："大师，若是我毒药和解药同服，又会如何？"

方求一惊，摇头道："皇上，此毒霸道，虽说有解药压制，天长日久，还是会伤及龙体！"

"多久？"宇文邕双眸向他定定而视。

方求无法，只得应道："十年，或者二十年！"

宇文邕默然，凝思片刻，向方求施礼道："但请大师配制解药！"

独孤伽罗和阿史那颂齐惊，同声唤道："皇上！"

宇文邕咬牙向寝殿门窗望去，似要透过门窗看清这宫里的每一个人，低声道："若只是解去此毒，宇文护必然知道朕身边有人相助，对朕身边的人会施以毒手不说，还会另设毒计。与其暗为明，不知他如何动手，倒不如将计就计，请君入瓮！"

阿史那颂泪盈于睫，摇头泣道："可是皇上的身子……"

宇文邕垂眸："纵有不妥，也在十年之后。朕若十年还扳不倒那个奸贼，也枉为一国之君！"

方求见他心意已定，双手合十为礼："皇上为天下苍生甘服奇毒，贫僧必尽心竭力，保全皇上龙体！"之后再不多说，深施一礼，跟着安德退了出去。

独孤伽罗见阿史那颂已泪流满面，心里暗叹，也低声劝道："皇上，除奸虽说要紧，可是岂能不顾龙体？若不然，我们再想法子就是！"

宇文邕听她语气关切，心中一暖，目光也变得温柔："朕也不愿枉送性命，日后饮食自当留意！"

阿史那颂看到他如此神情，顿时脸色大变。独孤伽罗却不禁心头一窒，微微垂眸，转话道："皇上中毒，身边必有宇文护的细作，此人必当查出！"

宇文邕见她神色微冷，也恍觉自己失态，连忙点头，向阿史那颂瞥去一眼，应道："朕仔细想过，朕身边的人大多是从鲁国公府带来，跟着朕多年，只有安德、安禄二人是先帝所留。"

独孤伽罗心念微动，低声道："当年云婵被害，先帝中毒，我本要查御膳房，是安禄将我留住，那日之后，就再没有机会。之后先帝出殡，我也再没有进宫。到皇上登基，御膳房的人已全部撤换，难道下手的人不是在御膳房，而是怕御膳房的人知道些什么……"

话说到这里，三个人心中都恍然大悟，互视一眼，嘴里同时吐出一个名字："安禄！"

就这样一个毒瘤，竟然跟着两朝皇帝。宇文邕微默，向阿史那颂道："如今我们不能打草惊蛇，日后朕的饮食，全赖颂儿多加留意！"微挑一挑嘴角，带出一抹自嘲，"朕的性命，可在你的身上！"

阿史那颂见他在独孤伽罗面前对自己语气亲昵，心头微松，但想此事事关重大，微扯了扯嘴角，却笑不出来，只是轻轻点头。

独孤伽罗默默注视宇文邕，但觉掌心已经潮湿。

宇文邕这一步，以身为饵，设的可是通天之局，成，他铲除宇文护，夺回皇权，掌握天下；败，不但江山拱手相送，自己也会落一个身死的凄凉下场。

可是此刻饶是她独孤伽罗足智多谋，竟然也再想不出两全之策，反而是宇文邕之计能够险中求胜，绝地反击。

第四十八章

除奸佞将计就计
QUEEN DUGU

　　时光荏苒，光阴暗换，转眼间，匆匆已经五年。这五年中，齐国皇帝高纬任用奸佞，残害忠良，奢靡无度，国力日渐衰弱。而周国日益强大，齐强周弱的局面渐渐逆转。而南方陈国的陈顼废陈伯宗，自立为帝，致力于恢复发展陈国经济，为缓解外交矛盾，与周国建立邦交。

　　宇文邕为了让宇文护彻底放下戒心，故装日渐痴傻，佯得失魂症，暗中却默查朝中、民间的情状，制定出许多治国之策，以备后用。宇文护大权在握，更加肆意张狂，不断从皇帝手中争取到各州的治理之权，意图一块一块吞并大周天下。

　　其时，独孤伽罗又产下一子，取名杨广。

　　那日夜幕初降，杨忠、杨坚等人陆续回府，杨家众人正满堂欢聚，就见杨福领着一个人匆匆进来，向杨忠禀道："郎主，蜀国公府来人！"

　　来人忙上前给他见礼，疾声道："禀随国公，我们府上人公子今天一早发病，跑出府去，整整一日没有踪影，我们郎主实在无法，命小人来求随国公想想法子！"

　　杨忠大吃一惊，霍然站起，立刻道："伽罗、容儿留下，余下的人各带府兵，分头去找！"

　　尉迟容早已经惊得脸色惨白，急道："父亲，我也去！"

　　杨忠摇头："这天色已黑，怕马上下雨，你还是留在府里等消息吧！"说完，连声传令，集结府兵，与杨坚兄弟各自率人出府。

　　杨整见尉迟容脸色惨白，张了张嘴，想要安慰，却终究没有说出话来，咬一咬牙，带领府兵冲入府外的夜色中。

　　七年前，赵嬷身亡、文姬失踪之后，尉迟宽的疯癫之症就时好时坏，再不能理事，尉迟迥只好将他锁在府里，今日这一跑出府去，当真不知道会发生什么事。

　　尉迟容怔怔地看着杨整离去，心中绞痛，突然咬牙跺脚，就向府外冲去。

　　独孤伽罗忙将她一把拉住，连声劝道："容儿，你冷静一些，这许多人去找，一定会把尉迟公子找回来的！"

尉迟容连连摇头，眼泪已经落下，哭道："不！我要去找找，我哥哥不能有事！"她虽是杨家的媳妇，可是这许多年与杨整有名无实，她真正的亲人只有父亲和大哥啊！如今大哥出事，她当能不急？

独孤伽罗见劝不住她，只好点头："我陪你！"吩咐歆兰照顾好孩子，自己带领剩下的奴仆陪尉迟容一同出府。

恰宇文珠和杨瓒刚从府外回来，宇文珠抱着兔子，嘴里数落杨瓒，怒气冲冲向里疾走，不防与伽罗撞个满怀，"哎呀"一声，倒退一步，兔子脱手逃开。

独孤伽罗忙将她扶住，连声问："公主，我一时没有留意，你不要紧吧！"

宇文珠惊魂初定，皱眉道："大嫂，你急匆匆做什么？吓我一跳！"

独孤伽罗见她无恙，微松一口气，忙向身后奴仆道："快！快去找，不要耽搁！"说罢辞过宇文珠，与尉迟容匆匆而去。

杨瓒刚刚回府，不知之前的事，看着一群人匆匆而去，愕然道："发生什么事？大嫂在找什么？"

宇文珠跑了兔子，听到独孤伽罗的话，只以为是去找兔子，也不以为意，仍拉住杨瓒念叨："三郎，方才的话你听到没有？你是堂堂随国公府的公子，岂能给那些人抚琴？日后大冢宰再唤你，你要称病不去！"

杨瓒被她数落一路，想到宇文护竟然将整个乐府当成他家的伎儿伶人，胸口堵得难受，甩开她，一言不发，闷闷向府里去。

宇文珠见他不理，气得跺脚，急急赶上去，连声道："日后我替你谋一样好些的差事，总强过受赵越那等人指使吧？"

二人一个不理，一个喋喋不休，顾自向后宅而去。

天色越来越黑，不久之后，大雨倾盆而下，不止不歇，竟然整整一夜。

独孤伽罗陪着尉迟容几乎跑遍尉迟宽可能会去的地方，却始终没有找到尉迟宽的人影，见她脸色苍白，身子摇摇欲坠，心中担忧，费尽口舌，才成功劝她回府。

天色渐亮，杨忠、杨坚等人陆续回府，互视之下，都轻轻摇头。一夜寻找，所有的人马竟然都无功而返。杨忠又急命人去尉迟府探问消息，半个时辰之后，前去的人回来，说尉迟宽还没有找到。

杨忠叹一口气，见所有的人都已筋疲力尽，又全身湿透，只好道："奔波一夜，都去歇歇吧。下朝之后，我们再想想法子！"正说着话，就见独孤伽罗扶着尉迟容也湿淋淋地回来，杨坚连忙迎上去问道："伽罗，你们也出去了？"

独孤伽罗点头，向众人望去，见个个脸色沉重，知道没有找到尉迟宽，心中暗忧，转头向尉迟容望去。尉迟容看到众人的神色，心里自然也明白，一颗心顿时沉下去，眼圈一红，强忍一夜的眼泪滚滚而落。

独孤伽罗心中难受，正要安慰，就见宇文珠气冲冲而来，大声怒吼："独孤伽罗，瞧瞧你做的好事！"

独孤伽罗一愕，不解道："公主，发生什么事？"

宇文珠怒目圆睁，冲到她面前，将手里已死的兔子向她面前一送，大声道："你说去找七公主，它却死在井里，你骗我！是你害死它的！"说着说着哭出声来。

独孤伽罗张口结舌，一时不明白她在说什么。

宇文珠见众人都是一脸迷惑，边哭边说："昨天你把它从我怀里撞跑，说是去找，结果骗我。你害死了它，是你害死了它……"

独孤伽罗这才明白，只好解释："公主，昨天我没有留意七公主，尉迟府的公子不见了，我们是去找人。"

宇文珠瞪大眼，尖声嚷："尉迟府的公子关我们什么事？为什么你们去找他，不去找七公主？"

听她口不择言，尉迟容脸色骤变，微微咬唇，勉强将到口的话忍住。杨忠脸色骤然一沉，冷声道："七公主终究不过一只兔子，如何与人相比？大伙儿累了一夜，都散了吧！"说罢再不看宇文珠一眼，径直出厅，去更衣上朝。

杨坚也恼宇文珠无理取闹，又见独孤伽罗全身湿透，冻得直抖，心中怜惜，伸手揽住她，低声道："走吧！"勉强将她拖走。

杨整、杨爽等人恼宇文珠无理，都起身出厅。宇文珠瞪大眼扯着嗓子大叫："喂，你们干什么？我话还没有说完，怎么就都走了？"只是任她怎么叫，都没有一个人理她，很快大伙走得干干净净。

暴雨之后，长安的天空被洗得蔚蓝，大德殿的琉璃瓦上还在滴下一串串的水珠，而大德殿内，随着徐传达的奏禀，文武群臣的脸色都开始变得凝重。

这几年来，虽然大周国力日强，与齐国边界却纷争不断，对大周的国力造成极大的耗损。而更重要的是，徐传达是宇文护心腹，他既在朝上说起此事，那必是宇文护授意，看来，宇文护是想起兵伐齐了！

果然，徐传达话音刚落，黄惠就马上出列，向上叩拜行礼，大声道："皇上，臣以为齐国屡屡进犯，不能再姑息，该当立刻出兵伐齐，还以颜色！"

他的话音一落，殿上顿时一片静寂，众臣齐齐向上座的皇帝望去。

而御座上的皇帝宇文邕，整个人与大殿的气氛格格不入，笑眯眯地看着黄惠，赞道："这位夫人甚是端庄，只是不曾见过，不知夫君是朝中哪位大人啊？"

他连男女都不分了！

杨忠等人都不禁暗暗担忧，黄惠微觉尴尬，徐传达等人却忍不住笑出声来。

宇文护向徐传达等人瞪一眼，止住笑声，故作一脸谦恭，向宇文邕道："皇上，齐国犯我国威，我们打是不打？"

"啊？"宇文邕愣愣地注视他，呆呆傻傻，似乎忘记说话。

宇文护见他这副模样，心中得意，脸上却故作平静，又问道："皇上，打还是不打？"

宇文邕这才像是反应过来，连忙摆手："打什么打！不打！不打！哥儿几个好好儿说话！"

宇文护倒不再问，直身站起："好，依圣上旨意，派使臣前往齐国议和！"

宇文护竟然会赞同皇帝的说法？

杨忠愕然，回头与高宾对视一眼，不解地摇头。只有尉迟迥心里惦记着尉迟宽，神思不属，对朝上发生的一切全然没有留意。

独孤伽罗听过朝上发生的一切，不禁纤眉微锁，低声道："宇文护狼子野心，断不会满足于掌握整个大周。如今齐弱周强，正是出兵吞并整个齐国的机会，何况又是他的心腹讲出那许多说辞，依理，他该顺水推舟，派父亲或尉迟伯父出兵才是，又怎么会议和？"

杨坚也心中不解，微微摇头："是啊，那宇文老贼在想什么？"

独孤伽罗沉吟片刻，低声道："这几年来，宇文护从皇上手里逐渐要走不少州郡，交给亲信管辖。若是他要有什么动作，那些地方或者会有风声！"

杨坚立刻道："我马上命暗卫军的人前去查看！"

独孤伽罗应一声，又不放心，皱眉道："还是我们亲自去跑一趟吧！"

杨坚点头，二人细细斟酌，想虞州几乎是宇文护从宇文邕手中强索而去，且距长安不过数百里路程，便决定前往虞州，另派马冰携几名暗卫军先一步赶往其他州府，相约在虞州相见。

恰徐卓回京，听到二人的计划，带吴江与两名暗卫军一同前往。第二日，六人六骑，轻装而行，向虞州疾驰。

越接近虞州，但见迎面难民越多，个个衣衫褴褛，大多是妇人扶老带幼，往长安而去。

杨坚、伽罗看得暗暗皱眉，对视几眼，都从对方的眼中看到迷惑。

两日之后，黄昏时分，一行人进入虞州城，沿街而行，但见街市一片萧条，店铺十有八九关门上锁。街道上，有一列车队通行，众人向车上望去，但见竟然是铁锅、铁铲之类的铁器。

徐卓策马立在杨坚身侧，见他眼中皆是疑问，低声道："官府搜刮百姓家中铁器，都是拿去锻造兵器，百姓竟然连做饭的东西都没有。"

杨坚怒道："难怪百姓都逃离虞州！"

说话间，车队过去，有官兵押着一队队衣衫褴褛的壮年男子赶往城外，见谁稍慢一步，挥鞭就打，如赶牲畜。看到杨坚等人，官兵都望了一眼，见六人都是鲜衣亮衫，显然有些身份，又都转头继续赶路。

独孤伽罗双手紧握马缰，眸中已涌起怒意，低声道："他们不但强夺百姓的铁器，还将男丁抓走，难怪沿路只有妇人带着老人和孩子！"

几人等官兵过去，才又前行，只见前边一家酒家倒是店门大开，生意颇为红火，与整个如同废城的虞州城格格不入。

独孤伽罗诧异扬眉，向杨坚投去询问的目光。杨坚微微摇头，以示也不明白。

徐卓看出二人的疑惑，向店内指了指。二人顺势望去，只见墙上贴着一张盖有官府大印的特许状，才恍然明白，这酒楼竟然是官府的。

店小二看到几人衣衫鲜亮，连忙上前相迎，躬身哈腰问道："各位客官，打尖还是住店，或是等人？"

"我们约了人！"徐卓迈步进店，径直踏上二楼。杨坚、伽罗等人随后，全神留意四周环境，见店中客人虽多，但并无可疑。

直上二楼厢房，留两名暗卫军把守，伽罗等人随徐卓入内。厢房里，商贾打扮的马冰等人见几人进来，忙起身见礼："统领，徐大哥！"

杨坚等人还礼，示意众人落座，也不叙闲话，直接问道："旁的州府如何？"

马冰摇头叹道："与虞州一样，十室九空，到处在抓壮丁、搜铁器，看来很快就有一场大战。"

独孤伽罗皱眉："宇文护如此明目张胆！当真是无所顾忌吗？"

马冰道："宇文护是借朝廷的名义，说齐国对我大周虎视，大战一触即发，从百姓中征兵，搜铁器铸兵刃，都是为了保家卫国。"

杨坚气笑："他当天下人是傻子吗？"

独孤伽罗沉吟道："朝堂上，他的心腹提议伐齐，他却支持皇上议和，如今各州各府又到处征兵铸造兵器，分明是在做开战的准备，难道……"说到这里突然住口，望向杨坚的目光里多了一丝震惊。

她的话没有说完，可是杨坚已经明白她的意思，心头一震，失声道："你是说，他意不在伐齐？"

宇文护命心腹在朝堂上呈词，请兵伐齐，而自己却在民间大肆招兵买马。若是朝廷当真出兵，必然是倾举国之力，那时长安空虚，他再以自己养在各州的府兵攻打长安，长安必破，如此一来，整个大周必落入他手。

独孤伽罗神色凝重，轻轻摇头："大军伐齐，他攻长安，等到大军与齐军拼个两败俱伤，他再挥师攻齐，坐收渔人之利，到时岂止是一个大周，齐国也会是他的囊中之物！"

马冰变色道："那岂不是兵连祸结，战火四起，民不聊生？"

徐卓向杨坚道："杨兄弟，如今你统率暗卫军，就是为了对付宇文护那个奸贼，一定要想法子阻止！"

杨坚点头沉吟："宇文护能迅速扩充军队，必然离不开那批藏金的支持，只要我们找到那批藏金，宇文护的阴谋就不攻自破！"

独孤伽罗皱眉道："宇文会留下的线索是佛家的偈语，可惜那个草包记得不全！"

杨坚低声念道："宇文会说到伽蓝陀，还有'不生不灭，不垢不净，不增不减'，究竟藏着什么玄机？"

徐卓道："我们追查了与宇文护有关的所有寺庙，始终没有藏金的下落，难道是我们查错了方向？或者这佛偈本身就是故布疑阵！"

杨坚思索片刻，却毫无头绪，只得作罢，略想一想道："他们要养兵，必要运送军饷，金银沉重，让兄弟们留意各州出入马车的车辙，或许会有线索。"

徐卓、马冰等人齐齐点头。

在虞州停留三日，杨坚和独孤伽罗默查虞州城内外情形，除去满地的难民，再无所获，当即与徐卓等人别过，率两名暗卫军回返长安。

再隔几日，前往各地州府的暗卫军都有消息传来，杨坚和伽罗前去书房，将地形图铺开，将宇文护管辖的州府和发现养兵的州府一一在图上勾出，眼看着两样标志一个个重叠，最后只余下三个州府无兵。二人脸色都变得凝重，独孤伽罗喃喃道："这一天终于要来了！"

话音刚落，就听门外杨忠的声音响起："哪一天要来了？"

杨坚、伽罗见他进来，齐齐上前行礼，杨坚指向地形图道："父亲请看，这些是宇文护所管辖的州府，这些是我们发现他养兵的州府，粗略估计，兵马不下八万！"

杨忠心头一跳，跟着摇头道："他在朝上说过，为防齐国攻打，要举国养兵，以备不时之需，是不是你们想多了？"

杨坚摇头，指向地图道："父亲请看，这三个州府离长安较远，虽然富庶，却并没有养兵，而这些养兵的州府竟然将长安死死围住，这哪里是为了对付齐国，根本是意在长安啊！"

杨忠虽不意外，眸中却满是忧色，废然叹道："如今宇文护把握朝堂，外又养兵，皇上已患上怪病，如今这大周天下，谁还能是他的对手？"

这可不像一位沙场老将会说的话！

独孤伽罗扬眉："难道父亲要听之任之？"

杨忠摇头，以手在案上一击，愤然道："大丈夫，有所为，有所不为，纵要拼个鱼死网破，也要拼力一试！"寥寥数语，老将风骨跃然而出。

独孤伽罗双眸灼亮，望向他的目光多了几分崇敬。

杨坚道："父亲放心，宇文护虽然早有预谋，可是我们也未必没有胜算！"见他眸中露出疑惑，指着地图细说，"这些州府，因为宇文护大肆抓壮丁、搜铁器，民怨四起，到时他出兵若不是攻打齐国，而是长安，又有多少人愿意为了他的一己私利手足相残？"

"还有，大周兵马虽在宇文护手中，可是还有许多父亲和尉迟伯父的旧部，只要父亲和尉迟伯父振臂一呼，必有许多将领呼应，铲国贼，清君侧！"独孤伽罗跟着接口。

杨忠见二人分析入理，又配合默契，显然所有的情况都早已细细分析，而且有理有据，感觉事情大有可为，顿时精神一振，点头道："如此看来，倒可一搏，只是……如今皇上患上怪病，若是被宇文护牢牢控制，我们终究是臣属，怕也无力回天！"说到后句，浓眉又不禁皱起。

独孤伽罗与杨坚互视一笑，伽罗道："父亲，皇上智勇双全，岂能轻易受人算计？如今他不过是将计就计，卧薪尝胆，以图绝地反击罢了！等到我们举兵，他以天子之名为号，名正言顺，铲除国贼，还我大周清平江山！"

杨忠早觉宇文邕病得奇怪，听她一说，只觉血脉偾张，兴奋异常，连连点头叫好："若果然如此，我杨家一门，必当为大周江山放手一搏！"

第四十九章

遭设计杨忠身亡
QUEEN DUGU

齐、周两军剑拔弩张,大战一触即发,宇文护觊觎帝位,图谋江山,整个大周风雨飘摇,杨坚、伽罗等人秘密准备,等待绝地反击。哪知道就在此时,杨忠突然病倒,请来大夫诊治,才知道前次杨忠为寻找尉迟宽淋了一夜的雨,感染风寒没有全好,如今又太过操劳,两相夹击,病势竟汹汹而来。

此时,前往齐国的使臣回京,上殿禀道:"齐国见我大周议和,说我们是惧怕齐国,当殿撕毁国书,将臣逐出殿来!"

黄惠等人闻言,顿时鼓噪起来,徐传达向上行礼,大声道:"皇上,齐国小儿如此蔑视我大周,臣请立刻出兵还以颜色,扬我国威!"

宇文护也是一脸怒色,拍案而起,咬牙道:"先君子后小人,齐国如此欺我大周,我们若再退让,齐国当真会当我大周无人,欺到头上!"

宇文邕心中明白,他们当初答应派使议和,是早已知道此行必会失败,只是要一个名正言顺出兵的借口。

只是他心中虽然明白,却不能出言辩驳,又不能答应他们的要求,见众人齐齐望来,只是嘻嘻而笑,突然离座向阳光明媚的殿外跑去,大声叫道:"下雪喽……下雪喽……"殿上众臣顿时一阵混乱。

宇文护见他痴傻癫狂,心中暗喜,脸上却满是急色,指着他道:"快!快将皇上扶回来,当心摔着!"

高宾见宇文邕这等模样,心中又是焦急又是难受,赶上去将他扶住,连声劝:"皇上,朝中正在议事,等退朝之后再玩雪吧!"说罢便唤内侍将他扶回龙椅。

宇文护听他还在嘻嘻哈哈、胡言乱语,也不再理,向下道:"既无异议,即日点将发兵,攻打齐国吧!"

高宾一惊,忙出列跪倒,大声道:"皇上,如今我国难民四起,人心动荡,若再起战事，怕国力有所不继，万望皇上三思！"

徐传达听他说完，立刻接口："高司空，齐国不断犯边，才令我百姓家园被毁，沦为难民。齐国不破，我边境百姓就永无宁日！"也不等高宾再说，向上道，"皇上，臣请皇上派遣我国精锐之师，给予齐国迎头痛击！"

高宾立刻反驳："徐将军，所谓杀敌一千，自损八百，如今齐国只是扰边，并无大军压境，若我大周起兵，就是连年战火，到时不只边境百姓，就连我大周将士怕也死伤无数。"

宇文护本来听着二人争辩，此时忍不住出声："虽说大战之下难免死伤，但只要选用良材，自可不战而屈人之兵，之前对北国一战，大司马不是就已做到吗？"

他这句话已经再不做任何的遮掩，宇文邕心中更是雪亮，他想借对齐起兵，将杨忠和自己身边的兵马调开，为他自己让路。只是宇文邕虽心中明白，却无法驳斥，只是目光飘忽，望向殿外，口中喃喃："下雪了，朕要堆雪人，把你们都埋了……"

高宾也立刻明白宇文护的图谋，不禁微微色变，愤然道："皇上，大司马重病在身，恐怕不能出征！"

宇文护眸色骤深，冷笑道："哦？大司马重病？"转向宇文邕行礼，"皇上，大司马有功于社稷，如今染病在身，臣请陪同皇上前往探视！"

你这是怕杨忠装病吧！

高宾心中愤愤，可是他这话又在情在理，只能咬牙沉默。

宇文护带着宇文邕出宫，直奔随国公府。听到安德禀报，杨坚、伽罗等人齐齐迎出，跪下参拜。

宇文邕嘻嘻哈哈道："起来！起来！听说你们养马，朕来瞧瞧！"

众人闻言，不明所以，面面相觑。宇文护微挑了挑唇，压下一抹笑意，代他解释："皇上听说大司马病重，特意前来探望！"

宇文邕立刻点头："对对，大马！"

杨坚心中顿时了然，躬身道："家父病重，未能接驾，还请皇上勿怪！"跟着侧身斜引，往杨忠房里去。

宇文护急欲知道杨忠病情，快步走在前头。宇文邕落后一步，目光与独孤伽罗一对，立刻撤回，嘻嘻哈哈品评园中景致，跟着宇文护往里走。

只这一眼，他就已明白，杨忠果然病重，竟然不是装病，不禁心头一沉。

踏进杨忠的院子，宇文护已等不及杨坚相让，自行大步跨进屋门，大声道："大司马，听说大司马抱恙，皇上特来探望！"

杨忠昏昏沉沉中听到他的话，哑声道："皇上驾到，老臣有失远迎！"他挣扎着要起，只是刚抬起半个身子，实在身上无力，又摔了回去，累得呼呼直喘。

宇文邕心中一揪，脸上神情却没有一丝变化，嘻嘻笑道："随国公啊，你老了，不中用了！不中用了！"

众人听他堂堂皇帝说出这种话来，都觉尴尬。安德低唤："皇上！"

所有人的目光都落在杨忠和皇帝身上，唯有独孤伽罗始终默默留意宇文护的一举一动。此时见他目光有意无意向安禄一扫，脸上浮起一抹笑意，独孤伽罗目光顿时一冷，垂下眸去。

杨忠缠绵病榻多日，虽然知道宇文邕装傻，可是听到此话，仍然忍不住苦笑，低声道："老臣无能，竟一病至此，当真是不中用了！"

"哎！"宇文护大手一摆，"大司马说哪里的话！大司马是国之栋梁、沙场名将，如今开战在即，还要大司马上阵杀敌，保我大周万世基业呢！"

杨忠低咳一声，苦笑道："大冢宰此言，杨忠汗颜，只怕此次杨忠心有余而力不足，无法为皇上分忧。"说这么一会儿话，他已经累得直喘。

宇文护扬眉道："大司马不过小恙，自当等你病愈再行出兵！"说完在他肩上重重一拍。

杨忠被他拍得一阵咳嗽，一时接不上话。

独孤伽罗眸中瞬间涌起怒意，缓步上前将他和杨忠隔开，款款施礼，毫不客气地下逐客令："病房空气污浊，皇上和大冢宰身份尊贵，还请厅里用茶吧！"

宇文邕嘻嘻笑应："好好！喝茶！喝茶！"顾自转身向外走。

独孤伽罗起身，双眸定定望向宇文护，浅笑道："大冢宰也请厅里坐吧，若是染上病气，有个三长两短，岂不是我杨家之罪？"

她不但直接赶人，还顺便诅咒了几句。

宇文护心中气极，又不好发作，只是冷笑道："大司马当真是找了个好媳妇！"衣袖一甩，转身而去。

独孤伽罗低声嘱咐杨爽照顾杨忠，自己伴着杨坚一直送到前院，见宇文护脚下稍慢，立刻施礼："府中事杂，不便相送，皇上、大冢宰慢走！"

茶也不用喝了！

宇文邕听着觉得好笑，知道她不愿看到宇文护，嘻嘻笑道："走，去骑马！去骑马！"顾自往府门外走。

宇文护见过杨忠，目的已经达到，倒也并不想多留，目光扫过杨家众人，冷哼一声，跟着皇帝离去。

宇文护本来想借着伐齐将杨忠与他的旧部调离长安，可是如今他病重，无法出征，只得另想法子，遂与赵越说了一番。

赵越闻言，阴冷一笑："大冢宰一旦起兵，这大周朝廷立刻改天换日，杨忠这等不能收服的旧臣，留下也是后患，何不借机除去？"

宇文护一顿，向他反问："除去？"

赵越低声道："以前大冢宰不动手，不过是怕打草惊蛇，如今万事俱备，纵然他们察觉什么，怕也来不及了！"

宇文护点头，眸光骤寒，嘴角勾出一抹阴冷笑意。

第二日，独孤伽罗一早进宫，先赶往崇义宫去见阿史那颂，将昨日安禄与宇文护之间无声的交流细述一回，冷声道："此人留在皇上身边多年，虽然我们已有防备，却终究是个后患。如今宇文护动手在即，要寻机将他除去才是！"

阿史那颂点头，眼底皆是愤怒："此人毒害先帝，如今又危及皇上，我必会让他不得好死！"

二人正说着，宇文邕已下朝回来，看到独孤伽罗，眸中露出一丝温软，嘻嘻笑道："怎么宫里又来了新人？朕还不曾见过！"他嘴里胡说八道，直到跟着的内侍、宫女都退出去，才低声向独孤伽罗询问杨忠病情。

独孤伽罗据实回禀，低叹道："如今宇文护想将朝廷精锐调去伐齐，好令长安空虚，伺机下手！"

宇文邕皱眉深思，道："如今大司马病重，他无论如何也无法强行令大司马出兵，但必然会另行设计！"

独孤伽罗脑中突然闪过一念，低声道："皇上，既然朝廷精锐非离长安不可，落在我们手里，倒强过旁人！"

宇文邕眸子一亮："你是说……"话只说半句，便目光灼灼地向她看去。

独孤伽罗微微点头，眸中浮起一些笑意，却并不接口。

这一瞬间，二人对对方的心思心领神会，竟然再不用言语表达。

他们虽说旧情不继，但终究自幼相识，彼此间有旁人没有的默契。独孤伽罗知道他本就智勇双全，见他领会自己之意，暗暗宽慰。宇文邕此刻却心头震动，满腔情愫无从宣泄。眼前女子，不管是过去还是现在，纵然已经经过长久的岁月，她的灵慧依然让他动容，也只有她，堪称他宇文邕的红颜知己。

阿史那颂在一边瞧得明白，听得真切，却猜不透二人打什么哑谜，胸口顿时一室，涩声道："皇上可有什么好主意？"

宇文邕恍然回神，心中有些不自在，含笑应道："伽罗之智，无人能及，就依此计吧！"

独孤伽罗对二人之间的尴尬情形似有所觉，点头应命，不再多留，施礼告辞。

她出宫回府，刚到府门，就见前边一辆宫车离开，心中微觉诧异。踏进府门，见杨坚正向厅里走，她扬声叫住他，问道："怎么，宫里来人了？有什么事？"

杨坚停步，含笑道："是皇上命人请父亲进宫议事。"

独孤伽罗一怔，突然脸色大变，失声叫道："不好！父亲有危险！"她刚刚见过宇文邕，还向他讲述杨忠病情，可没有听说他要传杨忠议事。

杨坚见她脸色大变，不禁跟着紧张，急忙问道："怎么了？"

独孤伽罗无暇多说，一迭连声命人备马，急道："你先去追父亲，我立刻集结府兵，你必要撑到我们赶到！"说完，拔腿就跑。

杨坚见她一脸惶急，又事关父亲安危，心中顿时一紧，顾不上多问，拔步向府外冲去，恰见小厮将马牵来，飞身直上，向巷外疾驰。

杨忠病体未愈，坐在马车里，勉强让自己保持清醒，但觉整个人神思困顿，说不出的难受。身子微微后仰，他正想稍事歇息，却觉车子突然一顿，跟着车外传来几声惊呼。

终究是沙场老将，杨忠立刻警觉，无暇多想，双掌疾出，身体跟着前扑。只听"砰"的一声巨响，车门被他双掌击得粉碎，人已一个前翻跃出马车，手在马鞍上一撑，已落在车前。

与此同时，但听"轰"的一声，一支火箭射上马车，整个车身顿时燃起大火，火光熊熊，竟夹着滚滚浓烟，显然车壁早已被人动过手脚。

拉车的马儿受惊，长声嘶叫，奋力向前疾驰，向杨忠撞去。杨忠斜纵而出，刚刚避过马车，就见屋顶十余黑衣人疾纵而下，剑光闪闪，招招凌厉，向他直刺而来。

杨忠因为是进宫，身上未携兵刃，此时情况紧急，见一侧屋檐下有百姓晾衣的竹竿，一把抓下，轻轻一抖，将竹竿当成长枪，竿影闪闪，竟然不离众黑衣人的咽喉。

众黑衣人大惊，呼哨一声，四散开来，围攻杨忠。杨忠冷哼一声，手中竹竿急收，枪法立变，前一招向黑衣人双眼点去，不等他招架，已反手一招回马枪，向身后黑衣人直击而去。

黑衣人只来得及惊呼一声，竹竿已瞬间洞穿他的咽喉。黑衣人双眸难以置信地大睁，死死盯着杨忠，随着他将竹竿一抽，身体僵直地轰然倒下。

众黑衣人见杨忠如此神勇，都是大惊失色，招呼一声，齐齐改攻为守，将杨忠团团围住，只等他不备，偷袭一招。

杨忠虽说神勇无敌，但终究重病在身，加上手中兵器并不趁手，缠斗片刻，已渐渐气力不支。杨忠暗暗心惊，正想拼力突围，但听马蹄声疾，杨坚已纵马赶到，扬声叫道："父亲！"手中长剑疾出，向最近的一个黑衣人攻去。

杨忠精神一振，手中竹竿疾出，又将一个黑衣人毙于竿下，拨步向杨坚迎去。

父子合力，眼看就要将包围圈撕开一个缺口，为首黑衣人扬声高呼，众黑衣人立刻改换阵势，很快将父子二人围在正中。

杨忠脸色微变，勉力咬牙支撑，向杨坚道："刺客势众，我们先突围再说！"手中竹竿疾挑，向为首黑衣人虚晃一招，竿影微闪，已刺入他身边黑衣人的胸口。

黑衣人闷哼一声，鲜血迸出，却挺立不倒，一把抓住竹竿，挥刀顺势直进，砍向杨忠手腕。

杨忠一惊，想要拼力回夺，竹竿却被牢牢抓住，眼看难逃断腕之厄，只能撒手向后跳开，心中暗暗惋惜，如果他手中握的是真的长枪，这一招早已将此人毙于枪下，奈何这竹竿无尖，竟然只是令此人受伤，自己也因此失去兵器。

众黑衣人本来惧他枪法了得，见他竹竿一失，齐声欢呼，有四五人提剑向他攻去。杨坚大惊，手中长剑疾挥，替他招架，心中暗急，不断向街口望去，只盼独孤伽罗能及时赶到。

杨忠徒手与黑衣人相搏，顿时处处落于下风，眼见黑衣人剑光霍霍，越战越勇，自己却眼前阵阵发黑，身体越来越无力，心中暗惊，咬牙喝道："大郎，你先走吧，为父替你断后！"

杨坚心头一震，摇头道："不，父亲，我不走！"手中长剑疾刺，洞入一名黑衣人胸口。杨坚这一分心说话，手中剑势略缓，趁这一个空隙，一名黑衣人的长剑斜刺而来，直奔杨坚后心。

杨忠一眼瞧见，大吼一声，挥掌逼开一名黑衣人，纵身向杨坚扑去，但觉后腰一凉，一柄长剑已穿身而过。杨忠狠狠咬牙，不顾身体疼痛，骤然转身，双掌拼力向后直击。

黑衣人一招得手，长剑还来不及收回，只见他双掌击到，胸口顿时如中大锤，口中鲜血狂喷而出，倒飞出丈余，撞上墙脚，倒下不动。

杨忠身子不稳，连连后退，撞到杨坚身上。杨坚回头，见父亲腰插长剑，浑身浴血，不禁嘶声大呼："父亲！"他心中悲愤莫名，长剑疾舞，使得风雨不透，护住杨忠全身要害。

为首黑衣人见状，冷哼一声，连声喝令，立意要将父子二人尽毙于当场。

就在此时，只听马蹄疾响，独孤伽罗在前，身后率着几十府兵疾驰而来，手中弓箭连发，顿时有三名黑衣人中箭身亡。

杨坚精神一振，嘶声呼道："伽罗，他们伤了父亲！"他心中悲愤，长剑疾挥，割过一人喉管，顺势斜挑，刺入另一人咽喉，只是数招之间，瞬间将包围圈撕开一个缺口。

众黑衣人见他情急拼命，一时无法伤到他，又见有救兵来援，待得首领一声令下，顿时四散而逃。

独孤伽罗策马赶到，手中弓箭连响，又有三名黑衣人扑倒。她打马要追，却被杨坚叫住："伽罗，先救父亲要紧！"

独孤伽罗心头一紧，立刻打马赶回，见杨忠全身是血，也是大惊失色，急道："快，大郎，你带父亲回府，我即刻去请大夫！"

杨坚点头，俯身背起杨忠，跃身上马，向随国公府疾驰。

杨整兄弟几人见二人血淋淋地回来，齐齐大吃一惊，顾不上询问发生何事，立刻上前相助，将杨忠抬回屋中，手忙脚乱地包扎伤口。

片刻之后，独孤伽罗带大夫赶回。大夫略略诊治一回，黯然摇头，向杨坚和伽罗各施一礼，摇头道："这一剑伤及要害，老夫无力回天，有什么话，快些说吧！"叹一口气，他收拾东西离开，连诊金都不要。

杨家兄弟如遭雷劈，一时间，屋子里一片静寂，还是杨爽第一个哭出声来，扑到杨忠床前，哭喊道："父亲！不要啊父亲，你说要看我娶妻的，你怎么能走？"

被他一哭，众人这才回神。杨坚拭一把不知何时落下的泪水，强忍悲痛，上前跪倒在杨忠床前："父亲，儿子没用，未能救父亲脱险。"

杨整咬牙跺脚，转身向门外冲去。独孤伽罗一把将他拖住，问道："二郎，你干什么？"

"我去杀了那个老贼！"杨整大吼，用力想要摆脱独孤伽罗，却被她死死地拉住。

迷离中，杨忠睁开双眼，低声唤道："二郎……"

杨整身子一震，顿时放弃挣扎，转身慢慢走回，落泪道："父亲……"

杨忠枕上摇头，叹道："二郎，日后没有为父看着你，你不要再这么冲动……"杨整扑前跪倒，忍不住哭出声来。

杨忠低叹一声，神思恍惚间，这一生如走马观花一样在脑中闪过。

他从第一次跨上马背，率兵出征，到弃魏奔梁，再返西魏；从收服司马消难，再到建立大周，大大小小，不下百战，自以为这一生终究会死在马背上，死在沙场，哪里知道，到头来竟然受奸人暗算。

神思渐渐回归，听到满屋子的哭声，杨忠微勾了勾唇，露出一抹笑意，伸手握住杨坚的手，叹道："大郎，你性子沉稳宽和，只是不懂决断，日后若天降大任，你万不可逃避。为天下苍生，好男儿当仁不让，能创盛世基业，救民于水火，远远强过一时的虚名。"

杨坚心中悲切，父亲的话虽然声声入耳，他记在心中，却并不大明白，只能连连点头。

杨忠再望向独孤伽罗，眸中有一些担忧，又有一些欣慰："伽罗聪慧过人，为人宽和，只是你心思太重，背负太多，终是自苦，为父只盼你放开怀抱，顺时应命！"

独孤伽罗早已泪流满面，只能点头答应，再说不出话来。

杨忠一一望过杨整、杨瓒，各自殷殷嘱咐，最后目光落在小儿子身上，眼里终究露出些不舍，轻喘一声道："阿爽，为父本想看着你成亲，看着你生儿育女，如今等不及了！日后，你要听大哥大嫂的话，凡事多思，不要再鲁莽冲动。"

杨爽忍不住哭出声来，抓住他的手不放，连声道："父亲，我会听大哥大嫂的话，可是你要瞧着我成亲，要瞧着我生儿育女，你不能偏心，你不能走……"

杨忠嘴角含笑，目光久久停在他的脸上，终于轻叹一声，慢慢阖眼。

杨坚心头大震，膝行一步，唤道："父亲！"见他不动不应，颤抖着去摸他脉搏，但觉指下寂寂，早已停止了跳动，不由放声大哭，拜倒在地，"父亲——"

杨整、杨瓒兄弟见状，也是悲声长呼，齐齐拜倒。杨爽更是哭得声嘶力竭，紧紧抓住杨忠的手不放。院子里，众门客齐集，耳听到屋子里哭声大作，都不禁泪下。

随国公杨忠与世长辞，消息传进宫里，宇文邕震惊莫名。

那一日他虽见杨忠病重，但是他也曾细细问过伽罗，得知病情并不会伤及性命，不知为何去得如此突然。

安德轻叹一声道："听说是受到袭击，伤重不治而亡！"

宇文邕顿时默然，隔了片刻，齿缝里冷冷迸出三个字来："宇文护！"除去宇文护，他再也想不出什么人与杨忠有如此深仇大恨，一定要置杨忠于死地！

阿史那颂见他双眸充血，脸色铁青，也心中难过，上前握住他的手，轻声道："皇上，随国公戎马一生，为大周立下汗马功劳，如今西归，朝廷当有所嘉奖，以慰忠良之心！"

宇文邕点头，慢慢坐回龙案，思索片刻，低声道："传旨吧！"如今事情已无可挽回，颁追封的诏书是他唯一能做的了！

第五十章

识阴谋布下罗网
QUEEN DUGU

圣旨传到随国公府,杨坚率全府跪拜接旨。安德宣过旨,亲手将杨坚扶起,叹道:"杨公子,人死不能复生,还请节哀!"

杨坚强抑心酸,点头答应,亲自将安德送出府去。他刚刚转身回府,就听府门外传来一声高呼:"大冢宰到!"杨坚微愕,迅速与独孤伽罗对视一眼。

不等杨府众人相迎,只见宇文护在前,黄惠、徐传达等人在后,一行人已大步入厅。宇文护抢前几步在灵前拜倒,悲切喊道:"随国公!大司马!你我相识数十载,一同南征北战,一同跟着太祖打天下,本还以为你我还能携手共看盛世繁华,你却就此撒手而去,又让老友与谁去闲话当年?"呼声悲怆,抑扬顿挫,若是不知情者听到,想来会以为他发乎真情,闻者落泪。

伽罗等人见他惺惺作态,都是默默而立,并不相劝,只有宇文珠吸吸鼻子,哭道:"大冢宰,父亲走了,日后你要多照佛我们杨府!"

宇文护哭这么一会儿,见杨家无人相劝,自己也觉得无趣,听到宇文珠说话,趁势起来,转向杨坚道:"杨大公子,随国公仙去,你身为长子,自当承袭爵位,千斤重担,可都要落在你的肩上啊!"

杨坚躬身道:"身为长子,自当照护兄弟,杨坚多谢大冢宰教诲!"

宇文护摇头:"照护弟妹倒也罢了,只是杨公壮志未酬,你身为长子,也当承袭他未竟之事,以慰他在天之灵!"

杨坚微愕,不解其意,问道:"大冢宰是说……"

独孤伽罗默立一侧,闻言却不禁心头微动,抬头向宇文护望去。

宇文护眸中露出一些阴狠,脸上却仍是原来的凝重,向灵位拱手道:"齐国犯境,杨公本要率兵出征,剿灭齐国,扬我大周国威,哪知大军未动,先失主帅,杨公在天之灵,必然也难以心安!"

这分明是他自己之意,此刻却说成是杨忠未竟的心愿,当真是无耻!

独孤伽罗暗骂,心中却不禁动念,脚步轻挪,慢慢向杨坚走去。

杨坚好似明白宇文护的意思,却又难以相信,诧异问道:"大冢宰是说,要让我统兵出征,对抗齐国?"

他杨坚充其量也就是一个前锋营的主将,从来没有做过一军统帅,还从未听说这沙场征战也有父死子继的。

宇文护对他惊异的神情视而不见,点头道:"杨大公子是将门之后,必得杨公真传,由杨大公子统兵,自然会挡者披靡,立万世不朽之基业!"

杨坚此时才明白,就因为当初他想让自己的父亲出征,结果父亲病重,他才动念将父亲害死,借机将此事推到自己身上,以完成他篡国的阴谋。杨坚心中雪亮,脸色已有些阴沉,立刻断然拒绝:"大冢宰,父亲刚去,我兄弟理当丁忧三年,不能出征!"

宇文珠连忙道:"大冢宰,三郎只是个乐官,也不能出征!"

宇文护斜睨她一眼,不理,目光由杨坚扫向杨整,再向杨爽望去,昂首而立,声音朗朗:"杨公子,身为大周子民,自当为大周效忠,如今国难,好男儿自当当仁不让,岂能拘泥于寻常的俗礼?若起杨公于地下,他必也会希望各位公子披甲执戟,为我大周一战!"

这话说得真是好听!

杨坚心里冷笑,脸色平静如常,应道:"大冢宰,不是我兄弟不愿为大周尽忠,只是忠孝不能两全。如今父亲新丧,大周朝廷尚有许多大将,父亲却只有我兄弟几人,只能令大冢宰失望!"

宇文护听他严拒,突然转身扑上杨忠灵案,捶胸顿足地哭道:"随国公啊,你枉称当世豪杰,一世英名却要毁于不肖子手中,老友思及此真为你心痛啊!"

杨坚兄弟见状,一时气结,说不出话来。独孤伽罗趁此伸手将杨坚衣袖轻轻一扯,在他耳畔低语。

尉迟迥见宇文护步步相逼,定要杨家兄弟统兵出征,忍不住站起身来,向宇文护施礼:"大冢宰,杨家几位公子虽是将门虎子,可是从不曾统兵独当一面,而对齐一战关系到我大周朝廷的安危,若不然,还是由老夫出征吧!"

此话一出,杨家兄弟心中感动,连宇文护也微微一愕。不等他说话,杨坚立刻上前一步道:"尉迟叔父哪里话,我兄弟虽然无用,但岂能由叔父代为出征?"又转向宇文护道,"大冢宰,我兄弟愿意出征,只是家父新丧,孝道未尽,就请以月代年,三个月之后,我兄弟必当披甲上阵,为我大周讨伐齐国!"

他这番话大出杨整、杨瓒兄弟所料,他们想要阻止,却已经来不及。

宇文护也没料到他突然答应得如此痛快,看一眼尉迟迥,心中恍然大悟,却露出一脸为难的表情,摇头道:"三个月?杨大公子,军情如火,哪里等得了这般久?"他没有料到这个时候尉迟迥自告奋勇出征,反而逼得杨坚非出征不可!

独孤伽罗慢慢从杨坚身后绕出,向宇文护略施一礼,淡然道:"大冢宰,我大周一向崇尚孝道，如今虽说军情紧急，可是任由一个不孝之人统兵，大军岂会心服？此事若是传扬出去，怕会连累大冢宰也得一个不忠不孝、寡廉鲜耻的骂名！"

不忠不孝也就罢了，这"寡廉鲜耻"四字，分明是指着宇文护的鼻子喝骂。若不是这灵堂气氛沉重，又有宇文护等人在前，众宾客几乎要笑出声来。

高宾见宇文护浓眉陡然立起，立刻道："是啊，大冢宰，若说事急从权也未尝不可，只是这孝之一字总要说得过去！"

宇文护心中怒极，只是此刻要紧的是让杨家兄弟率兵出征，不愿横生枝节，只得将心中怒火压下，点头道："那就等杨公七七之后再统兵出征吧！"说罢冷冷向独孤伽罗望了一眼，转身大步出厅。

今日先饶过这个不知天高地厚的女子，只等他宇文护夺取天下，必令她求生不得，求死不能！

眼看着宇文护一党离去，杨整首先按捺不住，担忧地问道："大哥，你当真要统兵出征？"

杨坚回头，目光与独孤伽罗一对，轻叹点头："他也说得对，国难当头，好男儿自当当仁不让，我想父亲在天之灵也必然不会怪我！"说罢慢慢上前，在杨忠灵前敬上一炷香，默默地看着轻烟袅袅，凝眉沉思。

入夜，前来吊唁的宾客散尽，整座杨府终于恢复了宁静，只有府门内外的灵幡依然随风飞舞。

杨坚在灵前烧过一刀纸，留杨整、杨瓒守着，自己出厅，向书房而去。书房院子里，见独孤伽罗正独自坐着发呆，杨坚慢慢走到她身边坐下，低声问道："在想什么？"

独孤伽罗回神，给他一个安然的笑容，摇头道："不过在想父亲的话！"

"嗯！"杨坚应一声，沉默片刻，才又开口，"今日你要我答应统兵，却又拖延时间，可是有什么计策对付宇文护？"

所有的人都以为他是因为尉迟迥请战才答应出兵，却没有人知道，他之所以突然答应，是因为独孤伽罗授意。

在灵堂上，又是面对宇文护一党，独孤伽罗无暇与他细说，想他只因为自己一句话就想都不想地答应下如此大事，不由心中感动，挽住他手臂倚在他身上，轻声道："大郎，你就不怕，这一出征，会陷你于危险？"

杨坚摇头："你总不会害我！"话说得随意，没有一丝怀疑，似乎本该如此。

独孤伽罗默默而坐，静静地听着他平稳的呼吸，鼻端是他身上特有的男儿气息，心底一片安稳。隔了良久，她才慢慢开口，将之前与宇文邕的计议细说一回，叹气道："本来最佳人选是父亲，哪知道宇文护那奸贼竟会突施毒手，我竟没有来得及与你们商议！如今他既找上你，我们不过顺水推舟，等拿到统兵之权，再好生计议！"

杨坚想不到在她的脑中早已有了一个惊天的计划，若是计成，不但铲除国贼宇文护，还可将宇文护一党的势力一网打尽，结束大周皇帝受人钳制的尴尬局面。心中赞叹良久，他又不禁皱眉："如今我们都在热孝中，不能进宫，七七之后的计划，如何让皇上知道？"

独孤伽罗诡秘一笑，指指自己脑袋，低声道："交给我！"

杨坚见她眸光坚定，知道她早已胸有成竹，也不再问，宠溺地揉揉她的发顶，拥她入怀。他心中暗叹，父亲说得不错，伽罗虽是女子，决断却胜男儿，自己与之相比，当真是有些汗颜！

杨忠故世第三日，依礼府中不起哀乐，不接待宾客。独孤伽罗忙里抽闲，命人传话给郑祁耶，向临江楼而去。

二楼厢房，郑祁耶已等候片刻，见她进门，不安起身，嗫嚅低唤："杨夫人！"

独孤伽罗携她手坐下，亲自动手烹茶，轻道："这几日我没有见你过府，想来是杨素阻止，特意请你来一坐！"

郑祁耶满脸歉疚，不安道："杨夫人，这些年，你对我们照应有加，随国公过世，于情于理，我都该登门吊唁，只是……只是杨素不许，我……我也不敢……"想到如今杨素的改变，她眼圈儿一红，落下泪来。

独孤伽罗明白她的心思，轻叹一声，替她拭泪："杨素选错了人，我无话可说，我只是心疼妹妹，若日后杨素不能了局，你又要如何？"

郑祁耶大吃一惊，一把抓住她的手，颤声道："姐姐，你说什么？什么不能了局？杨素……杨素他怎么了？"

独孤伽罗眸色骤冷，低声道："大冢宰如今只手遮天，图谋夺位，纵然事成，也不过一个乱臣贼子，到时江山震荡，义军四起，必会举国大乱。宇文护他倒行逆施，又岂能当真坐稳江山？杨素为他效忠，到那时，自会与他同罪，被朝廷正法！"

郑祁耶听得脸色惨白，手脚冰冷，身子一软，就要给独孤伽罗跪下，声音抖瑟如秋风中的落叶："杨夫人，求你救救他！如今也只有你能救他！"

独孤伽罗双手将她扶住，摇头道："不，如今能救他的只有你！"

"我？"郑祁耶不解。

"你！"独孤伽罗郑重点头，"只有你立下奇功，与他功过相抵，怕才能留住他一命！"

郑祁耶连忙点头道："还请姐姐指点迷津！"

独孤伽罗垂首到她耳边，低声道："皇后隔几日就会到染坊，你只要告诉她，随国公七七，请皇上做好准备！皇后自会明白你的心是向着皇室正统的，记你一功！"

对她的话，郑祁耶虽说想不大明白，但还是点头，将话牢牢记住，再三向她谢过，这才告辞离去。

独孤伽罗出临江楼，径赴废弃酒庄。徐卓已等候多时，见她进来，起身相迎，问道："何事如此紧急？"正当杨忠的丧事，若不是急事，她又岂会轻易出府？

独孤伽罗也无暇闲话，将宇文护逼杨坚出兵，又将宇文邕的计划细说一回，继续道："大郎出兵之前，宇文护必不会有所行动，这几日，就请徐大哥命人务必查明各州宇文护的兵马布置，只是需防宇文护的细作！"想到宇文护的细作无孔不入，她不禁微微皱眉。

徐卓倒并不担心，点头道："敌明我暗，小心一些，断不会有事！"

独孤伽罗心中微松，又说到宇文护各州的人马，与徐卓商议如何牵制、如何阻截才能争取时间，等着杨坚率大军赶回勤王。

如独孤伽罗所料，第二日，阿史那颂如常出宫，前往染坊查看。郑祁耶瞅个空子，将独孤伽罗的话重述一回。阿史那颂默思片刻，不得要领，只好记下，回宫与皇帝商议。

宇文邕早一日得到宇文护命杨坚出征的消息，此时听阿史那颂转述，不由微微一惊，失声道："难道杨坚一走，宇文护就要动手？"

阿史那颂听他一言点破，心中也恍然大悟，不由脸色微变，心里说不出的紧张，连忙点头问道："皇上，那我们要如何应付？"

宇文邕默思一瞬，整个计划已在心里，冷笑一声："既然他万事俱备，朕就赏他几许东风！只要那老贼按捺不住动手，我们里应外合，必要将他的党羽一网打尽！"

宇文邕隐忍多年，想到不久之后，这一切就要得到回报，心中激奋莫名，双眸灼亮，掌心竟全是冷汗，喃喃道："这一天，终于要来了！"

与此同时，晋国公府中，宇文护听完太医和杨素的回禀，知道皇帝早已疯傻入魔，也是心中欢悦，哈哈大笑，心中暗道，这一天，终于要来了！

是啊，这一天，终于要来了！

正是山雨欲来风满楼。大周出兵在即，杨坚和独孤伽罗一边忙于处理杨忠的丧事，一边已经开始打点行装，准备出征。这个时候，宇文珠喜滋滋地从大冢宰府回来，兴奋地向杨瓒道："我去找过大冢宰，他答应升你做夏官府的小司马！"

杨瓒瞬间脸色大变，姑且不说宇文护此举安着什么心，单凭他害死父亲，自己岂能受仇人恩惠？

只是他本就性情温和，成亲之后又是被宇文珠呵斥惯的，与她争执几句后，还是不得不曲意答应，心中却是说不出的苦闷。

夏官府小司马，专职调配大军的粮草，杨坚、伽罗得知消息，互视一眼，都从对方的眸中窥出一些疑惑。

宇文护突然给杨瓒升官，断断没有安什么好心，而大军出征，粮草就是大军的咽喉命脉，如今由杨瓒掌管，自然是宇文护要从中做什么文章。

只是此时若是让杨瓒辞官，必然令宇文护起疑，最好的办法就是将计就计！

杨坚、伽罗二人心意相通，互视一笑。

眼看着出征之日越来越近，徐卓、吴江等人各地奔波，将宇文护屯兵的情况陆续送往长安。独孤善得到消息，也秘密联络江湖势力，倾力相助。

停灵九日后，是杨忠的大葬之礼。那日一早，长安城外白幡漫天，纸钱飞扬，官道两旁都是各府搭建的灵棚，长长两排，直至十里长亭。

独孤伽罗身为长媳，伴灵而行，看到这个场面，不禁眸光骤寒，心底冷笑。

本来以杨家与宇文护水火不容之势，朝中纵有心向杨忠的文臣武将，也绝不敢逆宇文护之意，在此搭灵棚相送。眼前情况，唯一的解释就是，是宇文护要摆出这副架势，做出朝廷器重杨家的假象。

果然，出城第一座极大的灵棚，就是晋国公府所设，宇文护身穿素服，亲自上前敬酒，为杨忠送行。

杨坚兄弟强抑满腔仇恨，依礼谢过，引灵前行。直到向所有府第的灵棚谢过礼，杨坚兄弟才上马而行，上山为杨忠送葬。

出征在即，朝廷已开始点兵，各州府的消息也已全部传回，杨坚与独孤伽罗细细汇集，仔细商议之后，最后的计划也已全部完成。因为有孝在身，过府不便，杨坚命人邀尉迟迥过随国公府相见，同时，独孤伽罗约见郑祁耶，向宫中传递消息。

尉迟迥得信立刻赶来，看到二人劈面就问："你们约我前来，可是为了出征的事？"如今，对于杨家来说，也只有出征这一桩大事，更何况杨家兄弟都没有统兵的经验，他也放心不下。

独孤伽罗笑道："尉迟叔父请坐，我和大郎有一件东西要请叔父代为参详！"

尉迟迥见她神色里透出一丝神秘，显然这不是什么难决的事，心中的紧张顿时一松，微笑道："伽罗丫头素来古灵精怪，连大郎也被你带坏了。"

杨坚听他语气慈和，心中微暖，取出一本册子送上："叔父请看！"

尉迟迥浑不在意地打开，哪知道一看之下大吃一惊，霍然站起，颤声道："这……这……"

杨坚脸色凝肃，慢慢点头道："这是宇文护在各州养军、屯粮的详细情形！"

尉迟迥手指微颤，脸上变色，低声道："这……这老贼要篡位窃国啊！"身为沙场老将，只这一眼，就可看出宇文护屯兵数量惊人，而且粮草充足，最可怕的是，这些州府竟然都在长安四周数百里之内。

杨坚点头，一字一句道："宇文护已蓄势待发，只等我大军出征，他立刻就会发难，那时长安空虚，他要控制整个长安易如反掌，到时再行逼宫，等到大军回师，一切都已落入他的掌握！"

尉迟迥脸色越来越凝重，想到这许多年宇文护的嚣张跋扈，想到他对朝中忠良的迫害，再想到如今皇帝的模样，心底一阵阵生寒。宇文护外有重兵，在内挟持皇帝，加之他这几年的精心布置，根本就无懈可击。

独孤伽罗看出他的疑虑，低声道："尉迟叔父，皇上隐忍多年，只等这一日绝地反击，只是孤掌难鸣，还要我们倾力相助！"

尉迟迥眼前一亮，失声道："皇上是装病？"他看看独孤伽罗，又转向杨坚，眸子渐亮，点头道，"皇上英勇睿智，想来是早已窥破宇文护的野心，才会如此委曲以图自保。"见独孤伽罗点头，又满含期待地问道，"你们既已知道宇文护阴谋，想来已有对策，是不是？"

此刻离杨坚出兵已不过月余，纵然知道宇文护的阴谋，面对数十万大军，再做任何布置也已经迟了，如今皇帝既然是装病，杨坚又知道宇文护的屯兵实情，想来早已有了应对之策！

独孤伽罗点头道："大郎出兵，只为迷惑宇文护，他会伺机返回，对抗宇文护的大军。只是，军中必有宇文护的细作，他的行动若被宇文护知道一点风声，我们所有的布置都会功败垂成！"

尉迟迥听得连连点头，问道："若有事需我出力，但讲无妨。"事情如此急迫，今日二人特意将他请来，断断不会只是为了让他明白当前的形势。

独孤伽罗道："大郎出征再率兵赶回，来回需月余，这段日子，就要劳尉迟叔父代为周旋，拖住宇文护的行动！"

尉迟迥点头，沉吟道："只是我朝精锐一同出征，长安城中已没有什么兵马，禁军又在杨素手中，我可调集的不过数千人！"

杨坚接口："各州府我们已伏下人马应对，虽然不足以阻挡宇文护大军，却大可以拖延几日，叔父也不必与宇文护强抗，只需拖住就好！"跟着摊开地形图，指着长安细细解说。

尉迟迥听他处处照顾周到，不禁点头赞叹："大郎心思缜密，有勇有谋，杨公有子如此，夫复何求？"想到失踪数年的尉迟宽，他心中不禁黯然。

被他一赞，杨坚反而不好意思，忙连连摆手："尉迟叔父过奖，这是伽罗之计！"

"哦？"尉迟迥向独孤伽罗望去，眼底除了赞叹，还有一些震惊，小小一个女子，胸中包罗万象，竟有如此大的手笔！

脑中将杨坚的话细思一回，料想此计可行，尉迟迥又向图上长安城外望去，突然皱眉，向图上一指："大郎兵马赶回，临近长安，纵然分兵，也不过能袭击这几府兵马，长安另一方几州的兵马若长驱直入，先一步攻下长安，纵然大军赶回，恐怕也无济于事。"

终究是沙场老将，只这短短片刻，他便分析清楚兵马排布。独孤伽罗心中暗赞，与杨坚对视一笑，轻声道："尉迟叔父不必担忧，只等大军出发，伽罗立刻疾骑赶往北国借兵，必会在大军回师之前拖住这几州的人马！"

尉迟迥听她将最后一步也已经思虑周全，轻吁一口气，向她挑起拇指赞道："难怪杨公生前极力称赞伽罗，伽罗之智当真令人佩服！"随后起身向二人告辞，"你们尽管放手一搏，我纵然拼上这条老命，也必当保护皇上周全！"

第五十一章

假传信回师勤王
QUEEN DUGU

　　长安城中有尉迟迥坐镇，杨坚、伽罗稍稍松了一口气，接下来，就是向北国借兵。阿史那颂应伽罗所请，亲笔书信一封，借郑祁耶之手送出宫来，交到独孤伽罗的手上。

　　大军出征之日，整个长安城万人空巷，齐集城门送行。此次杨坚不再是万军之中的一个无名小卒，而是一军统帅，顶盔掼甲，立马在千军万马之前。而独孤伽罗妻凭夫贵，也不再是挤在人群中送行的小小家眷，而是立在帅台旁为夫君饯行的元帅夫人！

　　时辰将至，宇文护昂首阔步，带着皇帝宇文邕登上城楼，慷慨激昂，代天子誓师。而那位大周真正的皇帝，对眼前一切似乎浑然不在意，只是瞧着两侧排列整齐、挺然而立的禁军有趣，不时捅捅这个，摸摸那个，急得安德追着他满城楼跑，将一场严肃的誓师之礼搅得仿佛儿戏。

　　独孤伽罗立在杨坚身侧，耳听着宇文护浑厚的声音慷慨陈词，激励士气，扬言不胜不归，心中不禁暗暗冷笑，垂眸向城门两侧送行的百姓望去。

　　所谓一将功成万骨枯，齐、周大战，不论成败，这数万将士，有多少人再不能回乡，有多少人从此与妻儿诀别？任他宇文护说得如何热血潮湃，都难掩这送行中将士家眷的悲戚。等到大军出发，万千将士知道宇文护发兵的最终目的，又是怎样的心情？

　　城楼上，宇文护长篇大论讲完，握拳高举，大声道："祝我大军直捣齐国邺城，立下不世功勋！"他喊声刚落，旁人还不曾接口，本来嘻嘻哈哈奔跑在城楼上的皇帝突然转身冲过来，跑到他的前面，握拳大吼："必胜！必胜！"

　　宇文护本想起到振臂高呼、万众齐应的效果，哪知道被他一搅，自己营造半天的声势顿时消失，心中不禁暗怒，向安德喝道："皇上身体不适，先扶他回宫歇息！"

　　安德连忙应命，上前将宇文邕扶住，连声劝道："皇上，外头风大，先请回宫吧！"说着半哄半拖，带着他向城楼边走去。

　　宇文护重整一下情绪，重又握拳高呼："众将士，保家卫国，方显我男儿本色，出发！"

话音一落，身后黄惠、徐传达等人立刻握拳高呼："出发……"哪知道喊声刚刚出口，就见宇文邕一肩将安德撞开，又疾冲而来，一只手抱住城楼垛口，一只手握拳高举大吼："必胜！必胜！"

这吼声突如其来，且声音洪亮，黄惠等人的声音顿时被压下，猝不及防，险些被自己的口水呛到。

城楼下，所有军民将这一切看到眼里，旁人只知道皇帝已经疯傻，而杨坚、高颎等人却知道，此一战，不但关系到整个大周的江山，还关系到皇室一脉的生死存亡。宇文邕隐忍多年，受尽欺凌羞辱，等待的，也只是这一战，他嘴里的"必胜"，是除贼之胜！

心中激荡，二人同时举拳高呼："必胜！必胜！"

元帅高呼，三军齐应："必胜！必胜！"一时间，吼声震天，直通穹宇，士气顿时激昂。杨坚回首向独孤伽罗深深望了一眼，见她微微点头，立刻挥手高呼："出发！"随即与高颎奔下帅台，跃身上马，当先向城门驰去。

"出发！"

随着他的吼声，将令传下，大军开拔，浩浩荡荡开出城门，沿着尘土飞扬的官道而去。

独孤伽罗独立台上，有风卷过，黑发蓝衫，随风飞舞。她默默向杨坚越来越远的背影遥望，心中默念："大郎，我们一定会胜！"刚刚那一个对视中，有他的殷殷嘱托，也有他的依恋不舍，最终化为必胜的信心，二人不交一语，千言万语却已在其中。

城楼上，宇文护被宇文邕两次搅局，心中怒不可遏，待见众军呼应，脸色更是变得铁青。只是，等他看到帅台上独立的小小女子，阴沉的脸上却勾出一丝阴冷笑意。

大军已经开拔，再过数月，整个大周江山就归他宇文护所有，又何必与那些将死之人计较？独孤伽罗，枉你们与我宇文护较量数载，到此时，怕还不知道要大祸临头吧！

城楼上下，遥遥隔着十余丈的距离，独孤伽罗不必抬头，也似乎能感觉到向她望来的阴冷目光，嘴角也不觉勾出一抹冷意。

今日她以元帅夫人的身份与杨坚携手登台，为他壮行，并不是为鼓舞士气，而是为了让宇文护看到她，消除他最后一丝戒心，让他以为杨家对他的阴谋毫无所觉。只有让他放手一搏，他们才有必胜的把握。

在城楼上宇文邕歇斯底里的大呼声中，大军队伍已经开拔出城，远远望去，蜿蜒的官道上旌旗蔽日，望不见尽头。

直到大军过尽，送行的百姓渐渐散去，独孤伽罗才率杨府众人回府。踏进府门，宇文珠先拖着杨瓒离去，独孤伽罗才将尉迟容唤入书房。

杨坚出征，杨整随行，尉迟容心思本就有些恍惚，见独孤伽罗盯着她上下打量，一言不发，不禁心中发毛，咬唇问道："大嫂，唤我何事？"

独孤伽罗向她默视片刻，才慢慢开口："容儿，你我同出将门，你父蜀国公更是耿直良臣，你当知道，家国天下重过个人荣辱，是不是？"

尉迟容见她神色凝重，实不知她说这些话何意，微微咬唇点头。是啊，虽说她不比独孤伽罗文武双全，可是身为将门之女，又如何不知道有大国方能成小家的道理，只是她不知道此时独孤伽罗和她说这个做什么。

独孤伽罗见她不语，一时猜不透她的心思，只是此时已不得不说，心中暗暗转念，道："大郎和二郎出征，这一战是成是败，皆在你我！他们的性命，也皆在你我！"

虽说这许多年来，尉迟容与杨整有名无实，但她心中实则对他存着一份说不清道不明的情愫，此时听闻独孤伽罗之言，顿时心头大震，失声道："大嫂，你说什么？"

独孤伽罗轻轻摇头，索性直言："容儿，宇文护包藏祸心，此次出兵并不像表面那么简单，我也无法与你细述。只是你要知道，若是此次有所差池，不只他们兄弟不能回来，就是整个杨家，怕也是灭族之祸。如今我也要去助大郎一臂之力，三郎性子软弱，公主心无城府，阿爽年少，我只能将全府交托给你！"

尉迟容听得心惊肉跳，颤声道："大嫂，究竟发生了什么事？"

独孤伽罗摇头道："此事说来话长，我已无法与你细述，你只要记着，此事事关重大，断断不能泄露就是。若你当真心有疑惑，不妨去问令尊蜀国公，他会给你一个答案。"

尉迟容听说此事还牵涉自己的父亲，吃惊之余，倒略略心安，点头道："大嫂放心，我虽不比大嫂，可终究是杨家媳妇，必会竭尽全力，保我杨家平安！"

独孤伽罗听她语气坚决，一颗心终于放下，招手将她唤至身前，细细嘱咐。

夜色渐深，整个长安城已陷入沉睡，独孤伽罗一身黑衣，手提一个小小包裹，悄悄开门出屋。她刚刚走到院子门口，只听"嘿"的一声大叫，一道黑色人影蹦到她的面前。独孤伽罗吓一大跳，等看清来人才轻吁一口气，低声叱道："阿爽，你干什么？吓我一跳！"向他身上略一打量，见他不只穿着黑衣，还背着包裹，疑道，"你这是……"

杨爽嘻嘻笑，向她凑近一步，央求道："大嫂，你和大哥商量去北国借兵，我听到了，让我和你一起去吧！"

独孤伽罗叹息："我是去借兵，又不是去玩！"

杨爽立刻道："我知道啊！路途迢迢，我不放心大嫂一人前去，让我陪你一起去吧，纵然做不了什么，跑腿打杂总还可以！"见她迟疑，又道，"大哥若是知道，一定会答应！"

独孤伽罗听他抬出杨坚，忍不住觉得好笑，只得点头道："好吧！"反正这个弟弟从小就是他们夫妻的尾巴，也果然如他所说，此去北国路途迢迢，有他在，或者更方便一些！

杨爽大喜，一把抢过她手中包裹背在背上，跟着她悄悄出府，向城外而去。

刚刚初更，很快就到关闭城门的时辰，二人赶在城门关闭前出城，离开大路，徒步穿过山岗，沿另一边的小路而去。

星光下，吴江与四名手下正牵马等候，见她赶到，忙上前相迎，见杨爽在侧，微觉诧异，倒也并不意外，只是向四名兄弟交代一路保护，拱手与二人道别。

独孤伽罗有要事在身，也不多言，施过一礼，与杨爽二人纵身上马，带着四人向北疾驰。

数日之后，一行六人进入北国境内，直往阿史那部而去，称大周皇后重病，求见可汗玷厥，哪知道北国兵卒不容分说，立刻动手擒拿，杨爽大怒，就要动手，被独孤伽罗喝止，六人束手就擒，任由兵卒押入北国营地。

大营里，各部首领齐集，正在与玷厥商议北国来年的耕种，就见有兵卒进帐禀报，说擒到大周的细作，不禁互视。玷厥微觉惊异，慢慢将手中酒杯放下，传令将人带入。

帐帘挑起，五男一女被押入大帐，玷厥一见之下忽地站起，向下喝道："混账，这分明是本汗的恩人，怎么当细作抓来？还不快快松绑！"说着急忙绕案奔下，三两下解去独孤伽罗身上的绳索，连声问，"怎么会是你？你怎么来了？"

独孤伽罗重整衣衫，倒身下拜："独孤伽罗拜见可汗！"行的是北国之礼。

玷厥连忙伸手虚扶道："不必行此大礼！"等独孤伽罗起身，忙命人赐坐，再次问道，"杨夫人此来，不知何事？"

独孤伽罗回道："伽罗此来，实是有事相求！"说着话，向帐中众人扫了一眼。

玷厥会意，挥手命人退去，连吴江四个兄弟也一同退到帐门口守着，这才问道："到底是何事？"

独孤伽罗这才从怀中取出一封信，双手奉上："这是皇后亲笔所书，托伽罗带来，以作凭信！"

玷厥展开细瞧，只见信上写道：玷厥吾弟，今大周国贼宇文护图谋江山，急需吾弟相助，今命独孤伽罗前往借兵，万望施以援手！信纸下边是阿史那颂的落款。

独孤伽罗见他浓眉渐蹙，心中隐觉不安，唤道："可汗！"

玷厥沉吟一瞬，抱歉地摇头道："杨夫人，不是我不顾姐弟之情，也不是我不念救命之恩，只是如今我既为北国可汗，就要担起北国国运。如今北国大灾之后，刚得喘息，如果贸然出兵，怕国力不继，民怨沸腾啊。"

独孤伽罗来时就已知道此行必然要费一番口舌，此时听他说出这些话来，倒不意外，摇头道："可汗差矣！今日伽罗亲自前来，并不是挟恩望报，携皇后亲笔信，也不过是为了取信可汗。当初可汗滞留长安，对宇文护此人想必略知一二，难不成不知道他的狼子野心？这几年来，他步步蚕食大周州郡，私自养兵数十万，难道只是为得一个大周的江山？如今大周危急，可汗袖手旁观，可只等大周江山落入囊中，怕宇文护即刻便会挥兵攻打北国。如今的北国，可有力量对抗数十万虎狼之师？所谓唇亡齿寒，伽罗请可汗三思！"

玷厥听得脸色渐变，定定地注视着她，一字一句道："独孤伽罗，你能言善辩，机智聪慧，本汗早有耳闻，只是纵然你所言是实，如今我北国力弱，怕也无法与他的大军一战，又如何助你？"

独孤伽罗听他口气松动，心中大喜，立刻道："伽罗借兵，并不是要北国与宇文护决一死战，只要几路兵马分袭扰敌，令他们不能疾速出兵攻打长安，给我们喘息之机便可！"跟着详细说出自己的计划。

玷厥听完，垂头默思片刻，点头道："夫人良策，本汗佩服，就依夫人此计！"

独孤伽罗大喜，立刻施大礼拜谢。

另一边，周国大军昼夜行军，终于赶到齐、周边境，杨坚传令三军将士扎营，等待军令开战。

入夜，帅帐里灯火通明，四周却一片暗沉。杨坚、高颎与杨整三人在帐中议事。杨整性子急躁，低声道："大哥，大嫂前去北国借兵，此刻想来已经到达北国，也不知道结果如何！"

杨坚默默注视着案上的行军布阵图，目光落点不在齐国边境，却在回返长安的道路。闻言，他摇头，神情却没有一丝怀疑："此事非伽罗不能成！"

兄弟二人正说着，只听沙盘左侧一只铃铛"叮"的一声响。三人顿时警觉，互视一眼，各自心领神会。杨坚将声音略略拔高："齐军军情不明，我们在此整兵三日，命斥堠探查明白再定行止！"

杨整大声道："大哥，如今我大周士气正盛，正当一鼓作气给齐军迎头痛击，才能起到威慑的奇效！"

杨坚冷哼："这里是军中，是两军阵前，而我是一军主帅！"

杨整怒道："你刚愎自用，会令我大军陷入苦战！"

杨坚跟着怒喝："住嘴，这里哪容得着你多言？"说完向他使个眼色。

杨整会意，转身一挥帐帘，怒气冲冲地出去，咬牙道："不进忠言，无可救药！"随即大步远去。

大帐中，杨坚向高颎望去，侧耳倾听。高颎跟着向帅帐左侧一望，嘴里叹口气道："兄弟两人，有话好好说，又何必动怒？"说罢拍拍他的肩膀，也向帐外而去。

杨坚抓过一只茶杯，奋力砸去，咬牙道："一个个的，若是不服，又何必跟来？"

茶杯砸在地上，发出一声脆响，顿时碎片四溅。帐外之人吓了一跳，连忙缩身离开。杨坚见案旁细线悬着的几粒细珠微晃，这才轻呼一口气，慢慢坐下。

第二日，天光初显，高颎、杨整二人进帅帐不久，就见马冰、李潇二人跟着进来，见过礼，马冰向杨坚道："元帅，昨夜的消息，他们已经放了出去！"

杨坚点头问道："到此刻，查出有多少细作？"

马冰数道："前锋营里发现一人，护卫营一人，弓箭营一人……"一口气数下去，竟然大多营中都有宇文护的细作。

杨整听得色变，咬牙道："这个老贼，当真是阴险狡诈，若不是大哥一路用计，我们又哪能想到军中竟有这般多细作！"

杨坚轻叹："从先帝登基起，宇文护就已图谋夺位，这许多年来，他苦心经营，这些细作已伏在军中多年。如今我们若当真与齐国开战，留下他们倒也无妨，可是此次行军，却不能令宇文护得到半丝消息！"

从出兵开始，他就命藏在军中的暗卫军留意各营动静，若有人有异动，只需盯上细查，不得轻举妄动。因此，从长安出兵直到齐国边境，他的一举一动，全部在宇文护的掌握之中。这一路之上，他不断将各营重复调配，促使细作不断传回消息，也因此查出了宇文护在军中所有的细作。

高颎虽然早已知道杨坚的计划，但听到那一大串细作名字，还是吃惊不小，向马冰问道："这些细作身边，可曾埋下人手？"

马冰点头道："我已命各营的暗卫军盯住，只有护卫营原来是宇文护的旧部，我们的人不曾渗入。"

杨坚点头默思一瞬，突然笑道："那就让他们立一奇功！"招手将几人唤近，低声嘱咐。

一个时辰之后，大军集结，杨坚传下将令，兵分三路，分别由自己和高颎、杨整带领，杨整率兵直击，平灭齐军大营，高颎率军袭击齐国北部，而自己则率兵攻打齐国南部，将齐国一举灭国。

一声令下，大军迅速兵分三路，跟着三名主将向齐国进发。

兵行一日，杨坚下令扎营。各营将士即刻埋锅造饭，饱餐之后，整个营地很快陷入一片沉寂。

而就在这寂静中，杨坚腰身挺得笔直，闭目在帅帐中独坐，似乎只是养神，又似乎在等待什么。

约三更时分，军营中突然传来几声大喊，跟着所有的声音又全都消失。杨坚微闭的眸子骤然睁开，双眸清亮，定定注视着帐门。

隔一会儿，只听脚步声响，马冰与两名暗卫军已押着一个身穿护卫营服饰的人进来，躬身道："元帅！"

杨坚问道："发出去了？"

马冰俯首道："是！"

被押之人的脸色早已经惊得惨白，却仍然强撑，大声道："元帅，属下不过是起夜，并不曾做什么，为何抓我？"

杨坚起身绕着他转了一周，停在他面前，望向他的目光中满是嘲讽："等你的消息传回长安，你说宇文护会不会也以为你只是起夜，不曾做什么？"

那人脸色更白了几分，但仍咬牙强撑："元帅说什么，属下不知！又与大冢宰有什么关系？"

杨坚挑唇，点头道："我佯攻齐国，实则回兵雍州，若是宇文护知道你谎报军情，你说他会不会认为你与此事无关？"

他的话出口，那人神色顿时大变，颤声道："什……什么？你……你要回兵雍州？为……为什么？"

杨坚眸光冰冷，直视着他，冷笑道："你也是大周子民，你也有父母妻儿，可曾想过，若宇文护当真夺取江山，我大周会是怎样一副模样？你只为一己私利，助纣为虐，已罪该万死！"说完再不向他多看，冷声道："拉出去，明日与另外几人一同祭旗，回师勤王！"

那人大惊失色，正要再喊，嘴巴已被马冰塞住，拖出帐去。

不错！杨坚此计是杨整带领一队兵马，细作不除，只在齐国边境扰敌，实为迷惑宇文护的视听。而杨坚和高颎两路人马，在出兵一日之后，等细作将消息传出，立刻将所有的细作肃清，即刻回兵，一个赶往雍州，一个扑向同州，剿灭宇文护这一方的兵马，回救长安。

　　细作的最后一个消息传回长安，宇文护一见大喜："杨坚兵分三路攻打齐国，等我们夺取帝位之后，立刻引兵前往，坐收渔人之利！"

　　赵越谄笑："大冢宰当真是神机妙算！"

　　宇文护得意一会儿，问道："我军的粮草如何？"

　　赵越阴冷笑道："调给杨坚大军的粮草，早已被我们分批送往各州府我们自己的军中！"话说完，二人相对大笑，得意至极。

第五十二章

强闯府兴师问罪
QUEEN DUGU

大军粮草被调往他处，杨瓒大惊失色，前往晋国公府理论，未进府门，就被护卫推出来，连宇文护的面都不曾见上。

杨瓒又急又怒，又无计可施，只得怒气冲冲回府。踏进自己屋门，见宇文珠正在开开心心地均妆，他心中怒气更盛，将手中官印向她面前一丢，咬牙道："宇文护这个奸贼，他要害我大周十万将士，却要陷我杨瓒于不义，难怪他如此好心！"

宇文珠被他吓一跳，瞪眼道："你又发什么疯？我堂兄升你的官儿，怎么叫陷你于不义？"

杨瓒气得脸孔煞白，身子微颤，指着她道："宇文护将大军的粮草调往他处，岂不是要陷我大哥于死地？偏偏他却升我为夏官府的小司马，负责粮草调配，他日事发，岂不是要我杨瓒来背这个黑锅，令人人都道我要害死大哥、二哥？这不是陷我于不义又是什么？"

宇文珠听得眼睛大张，结结巴巴道："你……你怎么知道是我堂兄？可有证据？"

杨瓒冷笑："除了他宇文护，谁有此等胆量，谁有这样的手段？"心知与宇文珠说不明白，又担忧杨坚、杨整的安危，转身向外走去，"我去找大嫂商议！"

"喂！"宇文珠忙喊，追在他身后大嚷，"你把话说清楚，找大嫂做什么？她得了什么病，会过病气，已有大半个月不出房门！喂喂，你等等我！"可这一次杨瓒像没听到一样，闷头向前直奔，竟然不理不睬。宇文珠气得跳脚，只能随后跟去。

独孤伽罗院子里，歆兰带着丫鬟、奴仆正在清扫，见二人一前一后进来，连忙迎上："三公子，夫人病重，怕会过病气，还请三公子留步！"

宇文珠忙将他拉住，连声道："是啊三郎，大嫂这病会传染，阿爽也已病倒被送往竹庐，你不要进去！"

在独孤伽罗离府当日，歆兰与几名心腹家仆就放出风声，以独孤伽罗染病易过病气为由，紧闭房门，也拒绝任何人探望。

杨瓒顿足道："人命关天，军情紧急，我顾不了许多了！"挣开宇文珠，向内直闯。

歆兰死死挡在门口，连声道："三公子，任是天大的事，也等夫人病好再说，你如此强闯，于礼不合啊！"

杨瓒急得跳脚，怒道："大哥、二哥有危险，此时还顾什么礼法！我不过向大嫂讨个主意，不会耽搁大嫂病情！"

可是任他说什么，歆兰只是死死挡住不放。尉迟容闻讯赶来，将杨瓒的话听在耳中，不由大吃一惊，赶上前问道："三郎，你说什么？大哥和二郎怎么会有危险？"

杨瓒见到她，立刻道："二嫂，宇文护将大哥的军粮调往旁处，军中没有粮草，纵不被齐军攻破，也会不战自乱，我来找大嫂想想法子！"

尉迟容微怔，脸上神色变幻，向独孤伽罗紧闭的房门望了几眼，终于道："大嫂病中，大军还在千里之外，你纵着急，也不急在一时！"心里却觉不安，实不知道眼前的情形是伽罗早已料到，还是事发突然。

杨瓒见她竟然也出言阻止，脸色更加难看，咬牙道："二嫂，你纵不管大周将士的安危，连二哥也不在意？"

尉迟容脸色微变，正不知道如何应对，就听院门外一个讶异的声音问道："你们在做什么？"众人回头，就见杨爽慢慢地走进来。这几日不见，他黑了些，瘦了些，却不见一丝病态。

尉迟容大喜，脱口道："阿爽，你回来了？"话出口才惊觉失言，立刻改口，"你的病好了？"杨爽跟着独孤伽罗前往北国借兵，他在这里，伽罗自然也回来了！

杨爽笑应："我病好了，自然就回来了！"抬头去看独孤伽罗的房门，故作一脸担忧地问道："怎么，大嫂的病还没有好吗？终究不比我们男子强壮！"

话音刚落，就听屋子里独孤伽罗的声音传来："怎么，阿爽回了？"跟着房门打开，独孤伽罗长发披垂，着一袭家常软袍立在门口，一副刚刚被人吵醒的样子，只是目光与杨爽一对，眸中不自觉带上一抹笑意，两人各自暗松一口气。

幸好他们及时赶回，也幸好杨爽引开众人的注意，让她得以悄悄溜进房里。

杨瓒一见到她，立刻上前一步，急道："大嫂，不好了，宇文护将大哥的粮草调往别处，大军无粮，大哥危险啊！"

独孤伽罗一脸震惊："怎么会调往别处？"心底暗暗冷笑，宇文老贼当真手段毒辣，若不是他们及早料到，早有防备，大周十万大军岂不是被他害死？

杨瓒愤然道："想来又是贪腐作祟，只是宇文护竟然包庇，这岂不是置大军于死地？大嫂，你快想想办法，如何能帮到大哥？"

独孤伽罗沉吟道："算时日，大军已到边关，千里迢迢，怕远水救不了近火……"算时日，杨坚也该回兵，而徐卓的人马早已赶往各州府，劫夺宇文护私用的粮草。

杨瓒不知此事底细，见她仍然一副不急不躁的模样，心中更急："大嫂，难不成我们只能眼睁睁瞧着？"

独孤伽罗正不知要如何搪塞,就见管家杨福匆匆而来:"大夫人,一队兵马将我们杨府包围,说是大冢宰派兵保护,却又不许我们府上的人外出!"

独孤伽罗一惊,凝神细思片刻便恍然大悟,不由暗暗咬牙。宇文护发兵在即,这一招不只是防止府中有人惊觉异动向边关传递消息,还要将他们作为人质啊!

杨爽咬牙道:"这个老贼,如此奸险!"

宇文珠脸色微变,怒道:"我就不信他能将我如何!"说着拔腿就向府外冲去。

杨瓒疾声唤道:"公主!"

独孤伽罗也喊:"拦住她!"见杨福将她挡住,上前一步要劝,转念间点头道,"也好!宇文护转调大军粮草,我们正要找他理论,要去,我们一起去!"向歆兰命令道,"将丽华姐弟一同带上,我们去晋国公府!"既然宇文护要以他们为质,此时他们定难以逃脱。更何况,若他们妥善应对,反而令宇文护起疑,对杨坚的大军更加戒备。如今最好的法子就是像宇文珠一样,径直闯至晋国公府兴师问罪,反而更令宇文护放心。

"啊?"众人一听,都不禁面面相觑。尉迟容迟疑道:"大嫂……"既然宇文护要拿他们作为人质,如此一来,岂不是送上门去?

独孤伽罗微微勾唇:"既然大冢宰如此不放心我们杨家,那我们在他眼皮子底下总不会再令他担心吧!"所谓,最危险的地方,就是最安全的地方!如今兵围杨府,不要说他们杀不出去,纵然杀得出去,这偌大长安城都是宇文护的天下,他们又躲去何处?倒不如上宇文护府上混吃混喝更加安全。

众人听她说完,不禁面面相觑,一时都说不出话来,只觉此事太过匪夷所思。杨爽虽然想不透其中道理,但是对她素来信服,立刻点头道:"就依大嫂!"随即命歆兰去抱杨广,自己抱着杨勇,拖着杨丽华,跟着独孤伽罗向府门外走。

杨瓒咬牙点头:"我也正要找那老贼理论!"双手握拳,随后跟去。尉迟容微一迟疑,也跟在身后。宇文珠并不多想,见独孤伽罗不但不拦,还要与她同去,一撸衣袖,拔步跑在最前,向府门冲去。

杨福放心不下,连忙唤过十余家人跟在他们身后。

兵马围府,领队正指挥人马守住四周各个路口,以防杨府众人越墙逃脱,哪知道人手还没有安排妥当,突然间府门大开,宇文珠在前,独孤伽罗在后,再往后又是妇人又是孩子,呼啦啦跟出一群,大步出府。

领队一怔,忙上前行礼:"公主,杨夫人,大冢宰有令,长安城中近日不太平,为保贵府上下平安,还请不要离府,若有什么事情,尽管吩咐卑职就是!"

这话说得真好!

独孤伽罗心底冷笑。还不等她说话,宇文珠已一抬下巴迎上,大声道:"我们要见大冢宰,快快让路!"

领队一怔,奇道:"你们见大冢宰做什么?"这几个大人倒也罢了,还带着三个年幼的孩子。

宇文珠双手叉腰,气呼呼向领队一指:"大冢宰是本公主堂兄,本公主见大冢宰要做什么还需向你禀报？你是什么东西？"

虽说她心思单纯，但终究也是一朝公主，这几句喝骂倒也颇有气势，顿时令领队一室。

独孤伽罗暗暗觉得好笑，上前一步施礼："这位大人，大人既然身负杨府上下人等安危，就劳大人与我们走一趟，免得多一个少一个，大人不好交差！"

领队见到她，倒不胆怯，恭敬一拜，道："杨夫人，大冢宰国事缠身，怕无暇见夫人，不如夫人回府，待卑职回禀大冢宰，再行定夺！"

杨瓒怒道："事态紧急，我们可无暇多等，今日非见大冢宰不可！"

独孤伽罗伸手将他一阻，嘴角仍是淡淡笑意，向领队道："早知大冢宰贵人事忙，我等才不敢劳大冢宰贵足，只好到大冢宰府上等着，几时大冢宰得空，几时见他就好！"说着话，当先迈阶而下。

领队脸色一冷，唰的一声兵刃出鞘，在独孤伽罗身前一拦，冷声道："杨夫人还是请回吧！"

冰寒剑身横在身前，独孤伽罗脸色骤冷，突然伸手在他剑身上一弹，冷声喝道："你若有种，就让我独孤伽罗血溅府门！"

随着她的喝声，只听"当"的一声，剑声荡开，震得领队虎口发麻，不禁倒退一步，心里暗惊，看不出，眼前这娇怯怯一个少妇，竟然有如此武功。

宇文珠并不知道独孤伽罗这一指的威力，只见领队居然敢兵刃相向，顿时气得脸儿煞白，咬牙向他指道："是啊，你若有种，就让我们血溅府门，看你如何向大冢宰交代！"

独孤伽罗一弹一喝，处处含着震慑，而宇文珠这几句就纯属威胁。

领队微微一室，向杨家众人望去，但见独孤伽罗之后，是尉迟容与杨爽等人带着三个孩童，除此之外，还有杨福所带的十几个家人，这要冲突起来，刀剑无眼，可当真不知会是什么局面。

心中转念，他只好点头道："既然如此，卑职陪公主和夫人走一遭！"说完看向杨爽等人，略略踌躇。独孤伽罗有如此武功，若是路上要逃，怕没有人挡得住她，但他若率兵押送，又怕杨府空虚。

独孤伽罗似看出他的心思，淡然道："这里的人同去，有劳大人备车！"是啊，这里有女人有孩子，总不能徒步去晋国公府吧？

可是这话听在领队耳里，怎么听怎么觉得她像在使唤自家奴仆。可是他又无法为此事争执，只得命人备两辆车给女子和孩子乘坐，男子只能徒步跟在车后。

这一出行，杨府的人加上一队兵马，呼呼啦啦，出杨府直奔晋国公府，竟然极为引人注目。

宇文护正与赵越研究详细战略，听到家人回禀，说独孤伽罗携全府上下求见，微微一怔，跟着冷笑："必然是杨瓒发现粮草被调，回去向独孤伽罗问计，她来兴师问罪了！不必理她！"

赵越献策道："既然她送上门来，倒省得我们一番手脚，不如就此关入地牢，岂不是更方便？"

宇文护凝神思索片刻，摇头道："独孤伽罗此人诡计多端，她既上门，想来藏有后手，而且她能言善辩，要想关她，又不知得费多少唇舌。何况方才他们一路招摇，半个长安城的人都看到杨家的人进了我们府上，大人倒也罢了，还有三个幼童，我们若是无故拿人，怕不能服众！如今我们大事在身，不必横生枝节，命人严加留意，若她有异动，再来回我！"

命令传下，晋国公府上下只将府门守好，无人去理堂上杨府一家大小。

宇文珠久等宇文护不来，想去后堂，又被护卫拦住，气得上蹿下跳，将堂上晋国公府的奴仆骂得狗血淋头。独孤伽罗却早已料到这个情形，慢条斯理地喝茶，只是每隔一炷香的工夫，就请晋国公府的护卫向里通传，求见宇文护。

宇文护既要夺位，就要设法平衡朝堂，安抚百姓，如今自己一路招摇，拖家带口、堂而皇之地前来晋国公府，若有什么闪失，第一个可疑的就是他大冢宰宇文护。他纵然对杨家有疑忌之心，动手也会在夺位之后。

杨瓒虽然会心急，可是又拿晋国公府的护卫无法，只能耐住性子坐等。杨爽见独孤伽罗泰然自若，自然也不着急，也不知上哪儿找到一张棋盘，缠着独孤伽罗下棋。

从中午直到黄昏，不要说宇文护，就是有些身份的奴仆都不曾出来，再晚一些，连端茶送水的奴仆也不见踪影。杨丽华已经懂事，倒还罢了，杨勇却已经饿得哭闹。

独孤伽罗揽他在怀里，柔声宽慰一番，才向杨爽道："阿爽，你带几个丫鬟去厨房瞧瞧可有什么吃的。大人倒也罢了，孩子总不能饿着！"

这是把晋国公府当自个儿家了？

门外监视的护卫面面相觑，可是她既不是闯后堂，又不是逃走，他们也无法去管，又怕杨爽带几个丫鬟到处去晃，只好暗中叫来个小厮带路。

隔了半个时辰，杨爽与丫鬟们回来，提着大大几只食盒，里面装着满满的食物，先给杨丽华和杨勇塞了满手，又分给大伙儿，兴奋地说："这大冢宰府上当真强过我们杨家，厨房里尽是珍馐美味，我们只随意取用一些！"随着食盒打开，顿时香气四溢，杨府家人也不客气，奉过几位主子，便各自取来食用，还边吃边赞。

晋国公府护卫听到声音，伸长脖子向里一望，不禁暗暗咋舌。这位杨府的小公子还当真是好大的口气，他所拿的全是宫里的贡品，统共也没有多少，还说随意取用。只是大冢宰下令不许人去理他们，总护卫也只能当没瞧见。

宇文护听到家人回报，动作只是微微一停，冷笑道："只要不逃走，由他们去！如今正是用人之际，他们既在府里，倒省出我们的人手，把杨府那里的兵马撤回来吧！"

眼看天黑，独孤伽罗也丝毫没有去意，再次唤人向里通传求见宇文护，宇文护不来，她也并不强求，向宇文珠问明晋国公府客房所在，便率领全家老小不客气地入住。

宇文护闻报愣怔良久，随后冷笑："她只道杨坚有大军在手，我不能将她如何，等到我们功成，正可将他们一举剿灭！"他不愿与杨家的人见面，每日早朝都从侧门而出，就连宇文珠几次闯府，都没能找到他。

第三日，杨家众人用过早餐，杨丽华带着杨勇，歆兰抱着杨广与尉迟容、杨瓒、宇文珠等人在庭院中嬉戏，独孤伽罗与杨爽在白虎堂中摆开棋局，正杀得难解难分，但闻府门外有齐刷刷的脚步声响起，之后迅速分散到两侧。

独孤伽罗举棋的手微微一停，这才慢慢放上棋盘，轻声道："就在今日了！"

这几日，晋国公府对他们从最初的警戒到松懈，后来只在府里留下十几名护卫，而此刻却有兵马围府，自然是怕他们杨家的人逃走。

杨爽眉心微跳，向她望去。独孤伽罗点头，回他一笑。

朝阳初升，大德殿内群臣恭立，皇帝还未临朝，宇文护独立御阶之上，居高临下，傲视群臣……一切，一如过去数年的每一天！

只是，从黄惠等人眉宇间按捺不住的喜悦，到尉迟迥略显紧张的神色，许多大臣还是感觉到了空气中那丝不同的气息，仿佛，是有什么大事要发生了！

时辰到，随着安德的一声传报，皇帝宇文邕从殿后出来，踏上御阶。众臣齐齐跪倒，高声道："参见皇上！"

宇文邕笑眯眯地东翻西看，似浑然没有注意殿上有这许多的人。

宇文护自行站起，向殿下摆手道："都起来吧！"

黄惠、徐传达等人立刻道："谢大冢宰！"纷纷起身。

高宾跪而不起，扬眉道："大冢宰，圣驾在上，还不曾命起，岂有臣子自行发话的道理？大冢宰越俎代庖，怕于礼不合吧？"

不等宇文护接口，徐传达立刻不屑道："高司空，你瞧皇上可还有一丝皇帝的样子？"

高宾皱眉道："徐将军，此话何意？"

徐传达向上望去一眼，但见宇文邕还在东掏西摸，嘴里还时不时叽里咕噜说些什么，冷笑道："这几年来，皇上的病越来越重，不要说处理朝政，就连人都不认识了，还如何能做这个皇上？"

高宾将脸一沉，冷声道："皇上是九五之尊、天命所归，岂容你指手画脚，随意指摘？"

徐传达居高临下望向他，朗声道："皇帝既为天子，就当为朝廷、为百姓谋福祉，如今皇上六亲不认，五谷不分，朝政皆要大冢宰来代为处置，还如何能再占据皇位？"

尉迟迥见高宾气得身子直抖，伸手将他按住，故意问道："那依你，又当如何？"

话音刚落，黄惠接口："皇帝之位，该当能者居之，如今既然皇上不能处理朝政，那就该退位让贤！"

"不错！"徐传达立刻接口，向上拱手道，"大冢宰辅佐三朝皇帝，劳苦功高，如今更主理朝政，又是皇室宗亲，我等愿奉大冢宰为帝！"

宇文护一党闻言，立刻大声道："不错，我等奉大冢宰为帝！"

高宾大怒，喝道："你这是谋朝篡位，大逆不道！"

"大逆不道的，是那些让百姓流离失所、两国纷争不断之人。皇上身为一国之君，不思朝政，才令我大周乱民四起，民不聊生，长此下去，怕国将不国啊！"黄惠立刻接口。

话音刚落，只见殿尾站出一个人来，朗声道："百姓流离，是因为贪官侵夺民田、大肆搜刮百姓；两国纷争，是因为有人要趁天下大乱，满足一己私欲；国将不国，是如今朝廷大冢宰只手遮天，图谋皇位，致使君不君、臣不臣，朝纲混乱！"

这些话朗朗而出，声震殿宇，不只是黄惠、徐传达等人，就连高宾、尉迟迥也一同怔住，一起向声音来处望去，但见其人中等身材，四旬年纪，颔下微须，一身正气，挺然而立，正是太府寺太府张先。

殿下争执，本来宇文护只是默然笑望，此刻听到张先竟然指名道姓，直指其非，脸上笑意顿收，向张先冷冷望去。

黄惠等人没想到会有人胆敢直言谴责宇文护，为他正气所慑，一时说不出话来。

高宾立刻道："不错！是大冢宰倒行逆施，才酿今日之祸，如今借皇上抱恙，竟要嫁祸皇上，谋朝篡位，狼子野心，昭然若揭，我等断断不能让他得逞！"

尉迟迥接口："不错！皇上是九五之尊，岂能容你几个乱臣说废就废？宇文护，太祖江山岂能容你觊觎？我等断断不会让你如愿！"

"不错！江山兴替，岂能如此随意？我等誓保太祖江山！"随着他的话毕，又有几名直臣站出，与张先并肩而立。

宇文护不料在他这许多年的强压之下，还有这许多人拥护宇文邕，不禁气得脸色铁青，怒声喝道："我宇文护辅佐三朝皇帝，纵没有功劳，也有苦劳。如今皇上病重，难以理政，本宰是天命所归，岂能容你们在此攀诬，以下犯上！"手指向众人一一指去，厉声喝令，"来人，将这几人给我拖出去，斩立决！"

大殿两侧的禁军闻命立刻上前，将几人按倒。张先拼尽全力挣扎，怒声骂道："宇文护，你今日纵然得逞，也不过是窃国之贼，必遭天谴！"

宇文护大怒，连声怒喝，命令禁军将人即刻带出。杨素闻命，大手一挥，禁军立刻将几人向殿门拖去。

第五十三章

数罪状巨奸伏诛
QUEEN DUGU

张先等人一路大骂,高宾也是怒声高喝,反而是尉迟迥一声不吭,眼看几人将要被拖出大殿,就听御阶上宇文邕的声音响起:"慢着!"声音虽然不大,却平稳有力,不怒自威。

满殿文武一怔,齐齐回头望去,就连走到殿门口的杨素也不禁停步回头。只见宇文邕端坐于龙椅之上,脸上神情冷厉,双目如电,向殿下逼视,哪里还有一点痴傻的样子?

宇文护心头一震,失声道:"你……你……"

宇文邕侧头注视他,淡笑道:"大冢宰想说什么?"

宇文护对上他冷冽双眸,一时间只觉心底寒意骤升,颤声道:"你……你不是……不是……"

宇文邕慢慢起身,绕过龙案向他走去,扬眉道:"大冢宰是想说,朕不是每日服下你命人送来的毒药,已日渐痴傻?"

宇文护见他早已瞧破自己所想,脸色骤变,咬牙道:"原来你没有!"

宇文邕冷笑:"大冢宰以为事事做得天衣无缝,朕也会像先帝一样被你算计是吗?可惜,朕不是先帝!就凭他,休想毒害到朕!"最后一字出口,他突然伸手从宇文护腰间拔出佩剑,反手一剑,已刺入安禄胸口。

安禄立在殿侧,见他突然恢复如常,早已惊得魂飞魄散,还不等回过神来,只觉心口一凉,已有长剑贯胸而过,顿时血溅当场,竟然一声都不曾发出,双眼难以置信地大张,身体像一截木头一样,直直扑倒。

只这一下,宇文邕凛然之气毕现,人还是那个人,衣装还是原来的衣装,可只是这短短一瞬,一个让人心酸心痛的傻子顿时英姿卓然,隐隐是当年那个跨马扬鞭、驰骋沙场的少年将军。

宇文护为他气势所慑,不禁倒退一步。

尉迟迥大喜，横臂将两名禁军撞开，抢步奔回拜倒："臣参见皇上！"每日例行的朝拜不过是依着朝廷的规矩，而此刻，老将军双眸灼亮，带着满怀的振奋和激动，他参见的可是大周真正的帝王。

听到他的声音，高宾、张先等人回神，齐齐挣开禁军钳制，纷纷赶回，在御阶前跪倒，呼道："臣参见皇上！"

黄惠、徐传达等人只觉震撼莫名，不知发生何事，面面相觑，一时不知该当如何是好。还是宇文护最先回神，冷笑一声道："宇文邕，你装疯卖傻，欺瞒天下，可还能做这一国之君？"

宇文邕侧头注视他，步步向他逼近，一字一句道："宇文护，你排除异己，陷害忠良，豢养军队，兵围长安，私运粮草，陷我大军于死地，毒害天子，图谋皇位，任哪一条罪名，都足以诛你九族，如今你还要做困兽之斗，平添无谓的伤亡吗？"

宇文护仰天大笑："所谓成王败寇，王侯将相，宁有种乎？我宇文护天纵之才，为什么只因太祖一个承诺，要为你这等无能之辈当牛做马？"笑声落下，突然倒退几步，厉声喝道，"给我拿下！"

随着一声令下，只见杨素将手一挥，顿时脚步声响，喊声大作，无数禁军从各处殿门蜂拥而入，瞬间将满朝文武包围其中。

宇文邕凛然不惧，厉声喝道："还不擒贼勤王？"

话音一落，尉迟迥立刻跟着高喝："上殿护驾，擒拿逆贼！"随着他的喝声，顿时喊杀声震天，一队队兵马由殿门冲入，径直向禁军扑去，强弱之势顿时互易。

黄惠等人一见之下大惊失色，转身想逃却早已被人踢翻在地，绑了个结实。

宇文护不料这皇宫之中还伏有别的兵马，不禁脸色骤变，念头疾转之间，突然劈手向宇文邕抓去。如今，他也只能擒皇帝为质，给自己拼一条生路，只要能够逃出宫去，与自己的几路大军会合，再挥兵逼宫，拼着一场血战，仍可争夺天下。

只在片刻之间，他就已思谋周全。只是宇文邕早有防备，肩头刚刚被他手指触到，突然一沉，反手力挺，手中长剑向他喉咙刺去。宇文护一手抓空，身形即刻后仰，避过宇文邕一剑，一脚侧踢，向宇文邕小腹踹去。

尉迟迥见宇文邕遇险，疾冲向前，一拳直击宇文护头部。宇文护不及伤人，只能侧身闪避。此时杨素赶到，手中钢刀连劈，将尉迟迥逼退两步，反手缠住宇文邕长剑，扬声叫道："大冢宰，快走！"

宇文护连退数步，眼看大殿上禁军已落在下风，众多同党已被擒住，暗暗咬牙，转身向殿后疾冲而去。宇文邕大急，运剑如风，逼退杨素，提剑向后疾追。

从宇文邕上朝起，阿史那颂就坐立不安，站在殿门口不断地向大德殿方向张望。此时听到大德殿方向隐隐传来喊杀声，她再也忍耐不住，拔腿就向大德殿方向赶去。

茜雪大吃一惊，急忙随后赶上，一把将她抱住，连声道："皇后，那里危险，不能去啊！"

阿史那颂急得跺脚，眼泪几乎落下来："宇文护经营多年，这一战也不知道成败，更不知道宫外如何,不知皇上能不能应付?"

茜雪急道:"皇后,虽然宇文护经营多年,但皇上这么多年也一样苦心经营,你不用担心。皇上嘱咐我们留在宫里候消息,我们还是回去吧!"说罢拖着阿史那颂要走,却听到喊杀声起,竟然离这里不远。

茜雪大吃一惊,叫道:"皇后,快走!"说着拽着她拔步飞奔。

哪知她们刚刚跑出不远,就听身后脚步声响,宇文护疾奔而至,劈手将阿史那颂抓住,钢刀一横,架上她的脖颈,转身狞笑:"宇文邕,不要皇后性命,你就只管过来!"

杨素随后赶到,见状纵身扑倒茜雪,将她夹在腋下。

宇文邕与尉迟迥带领侍卫赶到,一见眼前情形,大吃一惊,冷声道:"宇文护,放了她,朕放你一条生路!"

"生路?"宇文护仰天大笑,"如今长安城外是本宰的四十万大军,皇宫宫门也早已在本宰的控制之下,你以宫中的区区兵马就想保住皇位?宇文邕,你终究还是本宰的手下败将!"

"是吗?"宇文邕扬眉,慢慢上前几步,伸手从一名侍卫手中接过一只木盒,挥手抛到他的脚下,淡然道,"大冢宰看看,这是何人?"

木盒落地,砰的一声摔得四分五裂,盒内滚出一物,赫然是一个人头。宇文护一惊,凝目望去,但见鼻直口方,竟然是自己在长安城中伏下的兵马统帅魏浩!他不禁脸色骤变,颤声道:"你……你如何杀了他?"

魏浩一死,城中兵马群龙无首,各个城门也就极易被人攻破。

宇文邕步步向他逼近,一字一句道:"宇文护,如今魏浩已死,长安城尽在朝廷手中,雍州伏如海、同州王长林、岐州王天皓伏诛,洛州石梓利、华州彭少卿被擒……宇文护,你还想听下去吗?"

这些都是宇文护各路兵马的统帅,此刻听他一个不差地说出来,宇文护脸色早已惨白如纸,挣扎道:"你……你怎么知道?你……你不要虚言恫吓,本宰不会信你!"

趁他心神微分,宇文邕突然厉声高喝:"动手!"本来伫立不动的身形突然疾闪上前,劈手向宇文护抓去。

宇文护大吃一惊,手中钢刀一横就要将阿史那颂毙于刀下,鲜血刚刚迸出,却听背后风声骤起,跟着肩上一凉,一支精钢短箭已穿肩而入,手臂剧痛,钢刀脱手落地。

宇文邕一把抓住他的手腕,顺手反拧,另一只手疾探,一把将阿史那颂从他怀中捞出,护在身后。

宇文护手中一空,心中顿惊,还不等做出反应,一道人影骤然扑至,一脚向他脑侧疾踢。宇文护不防,脑袋结结实实受了一脚,只觉耳中一阵轰鸣,眼前一片漆黑,踉跄前扑几步,回过头,但见身后之人一袭戎装,英姿俊挺,竟然是本该远攻齐国的杨坚。墙上一人手握长弓,飘然而下,衣裾翻飞,黑发飞舞,赫然是本该困在自己府中的独孤伽罗。

这一瞬间,宇文护心中已经雪亮,从杨坚出征直到今日,自己在设局,却早已中了对方的局中局,不禁目眦欲裂,手中钢刀疾疾向宇文邕劈去,完全是同归于尽的打法。

杨坚前冲几步，飞脚直踹，直中他的后心。宇文护立足不定，踉跄向前扑去。宇文邕侧身闪过，两名侍卫扑来，将宇文护按倒，绑得结结实实。

杨素本来挥刀拼杀，见宇文护被擒，侍卫又蜂拥而至，知道大势已去，抵挡片刻，束手就擒。

直到此时，几年的隐忍筹谋才尽数成真，宇文邕轻吁一口气，与杨坚、伽罗二人相视一笑，这一瞬间，竟恍如隔世，天地顿宽，卸去满身的重负，一身轻松。

宇文护失败被擒，整个晋国公府一阵大乱，所有的奴仆、护卫将府中财物哄抢一空，立时作鸟兽散，短短半个时辰，跑得干干净净，只余下满地狼藉。

杨爽仗剑立在客院门口，听到整座晋国公府从纷乱陷入死寂，这才轻轻吁一口气，转身回去，一把抱起杨勇，高声道："走喽，回家喽！"转身向外就走。余人大喜，忙抱起杨广，带着杨丽华随后跟上。

宇文珠不明所以，追上问道："阿爽，我们不找我堂哥理论了？大嫂呢？晋国公府怎么了？究竟发生何事？"

今日一早，独孤伽罗听到晋国公府外兵马调度就独自离去，随后杨爽将众人唤回客院，将院门紧闭，自己守在门口，不放任何人出去。

杨爽一脸神秘，含笑不答，只是昂首挺胸，向府门大步而去。晋国公府还是原来的那座晋国公府，可是这一路走来，短短几个时辰，原来奢华气派的府宅，此刻不知为何显出一些衰败，府门洞开，石阶上丢满各式杂物，却早已没有一个护卫。

宇文珠惊得目瞪口呆，张大嘴愣了半响，才喃喃道："大冢宰被我们气得搬家，竟然也不知会一声儿！"

她一句话顿时将杨爽说笑，见她一眼瞪来，他连忙道："是啊是啊！这大冢宰真是小家子气，不就吃他几天白食，怎么就搬了家？"

说话间，一行人已跨出府门，却见街头一队兵马向这里疾奔而来，为首之人马上挥刀，大声喝道："两侧包抄，兵马围困，不能走掉一人！"只是短短片刻，杨府众人已被兵马围住。

杨爽愕然，向为首之人解释："我们是随国公府的人，与宇文护没有一点干系！"

宇文珠听他直呼宇文护名讳，忙将他衣袖一扯，低声道："你想骂他回去再骂，这会儿还是客气点！"虽然说是低声，可是所有的人还是都听得到。

那人听到"随国公府"四字，脸色惊异，不知是真是假，正在迟疑，就听马蹄声响，徐卓在前，吴江在后，纵马而来，扬声笑道："夏统领，这些都是杨元帅的家眷，还请放行！"

杨爽一见，大喜迎上，唤道："徐大哥！吴大哥！"

原来，独孤伽罗带全家大张旗鼓进入晋国公府之时，徐卓留在长安的兄弟就得到消息，晋国公府守卫虽然森严，可又如何挡得住江湖中的高手？独孤伽罗与徐卓暗通消息，对杨坚大军的每一步，以及各州府的情况，都了如指掌。

昨日之前，她就知道宇文护各州兵马已被杨坚、高颎以及北国的兵马控制，杨坚将叛军交给高颎，自己带兵兵逼长安。独孤伽罗当即赶往城门，迎杨坚进城，率兵一同赶往皇宫，正赶上宇文护挟持阿史那颂，二人当即出手擒贼。

数年来的苦心孤诣、算计筹谋，到此时宇文邕终于扬眉吐气，重掌皇权，独孤一族的冤情也终于真相大白。皇帝下旨，为独孤信一案平反昭雪，历数国贼宇文护的十大罪状，定于三日之后开刀问斩。

一时间，长安城百姓群情沸腾，大骂宇文护祸国殃民之余，又大赞皇帝英明神武，这许多年卧薪尝胆，终于还大周朝廷朗朗乾坤。

三日之后，长安城中家家闭户，店铺上锁，百姓齐集长街、刑场，观看宇文护行刑。

按既定的时辰，杨坚率领侍卫从天牢中提出宇文护，一路穿过长街，向刑场而去。囚车过处，百姓群情涌动，不顾两旁侍卫的阻拦，冲上前喝骂宇文护，更有百姓将备好的石头、果蔬向他砸去。

宇文护闭目而坐，任凭各种秽物砸得满头满身都岿然不动，仿佛这一切与他没有一丝的关系。

一条长街，在百姓的围堵下，囚车足足走了大半个时辰才进入刑场。刑场上更是人头攒动，堵得水泄不通。看到宇文护，百姓情绪激昂，纷纷向他挤来，棍棒伴着喝骂声，劈头盖脸向他打了下去。宇文护顿时头破血流，却仍然保持原来的姿势，连眼皮都不曾动一下。

监斩台上，监斩官尉迟迥与高宾、张先两位副监斩官早已高坐，杨坚命人将宇文护拖出囚车，押到台上，自己向上行礼："案犯宇文护带到！"

尉迟迥点头，向张先道："请张大人验明正身！"

张先点头，命侍卫将宇文护带过来，仔细看过后点头道："确实是案犯宇文护无疑！"

尉迟迥摆手，侍卫再将宇文护押回，令其跪在行刑台正中，交到刽子手手里。

杨坚见尉迟迥示意，上前一步，宣读皇上御笔亲书的宇文护罪状：罪臣宇文护，蒙受君恩，不思报效，挟制天子，独掌朝纲，连群结党，残害忠良，善挑战火，祸乱朝堂，贪赃枉法，鱼肉百姓，今欲壑难填，竟要废帝自立，篡位窃国，罪不容诛，姑念其为三朝老臣，不祸及家人，判，削官夺爵，斩立决！

清润的声音，朗朗而读，字字句句，落在百姓耳中。等他声音一停，立刻有人扬声大呼："杀了他！杀了他！"

一人高呼，万众响应，刑场上百姓纷纷振臂高呼："杀了他！杀了他！"

宇文护挺然而跪，听到杨坚诵读罪状，只是嘴角勾出一抹冷然的笑意，非但不争辩，连眼睛都不曾张开一下。

远远的，刑场之外，两人拨开人群向内而去，所到之处，百姓声音顿弱，侧身给二人让路。

杨坚察觉有异，纵目向人群涌动处望去，但见杨爽在前分开人群，独孤伽罗一身素白重孝，手提食盒，慢慢向刑台而来。

杨坚微诧，不自觉迎上一步低唤："伽罗！"

只是在百姓的呼喝声中，他的这一声低唤瞬间被掩盖，莫说是独孤伽罗，就是他自己也不曾听到。

感觉到他的注视，独孤伽罗抬头，目光与他一对，露出一丝温软笑意，转瞬目光又落在宇文护身上。她一步步穿过人群，慢慢踏上木阶向宇文护走去，白色的衣裙飞卷，伴着刑场上肃杀的气氛，更令人觉出几份阴冷。

人群很快静了下来，几乎所有的目光都落在独孤伽罗的身上，他们实不知这一身素服的女子与宇文护有什么关系，更想不透如此一个贪官国贼，为什么还会有人前来送行。

终于察觉到场上气氛的变化，宇文护慢慢睁眼，入眼是一角素白的裙裾，裙下露出素白的鞋尖，显然是一个女子。宇文护抬头，正正对上独孤伽罗居高临下、冷然注视的双眸，不由嘴角微挑，冷笑道："怎么，独孤伽罗，到了此时，你来向老夫示威吗？"

独孤伽罗眉目微动，抬头寸寸扫过刑场四周，冷声道："宇文护，你挟制皇上，残害忠良，朝纲独断，只手遮天，身边附臣无数，府中门客过千，可曾想到，走到今日这一步，竟然没有一人为你送行？"

宇文护冷声笑起："忠良？你说的忠良，难不成是你父亲独孤信？你以为他就没有野心？他就当真是好人？所谓成王败寇，如今你们要颠倒黑白，我宇文护无话可说！"

独孤伽罗摇头，指向他道："宇文护，你枉顾太祖嘱托，贪心不足，妄图废帝自立，偷天换日。事到如今，你还不思悔改，信口攀诬，当真是死有余辜！"

宇文护被她直指其短，脸色终于大变，额角青筋凸显，咬牙吼道："是他们该死！老夫跟着太祖打天下，扶助三代帝王登基，可是他们只想摆脱老夫，妄图亲政。周公尚有七年还政之期，难道他们七年都不能等吗？"

独孤伽罗冷笑："七年？可是你连七年也嫌太久。短短三年，你毒杀两朝皇帝，若不是当今皇上机警，也早已受你所害。你口口声声以功臣自居，试问哪一朝的功臣会阴毒至此？"

众百姓只知宇文护独掌朝堂，贪赃枉法，鱼肉百姓，屡屡挑起战事，令前方无数将士抛骨边疆，此时听独孤伽罗说出两朝皇帝被宇文护毒害，顿时一阵哗然。

若只是挟制天子、贪赃枉法之类的罪名，也不过一个抄家问斩之罪，但毒害皇帝可是青史上重重的一笔，要承受千载的骂名啊！宇文护双眸充血，瞪视独孤伽罗，大声吼道："不！独孤伽罗，你信口攀诬，可有证据？"

"你要证据？"独孤伽罗听他矢口否认，冷笑出声，向台下百姓望去，朗声道，"雍州百姓颠沛流离，同州城中十室九空，岐州百姓食不果腹，洛州城中无一男丁，华州一府已成空城，这一切的一切，都是因为你结党营私，中饱私囊，豢养军队，纵容手下横行乡里，在场百姓中有许多各州府逃来的难民，你要证据，他们就是证据！"

她的话音一落，百姓中立刻传来一阵哭声，有人愤然大吼："是啊，奸贼宇文护，害我们家园破碎，有家难回，快杀了他，为民除害！"

"是啊，杀了他，为民除害！"

"对，杀了他！"

……

场上顿时群情激奋，呼声一浪高过一浪。宇文护瞪着独孤伽罗，目眦欲裂，咬牙道："独孤伽罗，是你！是你媚惑皇帝，陷老夫于不义！老夫只恨当初没有斩草除根，留下你这个祸害！"

独孤伽罗冷笑一声，回头俯视他，摇头道："宇文护，当初你陷害我父亲，诛杀我全家，可曾想过，我独孤伽罗心中又藏着怎样的恨？这许多年来，我每日午夜梦回，都恨不能食你之肉，啃你之骨！不错，你能有今日，是我独孤伽罗苦心孤诣，暗查你的条条罪状，将你的布局层层掌握，步步设计，让你自投罗网，可你恶贯满盈，走到这一步是你咎由自取，怨不得任何人！"

宇文护仰视她冷冽的双眸，一瞬间，心头雪亮。原来，所有的一切都是这个小小女子暗中筹谋，自己苦心经营的一切竟然尽毁她手。这一刻，心中愤恨如潮涌，他突然一跃而起，大吼道："独孤伽罗，老夫与你同归于尽！"说着纵身疾冲，向独孤伽罗扑去。

刽子手大惊，急忙伸手去抓，却一抓落空，眼看他就要撞上独孤伽罗，只听独孤伽罗一声冷笑："不自量力，死不足惜！"随着喝声，裙中腿出，连环三脚，快捷如风，全部踢在宇文护脸上。

这一瞬间，宇文护只觉口眼难开，但他生性悍勇，不退反进，仍向独孤伽罗疾扑。他离独孤伽罗还有一尺之时，但见杨坚身形电闪而至，飞起一脚，直踹他胸口。宇文护闷哼一声，身子倒飞而出，砰的一声，摔倒在地。刽子手连忙扑上，横拖倒拽，将他拖回刑台。

杨坚上前一步，指向他道："宇文护，死到临头，你还不忘作恶，当真是死不悔改！"

独孤伽罗向杨坚回视一笑，又望向宇文护，摇头道："这等人猪狗不如，死后必入阿鼻地狱！"看看摆在刑台前的食盒，只觉当真是多此一举，微微摇头，不想再看那恶贼一眼，握住杨坚的手，轻声道，"大郎，我们走吧！"

"好！"杨坚答应，也含笑向她望去，二人携手向台下而去。

监斩台上，尉迟迥看着二人离去的背影，轻轻吁一口气，扬声道："时辰到，行刑！"扬手将朱批监斩令牌丢下。

那两个人，共同背负血海深仇，这几年，是以怎样的大智大勇才走到今日？但愿从此之后，他们再不经受痛苦纷争，安稳一世。

随着令牌落下，刽子手手起刀落，一代奸雄宇文护，终于身首异处。

第五十四章

受猜忌杨坚伐齐
QUEEN DUGU

宇文护伏诛,大周皇帝宇文邕收回皇权,重振朝堂,宇文护一党黄惠、徐传达之流入狱等待发落,有功之臣论功行赏。蜀国公尉迟迥力守长安,护驾有功,封相州总管。大司空高宾赤胆忠心,封大司徒。高颎力克定州几府兵马,封四平大将军。杨整在对齐一战中成功扰乱宇文护视听,官复左宫伯中大夫,封中坚将军。

另外,当初独孤信一案真相大白,皇帝为独孤信平冤,追封赵国公、上柱国太师。独孤信长子独孤善数年来暗查宇文护罪状,平乱有功,袭卫国公爵位,封四平将军,其江湖兄弟有愿投军者,尽数编入朝廷大军。

一道道圣旨颁下,有功之臣尽数大声谢恩。宇文邕最后望向殿末的杨坚,缓缓道:"随国公长子杨坚,这几年来替朕统领暗卫军,暗查宇文护罪证,又一举击溃宇文护藏兵,此次平叛一战,当居首功!"

安德上前一步传旨:"暗卫军统领杨坚,承袭随国公爵位,封正六品建忠将军。暗卫军编入大周军制,仍由杨坚统领,论功行赏!"

杨坚出列跪倒:"臣领旨谢恩!"

宇文邕等他起身,微默一瞬,又道:"还有一个人,她运筹帷幄,决胜千里,这几年,朕多赖她的智计才有今日!可惜她身为女子,不能入朝为官,就赏她黄金百两、布匹千尺吧!"

此言一出,高宾、尉迟迥自然知道他说的是谁,都不禁暗暗点头。想着这几年步步艰难,想着独孤伽罗的智计,众人都不禁喟然长叹:没有那个小小女子,恐怕不会有今日!

不明底细的朝臣却相顾茫然,实不知道皇帝说的是谁,正在疑惑,就听安德跟着再宣:"赏随国公夫人独孤伽罗黄金百两、布匹千尺!"

独孤伽罗!杨坚的夫人!卫国公独孤信的幼女!独孤信一案中的遗孤!

圣旨一下,朝中众臣一片纷议,万没料到,当年在宇文护的诛杀之下,这条漏网的小鱼竟然成为粉碎宇文护整个阴谋的关键!

看着杨坚再次出列为独孤伽罗谢恩,朝臣们从惊异转为赞叹。宇文邕望着下方的臣属,想大周江山终于都在自己掌中,胸中顿觉畅快无比。

尘埃落定,独孤善与独孤伽罗同往城外独孤家墓群祭拜,想起当年这山坡上全家被屠杀的惨景,相顾黯然,而如今大仇已报,沉冤昭雪,二人立誓,必重振独孤一族,以慰家人在天之灵。

此时,心急如焚的郑祁耶找到独孤伽罗,哭求相救杨素。独孤伽罗念郑祁耶几次相助,进宫求见宇文邕。

宇文邕许多年来受杨素监管,受尽闷气,听明来意,不禁勃然变色,断然拒绝。

独孤伽罗耐心劝道:"皇上,虽说杨素跟着宇文护谋逆,可他终究不是主谋,不过是各为其主。当初宇文护失败,同党一哄而散,只有杨素拼死相护,足见他为人忠勇。皇上若以宽容之心将此人收服,他必然也会以对宇文护之心护卫皇上,请皇上三思!"

宇文邕心中愤恨难平,咬牙道:"他休想!朕没有将他碎尸万段,诛灭九族,已算仁慈!"见独孤伽罗还要再劝,不耐烦地打断,"够了,朝中之事,朕自有定夺,你不必再说!"

独孤伽罗无奈,只得道:"臣妇告退,还万望皇上三思!"随即施礼离开。

宇文邕虽然是在盛怒之下拒绝独孤伽罗,可是等到怒气渐消,不禁将她的话反复思量,终于长叹一声,传令前往天牢,低声恼道:"独孤伽罗,朕对你的话竟然不能充耳不闻!"

天牢里,光线暗沉,杨素倒在角落里呼呼大睡,听到牢门锁链响,迷迷糊糊地睁眼,但见牢门开处,宇文邕在前,安德在后迈进牢房,牢门外,一列禁军挺立,严密把守。

杨素只道眼花,揉揉眼睛再看,竟然真的是宇文邕不假,暗吃一惊,忙翻身爬起磕头:"罪臣杨素参见皇上!"

宇文邕看到他,本能地有一些厌恶,冷哼道:"在你心中只有大冢宰,几时有过朕这个皇上?又何必惺惺作态?"

自从被擒,杨素就知道难逃一死,听他此言,虽惊不乱,叩头道:"皇上,罪臣自知难逃一死,只是愿赌服输,并不想为自己争辩!"

宇文邕奇道:"愿赌服输?你赌了什么?"

杨素微默一瞬,大胆抬头,直言道:"罪臣早知皇上与大冢宰不和,迟早会一决胜负。所谓成者为王败者贼,臣要成大业,只能选一方依附,不想一步之差,还是输了!"

天下之争在他的眼里不过是一场极大的赌局,自己和宇文护是对赌之人,他不过是下注的闲客!

宇文邕从没料到会有人如此评判他和宇文护之间的江山之争,一怔之下,忍不住哈哈大笑,只是笑声一发即收,冷冷道:"你既愿赌服输,输掉的可就是性命,你不后悔?"

杨素自知大限已到,脸色不禁微变,却咬牙道:"死有何惧?二十年后,我杨素又是一条好汉!"

宇文邕见他到此地步竟毫无悔意，心中怒气暗生，将衣袖一甩，冷冷道："既然如此，朕就成全你！"说罢转身就向外走。

杨素看着他踏出牢门，突然膝行两步，扬声道："皇上，大周江山动荡，百姓流离失所固然是因为宇文护倒行逆施，可是身为天子，你就没有错吗？"

宇文邕霍然回头，冷冷注视着他："你说什么？"

杨素毫无畏惧，昂首道："你为了抓住宇文护的把柄，故意示弱，装疯卖傻，让他放下戒心，令他独揽大权，肆意妄为，又可曾想过，正因如此，整个大周才会一步一步走到今天这步田地？若皇上不是怀有私心，敢为天下、为百姓与他一争，大周何至于有今日？宇文护固然是窃国之贼，皇上又何曾顾过百姓疾苦？你为的，不过是铲除宇文护，收回皇权罢了，所作所为，又与宇文护何异？"

这一番话，朗朗而出，竟然没有一丝顾忌。众禁军闻言，惊得面面相觑。安德勃然色变，向他厉声喝道："杨素！宇文护乱臣贼子，岂能与皇上同日而语？你大逆不道，口出狂言，是不想活了吗？"

宇文邕听他最初还有些顾忌，到此刻竟然毫无惧意，不由微微扬眉向他定定而视，目光由愤怒转为讶异，慢慢地倒多出些兴味，点头道："你虽对宇文护忠心，倒也不是一味地愚忠，倒有些见识！"

杨素自以为那番话出口，接着而来的必是杀身之祸，听他竟然出口称赞，也是一愣，顺口应道："宇文护狡猾奸诈，皇上工于心计，我杨素又不是傻子，岂能看不出来？"

宇文邕哈哈大笑，点头道："不错！你杨素果然不是傻子！只是，如今你的旧主宇文护已经伏诛，若是另换新主，你可会一样效忠？"

杨素挑眉道："那是当然，身为侠士，自然会忠心为主！"

宇文邕只觉好笑，摇头道："侠士？原来你自命侠士！"略想一想，道，"如今宫里缺个武伯，只管护卫朕的安危，不许监视皇帝，你可敢担当？"

杨素本以为必死，闻言顿时愣住，仰头怔怔注视他。

安德忙道："杨素，还不谢恩！"

杨素这才恍然回神，急忙磕头道："臣谢皇上不杀之恩，必当倾力报效！"话虽如此，整个人还恍似梦中，感受不到一丝真实。

宇文邕不念旧恶，起用杨素，立刻得到朝中众臣的赞誉。宇文邕为获取人心，再依独孤伽罗所请，赦免宇文护同党，给予一些闲职，令他们有所生计，终于令满朝文武归心。

公元572年三月，宇文邕改年号为建德，君臣同心，倾力恢复大周经济，平衡朝堂，稳定江山，战乱中满目疮痍的家园，终于渐渐重建。而独孤伽罗大仇得报，心愿已了，至此退居后宅，再不过问朝政，相夫教子，倒也其乐融融。

因为之前宇文护不顾百姓死活，利用修建寺庙为自己敛财，致使百姓无所生计，大量男丁避入空门，民间更是无人生产。宇文邕细查之后，命令停止修建寺庙，将原来的款项拨出，用于乱后百姓家园的重建。

高宾、尉迟迥等人闻言，纷纷赞同，并各自上奏，为民休养生息提出种种方案。

哪知道宇文邕见自己的提议受到众人支持，话音一转，趁势提出禁佛、道两教，尊崇儒教，勒令僧人、道人还俗，从军或从事耕作。

杨坚等人震惊莫名，不禁面面相觑。高宾出列回道："皇上，我国崇尚佛教，百姓心中有佛，才心有所归，皇上禁佛、道两教，恐怕激起民乱啊！"

众臣也纷纷道："是啊，皇上，若强力禁佛、禁道，怕神怪罪，累及大周，望皇上三思啊！"

"是啊，望皇上三思！"

宇文邕冷笑："你们可知道，我大周为何有那么多的僧人、道士？"

高宾道："自然是因为我大周佛教、道教兴盛，百姓心有所归，有所信仰！"

"错！"宇文邕摇头起身，在御阶上踱步，"就因为百姓心中没有信仰，我国才有那么多的僧人和道士！"

此言一出，满殿文武都是一怔，互视几眼，都从各自的眼中看到迷惑和不解。为什么僧人、道士多，反而成了没有信仰？

尉迟迥躬身道："皇上，臣愚钝，请皇上解惑！"

宇文邕目光在殿中慢慢扫过，见众臣脸上都是不解和疑惑，冷笑道："若你们也常到民间走走，到各处寺庙走走，就会发现，我大周竟有一成的百姓去做了僧人、道士，致使我大周良田无人耕种，军队无人服役。他们不过是借此逃避劳作，躲避兵役，受朝廷供养！如今我大周国力不继，如何去养这等奸猾之徒？倒不如令他们还俗充军，或从事耕种，自食其力。"

杨坚自幼长在寺庙，受佛教影响极深，此时心中激动，出列拜道："皇上，我大周开国之初，大周内忧外患，岌岌可危，许多佛门高僧在民间宣扬佛道，安抚民心，佛、道两教已是深入民心。如今虽然有人怀有私心出家，但皇上也不能因此迁怒佛门！否则岂不是'狡兔死，走狗烹'，被人诟病？"

宇文邕听他指责，不禁脸色微变。高颎见杨坚把话说重了，连忙出列禀道："皇上，佛、道两教在我大周已根深蒂固，若是贸然禁佛，莫说愚昧百姓，就是朝中众臣也无法接受。若强制禁佛，恐生民乱！请皇上三思！"

尉迟迥跟着道："是啊，皇上，请皇上三思！"

众臣齐道："请皇上三思！"

宇文邕见满朝文武竟无一人支持，心中又怒又觉无奈，只得道："既然如此，此事再议吧！"

众臣见他不再坚持，这才暗暗松一口气。杨坚见他眉宇间皆是不耐烦，料想他还未将此念头放下，躬身道："皇上，或者可用两全之法……"

话刚说了个开头，就被宇文邕打断，他摆手道："此事再议，朕自会定夺！只是如今我大周朝堂稳定，齐国仍然不断扰边，老随国公在时，曾有过一个攻齐战略，朕想请你与高颎将军一同商讨，看是否可行。"

杨坚话被打断，心中暗忧，只是他嘱托之事又不能不应，只得与高颎二人躬身应命。

宇文邕欲禁佛、道二教，却遭到群臣反对，心中烦闷不已，感叹身居帝位，却无人能懂他的心思，而他引为知己的独孤伽罗，偏又不在自己身边。

杨素窥破他的心思，趁机向他举荐赵越，言道："赵越此人之所以受宇文护重用，只因他善于猜度人的心思，又头脑灵活，可以献计献策。更何况，此人善方术、观星象，实在是难得的人才！"

宇文邕被杨素说动，赦免赵越，赐太卜下大夫之职，命他为朝廷效力。

赵越本以为自己必死，哪知道非但被赦免，还有官做，不禁大喜过望，连连磕头谢恩，立誓效忠皇上。

第二日，杨坚、高颎呈上攻齐战略，在殿上细述，文臣倒也罢了，武将都听得连连点头。尉迟迥赞道："杨将军不愧是将门虎子，大有老随国公当年风范啊！"

宇文邕本就是马上战将，曾是一军统帅，听杨坚的战略攻守间相得益彰，也不禁连连点头，向高颎问道："大军可曾准备妥当？"

高颎回道："皇上，已筹兵三十万，整装待发，只等皇上下令！"

宇文邕点头以示赞赏，向殿末道："赵太卜，你看何日出兵最好？"

赵越应声而出，掐指默算片刻，回道："回皇上，本月二十三是黄道吉日，最宜出兵！"

杨坚、高颎看见赵越，不禁大为惊异，互视一眼，又齐齐向宇文邕望去，实不知此人如何混上朝堂，更不知道宇文邕为何对他如此器重。

宇文邕对二人的疑惑却恍似不见，立刻传旨，大军整兵，本月二十三日出兵伐齐。杨素向皇帝呈情，愿策马扬鞭，军前效力，宇文邕准他随杨坚出兵。

独孤伽罗听说宇文邕竟然起用赵越，愕然片刻，脸色变得凝肃，摇头道："虽说同为宇文护效命，但杨素禀性不坏，这个赵越却阴险奸诈，不得不防！"

杨坚、高颎对视一眼，神情也变得凝重。只是出兵在即，军中、府中有许多事务要处置，几人都无暇他顾，也只得将此事暂且抛下。

此次大周出兵伐齐，并不知齐国深浅，独孤伽罗担忧杨坚安危，可是与敌军正面对敌凭的是将士齐心，冲锋陷阵，已不是她独孤伽罗所长，只能一次次叮嘱杨坚，事事小心，不要贪功冒进。

杨坚听她一说再说，终于忍不住张臂拥她入怀，俯首在她眉间轻吻，叹道："伽罗，我又不是第一次出征，你不必如此担心。无论如何，我总会好好儿地活着回来见你！"

独孤伽罗见他说得笃定，这才略略宽心。

二十三日，杨坚与高颎、杨整、独孤善、杨素等将领于城楼誓师，拜别朝中君臣，率领三十万大军浩浩荡荡离开长安，东征伐齐。

独孤伽罗立在山岗上，遥望大军远去，眼前似乎浮现出杨坚第一次随宇文护大军出征的情形，不由喃喃低念："大郎，你一定要活着回来！"

那一次，只因宇文护刚愎自用，大军几乎全军覆没，杨坚更是九死一生，但愿这一次，大军可以得胜，顺利凯旋。

大军出发一个月后，在所有人焦急的等待中，捷报传来，对齐第一战，杨素立下首功，斩敌先锋于马下。大军力挫齐军，攻下第一城。

消息传来，君臣同喜，满城欢庆。独孤伽罗也长长松了一口气，忙摆好香案，对月叩拜。

杨坚大军一战之后，士气大振，立刻挥兵直进，大周兵马当真势如破竹，短短三月之内，连克齐国五城。宇文邕大喜过望，当殿传旨，命杨坚率大军乘胜追击，直攻太原。

高宾、尉迟迥等人大惊，以为大军出征数月，连克五城，已是疲惫之师，不宜攻城，劝宇文邕收回成命。赵越却力排众议，大声道："皇上，臣昨晚夜观天象，太微垣东北方，郎将星熠熠生辉，此乃大吉之兆，皇上统一大业指日可待，切不可坐失良机啊！"

宇文邕闻言大喜，不顾众臣反对，即刻传旨，命杨坚速攻太原，再夺齐国四城。

赵越听到旨意传下，嘴角浮起一抹阴冷。杨坚此人对他赵越怀有戒心，这一次以疲惫之师攻城，最好战死沙场，免得再回来给他赵越脸色。

杨坚接到八百里加急军令，只好重整疲惫之师，紧急行军，前往攻打太原。连日都是走山路，全军将士早已疲惫不堪，杨坚看在眼里，急在心上，却无法可施。

那日穿越峡谷，眼看众将士已难以支撑，高颎向杨坚道："连日行军，将士都已疲惫，纵然赶到太原，怕也无力一战，不如今日早些歇息，明日再走！"

杨坚回头看看身后大军，骑兵尚可，步兵早已累得东倒西歪，勉强以长枪拄地拖步而行，只好点头道："好，等我们穿过峡谷，就扎营歇息！"

将令传下，众将士都是精神一振，跟着他向峡谷中继续前行。

哪知道众人刚刚走了一半，突然间山中狂风大作，树摇石滚，还不等众人辨明情况，只听一声虎啸，一头白额吊睛猛虎自林中跳出，挡住大军的去路。

众将士一见，齐齐大吃一惊，有兵卒胆怯，惊叫一声，掉头就跑，大军队形顿乱。高颎拔剑大呼："不要乱，各自守在原地，我们这许多人还怕一只老虎？"

众将士听他喝声高昂，凛然生威，心中顿时一定，各执兵刃与同伴并肩而立，定定注视着猛虎，严加戒备。

杨整、独孤善忙纵马而上，一左一右护在杨坚身边，各自手握兵刃，死死地注视着猛虎。

杨坚将杨整的胳膊压住，低声道："它不伤人，我们就不要妄动，不要轻易激怒它！"

杨整紧张地点头，已经发不出声音，只觉握刀的掌心全是冷汗。

猛虎乍见这许多人，似乎也吃一惊，长啸几声，转身要走，走出两步又回来，向大军方向注视一会儿，竟昂首阔步向大军走去。

眼看着猛虎越来越近，已经可见虎身上黑黄色的斑纹，整个虎身足有八尺，四枚露出的虎牙足有三寸，牙齿雪白尖利，带着逼人的寒芒。两只巨大的虎爪每一次踏下，都似带着千钧之力，无端令人心惊。

再往近一些，猛虎铜铃大的双目凛凛生威，观之令人胆寒。饶是杨整素来勇悍，也不禁胆战心惊，低声唤道："大哥！"

　　杨坚一颗心怦怦直跳，却屏息凝神，不敢大口呼吸，低声道："别动！"

　　虎为百兽之王，如今猛虎当道，人还能勉强保持镇定，马儿却已经惊慌失措，纷纷长嘶，转身想逃，却早已吓得四蹄无力，双膝一软，跪倒在地。

　　杨坚大惊，疾提马缰要将马儿带起，只是马儿早已吓得瘫软如泥，又哪里还起得来？

　　此时猛虎已走到近前，一颗硕大的虎头就在面前，似乎只要它大嘴一张，就能将杨坚半个人吞下。

　　杨整、独孤善同时咬牙，兵刃铮铮出鞘。为今之计，只能拼死力斗猛虎，无论如何都要保护主帅的安全。

　　杨坚一惊，喝道："不要动！"双眸定定注视猛虎，慢慢道，"它似乎没有恶意。"

　　众人错愕，愣怔中，只见猛虎围着杨坚绕了一圈，最后在马前趴下，神态竟然十分亲昵，伸出猩红的舌头，在杨坚握缰的手上一舔，跟着起身向原路窜去，跃到山涧边，回头长啸几声，纵身跃入林中。

　　猛虎早已失去了踪影，众人却还是两股战战，惊怔不能回神。杨坚惊讶莫名，心中微微动念，提缰带起战马，手挥战刀，扬声高呼："兄弟们，虎为百兽之王，今日来为我大周将士壮行，意指我大周必胜。兄弟们，跟随本帅再克四城，凯旋回京！"

　　听他一喊，高颎、独孤善等人跟着回神，立刻跟着高喊："再克四城，凯旋回京！"

　　众将士闻言，顿时精神大振，齐声高呼："再克四城，凯旋回京！"萎靡之气顿散，精神抖擞，重整队伍，大步而行。

第五十五章

述旧情伽罗受辱
QUEEN DUGU

自从宇文邕传令大军兵逼太原，独孤伽罗心忧杨坚安危，就夜不安枕。但她深知，如今宇文邕新掌大权，正是野心勃勃，志在天下之时，任谁都无法劝阻。更何况，军令如山，既已发出，又哪有收回的道理。

那一夜她辗转许久，三更之后才迷迷糊糊睡去，梦中却见迷雾重重，似听军前号角声声。

难道这是东征大营？

独孤伽罗深一脚浅一脚地前行，努力穿过迷雾，寻找大营的踪影，企望看到帅旗的所在，哪知道突然一脚踏空，身子向下直落。独孤伽罗失声惊呼，却觉身子一稳，落入一个坚实的怀抱，杨坚用温柔的声音低唤："伽罗！伽罗！"含笑的俊颜就在面前。

独孤伽罗喜极低唤："大郎！"张臂将他抱住。

此时身边迷雾淡去，二人却被一片祥云包裹且渐渐托起，前方光芒万丈，映照着同样被祥云托起的随国公府。

独孤伽罗悚然而醒，睁开眼，是在自己寝室的罗帐中，刚才的梦境竟然如此鲜明清晰，她一时分不清是真是幻。

数月之后，战报再传，杨坚率领大军一鼓作气攻下齐国四城。宇文邕大喜之余，就要传令杨坚攻下齐国国都邺城。赵越听说大军如此气势，暗自心惊，唯恐杨坚攻下邺城之后功劳太盛，立刻向皇帝进言，大军气势已尽，若是再战，于大周不利。

宇文邕暗想大军疲惫，的确不宜再战，只好命大军班师回京。圣旨传出，他又叫来安德，含笑道："你前往随国公府报喜，和随国公夫人说，朕……不不！就说，皇后要与她同贺！"安德躬身应命，快步而去。

此时阿史那颂得到消息，正兴冲冲赶来，哪知道刚刚走到殿门口，宇文邕最后一句话清晰落入耳中，她不由脸色微变，脚步顿时停住，默然片刻，也不进殿，转身而去。

独孤伽罗得到大军获胜的消息，当真是觉得喜从天降，听说是皇后相召，竟没有多想，当即更衣，跟着安德进宫。

安德引着独孤伽罗刚刚踏进宫门，就见茜雪含笑迎上行礼："有劳公公，皇后已在重阳阁备下酒宴，特命奴婢在此相候！"

安德一怔，迟疑道："重阳阁？"分明是皇帝借皇后之名请独孤伽罗进宫，怎么现在真的成了皇后相请？只是他以皇后之名邀请独孤伽罗，此时又不好说穿。

茜雪见他迟疑，施礼道："公公贵人事忙，奴婢给随国公夫人带路就是！"

安德无法，只得道："那就有劳姑娘！"他心中疑惑，看着独孤伽罗跟着茜雪走远，拔步赶往文昌殿。

重阳阁地处后宫，距崇义宫不远，前后被树木围绕，隐隐可闻潺潺水声，环境极为清幽。重阳阁内，金钟玉马，饰以红绢，装点得一团喜气，阁内正中早已备下一桌丰盛酒菜，阿史那颂静坐等待。

独孤伽罗跟着茜雪踏进重阳阁，当先向阿史那颂行礼："臣妇见过皇后！"

阿史那颂迎前两步将她扶住，含笑道："今日不过是私宴，国公夫人不必多礼！"牵着她的手在案后坐下，亲自为她斟酒，含笑道，"随国公出征，你必然悬心，如今他班师回朝，你可将心放进肚子里了吧？"

独孤伽罗浅笑点头："是，多谢皇后挂念！"

阿史那颂微笑举杯："随国公连克九城，这是开国以来从不曾有过的功绩，本宫敬你一杯，以示庆贺！"

独孤伽罗跟着举杯，含笑道："多谢皇后专程为大郎置酒庆贺！"

阿史那颂笑容渐浅，摇头道："夫人此言差矣，今日此宴是皇上所设。皇上收到战报，急欲与人同庆，共谋一醉，只是兄弟几人都在前方沙场，便想到夫人这位故人！"

独孤伽罗错愕，转瞬恍然大悟，俯首道："那就请皇后代伽罗谢过皇上！"此时最初的兴奋褪去，她才想到是安德传自己进宫。安德是皇帝的贴身内侍，又怎么会受皇后的指使？

阿史那颂微笑道："夫人当面相谢，才显诚意！"说着起身向殿门行礼，"臣妾见过皇上！"随着她的话落，宇文邕已踏进殿门，目光向殿内一扫，此处显然是经过一番精心布置，不由暗暗点头，对她多了几分满意，亲手挽起。

独孤伽罗忙起身见礼，却被宇文邕摆手止住："今日私宴，随国公夫人不必多礼！"顾自在案后坐下，含笑道，"我大周兵马连克齐国九城，当真是从不曾有过的大胜，今日你们就陪朕多饮几杯！"

阿史那颂含笑为他斟酒："只怕臣妾不胜酒力，反而扫兴！"

宇文邕摆手道："今日高兴，就当不醉不归！"举杯转向独孤伽罗，"朕的兄长为了大周江山驰骋沙场，还赖夫人令他无后顾之忧，朕敬你一杯！"

独孤伽罗忙道："多谢皇上！"举杯与他共饮一杯。

阿史那颂跟着举杯，含笑道："随国公夫人足智多谋，本宫佩服，敬夫人一杯！"独孤伽罗客气几句，也举杯与之同饮。

三人推杯换盏，纵酒言欢，谈论此次伐齐的大胜，兴奋之余竟不觉时辰的流逝，不知不觉，已经是黄昏日落。

阿史那颂满脸醉意，摇摇晃晃起身，向宇文邕行礼："臣妾不胜酒力，请皇上恩准，先请告辞！"

宇文邕见她双腮泛红，果然醉意醺醺，摆手笑道："你是北国儿女，怎么如此不济？快回去歇息吧！"随即命茜雪好好服侍。

阿史那颂含笑谢过，转身一瞬，笑容褪去，向茜雪使了个眼色。

茜雪会意，取一只装满酒的酒壶替二人换上这才告退，扶着阿史那颂出殿。

宇文邕不以为意，替独孤伽罗和自己斟满酒，含笑举杯："伽罗，若没有你的无双智计，就没有朕的今日，更不论如今的伐齐大胜，朕敬你一杯，以示谢意！"

独孤伽罗含笑道："皇上本就是天命所归，臣妇不过是应时而为，机缘巧合罢了，这个谢字，愧不敢当！"举杯与他相对，真诚道，"皇上一心为了大周昌盛，劳心费神，臣妇敬皇上一杯！"向他举杯，一饮而尽。

不知不觉，二人又连饮三杯。宇文邕已有三分醉意，烛光下，但见独孤伽罗容颜端丽，艳极无双，虽不是当年那稚嫩少女，可是举手投足之间更添风韵。一时间，他但觉意乱情迷，向殿内内侍、宫女挥手："你们都退下去吧！"

见内侍、宫女闻命施礼退出，独孤伽罗顿觉不安，这才惊觉当下已经是夜幕时分，也起身道："皇上，今日时辰不早，臣妇也先请告退！"

宇文邕一把抓住她的手腕："不，伽罗，今日高兴，你再陪朕多饮几杯！"

手腕被他微温的大手抓住，独孤伽罗一惊，迅速抽回，倒退几步，施礼道："皇上，醉酒伤身，还请皇上保重龙体！"

宇文邕掌中一空，见她脸色冷了，心中微恼："伽罗，如今你渐渐年长，与朕却早已生分，朕要见你，还要假托皇后之名。朕多想还像年少时一样，你的心里只有朕一人，如今，你心里只有你的大郎，你的杨坚了吧？"越说心头越觉苦闷，仰头再饮一杯。

独孤伽罗见他已有几分醉意，心中越发不安，无视他满脸的落寞，施礼道："皇上慢用，臣妇告辞！"也不等他应，转身就走。

宇文邕眼看着她向殿门走去，身形婀娜，竟然带着无穷媚惑，身体顿时一阵燥热他一跃而起，一把将她抱住，求道："伽罗别走，朕好想你！"

独孤伽罗被他抱住，身体也一阵燥热，心中暗惊，在唇上重重一咬，让自己集中精神，拼力将他推开，疾声道："皇上醉了，请皇上自重！"摆脱他向殿门奔去。

宇文邕上前再次将她紧紧抱住，奋力回拖，喃喃道："伽罗，朕忘不了你！不管多久，朕忘不了你！你是朕的！你本来就该是朕的……"他胡乱低语着，随即俯首向她唇上吻去。

独孤伽罗大惊，侧头避开，疾声道："皇上，你疯了！如今我是杨坚的妻子，你羞辱臣妻，就不怕遭天谴吗？"

重阳阁内，二人挣扎纠缠。崇义宫中，阿史那颂却心如刀绞，隔窗望着重阳阁的方向，泪流满面，又哪里还有一丝醉意？

茜雪看到她如此痛苦，不禁轻轻摇头："皇后，你这又是何苦？"茜雪离去时换上的那壶酒中放入了催情的药物，隔这么久，想来皇帝和独孤伽罗二人早已同谐鱼水之欢。

阿史那颂轻轻摇头，强抑心中的伤痛，低声道："皇上对独孤伽罗念念不忘，无非是因为得不到，今晚让他得逞，这份执念便也该放下了！"

茜雪替她难过，轻声道："皇后待皇上之心，日月可鉴，可是皇上怎么就看不到呢？"

试问哪一个女子愿意将自己心爱的丈夫拱手让人？如今她竟然一手将皇帝推入别的女人怀中，这份心碎之痛如何能够抑制？

阿史那颂伤心片刻，又恨恨咬牙："那独孤伽罗时时媚惑皇上，如今她以已嫁之身侍君，在皇上心里的地位必然一落千丈。而独孤伽罗也必然对皇上恨之入骨，从此之后远远避开，再不纠缠皇上！"

茜雪听得连连点头："皇后，但愿经此一事，皇上能看到皇后的好，对皇后一心一意！"

阿史那颂点头，望着窗外的夜色，心里默算时辰，低声道："走吧，时候差不多了，我们去看看！"说罢出崇义宫，向重阳阁而去。

重阳阁外，众宫女、内侍听到阁中动静，早已惊疑不定，面面相觑，只是拘着宫里的规矩，哪敢多问。安德听到，心中也不禁暗惊，可又不敢闯殿坏皇帝的好事，只好将宫女、内侍尽数驱散。

正着急，骤然见阿史那颂去而复返，安德不禁大吃一惊，正要扬声通传，却被阿史那颂止住，只好胆战心惊地看着阿史那颂直闯进殿门。

重阳阁内，宇文邕仍然苦缠不休，独孤伽罗气恼之下忍不住大骂："宇文邕，你这个昏君，早知如此，我独孤伽罗断断不会助你夺权！"

宇文邕气得直抖，咬牙道："你既说朕是昏君，那朕又何必名不副实？"说着纵身向她扑去。

独孤伽罗怒极，侧身相避，反手向他疾推。只是酒中药力催逼，她也只能保持住心头一丝清醒，更何况宇文邕功夫本就在她之上，不过三招两式，她就已被宇文邕扑倒，按在榻上。

独孤伽罗大吃一惊，再顾不上被外头的人听到，放声大叫："你放开我！快放开我！"情急之下张嘴，一口咬住宇文邕的肩膀。

宇文邕肩膀剧痛，手臂顿时一松。独孤伽罗狠撞一肘将他推开，一跃爬起，跌跌撞撞向外飞奔。

正在此时，只听殿门砰的一声打开，阿史那颂大步而进，不防与独孤伽罗撞个满怀。

独孤伽罗看到是她，更加羞愧，咬一咬牙，越过她飞奔而去。

宇文邕见独孤伽罗逃走，跟跄来追，却见阿史那颂满脸愤怒挡住殿门，心中顿时一个激灵，倒退两步，眼睁睁地看着独孤伽罗的身影冲出重阳阁，消失在黑暗中。

虽然这是自己一手造成，可是看到此等情形，阿史那颂还是心痛如绞。看着宇文邕一步步逼近，她落泪道："皇上，为什么？为什么你就是不肯放下她？为什么你就是不肯放过自己，给你，也给臣妾一条生路？难道臣妾一个大活人，跟随在你的身边这许多年，仍然比不过一个心里早有旁人的独孤伽罗吗？"

宇文邕听她一句一问，不禁步步后退，尴尬道："皇……皇后……"想要解释，却又无从说起。

实则他心里虽然放不下独孤伽罗，或者内心深处也有过非分之想，可是实不知今日为何会做出这等事来，一时间也是羞愧不已。

阿史那颂见他竟然并没有一字安抚，心中一阵失望，摇头道："皇上既然无视臣妾，臣妾又何必倾心以待？"说罢霍然转身，大步而去。

看着阿史那颂也消失在殿门之外，宇文邕顿觉心中空荡荡的，竟然不存一物，双腿一软，慢慢坐倒，只觉什么君临天下，什么至尊皇权，都变得没有一丝意义。

独孤伽罗仓皇出宫，一路疾奔回府，无暇去理府中旁人的招呼，径直冲回自己院子，砰的一声将门关上，那一瞬间，泪流满面。

她本以为各有家室之后，她和宇文邕之间的那段旧情都已深埋心底，只是一段年少时的美好记忆。而今天宇文邕以这样的方式将它翻出来，顿时让它变得如此丑恶，令人作呕。她少女时期一切的美好，就在那短短的片刻，变得支离破碎，不堪回首。

半个月之后，东征大军回京，消息早早传遍长安，城中百姓奔走相告，一早前往城门相迎。

大军浩浩荡荡而来，但见虽然个个衣衫褴褛，却都是精神振奋，于人群中看到各自的亲人，更是热泪盈眶。

独孤伽罗看着杨坚打马进城，心中更是情绪激荡，刚要迎上，就见一骑快马疾驰而来，马上人一副内侍打扮，奔到军前，滚鞍落马，向杨坚行礼，大声道："杨元帅，皇上有旨，杨元帅远征有功，宫中已设宴接风，请杨元帅与各位将军即刻进宫！"

独孤伽罗迈出的双脚顿时停住，只能眼巴巴地看着杨坚、高颎等人传令大军休整歇息，跟着内侍向皇宫而去。

独孤伽罗本来满怀兴奋，这一瞬间顿觉失望，只得低叹一声，独自回府。

她刚踏进府门，杨福便迎上来道："夫人，刚才宫里来人，说宫里为郎主接风，请夫人同去相见。"

独孤伽罗瞬间想到战报传来当天所发生的事，心中顿感厌恶，摇头道："我累了，横竖大郎进宫后很快便会回府，到时自然能够见到！"说罢不理杨福诧异的目光，径直回自己院子。

宇文邕为借机与独孤伽罗修好，在宫中设宴替杨坚等人接风，特意命人去请几位将军的夫人，哪知道去传口谕的太监回来，只有杨素之妻郑氏、高颎之妻范氏同来。独孤善之妻亡故，独孤伽罗不在府中，杨整之妻尉迟氏推身体抱恙，都不曾来。

安德见他失望，低声劝道："皇上，随国公夫人回府得到消息后必会赶来，皇上不必挂心！"

宇文邕闻言才勉强振作，替几位东征将领接风庆功。哪知道直到酒宴已散，仍然不见独孤伽罗前来，看着杨坚等人远去的身影，宇文邕顿觉落寞，心中愧悔交集，举杯一饮而尽，喃喃道："伽罗，这一次，朕真的失去你了！"

杨坚、杨整与独孤善回府，杨府众人纷纷迎出府门，一团喜气，开开心心将他们迎进前厅。见众人众星捧月一样围着三人，除宇文珠略感嫉妒之外，所有的人都是兴奋莫名，七嘴八舌询问出征的细节，就连尉迟容也难得露出一丝笑容，向杨整连连望去。

入夜，众人都尽欢而散，独孤伽罗吩咐家人收拾，这才回到自己的院子，有机会与杨坚独处。

杨坚已除去戎装，一身清爽，倚在床沿等她。见她进来，他立刻跃起，将她紧紧抱住，下巴在她额角轻蹭，低声道："伽罗，我好想你！"

嗅到他身上熟悉的男儿气息，独孤伽罗只觉得心里说不出的踏实，"嗯"了一声，由他抱着，也不说话，静静感受对方的心跳，感受这在一起的美妙时光。

大军大胜而回，东征路上每一场战役都被众人口耳相传，而路遇猛虎一节，更是传得神乎其神，很快传入宇文邕耳中。想到此次出征竟然是开国以来从没有过的大胜，而杨坚也一战成名，从原来的默默无闻变为如今的家喻户晓，宇文邕心中越发不安，暗中召杨素进宫询问。

杨素听他问到猛虎，立刻大为兴奋，口讲指画，将当时的情形细说一回，激动道："当时大军早已疲惫，不要说斗杀猛虎，就是逃命也没有气力，若不是高将军传下军令，大军势必大乱。哪知道猛虎见到元帅，竟然并不伤人，还神态亲昵，在他手上舔一舔，像只家养的大猫，这可不是旷世奇谈？后来杨元帅以此振奋人心，说猛虎向我大周兵马示好，喻示此战必胜。众将士受到鼓舞，当真立刻精神百倍，气势如虹，才有今日之胜！"

宇文邕见他神情振奋，眸光灼亮，心中不禁有些闷堵，脸上却不愿流露，皮笑肉不笑地道："杨元帅竟能震慑猛虎，看来不是凡人啊！"

杨素正处在兴奋中，没有留意宇文邕神情的变化，连连点头："皇上不知，还有更巧的！微臣听拙荆言道，随国公夫人曾做一梦，梦到她和随国公摔落悬崖，却被祥云托起，就连整座随国公府也被祥云托起，而那梦不早不晚，就出现在大军回朝当夜，这可不是更加神奇？"

提到独孤伽罗，宇文邕自然想到重阳阁那一日，心中更觉闷闷的，勉强点头道："想来是他夫妻二人心灵相通，随国公夫人知道大军即将回朝，故此夜有所梦吧！"

杨素点头："如今民间都说，猛虎示好，必是天佑大周！"

宇文邕听到这里，脸色终于沉下来："原来天佑杨元帅，就是天佑我大周，杨元帅已经能代表我大周了吗？"

杨素正说得高兴，听闻他这一句话，顿时如凉水浇头，心中一惊，立刻跪下道："臣失言，请皇上降罪！"

宇文邕神情不定，摆手道："话又不是你传的，你有什么罪？起来吧！"

杨素谢恩起身，再不敢多说，心中暗忧，急于替杨坚解释，却被宇文邕打断，只得再回几句话，告辞出宫。

宇文邕将杨素的话反复思量，越想越觉心里不稳，命人将赵越召入宫中，细问猛虎拦路，却并不伤人，反而示好而去之事。

赵越早已听到传言，心底阴冷一笑，却故作不知，回道："皇上，虎为百兽之王，拦路却不伤人，自然是大吉之兆！只是此兆若是应在国君身上，自然是上上几兆；若是落在旁人身上，怕对国君不利！"

此话正中宇文邕心思，他脸上神情不变，心底却已微凛，又问道："那梦到摔入悬崖，却被祥云托举，避免粉身碎骨，又是何意？"

祥云护体之说，赵越倒没有听到，依实回道："祥云护体，遇难吉祥，自然也是大吉之兆！"

宇文邕轻哼："如此说来，难道那杨坚当真不是凡人，还能威胁到朕的帝位？"

赵越听他说出杨坚，立刻跪倒，赌咒发誓："皇上，臣并不知此事与杨元帅有关，只是依实回禀，断不敢离间皇上与杨元帅兄弟之情！"见宇文邕神情不明，又试探着道，"只是那杨坚相貌迥异，绝非人臣之相，皇上不可不防！"

宇文邕被他说中心思，心中微恼，冷声道："朕不过随口一问，你不必在此挑唆！"说罢挥袖命他退去。

赵越想要再说，见宇文邕将脸沉下，只得磕头辞出。

隔日，杨素携郑祁耶前往随国公府，将皇帝的问话向伽罗细说一回，一脸歉意道："皇上问话，我并未多想，据实回禀，恐怕给将军惹祸。"

独孤伽罗暗暗吃惊，脸上却不动声色，含笑道："如此奇闻怪谈，又有谁会当真，皇上也不过问问罢了！"

杨素见她不以为意，不禁大急："皇上向我询问倒也罢了，奇的是，今日他特意召我进宫，命我寻访有道相士来算国运。我生怕此事与杨元帅的传闻有关，特意来告知大人！"

郑祁耶听着，也忍不住插话："夫人，杨素只是心直口快，皇上相问，自然如实禀报，并没有什么恶意，若是因此给随国公惹祸，怕这一辈子都难安心！"

独孤伽罗拍拍她的手示意安抚，状似不以为意，含笑道："皇上身负大周兴衰，要算国运也属寻常！"

杨素听她句句在理，倒也放下些心，叹道："夫人，你说，我与这方术中人素无来往，这让我上何处找去？"

独孤伽罗心念微动，沉吟道："我倒是知道一个相士，极为灵验，只是如今云游，过几日才回！"

杨素大喜，忙道："还请夫人指点！"

独孤伽罗将相士地址细说一回，见杨素千恩万谢，不禁心中暗叹。看来当真是因果循环，善恶有报！若不是上次她救了杨素，如今整个杨家怕要大难临头了！

第五十六章

通相士兄弟异心
QUEEN DUGU

数日之后,宇文邕果然召杨坚进宫,见他行礼,摆手命起,含笑道:"此刻又不是在朝上,二哥不必多礼!"

杨坚道:"君臣有别,臣不敢越礼!"仍将大礼行过,这才起身相问,"皇上召臣进宫,不知有何要事?"

宇文邕见他执礼甚恭,心中满意:"前几日赵越说天有异相,偏又说不确切,朕特意请来一位得道高人察看国运,请二哥一同听听!"

杨坚躬身道:"臣惶恐!"

宇文邕笑道:"你我兄弟,又何必如此拘谨?更何况,你刚刚为我大周立下汗马功劳,大周国运,或者相关你我气运!"说完,向殿外传出旨去。隔一会儿,安德引着一位年约三旬、儒冠儒巾的相士进来,向宇文邕见礼。

宇文邕命他免礼,倾身问道:"舒相士可曾看出什么?"

舒相士躬身道:"回皇上,山人夜观天象,又察看皇宫各处,见夜悬紫微,宫位亦正,山水尚好,并无星变异象。近几年,大周必然会国运昌隆,国泰民安,皇上放心就是!"

宇文邕听完,微松一口气,露出一丝笑意:"如此最好,朕也可放心了!"又指向杨坚道,"舒相士可再替朕的兄弟看看面相!"

虽然心里早有准备,但杨坚还是暗吃一惊,心中又有些难过,只因为那个传言,宇文邕竟然怀疑自己有不臣之心吗?

只是对方话既已说出,他又不能拒绝,只能微笑面对相士,躬身为礼:"有劳相士!"

舒相士与他目光相交,眸中带上一抹笑意,微笑道:"这位大人骨骼清奇,非池中之物,但注定命途波折,好在有大富大贵之相,日后必然位极人臣,建一番惊人伟业!"

宇文邕微怔，不甘地问道："位极人臣？"

舒相士点头："是，假以时日，必步步高升，直到一等大将军！"

宇文邕这才松一口气，故作一脸惋惜，叹道："兄长功勋卓著，只做个大将军，当真是屈才！"

杨坚立刻跪倒，俯首道："皇上，臣这一生只愿能伴妻儿终老，寄情山水，享天伦之乐，能为皇上臣子，效犬马之劳，已心中无憾！"

宇文邕哈哈笑起："只怕天降大任，由不得你寄情山水！"随即向安德道，"赏相士黄金五百两！"

舒相士跪倒谢恩，跟着告辞。杨坚也道："皇上，大军初回，军中尚有许多军务要处置，若无旁事，臣请告辞！"

宇文邕见目的已经达到，也不再留，点头命安德送二人出去。

直到走出文昌殿很远，杨坚才和舒相士相视一笑，躬身谢道："今日多亏相士解围！"

舒相士含笑道："所谓天机不可泄露，我等方外之人自然要顺天而为，杨将军贵不可言，创世立业指日可待，倒不是山人能够指点！"说完向他躬身为礼，转身飘然而去。

杨坚看着他的背影渐渐消失，将他的这几句话反复琢磨，只是越想越觉高深莫测，缓下脚步，一路深思，向宫外而去。

从重阳阁一事之后，阿史那颂心里藏了心思，心中总不安宁，今日听说皇帝召杨坚进宫，不知是何事，便带着茜雪向文昌殿而来，看到杨坚走出殿门，那飞扬的神采、含笑的眉眼令他整个人看起来意气风发，她不禁暗暗咬牙。

重阳阁一事，固然令独孤伽罗恨极皇帝，再不进宫，可是她和皇帝之间，也形同陌路。独孤伽罗将他们夫妻祸害至此，凭什么能够与丈夫琴瑟和鸣？

越想越恨，阿史那颂心中突然动念，向茜雪低声嘱咐。茜雪一惊，迟疑道："皇后，这……"话说半句，见阿史那颂瞪眼，只得暗叹一声，行礼道，"奴婢明白！"随即转身匆匆而去。

杨坚边走边细细琢磨相士之言，刚刚穿过御花园，就听拱门后两个小太监在那里低声议论。一个道："重阳阁的人说，皇上那日要强留随国公夫人，可是真的？"

另一个道："怎么不真？那日我当值，亲眼见随国公夫人衣衫不整从宫里冲出来，吓我们一跳！"

两句话落在杨坚耳中，脑中顿时袭的一声响，他冲出拱门，一把抓住一个小太监的衣领，咬牙道："方才的话，你再说一次！"

小太监大吃一惊，颤声道："杨……杨将军……"

杨坚单手掐上他的脖子，厉声喝道："说！"

小太监被他声势所慑，立刻打了个激灵，只得颤声道："就是……就是杨将军大胜的消息传来那日，皇上……皇上召随国公夫人进宫，夫人很晚才出宫，走时……走时行色匆匆。后来……后来听重阳阁的宫人说，是……是皇上要强留夫人……"

杨坚听到这里,只觉眼前一阵一阵发黑,摇头道:"不!不会!我不信!"说着将小太监一推,大步出宫。

两名小太监见他走远,这才长吁一口气,互视一眼,仍然心有余悸。他们本以为只是奉命说几句话,哪知道几乎丢掉性命,这差事可当真不是好做的!两人缩缩脖子,一同去往崇义宫,找茜雪复命。

杨坚带着一股怒意大步回府,问过管家,径直去花园找独孤伽罗,见她正坐在亭子里怔怔发呆,大步过去,一把将她抓起,红着眼睛问道:"伽罗,究竟是真是假?"

独孤伽罗冷不丁被他吓一跳,听他没头没脑地问出这么一句,不禁一愕:"什么真的假的?"

杨坚咬牙:"宫里传言,宇文邕对你意图不轨,是真是假?"

独孤伽罗大吃一惊,脸色已经变得惨白,一把将他抓住,连连摇头道:"大郎,你从哪里听来的?这不是真的!"眸子里有震惊,有慌乱,还有一些愤怒,唯独没有诧异。

杨坚瞬间明白,额角青筋暴起,咬牙骂道:"那个昏君!"说罢霍然转身,疾奔而去。

独孤伽罗大惊失色,随后追去,扬声叫道:"大郎,你干什么去?快回来!"

可是杨坚对她的话充耳不闻,早已冲出花园,直奔府门。迎面正逢高颎进门,看到他笑着招呼:"大郎,这个时辰,还去哪里?"

杨坚不理不睬,与他擦肩而过,跳上马疾驰而去。高颎愕然,看着他的背影远去,茫然不知发生何事。

独孤伽罗赶到,眼看杨坚已经驰远,忙向高颎道:"高大哥,快!快追上大郎,怕会出事!"

高颎大吃一惊,也顾不上细问,急忙冲出府门,上马疾追。

杨坚于宫前下马,大步进宫,直奔文昌殿。安德见他去而复回,忙迎上见礼:"随国公,皇上正在批阅奏折,还请随国公稍等!"

杨坚不理不睬,径直向里直冲,新任武伯王鹤看到,忙上前阻拦,唤道:"随国公……"

杨坚一肘将他撞开,顾自向内直闯。

王鹤暗怒,命禁军上前阻挡,自己拔刀在手,横身再将他拦住,冷声道:"随国公,你若定要强闯,可别怪卑职失礼!"

刀光寒芒刺上双目,杨坚微微眯眼,骤然出手,一把抓住刀背挺身直进,横肘直击。王鹤一惊,疾步后退,奈何单刀被他抓住,竟然躲避不开,一声闷哼,已被他一肘重重撞上,胸口顿时一窒。

杨坚不等他反应,抓刀的手向外一送,跟着一腿横出,顺势将他扫倒,再不多看,大步向殿内直闯。

宇文邕正在批阅奏折,听到殿外喧哗,不禁暗怒,扬声喝道:"什么事?何人喧哗?"

话音刚落，只听殿门砰的一声被人撞开，杨坚怒容满面，疾冲而入。在他身后，王鹤与几名禁军跌跌撞撞地追来，听闻皇上喝问，连忙跪倒："皇上，随国公强闯，微臣无法阻拦，请皇上恕罪！"

　　宇文邕见杨坚强闯文昌殿，只觉皇权受到轻视，不由心中暗怒，却又不愿与他反目，只得摆手道："随国公要来就来，为何阻拦？还不退下！"

　　王鹤见杨坚如此无礼，宇文邕竟不责备，不由心中悻悻，只是皇帝话既出口，他又不敢不遵，只好应命，磕头退出殿去。宇文邕调整一下情绪，放缓声音唤道："二哥有什么事命人通报就是，又何必强闯？"

　　杨坚不理，将两扇殿门合拢，转身向他怒目而视，咬牙问道："为什么？"

　　宇文邕见他双目赤红，满面怒容，一时心虚，强装镇定道："二哥，你在说什么？"

　　杨坚见他目光闪躲，分明是心虚又不愿承认，失望之余，心中愤恨交织，气得身子微微颤抖，向他逼近几步，恨道："你知道！你知道我在说什么！"

　　宇文邕被他气势所慑，不禁倒退几步，慌乱道："二哥，你……你是朕的兄弟，你要信我！"

　　"信你？"杨坚怒吼，"你若将我当成兄弟，又岂会做出那等猪狗不如的事来？"

　　被他责骂，宇文邕心头怒起，咬牙喝道："大胆，朕是君，你是臣，所谓君要臣死，臣不得不死，杨坚，你要以下犯上吗？"

　　杨坚见他以皇权相压，心中更是失望至极，怒道："以下犯上又如何？今日不打醒你这个昏君，恐怕这大周江山将会毁在你的手里！"说话间，上前几步，挥拳向宇文邕击去。

　　宇文邕早有防备，一把将他手腕抓住，怒声喝道："杨坚，你犯上作乱，就不怕抄家灭族？"

　　杨坚见他仍以势强压，心中怒火更炽："你羞辱臣妻，若有胆昭告天下，我杨坚一死何惧！"反手一掌，向他面门劈去。

　　宇文邕被他说到痛处，也是心头怒起，侧身避开，挥拳向他反击。

　　此时高颎刚刚赶到门外，杨坚最后一句话清晰落入耳中，顿时震惊莫名，抬腿一脚踹开殿门，疾闯而入，眼见二人打得难分难解，直冲而上，这边一挡，那边一架，将二人挡开，连声道："不要打了！不要打了！"

　　只是那二人已经打红了眼，哪会理他，绕过他，仍然拳脚相向。宇文邕怒声喝道："杨坚，朕看在兄弟一场才容你放肆，不想你竟得寸进尺。"

　　杨坚回他一拳，咬牙道："这许多年，伽罗为你出谋划策，为你四处奔波，你若当真将我当成兄弟，又岂会做那等禽兽勾当？"

　　宇文邕怒道："朕与伽罗青梅竹马，她本来就该是朕的，若朕不是将你当成兄弟，又岂能眼看着你们恩恩爱爱，自己忍受这锥心之痛？"嘴里喝骂，手脚动作却丝毫不缓。

　　高颎急得跺脚，只是这二人功夫都在他之上，他挡得住这个，挡不住那个，无论如何都拆分不开二人。

正在二人打得难分难解之际，殿门外一道人影疾闯而入，挥手挡开宇文邕一拳，横身插入二人之间，挺身面对杨坚："大郎，住手！"

杨坚一掌劈出，看到她，生生停住招式，怒道："伽罗，让开，你为什么要护着这个禽兽？！"

独孤伽罗向他定定而视，一字一句道："大郎，你要打，就先打死我！"

"你……"杨坚气结，身子微微颤抖，手掌却慢慢收回，恨恨怒视宇文邕。

此时王鹤已带人冲入殿门，跪下请命："皇上，杨坚等人擅闯文昌殿，臣请旨擒拿！"

杨坚挺然而立，向宇文邕怒目而视，连目光都不曾退缩一分。

高颎暗惊，立刻上前一步，向独孤伽罗道："伽罗，带杨坚先走！"

独孤伽罗目光与他一对，微微点头，上前拉着杨坚向外就走。杨坚挺立不动，眼睛一眨不眨，仍然向宇文邕定定而视。

独孤伽罗心中焦灼，低声道："大郎，为了我，为了杨家，求你了！"声音娇婉，言辞恳切，带着一丝焦灼。杨坚心头一惊，这才恨恨咬牙，骤然转身，与她大步出殿。

宇文邕心头怒火未熄，跟上一步，正要喝令捉拿，高颎上前一步跪倒，求道："皇上，杨坚虽有冒犯，但念在他往日功勋，看在伽罗分上，饶他这一回！"

宇文邕咬牙怒道："你们都向着他，你以为朕不知道？伽罗刚才替朕挡那一掌，是为了救他，如今你这一跪，也是为他，你们……你们几时将朕当成兄弟？"

高颎看着他的样子，只觉说不出的陌生，痛心道："皇上，臣这一跪也是为了皇上，难道皇上当真要兄弟反目，君臣不和吗？这许多年，我们一步一步，好不容易走到今日，皇上就要亲手将它断送？"

"够了！"宇文邕厉喝，挥手将案上奏折扫落在地，大声喝道，"朕不想听，走，都走！"

高颎看着他暴怒的身影，心中只觉一阵阵寒凉，只得磕一个头，起身离去。

独孤伽罗和杨坚刚刚回府，高颎就随后追来，劈脸就问："伽罗，杨坚说的可是真的？"刚才在殿外，他虽然听到杨坚的质问，宇文邕也没有否认，可是他心中终究难信，必要当面再问问伽罗。

独孤伽罗脸色乍青乍白，隔了良久才轻轻点头，喟然长叹："高大哥，如今的皇上，已经不是我们认识的阿邕了！"

三人自幼相识，一同游山玩水，一同练武嬉戏，而如今，那个一身正气、心怀天下的少年早已不知去了何处，取而代之的，是一个初掌皇权，野心膨胀，唯自己独尊的皇帝！

高颎得到她的证实，顿时默然，怔立片刻才摇头道："这许多年，他受尽了宇文护的钳制打压，如今一朝翻身，难免要行使皇权，原也怪不得他。只是……只是……"

虽然说独孤伽罗是他年少时的爱侣，可是如今他们各自成家，他与杨坚又是结义兄弟，羞辱伽罗，可不是什么理由说得过去的！

杨坚眼底皆是伤痛，额角青筋暴起，恨恨咬牙："他如此倒行逆施，非但没有将我杨坚当成兄弟，长此以往，这好不容易得来的天下，怕也会毁在他的手上！"

高颎一惊，连忙摆手阻止："大郎，如今你还管什么天下，你这一场大闹，只怕会祸及整个杨家！只是如今他还在气头上，等他明日气消一些，我再进宫相劝！"说完连连摇头，告辞而去。

送高颎出府，独孤伽罗拖着杨坚径直回自己的院子，这才道："大郎，高大哥所言极是，你不顾自个儿安危，总要顾着杨家。这满府上上下下几十口人，难道要受你我连累？"

杨坚心中有冲天的怒火，咬牙道："可是我杨坚堂堂七尺男儿，难道眼睁睁地看着自己的妻子受辱？"

独孤伽罗轻叹："这么多年，我们受尽宇文护的打压，好不容易熬到今日，如今你又立下旷世奇功，正是要建功立业之时，更该多加忍耐！"

杨坚俊脸涨得通红，怒道："纵有万世功业，若不能保护妻儿，我杨坚枉立天地之间！"

独孤伽罗叹道："宇文邕早已不是当年的宇文邕，今日你逞一时之怒，与他争斗，到头来，怕不能打醒他，反而祸及满门！"

杨坚脸色乍青乍白，低头默想片刻，才艰难开口："那日，他请相士算国运，特意将我唤进宫去，恐怕纵没有今日，他对我也早已起了杀心！"

独孤伽罗眉目微动，深思片刻，点头道："若果然如此，我们便要早做打算！当日舒相士曾经言道，你有帝王之相，或者，我们可顺天而为……"

"伽罗！"话未说完，就被杨坚打断，他摇头道，"宇文邕虽然无道，可君就是君，臣就是臣，我只要保护妻儿、保护杨家平安就好，相士之言，不必轻信！"

舒相士本就是独孤伽罗旧识，进宫之前，曾与他们夫妻见过一面，见他生有异相，惊讶之余，受独孤伽罗所请，代为遮掩。

独孤伽罗听他说得斩钉截铁，没有回旋余地，想朝代更替，枯骨成堆，又岂是那么容易？她只好轻叹一声，就此作罢，张臂将他抱住，轻声道："大郎，得你如此相待，我独孤伽罗此生无憾！"

杨坚紧紧回抱他，心里暗叹：那皇帝的宝座固然诱人，可是谋朝篡位，那与宇文护何异？我杨坚俯仰可对天地，不想要那千古的骂名。

杨坚闯宫，虽然冒犯皇权，但宇文邕也心知，此事传扬出去，对自己的一世清名有损，见高颎相劝，便顺水推舟，送一个人情，故作大度，不再追究。

事隔月余，宇文邕突然下旨，要再次出兵伐齐，一举攻下齐国国都邺城。

旨意一出，朝堂上顿时一片哗然，尉迟迥率先出列跪倒，向上禀道："皇上，所谓杀敌一千，自损八百，此前齐国虽然大败，可是我国将士也伤亡不少，实在不宜远征，请皇上三思！"

高颎跟着站出："皇上，如今我大周百废待兴，征战劳民伤财，怕国力不能支撑，还请皇上收回成命！"

宇文邕见二人反对，将脸一沉，冷声道："蜀国公与高将军不愿出征，朕不勉强，此一次，朕会御驾亲征，不敢劳动二位将军！"

此话一出，满朝皆惊，张先立刻道："皇上初掌大权，若轻易出京，怕民心动荡，不利于江山社稷！"一时间，朝中文武齐声附和，力劝皇帝收回成命。

高颎见宇文邕一脸傲然，眸光坚定，显然心意已决，不由暗吸一口凉气，只得当殿跪倒，向上行礼道："皇上既然决意东征，身为臣子，自当为皇上分忧，请皇上下旨，臣愿出兵伐齐，以效犬马之劳！"

宇文邕见他请命，神色略缓，目光一寸寸在大殿中移动，朗声道："东征伐齐，一统天下是太祖生前宏愿，朕岂能高居庙堂，坐享其成？高颎将军既愿为国效力，朕心甚慰！另外，之前伐齐，杨坚将军连下九城，令齐军闻风丧胆，此一次就做大军先行，如何？"

杨坚立在原地，对皇帝的话充耳不闻。高颎立刻接口道："皇上！皇上既决意御驾亲征，足见灭齐之心，只是杨将军伐齐出兵数月，兵困马乏，更有伤患无数，如今还没有完全休整好，若以伤兵出征，无异于送死，请皇上三思！"

宇文邕本性并不恶毒，只因独孤伽罗心系杨坚，他对杨坚难免有一些恨意，但另一面，又知杨坚是自己的结义兄弟，自己又对自己那阴暗心思不齿，善恶之间，常常相互较量。此时听高颎直言将那些连自己都不敢多思的阴暗心思点破，不禁恼羞成怒，将脸一沉，怒道："高将军，杨将军是我大周有功之臣，朕命他为先锋，正是朕看重他，岂会让他送死？高将军此话，当真令朕寒心！"

高颎毫不退缩，昂首道："皇上不纳忠言，不体恤臣属，怕会令满朝文武寒心，令全军将士寒心！"

此话意有所指，朝中顿时一片纷议，不少朝臣听他如此大胆指责皇帝，都不禁为他捏一把冷汗。宇文邕气得胸口起伏，脸色铁青。

高宾连忙出列："皇上，高颎口出妄言，是臣管教无方，请皇上恕罪！"见高颎还要再说，回头向他狠瞪一眼。

朝上正争执不下，就见太卜赵越出列，向高颎劝道："高将军莫急，听卑职一言！"随即跪倒给宇文邕见礼，大声道，"皇上，臣近日占卜国运，得知齐国气数已尽，正可一举攻破。此次皇上御驾亲征，必然士气高昂，一举灭齐，扬我大周国威，令余国宵小胆寒！"

他话声刚落，其余大臣半信半疑，还不曾说话，赵王宇文招、陈王宇文纯却已跟着出列，同时向上行礼："皇上，臣等愿追随皇上，成就灭齐大业！"

宇文邕见终于有人支持，眉目顿开，即刻下令："此次大军伐齐，兵分三路，杨坚为右军统帅，统兵十万，直攻晋城，严守此城，掐断齐军的退路，不得有误！"

杨坚见他心意已决，已无意争辩，闻言跪倒领旨。

宇文邕看看高颎，又道："尉迟迥为左军统帅，高颎为副将，率兵十万，出雀鼠谷，攻打洪洞、永安二城，作为中路大军的支援，无朕手谕，不得轻动！"

尉迟迥也只得领旨："臣遵旨！"高颎怒极，却已说不出话来。

宇文邕再道："中路大军随朕御驾出征，杨素为朕副将，直捣齐国邺城！立刻整兵，三日后出发！"旨意传下，他再不听旁人多言，传旨退朝，顾自而去。

第五十七章

受围困天降奇兵
QUEEN DUGU

独孤伽罗得到朝廷要伐齐的消息,又急又怒,力劝杨坚托病不要出兵。

晋城虽说不是此战的主线,却是一座孤城,没有任何的天险,易攻难守,杨坚孤军前往,还要死守,无异于送死。

杨坚明白她的心思,只能劝道:"伽罗,从战略上而言,皇上如此布置确实没错,不是我也会是旁人,他将此重任托付给我,也是对我的信任,你不必多想!"

重要的是,虽然他已有所察觉,可是他仍然不信宇文邕当真会置他于死地。

独孤伽罗急得跺脚:"大郎,当今皇帝已不是我们认识的宇文邕了,你要搭上性命才肯相信吗?"

杨坚拥她入怀,轻声安抚:"他若当真有心陷害,我纵不去,他也会另设他计。我们躲得了一时,却躲不了一世,更何况,君命难违,你要我违抗圣旨吗?"

独孤伽罗脸上变色:"既然如此,我去请他收回皇命!"说罢一把将他推开,疾奔而去。

独孤伽罗直闯文昌殿,宇文邕看到她,似怒似喜,连自己也分不清此时复杂的情绪,挥手命安德等人退出去,这才慢慢起身向她走去,斟酌一下用词才道:"你强闯文昌殿,是为杨坚而来?"如果不是为了杨坚,恐怕她再也不愿意见他了吧?

独孤伽罗抬头直视他:"皇上命杨坚死守晋城,无异于让他送死,请皇上收回成命!"

宇文邕眸中闪过一抹怒意,咬牙将心中怒气压下,低头逼视她:"独孤伽罗,你是说,朕有心陷害杨坚于死地?"

"难道不是?"独孤伽罗反问。

宇文邕心中怒气更甚,一把将她抓住,咬牙道:"独孤伽罗,你太过自以为是!你以为,朕因你便要害死杨坚,不顾及数十万将士的性命?"

独孤伽罗顿时一窒，一时说不出话来。

是啊，他要害杨坚，那前往攻打晋城的十万将士就要一同陪葬，他是一国之君，也曾是三军统帅，会拿自己将士的性命开玩笑？

宇文邕见她语塞，满脸都是失望，慢慢将她放开，摇头道："伽罗，纵然如今你心里没有朕，可是我们自幼相识，朕以为，你至少会明白朕！如今，朕是一国之君，朕要建宏图伟业，就必然会有人流血牺牲。此次朕是御驾亲征，也会有兵败身亡的危险，你强闯文昌殿，只字不曾问过朕，只以为朕因为你、因为杨坚的冒犯想将他送上死路，你太令朕失望了！"

独孤伽罗听他此言字字在理，一时不知道他这话里几分是真、几分是假，默然片刻，仍不甘心地问道："如此说来，你已决定命杨坚死守晋城，不会更改？"

宇文邕摇头道："朕是一国之君、九五之尊，圣旨已下，岂能出尔反尔？伽罗，此战已势不可免，你杨家若不能承受流血，就尽早退出朝堂，做你们的平民百姓。你们不能既享受朕给的尊荣，又不愿为朕效力吧？"

独孤伽罗见他心意已决，只得点头道："若果然只为伐齐，伽罗无话可说，但愿此次东征，皇上能如愿平灭齐国，早日凯旋！"跪下磕一个头起身，向殿门而去，走到门口微微一停，回头道，"伽罗立誓与大郎同生共死，他若有难，伽罗绝不独活！"随即再不多说，快步出殿而去。

看着她的背影消失，宇文邕喃喃念着她最后一句话，一时愣怔："独孤伽罗，杨坚于你就如此重要？他若不回，你是不是会恨朕一世？"这一瞬间，他心乱如麻，不知自己的决定是对是错。

独孤伽罗走出文昌殿，顿觉阳光耀眼，心中有些恍惚，实不知杨坚此去会有怎样的凶险，可是也知道，事到如今，已无法劝宇文邕收回成命。

此时，阿史那颂迎面而来，见她从文昌殿出来，不禁将脸一沉，快步迎上，冷哼道："独孤伽罗，想不到你还有脸进宫！"

独孤伽罗见到她，心中不禁微微一动，福身行礼："臣妇参见皇后！"虽然说自己并没有亲见她说什么做什么，可是从重阳阁到杨坚闯宫，这两件事处处透着古怪，如今想来，恐怕与她有脱不开的干系。

阿史那颂见她不应自己的话，挥手命茜雪率众宫女退下，冷笑道："独孤伽罗，你对本宫并无敬畏之心，又何必惺惺作态！"

独孤伽罗见她并不唤起，自个儿直起身来，淡然道："皇后素来口蜜腹剑，将世事演成一场大戏，伽罗甘拜下风！"

阿史那颂听她直言顶撞，顿时怒火中烧，冷笑道："这满朝命妇，只有你独孤伽罗敢如此说话，若不是仗恃皇上偏爱，还能是什么？"

独孤伽罗只觉好笑，抬眸与她对视，一字一句道："臣妇行正止端，又有何惧？"

阿史那颂冷笑连连："行正止端？你与皇上的事闹得满城风雨，如今还有颜面来见皇上，难道是因为杨坚出征在即，怕他再不能生还，要坐实与皇上之事，以图退路？"

独孤伽罗本不愿与她争执，听她说出这种话来，顿时也是怒火中烧，以凛然目光定定逼视她，步步向她逼近，咬牙道："重阳阁中，事发蹊跷，偏皇后恰好赶到！更何况，这皇宫中对宫闱之事素来讳莫如深，为何就会传得满城风雨？难不成此事本就是皇后暗中推动？还有，杨坚身经百战，如何见得他就不能生还？皇后用心如此险恶，思之当真令人心寒！"

本来她只略有疑心，可是此时话一出口，脑中的思绪变得更加清晰，重阳阁中一幕一幕在脑中重演，终于心中恍然大悟。

是啊，那一天，奇怪的不只是宇文邕，还有她自己。那个时候，身体的异样被她强行压下，是因为她对宇文邕已经无情。而宇文邕对她本就没能忘情，有药力催逼，自然一发不可收拾。而这一切，竟然是这个自诩爱着宇文邕的女子所为。还有，杨坚进宫是受皇帝传召，如何就会听到重阳阁那日的风声？若不是旁人有心而为，事情未免太巧！

阿史那颂听她句句逼问，显然已知道事情的来龙去脉，心中顿时慌乱，连连后退，摇头道："不！你不要信口攀诬，本宫不知道你在说什么！"

她敢做却不敢认！

独孤伽罗听她矢口否认，看向她的目光顿时变得厌恶，摇头道："我独孤伽罗心中只有杨坚一人，你有如此心机，倒不如放在皇上身上，成日使这等伎俩，只怕他会离你越来越远！"随即再不想与她多说，福身行礼，"皇后保重，臣妇告辞！"说罢顾自转身，扬长而去。

阿史那颂呆立当场，眼睁睁看着她的身影消失，才喃喃道："你心中只有杨坚一人，可是……皇上心里也只有你一人，纵我再做什么，又能如何？"这数年来，自己陪着宇文邕走过多少风雨，他始终不肯回头多看自己一眼，偏偏他一心所系的女子，可以离开得如此潇洒。

三日之后，大军出征，独孤伽罗本来在与杨坚赌气，到此分别之际，终于忍不住，扑上前将他抱住，落泪道："大郎，你一定要好好活着回来！"

杨坚心中一暖，转身回抱她，柔声道："伽罗，你放心，不管此去如何艰难，我总要留一条性命回来见你！"

独孤伽罗连连点头，泪落声咽，已说不出话来。

大军出发在即，杨坚已不能再多耽搁，低头在她眉心轻轻一吻，狠狠心，断然将她放开，推门大步而去。

独孤伽罗眼睁睁地看着他消失在晨雾中，不禁泪如雨下。之前杨坚每一次出征，她都会去城门相送，而这一次，她不愿再去。前几次，至少将帅一心，为了一战的胜利，而这一次，恐怕多了君臣间的倾轧。她无法再像之前一样相信杨坚能够自己回来，她必须设法助他一臂之力！

静坐房中，听着城外号角声声，朝廷大军已经挥兵东征，独孤伽罗快速出府，向归林居而去。

按照既定战略，杨坚、独孤善二人率右路大军一路攻城略地，从秋到冬，不过三个月就兵逼晋城，一举破城而入。

独孤善进城见城内竟然没有兵马抵抗，心中起疑，向杨坚道："晋城似是一座空城，恐防有诈！"

杨坚早已察觉有异，速速命人去查。隔一会儿，马冰回报："杨将军，齐军已退出城外，反将我军包围！"

杨坚一惊，立刻与独孤善奔上城头，放眼望去，但见齐军乌压压一片，将整个晋城团团围住，足足有数十万之众。

独孤善变色道："齐军早有准备，原来那些守兵不过是故布疑阵，请君入瓮，如今我们只能出其不意，冲杀出去！"

杨坚摇头道："依照计划，我们要死守晋城，等待皇上夺下邺城之后回兵，与我们内外夹击，让敌军全军覆没，还是再等等！"心里暗叹：这一步一步，已经在伽罗的预料之中，宇文邕啊宇文邕，你可不要让我失望，大军要及时赶到。

哪知道最初三天他们还能收到宇文邕正路大军的消息，知道大军已经兵逼邺城，可从第四天开始，竟然再没有一丝消息传来。

而这个时候，马冰率人已搜遍全城，回道："将军，齐军撤退得从容，城中不要说粮食，就是连一只耗子都没有给我们留下！"

独孤善焦急起来，向杨坚道："我们的粮草只够支持半个月，再不突围，我们会被困死在城里！"

杨坚沉吟片刻后摇头："我们只有十万人马，而城外却有数十万齐国大军，他们以静制动，我们远来，已是疲惫之师，此时突围，岂不是让将士们送死？更何况皇上命我们死守，如今只是短短几日，还是再等等！"

独孤善与马冰见他意决，也知他所言是实，对视一眼，只得点头。

哪知道这一等又是三天，眼看着粮草所剩不多，正路大军仍然没有消息，城中军心渐渐不稳。独孤善随杨坚几次登上城楼，眼见齐国大军军容整肃，将整个晋城围得水泄不通，不禁心中焦灼，向杨坚道："只剩下七八日的粮草，皇上大军再不来，我们必得突围了！"

杨坚抿唇不语，一言不发地转身奔下城楼。独孤善大急，随后追去，连声道："大郎，你总要拿个主意，等到粮草一绝，我们就算突围，恐怕也有心无力了！"

马冰连忙跟着劝道："是啊，将军，我们总不能在这城里等死！"

就在此时，突然有兵卒大声喊道："快看，齐国的探子窥城了！"

三人一惊，抬头望去，但见两只大鸟从天而降，飞到近处，却是两只滑翔翼。马冰大惊，立刻喝道："弓箭手准备！"

一声令下，已有一队弓箭手冲来，拉弓搭箭，瞄向滑翔翼上的人影。

杨坚凝目而视，只见两只滑翔翼越来越近，翼上人影也越来越清晰，其中一个衣衫猎猎，裙裾飘飘，竟然是个女子，而那身影，又是如此的熟悉。杨坚心头突地一跳，疾声喝道："住手，不要放箭！"随即拔步向人影落下处奔去。

众弓箭手一怔，一时不知该如何是好。此时独孤善也认出翼上之人，含笑道："是自己人！"

弓箭手这才纷纷收起弓箭，但见滑翔翼越来越低，向城中直落下来。杨坚抢步上前，将翼上女子抱了个满怀，难以置信地问道："伽罗，怎么是你，你怎么来了？"滑翔翼上的女子正是他杨坚之妻，随国公夫人独孤伽罗！

独孤伽罗浅浅含笑："想来，就来了！"

杨坚看着她如花笑靥，心头恍惚，一时瞧得痴住，竟忘记此时何时，身在何处。

众将士见二人相拥而立，数日来的焦灼竟然暂时忘记，都含笑注视着二人。独孤善见二人浑然忘我，轻咳一声，命兵士去备酒菜，向借滑翔翼而来的另一人见礼："吴兄弟一路辛苦！"

他一说话，那两个人顿时回神，见众人围视，不禁尴尬，这才各自与独孤善、吴江等人见礼。

虽然是在军中，酒菜有限，但伙夫倒也打点精细，桌子上备下四样精致小菜，烫一壶酒，两碗白饭。

杨坚见独孤伽罗注视自己，解释道："军中粮草都有份例，何况我们已经用过！"

独孤伽罗明白，定是大军粮草已经短缺，他不敢随意妄用，却故作不知，含笑入座，与几人把酒共欢。闲话叙过，她替杨坚布菜，含笑道："如今大战在即，将士必当吃饱才有气力冲杀！"

杨坚微怔："什么大战在即？"

独孤伽罗整肃了神色，向吴江望去。吴江会意，即刻接口道："杨将军，我们来时已经侦察过敌情，齐军兵力足足二十万，又有充足的粮草，我军若是困守，数日之后，纵想突围，恐怕也无力再战！"

杨坚心底总有一些不甘，抿唇道："皇上命我们死守晋城，他必然会率兵来援，我们岂能抗命？"

独孤伽罗看穿他的心思，轻轻摇头："大郎，你要用性命检验旁人对你的情谊吗？那你又置这十万大军于何地？"

杨坚心思被她道破，顿时默然。

余下几人却听得一头雾水，独孤善忍不住问道："伽罗，你在说什么？谁对谁的情谊？"

无论如何，宇文邕总是皇帝，事关他九五之尊的威严，独孤伽罗也不好多言，只得道："皇上原意是趁着齐国元气大伤，兵分三路，全面袭击齐国各大重镇，一举平灭齐国，其后回兵，与你们里应外合，聚歼这里的齐军。哪里知道，齐国虽然大败，却并不是我们想象那般不堪一击。我们来时早已查得确切，尉迟将军和高大哥的左路大军已被困雀鼠谷，一时无法脱身。而你们又被困晋城，皇上的大军就成了孤军。他正面强攻邺城，所遇到的阻力又强过你们数倍，如今恐怕也早已被困邺城之外，苦等援军！"

独孤善悚然而惊："是啊，已经有好几日没有正路大军的消息，难道……"转头与杨坚对视一眼，眼底皆是惊骇。

连消息都传不出的原因，一种可能是已经被困，另一种可能，则是已经全军覆没啊！

杨坚也心头大震，凝眉思索。

独孤伽罗道："大郎，所谓将在外，君命有所不受。更何况，天算不如人算，如今兵情紧急，岂能不顾全军将士安危，固守什么君命？"

独孤善也忙道："是啊大郎，伽罗言之有理，你要速速决断才是！"

吴江也跟着道："将军，如今将军已守在城中七日，若是皇上大军顺利攻破邺城，我们已经起到牵制的作用；若是未能，我们再守下去，非但自己不能脱困，也耽误救援皇上的良机啊！"

杨坚衡量再三，终于点头道："好，立刻传令全军，准备突围！"

马冰大喜，立刻起身要去传令。独孤伽罗忙摆手阻止："敌众我寡，何况他们占尽天时地利，我们只能智取，不能强攻啊！"

杨坚眸子一亮，含笑道："看来，夫人早有良策！"

独孤伽罗抿唇浅笑："吴大哥已派人前往北国借来八万精兵，另外大哥原来江湖中的兄弟、徐大哥手下的兄弟、我杨府府兵与善战的门客共约十万人也已集结，而且我们已经集齐一个月的粮草。如今这几路人马就驻扎在城外十里处，等候与我大军里应外合，定要让齐军全军覆没！"

杨坚与独孤善又惊又喜，实料不到，他们统兵出征，固守晋城这些日子，她竟然做成如此大事。

惊喜之后，杨坚很快稳定心神，细细筹划如何夹攻。战略定下，他又沉吟道："我们战略虽定，可还要有人传递消息，才能做到配合得当。更何况，那几路人马还要一个统兵之人！"说到这里，抬头注视几人，"就请大哥留在城中，指挥兵马突围，我趁夜出城，与城外兵马会合，依计而行！"

此时出城，要穿过整个齐军大营，极为危险，可若是派旁人出城，城外的兵马未必肯听号令。独孤善点头，不安道："大郎，那可是二十万大军！"

杨坚哂然一笑："大哥，你忘了，我杨坚可是斥堠出身，区区二十万大军，怕还不瞧在眼里！"寥寥数语间，豪气顿生。

吴江立刻道："我与将军同往，必然万无一失！"

论行兵布阵，论智计谋略，或许在场诸人都强过他，可是他身为江湖中人，若论武功，却在众人之上。独孤善等人闻言，这才放心，点头应允。

所有的事情议定，夜色也已渐深，杨坚命马冰悄悄传下将令，自己与吴江二人整装，等到三更，从城楼上沿墙而下，悄悄摸向齐军大营。

第二日一早，齐军仍然如常围城叫骂，却并不攻城。独孤伽罗一袭戎装立在城头，纵目向城外张望，马冰却已带着弓箭手埋伏在城墙两侧，静静等待。

眼看着朝阳高升，阳光洒满晋城整个城楼，由下上望的齐军但觉光芒刺眼，一时竟看不清城楼上的情形。

就在此时，只听齐国大军之后突然一声炮响，紧接着杀声震天，铺天盖地的兵马由齐军之后杀来。独孤伽罗大喜，立刻下令："放箭！"弓箭手齐出，箭矢如雨，向齐军疾射，城下顿时人仰马翻，齐军大乱。

城下独孤善听到炮声，知道计谋已成，一声令下，率兵杀出，径直冲入齐营，直插敌军主营帅帐。

齐军大惊，各将领纷纷呼喝，急忙整兵回救，可是大军已乱，又哪里还能整得了兵马，眼瞧着杨坚、独孤善二人分从东西杀入主营，独孤善挥手一刀，齐军帅旗轰然倒地，而杨坚手中长枪疾挑，已将齐军主帅挑于枪下。齐军群龙无首，更加无从约束，被周军两侧冲杀，死的死，逃的逃，不过短短两个时辰，已尸横遍野，余下将领见再战下去势必全军覆没，只得缴械投降。

周军大获全胜，杨坚命众将收拾残局，自己纵马冲进城去。独孤伽罗看到他，从城楼上疾奔而下，径直扑入他的怀里欢呼："大郎，我们胜了！我们胜了！"

她来此之前，虽然已经有了充足的准备，可是毕竟兵力悬殊，并没有必胜的把握，如今周军大胜，自然大喜若狂！

杨坚性子端稳，虽不像她一样放声欢呼，却早已笑容满面，紧紧将她抱住，连声道："伽罗，多亏有你，幸好有你！"带着满心的虔诚，俯首吻上她的额头。

独孤伽罗含笑轻推："救兵如救火，快快去增援皇上吧！"

杨坚应一声，回头就见吴江等人就在身侧笑望，不禁红了俊脸，为掩遮尴尬，大声传令整军，赶往邺城。

第五十八章

灭齐国功高震主
QUEEN DUGU

所谓百足之虫，死而不僵，齐军虽然大败，可终究是一大国，加之周军远征，齐军早做准备，几乎调倾国兵力回守邺城，以逸待劳。宇文邕三个月连续作战，攻到邺城城下时已经是疲惫之师，短短两日交兵，被齐军困于重围之中。齐国国君高纬端坐在城楼上观战，连声喝令，必要将周国皇帝宇文邕斩于城下，以震慑诸国。

宇文邕身陷重围，对齐军的嘲弄恍若不闻，只是身先士卒，拼力苦战，眼看着齐军潮水一样退了又上，不止不歇，他一颗心慢慢地沉了下去。

这里是齐国之都，齐国以举国的兵力拒周军于都城之外，所有的兵士交替上阵，却并不死命冲杀，显然是要将自己大军困死在这城门之外。而自己的大军已陷入包围整整三个日夜，不眠不休，只能靠身藏的些许干粮和清水苦苦支撑。眼看着将士一个一个倒下，他实在不知道这样无望的挣扎还能持续多久。

宇文邕漫无目的地挥刀拼杀，只觉整条手臂已经酸疼，几乎握不住兵刃，只好咬牙撕下衣襟，将刀缠在手上，挥刀再战。他自知必死，此时已不再保留一丝气力，疾冲之下，竟然连斩两名齐将于马下。

齐军将领见他如此悍勇，倒也意外，大喊一声，便有三名将领齐齐向他围来。杨素护在他的身侧，见状立刻挺身而上，挥刀迎住二人，拼力死战。只是二人终究已经是强弩之末，不过十几个回合，就被逼入死角。

宇文邕再也无力冲杀，心中满是绝望，正要弃刀赴死，突然间，就听号炮声四起，喊杀声连连，齐军之外，大量周兵冲杀而至，顿时扰乱齐军阵营。

宇文邕一怔，纵目望去，只见一员猛将一马当先，率领一小队兵马，如一支利剑，划开整个齐军大阵，向这里冲杀而来，竟然势如破竹，挡者披靡。

宇文邕还未回神，杨素已一眼认出来人，大喜叫道："皇上，是杨坚！杨坚的大军到了！"振奋之下，手中钢刀疾出，顿时有一齐将毙命。

宇文邕却颇为意外，诧异道："杨坚？"依照他的命令，杨坚该死守晋城啊！他在被困前得到消息，杨坚已早他一步被困，为什么此刻会赶来这里？

随着那队人马杀近，马上将领已瞧得清清楚楚，正是杨坚率领所部暗卫军奔杀而来。除去这队兵马，独孤善、高颎、尉迟迥、杨整、阿史那玷厥以及北国各部首领各率大军从四方攻到，不过片刻，已将齐军冲散，径直破城而入。

城内齐君高纬见状，惊得魂飞魄散，眼见大势已去，只好招旗投降，脱下王服，亲自出城迎宇文邕进城。

苦战多日，宇文邕早已衣衫尽碎，形容狼狈，而此时反观杨坚，却仍然鲜衣亮甲，精神抖擞，一时间，他心中感慨，说不清自己此刻的情绪是欢喜，还是恼怒，或许还多了一些怅然。

杨坚对他复杂的目光浑似不觉，驰到近前下马，倒身跪下，朗声道："皇上，邺城已经攻破，齐王高纬投降，请皇上进城！"

宇文邕恍然回神，抬起头，但见齐君高纬手捧玉玺，率领齐国满朝文武跪在城门之前，而邺城城头已换上周国大旗，这才醒觉齐国已亡，齐国领土已归入大周版图，胸中豪气顿生，大手一挥，喝令进城。

公元577年正月，齐国遭受周国、北国的合力重击，国都邺城失守，这场历时九十多天的战役结束，齐国宣告灭亡，享国二十八年，此后，周国统一北方。

周军大胜，不日班师回朝，长安城中一片欢腾。宇文邕高坐龙椅，安德一道道宣读圣旨，有功之臣论功行赏。最后才点到杨坚的名字，宇文邕道："此次灭齐，随国公杨坚当居首功，故封杨坚为柱国大将军，赏银三万铢、美妾四名！"

此言一出，朝中顿时一片纷议，杨坚也呆立当场。旁人所惊，是那柱国大将军的无上荣耀，而杨坚却是震惊于那四名美妾，一时间不知该如何是好。

怔立片刻，杨坚双拳紧握，恨恨咬牙，向外跨出一步。高颎看破他的心思，忙将他手腕握住，低声道："大郎，回去再说！"此时他若出言拒绝，当着满朝文武，可是抗旨不遵之罪！

杨坚默然一瞬，见满朝文武齐齐向自己望来，只得跪倒："臣领旨谢恩！"

宇文邕居高临下，看着他下跪领旨，嘴角掠过一抹意味不明的笑意，温声道："随国公，辛苦了！"抬手命他免礼。

大军回朝，杨坚再立奇功，随国公府上下一片欢腾。此时安德率人前来传旨，独孤伽罗欢欢喜喜迎出。哪知道除去封赏之外，竟然还有四名美妾，一时间她如遭雷击，良久后才回神，只得勉强谢恩，将赏赐收下。

杨坚满腹愤怒，退朝后并不回府，而是直奔归林居。高颎见他脸色不好，放心不下，急忙跟来。

吴江见杨坚怒气冲冲而来，迎上前要问，见高颎向他摆手，当即忍住，替二人取上酒来。

杨坚闷头连灌几杯，突然一拍案子，大声道："我们出生入死，流血流汗，难不成只是为了什么荣华富贵？"

高颎冷不丁被他吓一跳，劝道："大郎，此次出兵，你居功至伟，他给你赏赐也是一番好意，我想伽罗也能明白！"

杨坚仰头又灌一杯："伽罗明白，可我不明白。他明知道我和伽罗伉俪情深，再容不下旁人，为何定要塞四个女人给我？他置伽罗于何地？置我们兄弟之情于何地？"

高颎默然，低叹一声，不知该如何再劝，抓过酒壶自己也猛灌一口，摇头道："如今的皇上，再不是我自幼相识的阿邕了！"大手在杨坚肩上重重一拍，唏嘘道，"兄弟，你说，那皇权高位当真是穿肠毒药？怎么好端端的人坐上去就变了呢？怎么就变了呢？"说完，再猛灌一口。

杨坚连连点头，也抛下酒杯不用，抢过酒壶灌一口，落泪道："大哥，我很怀念当初我们在废弃酒庄一同喝酒、一同谋事的日子，可惜，那时的阿邕回不来了！回不来了！"说到后句，胸中闷堵，仰头连灌几大口。

此时此刻，他终于明白，那时的阿邕回不来了，兄弟之情也烟消云散，留下的，只有那个高高在上、觊觎自己妻子的帝王！

杨坚又哭又说，勾动高颎的情绪，高颎也不再多劝，拍拍他的肩道："兄弟，不怕！不怕！你还有大哥，还有伽罗！我们总有法子！"再取一个酒壶，与他纵情狂饮。二人连干两坛，吴江看着担心，只好哄二人店里无酒，才将二人劝走。

杨坚大醉而回，跌跌撞撞进府，刚刚走进自己的院子，见独孤伽罗坐在院子里发呆，忍不住疾冲而上，一把将她抱住，哑声道："伽罗，我们走吧！离开这里，走得远远的！"

独孤伽罗被他吓一跳，跟着心里微暖，叹道："大郎，你醉了！"如今的他，是朝中重臣，又能走到哪里去？

杨坚摇头道："不，我没醉，我知道自己在说什么！"慢慢在她面前坐下，泛红的眼睛仔细盯着她道，"伽罗，我想好了，只要有你，有孩子们，天涯海角，都可以是家，什么功名富贵，我全都不放在心上！"

独孤伽罗满心震动，默默向他回望，隔了良久，终于点头道："好！大郎去哪里，伽罗就去哪里！"投入他怀中，与他紧紧相拥，但觉天地之间，当真有彼此已经足够。

第二日，杨坚退朝之后径直向文昌殿而去。宇文邕似乎已经料到他要来，见他要跪下见礼，摆手道："随国公不必多礼。"

杨坚身子微微一顿，还是掀袍跪下，向上行礼道："臣今日此来，是请皇上撤去微臣柱国大将军一职！"

宇文邕只道他因那四个美女而来，闻言倒微微一怔，奇道："这是为何？"

柱国大将军啊，整个大周只设八职，又可手握兵权，是武将的无上荣耀，旁人盼都盼不来，他竟然请辞。

杨坚磕头道："皇上，朝中劳苦功高、功勋卓著的老将比比皆是，臣虽有寸功，却还难及项背，实难担当皇上如此重托！"

宇文邕不知此言是不是他的本意，审视他片刻，轻轻摇头："随国公，伐齐一战，你力挽狂澜，又何必过谦？"

杨坚回道："皇上，伐齐一战，全赖将士同心，而北国相助，也并非杨坚一人之功。如今，皇上对臣厚爱，给予重赏，只怕军中众将不服，朝中众臣也有微词啊！"

宇文邕佯怒道："朕旨意已下，谁敢不服，只管与朕来说！"

杨坚道："皇上，臣与皇上是八拜之交满朝皆知，皇上越是偏爱，朝中众臣越会不服，只会以为皇上任人唯亲，任用亲信。若果然如此，对皇上英名有损，是微臣之罪！"

这些宇文邕倒不曾想过，心中不禁动摇，沉默片刻，为难道："只是朕旨意已下，难道朕要出尔反尔？"

杨坚听他语气松动，心中暗喜，立刻向上行礼："皇上，臣连年征战，大伤小伤无数，身体疲惫，已无法长途征战，实难当此大任。只是臣身受皇恩，自当为国分忧，请皇上准臣离开长安，取一贫乏之地，以区区余生为国效力。"

称病辞去大柱国之职，倒是个折中的办法！

宇文邕点头，略想片刻，试探问道："你所说贫乏之地是……"

不等他说完，杨坚立刻接口："皇上！东征之时，臣曾攻下一城，名唤定州。定州本来土地肥沃，只是连年大旱，加上齐王无道，连年苛捐杂税，民不聊生。大战之后，定州几成废城，田地荒废，百姓流离。臣愿前往定州，整顿地方，安置百姓，与民再建家园！"

看来，他是一切都已经想得周到，而这些究竟是他一人之意，还是……也是伽罗之意？她就这样巴不得离自己越远越好吗？

宇文邕心中有些恍惚，有些酸痛，废然叹道："既然你去意已决，朕也不强求！"

杨坚听他应允，心底顿时一松，立刻叩头谢恩："臣谢皇上成全！除此之外，皇上赐臣四名美人，臣福缘浅薄，怕无福消受，还请皇上收回！"

宇文邕眉心微拢，明知故问："这又何必？"

杨坚道："回禀皇上，当年臣当着卫国公满府亲朋立誓，此生只有伽罗一人，断不敢自食其言！"

宇文邕听他提及伽罗，心底的酸涩更浓，却又有些不甘："男子三妻四妾本是寻常，何况你又是朝中重臣，伽罗性情豁达，岂是个不容人的？怕还是你想多了吧？"

他和伽罗由爱侣直至陌路，就是因他迎娶北国公主一事，如今，杨坚竟然为她拒受他的恩赏。

杨坚坚持："伽罗固然豁达，只是她对微臣情深，臣不敢有负！"

宇文邕听他不断提及他与伽罗之情，心中怨气越发难平，突然起身道："够了！大军出师大捷，本是极大的喜事，你却将朕的封赏视若无物，在你眼里，就只有伽罗，没有君威吗？"甩袖向外就走，冷声道，"你退下吧，朕乏了！"说罢大步出殿，片刻间走得无影无踪。

杨坚跪伏殿中，良久后才双手成拳，暗暗咬牙。只是皇帝离去，身为一个臣子又能独自在文昌殿中久留,只得悻悻起身,出宫回府。

听说他辞去柱国大将军一职,随国公府中上下皆惊,议论纷纷。宇文珠出身皇室,只觉杨坚此举太过不识抬举。尉迟容却思他忤逆皇帝,或将给杨家招祸,更令独孤伽罗落得一个善妒的名声。

宇文珠连连点头附和:"是啊,前次进宫,我都已听到宫婢们私下议论。"

杨坚与独孤伽罗互视一笑,轻轻摇头:"两人情之所至,又如何容得下旁人?世人如何去看,我并不在意,此生断断不会再纳旁人!"

独孤伽罗深深注视着他,心中满是感动,自案下伸手悄悄与他双手交握,含笑道:"能得一心之人一生一世倾心以待,我独孤伽罗又何惜一个名声?"二人久久对视,一时间,竟忘记身边还有旁人。

满堂的人看到二人神色,都不由耸然动容,宇文珠拐杨瓒一肘,轻声道:"你也要像大哥一样,只有我一个!"

杨瓒也是满心震动,反手将她的手握住,低声答应。

尉迟容满脸艳羡,转头向杨整望去。杨整触上她的目光,却垂下眸子。

杨爽瞧瞧这个,再瞧瞧那个,闷闷道:"大哥大嫂之情深厚,偏偏皇帝不肯将那四个女人收回,这可如何是好?"

宇文珠低笑一声,戏道:"横竖阿爽还不曾成亲,不如你代大哥收了如何?"话没说完,就招来杨爽的一记眼风。

只是此事总要一个了结,独孤伽罗默思之后,决定亲自进宫,与宇文邕做一个了结。

宇文邕听到她来,立刻命人请入,含笑问道:"你有日子不进宫,今日怎么想起见朕?"心里暗叹:真是冤孽,任凭她如何无情,见到她的这一刻,他的心,仍然不自禁地欢喜跳动。

独孤伽罗不应他的话,如常跪下行过大礼,这才道:"皇上赐给杨坚的四名美人,请皇上收回!"

宇文邕听她张嘴就是杨坚,不由脸色一沉,皱眉道:"伽罗,朕是九五之尊,给出的赏赐岂能收回?"

独孤伽罗淡淡道:"可是杨坚辞去柱国大将军一职,皇上就已应允!那不也是皇上御口亲封,金口玉言?"

宇文邕被她反将一军,心中微怒:"杨坚托病,说连年征战,伤病相加,不堪重任。柱国大将军是国之柱石,他既不能胜任,朕自然不能置千万将士于不顾,将重任强加于他。可是那四个美人是朕的恩赏,他岂能说退就退?"

独孤伽罗见他言辞凿凿,说得煞有介事,不禁摇头:"皇上,你口口声声不忘当年,就当知我独孤伽罗断不肯与人共侍一夫,如今你强赐杨坚美人,又置伽罗于何地?"

宇文邕听她以当年事相责,那是心头第一恨事,咬牙道:"伽罗,朕就是要让你明白,这世间男子都可三妻四妾,杨坚也是如此,不独我宇文邕!"

独孤伽罗满脸失望:"你只想以这样的方法击碎我心中所念,竟然毫不顾惜往日之情，又有何面目来谈一个情字？情之一物，根本是容不下第三个人的，你不明白！你永远都不会明白！"

宇文邕被她的神情刺到，不由惊跳："独孤伽罗，你是在利用朕对你之情予取予求吗？"

独孤伽罗摇头："阿邕，我只是想保留你我最后的一点情分。世事早已变换，你不是当年的你，我也不是当年的我，你我已再无可能。放过我，也放过你自己，我们还是至交好友。你一意孤行，只能让我们反目成仇，又是何苦？"

是啊，人世沧桑，已经几经变换，他早不是当年的他，而她，也不再是爱着他的小伽罗了！

宇文邕心底最后一丝堤防被她一语击溃，身子轻轻一摇，缓缓坐下，痛声道："伽罗，我放不下！"

男子脸上的痛苦让独孤伽罗的心有一瞬间的柔软，她轻声叹道："阿邕，你该放下了！你是九五之尊，多少宏图霸业等你完成，你该看看未来，看看你的身边人，而不是一意想着过去！放过我，也是放过你自己，好吗？伽罗会一世念着你的好！"

如果能放下，他又何苦如此？

宇文邕默然一瞬，惨然笑起："好！你既决意如此，我放你走！走吧！那四名美人，朕会命人另行安置！"

看着他脸上惨淡的笑容，独孤伽罗心里突然掠过一抹寂寥，款款福身施礼："伽罗谢皇上成全！"最后看他一眼，转身离去。

帝王又如何，身居高位，却未必事事如意，或许，杨坚的坚持才是对的！

望着独孤伽罗出殿，越走越远，宇文邕终于忍不住落泪。伽罗，既然我们注定此生无缘，当初为何要遇上？

第二日早朝，众臣议过朝政，宇文邕沉吟片刻后开口："前几日，随国公旧伤发作，太医诊治，恐日后难以上阵杀敌，不能胜任柱国大将军一职，随国公亲口请辞解甲归田，朕思之再三，为我大周计，也为体恤随国公劳苦，已经应允。"

此言一出，朝上顿时一片哗然。赵越与陈王一党固然惊喜，高颎、杨素却大感不解，齐齐向杨坚望去。

虽然杨坚几次出征，确实受伤无数，可小伤虽有，从无大伤，何至于不能上阵杀敌，要辞去柱国大将军一职？

杨坚却不动声色，回二人一个淡然的眼神。

高宾当先出列奏禀："皇上，随国公功勋卓著，是不可多得的将才，皇上万万不能答应！"

尉迟迥跟着附议："是啊，皇上，随国公是国之栋梁，身上有伤，仔细调理就是，何至于解甲？请皇上三思！"

杨坚见二位老臣言辞恳切，不由暗暗苦笑，自己受二人看重，自然是心怀感激，可是他们此刻挽留，只怕是帮了倒忙。

宇文邕等二人说完，才含笑摆手："二位大人莫急，朕的话还没有说完！"目光转向杨坚，"如二位大人所言，杨坚是不可多得的人才，朕岂能轻放？如今他虽说卸去柱国大将军一职，但朕决定授他定州总管一职，不日即可上任！随国公，你意下如何？"

杨坚提着一颗心静立，直到他的话出口，才大大松一口气，忙跪倒谢恩："臣谢皇上隆恩！"

皇帝旨意传入杨府，众人松一口气的同时，又感觉到离别的愁绪。杨爽执意同行，杨坚、伽罗也放心不下幼弟，自然点头应允。

独孤伽罗环望自己经营十多年的杨府，心中也颇为不舍，向尉迟容与宇文珠郑重托付。在所有人的离愁别绪中，唯有尉迟容挥去独孤伽罗的阴影，心中有一丝快意，有一丝欣悦，更多的，是对未来的期待。

匆匆准备，杨坚、伽罗带着杨爽和杨丽华姐弟以及杨广，于三日后向家人辞行，启程前往定州。众人刚出府门，就见安德带领一队侍卫、两名宫女匆匆而来。安德向杨坚行礼："随国公，随国公与夫人远行，皇上出宫不便，特命老奴前来代为送行，盼国公与国公夫人此去定州一路顺风！"

杨坚躬身还礼："有劳公公！"

安德含笑道："皇上还嘱托，请国公到任之后，务必励精图治、勤政爱民，造福一方地方！"

这句话已经是皇帝的口谕，杨坚当即跪倒："臣身受皇恩，断不会有辱使命！"

安德点头，从小太监手上取过一道圣旨，扬声道："随国公，皇上有旨！"

圣旨还放在口谕的后边！

杨坚心中咯噔一声，与独孤伽罗对视一眼，只得叩首："臣杨坚接旨！"身后伽罗率领全府上下，呼啦啦跪倒一片。

安德展旨宣读："随国公杨坚，功勋卓著，为我大周立下汗马功劳，今远赴定州偏远之地，朕念路途艰险，特准随国公幼子杨广免去奔波之苦，恩养宫中，日后为太子伴读，以彰卿之功勋！"

旨意读完，杨坚、伽罗二人都已然变色，瞬间明白宇文邕之意。这是要扣杨广为质，钳制他们夫妻啊！

安德见杨坚不应，将旨合上送到他的面前："随国公，领旨吧！"

杨坚跪而不语，独孤伽罗上前道："安公公，阿广年幼，岂能离开家人？"

安德叹道："国公夫人，这是圣旨，圣意难违，请夫人不要让老奴为难！"将圣旨强塞入杨坚手中，向身后宫女挥手，"请小公子进宫！"

两名宫女上前，将杨广从歆兰怀中强行抱走，杨广顿时放声大哭。独孤伽罗心中一疼，急忙赶上夺回杨广抱在怀中安抚，急道："安公公，我即刻进宫向皇上呈情！"

杨坚将二人挡在身后，也道："安公公，我杨府这许多人都留在长安，皇上还不放心吗？"

安德耳听着幼儿哭声，看着无助的独孤伽罗，心中微觉不忍，叹道："随国公，皇上圣意已决，早已传令宫门，阻止二位进宫。为了随国公府满门，您还是遵旨吧！"

杨坚、伽罗听到最后一句，同时心头一震，对视一眼，都从对方的眼里看到愤怒和绝望。

安德见二人不再反抗，命人将杨广接过，向二人深施一礼，转身而去。

杨广趴在宫女肩头，望着越来越远的父母，伸出小手，哭得声嘶力竭。

独孤伽罗泪如雨下，拔步想要追去，却被杨坚揽回，只能眼睁睁地看着杨广被抱上马车，很快消失在视线中，再隔一会儿，连哭声也再听不到。

十里亭中，高颎、杨素、吴江等人置酒送别，早已在此等候多时。见到杨家一行的马车，几人连忙迎出亭来。一眼看到二人的神情，高颎大吃一惊，忙问道："发生何事？"

独孤伽罗生怕话一出口，忍不住眼泪，摇头不语。杨坚满脸愤怒，低声道："阿广被皇上留在宫里！"

高颎愣怔片刻，连连跺脚，恨道："他这是要做什么？"

做什么？自然是他杨坚功高震主，就是交出兵权，远赴定州也不能让宇文邕放心，定要他留下幼子为质。

杨坚苦笑。

高颎也转瞬明白，只得安慰："长安有我们在，一定会好生照应阿广，你们此去山长水远，还要一切小心！"

杨坚点头相谢，与众人对酒道别。

就在此时，只听马蹄声响，一人一骑从长安方向疾驰而来。众人回头望去，但见马上人束发长衫，腰悬长剑，身后还背着一个小小的包裹，竟然是卫国公独孤善。

独孤伽罗大为意外，忙抢步迎上："大哥，你这是往何处去？"

独孤善一跃下马，笑道："我已请准皇上，与你们同往定州！"见众人诧异，含笑望向伽罗，叹道，"历经生死，什么爵位富贵，我独孤善再不放在心上，如今在意的，也只有这个妹妹！"

纵不在意荣华富贵，长安物华天宝，又岂是贫瘠的定州可比？

独孤伽罗感动莫名，紧紧抓住他的手，一时说不出话来。

杨坚见他心意已决，也不再辞，当即与众人举酒而辞，带领家人，往东而行，远赴定州。

同一时间，宇文邕独立城楼，纵目远望，而关山阻断，再也瞧不见那个女子远去的背影，只余下一片孤寂的江山伴随着漫长的岁月。

第五十九章

避帝忌携家出藩
QUEEN DUGU

　　杨坚、伽罗一行，由西向东，从繁华走向贫瘠。跨过原来齐周两国边界，山路重重，道路越来越艰险。幸好天气渐暖，沿途青山绿水，倒一时令人忘忧。
　　数月之后，一行人终于踏进定州地界。界碑前，定州刺史耿康率属下官员已在此恭迎，见到杨坚一行，立刻上前行礼："敢问，来的可是定州总管杨大人？"
　　杨坚一跃下马，拱手道："正是杨坚，敢问这位大人……"
　　耿康忙再次见礼："下官定州刺史耿康，见过大人！"在他身后，众官员也同时行礼，各报名姓。
　　杨坚一一还礼："有劳各位同僚远迎，杨坚愧不敢当！"
　　耿康含笑道："三日前就接到驿站禀报，说杨总管就在这几日抵达定州。定州地界不太平，下官特意来此相候！"寒暄几句，请杨坚上马，自己策马随行，一路指点定州风情。
　　杨爽策马伴在独孤伽罗的马车旁，见耿康骑着一匹枯黄秃毛的瘦马，撇嘴道："大嫂，这定州刺史怎么如此寒酸？骑的马儿还不如头驴子！"
　　独孤伽罗低声斥道："不要胡说！"侧头看到耿康的坐骑，轻轻摇头，轻声嘟囔，"你说的倒也没错！"心里暗叹：看来，这定州果然贫瘠，定州刺史尚且如此，那寻常百姓的日子，岂不是更加艰难？
　　果然不出所料，走进定州城，独孤伽罗掀起车帘张望，只见一条长街破破烂烂，路旁店铺大多关门，更有许多门窗都已破碎。衣衫褴褛的乞丐三五成群，或卧或立，缩在檐下，更有皮包骨头的百姓跪在街边卖儿卖女。
　　看来，这定州百姓的日子果然过得十分艰难！独孤伽罗暗叹，慢慢将车帘放下。
　　队前的杨坚看到这番场景，也微微皱眉。耿康见他这副神色，不禁心虚，解释道："杨总管，定州连年大旱，加之赋税极重，田地耕种的收成还不够向朝廷纳税，所以百姓宁愿沦为乞丐也不愿种地。加上年前一场大战，男丁都被抓去充军，百姓越发没有生路。"

那场大战，杨坚亲历，这定州城又是他亲手攻下，他又如何不知？

杨坚沉默一瞬，望着街边的百姓，心中不忍，叹道："如今旁事且先不管，总要设法筹粮，救济百姓。"

耿康点头："往年交过赋税，本就剩不下什么粮食，纵有一些，也早已分发百姓，如今定州粮仓，连老鼠都不肯路过了！"

杨坚皱眉："如此艰难，可曾请朝廷救济？"

耿康苦笑："齐国国君只顾自己作乐，哪里还管百姓？如今定州初归大周，呈上的奏折还不见批回。"

独孤善默听多时，此时忍不住叹道："这定州岂不是人间炼狱？"说话间，回头望一眼杨坚，实在不明白，这天下之大，他为何偏偏选这样一个地方。

杨坚回他一个无奈的眼神，只是微微一笑，不觉向马车回望一眼。定州，可是伽罗三思之后选定的地方。

独孤伽罗正挑帘往外望，触上他的眸光，回他一笑。看来，她选的这个地方，又要劳他费心了！

此时二人一个车里，一个马上，心意互通，竟不需要只言片语。

车马辚辚中，一行人直入定州总管府，耿康还在替定州辩白："若不是大旱，定州也不至于如此！"

杨坚复又见过各级官员，直到送众人离去，才向后宅而去。院子里，杨爽指挥家人扛抬箱笼，独孤伽罗与独孤善却在厅中翻看定州历年的卷宗。

见杨坚进来，她将手中卷宗抛下，叹道："果然如耿刺史所言，这定州城早已被掏空，不要说什么屯粮和赋税，怕连今年春耕的种子都没有！"

杨坚取过卷宗一一翻看，越看眉头皱得越紧："我早知定州贫瘠，哪知道竟然一贫至此！"

独孤善忍不住道："大郎，饿极生恶，若长此下去，必生民乱，到时怕又是你的罪责！我实在不明白，你们纵要避开长安，为何偏偏要选这样一处地界？"

杨坚不答，反向独孤伽罗问道："是啊，为何偏偏要选这样一处地界？"

独孤善惊讶："大郎，你居然不知道？"

原来这个地方是伽罗所选，杨坚竟然问都不问就向皇帝请旨。

独孤伽罗见二人眼中都是疑惑，微微一笑，反问道："你们可曾记得，当年我们查宇文护私铸劣币一案，曾查到他有大量藏金，却始终没有结果？"

独孤善被她提醒，眼前一亮，击掌道："不错！当年徐大哥的人一路追踪，追入齐国境内，后来不知去向，难道那批藏金是在定州？"

独孤伽罗含笑点头："当年，我看过各路兄弟传回的消息，大多是在这定州附近失去踪迹。我据此推测，宇文护的大批藏金怕就在这定州附近。只是此地原属齐国，我们行动不便，只好作罢！"

独孤善听得连连点头，跟着又心生疑问："当年宇文护意图逼宫夺位，私养四十万大军，那批藏金，或者早已用去七八，所剩无几，如今我们还能找到什么？"

独孤伽罗摇头："宇文护狼子野心，断断不会满足于大周天下，夺位之后，自然会四处征战，扩张领土。当年他率兵出征，曾在齐国手中大败，引为奇耻大辱。他若当真掌握天下，这齐国首当其冲，是他必征之地，到时藏在齐国的藏金就成了他东征最有力的保障！至于他私养的四十万大军……"冷笑一声才接了下去，"那些州府被他弄得满目疮痍，比定州有过之而无不及。他哪里是用藏金养兵，分明是吸百姓血泪、食百姓骨髓养兵啊！"

虽然宇文护已经伏诛多年，可是经她一说，想到宇文护心机之深、手段之毒辣，杨坚、独孤善二人还是心有余悸。默然片刻，独孤善才问道："伽罗，你选定州，就是为了寻找那批藏金吗？找到之后呢？全部奉给朝廷？此事你从未向他提过，就不怕他再起疑心，对你们不利？"

独孤伽罗和杨坚自然明白他口中的"他"指的是谁，不禁相顾苦笑。

是啊，若是当年大家齐心协力对付宇文护之时，找到这批藏金，他们自然是毫不犹豫地将它奉给朝廷，可是如今，只因杨坚功勋卓著，宇文邕就疑心至此，若再知道他们始终隐瞒藏金之事，又会如何去想？

独孤伽罗默思片刻，连自己也不知该当如何，只能叹道："既来定州，我们便当设法造福一方百姓，也不枉跋山涉水来这一趟！藏金的事，靠的还是缘分！"

独孤善眉结顿开，击案道："不错，当务之急，就是整顿地方，救济百姓，不要落人口实，又被旁人诟病！"

杨坚点头："是啊，如今我们只想如何治理定州，旁的事不必多想！"他抛开刚才的话，取过卷宗，仔细翻看，三人细细商议。

定州之所以贫瘠，是因连年大旱，庄稼颗粒无收。而三人细查之下，发现定州田地宽广肥沃，只是灾害加上战乱，无人耕种，才致使定州越来越穷，直到如今的地步。

知道了问题的症结，三人倒是稍稍松了一口气，互视而笑。

如此一来，他们只要设法引水灌田，安民耕种，三五年内，就可令定州焕然一新。说起来，此事需时太长，可是如今他们避世此处，最不缺的，也就是时间。

从第二日开始，杨坚就命定州各级官员四处勘察河道，察看田地，思虑引水灌田之法。耿康见他如此安排，显然要大展拳脚，顿时精神一振，亲自陪同他踏遍定州境内所有的河流湖泊，与他一同商议引水之法，思考如何能顺利将水引入田地，还能尽量不劳民伤财。

那一日，独孤伽罗得一时闲暇，陪同杨坚去城外察看河流走向，立在河边，但见不远处的河滩上密密地生着一片竹林，不禁心头微动。

杨坚刚刚查过水质，见她怔怔出神，起身向她走来，问道："伽罗，怎么了？"顺着她的目光望去，除去竹林，再没有旁物。

听到他询问，独孤伽罗恍然回神，一把将他抓住，连声道："大郎，我想到了！当初宇文会所说的伽蓝陀，我们都以为是指寺庙，可是你记不记得，典籍记载，伽蓝陀以其所有之竹园起精舍奉佛，后以其名称此僧园。伽蓝陀的本身，实则就是一片竹林啊！"
　　杨坚自幼本就在寺庙长大，被她一点，瞬间恍然大悟，"啊"了一声道："如此说来，不生不灭，不垢不净，不增不减，指的是流水？"
　　独孤伽罗慢慢点头，一字一句道："流水边的竹林！"
　　他们追寻多年，一直无果，此时那句偈语解开，谜底竟是如此的简单。
　　杨坚深吸一口气，俊眸闪亮，欣然道："如今定州城河流田地都已勘测，如果我们能找到那批藏金，就可雇用民夫立刻动工，田地立刻就能得到灌溉！"
　　独孤伽罗点头，又思忖片刻才道："单单一片竹林并不能藏金，如今我们只往依山靠水的竹林去找，必定能找到藏金之所！"
　　范围缩小，目标既定，二人顿时精神大振，会同独孤善，开始搜索每一片依山靠水而生的竹林。只是定州说大不大，说小也不小，周边又多是山，河道蜿蜒，三人寻找多日，都是无功而返。
　　那日三人又是一日徒劳的寻找，拖着疲累的脚步踏入总管府，杨坚见独孤伽罗一脸疲惫，心中疼惜，柔声道："明日有我和大哥去就好，若有消息，立刻命人报你！"
　　独孤伽罗却默默出神，对他的话好似没有听到，直到他连唤数声，才悚然回神，看看他，又看看独孤善，皱眉道："这几日，你们可曾觉得我们身边有些怪异？"
　　杨坚和独孤善错愕，对视一眼，各自摇头。
　　独孤伽罗皱眉道："似是有人暗中跟踪，可是我几次回头，又没有人！"见二人都茫然摇头，捏一捏眉心苦笑，"许是这几日太累，我又在胡思乱想！"她振作一下精神，不再多想，别过独孤善，与杨坚一同回房。
　　二人刚刚走到门口，突然间，只听背后风声骤起，袭脑而来。独孤伽罗一惊，下意识一推杨坚，向左疾避。只听"噗"的一声轻响，一支利箭擦过她的脖颈，射上门扇。
　　杨坚喝道："什么人？"拔步就要追去，却被独孤伽罗一把拉住："是有人以箭传书！"目光扫过黑暗中的庭院，她上前将门上利箭取下，果然见箭身上裹着一张带字细绢。
　　二人进屋，就着灯光向绢上细瞧，只见上面是一行整整齐齐的字迹：要获伽蓝陀，必往东罗山。
　　杨坚动容道："难道我们要找的地方在东罗山？"重要的是，居然有人知道他们在找什么，而那送信人也知道那东西在什么位置。
　　独孤伽罗沉吟片刻，点头道："既然有人指点迷津，我们明日前去一查就是！"话虽如此，心中却暗暗戒备。此人暗中指点，看似一片好意，只是刚才那支利箭来得突然，带着杀气，令人不得不防。
　　第二日，伽罗一行三人问明东罗山的方向，出南城门而去。
　　靠着东罗山，有一条极大的河流蜿蜒而过，在山和水之间，果然有一片极大的竹林。

独孤伽罗立在竹林之外，耳听流水潺潺，看看竹林幽幽，不知为何心中有些不安，皱眉道："我们多日搜寻无果，如今这线索来得也未免太过容易！"

独孤善却不以为然："若不是我们追查多年，你又如何会锁定定州？这些日子，我们几乎踏遍定州四周所有的地方，迟早会找来此处。"

独孤伽罗摇头，想到昨晚的那一支利箭，心中总觉不安。她正在这里犹豫，就见一名衙差急匆匆向这里而来，躬身道："大人来得正好，耿刺使在河边发现一堆白骨，请杨总管前往查看！"

白骨？还一堆？

杨坚皱眉，向伽罗道："我们去瞧瞧！"当先向河边而去。

河滩上，几十副白骨一字排开，虽然是在阳光下，可看起来依然阴森可怖。

杨坚等人不禁轻吸一口凉气，微微定神，上前细细查看。但见白骨大多齐整，并无断裂，从大腿骨的粗壮程度来看，全部都是成年男子。且大骨上已有细微小孔，骨质已经变得疏松，显然时日已经久远。

独孤善看得心惊："这许多人死在此处，竟然没有人知道？"

耿康摇头道："定州城中并无大量人口失踪的案子，这些人或者是外乡人！"

杨坚蹲下身，对白骨一一细查："这些人的指骨大多较常人粗一些，有一些扭曲变形，是常年习练外功或者做粗活造成。"翻看指骨的手突然微微一顿，手握成拳，他慢慢站起，向耿康道，"死者为大，不管他们是什么人，还是先行安放，日后再设法处置！"

耿康应命，吩咐差衙前去唤人，将白骨一一收起。

独孤伽罗见杨坚低头思索，上前问道："大郎，可有什么发现？"

杨坚回头，见耿康等人还在查看现场，招手将独孤善唤来，将紧握的手一摊，只见掌心金光烂然，竟然是一小锭金子："我在白骨的手掌中找到，想来那人死前紧紧握住，并没有被人发现。"

独孤伽罗与独孤善对视一眼，齐声道："难道是藏金？"

杨坚郑重点头，转头望向群山，目光寸寸轻移，低声道："我问过村民，这竹林之后就有一个山洞，只因不好攀爬，所以人迹罕至。想来，我们要找的东西就在那里！"

独孤善立刻道："那我们还等什么？"拔步向竹林而去。杨坚辞过耿康，与独孤伽罗随后跟上。

三人穿过竹林，沿山坡而上，独孤伽罗越走越慢，终于停住，唤道："大郎，大哥！"见两人回头，她逐一望去，摇头道，"不对！"

"什么？"二人齐问。

独孤伽罗道："为何事情会如此巧合？昨夜有人传书，引我们前来东罗山，马上就在河滩发现白骨，而位置又恰好在竹林边。更蹊跷的是，刚才那片竹林虽大，大竹却很少，大多是两三年生的小竹，更像是不久前被人移来此处。而藏金之地万分重要，岂能选一处村民皆知的山洞？这么多年来，就没有村民误入？若这一切都是人为，那他的目的是什么？"

听她层层剖析，句句反问，杨坚和独孤善不禁互视。独孤善皱眉沉吟："所谓不入虎穴，焉得虎子，纵然是有人故布疑阵，那山洞里想来也有线索，若不然，你们在此等候，我先进去一探！"

"不！"独孤伽罗摇头阻止，"既然有如此多的疑点，又何必以身犯险？横竖已经等这许多年，又何妨多等几日？"

杨坚点头："如此说来，那山洞怕是一个陷阱！"回过头，目光向山林中寸寸移去，但见密林森森，透出几分森冷，心里微觉不安，皱眉道，"我们先离开这里！"扶着伽罗转身下山。

密林中，一人黑衣黑衫，头戴斗笠，始终暗中跟随，眼看着三人已接近山洞，突然又转回，脚步顿时停住，袖中双拳紧握，斗笠下的眸子中迸出滔天恨意，从齿缝里一字一字挤出一个名字："独孤伽罗！"

此时骄阳渐升，山路上阳光耀眼，独孤伽罗却突然觉得背脊生寒，骤然回头，向密林中望去。

杨坚停步问道："伽罗，怎么了？"

独孤伽罗的目光扫过密林，但见林中寂寂，只有风吹过林间，带起树叶摇晃，此外再无一丝动静。听杨坚再问，她疑惑地摇头："没什么，只是突然有些不安！"目光又在密林中扫了片刻，这才收回，跟着杨坚、独孤善下山。

回到总管府，三人将今日之事又细细斟酌一番，越想越觉得此事十分蹊跷。独孤善盯着桌子上的金子，皱眉道："我们追查这么多年，如今好不容易有了线索，难道就此罢了不成？"

杨坚的目光也落在金子上，皱眉摇头："虽然竹林很可能是有人新种，白骨也可能是故意他人让我们发现，可是这金子握在白骨手中，断断不会是有人故意塞入。"

独孤伽罗点头："这些人和藏金一定有所联系，从他们的手指判断，极有可能是宇文护雇用的民夫或者工匠，替他运过藏金之后，被杀人灭口。"

独孤善咬牙恨道："这个老贼！"

独孤伽罗注视着桌子上的金子，手指在桌子上轻敲，沉吟道："那些人的遗骨在这里，藏金就不会远！这些日子以来，我们勘察过无数河流、竹林都没有线索，随后，就有人暗中给我们传递消息……"说到这里，眼前突然一亮，"有了，一定是那人知道我们在寻找藏金，也看出我们知道了搜索的范围，生怕我们找到真正藏金的地方，就故布疑阵，想将我们除去，一劳永逸！"

杨坚听得连连点头，想到白天的事，不禁后怕："今日我们只要踏进那个山洞，必然会掉入对方的陷阱。"

独孤善跟着点头，向独孤伽罗问道："伽罗，既然那人知道真正的藏金所在，我们就得速战速决，马上找到藏金，免得被人搬运一空！"

独孤伽罗点头，垂眸思索："他既然移种竹林，还是在河流边儿上，又靠着东罗山，说明那几句偈语的含意，他知道，也知道我们也已参透，如此一来，能够避过我们搜索的办法……流水改道不易，那就只能砍去竹林了！"

杨坚在桌子上一拍，起身就走："我去查问何处原来有竹林！"一句话说到最后，人已经消失在门外。

他很快查到线索，就在东罗山山阴有一个极大的溶洞，溶洞四周本来生着一片极大的竹林，哪知道数月前突然被人砍掉，随后又种上极易生长的灌木。

欲盖弥彰！

独孤伽罗冷笑。三人再不耽搁，立刻赶往东罗山。望着眼前半掩在瀑布后的溶洞，独孤伽罗长长吁了一口气。原来，谜底所说的流水，不是河流湖泊，而是这处瀑布！向杨坚、独孤善各望一眼，伽罗低声道："对方能给我们设下陷阱，说明他已经知道我们的目的，这溶洞深不可测，我们要一切小心！"

两名男子点头，独孤善拔剑在手，在前开路，杨坚一只手揽着伽罗，另一只手高举火把，紧随其后。

溶洞内非常潮湿，两侧石壁上还不断渗出水来，汇在地上，聚成一条小河，向洞外淌去。

三人沿河而行，足足走了大半个时辰，推断路程，应该已在山腹之中，却仍然看不出有什么端倪。

独孤善先忍耐不住，皱眉道："所谓实者虚之，虚者实之，难不成又是对方故布疑阵？我们洞外没有留下人手，不要被困死在这里才好！"

杨坚闻言，也不禁脸色微变，但花这许多气力才找到此处，又觉不甘，正迟疑，只听独孤伽罗道："就是这里了！"说罢她停步指向前方。

此时三人沿河刚刚拐过一个弯，就在她手指的方向，溶洞中突然路断，挡在前方的，是一扇雕琢齐整的石门。

一个天然的溶洞中突然出现一扇人工的石门，自然不是寻常事！

杨坚、独孤善大喜，急忙上前四处摸索，寻找打开石门的开关。独孤伽罗细查石门四周，但见石门两侧都有缝隙，与石壁相连，却并不紧密。而石壁纹理与之前路过的溶洞无异，没有人工雕琢的痕迹，略想一想，她便在地上搜索。

杨坚奇道："伽罗，石门的机关岂会设在地上？"

独孤伽罗摇头道："两侧石壁没有人工雕琢的痕迹，机关或在石门之上，若在地上！"

杨坚听她言之成理，微微点头，目光沿石门移向山壁，最后落在地面一堆碎石上，过去以手分开，果然在碎石下找到一条锁链，喜道："在这里！"他抓住锁链一抖，但见锁链从山壁一条缝隙中抖出，正正连在石门的上方。

独孤善咋舌："宇文老贼好巧的心思，不仔细找，谁知道锁链是埋在碎石之下？"当即三人合力拉动锁链，将石门缓缓吊起，但见石门后露出一座极大的石库。

杨坚将锁链绕上钟乳石，三人齐齐向洞内而去。饶是心里早已有备，这一眼望去，他们还是惊得目瞪口呆。只见偌大一座天然石库，可与大周皇宫的大德殿相比，围着石库，满满地堆放着木箱，木箱边的石台上光芒耀眼，堆着成堆成堆的金银财宝。

饶是三人都出身权贵，见惯金银珠宝，此刻见此情形，还是惊得目瞪口呆，几乎喘不上气来。独孤善愣怔片刻，赶去将箱子打开，但见光芒灿灿，成箱成箱都是金银财宝，而在成堆的财宝上，赫然插着几枚晋国公府的令牌，以彰显所有。

杨坚深吸一口气，咬牙道："那个贪得无厌的老贼！"眼前这些，可都是民脂民膏啊！想想那些颠沛流离的百姓，食不果腹，头顶没有片瓦，而宇文护那个国贼，竟然在此处藏起这大笔财富。这些财富，若用之于民，可富足几个州的百姓啊！

三人正在感慨，突然间，只听到洞外有人哈哈大笑，紧接着，是锁链的咔嗒声。

独孤伽罗大吃一惊，失声叫道："不好！"回头向洞外冲去，可是终究还是迟了一步，还不等她冲到洞口，洞口上方所悬的石门已经轰然落地，只来得及看到洞外人得意之下狰狞的面孔。

第六十章

夺藏金治理定州
QUEEN DUGU

独孤伽罗扑在门上,举手连拍,大声叫道:"宇文会,是你,你没有死!"刚才只是一瞬,她已经瞧得清清楚楚,洞外解开锁链之人,正是数年前被杨坚一箭射中,众人都以为已死的宇文护之子,宇文会!

杨坚后她一步赶到,只看到门外一道身穿黑衣的身影,并未瞧清那人相貌,听她一喊,不禁吃惊道:"宇文会,怎么可能?"当年一箭,他确信已经命中后心,虽然没有夺下尸体,但宇文会断断没有活着的道理!

像是答他心中疑惑,石门外宇文会张狂的笑声传来:"杨坚!若不是本公子天生异相,当年就死在你的手里了!这许多年来,你害我有家不能回,只能躲在这穷乡僻壤,今日,终于让本公子出了一口恶气!"

当年,宇文会后心中箭,宇文护急请名医诊治,才知宇文会天生异相,心脏略略偏右,那一箭只是令他重伤,并没有要他性命。

杨坚恨得咬牙,却又无可奈何。独孤伽罗不惊不乱,隔门道:"宇文会,你在大河那边置下竹林白骨,故布疑阵,想引我们上钩,却万万料想不到我们会找到这里吧!这些宝藏,你还没有来得及运走吧!没有它们,你日后怕难以生活!"

宇文会闻言哈哈大笑:"独孤伽罗,你虽聪明,旁人也不是傻子,我带走的财宝足够挥霍一生,而你们,这石库中没有食物,任你们多大能耐,也只能饥饿而死!本公子只要弄断这锁链,任是天王老子前来,也休想救你!"大笑声中,传来兵刃砸砍锁链的声音。

杨坚大急,在石门上连拍,大声叫道:"喂,宇文会,你住手!快住手!"

宇文会手中不停,仍奋力砍砸锁链,咬牙切齿吼道:"你们害我全家被杀,我躲在这里,你们也不肯让我安生,还要千方百计地找来,如今我宇文会避无可避,恰可报此血海深仇!"

独孤善怒道:"宇文会!是你父亲宇文护倒行逆施,为一己之私害我们家人,我们没有诛你九族，已是手下留情！"

宇文会扬声道："我宇文会只杀你三人，也算手下留情！"手上不停，砍砸锁链的声音更加密集。

杨坚向独孤兄妹二人望去一眼，一颗心慢慢地沉了下去。

是啊，宇文会说得不错，这里深入山腹，除去这道石门，他们再也无法从这石库中出去。而牵起石门的锁链一断，又有谁有那千钧之能力将石门托起？

独孤善也是一脸焦灼，在门上疾拍，放声大吼。独孤伽罗却脸色平静，侧耳向门外倾听。

也就在此时，只听宇文会一声惊呼，砍砸锁链声顿停，跟着石门外有人笑道："杨兄弟、杨夫人、独孤大哥，你们无恙吧？"随着话落，石门一动，晃晃悠悠地悬起。

独孤善大喜，叫道："徐兄弟，怎么是你？你来得正好！"门外，正是徐卓、吴江和两名心腹兄弟。而宇文会背后中箭，已扑地身亡。

徐卓向独孤伽罗投去会意的一眼，含笑道："徐卓幸好及时赶到，让三位受惊！"

一个月前，伽罗参透偈语的谜底，就已传书给徐卓。徐卓星夜兼程，赶来定州，正逢三人上山，就一路追来，恰赶上射杀宇文会，救出三人。

独孤伽罗含笑道："算时日，徐大哥也当在这几日赶到！"话虽如此，暗地里还是捏一把冷汗。徐卓早来，必会随他们一起进洞，可若是再晚来一日，纵然找到溶洞，要打开石门，也不知要多久，到那时，他们三人恐怕当真如宇文会所说，会饥饿而死。

宇文会伏诛，寻觅多年的藏金终于找到，杨坚、伽罗等人终于了却心中一件大事。只是当今朝廷，宇文邕刚愎自用，任用赵越等奸佞，灭齐之后，更是野心勃勃，一心要伐陈国、灭北国，成就统一大业，他们若是将财富上缴朝廷，结果必然是战火连年，百姓陷于水火之中。

藏金不能交给朝廷，可是也不能再留在此处，几人商议再三，决定交给徐卓妥善保管。

杨坚闻言点头，叹道："当年徐家是一代富商，只因宇文护觊觎徐家财富，才被害得家破人亡，如今这也算是物归原主！"

徐卓慨然道："如今我徐卓只是一个江湖中人，要这许多财宝做什么？但既是大人和夫人所托，我必妥善保管，等日后恰当时机，用之于民，也算不枉我们为这些东西奔波多年！"

事情就此议定，几人举酒，一饮而尽。十几年匆匆，他们早已是生死可托的挚友，区区财物只需一言托付，没有猜疑，也不必豪言承诺，只是一杯酒便倾尽心中的一切，仅此而已！

杨坚离京之后，宇文邕就下旨禁佛，毁寺破塔，焚毁佛经，无数僧尼被逐出寺庙，被迫还俗。绝大多数百姓无地可耕，无计为生，一时间盗贼四起，国家动荡，民心难安。

杨坚总管定州，得独孤善、耿康等人相助，兴水利、均田地，使民各有地，州无余田。而独孤伽罗将女子聚在一起，教刺绣，编桑麻，通过徐卓销往各处。杨爽也不闲着，带领城中老弱清理街道、房屋，再雇工匠修缮，更教授幼童习文练武，强健身体。短短两三年之内，定州物阜民丰，一跃变为大周富庶之地！

匆匆数年，杨丽华、杨勇渐渐长成，独孤伽罗虽然又育二子二女，可是留在长安的杨广仍然是她心头之痛。

看到独孤伽罗常常握着杨广当年的小鞋子发呆，杨坚心中也觉难过，拥她在怀，一再道："伽罗，你信我，只要有适当的时机，我一定会让我们全家团聚！"

杨坚声名日隆，受定州百姓爱戴，定州业绩传入朝中，也得到众多良臣交口称赞。宇文邕脸上虽不以为意，心中却有些嫉恨，命赵越前往定州暗查。

赵越微服前往，回来后向宇文邕进言："定州城果然如众臣所报，当真已成富庶之地，百姓路不拾遗，夜不闭户，人人称杨坚为恩公，当真是只知有杨坚，不知有朝廷啊！"

宇文邕听他称赞杨坚，心中本就窒闷，听到最后一句，将脸一沉，冷声道："只知有杨坚，不知有朝廷，这是定州百姓所言，还是你妄加猜测？"

赵越连忙跪倒："是臣失言，请皇上恕罪！"偷视他几眼，才又道，"虽然无人直言，可是如今杨坚声名日隆，当真是民心所向。他虽远在定州，可是我大周朝堂上，也有许多重臣对他赞不绝口，其影响力之深，当真是令人心惊。"

宇文邕心中一凛，立刻问道："定州民力丰阜，那兵力呢？你可曾细查？"

赵越点头道："臣进入定州，第一要查的就是兵力。表面看来，定州只有数百衙兵、千余守兵，并无旁的兵马。而杨坚平日得闲，也只是抚琴狩猎，并不劳心军务。只是杨坚与独孤伽罗二人都是心机深沉之人，私下有没有养兵，微臣不敢妄加猜测。只是这二人短短数年就有如此功绩，实在不能小觑。"

宇文邕听到后句，被他气笑："你此话出口，还叫不敢妄加猜测？"不屑摆手，"区区杨坚，何足挂齿，朕料想他翻不出什么风浪！"

赵越忙顺势道："是啊皇上，当年皇上英明，留杨广在宫中为质，杨坚纵有异心，也必然有所顾忌！"

宇文邕一笑，不愿再提杨坚，转话问道："前次我让你观星象，定吉日伐陈，可有结果？"

赵越忙道："回皇上，如今将星不明，不便动兵，半年之后，宫星正位，将星转于南方，倒是伐陈的好日子！"

宇文邕在案上一击道："好！朕恰可用半年的时间集粮整兵，半年后，一举攻下陈国！"只是这几年整个大周物产不丰，最为富足的，也只有定州。宇文邕微微眯眸，斟酌道："就让高颎前往定州征粮吧，也免得成日在朕面前聒噪！"

赵越谄媚躬身："皇上明见！"

第二日早朝，旨意传下，朝中众臣一片纷议。只是近几年来，宇文邕越发刚愎自用，独断朝纲，不纳忠言，高宾、张先等人以为半年后不是伐陈极好的时机，出言力劝，却都被他驳回。

高颎在朝中受这许多年闷气，听说不但可以前往定州探望杨坚，还有仗可打，倒是欣然领命，当日收拾行装，第二日一早启程，带着妻女一同赶往定州。

那日杨坚正与独孤伽罗坐在后院中品茶，见独孤善带着高颎一家进来，当真是喜出望外，连忙起身相迎。他正要见礼，高颎已经一把抱住他，在他背上连拍："兄弟，你可想死哥哥了！"

杨坚被他拍得几乎背过气去，眼眶却不禁泛红，也伸手将他抱住："大哥，十年一别，想死兄弟了！"

独孤伽罗看着二人，也不禁眼睛潮热，忍泪含笑道："你兄弟二人要叙离情，也得等我和嫂夫人见过！"

高颎这才将杨坚放开，与独孤伽罗见礼。独孤伽罗又见过范云香，转向她身边少女问道："这是灵儿？"高灵与杨广同年，他们离京时，她还是一个小娃娃。

高灵也不等父母催促，上前一步，大大方方见礼："高灵见过杨叔父、杨叔母！"行的竟是男子的抱拳之礼。

范云香无奈："灵儿被她父亲宠坏了，一点都不像大家闺秀。"

独孤伽罗见高灵一身衣装干净利索，性子又如此爽利，心里倒是喜欢，牵着她的手上下打量，连连点头："灵儿倒有当年高大哥的风范！"随即转身命杨丽华、杨勇与高颎夫妇见礼。

高颎见二人也都长成，也是点头连赞，见他一家其乐融融，心中顿宽。

闲话叙过，独孤伽罗带着杨丽华亲自为几人置酒。杨坚请高颎一家入座，这才问起长安的情形。

高颎叹息一回，将宇文邕禁佛一事略略说过，连连摇头："二弟，如今的皇帝早已不是当年的三弟了，我几次劝诫，他都充耳不闻，到后来，连面都不肯再见。如今他命我来定州，我也正好透透气！"

杨坚奇道："大哥来定州，是朝廷差遣？"想想也是，高颎是朝中重臣，若没有差事，到定州路途迢迢，怕难来这一趟。

高颎点头，又摇头叹息一声，才道："如今百姓动荡，隐患重重，他却又想着向陈国动兵。不瞒兄弟，此次大哥前来，是受朝廷之命，向兄弟打秋风来的！"又将宇文邕向定州集粮一事细说一回。

这些年来，定州丰盛，倒也不怕征集这些粮草。只是杨坚听到伐陈，不禁振奋："大哥是说，朝廷要出兵伐陈？"

高颎点头："近几年陈国招兵买马，不断扰边，确实也该受些教训！"说到这里，刚才的烦闷一扫而空，豪气顿生，摩拳擦掌道，"好久没有出征，成日在朝里瞧着赵越那些小人上蹿下跳，可要憋出病来，如今出征，定要杀敌人一个片甲不留，出一口闷气！"

杨坚见他眸中光芒闪动，神采飞扬，心头也不禁振奋，点头道："恭喜大哥，此战必定大获全胜，扬威异域！"心头微动，一瞬间，心中也皆是被战征引起的激情。

独孤伽罗看出他的心思，悄悄伸手将他手掌握住，向高颎劝酒："高大哥远来，多饮一杯水酒，这是我们今年的新粮所酿！"

杨坚刚刚被激起的热情被她一握瞬间压下，心中微黯，淡笑道："是啊，高大哥，我们兄弟难得相聚，今日不醉不归！"举杯邀酒，再不提战事。

两家人尽欢，将高颎一家安顿在客房歇息，夫妇二人才携手向自己的院子而去。独孤伽罗抬头，感受着凉夜柔和的清风，轻轻叹道："大郎，我知道你在想什么，你想趁着伐陈请兵出征，趁机返回长安，是吗？"

杨坚默然片刻，轻轻摇头："伽罗，阿广一人留在长安，你日日惦念，我又何尝不是？如今陈国扰边，我回京请命，岂不是顺理成章？"

独孤伽罗摇头道："伴君如伴虎，当年我们避来定州，就是因你功高震主。如今你治理一方，却疏于军务，不就是为了避免他的猜忌？如今你再请命出征，怕皇帝又多猜忌，到时生出什么祸患，怕不是我们能够预料！"

杨坚沉默良久才又开口："若不是为了阿广，长安那个是非之地，我宁愿今生今世都不再踏入。可是……我们岂能就此置阿广于不顾？"

伽罗苦笑："你本就功勋卓著，如今伐陈若是再立新功，令他生疑，恐怕更难回长安了！你为阿广之心，与我一样，可是如今不是良机，我们再行设法吧！"

杨坚知她所言是实，无奈道："良机难觅，我宁愿一赌！"

夫妻二人口中商议，渐渐走远。杨勇慢慢从小路上绕出，望着二人远去的身影，凝眉深思。

高颎听说杨坚意欲请兵出征，立刻摇头反对："在长安时，他如何设计打压你，难不成你们都忘了？如今你们好不容易过上这神仙般的日子，做什么又自投罗网？"

杨坚觉得好笑："大哥，我只是请命出征，怎么是自投罗网？"

高颎摇头，坚决道："横竖我不答应！"

杨勇听到这里，突然插口道："父亲！不如让我随义父出征，建功立业，再向皇上请命，允许我们回长安！"

"你？"杨坚、伽罗齐惊，同时摇头，"不行！"

杨勇急道："父亲，你不管如何去做，都会受皇帝猜疑，恐怕会适得其反。而我人微言轻，身无寸功，不过是跟着义父沾些军功，还不至于被人猜忌，再不济，借此机会，我一人回返长安照顾阿广也好啊！"

独孤伽罗听他所言处处在理，反觉心酸，轻抚他的肩膀，轻叹道："好孩子，你的心意爹娘自然都懂，只是你年纪还小，刀枪无眼，我们又岂能让你冒险？"

杨爽立刻点头道："是啊，要去也是我去，你素来厌恶征战，上沙场做什么？"

杨坚皱眉道："都不许去！我杨坚为兄为父，岂能自己龟缩不前，让你们去沙场冒险？"

杨爽抢道："大哥，你素来说，立身于世，好男儿当当仁不让，如今身在乱世，若不上阵杀敌，又有何颜面立于天地之间？"

杨勇坚持道："父亲、母亲，为了阿广，儿子愿意一试！"

看到他二人一脸坚决，独孤伽罗突然无言以对，回头与杨坚对视一眼。

高颎点头赞道："阿勇言之有理，他年纪尚幼，阿爽也没有军功，皇帝对他们不会有太多戒心，何况此次随我出征，我必会多照应些，较跟着旁人倒是强些。"

是啊，杨坚不能出征，也只有他们跟着高颎，他还较为放心。杨坚和伽罗对视一眼，只能点头答应。

杨丽华始终在旁默听，此时想到分离在即，心中酸涩，咬唇摇头："我们一家只想太太平平地过日子，可是偏偏身不由己，先是阿广，如今又是叔叔和阿勇，为何我们的命运总是握在旁人手里？有朝一日，我的命运定要自己掌握，再不听由旁人决定！"

命运怎由自己掌握，除非夺取那至高之位！

独孤伽罗心头一震，但看女儿那纯净的面容，张了张嘴，终究是没说什么。

既定杨爽、杨勇随高颎回返长安，独孤伽罗放心不下，一连数日将二人唤到面前一再叮咛，教其如何应付宇文邕。杨坚听得只觉好笑而又悲凉。这二人前去，除去面见皇帝，还要上阵杀敌，而在独孤伽罗眼里，似乎宇文邕更猛过沙场上的强敌。那个人，是她年少时的爱侣、他的兄弟啊，不知为何会走到今天这步田地。

杨爽、杨勇随高颎回到长安，片刻不停，高颎立刻带二人进宫，直赴文昌殿面见宇文邕。宇文邕见二人一个长身玉立，一个气宇轩昂，眉目间似曾相识，一时意外，向高颎问道："高将军，这二人是……"

高颎向上回禀："回皇上，这是定州总管杨坚之弟杨爽和长子杨勇，他们闻说朝廷出兵，欲投军报效，请皇上恩准！"

杨爽、杨勇齐道："请皇上恩准！"

宇文邕一愕之后恍然大悟，露出一抹亲切笑意："原来是杨家的人，多年不见，都已长大成人！只是……高将军，沙场凶险，刀枪无眼，他们既是杨坚的亲人，若有闪失，你我岂不是愧对兄弟？"

这个时候，你知道杨坚是你兄弟了？

高颎心里暗暗冷笑，脸上却不动声色，侧头向杨爽望去一眼。

杨爽不慌不忙，向上行礼道："启禀皇上，我杨家世受皇恩，本当报效，如今陈国扰边，我杨家子孙当能为一己生死，枉顾君臣大义？皇上对家兄看重，身为杨家子孙，更当舍身报效，以谢君恩！"

杨勇立刻接口道："皇上，家父闻说陈国扰边，朝廷出兵，极思出征报效，奈何旧伤虽愈，却已不能再驰骋沙场。杨勇身为大周子民，理当报效朝廷；身为家父长子，也当为父一偿夙愿！恳请皇上成全！"

对于他的话，宇文邕颇为意外，向高颎望去一眼，疑惑道："怎么，杨坚有伤？"当初杨坚辞去柱国大将军一职，虽然是称病，实则不过一个借口，到此刻从杨勇嘴里再说出来，倒是令他意外。

高颎立刻回道："回皇上，杨坚当年前往定州，为了修渠筑田，曾受过一次重伤，养半年方愈，如今骑马狩猎还可，长途奔波却有些吃力。臣也是此次相见才知，甚为惋惜。"

还有这样的事？

宇文邕将信将疑，又找不到破绽，心中念头百转，突然眉结一松，含笑点头："杨坚有报效之心，你二人也有报国之志，若朕不允，倒是朕公私不分了！就应你二人所奏，随高将军一同出征吧！"

三人大喜，立刻磕头谢恩。

看着三人出去，宇文邕脸上笑容敛去，眼底意味不明，唤道："出来吧！"

第六十一章

重回京再见故人
Queen dugu

随着宇文邕话落,赵越从书架后绕出,向皇帝磕头:"恭喜皇上,贺喜皇上!"

宇文邕扬眉:"何喜之有?"

赵越似笑非笑道:"皇上,杨坚能征惯战,兵法谋略更是无人能出其右,如今他这幼弟和长子得他亲手调教,自然也是熟读兵书,骁勇善战。如今皇上要对陈用兵,得两位勇将,臣自当恭贺。"

宇文邕向他瞪去一眼,命他起身,冷哼道:"你不要说,你相信杨坚送弟弟和儿子进京,当真是为了报效朝廷!"

赵越嘴角勾出一抹阴冷,凑到近前,低声道:"皇上,杨坚此人心思极深,如今他送弟弟和长子进京,分明是为了扰乱圣听,令皇上对他彻底放心。如此一来,恰好是欲盖弥彰,怕是背后有什么动作。"

宇文邕不屑道:"你道朕是这么好骗的?"想到杨勇之前的话,皱眉问道,"之前你前往定州,可曾听说杨坚受伤之事?"

赵越想想,点头道:"似曾听说。杨坚到定州之后,事事亲力亲为,曾发生过几次意外,也曾受伤,只是能不能上阵杀敌,倒不曾听说!"

宇文邕皱眉,心里暗暗思忖。难道,当初杨坚称病辞官,竟然一语成谶,当真再也不能沙场杀敌?若果然如此,倒也未尝不是一件好事!

从杨爽、杨勇随高颎回京起,独孤伽罗和杨坚就密切留意长安和军中的消息。

两个月之后,高颎传来书信,说皇帝已经御准杨爽、杨勇出征。随信而来的,还有杨勇的家书,提及府中每一个人这些年都甚安好,另外还有杨广的字迹,向父母问安。

独孤伽罗看到,不禁喜极而泣:"我的阿广也长大了!"

杨坚轻叹,拥她在怀,柔声道:"快了!快了!等到阿爽和阿勇立功,高大哥必然会借机上书,我们很快就能见到阿广了!"

往日对杨广思念却不能相见倒也罢了，如今眼看就可回京，思念之情竟然变得越发炽烈。独孤伽罗常常无端失神，遥想杨广如今的模样，长得有多高了？长成了什么模样？像她，还是更像杨坚？想着想着，原来心底鲜明的幼童模样，居然变得模糊。独孤伽罗又觉得心慌，将杨广幼时的小衣服、小鞋子取出来，一次次摩挲，一遍遍回想他幼时的模样。

随着伐陈大军出发，战报很快传来，杨爽、杨勇二人首战立功，合力斩敌将于马下。

杨坚、伽罗大喜，一时间归心似箭，翘首盼望朝廷传来的旨意。

可是日子一天一天过去，只听说陈军大败，陈君求和，周国大军已经回师，可是调杨坚回京的圣旨却迟迟不来。想到宇文邕的猜忌，独孤伽罗心中开始不安，担忧杨爽、杨勇的安危。

这个时候，徐卓从长安赶来，带来高颎的书信，向杨坚摇头叹道："杨爽、杨勇立下战功，皇帝各有封赏，可是不知为何，高颎和杨素几次面见皇帝，请求调你回京，他皆是不允。"

独孤伽罗得到确切的消息，倒是心中一定，低头默思片刻，浅浅笑起："想来，调大郎回京的圣旨很快就会来了。"见二人不解，轻叹一声，解释道，"当今皇帝虽然已不是当年的宇文邕，但是他生性聪慧却不会变。阿爽、阿勇突然随高大哥回京，还自动请缨出征，他当会不知道我们的用意？只是皇权至上，他不愿意我们予取予求，所以故意冷着我们。如今因为阿爽和阿勇的军功，大郎在朝中备受注目，再拖几日，恐怕还有旁的良臣上书请命，他不想寒满朝文武之心，就必然会召大郎回去！"

徐卓听得目瞪口呆，喃喃道："伽罗，如此奇诡的心思，恐怕也只有你能够想到！"虽然是夸赞，心底实不相信。杨坚却深以为然，开始着手整理定州的政务，便于临行时移交。

不出独孤伽罗所料，十几日后，朝廷圣旨传来，命杨坚携带家眷回京述职。

所有的筹谋成真，独孤伽罗和杨坚松一口气的同时，又相顾默然。

在此一住十年，一点点将一片破败贫瘠之地变得富庶，变得繁华，当真要离开，夫妇二人心中是说不出的难舍，而想到即将一家团聚，心中又是说不出的振奋。

得知杨坚要走，满城百姓齐聚城门相送，一片挽留之声。杨坚、伽罗下马下车，与众百姓一别再别，这才出城向西而行。

定州刺史耿康直送到定州界碑处，这才施礼道："杨大人、杨夫人，送君千里，终有一别，但望大人此去能一展宏图，造福更多黎民百姓！"

杨坚、伽罗二人还礼，想前途渺茫，也不说什么宏图大志，只是殷殷嘱咐定州城中一些未完的事务，这才依依而别。

独孤善立在车旁，看着三人别离，也不禁心中微涩，回望定州城，已只剩下绿树城郭，再望向去路，但见官路漫漫，实不知前途会遇到些什么。思及独孤伽罗这一生命途多舛，他不由深深一叹。

离开定州，夫妇二人的两颗心早已飞回长安，回到家人身边，他们一路披星戴月，向长安疾赶。

两个月后，长安终于在望，独孤伽罗长呼一口气，向杨坚含笑道："再往前不远就是妙善庵，我们十年才归，不如先去妙善庵礼佛再进城吧？"

此话正中杨坚下怀，点头应允，拐路向妙善庵而去。

由于皇帝禁佛，原来香火鼎盛的妙善庵此时已经一片破败。隔的时日已久，大门上官府的封条在风雨冲刷下早已分辨不清，而门上锈迹斑斑的大锁也不知被何人砸毁，晃晃悠悠地挂在半掩的门上。

独孤伽罗看着眼前光景，不禁心底暗叹，与杨坚并肩迈进庵门，向大殿走去。

大殿里，泥塑的佛像也早已变得斑驳，灰尘覆盖，已经看不出本来的模样。

独孤伽罗心中泛起一丝悲凉，抬头注视佛像片刻才低头寻找，但见殿角丢着的几个破旧蒲团尚算干净，不禁微微一愕，转瞬间又释然。

这一路而来，越接近长安，乞丐难民越多，想来这妙善庵虽封，可是时日一久，官府不管，也就有乞丐借此而居。

将蒲团取来，独孤伽罗与杨坚并肩在佛前跪下，向佛祝祷："多谢菩萨保佑，令我夫妻终于能够回返长安，与家人团聚，还请菩萨保佑我家人平平安安！"随即虔诚磕下三个头去。祝祷完毕，二人相扶起身，望着殿中破败的一切感慨片刻，这才离去。

直到杨家一行走出庵门，佛像后才慢慢走出一个身形单薄、布衣布裙的年轻女子，她望着独孤伽罗离去的方向，满目恨意。

就在此时，只听佛像后一声大叫，一个衣衫肮脏破旧的中年男子扑跌而出，指着庵门嘶声大吼："独孤伽罗……杨坚……嫣儿……"

年轻女子大吃一惊，急忙扑前相扶，连声唤道："父亲！父亲你怎么样？你不要吓文姬……"

中年男子一把抓住她的手，原来混沌的眼神已经变得清晰，一字一句地唤道："文姬！"

这二人，竟然就是失踪多年的尉迟宽和尉迟文姬父女！

相伴十余年，尉迟宽的神志始终不曾清醒，此时尉迟文姬听他清清楚楚地喊出自己的名字，不由又悲又喜，握住他的手，连声道："父亲，你认出我了！我是文姬！"

尉迟宽连连点头，看着长成的女儿，忍不住潸然泪下，哽声道："文姬，我的女儿，我……我都想起来了，想起来了！是我害死了你的母亲，害你无家可归，我……我是个罪人……罪人……"

尉迟文姬连连摇头，哭道："父亲，你不要再说了，那不怪你！不怪你！"

"不！"尉迟宽摇头，狠狠闭眼，却挡不住滚出的热泪，喃喃道，"嫣儿，是我亲手害死你，我……我要去见你，我要赎罪……"

"父亲！"尉迟文姬惊呼，紧紧将他抱住，摇头道，"父亲，你不要这样，你不要丢下文姬！"

尉迟宽的嘴角露出一抹温和笑意，他探手去抚摸女儿的秀发，轻声道："文姬，你记着，好好活着……"话未说完，伸向半空的手一顿，终于软软垂下，眼帘慢慢合上，溘然长逝，嘴角尚带着一丝欣然的笑意。

尉迟文姬一愣，连唤数声，再不听尉迟宽答应，不禁号啕痛哭！

原来，当年赵嫣身亡，尉迟宽疯狂，尉迟文姬独自跑出尉迟府，径来妙善庵藏身。在她的请求下，妙善庵的尼姑明知尉迟府上天入地地寻找她，还是将她留下。

数年后，尉迟宽疯病发作，独自离府寻找记忆中的妻子和女儿，许是冥冥之中自有天意，几经波折，晕倒在妙善庵门口，被女尼所救，与尉迟文姬重逢。终究是父女连心，本来恨极了父亲的尉迟文姬渐渐原谅了尉迟宽，始终伴在他身边，与他相依为命。

哪里知道，今日尉迟宽无意中闯入妙善庵，正赶上杨坚一家回京，他躲在佛像后认出二人，前尘往事，瞬间记起，心中痛悔交集，竟然就此长逝。

尉迟文姬痛哭一会儿，终于慢慢收泪，怔怔跪坐片刻，转头望向庵门，通红的眸子里已经没有悲伤，取而代之的，是浓浓的恨意。她咬牙道："独孤伽罗，你害我父母双亡，我尉迟文姬必报此血海深仇！"

杨坚回京，备受朝中君臣瞩目，宇文邕即刻传旨召见。望着御阶前拜倒的杨坚，宇文邕心中有片刻的纷乱。杨坚在这里，那个女子，也当已进宫了吧？一别十年，她……是不是还是当年模样？

耳听身边安德低声提醒，宇文邕才恍然回神，向阶下人露出一个疏离的笑容，点头道："随国公一路辛苦！"

杨坚俯首道："能再次返京见驾，臣不胜感激！"

宇文邕点头："当年朕封你为定州总管，就是盼你造福一方百姓，这几年来，你果然不负朕望，将定州变为一处富庶之地，如此良臣，朕岂能不用？"话出口，立刻换来朝堂上一片赞同之声。

杨坚谦道："皇上过奖，臣愧不敢当！臣也只是依旨而行，定州能有今日，全靠天恩浩荡！"

宇文邕见他功成不居，微微一笑："如今你既已回京，定州就不用再去了！"正一正身子，扬声道，"传旨，杨坚治理地方有功，封地官府小司徒上人夫，赏黄金百两、锦缎二十匹！"

杨坚微愕，跟着回神，立刻叩拜："臣谢皇上隆恩！"话出口，心底顿时松一口气。宇文邕给他这一闲职，自此之后，他只要家人团聚，同享天伦之乐就好，再不必日日提心吊胆，承受君威。

宇文邕居高临下，看着他领旨叩拜，心中有一丝畅快，又道："你治理定州有方，就替朕管理麟趾馆，将你治理定州的心得与各州官员分享，只盼我大周各州各府都能受益！"

虽然不是高居庙堂，可是，当真如此，也是造福百姓，功在社稷的好事！

杨坚心中暗觉欣慰，再次叩头谢恩。赵越等人眼见他虽然回京，受的却只是一个闲职，管一些无关紧要的事务，都不禁心中得意，望向他的目光多了一些鄙夷。

大德殿上杨坚见驾之时，独孤伽罗带着杨丽华、杨勇已直奔杨广所住的宫殿。他们拐过曲折的长廊,刚刚拐进宫门,就见偏殿门口一个瘦长单薄的少年快步迎来。独孤伽罗心口蓦地一酸,见他要跪下见礼,抢前几步一把将他抱住,连声唤道:"广儿……广儿……娘的广儿……"唤到后一句,已泪流满面。

这几年,杨广留在宫中,虽说锦衣玉食,却毕竟身份尴尬,从小到大,也不知受了多少委屈,心里对父母难免怨怼。

今日他早一步得到通禀,在殿外等候,见杨勇伴着一名中年美妇而来,料知是母亲到了,抢前几步要跪下见礼,却被她紧紧抱住,一时间,心中微有不适,不过倒也不挣扎,任由她抱着,轻声道:"母亲保重身子要紧!"

独孤伽罗见儿子恭顺守礼,心中越发酸痛难忍,拭一把泪,勉强压住心头的激荡,这才将儿子从怀中拉出,仔细审视。

相隔十年,原来抱在怀里小小的娃娃,如今已经长大,清秀的眉眼,宛如儿时模样,只是身形略显单薄。独孤伽罗摸摸他的脸,再握握他的肩膀,又忍不住落下泪来,低声泣道:"广儿,这些年委屈你了!"

杨广微微抿唇,垂眸道:"父亲、母亲将儿子留下,也是逼不得已,况且儿子在宫里一切都好,并无委屈!"这些话虽然说得谦和守礼,却透着一抹淡淡的疏离。

独孤伽罗微微一怔,一时间,竟然不知该如何宽解。

杨广将她挣开,向杨丽华施礼:"想来这是大姐!"又向杨勇躬身,"大哥!"

杨丽华唏嘘:"广儿,总算见到你了!"只为了这个弟弟,一家人在定州是何等的牵肠挂肚,如今,总算见到了!

杨广仍然眉目不动,截声道:"皇后已在崇义宫等候,请母亲移步!"对杨丽华的思念之语并不理会。

独孤伽罗错愕,向杨丽华望去一眼,无奈道:"好,我们先去见皇后!"伸手要去牵他的手,却见他已转身在前边带路:"母亲请!"

独孤伽罗暗叹一声,只得快步跟上。杨丽华微怔之后,眸中闪过一抹不悦,默默随在身后。杨勇倒不以为意,伴在姐姐身边,有一句没一句问起别后之事,与她一同往崇义宫而去。

杨丽华胸怀微敞,看皇宫构建恢宏,心中最隐秘处不禁怦动,轻声道:"幼时倒不觉这皇宫有如此的气势。"幼时不懂,只觉得皇宫极大,如今明白,住在这里的人有无上的权力,可以掌握别人的命运,难怪听父亲、母亲谈古论今,有无数的英雄豪杰为争夺江山而不惜枯骨成堆,可见,权力当真是一个好东西!

崇义宫内,阿史那颂早已在等候,见几人进来,立刻起身相迎。

独孤伽罗跪倒见礼:"臣妇独孤伽罗携子女见过皇后!"

阿史那颂忙双手相扶:"伽罗,不必如此多礼,快起吧!"说着将杨丽华姐弟唤起,这才细细打量独孤伽罗,叹道,"一别十年,你还是当年的模样,若不是看到孩子们长大成人,还当真不觉我们已经老了!"心里暗叹:岁月对眼前女子当真是青睐,儿女成群,容颜却不见丝毫衰减,举手投足间还更有气韵。

独孤伽罗含笑道："皇后风华绝代，怎么就老了？"

阿史那颂微微一笑，转向杨丽华打量，点头赞道："丽华倾城绝艳，正如你当年的模样！"

杨丽华听她称赞，盈盈再福身施礼："皇后谬赞，丽华粗陋，哪里及得上母亲万一？"

阿史那颂见她举止有度，心中点头暗赞。她终究出身世家，虽说远去那穷乡僻壤十年，却仍然有大家风范，可见这十年来，独孤伽罗从不曾放松对子女的教养。

这里正在叙话，就听殿门外脚步声响，宇文赟带着内侍保桂快步进来，张嘴就道："母后，听说今日杨家的人进宫……"话没说完，一眼看到杨丽华，眼睛顿时一亮，指着她道，"啊，你……你就是杨丽华？本宫记得你！"

独孤伽罗见他无礼，只是微微一笑，当先施礼："臣妇见过太子殿下！"杨丽华、杨勇、杨广跟着施礼去。

宇文赟连连摆手，目光都不向独孤伽罗移去一分，只是随意道："免礼免礼！"上前一把抓住杨丽华的手扶住，含笑道，"丽华，一别多年，你竟出落得如此模样！"向她上下打量，喜不自胜。

独孤伽罗见他竟不避男女大防，眉心不由微微一皱。杨丽华却声色不动，浅浅含笑道："太子谬赞，丽华愧不敢当！"作势给他行礼，借机将手抽回。

宇文赟对她的疏离浑然不觉，笑眯眯道："敢当敢当，有什么不敢当？"

阿史那颂见他如此模样，心中也微有不悦，插口道："伽罗，皇上已经传旨，命阿广出宫回府，你们也好一家团聚！"

独孤伽罗大喜过望，忙又跪下行礼："独孤伽罗谢皇上恩典，谢皇后成全！"

杨广微微一愕，也跪下磕头谢恩："杨广谢皇上恩典！谢皇后恩典！"微一迟疑，又道，"谢太子恩典。"

宇文赟整副心神都在杨丽华身上，对他的话充耳不闻。阿史那颂伸手虚扶，叹道："快起来吧！你自幼在宫里长大，如今出宫，本宫还当真是舍不得！"

杨广刚刚起身，闻言又跪倒："杨广再谢皇后养育之恩！"

阿史那颂一生无子，这满皇宫里长大的孩子也只有宇文赟和杨广两人，此时见他执礼恭谨，想起这十年教养，倒也有些动情，忙双手扶起。

独孤伽罗见杨广应答有礼，举止有度，反观宇文赟的无礼，心中颇感安慰。

正在此时，只听安德的声音在外响起："皇上驾到——"随着话落，宇文邕龙靴已踏进殿门，显然是刚下早朝就匆匆赶来。

独孤伽罗忙跪倒行礼："臣妇独孤伽罗见过皇上！"在她身后，杨丽华、杨勇、杨广同时拜倒。

第六十二章

见丽华太子钟情
QUEEN DUGU

宇文邕见独孤伽罗拜倒,忙伸手相扶:"伽罗,不必多礼!"饶是心中早已有备,还是不禁声音微颤。本以为,相隔十年,他对她纵然不能忘怀,原来那份炙热的情感也已冷却,哪里知道,这第一眼看到,她仅仅是一个回眸,仍然令他怦然心动。眼前这个女子,任是相隔多远,任是分别多久,在他的心里,竟然从不褪色分毫。

独孤伽罗不等他手掌碰到,自行站起,微微退后一步,福身道:"多谢皇上!"

宇文邕一手扶空,心中微微一窒,可是目光触上眼前女子的容颜,心中顿时波澜起伏,瞬间的不快立刻烟消云散,感慨道:"伽罗,一别十年,你还是当年的模样!"她没有变,他对她之心,也没有变!

独孤伽罗侧首垂眸,避开他灼热的目光:"臣妇儿女都已长成,岂有不老的道理?皇上此言,臣妇惶恐。"

阿史那颂见宇文邕这等模样,心中只觉闷堵,趁着行礼禀道:"皇上,臣妾不知皇上会来,已经代传皇上旨意,准国公夫人带阿广回府团聚!"

宇文邕点头:"是啊,你们母子,这一别也是十年,是该团聚!"说到这里,心中微有一瞬歉疚。是他,让他们母子一别十年。她可曾恨他?一时间,他柔肠百转,一时盼望她不曾恨过,一时又想,纵然是恨,也总比忘记他强些。

独孤伽罗又哪里知道他的心思,趁势福身告辞,带着三个儿女退出殿去。

自始到终,宇文赟的一双眸子就死死地盯在杨丽华身上,见她要走,痴痴地向殿外跟去,却被阿史那颂一把拖回来,匆忙叫道:"丽华,日后常常进宫来玩!"

杨丽华脚步微停,回眸一笑,又浅施一礼,这才快步而去。

只这一笑,宇文赟顿时瞧得神魂颠倒,只觉仙子下凡也不过如此,喃喃赞道:"当真是标志啊!"

宇文邕的目光紧紧黏在另一个女子身上,听到他的话,赞同地点头:"岂止是'标志'，她的风仪，可谓仪态天成，倾世无双！"

宇文赟连忙点头，赞道："还是父皇说得妥帖一些。"

许多年来，父子二人第一次能融洽相处，也是第一次能彼此赞同，却全不知，二人所赞，根本不是同一个人。

阿史那颂见父子二人如此模样，一张脸顿时沉了下来，心中恨得咬牙。

独孤伽罗，一别十年，你还是有办法勾去皇帝的魂魄！

独孤伽罗一行回府，杨坚已早一步回来等候，看到杨广，也不禁心中激荡，等他磕过头，这才亲手扶起上下打量，点头道："好！好！回来就好！广儿，日后在爹娘身边，再也不会有人欺负你！"

杨广微退后一步，躬身道："儿子不孝，劳父亲惦念，这几年儿子在宫里一切都好，并没有人欺负！"

杨坚见他恭谨中带着疏离，微微一愕，转瞬释然，点头道："那就好！那就好！"心里暗叹，终究不是在自己身边长大，不像其他子女那般亲昵，也只好假以时日弥补了！

十年一别，到如今，一家人再次重聚，且杨坚、杨瓒兄弟又各添新丁，至亲骨肉竟是初见，更是前所未有之喜，随国公府上下已是一片欢腾，尉迟容命人置酒整宴，阖府欢聚，从正午直闹到日暮。

直到酒酣人散，独孤伽罗安置过几个幼子，才回房服侍杨坚歇息。

杨坚趁着薄醉揽她入怀，长长舒一口气，轻声道："伽罗，长安虽然艰险，可是这里才是家啊！"是啊，这里是家，这随国公府，有过他们的父母，有兄弟几人成长的痕迹，重要的是，家人都在这里。

独孤伽罗低应一声，将头倚在他的肩上，静静享受这一刻的温馨时光。

隔好一会儿，杨坚轻声道："今日上殿，他封我为地官府小司徒上大夫，命我管理麟趾馆，将治理定州之法与各州府官员商讨。"

独孤伽罗一默，低声道："如此说来，他对你还是有戒心！"

杨坚点头："如此也好，我不居要职，也免得他成日疑神疑鬼。"

独孤伽罗回眸向他一笑："为了与阿广重聚，从此之后，你再不能大展宏图，当真是委屈你了！"

杨坚摇头道："虽然不能上马征战，可是治理地方一样可以大展拳脚，若是能因此将所有的州府治理得如定州一样，也算是造福百姓！"

独孤伽罗想到定州百姓的富足，再想到这一路而来流离的百姓，轻轻点头，"嗯"了一声，不再多说。

是啊，如今他们一家人又在一起，日后，若他能将大周每一个州府治理得如定州一样，区区宇文邕的打压又能如何？

杨瓒、杨勇听说杨坚管理麟趾馆，大感兴趣，趁他上任，也一同前去观摩。杨爽却了无兴趣，拉着杨广考较功夫。正在这个时候，就听府门外家人禀道："太子殿下到——"话刚落，宇文赟已大步跨进府门。

杨广一怔，下意识回身相迎，跪倒见礼："见过太子殿下！"

杨爽老大不情愿，也只好跟着含糊行礼："太子此来，不知有何贵干？"回京虽然只是一日，可是这位太子殿下的劣迹他倒是听到了不少。

宇文赟心思在旁处，倒不以为意，摆手道："不必多礼，本宫是来找丽华的！"

杨爽听他直呼杨丽华闺名，不禁皱眉："太子殿下不去斗鸡走狗，找丽华做什么？"

宇文赟听他语含讥讽，向他望去一眼："本宫听说，丽华将门虎女，想来骑术极好，所以想邀她城外骑马！她初回长安，又没有什么玩伴，想来不曾出去吧？"

杨广忙道："家姐就在府里！"随即吩咐杨福前去回禀，亲自引他进厅用茶。

独孤伽罗正在杨丽华房中说话，听到回禀，微微一愕，皱眉道："如今我们对皇室的人避之唯恐不及，与这位太子还是少些来往的好！"

杨丽华却眸光微动，拉着她的手劝道："母亲，虽说我们不愿和皇室扯上什么关系，可是如今这一家子都在长安，也不好得罪太子，横竖不过是骑马，女儿虚以应付就是！"

独孤伽罗听她为家人考虑，心中微酸，摇头道："丽华，你是爹娘的掌上明珠，爹娘自会保你一生和顺，不必如此委屈！"

杨丽华摇头："母亲，女儿已经长成，岂能事事让爹娘挡在前头？何况，我们纵不攀附皇室，也不必多得罪一个太子！"

是啊，皇帝和皇后已经难缠，如果再得罪太子，恐怕日后更不知道生出什么事来！

独孤伽罗暗叹一声，只好勉强答应。

杨丽华见她点头，大喜跃起，在柜子中翻找，隔一会儿欢声叫道："有了！"随即抱出一套衣裳抖开，竟然是一套粗布的男装。

独孤伽罗撑不住笑起，摇头笑骂："鬼丫头！"这一时，心中有瞬间的恍惚。

她与杨坚第一次相见，也是女扮男装。那时，她以为只是一时的邂逅，并不曾在意，哪里知道，一步步走到今日，才知道，那是奇缘的开始。

杨丽华哪知道这一瞬间她的心思已回到十几年前，自己将衣裳换上，又打散长发，随意束在脑后，与母亲一道向前厅而去。

前厅里，宇文赟正等得不耐烦，见二人进来，顿觉眼前一亮，起身绕着杨丽华转了一圈，笑道："丽华，不想你扮成男子，更加……更加……好看！"

杨丽华听他憋这片刻，赞出这么一个词来，不禁"噗"地笑出声来，跟着独孤伽罗跪倒行礼："丽华见过太子。"

那边杨爽悠悠道："这叫英姿飒爽！"这个太子，当真是不学无术啊！连讨女子欢心都憋不出词来。

宇文赟也不以为忤，连连点头道："不错！是英姿飒爽！英姿飒爽！"忙命杨丽华起身，完全忽视旁边还有一个独孤伽罗。

杨丽华觉得好笑，扬眉道："殿下说要去骑马，如此装束才更利索！"

此时宇文赟见到她，早已魂不守舍，整副心神全在她的身上，只能随着她的话点头："是啊是啊，如此装束最好！"说完才回过些神来，向杨爽、杨广命道，"出城骑马，人多热闹，你们也一同去吧！"

杨广下意识躬身应命："是，太子殿下！"

杨爽对这太子却深为不喜，也不行礼，摆手道："不必，我还约了勇儿，就不去了！"

杨广听他说到杨勇的名字时自带一些亲昵，自己仿似被排斥在外，不禁脸色微僵，却转瞬恢复如常。

宇文赟倒不以为意，点头道："那就下次吧！"转向杨丽华，笑得眉眼顿开，抬手道，"丽华，请！请！"伴着她向府外走。

看着三人两前一后策马而去，独孤伽罗不由深深叹一口气。身旁杨爽听到，也深叹一声。独孤伽罗被他逗笑，侧头问道："阿爽，你叹什么？"

杨爽耸肩："大嫂叹什么，我就叹什么。"

独孤伽罗瞪他一眼，摇头道："还是这么淘气！"随即不理他，转身向府里走。

杨爽连忙随后跟来："大嫂，那太子像是瞧上我们丽华了，丽华竟似也不拒绝，你就听之任之？"

独孤伽罗心头微室，默然片刻叹道："方才我也劝过，只是丽华已经长成，有自个儿的主张，我这做娘的，也不能强拦！"心情略整，又微微笑起，回头向他笑望，"丽华都已到议亲的年纪，你这做叔叔的才该当抓紧一些，昨日二嫂说的那几位小姐，不知道哪个更中意一些？找一日见见？"

杨爽听她将话头转到自己身上，忙道："我忘了还有要紧的事要做！"随即抛下独孤伽罗，逃也似的去了。

独孤伽罗只觉好笑，摇摇头，心里却细细思忖。往年在定州客居，杨爽无心成家立室，她也就由他，如今回到长安，该认真替他物色一门亲事才成，也好告慰杨忠在天之灵。

她正想着，听到身后家人回禀，独孤善到访。独孤伽罗折身回去相迎，含笑问道："昨日邀大哥过府饮宴，怎么不来？"

独孤善含笑道："卫国公府里总还有些事要处置！"见她迎来得快，显然刚才就在前院，奇道，"怎么，方才有客？"

独孤伽罗点头，将太子来访约杨丽华骑马一事略述。独孤善皱眉道："你是说，太子瞧上我们家丽华了？"

独孤伽罗点头叹道："恐怕确是如此！"

独孤善拧眉沉吟："回京这一日，我倒是听到些风声，说这太子不学无术，成日斗鸡走狗，虽然纨绔一些，倒也不算是大奸大恶。只是，丽华向来心高气傲，怕不会对他瞧得上眼，如此纠缠下去，怕不能善了，他终究是太子！"

独孤伽罗点头，脸有忧色，低声道："皇宫那个地界，可是吃人不吐骨头的，好端端的人进去，就不知会变成什么模样。且不说丽华，只是我，就不想丽华进去受苦。更何况，我和宇文邕之间已经牵扯不清，太子和丽华再搅进来，怕又是一场扯不清的恩怨。"

独孤善默思片刻，突然道："你与宇文邕已经是解不开的死结，若是杨家能与皇室结亲，你们成为儿女亲家，或者能将这死结解开也未可知！"

独孤伽罗摇头："大哥，当年伽罗誓绝政治联姻，如今又岂能为了与皇家和解牺牲丽华的幸福？"

想到当年倔强执拗的小伽罗，独孤善轻轻笑出声来，摸摸她的头笑道："是啊，当年的伽罗要嫁心爱之人，如今我们也不必强逼丽华，一切顺其自然就好！"不经意间，仿似又回到久别的少年时光，呵护之情，溢于言表。

独孤伽罗心中满是感慨，也仿佛回到儿时，轻应一声，不再多说。

虽说要顺其自然，不过独孤伽罗对杨丽华一事终究挂心，正午之后，听说她回来，便径直向她房里去。她走进院子，隔窗见杨丽华已经换过衣裳，正嘴角含笑，捧着本书细读。独孤伽罗微笑，命丫鬟通禀，才挑帘进去，含笑问道："在瞧什么书，如此开心？"

杨丽华忙将书抛下，给她见礼："不过是本《刺客列传》罢了！"

独孤伽罗扬眉："怎么，《刺客列传》有极有趣的故事？我倒不记得！"

杨丽华"噗"地一笑，挽住她的胳膊坐下，又笑又说："母亲，我是想起那个草包太子，《荆轲刺秦》他不知道，《吕氏春秋》他不知道，《离骚》他还不知道，就连《诗经》里最浅显的句子他都不知道，这皇宫里的太傅，当真不知道都教他些什么。"

独孤伽罗听她话中虽然都是不屑，可是眉目间神采飞扬，皆含喜色，不由心头一震，试探道："丽华，早听说那太子不学无术，与你又能谈得来几分？日后他若再来邀约，母亲替你推了就是！"

杨丽华侧头想想，摇头道："虽说他不学无术，实则也是一个有趣之人，何况待丽华也甚好！他还说，一定要用功，赶上丽华呢！"说完，又取书来瞧，似乎想起什么，又抿唇笑出声来。

独孤伽罗见她不以为意，虽心中暗忧，却已无法再劝，只能暗叹一声，稍坐片刻离去。

宇文赟对杨丽华倾倒，虽然屡屡受她嘲笑讥讽，却非但不恼，还立誓奋发读书，有朝一日能与她比肩。

太子突然勤学苦读，消息很快传遍整个皇宫，阿史那颂大受惊吓，亲自前去查看，见他果然一心读书，不解之余又感欣慰。宇文邕听后却不以为然，叹道："他若能够收心，那是最好，只怕又是一时兴起！"

阿史那颂却信心满满，瞪他一眼道："他可是你的儿子，怎么对他如此没有信心？"向他身边凑凑，含笑道，"皇上，往日赟儿胡闹，不过是因为年少，如今长大，自然懂得分辨是非，不如给他选一门亲事，早立太子妃，也好让他早日收心，如何？"

宇文邕默思一瞬，点头道："皇后言之有理，既然如此，我就命五品以上官员送女儿待选，你多费些心吧！"

阿史那颂大喜，连忙点头："皇上放心，臣妾必当尽心尽力，选一名贤惠有德的太子妃出来！"

宇文邕点头，与她相视一笑。成亲二十余年，夫妻从没如此刻般默契。

太子选妃，五品以上官员纷纷送女儿备选，杨坚与独孤伽罗反复斟酌，决意不去蹚这趟浑水。哪知道选妃第二日，宇文赟径直找上门来，不理满地跪倒见礼的杨府众人，也不理杨坚和独孤伽罗的询问，直闯后宅，一路大声叫道："杨丽华，出来！你快出来！"

独孤伽罗紧随其后，连声劝道："太子殿下要见丽华，还请前厅用茶，臣妇亲自去唤她就是！"

宇文赟不理不睬，直向里闯，仍然梗着脖子大嚷："杨丽华，你给本宫出来！快出来！"

独孤伽罗见他无礼，心中气恼，眼看前边已是杨丽华的院子，上前两步张手拦住，将脸一沉道："太子殿下虽然是君，可是擅闯臣子后宅，怕也于礼不合！"身为男子，强闯女儿家闺房，当真是成何体统！

宇文赟见她平日温温和和，此刻疾言厉色，却自有凛然之色，倒也不敢强闯，顿足道："国公夫人莫恼，本宫只是找杨丽华说个明白！"

独孤伽罗并不让步，挑眉问道："敢问太子，丽华身犯何法？可是她做错了什么事，要太子亲自闯府，抓她问话？"

几句连问，倒将宇文赟问住，他结结巴巴道："她……她……"搜肠刮肚，想说杨丽华始乱终弃，可是她又没对他做过什么；说她言而无信，似乎她又从不曾答应过他什么。一时间，他心中气急，连连跺脚："她纵没有错，本宫就不能找她问话？"

独孤伽罗听他情急要赖，觉得又是好气又是好笑，摇头道："不能！"

杨坚跟在二人之后，闻言也觉好笑，上前施礼道："太子要见丽华，也不急在这一刻，还请前厅用茶吧！"

宇文赟看看他，看看伽罗，再看看杨丽华的院门，心中大为不甘。可是杨丽华的母亲挡在这里，他总不能强闯，若是伤到人，岂不是更加难得杨丽华之心？

他正在踌躇，就听院门一响，杨丽华一袭素雅裙装开门出来，朝阳映照下，但见她蛾眉淡扫，丹唇轻点，晨光里宛若出尘仙子，步云而至。

宇文赟瞬间瞧得呆住，绕过独孤伽罗奔过去，束手立在她面前，结结巴巴唤道："丽……丽华……"这一瞬间，原来心里的愤怒和不快早抛到九霄云外，心底只有深深的惊艳。

杨丽华见他一脸傻相，不由感到好笑，微微抿唇，故意正色道："太子殿下，为何跑到我们府上大呼小叫？"

被她一问，宇文赟才算想起来，连忙道："丽华，你……你为何不去参选太子妃？"

杨丽华扬眉："我为何要去参选太子妃？"

宇文赟大急："杨丽华，你明知道我对你的心思，你……你竟然不去参选，我……我……"左右看看，实在不知道用什么来威胁杨丽华，只得连连跺脚，"你若不嫁，明儿我搬来你们府上，再也不走了！"

堂堂太子，这是要做上门女婿？

独孤伽罗忍不住觉得好笑，向杨丽华瞪去："丽华，好好和太子说话！"

杨丽华也觉好笑，抿唇将一缕笑意压下，正色道："好吧，太子既然要讨个说法，那我们就说说清楚！"

宇文赟连忙点头："你说，只要你肯做太子妃，我都听你的就是！"

杨丽华正色道："殿下，你我虽然幼时相识，可是一别十年，并不算熟识！"

宇文赟连忙插嘴："日后成了夫妻，就会很熟悉！"

杨丽华瞪他一眼，不理，继续道："可是这几日相处，你文治武功样样不通，并非我杨丽华心中所想！"

宇文赟听她说得直白，心中微觉尴尬，偷瞟杨坚和伽罗一眼，低声道："你责得是，我已尽量在改，可这也不是一蹴而就之事，不是吗？"

杨丽华点头，也向独孤伽罗和杨坚看去一眼，脸儿微红，又道："你想来也有所听闻，当年我父亲伐齐立下大功，皇上赏赐美妾，拒不接纳，此生只我母亲一人！"

宇文赟点头："当然！"只因为当年杨坚要拒绝四名美妾，又称病辞官，这才有他们的十年分离。

杨丽华道："若要我为妃，我便要效仿母亲，你此生此世，心里只有我一人，再没有他人！"

宇文赟满口答应："能得丽华为妻，我宇文赟此生再无所求，又要旁人做什么？自然宠你敬你，此生不渝！"

杨丽华听他说得诚挚，心中微觉感动，沉默一瞬，才又道："你身为太子，日后要继承大统，岂能不学无术？日后每日必要通读一篇先贤文章！"

宇文赟有些傻眼："每日啊？"

杨丽华正色道："你若不能答应，前话只当我杨丽华不曾说过，府中简陋，太子殿下请回！"福身向他一拜，转身就走。

宇文赟大急，忙赶前两步将她拉住，连声道："我答应！我答应！只要你肯做太子妃，我全都答应就是！"

杨丽华眸中闪过一抹得意，回头道："我父亲、母亲在此，我们就此约法三章，请他们做个见证，若你日后反悔，我再不理你！"

此时宇文赟只求她能嫁自己为妃，立刻满口答应，当着杨坚和独孤伽罗的面与她击掌三下，立下誓言。

第六十三章

入皇室长女为妃
QUEEN DUGU

　　送宇文赟出府，独孤伽罗转身回来，握住杨丽华的手问道："丽华，一入宫门深似海，你可想清楚，在那深宫里，若是有什么事，怕爹娘也护不了你！"

　　杨丽华听她说得郑重，心神微恍，随即又坚定地点头："母亲，你也看到了，太子对我言听计从，如今虽说他有许多陋习，文治武功，样样不通，可是好在他生性聪慧，日后多加督促，还可有一番作为！"

　　独孤伽罗点头："太子殿下日后继承大统，自然有满朝文武辅佐，有没有大的作为倒不要紧，父亲、母亲只是盼着你婚事美满，和和美美地过日子就好！"

　　杨丽华重重点头："母亲，我会的！等丽华进宫，自然也可以保我杨府上下平安！"

　　独孤伽罗听她此时还在为家人着想，心中感动，揽她入怀，轻声叹道："丽华，你当真是长大了！"

　　入夜，杨坚听过独孤伽罗的转述，默然良久，最后化为长长的一叹："或者，这就是宿命！"当年，宇文邕对独孤伽罗纠缠不休，还因此与他兄弟反目，如今，自己的女儿却又要嫁给他的儿子，这是不是因果循环，冥冥之中自有天意？

　　宇文赟得到杨丽华应允，兴冲冲回宫，直奔文昌殿。

　　安德见到他来，忙上前行礼："殿下，皇上正在批阅奏折，还请稍等！"

　　"本宫等不了！"宇文赟不理，向内直闯，刚刚撞开殿门，就见一只杯子夹风飞来，一惊之下迅速侧身，只听"啪"的一声，杯子撞上门扇，顿时粉碎。宇文赟吓得心惊胆战，立刻跪倒："儿臣参见父皇！"

　　宇文邕冷哼："你眼里还有朕这个父皇？你还知道你是太子？"

　　宇文赟缩缩脖子，忙道："父皇，儿臣有天大的事情回禀，一时忘记通禀，请父皇见谅！"

　　"天大的事？"宇文邕冷哼，"你能有什么天大的事？"

宇文赟忙道:"父皇,儿臣要立杨丽华为妃!"

宇文邕将脸一沉:"这就是你说的天大的事?"

宇文赟连忙点头:"父皇,儿臣若不能娶杨丽华为妻,今生宁愿不娶!"

"混账!"宇文邕拍案大怒,指他道,"朕看你是不想再当这个太子!"骂声出口,只觉心口一阵绞痛,一时说不上话来。

安德见他脸色骤变,大吃一惊,连忙上前扶住,连声问道:"皇上,你觉得怎么样?"

宇文赟也大吃一惊,膝行两步,唤道:"父皇!"惊吓之下,脸孔雪白。

宇文邕深吸一口气,等心口的绞痛过去,低头默思片刻,颓然道:"也罢,不是你真心所喜,料想也管不住你!但愿你能真的收心吧!"

宇文赟错愕,一时还没有回过神来,身后保桂连忙提醒:"殿下,快谢恩啊!"

宇文赟这才回神,连忙给宇文邕磕头,又难以置信地问道:"父皇,是答应儿臣了?"从小到大,宇文邕对他一向严厉,极少有如此好说话的时候。

宇文邕见到他这副样子,气就不打一处来,喝道:"滚!滚出去!"抓起砚台作势便要砸去,被安德一把抱住。

宇文赟吓一跳,连忙谢恩,逃也似的出去,直到离开文昌殿老远还没有回过神来,向保桂问道:"方才,父皇真的答应了?"

保桂连忙点头:"恭喜殿下,贺喜殿下!"

宇文赟立刻眉开眼笑,手舞足蹈:"我们去告诉母后,我要马上大婚,我很快就可以迎娶杨丽华了!"

文昌殿内,宇文邕心口的绞痛终于过去,看看渺无人迹的殿门,慢慢坐下,默思片刻,才向安德道:"传旨,立随国公杨坚长女杨丽华为太子妃,之前入选四人,皆封为太子侧妃。"

安德微愕,躬身问道:"皇上当真答应太子这门亲事?"

宇文邕冷哼一声,点头不语。

杨坚回京,接杨广回府,他手中已无人可以钳制杨坚,如今杨丽华进宫,就是再捏住杨坚一处软肋。

三个月后,太子大婚,迎随国公杨坚之女杨丽华为妃。成亲之日,随国公府从里到外张灯结彩,满堂的喜气。反观皇宫,金碧辉煌的殿宇中,东宫的喜气总被压制住几分。

杨丽华坐在洞房里,看着屋子里满眼的红,又看看从殿门外直排进殿里来的宫婢,这才渐渐抓到一些真实之感。

她真的已经嫁入皇宫,从今天开始,她就是太子妃!接下来,她要做的,就是督导太子,改变太子,让他得到皇帝的信任和赞赏,牢牢地抓住太子之位,日后登基,她可就是一朝之后!

如她所想,宇文赟在她的督促下,开始晨昏定省,开始勤习诗文。宇文邕见他大婚后果然大有转变,特意恩准他参与朝政。宇文赟喜出望外,又难以相信,阿史那颂心中却颇感欣慰。

数日之后，宇文赟依礼携杨丽华回门。独孤伽罗听说他已经开始参与朝政，心中欣慰："殿下参与朝政，如今多听多看就好，仔细揣摩，自然会有领悟！"

宇文赟大感头疼，连连摆手道："往日见父皇只是上朝，批批奏折，还道容易，如今不过三天，本宫就要被烦死了！"

话出口，独孤伽罗和杨坚同时一怔，不禁对视一眼。

杨丽华见他如此不思进取，脸色微赤，咬唇在他手臂上轻推，轻声唤道："太子！"忙向父母强笑，"太子刚刚开始参与朝政，还不曾理出头绪，自然也就烦躁一些！"

宇文赟见众人的目光里都带着些意味不明，恍然明白自己失态，连忙正襟危坐，点头道："是啊，本宫只是听说什么边疆战事，什么兵马调度，又有什么粮草，着实烦琐，当真不明白为什么总要打打杀杀，死那么多人，不怕吗？父皇总教训本宫，不能好勇斗狠，可偏偏国与国之间打个没完，本宫很是不喜。"

杨坚摇头："太子平日相处之人都是兄弟和臣子，自然要和睦相处，不能好勇斗狠。而这国与国之间，关系到成千上万百姓的安危，自然寸土必争，并不是好勇斗狠。太子没有上过沙场，不知道征战的残酷，实则要建功立业，必得经过沙场的洗礼，才知道富国强兵的道理。"

宇文赟被他一说，顿时气弱，只得点头："岳父说得是！"

独孤伽罗向他深深一望，垂眸斟茶，淡道："民为一国之本，大军却是一国之魂，若要国家安定，必然要富国强兵，外敌才不敢来犯。而一军主帅，又是大军之魂，要通晓战略，熟读兵书，杀伐决断，才能率领大军保境安民。当今圣上在登位之前，就是我大周一代名将，殿下当真该好生效仿才是！"

宇文赟听她一番谈论，颇具气势，心中倒也涌起一些男儿豪气，点头道："是啊，父皇久经沙场，平灭齐国，丰功伟绩，又岂是本宫可比？"

独孤伽罗摇头："久经沙场，也总有出兵第一战，若不经沙场磨砺，只不过是纸上谈兵。日后太子要继承大统，就要先懂得如何保境安民。太子效法皇上，也必然会得皇上欢心。"

宇文赟凝思片刻，试探问道："岳母之意，是要本宫率兵出征？"

独孤伽罗点头："唯有如此，殿下才能树立威信，令朝臣信服。身有军功，也更得举国将士拥戴。另外，为君分忧，也必然更得皇上信任。"

宇文赟听到后句，不禁眸子一亮，连连点头。

杨坚向独孤伽罗望去一眼，插口打断："今日丽华回亲之喜，还是莫论国事！方才厨房来禀，酒菜已经备好，入宴吧！"说罢起身相请太子。

宇文赟连忙点头，跟着他起身。

一餐饮宴，尽欢而散。送宇文赟夫妇出门上车，杨坚与独孤伽罗才向后宅而去。走进花园，见左右已经无人，杨坚才低声问道："你劝太子出征，是果有其意，还是只是说说？"

独孤伽罗侧头向他一望，低声叹："太子始终不受皇上看重，如今丽华既已嫁他为妃，我们自然要替他做些运筹，否则日后又如何君临天下？"

杨坚点头:"在朝中建立威信最快的方法,就是立军功!只是此事只能等候机缘,徐徐图之!"

独孤伽罗点头,与他相视一笑。夫妻二人同心,已不必再多说。

事有凑巧,此后不过数月,边关突然来报,西北吐谷浑率兵扰边,杀人越货,边界百姓流离,商旅难行。老将军尉迟迥闻报,首先出列请战,誓要杀敌卫国,保境安民。

听到老将军慷慨陈词,宇文赟突然想起独孤伽罗所言,见宇文邕正要点头应允,立刻出列道:"父皇,区区吐谷浑犯境,又岂用尉迟将军出马,儿臣愿意率军大破吐谷浑,扬我大周国威!"

听到素来不学无术的太子突然说出这样慷慨激昂的话来,朝中众臣震惊莫名,忍不住面面相觑。宇文邕也被他吓到,愣怔一瞬,将脸一沉,喝道:"你道行军打仗是儿戏?还不退下!"

宇文赟素来对他畏惧,见他疾言厉色,不禁脖子一缩,却仍道:"父皇,儿臣自然知道,行军打仗绝非儿戏,只是如今儿臣虽然临朝听父皇问政,听各位将军讲述战略,但这些终究不过是纸上谈兵。儿臣自知愚劣,还无法担当重任,只是吐谷浑不过小族,并不可与齐、陈大国相比,如今来犯,正好给儿臣练手,为父皇分忧之外,也好让儿臣知道征战之苦。"

这一番话说得,最初还带着一些畏怯,到最后声音朗朗,倒也有一番风骨。宇文邕居高临下,望着跪在阶前的儿子,一时间,竟似不认识一般。

众臣闻言,微怔之后,不禁低声窃议,阶下这个少年,当真是他们所认识的那个纨绔太子?

纷议中,高宾第一个出列跪倒:"皇上,太子殿下为一国储君,日后要继承大统,自当知道征战艰难,也当为皇上分忧,老臣以为,该当应太子殿下所请,允其率兵出征。"

还不等宇文邕应,赵越立刻迈前一步跪倒,大声道:"皇上,臣以为不可!如高司徒所言,太子殿下是一国储君,又岂能轻易离京?何况沙场之上刀枪无眼,若是有个闪失,岂不是引朝堂动荡?"

高宾立刻回道:"皇上,正因太子殿下是一国储君,才当军前扬威,令群臣百姓景仰!"

"高司徒!"赵越冷笑,"沙场上凶险无比,你字字句句鼓动太子出征,是何用意?"

高宾听他竟然诬指,心头怒气上冲,也是一声冷笑:"赵太卜,太子有心为国效力,为皇上分忧,你非但不给予支持,还处处掣肘,不知又是何用意?"

赵越听他轻轻一语,竟然将自己送到太子的矛头之下,不由一惊,咬牙道:"你……"

"够了!"话未出口,被宇文邕打断,他挥袖道,"此事再议,退朝!"随即径直起身而去。

宇文赟急得连连顿足,向争执的二人望去一眼,随后追出殿去。

宇文邕刚回文昌殿,就听安德回道:"皇上,太子来了!"话落,宇文赟已大步迈进殿来,跪下见礼:"儿臣见过父皇。"

宇文邕不料他竟然追到文昌殿来，扬眉问道："怎么，还是为出征之事而来？"

宇文赟连忙点头，膝行一步，道："父皇，请父皇答应儿臣领兵出征，为国效力！"

"为国效力？"宇文邕被他气笑，伸指向他点点，摇头道，"你是朕的儿子，你有几斤几两，朕岂会不知？说吧，是何人教你请命出征的？"

宇文赟见自己被他瞧穿，不禁心虚，却仍然小声道："是儿臣自己想要为父皇分忧！"

宇文邕见他还在强撑，将手中的笔向他掷去，冷声道："不说实话，朕断断不会答应！"

宇文赟脖子一缩，任蘸满墨汁的毛笔砸在身上，也不敢避，只好如实道："是……父皇当真独眼慧具，任儿臣如何都瞒不过父皇。"

"什么独眼慧具？你道朕是瞎子？那是独具慧眼！"宇文邕被他气笑，"说吧，究竟是谁让你殿上请命出征的？"

宇文赟见瞒不过，只好道："是……是随国公夫人提点儿臣，儿臣才想到要统兵出征！"一边说话，一边暗察他的脸色，见他神情突然变得沉郁，只道他不喜自己受旁人指点，忙道，"父皇，纵没有人提点，儿臣也想为父皇分忧。"

听他突然提到独孤伽罗，宇文邕胸口微微一窒，低声道："她？是她要你请兵出征？她竟然连你都要左右？这一回，她又有何用意？"暗暗猜测独孤伽罗的心思，却觉脑中似幻似雾，那女子往日的玲珑心思，如今他竟然再也看不透。

宇文赟见他面色不悦，忙道："父皇，儿臣岂是一介妇人能够左右，实是随国公夫人提过父皇当年的战绩，儿臣记在心上，想要效仿，才想请命出征。更何况，吐谷浑犯境，朝廷今日才得到边报，她深居妇人，又岂会得到消息，提前给儿臣指点？"

本来宇文邕听到儿子竟然听从独孤伽罗指点，心中略有猜疑，此刻听他如此一说，心中却又老大不是滋味："独孤伽罗，可不是寻常的深居妇人可比！"

宇文赟不解其意，错愕唤道："父皇……"思绪略整，不再深究，又膝行一步，道，"父皇，儿臣自知往日游手好闲，不曾好生用功，父皇不放心儿臣，也在情理之中。只是如今儿臣有心改过，想要效仿父皇，驰骋沙场，保境安民，还请父皇成全儿臣一片赤诚之心！"

宇文邕见他一脸诚挚，心中已有所动摇，沉吟道："你平日并未好生习练弓马，兵书战略也只这些日子才通读，沙场上刀枪无眼……"

宇文赟听他语气松动，心中大喜，立刻道："父皇，儿臣统兵，自然是一军统帅，不必上阵厮杀。只是儿臣从不曾领兵，自然不敢因儿臣无知耽误父皇大事，此次出征，还请父皇增派朝中勇将相助！"

宇文邕见他步步思虑周全，又一脸的热切，一颗拳拳报国之心极为真诚，一时间，也不知心中那种莫名的情绪是喜是忧。

宇文赟得他点头答应，大喜过望，连忙磕头谢恩。刚出文昌殿，他再也按捺不住性子，大呼小叫地冲回东宫，一把抱住杨丽华大叫："丽华，答应了！答应了！"

杨丽华被他吓一跳，等他嚷完，才含笑问道："什么答应了？谁答应了？答应什么了？"

宇文赟一怔，才知道自己忘形之下没有说清楚，嘻嘻笑道："是父皇，父皇答应我统兵出征，去击溃吐谷浑了！"说到这里，心中得意非凡，手中比画几个杀伐的招式，哼道，"区区吐谷浑，胆敢犯我大周边境，这一回，本太子必定让他们知道知道本太子的威风！"

杨丽华听他要领兵出征，替他开心之余，又不禁担心，扯住他的袖子道："你只是读过几本兵书，又不曾当真领兵，这一去，岂不凶险？"

宇文赟见她满脸忧色，心中欢喜，侧头问道："丽华，你是在为本宫担忧？"

杨丽华只觉好笑："我是殿下的太子妃，自然为你担忧！"

宇文赟大喜，一把将她抱起连转几圈，这才笑道："丽华，你心中有我，本宫当真是开心，不过我已请准父皇在朝中挑选最得力的大将，你不必担心！"

杨丽华心中念头一转，突然拉着他就走："如今父亲虽说不再统兵，但必然对吐谷浑有所了解，也知道哪些将领更堪大用，我们去找父亲商议！"

宇文赟大喜，立刻点头，随着她出宫，直奔麟趾馆而去。

杨坚正与几名州府进京的大臣讲述治理州郡之法，见到他们前来，微诧之后瞬间了然，上前见过礼，引二人向待客室而去，张嘴就问："太子、太子妃是为攻打吐谷浑而来？"

宇文赟喜道："原来岳父已经知道？"

杨坚含笑道："今日一早，听说太子当殿请旨，就已想到！"

宇文赟连连点头道："岳父大人身经百战，不知可有指点？"

杨坚点头，起身到案后坐下，铺开一张长宣，提笔细绘，口中解释："吐谷浑地处西北，与我大周和北国三国成掎角之势，那里地势虽说平坦，但因气候特异，随时会有变迁。加上吐谷浑兵力不继，不会与我们正面交锋，我们不能长驱直击，只能设法诱敌！"说话间，已经手绘成一张简单的吐谷浑地形图，将宇文赟叫到跟前，细述要如何行军，如何布阵，如何诱敌，如何攻击。

宇文赟见他对吐谷浑地势、兵力竟然了如指掌，不禁咋舌道："岳父大人奇才，委屈在这麟趾馆中，当真是可惜了！"

杨坚微笑摇头，向门外正在专心编写书籍的下属望去，眸中露出些傲然："太子，你当记住，人之在世，并不是执戟沙场、扬威天下才是有所作为，纵是这小小麟趾馆，只要你当真有心，也可造福于天下！"

宇文赟连连点头，对他的钦佩之心又深几分。

数日之后，宇文赟点齐将领杨素、高颎等人，统兵十万，前往吐谷浑边境，与敌对阵。他虽说自幼不学无术，可生性聪慧，杨坚所授机宜他不但全部深记，还融会贯通，此时依样说出来，排兵布阵，竟然像模像样，众将军听得连连点头，佩服不已，高颎却只是微微含笑。

兄弟一场，二十年相交，他自然看得出来，这攻守之法，是得自杨坚亲传。

公元578年三月，周国太子宇文赟率军回击吐谷浑，计诱北国出兵，夹击吐谷浑，令吐谷浑受到重创，大获全胜，一战成名。

第六十四章

立五后丽华有孕
QUEEN DUGU

　　宇文赟战胜回师，顿时声名大噪，得意之余，对杨坚更加佩服不已，借机向宇文邕进言，希望能重用杨坚。
　　宇文邕惊觉杨坚对宇文赟的影响，大怒之下，对杨坚更加忌惮，一时间心口绞痛，气恨难平。
　　安德见他一脸痛苦，心中不安，等宇文赟离去，这才劝道："皇上时常心口疼，怕有什么病症，再唤太医来瞧瞧吧？"
　　宇文邕摆手摇头："无妨，不过是旧疾！"
　　时隔不久，边疆再传消息，因之前宇文赟使计，借北国之兵夹击吐谷浑，事后被北国窥破，借机扰边，侵夺百姓财物。尉迟迥以为，北国与大周不但是盟国，还是姻亲，埋当先礼后兵。而北国可汗阿史那玷厥几次助杨坚出兵，二人有几分交情，此事非杨坚莫属。
　　宇文邕不愿重用杨坚，以杨坚伤后再不能统兵为由驳回。只是不用杨坚，朝中文臣武将，竟没有一人比他更为合适。
　　宇文赟见他皱眉沉吟，立刻上前跪倒："父皇，北国可汗是儿臣舅父，儿臣请旨统兵前往，若能和谈固然是好，若是不能，儿臣也不惧一战！"
　　宇文邕定定注视他，脑中回旋的是他口口声声对杨坚的赞誉，心中只觉愤恨莫名，冷声问道："这一次，又是谁教你请旨出兵？"
　　宇文赟不料他问出这一句话来，"啊"了一声，竟然不知如何作答。
　　宇文邕闭眼，深吸一口气，压下心口的疼痛，摇头道："北国强大，不是吐谷浑可比。你是太子，一国储君，固然要为国出力，可是也不能听凭旁人唆使，动不动就要以身犯险！你那些雕虫小技，怕只会误了朕的大事！"
　　宇文赟被他数落得莫名其妙，想解释出兵是自己的主意，可在这殿上，一时又不知从何说起，只得道："儿臣愚钝，请父皇明示！"

宇文邕冷哼一声，目光寸寸向殿里移去，一字一句道："北国与我大周本来结盟，如今再次扰边，自然是国中又有动荡。如今，齐国已灭，陈国伏首，吐谷浑又受重创，我大周却渐渐强盛，自然是到开疆拓土的时候了！这一次，朕要御驾亲征，将北国收入我大周版图！"

此言一出，众臣大出意外，高宾立刻跪倒："皇上，皇上是万金之躯，万万不可以身犯险啊！"

张先等人也立刻出列，齐声劝谏。

宇文邕摇头道："正因朕是大周天子、一国之君，才能更加鼓舞士气，一举平灭北国！"见高宾等人还要再劝，摆手道，"朕意已决，不必再说，点集兵马，选良辰吉日出兵吧！"说完，再不等众臣相劝，出殿而去。

朝中众臣面面相觑，高宾、尉迟迥等人皆是无奈，而赵越、陈王等人眸中却多出几分算计。

后宫阿史那颂听到皇上要北伐的消息，大惊失色，急急赶往文昌殿，苦苦相劝宇文邕收回成命。而此时宇文邕心中只有一统天下的野心，对她的劝解充耳不闻。

杨坚得到消息，更是大吃一惊，已顾不上与宇文邕的嫌隙，也不顾高颎和独孤伽罗的阻拦，径直进宫，直赴文昌殿。

宇文邕拒而不见，杨坚无奈，只能跪在殿门外苦谏。听着殿外杨坚的声音，宇文邕心中想的却是那个挥之不去的女子的身影，一时间，心中疼痛难忍，失望道："伽罗，杨坚所言怕就是你之意，为什么你自个儿不来见朕？你就如此不想看到朕吗？"

殿门外，杨坚久跪不见他传召，心知再跪下去，也必然难以令他回心转意，咬牙站起，一步步向殿门走去。

武伯王鹤大惊，只道他要强闯文昌殿，忙上前阻拦。哪知杨坚脚步在踏上石阶后停住，扬声道："皇上，北国地广人稀，道路难行，大军深入，粮草难以维系。如今正当盛夏，北国酷热，风沙漫天，我大周兵马怕难适应那等气候，此时出兵，必然是事倍功半，请皇上三思！"

殿门外杨坚的话字字句句落在耳中，宇文邕又岂会不知他所言句句属实？可是，越是如此，心中越觉愤恨，他突然一把打开殿门，望着门外人影冷声道："随国公，朕年少投军，身经百战，还不用随国公教朕如何打仗！"

杨坚急道："可是皇上，此时当真不是出兵良机！"

宇文邕冷哼："朕要成就宏图霸业，岂能畏首畏尾？你不必多言，回去吧！"说完转身回殿，砰的一声将门关上。

杨坚怔立片刻，知道再难相劝，长叹一声，只好向着殿门施礼，怅然而去。

听着殿外再也没有杨坚的声音，宇文邕这才长吁一口气，突然间，但觉心口一阵绞痛，不禁低哼一声，伏下身去。

十余日后，皇帝宇文邕一身戎装，城楼誓师，亲率大军三十万，浩浩离开长安，向北而去。

离长安十余日,地势从起伏绵延的山峦渐渐变为广阔无垠的沙地,最初还有水草可寻,再过几日,已经只是连绵的沙丘,再往前就是周北两国的边界。

就在此时,但见天地一线间,一层黄云骤起,狂风夹着飞沙,片刻间已席卷天地,向大军滚滚扑来。

大军将士齐惊,想要飞逃,但四周早已尘沙漫天,不辨方向,不分天地,就连近在咫尺的同伴也难以瞧见,只能抱头缩身避免正面迎风,死死地抓住马鞍,以防被风吹走。

大风刮了足足一盏茶的工夫,渐渐呼啸而过。杨素、高颎同时吁一口气,赶前去见宇文邕,劝道:"皇上,这风起得突然,怕是要变天,不如先寻处驻扎,等天气好转再走!"

宇文邕挥掉头脸上的尘沙,冷哼道:"不过是一阵大风罢了,能奈我何?"坐正身子传令,"继续出发!"哪知话刚出口,只觉心口剧痛,脑中一阵昏沉,"啊"的一声大叫,跌下马去。

高颎、杨素大惊,齐齐抢前扶住,疾声唤道:"皇上!"

这一刻,宇文邕但觉眼前一片混沌,张开眼,已看不清眼前的景物,耳边似乎有人呼唤,却又似乎很远,远到他听不清是谁,听不清他们在喊什么,终于,天地变成一片死寂,再也没有一点声息。

眼看着宇文邕双目紧闭,已没有一丝意识,高颎脸色大变,嘶声大吼:"太医!太医……快!快传太医!"

随军太医急匆匆而来,略加诊视,颤声道:"高将军,皇上恶疾发作,随军药草不济,应当即刻回京医治!"

"好!"高颎点头,咬牙传令,"前锋营,即刻随我护送皇上回京!杨素,你率大军随后!"

皇帝御驾出征,却中途病发,大军军心已乱,此时强行出兵,只会更加不利。杨素点头,即刻命人准备车马,送高颎等人火速送皇帝回京,自己整顿兵马,随后向长安疾赶。

皇宫里,阿史那颂早一步得到消息,即刻召集所有人医齐宫中候命。高颎满身灰尘,与几名暗卫军抬着宇文邕狂奔而回,即刻将太医召入寝宫,为皇帝诊治。

阿史那颂双手紧紧地抓着杨丽华,眼看着榻上的人双眸紧闭,身子仍然不住地颤抖。

眼看着太医一个个摇头起身,她终于忍不住问道:"太医,皇上如何?快……快用药啊!"

几名太医互视一眼,长叹一声,都是摇头不语。还是太医医正向她行礼,叹道:"皇后,皇上曾多年服用毒药,虽有解药相护,终究不能尽除,加上长期操劳,北伐时又寒气袭体,早已是……油尽灯枯了!"

阿史那颂脑中轰的一声响,身子一晃,几乎难以站稳,一把抓住医正,摇头道:"不!不!皇上正值盛年,怎么就会油尽灯枯?你……你不要胡说,快……快给皇上用药啊!"

医正一脸为难,向她深施一礼,歉然道:"皇后,臣等无能,回天乏术!"

阿史那颂呆立片刻，突然转身向宇文邕扑去，一把将他身子抱住连摇，哭叫道："皇上，你醒来！醒来啊！你不是要北伐吗？你不是要宏图大业吗？你起来啊！只要你起来，臣妾再不拦你！你快起来……"

杨丽华立在身侧，闻之不禁心酸，轻声劝道："母后，保重身子要紧！"

可是阿史那颂哪里听得进去，抱住宇文邕不断地哀求，哀求这个她爱了一生的男子，哀求这个她一生都没有得到的男子，只求他能醒来，不要丢下她一个人。

似乎听到阿史那颂的呼唤，宇文邕身子一动，嘴唇微微颤抖，喃喃地吐出几个字来。

屋子里顿时一静，所有的人都紧紧地注视着她，侧耳凝听他的声音。

阿史那颂也顿停哭声，颤声问道："阿邕，你说什么？你再说一次！"

"伽罗……伽罗……"他喃喃地唤出魂牵梦萦的名字，声音喑哑低沉。

阿史那颂一呆，突然尖声叫道："伽罗！伽罗！你就记得伽罗！在你的心里，本宫是什么？我是什么？"

宇文邕被她的叫声所扰，微皱了皱眉，又轻声唤道："伽罗……伽罗……"

满殿的人听得真真切切，互视几眼，一时不知该如何是好。阿史那颂嘶吼片刻，终于浑身气力耗尽，身子慢慢软倒，呆坐片刻，向安德无力道："去！传……独孤……伽罗！"最后一个字出口，脸上已尽是悲伤绝望，目光慢慢移到宇文邕脸上，哑声道，"我替你将她请来，你醒过来好不好？好不好？"

听着她悲凉的乞求，众人不禁心中惨然。

独孤伽罗闻召，震惊之余又难以置信，匆匆随安德进宫。

踏进殿门，但见宇文邕静静地躺在榻上，内侍、宫女跪了满地，而阿史那颂眼神空洞，落在不知名的地方，抱膝坐在榻旁的角落，缩成小小的一团，独孤伽罗暗暗心惊，上前一步向皇帝施礼："臣妇独孤伽罗见过皇上！见过皇后！"

听到她的名字，阿史那颂身子一动，目光转回，虽然似落在她的身上，却空空洞洞，又似什么都没有瞧见，低声道："皇上在等你，你……和他说说话吧！"

独孤伽罗心中一揪，慢慢起身走到榻旁，见宇文邕脸色灰败、了无生气地躺在那里，不禁心中一酸，慢慢在他榻旁跪倒，轻声唤道："皇上！"

宇文邕静静地躺着，毫无反应。

独孤伽罗的心已抑制不住地颤抖，她伸手试探地握住他的胳膊，哑声唤道："皇上，我是伽罗，伽罗来瞧你了，你醒醒啊！"此一时，她才惊觉，那衣衫下的手臂早已瘦弱不堪，哪里还有年少时的孔武有力，而如今，他还正当盛年啊！

似乎听到她的呼唤，宇文邕终于眼皮一动，双眸慢慢睁开。

独孤伽罗大喜，连忙跪起身，连声道："皇上，你醒了，你怎么样？"

满殿的人见状都是精神一振，却更加屏息凝神，大气都不敢喘一口，生怕惊扰到好不容易醒来的皇帝。阿史那颂见他竟然被独孤伽罗唤醒，一时间心中且悲且痛，又带着一抹深深的无奈。

宇文邕睁眼，过了良久，眼珠终于艰难转动，目光最终落在独孤伽罗身上，嘴角微挑，露出一抹笑意，柔声唤道："伽罗，你……你来了，你终于来了！"

他的声音虽然已变得沙哑，可是那温柔的语气仍如少年时。

独孤伽罗心中一酸，顿时泪落如雨，连连点头，哽声道："是，皇上，是我，我是伽罗，伽罗来看你了！"

宇文邕轻吁一口气，眼底露出一抹悲凉，低声道："你来了，可是……可是朕要走了。伽罗，朕这一生，遭际坎坷，大起大落，本想成就一番大业，可如今天不假年。能有今日，朕也已不枉此生。而朕这一生最悔，就是年少时不懂真情可贵，将你一片真情辜负，致使一生情感寥寥，抱憾终生。"

少年往事，在他低沉的述说里，再次鲜活地闪现。般若寺山路上他们初识，之后从幼至长，一同习文练武，一同纵马驰骋，一同携手同游。他曾是她情窦初开时，那个最美好的少年，而她是他一生岁月中，那段最惊艳的时光。

往事历历，在独孤伽罗脑中闪过，她心中更觉酸痛难忍，摇头泣道："皇上，不要说了！"曾经的美好早已不复存在，连她也不知道，从何时起他们变成了今天这副模样。

宇文邕微叹一声："今日不说，朕怕是再没机会说了！伽罗，朕一生最悔，是不能与你相守一生；最恨，是你家中逢变，朕却无力相助。如今，朕空有这掌天之权，愿意为你一掷生死，可你要的，却再不是朕。朕这一生，任如何挣扎，不能有你相伴，终究没有任何意义。朕空有天下，而这天下，又如何与你相比？"

巨变之后拼着性命争夺而来的天下，此时在他寥寥的几语中竟然变成空无，唯有一腔深情是他此生的执念。

独孤伽罗不禁泪如雨下，摇头劝道："皇上，你正当盛年，如今不过小恙，当好生保养才是！"

宇文邕早已陷入自己的回忆里，对她的话充耳不闻，喃喃道："伽罗，这些年，朕处处与你作对，只是想让你多在意一些，纵然是恨，也强过忘记。可如今，朕又怕，怕你记恨，怕你恨着此时的朕，也因此忘记过去的阿邕。伽罗，对不起……对不起……是好是坏，阿邕，再不能守着你了……"

最后一句话出口，独孤伽罗心中最后一道堤防终于崩决，眼泪顿时成河，失声痛哭："阿邕，不！阿邕，你不要走！伽罗不恨！伽罗从不曾恨过你，你不要走……"

然而，任她如何呼唤，宇文邕再也不能应一声，那茫然微张的眸子，似乎望尽这一生之路，欢喜悲伤，已经尽尝，而那微启的双唇，似乎还有无尽的话想要述说，却全部消失在最后的一声叹息之中。

阿邕！这是他听到她最后的一声呼唤，在他一生最后的时刻，落下一个句点，也算是一份圆满。

太医见他再也不说不动，躬身上前，细细诊过，立刻跪倒，悲声道："皇上驾崩了——"

"皇上！"殿中众人齐齐磕下头去。

宇文赟扑上前抱住宇文邕身子连晃，失声痛呼："父皇！父皇！"从幼至长，宇文邕对他督导甚严，他却偏偏反其道而行之。如今，在他想要博得父皇的喜欢，博得父皇的信任时，父皇却就这样撒手而去。

阿史那颂听着宇文邕的倾诉，字字句句全是伽罗，竟然没有提及自己一语，心中早已空空洞洞，不知身在何处。到此时，她也只茫然地跪坐着，似不知发生何事。

独孤伽罗泪落如雨，微颤的手慢慢蒙上宇文邕的双眼，轻声道："阿邕，你好生去吧，终此一生，伽罗都会记着你！"

皇宫钟楼上，悠长的钟声敲响，宣示着一代帝王的陨落，震撼了整座皇宫，传遍了整个长安。

公元578年六月，周武帝宇文邕驾崩，年三十六岁。

宇文邕生前对宇文赟的管教极为严厉，宇文赟畏惧父皇，已甚为收敛，如今宇文邕身亡，宇文赟失去压制，想日后君临天下，大周江山尽在掌握，再也不必听命旁人，得意之下，竟不等皇帝大丧，就纵情声色。

那日他正与四位夫人纵情玩乐，有司礼大臣和司礼太监来请问登基一事后宫的诏封。宇文赟眼见四位夫人娇艳者有之，妩媚者有之，又个个争相邀宠，一时不能取舍，向杨丽华笑道："古往今来，皇帝都只有一个皇后，如今朕就要打破常规，并立五后，岂不是新鲜？"

四位夫人大喜过望，极力称赞讨好。宇文赟哈哈大笑，向司礼大臣挥手道："就这么定了！"

杨丽华脸色大变，眼见他沉浸在四位夫人的温柔乡中不能自拔，微微咬唇，默然离去。

宇文邕驾崩，多年的争斗，多年的防范，也随之烟消云散，反之，带给杨坚和独孤伽罗的，是对往日那个宇文邕的追念。

那日独孤伽罗正坐在院子里看几个幼子玩耍，就见杨丽华气冲冲地进来，一言不发，端起她面前的茶大大饮了一口。

独孤伽罗心觉奇怪，忙起身问道："这是怎么了？发生什么事？"

被她一问，杨丽华泪珠儿在眼里滚了滚，咬牙道："母亲可曾听闻，这几日太子的所作所为？"

独孤伽罗默然："先皇对太子管教严厉，如今他失去管束，自然变本加厉，过些日子，或者自个儿会觉无趣，自行改过！"这几日她听到风声，宇文赟的所作所为可谓离经叛道，已不是原来的纨绔可比。

杨丽华咬牙恨道："改过？母亲，你可知道，今日司礼大臣来问登基的诏封，他……他竟要立五位皇后！"

独孤伽罗失惊："什么五位皇后？"

杨丽华跺脚，眼泪终于落下："这几日，他不但与那四位夫人纵情淫乐，丝毫不念当初与女儿的誓言，今日又说要并立五后，我……我……"说到这里，双手捂脸坐下，失声痛哭。

独孤伽罗怔立一会儿，伸手揽她在怀，低声道："我可怜的女儿！"当初宇文赟求娶杨丽华，曾在他们夫妇面前立誓，今生今世，只有杨丽华一人。如今，他不但有四位夫人，竟然荒唐至要并立五后。想到杨丽华日后的处境，她不禁心中酸痛。

杨丽华哭了一会儿，抓住母亲的衣服问："母亲，你告诉丽华，这不是真的，他……他只是随口说说。此事有违祖制，他不会当真这么做，是不是？"

独孤伽罗看着她泪痕满布的脸，心中不忍，却还是狠了狠心，摇头道："丽华，你嫁的不是常人，他是太子，很快，他就是皇帝。皇帝金口玉言，岂会反悔？更何况，如今的太子，又能听得进谁的话？"单单这几日，只因为太子行为乖张，言官进言，他就罢黜了几名大臣，如今他当真要立五后，怕无人能阻。

杨丽华其实心中早已明白，只是想从母亲这里寻到一丝希望，闻言眸光顿时一黯，泪水再次滑落，摇头呜咽道："他……他竟然丝毫不顾及与丽华的情谊，更忘记当初的誓言！"

独孤伽罗轻叹一声，轻抚她的发顶，沉吟片刻道："丽华，爹娘对你，始终不改初衷。我们要的，是你一生平安喜乐，如果……如果那皇宫你实在不愿再留，母亲为你设法。这个皇后，我们不做也罢！"

"母亲！"杨丽华一惊抬头，定定与她对视，摇头道，"不！母亲，自古只有丈夫休妻，又哪有妻子离弃丈夫？更何况，他是太子，很快就是一国之君，若丽华强出，他……他岂不是会对付我们杨家？"

独孤伽罗皱眉道："可是你如此处境，我们岂能坐视？"

杨丽华脸色乍青乍白，咬唇默想片刻，才低声道："母亲，他虽荒唐，对丽华却仍看重，更何况，此事非同小可，你容丽华想想！"说罢放开独孤伽罗，起身向外走。

可她刚刚走出两步，突然间，只觉眼前一黑，一个跟跄，险些摔倒。

独孤伽罗大吃一惊，上前一把扶住她，连声问道："丽华，你怎么样？哪里不舒服？"

杨丽华定神，只觉脑中眩晕褪去，这才含笑摇头道："母亲，不要紧，想来是方才起猛了！"推开独孤伽罗要走，却又觉胸口一阵烦闷，俯身干呕，却又吐不出什么。

独孤伽罗见她这副模样，心中微微一动，立刻道："你如此模样，不如请个大夫瞧瞧，也免得此时回宫，惊得人仰马翻！"也不等她答应，一迭连声命人去请大夫，又扶着她进自己屋子里去。

隔一会儿大夫前来，替杨丽华细细诊过脉，起身向独孤伽罗连连行礼，笑道："恭喜杨夫人，这位夫人有喜了！"

"什么？"杨丽华霍然坐起，吃惊地望着大夫，又难以置信地轻抚自己小腹。

她有喜了？这个孩子，在她和宇文赟最为恩爱时没有到来，却在这个时候来了？

独孤伽罗早已料到，此刻得到大夫证实，心中倒是不觉意外，亲自送大夫出去，这才折身回来，向杨丽华道："丽华，事已至此，母亲只盼你想明白，如今的太子，你可还愿和他在一起？"

杨丽华向她怔怔而视，隔了良久，才哑声道："母亲，若只是丽华一人倒也罢了，可是……可是如今有这个孩子，我……我……"

"傻孩子！"独孤伽罗叹息，将她揽入怀中，柔声道，"你和他一场夫妻，他待你如何，你心中又待他如何，只有你自个儿心里清楚。他若当真不堪，你又岂能因为这未出世的孩子委屈自个儿？今日你若再不愿留在宫里，给他做什么皇后，我们就匿下这个孩子，母亲设法让你离宫，远走高飞，这世上，任谁也不会知道，如今的太子，未来的皇帝有过这个孩子。可是你若还是对他有情，不愿就此离开，这个孩子，就可成为你傍身之宝！"

杨丽华不懂反问："傍身之宝？"

独孤伽罗点头："所谓母凭子贵，你又是太子正妃，若是能生下皇长子，这后宫女人再多，又有谁能争得过你？"

杨丽华默然片刻，低声道："可是……可是他要立五后，并不是我一人！"

独孤伽罗叹道："正因如此，母亲才觉得这个孩子来得及时，如今你进可攻，退可守，全在你一念之间！"

杨丽华默然，思量再三，想起与宇文赟的种种，再想到即将到手的皇后之位，终究无法放下，轻叹一声道："古来皇帝后宫，哪一个不是佳丽三千？这世上男子，又有几人能如父亲？如今既有这个孩子，丽华总要搏上一搏！"随即慢慢起身向独孤伽罗辞别，"母亲，今日之事，请母亲务必守口如瓶，孩子的事，丽华另行设法让他知道！"

独孤伽罗见她心意已定，心中暗叹，又不能强劝她夫妻分离，只得点头。

第六十五章

情已绝杨后产女
QUEEN DUGU

公元578年六月，宇文赟登基即位，尊阿史那颂为皇太后，并立杨丽华与陈氏、尉迟氏、元氏、朱氏为后。杨丽华以社稷、朝堂安定为由，不但同意宇文赟立五后，并且表示支持，一时赢得宇文赟的赞赏，随后宇文赟给予其贤后之名。

就在受封之日，杨丽华当着满朝文武，当着整个后宫晕倒，太医诊治，杨皇后有喜，皇室有后！宇文赟大喜，当即宣旨，杨丽华为后宫之首，皇后中的皇后。

随后，宇文赟感念杨家一直以来的支持，重新启用杨坚，封为大司马，杨家其余人等，一律有所封赏。

圣旨刚下，杨家顿时如烈火烹油之势，势头暴涨，朝中官员纷纷携礼来贺。尉迟容、宇文珠见状，兴奋不已，兴冲冲将礼物收下。

杨坚等人回府，刚刚迈进前厅，就见厅中珠光宝气，堆满礼物，尉迟容与宇文珠正一团兴奋，从中挑选首饰。

杨坚脸色骤变，冷声问道："这是什么？"

宇文珠见到他们回来，兴奋之下并未留意杨坚的脸色，兴冲冲地说道："大哥，你瞧，今儿一早你升迁的旨意一下，立刻就有各府送来这许多礼物！"不等杨坚答，一把拖过杨瓒，将手中的翡翠珠链向身上比画，"三郎，你瞧，这珠子配我如何？"

杨瓒见杨坚早已沉下脸，忙低声劝道："公主，快放回去！"

宇文珠不解："三郎，这许多礼物，难不成都是给大哥的？我只要这一条！"

杨坚皱眉，怫然道："公主，你这是要置我杨家于不义吗？"

宇文珠一愣："大哥，你此话何意？我不过是挑件首饰，怎么就会陷杨家于不义？"

杨坚摇头，看看尉迟容，又看向宇文珠，冷声道："我杨家初沐皇恩，得皇上重用，还不曾为朝廷、为百姓做过什么，你们就在此收受贿赂，这要我们日后如何面对满朝文武，如何面对大周百姓？这不是置我杨家于不义，又能是什么？"

杨瓒当先躬身道："大哥说得是！"又向宇文珠道，"还不放回去！"语气是前所未有的严厉。宇文珠脸色骤变，劈手将珠子向他丢去，咬牙跺脚，拔腿就跑。

杨整立在杨坚身侧，向尉迟容望去。尉迟容脸色乍青乍白，慢慢将握在手中的首饰放回桌上，垂头默默离开。

此时独孤伽罗闻讯赶来，虽然没有听到之前的话，一见这等场面，也立刻明白发生什么，忙劝道："是我被几个孩子缠住，没有顾得上前头的事，一会儿我命人按礼单将东西退回去就是，也值得生这么大的气？"说着向杨爽使个眼色。

杨爽会意，上前拉住杨坚道："是啊大哥，这里交给大嫂就是，前几日你讲的战略，我还有几处不明白，再去讲讲！"随即向伽罗扮个鬼脸儿，拖着杨坚就向外走。

杨坚也知自己将话说重了，向伽罗望去一眼，示意她安抚，跟着杨爽而去。

独孤伽罗等他兄弟二人走远，这才向杨整、杨瓒道："这里交给我就是，你们还是去瞧瞧吧！"

兄弟二人向她道过谢，这才各自离去。

宇文珠怒气冲冲直回自己院子，口中仍在念叨不休："人家道贺，是人家的一番心意，不过是几件首饰，怎么就成了收受贿赂？纵然得皇上重用，如此不近情理，官儿做得再大，又有何用？"

杨瓒进门听到，不禁皱眉："公主，方才大哥虽说将话说重了，道理却分毫不差。如今大哥是大司马，若是收取旁人的财物，岂不是授人以柄？我杨家世代清廉，岂能在大哥手里毁去清誉？"

这二十年来，他一向顺从惯了，宇文珠听他今日竟然一再与自己唱反调，不禁大怒："我珠子已经还回去，如今不过说说罢了，你还要如此训斥！杨家清誉？我怎么不顾杨家清誉了？如今你刚刚受封，正是要与朝中众臣交好的时候，事事都学大哥，非得将满朝文武得罪光不可！"

杨瓒恼道："得罪光又如何？我杨家的人，凭的是真才实学，不必做那连群结党的勾当！"知道与她说不清楚，气呼呼转身而去。

宇文珠大怒，抓起桌上的胭脂水粉向他砸去，却见他背影早已消失在院门之外。

杨整慢慢回到自己院子，见尉迟容如常整理被褥，服侍他洗漱安歇，对方才的事只字不提。杨整默默地看着她收拾妥当，要开门离去，突然开口唤道："容儿！"见她停住，他起身走至身后，轻声道，"今晚，你留下吧！"

尉迟容身子一震，迅速转身向他望去，眼底波澜起伏，盛着说不尽的情绪。

杨整拉她入怀，轻声叹道："容儿，过去的事再也不提，这些年，苦了你了！"

他这句话出口，尉迟容心中积蓄的委屈顿时如长河决堤，汹涌而至，她伏入他的怀里，失声痛哭。

这一瞬间，时光仿佛疾速穿过整整二十年。二十年来，她独守空房，每一日的等待，都在第二日的黎明中变成失望。在她以为任她如何努力都无法挽回这名男子的时候，她却终于得到他的原谅。

杨整任由她的泪水打湿自己衣襟，默然片刻，伸手轻抚她的长发，轻声道："容儿，过去的事，我也有不对，往后我们再也休提，好好儿过日子可好？"

尉迟容哭得泪落声咽，只能连连点头，隔好一会儿，才能出声："二郎，今日的事，实是我考虑不周，惹大哥生气，连累你了！"

杨整摇头，叹道："这朝中的事，你一介女流又如何明白？原也怪不得你。只是如今大哥身为大司马，正要正朝堂风气的时候，若是连他也收受旁人的贿赂，又如何去服人？"

尉迟容连连点头："容儿明白了！日后若有不懂，自然先问过你和大哥，再不会自作主张。"

"嗯！"杨整应一声，带着她上榻，轻声道，"你素来聪慧，自然会明白。累这一日，早些睡吧！"

尉迟容点头，伏在他的怀里，再不应声，静静地感受着身边男子的温度，这久违的感觉是如此的温暖。

杨坚走马上任，第一件事，就是大力打击贪腐。宇文赟初登大宝，也正是行使皇权、整顿朝堂的时候，立刻给予大力支持。如此一来，各州各府贪腐官员很快纷纷被揪出来，宇文赟实行严刑，全部斩首。一时间，朝中良臣额手称庆，赵越、五王之流暗暗心惊。

杨坚当殿上书，请旨将查抄贪官的赃款全部用于强军养兵上。宇文赟立即答应，当殿命杨整、杨素负责训练军队，将赵越所请修建寺庙的奏本驳回。

为更进一步整顿州府，杨坚请旨，将定州刺史耿康调任入京，接替他小司徒中大夫之职，掌管麟趾馆的事务，整顿州府地方，查没贪官污吏，授予向大司马直接上报之权。

杨坚的举措得到皇帝的大力支持，不过数月间，朝堂上下已是一片清明，贪污之风顿止。

赵越眼看着同党被一一挖出，心惊之余，将主意打到后宫另四名皇后身上，借机献言，助四人争宠，并向宇文赟敬献丹药。杨丽华有孕，不能侍寝，宇文赟服药后情欲旺盛，加之四后极力媚惑，宇文赟逐渐沉迷于后宫。

杨丽华腹中的胎儿越来越大，再过月余就要临盆。独孤伽罗不放心女儿，隔几日就要请旨进宫陪伴照应。

那一日，她正陪着杨丽华在御花园中散步，只听到前边亭子里一片笑闹之声。杨丽华微微一愕，跟着脸色微变，一把将她拉住，转身就走。

独孤伽罗一愕，忙跟上几步，问道："丽华，怎么了？那边是什么人？"

杨丽华脸色一阵青一阵白，默然良久，才轻声道："是皇上和……和那四位皇后！"

独孤伽罗大吃一惊："这个时辰，皇上不是应该在文昌殿理政吗，怎么会在这里与几位皇后玩乐？"

杨丽华默然片刻，终于忍不住道："最初虽说立后，但他倒也还能节制，可是不知为何，两个月前就经常大白天跑回后宫，与那四后饮酒作乐，甚至……甚至……"她自幼受教养，说到后句，"白日宣淫"四个字再也说不出口。

她话虽说得不完全，独孤伽罗却听得明白，心中吃惊更甚，细细问道："你是说，两个月前？"如今杨丽华怀孕已经有八个多月，若说是因为杨丽华不能侍寝，皇帝临幸别的皇后，自然无可厚非，可是这白日宣淫，于一代帝王，可是会被人诟病。

杨丽华点头默然，心中说不出的失望难过。她说的，还只是皇帝与那四后，实则，当初得知她怀孕，宇文赟大喜之下，还每日到她宫中陪伴，而如今，已有许多日子不曾来过了。

独孤伽罗整副心思都在思忖皇帝突然的转变，并没有留意到女儿的失落，默思片刻后问道："这两个月，四后可有什么不同的地方？或是见过什么特别的人？"

杨丽华微怔，反问道："特别的人？"

独孤伽罗叹息："丽华，你是后宫之主，她们纵然被封为皇后，也在你之下，你总不会连她们平日做些什么、见过什么人都不知道吧？"

杨丽华被她提醒，瞬间想起："这两个月来，四后似乎与太卜赵越有所往来，还有，皇上对太卜极为信任，出入后宫，也常会命他随行！"

一个臣子，跟着皇帝出入后宫？

独孤伽罗皱眉，低声道："这个赵越生性奸诈，与我们杨家又是宿敌，恐怕又是他背后做了见不得人的勾当！"她握住杨丽华的手，心中满是怜惜，轻声道，"丽华，如今你很快就要临盆，这些事先不要多想，等到孩子平安降生，我们再想方设法，重获帝心！"

杨丽华点头默然，一手轻抚高隆的肚子，心里暗暗冷笑。无论如何，她都是一朝之后、后宫之主，等她生下皇长子，在这宫里的地位，就更加不能动摇。不能重获帝心又能如何，等到皇帝归位，她自己的儿子继位，那她杨丽华就是一朝太后，到那时，不要说整个后宫，就是整个天下，也尽在她的掌中。

独孤伽罗哪里知道她已想得如此长远，口中细细叮咛，扶着她慢慢往回走。

这个时候，只听到身后小太监急匆匆的脚步声传来，路过二人，只是匆匆行一个礼，拔步又跑。

杨丽华的贴身宫女瞧见，即刻叫住他问道："你乱跑什么？不见杨皇后在此？若是惊了龙胎，你如何担当得起？"

小太监惊得连忙跪倒，连连磕头道："回娘娘，方才是朱皇后晕倒，皇上急命奴才去请太医，奴才一时情急，才对娘娘失礼，请娘娘恕罪！"

杨丽华微愕，问道："朱皇后怎么了？怎么会突然晕倒？"

小太监摇头："奴才也不明白。本来平日朱皇后喜欢服侍皇上汤品，这几日她自个儿反而闻不惯那些气味，方才好端端地观赏歌舞，突然就晕倒了。"

听他说完，杨丽华脸色骤变，默默向独孤伽罗望去一眼。独孤伽罗也是心头微震，向小太监挥手道："既然是朱皇后有恙，你快些去吧，不要有所耽搁！"

小太监这才如蒙大赦，连磕几个响头，这才起身飞奔而去。

杨丽华脸色煞白，紧握住独孤伽罗的手，低声道："母亲，那朱皇后……朱皇后……"

独孤伽罗点头,叹道:"若不是旁的病症,八成是有了!"见她脸色不好,柔声劝道,"她有又能如何,今日知觉也不过两三个月的身孕,无论如何越不过你去!"

　　杨丽华心中烦闷略消,轻轻点头。

　　独孤伽罗扶杨丽华回宫,特意多留片刻,一个多时辰之后,消息传来,果然是朱皇后有喜,皇帝正在为她大肆庆祝。

　　杨丽华垂眸,一手轻抚自己高隆的小腹,轻声道:"如此也好,多一个龙胎,也多一个人被算计。"这几个月来,只因她怀有身孕,明刀暗箭,也不知道挡去多少。也幸亏她是后宫之首,背后又偌大一个杨家做倚靠,旁人不敢明目张胆,若不然,她还不知道这个孩子能不能留到今日。

　　独孤伽罗暗叹,拍拍她的手,轻声道:"事到如今,你只要养好身子,好好儿将孩子生下来再说!"当此情形,实在也不知道如何宽慰,只能尽量让她心绪放平,免得伤到身子。

　　杨丽华勉强挤出一个笑容,点头道:"母亲放心,就是为了这腹中胎儿,丽华也会好好的!"

　　独孤伽罗这才略略放心,又陪她说会儿话,这才告辞,出宫回府。

　　独孤善正在府中与杨坚议事,二人听完她的讲述,杨坚默然片刻才轻声叹道:"难怪这两个月来皇帝突然疏于朝政,原来,竟然是在后宫淫乐。"

　　独孤善皱眉道:"自古帝王荒疏朝政,伴随而来的,必然是国家的衰败,我们好不容易令大周渐渐强盛,长此下去,怕又是一场大乱。"

　　杨坚眉目间深有忧色:"皇帝登基已有半年,本来好好的,突然如此,必然是受人蛊惑!"

　　经他一提,独孤伽罗想起一事:"丽华说,近两个月来,那四后与赵越有所往来,赵越又是皇上的近臣,难道与此人有关?"

　　杨坚和独孤善互视一眼,神情都变得更加凝重,各自点头。杨坚道:"赵越此人生性奸诈,与我杨家又是宿敌,若是他要算计丽华……"说到这里,不禁心惊,向伽罗道,"你千万提醒丽华,提防此人!"

　　独孤伽罗叹气:"我岂会不知?当初她刚刚有孕,我就已提醒,如今她的饮食用具,都要经过太医细查才会进宫。"

　　杨坚放心点头:"如此最好!"

　　匆匆一个月有余,那一天,独孤伽罗和杨坚刚刚睡下,就听院门被人拍响,紧接着听到门口歆兰的脚步声远去,很快她便在外急切道:"夫人,宫里来人,说……说大小姐难产!"

　　独孤伽罗一惊,迅速坐起,失声道:"你说什么?"

　　杨坚也被惊醒,闻言脸色微变,急道:"我们即刻进宫!"

　　独孤伽罗将他压住,摇头道:"你是外臣,不便进后宫,纵去也是在前头等着,还是我去吧!"

杨坚不理，顾自穿衣穿靴："这三更半夜，至少我送你进宫！"夫妻二人草草收拾，急急赶进宫去。

此时宫门虽已下钥，但杨丽华不但是后宫之主，肚子里怀的胎儿更是皇帝的第一个孩子，再加上如今杨坚位高权重，禁军见二人前来，也不敢拦阻，打开边门放二人进去。

杨坚在进入后宫前停步，独孤伽罗跟着引路的小太监一路直奔崇义宫。

崇义宫中灯火通明，院子里站满了宫女、太监，都一脸惊惶地向殿内张望。见到独孤伽罗前来，众人纷纷侧身让路。

独孤伽罗直入寝宫殿门，迎面与一名太医撞个正着，忙问道："张太医，皇后怎么样？"话音刚落，只听殿里一声响亮的儿啼。

张太医大喜道："生了！"说着顾不上回答独孤伽罗，返身冲回去。

独孤伽罗刚松一口气，突然听到里边几声惊呼，稳婆的声音响起："不好了，皇后大出血！"

独孤伽罗脑中轰的一声响，身子一摇，几乎晕倒，已顾不上什么君臣之礼，上前几步，向殿内叫道："丽华！丽华！我是母亲，你要撑住，你一定要撑住啊！"

她连喊几声，有稳婆出来，劝道："夫人且在侧殿坐坐，这里有太医呢！"将她请去侧殿，又忙奔出去，连声唤水。

热腾腾的清水被端进去，很快变成血水又被端出来。独孤伽罗瞧着，只觉身子一阵一阵发软，一颗心慢慢地往下沉。

女子生产时大出血，世上有几人能挺得过去啊？怎么这事就到了自己女儿身上？

眼看着时辰慢慢地过去，天色已经灰白，这时，张太医擦着满头的汗慢慢出来，向独孤伽罗露出一个虚弱的笑容："夫人放心，皇后已经无恙！"

整整一夜，独孤伽罗心中焦灼难耐，却始终极力强撑，听到最后一句，终于落下泪来，急忙向内殿走去，连声唤道："丽华！丽华！"

屋子里一股浓重的血腥味，床榻却已经收拾齐整，杨丽华脸色苍白地躺在床上，一看到她，"哇"的一声痛哭失声，张手唤道："母亲！"

独孤伽罗上前几步，张手将她抱住，在她背上轻拍，含笑道："好了好了，你熬过这一关，慢慢都会好的！"

哪知道她安慰的话说出来，杨丽华哭得更加伤心。独孤伽罗手足失措，转头望向旁边的稳婆。

稳婆满脸不忍，叹息道："是一位公主，而且，杨皇后大出血伤到身子，日后怕再不能有孕了！"再深叹一声，挑帘出去。

独孤伽罗整个人怔住，隔了良久，才更紧地抱住杨丽华，轻声道："我可怜的女儿！"

在这后宫中，不能有孕就意味着帝王的冷落，若是生出一位皇子倒也罢了，偏偏，她生的是一位公主。

杨丽华痛哭一会儿，在母亲的抚慰下终于渐渐止住泪，微微咬牙，终于还是忍不住问道:"母亲,皇上……不曾来吗?"

被她一问,独孤伽罗才惊觉,这一夜,竟然没见到皇帝的踪影,不禁脸色微变,轻声劝道:"丽华,他是九五之尊,想来还有要紧的朝政,你不必多想!"

杨丽华的脸更白几分,她咬牙垂头,终究还是忍不住满腔的怨愤,低声道:"如今,他将所有的朝政都推到父亲身上,又能有什么要事非得连夜处置?"虽只短短两语,却带着深深的失望。被子下的双手慢慢地握紧,心底是无穷的愤恨。

满崇义宫的人都知道,从杨丽华胎动到此刻已经足足十几个时辰,宫里屡屡差人去请,皇帝却始终没有露面。就连之前杨丽华难产,太医、稳婆束手无策时,皇帝仍然未来。

是啊,最近皇帝越发荒唐,不但不理朝政,甚至连早朝也隔三岔五不上,朝中早已流言纷起。

只是事到如今,独孤伽罗也只能空言宽解,心底暗暗叹惜。

如果当初杨丽华不留恋宇文赟的最后一点温情,不留恋那皇后之位,在胎儿不被人知时设法出宫,远走高飞,也不至于落到今日这尴尬地步。

如今,她生下的是一位公主倒也罢了,偏偏,她因为难产而大出血,日后再不能有孕。不要说后宫,纵然是寻常人家,又岂能容得下一个无后的女人?

第六十六章

护胎儿朱氏感恩
QUEEN DUGU

　　从杨丽华怀孕之后,宇文赟本就已恩爱稀薄,如今她只产下一位公主,又再不能有孕,宇文赟更是将她抛之脑后,竟然从不曾前来探望。
　　直到小公主满月,杨丽华几次命人相请,宇文赟都没来,只命人送来一方御笔,给小公主取名宇文娥英。杨丽华失望之余,心底对他最后的一丝企盼也烟消云散。
　　而因为小公主的出生,朱氏怀的龙胎更加显得贵重,整个后宫当真如众星捧月一般,恨不能将她捧在天上,吃穿用度早已超过别的皇后,直比太后阿史那颂。
　　那一日,独孤伽罗进宫,正抱着粉团捏成般的小公主与杨丽华叙话,就听到宫门外一阵纷乱。母女二人对视一眼,杨丽华唤人问道:"外头发生何事?"
　　小太监立刻回道:"回禀皇后,是方才朱皇后游园,不慎摔倒,皇太后赶着请御医呢!"
　　朱氏摔倒?
　　母女二人又速速对视一眼。独孤伽罗问道:"可知是在何处摔倒?可要紧吗?"
　　小太监回道:"就在御花园万寿亭旁边的桥上,下桥时滑倒,直叫肚子疼,太医已经赶去,还不知道胎儿如何。"
　　杨丽华默思一瞬,挥手命小太监离去,慢慢起身,向独孤伽罗道:"母亲,此事怕非比寻常,我们去那桥上瞧瞧!"
　　从她有孕的消息传开,这大半年来,她所受到的明枪暗箭已足以让她察觉出此事异样。
　　独孤伽罗点头,将小公主交给奶娘,自己伴着她慢慢向御花园而去。
　　万寿亭临着御湖,湖中引出一道清泉,直通荷花池。就在这道清泉上,建着一座白玉石的小桥,朱氏就在走下这座小桥时摔倒。
　　独孤伽罗与杨丽华依着宫里嫔妃过桥的规矩,沿着左侧过桥,刚刚踏下两级石阶,就见一处石阶石板松动,脚踩上去立刻晃动。

独孤伽罗心中了然,不禁轻轻一叹。这宫里的女人相互倾轧,竟然不比朝堂上各党的纷争,又是何苦?

杨丽华嘴角却噙着一抹冷笑,向独孤伽罗道:"宫中既然有事,女儿需去向太后问安,母亲还请先回府歇息!"若她刚才听得没错,朱氏摔倒后,被就近接入太后宫里了。

饶是独孤伽罗善察人心,此刻看到女儿那似喜似忧的神色,一时也猜不透她的心思,只得施礼告辞:"皇后请记着,任是发生何事,杨府还是皇后的家!"见她点头,独孤伽罗暗叹一声,只得出宫回府。

回府中一日,并不见宫里有消息传来,也就是说,朱皇后的胎儿无恙,独孤伽罗松一口气的同时,又不禁怔怔出神。

朱皇后的胎儿无恙固然是一件好事,可是她肚子里的孩子,却是对杨丽华的威胁。

想到这里,她又不禁苦笑摇头。如今杨丽华已不可能再有子嗣,纵然朱皇后的胎儿不保,皇上日后还有旁的皇后,这皇长子生母的位置,再也不可能是杨丽华的!

心中千般盘算、万般算计,到如今竟然走成一个死局,独孤伽罗实在不知道自己还能如何帮助自己的女儿。

这个时候,听到家人回禀,说杨丽华回府,独孤伽罗微诧,忙迎出府去,福身行礼道:"不想皇后此刻回府!"已近黄昏,杨丽华这个时候回来,当真不知道所为何事。

杨丽华扶她起身,向身后道:"抬进去吧!"

独孤伽罗这才留意,她的身后跟着一乘青呢小轿。几名轿夫应命,抬轿跟着她进府。独孤伽罗心觉奇怪,问道:"丽华,这是……"

杨丽华微微摇头,握着她的手径往后宅去,直到进入她的院子,才轻声道:"母亲,朱氏生性单纯,宫里的明刀暗箭步步难防,如今她父母家人都不在身边,我已与皇太后商议,将她带来我们府中养胎,直到生产!"

独孤伽罗大吃一惊,失声道:"丽华,你疯了?"如此一来,朱皇后能平安生下孩子倒也罢了,如果不能,整座随国公府都要给她陪葬。

杨丽华垂眸,脸上闪过一抹黯然,轻声道:"母亲,这是丽华唯一的指望了!"

独孤伽罗一愣,跟着瞬间恍然大悟,轻轻点头道:"也难为了你!"

是啊,杨丽华生出公主,自身又再不能有孕,若是还有皇帝的宠爱倒也罢了,偏偏如今宇文赟对她也早已爱弛。如今朱氏有孕,她以后宫之首的身份,若能助朱氏保住这个孩子,日后或者还能有一个倚靠。

想明白此节,独孤伽罗吁一口气,反手将她手掌握住,轻声道:"丽华,你放心,朱皇后留在我们府中,母亲必会尽心服侍,让她静养,平安产下龙子!"当即传令,收拾一处清幽的院子给朱氏养胎,又亲选几名信得过的丫鬟给朱氏使用。

杨丽华直到将朱氏安置妥当,这才再细细嘱咐一回,告辞回宫。

入夜,独孤伽罗带着丫鬟,将炖好的补汤送入朱皇后的房中。朱皇后受惊过度,见到她一脸惊疑,惊恐地瞪着那盏补汤,始终不敢喝。

独孤伽罗心中暗叹，在她身边坐下，柔声劝道："皇后，这里是随国公府，臣妇是杨皇后的母亲，独孤伽罗。今日你在宫中遇险，是杨皇后请准太后和皇上将你接来这里养胎。你若有事，不但是杨皇后，就是整座随国公府都难脱干系，所以你放心，这里断断不会有人害你！"

朱皇后脸色惊疑，迟疑问道："当……当真？"

独孤伽罗微微含笑，从丫鬟手中取过补汤，自取汤匙喝几口，才又送到朱皇后面前，轻声道："皇后放心，如今纵有人想要害你，也断断不会是杨皇后，更不会是臣妇！"

是啊，宫里的女人加害她，为的不过是那个皇长子的名分，如今杨丽华产下公主，而且再不能有孕，满宫皆知，纵然害了她腹中的胎儿，也生不出皇长子！

朱皇后想通此节，这才默默点头，小心将补汤接过，看看独孤伽罗，见她鼓励地点头，这才一口一口把汤喝下。

独孤伽罗见她神情略缓，也轻吁一口气，取帕子替她将汗拭去，柔声道："你安心在我府中静养，要吃什么用什么，只管和丫鬟说，臣妇自会尽力！"

朱皇后见她温柔可亲，心中感动，眼圈儿先红了。独孤伽罗忙道："皇后有孕，为了孩儿，千万不要流泪。"将她劝住，又留两盘细点在这里，吩咐丫鬟好生服侍，这才施过一礼，向门外走。

朱皇后看着她的背影，突然唤道："夫人！"

独孤伽罗停步回头，问道："皇后可是要什么？"

朱皇后咬一咬唇，终于还是没有忍住，泪珠儿滚滚地落了下来，哽声道："夫人和姐姐如此相待，朱氏实在惭愧。"

独孤伽罗见她落泪，连忙转回，柔声劝哄。哪知道她越是尽量温和，朱氏的眼泪落得越多，最后拽住她的衣袖哭道："夫人有所不知，皇上本来真心待姐姐，与我四人不过是一时玩乐。后来，是太卜献计，让我们四人勾诱皇上，又在背后中伤姐姐，到如今，才令皇上与姐姐反目。哪知非但姐姐不念旧恶，还得夫人如此相护，朱氏实在惭愧，对不住姐姐，也愧见夫人！"

独孤伽罗听得又惊又怒，低声问道："你说的太卜，可是赵越？"

朱皇后连连点头道："是！正是赵越！还有，赵越要设计陷害大司马，常怂恿我们背后中伤，我……我……"

独孤伽罗越听越惊，却也只能柔声安慰："皇后不必挂心，那后宫中素来尔虞我诈，你一介小小女子，自当设法立足，如今知道好歹，还不算晚。"又柔声宽慰多时，直到朱氏眼泪止住，这才告辞离去。

第二日早朝之后，独孤伽罗命人请独孤善、杨素等人过府，将昨夜朱氏的话细述一回。

高颎听得又惊又怒，在桌子上重重一拍，咬牙骂道："赵越那个小人，我们不去对付他，他却屡屡来害我们，我即刻进宫去，将这小人一把捏死！"说完，一撸衣袖就向外走。

独孤伽罗忙将他拦住，摇头道："高大哥，这朝堂又不是沙场，岂能打打杀杀了事？"

独孤善脸色铁青，冷哼道："这赵越从跟着宇文护，先后毒杀两任皇帝，就连先帝也深受其害，当真不明白先帝怎么会重用此等小人，连当今皇帝也对他言听计从！"

杨素闻言，不禁心虚，嗫嚅道："如今不过是朱皇后一面之词，未必就是实情。"

高颎一瞪眼，大声道："什么叫未必就是实情？朱皇后与他无冤无仇，若不是他做的，又为何要诬陷他？难道定要他把事情做成，我们才去后悔？"

杨素被他一顿抢白，再说不出话来。杨坚却道："杨素所言不错，如今虽说有朱皇后指证，可是并不能成为证据，更何况，如今皇帝对他言听计从，我们纵然知道是他玩花样，怕皇上也不会相信，只能小心应付，不要落入他的圈套才好！"

独孤伽罗点头道："不错，如今我们只能小心提防，另外，暗中收集他的罪证，一举将他扳倒，才能永除后患！"

几人闻言，都是连连点头。杨坚见众人都是一脸凝重，微微一笑道："当年，宇文护尚且败在我们手中，更何况区区一个赵越，大伙儿不必担心。"

高颎立刻点头："二弟说得是！"几人也都精神一振，纷纷点头。

是啊，当年的宇文护只手遮天，独断朝纲，是何等的势力，最终还是败在了他们的手里。如今的赵越与其相比，不过一个跳梁小丑，又有何惧？

杨素听他提到宇文护，大觉尴尬，回思追随宇文护的种种，心中暗暗自戒。

宇文赟为贪图享乐，下旨重修庆云殿，强征赋税。因几府赋税未缴，赵越趁机向宇文赟进言，诬指是杨坚指使，并趁机道："皇上，据微臣所知，宇文护生前留下大批藏金，数目庞大。而那批藏金，当初运往了齐国，就是如今的定州一带。杨坚在定州多年，经他治理，几乎将一个定州翻了过来，那批藏金，也必定落在了他的手里！"

宇文赟本来懒懒的，不大在意，闻言倒留心几分，慢慢坐起，沉吟道："宇文护的藏金，朕倒似听父皇曾经说起过，只道是无稽传闻，难道竟然是真的？"

赵越忙道："皇上，自然是真的，微臣追随宇文护多年，他的钱财当真是数不胜数。只是宇文护生性多疑，他命人藏金，随后就杀人灭口，不要说微臣，就是他亲生儿子都不曾明说！"

宇文赟疑道："既然他不曾向你说起，你又如何知道？杨坚又如何知道？你又如何断定藏金是在杨坚的手里？"

一连三问，倒将赵越问得额头冒汗，他躬身回道："皇上，宇文护藏金虽然隐秘，可是那大批财宝转移总有蛛丝马迹，更何况，后来宇文会未死，宇文护就命人将他送往定州，若不是定州有藏金，又会是什么？至于杨坚……此人心机之深，深不可测，就连当年宇文护也不是其对手，区区藏金，他在定州整整十年，又岂有找不到的道理？"

这些话说得滴水不漏，宇文赟听得连连点头，顿时沉下脸来，冷声道："你是说，他得了藏金，却私自藏匿，不上缴朝廷？他要那许多财宝做什么？朕可曾亏待过他？"

赵越趁势道："是啊，他杨家满门富贵，杨坚更是位高权重，锦衣玉食，从不短缺，要那许多财宝做什么？莫不是居心叵测，想留作他用？"

"他用？"宇文赟不解，"朕听说，杨坚府中极为节俭，那财宝虽好，除去用度挥霍，还能有何用处？"

赵越连连摇头，叹道："我的皇上，一个人纵然挥霍又能用得了多少财宝？那杨坚分明是狼子野心，图谋不小啊！"说着向宇文赟身边凑近几分，低声道，"皇上，当年宇文护藏金，为的可是训养兵马，夺取天下！"

最后四字一出，宇文赟顿时一惊，在案上重重一拍，喝道："他敢！"

赵越吓得一缩脖子，叹口气道："皇上，如今朝中杨坚独掌大权，百姓只知大司马而不知有皇上，杨坚之心已昭然若揭！"

宇文赟皱眉道："以你之见，该当如何？"

赵越又向他凑近一些，低声道："只要扣他一个骄恣擅权之罪，就可……"比手做一个杀的手势。

宇文赟心头突地一跳，下意识摇头："无论如何，杨坚功在社稷，也曾有恩于朕，更何况，他还是朕的国丈。藏金一事不过是你的猜测，并无实据，此话再也休提！"

赵越见他意决，虽然心有不甘，可是心知再说无用，只得无奈闭嘴。

匆匆又是半年有余，随国公府中，皇后朱满月平安诞下一子。小皇子回宫之日，后宫嫔妃齐集，都来向皇太后祝贺。阿史那颂欢喜不已，将小皇子抱在怀中爱不释手。宇文赟闻讯携三后赶来，看着太后怀中小小的婴儿，也是喜不自胜，得意之下，即刻传旨，皇长子取名宇文阐，立皇太子。

朱皇后大喜之下，即刻拜倒替宇文阐谢恩。杨丽华立在皇太后身侧，看着宇文赟满脸飞扬的神采，不禁暗暗咬牙，袖子里的双手不自觉紧握成拳。

自己的女儿已有半岁有余，他竟连正眼都不曾瞧过，那才是他第一个孩子啊！她和他的孩子！他纵然对她已经无情，孩子何辜？难道，就因为她是女儿吗？看着朱满月满脸的喜色，杨丽华的嘴角勾出一抹阴冷的笑意。

什么五后并立，她杨丽华才是后宫之主！

小太子宇文阐满月，皇太后早早传下懿旨，太子年幼，不必劳民伤财，外臣也不必到贺，只召众命妇进宫，为小太子庆祝。

各级命妇依旨进宫，齐聚御花园内，庆贺国有储君，皇室有后。宴至中途，朱皇后抱出小太子，接受众命妇的祝祷。众命妇大多已为人母，看到粉妆玉琢一个小人儿，都是欢喜不尽，齐声夸赞。

杨丽华当先上前，将一枚镶金嵌玉的长命锁挂到小太子脖子上，含笑道："小太子身来富贵，倒不必祝祷，只盼他平平安安地长大，无病无灾！"

朱满月心中对她盛满感激，抱着小太子福身相谢。紧接着，元皇后、陈皇后、尉迟皇后三人也相继上前，送上给小太子的贺礼。虽说三人心里说不出的嫉妒，脸上却都挤出一脸欢欣的笑容。

四位皇后之后，各府命妇也纷纷上前，一时各式金锁、金项圈堆满小太子身前，各种祝祷之词从众命妇口中源源而出。朱皇后一脸笑意，一一颔首相谢。

独孤伽罗坐在众命妇之首，看着白白嫩嫩的小太子，想着他出生时那粉粉皱皱的一个小人儿，心中较旁人对孩子倒多些疼惜。

朱皇后得她照应长达半年之久，此时听过众命妇的祝贺，抱着小太子走到她面前，盈盈施礼。

独孤伽罗连忙将她扶住，摇头道："君臣有别，臣妇不敢逾越！"顾自行了一礼，才向小太子仔细打量，含笑道，"几日不见，这眉眼长开，越发喜人了！"

这几句赞誉从她嘴中说出，倒较旁人的溢美之词更加真挚。朱皇后泪盈于睫，轻声道："若不是夫人倾力照应，又哪有朱氏今日？更不论太子。"

独孤伽罗轻叹："这也是皇后有福，又何必时时提起？"心里暗叹：是啊，女儿杨丽华拼尽一身的气力，想要生下皇长子，为自己在后宫争取最后一丝希望，哪知道到头来，只得了一位公主。如今，朱皇后念着自己母女对她的好，但愿日后，她母凭子贵，也能对丽华多一些照应。

她心中如此想着，手指轻触婴儿小手，含笑唤道："小太子……"话刚出口，突然惊道，"啊，太子的手怎么这么烫？"

朱皇后一惊，连忙去摸儿子小手，果然触手滚烫，再探儿子额头，也是烫得吓人，只是这么一会儿，婴儿一张白嫩小脸儿已经涨得通红，咧开小嘴儿，竟然哭不出声来。

这一下，朱皇后顿时慌了手脚，连声道："这……这是何故？方才还好好儿的！怎么……怎么办？"这一声喊，顿时将满殿的命妇惊动，众人齐齐向这里围来，却面面相觑，脸上皆是惧意。

古往今来，这后宫的争斗除去君宠之外，子嗣的争斗更加惨烈，一个皇子要想长大，不知要经过多少凶险，更不用说刚刚出生就被封为太子的皇子了！

独孤伽罗见朱满月手足失措，忙连声安抚，让她镇定。杨丽华赶过来，看看她怀中的婴儿，也是急得跺脚，连声命道："太医，还不快去传太医！"

四周服侍的宫人已经吓傻，被她一喊，这才回过神来，立刻有五六人向外冲去。杨丽华向朱满月道："妹妹别急，想来是这御园中风大，阐儿太小，着了凉，我们先抱他回去，等太医瞧过就好！"

朱满月早已吓得没了主意，听她一说，立刻点头道："是啊，方才出来时还好好儿的！"看到儿子小脸涨得通红，心痛得直掉泪，忙抱着回殿。

皇太后阿史那颂也闻讯赶来，看到宇文阐的模样，也是惊得手足失措，一迭连声催人唤太医。

不久，几名太医先后赶到，替太子诊治之后，不禁脸色大变，面面相觑。

太后焦急，连声问道："太子是何病症，还不快用药？"

一名太医起身回道："回太后，太子不是生病，是中毒！"

一句话将在场所有的人震住。朱满月大惊失色，忍不住哭出声来，颤抖着抱住小太子，连连摇头。

杨丽华变色道："怎么会中毒？小太子今日可曾吃过什么？太医，你快设法医治啊！"

太医向她行礼道："杨皇后莫急，太子并不是误食什么中毒，而是有人将毒物涂上他的肌肤，由肌肤渗入！"说完示意朱皇后将孩子放下，卷起他的衣袖，露出白嫩肌肤上一团黑印，"就是在这里涂上毒药，若是大人，自然不会受害，可是太子年幼，会立刻中毒！"

阿史那颂变色道："这……是何人向太子下此毒手？"

独孤伽罗忍不住道："太后，当务之急是为太子驱毒，下毒之人要找出来，却不是非此刻不可！"

朱满月也连连点头，落泪道："太医，求你救救太子，他……他还这么小……"

阿史那颂向独孤伽罗深望一眼，点头道："不错，太医，请你快些为太子解毒！"

太医躬身领命，取银针扎在婴儿手臂要穴，阻止毒气扩散，再开药方命人飞速前去取药，口中叹道："幸好及时发现，若再晚一些，怕就回天乏术了！"

朱皇后听得直落泪，连连点头："幸好随国公夫人发现阐儿手烫，我……我竟然不曾留意。"心中又愧又悔，泪水不断落下。

独孤伽罗心中焦灼，向太医问道："这是什么毒药，如此迅猛，太子可能承受得住？"

太医回道："原不是什么猛药，只是用在婴儿身上会引发高烧，再隔片刻，又会全身冰冷，到那个时候，这小小的孩子，怕就……"说到这里不再往下说，连连摇头。

阿史那颂变色道："是何人下手，手段如此毒辣？"

朱皇后落泪道："方才还好好儿的，只是抱出去见见众位夫人，紧接着，国公夫人就发现阐儿的手发烫。"

也就是说，外边接触过婴儿的人都有嫌疑！

阿史那颂皱眉，向独孤伽罗望去一眼，见她正低头凝眉思索，张了张嘴，终于还是没说出话来。

这一生，她一直以独孤伽罗为敌，恨独孤伽罗夺去了丈夫之心，可是也不得不承认，独孤伽罗之智，无人能及。如今，有人谋害太子，她必要找出这个人来，有心向独孤伽罗求助，可是，多年的宿怨，她终究还是张不开嘴。

而此时独孤伽罗已迅速将之前的事情回想一遍，第一个接触太子的就是杨丽华，其次是三后，然后是各府的夫人。

这些人中，谁要除掉太子？这个孩子还未出世，是杨丽华一力承担，将朱满月送入随国公府，何况她再不能生养，除去太子，对她并没有好处，所以最没有嫌疑的就是她。难道，是三后？

独孤伽罗皱眉，回头向殿外望去一眼。四后之中，只有朱满月因父亲获罪，家道中落。另外三后却都是朝中重臣之女，一举一动无不与朝堂息息相关，都有谋害太子的嫌疑。甚至那些道贺的命妇，私下或与后宫有什么勾连，受命下手，也未可知。可究竟是谁，一时间无从得知。

这个时候，奉命取药的太监已经赶回，太医将药渣滤净，以药汁在太子身上擦抹，几次之后，太子的症状果然减轻，小嘴儿一张，哭了出来。

太医吁一口气，向阿史那颂和朱皇后行礼："太子年幼，不宜内服汤药，只需用此法擦拭驱毒，明日就会无恙！"

朱皇后松一口气，连忙点头。

虽说太子有惊无险，可是如此一来，一场庆贺的宴席也只能不欢而散。独孤伽罗辞过皇太后与众位皇后，随着众命妇一同出宫，一路之上，细查各人的神色，却始终找不出任何的端倪。

杨坚本以为她进宫饮宴，必然要至晚方归，哪知道她早早回来，一问之下，也是诧异万分，二人推敲良久，实在难以猜测是谁，只得罢了。

事隔两日，宫中突然传出消息，说朱皇后亲自请命，将小太子交由杨丽华恩养。

独孤伽罗闻报，脑中顿时灵光一闪，整个人震惊莫名，半天说不出话来，心中只有一句：居然是她！居然是她！

太子中毒，却不会立即丧命，那症状又能立时被发现，显然动手的人并不想要太子的性命。而如今，朱皇后将太子交杨丽华恩养，表面看来，是因为她没有任何权势支撑，而杨丽华背后有整个随国公府，将太子交给杨丽华抚养，是给太子最强大的保护。可是从另一个角度来看，此事最大的获利者，就是杨丽华！

原来，竟然是杨丽华下毒，只是为了借机将太子握在自己手中，如此一来，她自己虽没有生下皇子，也与生下皇子无异！

可是，那是自己的女儿啊，从小温和宽厚、豁达随意的丽华，独孤伽罗又如何能够相信她会做出这种事来？

再转念细想，独孤伽罗心中又掠过深深的无奈。是啊，皇帝对杨丽华早已爱弛，而杨丽华再也不能生育，如今她只是拼命让自己抓住能抓住的一切，为自己的未来一搏，也无可厚非。但愿日后，这个孩子当真能成为她的倚靠吧！

第六十七章

设陷阱杨坚进宫
QUEEN DUGU

杨丽华将小太子宇文阐收入名下恩养,旨意传下,赵越很快得到消息,趁着给宇文赟献药,进言道:"皇上,如今杨坚掌握朝政,杨皇后又将小太子收去恩养,如此一来,岂不是整个大周江山都在他们手里?"

宇文赟一怔,皱眉道:"小太子受人暗算,如今也没有将那人找出来,杨皇后也是为了护小太子周全才将他恩养在名下,你不必以小人之心度君子之腹。"

赵越连忙磕头告罪,却又道:"只是如今朝堂已由杨坚掌握,所有朝政,众臣只问杨坚,不问皇上,这杨坚岂不是要架空皇权?"

宇文赟在桌子上一拍,怒喝:"他敢!"

赵越见已经激出他的怒火,试探道:"明日皇上不妨上朝去瞧瞧?"

宇文赟冷哼道:"瞧瞧就瞧瞧,你成日挑唆朕对付杨家,也好打你的嘴!"说罢将他送上的药服下,起身径往庆云宫去,仍与几位皇后作乐。

第二日一早,朝中众臣云集大德殿,大多三五成群,低声商议公事,有部分官员围着杨坚请问朝政。正在此时,就听内侍尖厉的声音高喊:"皇上驾到——"

众臣一怔,所有的动作全都停下,抬头向御阶上望去,就见宇文赟睡眼惺忪、打着哈欠从屏风后绕出,匆忙各自列位跪倒行礼。

宇文赟在御案后坐下,摆手命众人起身,问道:"今日朝中可有要事?"

众臣都低首垂眸,无人应答。

宇文赟皱眉,又问道:"前几日朕记得军中粮草短缺,还有南方大发蝗灾,可曾处置妥当?"

听他一问,立刻有两名大臣出列,一个道:"臣依皇上旨意,已将军粮调配妥当,有劳皇上挂心。"

另一个也道:"皇上,臣依皇上旨意,南方蝗灾已经得到压制,受灾百姓也已安抚,皇上圣德，百姓交口称谢。"

宇文赟微怔，接连再问几件事情，竟然全部都已经办妥，无一例外说是奉了皇帝的旨意。

旁人不知道，宇文赟心里却清清楚楚，他几时下过这些旨意？他心中暗恼，转向杨坚问道："大司马，你可有事要奏？"

杨坚躬身道："回皇上，臣无事要奏！"

宇文赟定定注视他，隔了片刻，才微微点头，冷声道："既然无事，那就退朝吧！"随即一甩衣袖，径直出殿而去。

皇帝来也匆匆，去也匆匆，殿上众臣面面相觑，实不知他此来何意。杨坚看着皇帝身影消失的方向，不禁皱眉思索。

算起来，这半年里，皇帝上朝的次数不超过十次，往往还要人三催四请，今日不等大臣相请就突然上朝，还连问几件前几天的要事，当真是奇怪得很。

只有立在殿尾的太卜赵越嘴角露出一抹阴冷笑意，与五王互换一个眼色，悄悄退出殿去。

宇文赟怒气冲冲离开大德殿，直奔文昌殿而去，一把推开殿门，但见殿内清扫得一尘不染，所有的东西都归置齐整，显然是每日还有宫人清扫。只是，那案上只是规规矩矩摆放着文房四宝，却没有一封奏折，整个殿内看起来说不出的清冷，似乎很久没有人来过。

宇文赟在殿内环望一周，突然一掌击在案上，咬牙狠道："杨坚！"

赵越快步跟来，见他发怒，立刻上前道："皇上，如今朝臣的折子可都是送去大司马的案上，这文昌殿早已形同虚设了！"

宇文赟气得胸口起伏，连连点头道："好！好！那个杨坚，竟然越俎代庖，代天子行事，当真是好大的胆子！"

赵越忙趁机道："是啊皇上，那杨坚居心叵测，任人唯亲，如今朝野中都对他盛赞，早已是人心所向啊！就连当年的宇文护，怕也逊他三分。"

宇文赟咬牙道："朕一向以为他忠厚老实，想不到竟然如此奸猾！"

赵越叹道："皇上，当年宇文护虽然把持朝政，可是满朝皆知他是一代奸雄，而如今的杨坚，不但独断朝纲，竟然还得一个贤臣的名号，谁优谁劣，一目了然啊！"

宇文赟默默听着，隐约想起先皇在世时受宇文护钳制的情况，不禁背脊生寒，迟疑问道："杨坚此举，只是为了大权在握，还是……另有图谋？"

赵越向他凑近一步，低声道："皇上可记得，杨坚曾经调任定州多年？"

宇文赟点头："当然！"

赵越道："皇上，先皇和杨坚可是结义兄弟，若不是当初先皇看穿他的野心，又为何将他发配定州？"

宇文赟变色道："杨坚他敢篡位？你可别忘了，他的女儿还是朕的皇后！"

赵越冷笑道："这才是杨坚的精明之处！他先将女儿嫁给皇上，若杨皇后能够生出皇子，他自当保自己的外孙登基，这天下，岂不还是他杨家的？如今杨皇后只得一位公主，日后又再不能生育,他一计不成,又生一计,就让杨皇后将小太子恩养在宫中,如此一来,岂不是捏住了皇室的命脉?更何况,他手中还有宇文护的大批藏金,日后若是起兵,与杨皇后里应外合……"

不等他说完,宇文赟早已听得满头冷汗,咬牙道:"杨坚如此用心,可对得起朕的一番信任?"

赵越冷笑:"皇上,臣有一计,可以一试杨坚,若他有一丝反心,我们立刻……"话只说半句,做一个手起刀落的姿势。

宇文赟脸色阴晴不定:"你可有什么好计策?"

赵越冷笑,垂首到他耳旁低语。

入夜,杨坚处理过政务,刚刚回府准备安歇,就听门外杨福回道:"郎主,宫里来人,说皇上相请郎主进宫议事!"

杨坚一怔,向独孤伽罗速速望去一眼,从她的眼中看到和自己一样的惊讶,只得应道:"知道了!"随即将脱下的外衣重新穿上,将她轻轻一揽,低声道,"你先歇着,我去去就回!"

独孤伽罗忙将他拉住,皱眉道:"皇上已有大半年不问朝政,如今突然半夜相召,怕事有蹊跷。"

杨坚沉默一瞬,沉吟道:"今日一早,他突然上朝,或者是又对朝政有了兴趣,也算是好事,我去一见便知!"

独孤伽罗见他顾自向外走,随后追上,连声劝道:"这些日子,你替他处理朝政,坊间已有传闻,说什么天子不问朝政,事事依赖大司马,怕他听到风声,对你不利,还是小心为妙!"

杨坚叹气回身,拥她在怀,柔声道:"我知道你担忧,只是我若不去,岂不是授人以柄,落一个抗旨不遵之罪?此去我自当小心,你放心就是!"说完在她额上一吻,开门而去。

独孤伽罗站在门口,眼看着他的身影消失在夜色中,一时心中忐忑难安,唤杨福道:"你命人往皇宫门前打探,一旦有什么消息,速来报我!"

杨福见她神色凝重,也心中暗惊,应一声,快步而去。

杨坚进宫,直奔文昌殿,但见殿外竟没有一个守卫,不禁暗暗皱眉,立在殿外连呼三声,也不听殿内有人应声,迟疑片刻,这才推门而入。

文昌殿内,疏疏地点着几支蜡烛,令整个大殿幽暗不明,平白多了几分阴森。

杨坚环望一周,不见有人,只好立在殿内等候。

眼看着蜡烛由长变短,时辰渐渐流逝,杨坚心中渐渐不安,身形虽然仍挺立如山,整副心神却已在警觉地留意殿外。

就在一片寂静中,隐隐地,不远处似传来极轻微的几声兵刃摩擦声,若不是凝神倾听,若不是杨坚常在军旅,几难分辨。

这是殿外有兵马埋伏啊!

杨坚心头暗惊，双拳不禁紧握，心中疾速转念。

这等阵势，分明是皇帝对自己已起疑忌之心。可是皇帝相召，他还未拜见，此时离去，必然授人以柄。为今之计，他也只能在这里等候，见招拆招。

这个时候，只听脚步声响，宇文赟脚步虚浮地踏进殿门，看到杨坚，惊呼一声道："大司马，你怎么在殿里？"

杨坚转身跪拜，俯首道："臣蒙皇上相召，不曾拜见，不敢擅离！"

宇文赟一脸恍然，拍拍额头道："朕被几位皇后缠住，竟一时忘记，大司马莫怪！"抬手命他起身。

杨坚俯首道："臣不敢！"这才站起身来，躬身问道，"皇上深夜相召，不知有何要事？"

宇文赟在案后坐下，审视他片刻，突然道："大司马，朕怎么听说宇文护的藏金落在了你的手里？"

突如其来的一句，令杨坚心头一惊，也幸好他察觉殿外伏有兵马，早已心生戒备，心中虽惊，脸上却不动声色，只是露出一丝惊讶，奇道："宇文护的藏金？不知皇上从何处听来，又怎么会以为在臣的手里？"

宇文赟见他矢口否认，冷笑一声："大司马，空穴来风，未必无因啊！朕听说，当年宇文护将大量藏金运往定州，而你在定州多年，岂会不去寻找这批藏金？"

杨坚躬身道："回皇上，宇文护生前有大量藏金，臣倒是有所耳闻，也曾动用人力四处查找，却并无线索。至于说藏金在定州……"说到这里，他淡笑摇头，"皇上明鉴，在宇文护生时，定州还隶属齐国，宇文护身为我大周大冢宰，纵有藏金，又怎么会运往齐国？岂不是无稽之谈？"

定州原是齐国的领地，直到十多年前，宇文邕御驾亲征，将齐国灭国，定州才被纳入大周的版图。

宇文赟一时被他问住，喃喃道："是啊，那时定州还属齐国，宇文护为何将大批藏金运往齐国？"看看杨坚，又不禁向侧门方向望去一眼。

杨坚见他一脸错愕，躬身反问："是啊，为何？"看到他的神色，杨坚心中了然，必然是有人从中挑唆，而那个人，此刻就在殿外。

宇文赟被他问住，愣怔一瞬，皱眉道："或者，他与齐国本就有所关联也未可知！"

杨坚微愕，瞬间笑起："皇上，宇文护将当年与齐国一战引为奇耻大辱，又如何会与齐国有什么关联？虽说他是窃国之贼，但臣从不曾听说他通敌卖国。斯人已逝，又何必再让他蒙冤？"

大周满朝皆知，宇文护于杨坚有杀父之仇，于独孤伽罗有毁家之恨，杨坚断断不会替宇文护说话，此刻他既说宇文护不会通敌卖国，那自然不会是妄言。

宇文赟注视他片刻，问道："依大司马之意，宇文护藏金一事，全是旁人妄传？"

赵越追随宇文护多年，他既说宇文护有藏金，那绝不会假，若此刻杨坚顺着自己的话说没有藏金，那就是此地无银三百两，那批藏金必然已经被杨坚取去。

杨坚听出他话中陷阱，心中微冷，脸上却不动声色，作势侧头略想，摇头道："回皇上，宇文护藏金，当年就有传闻，或者确有其事，臣不敢妄言。只是这藏金藏在何处，臣无从推断！今日皇上问起，臣倒是想起一人，或者知道藏金的下落！"

此话一出，殿内的宇文赟、殿外偷听的赵越都是精神一振，全部心神都凝在他的身上。宇文赟疾声问道："何人？"

杨坚躬身，双眸向他定定而视，一字一句地回道："太卜赵越！"

这个名字出口，殿内殿外二人齐齐怔住。宇文赟大失所望，坐直的身子慢慢后仰，皱眉道："你是说太卜啊？"

看到他的神色，杨坚心中肯定，殿外偷听之人，正是太卜赵越！杨坚心底暗暗冷笑，脸上却仍然恭敬如常，点头道："是！太卜赵越本是宇文护心腹，又擅观星象、解八卦，懂风水之局。若是宇文护当真有大批藏金，这藏金之地，岂有不问过赵越之理？只是家父死于宇文护之手，我杨家与赵越也素有旧怨，虽知他手中握有重要线索，却并不好索问，追寻无果，也只能放弃！"

听他字字句句将天大一个黑锅扣在赵越头上，宇文赟将信将疑，殿外的赵越却急出一头冷汗，又不能径直闯进去与他对质，只能连连顿足，又不敢发出声响。

宇文赟听杨坚的话滴水不漏，心中一时分不出真假，摆手道："好了，或者是传言有误，既然不是大司马所得，那就罢了！时辰不早，大司马奔波一日，也请回府歇息！"

皇上三更半夜将人唤进宫来，就是为了询问此事？还是想就此事借题发挥？杨坚心中警惕，躬身领命，退出殿去。

迈出殿门，杨坚抬头望向皇城上方的星空，深深吸一口气，目光向殿侧投去，果然见矮墙之后泛着点点寒光，不但有兵马埋伏，还早已兵刃出鞘。他不由冷笑一声，浑然不理，大步出宫，略加思索，未回随国公府，而是直奔归林居而去。

找到藏金已有十几年，他本想在恰当时机上缴朝廷，而此时宇文赟却借此发难，自己又矢口否认，如此一来，这批藏金是再不能经自己之手拿出，此事必得尽快让徐卓知晓，早做防备。

杨坚刚走，赵越就已迫不及待打开侧门进殿，当殿向宇文赟跪下，连连磕头道："皇上，那杨坚信口攀诬，皇上千万不可相信！"

宇文赟不耐烦摆手："他也不过是推测，又未说你一定知道，快起来吧！"

赵越见他并不追问，微松一口气，忙起身凑到他身边，低声道："皇上，好不容易骗他进宫，这一放回去，可就是纵虎归山啊，倒不如一不做二不休……"说到这里，做一个杀的手势。

宇文赟皱眉道："师出无名，他可是我大周的大司马，有功于社稷，无故诛杀，朕要如何向天下人交代？你要朕做一个遗臭万年的昏君吗？"

赵越忙道："臣不敢！"

宇文赟摆手："让禁军散了吧！"说罢起身向殿外而去。

见二人走出文昌殿，隐在暗处的王鹤忙起身迎来，于阶下行礼："见过皇上！"向赵越望去一眼。

本来定好,只等殿里一声令下,他们就一齐冲出擒杀杨坚,可是直到杨坚离去,也没有听到号令。

宇文赟自然知道他想问什么,摆手道:"都散了吧!"随即顾自往后宫走去。

王鹤见赵越使了个眼色,向皇帝努嘴,他心中会意,忙跟上几步道:"皇上,方才大司马出殿,曾停步注册大殿两侧,像是察觉到什么。"

宇文赟脚步顿停,脸色微变:"你是说,大司马知道这殿外有埋伏?"

王鹤点头道:"是!"见他犹疑,又立刻道,"皇上,大司马若是不知道皇上的意图倒也罢了,今日既然看穿皇上的埋伏,这一出宫,恐怕不会善罢甘休啊!"

宇文赟冷哼:"难不成他还敢刺王杀驾?"

王鹤一怔,迟疑不答。赵越立刻道:"皇上,若他将今日之事散播出去,说皇上多疑,意图诛杀有功之臣,众口之下,怕有污皇上清名!"

宇文赟皱眉道:"那又如何?"

赵越叹道:"若只是三言两语,自然不打紧,只怕杨坚狼子野心,借题发挥,此事愈演愈烈,让皇上落人口实,给他他日夺位铺路啊!"

宇文赟听得脸色渐变,咬牙道:"只是他还不曾做什么,若朕此时动手,还是师出无名!"

"皇上!"赵越阴冷一笑,"这三更半夜,杨坚身为一介外臣,无旨入宫,必然图谋不轨,皇上当然师出有名!"

宇文赟吃惊道:"你是说……"

赵越低声道:"今日皇上召他进宫,并无圣旨,不过一道口谕,大可不认!"

宇文赟轻吸一口凉气,迟疑不决。

赵越急道:"皇上,要当机立断啊!等他出宫,就来不及了!"

宇文赟深吸一口气,似下了极大决心,问道:"大司马现在走到何处了?"

王鹤立刻命人去打探,片刻后传回话来:"大司马已经出宫!"

赵越闻报,与王鹤对视一眼,叹道:"皇上,今日错失良机,日后杨坚会有防备,怕再难动他。"

宇文赟心里本来始终举棋不定,听到杨坚出宫,心底松一口气的同时,又生出些戒备,当真不知道自己放走杨坚是对是错,只得摆手道:"无论如何,他总是一个臣子,朕要将他如何,难不成还没有机会?"说罢命赵越、王鹤退去,自个儿带着保桂和几名侍卫仍向后宫而去。

这一夜,前殿调兵,后宫虽然不通消息,可是不知为何,杨丽华总感觉到一丝不同寻常的气氛,使人去问,又问不到什么,只得吩咐宫人歇下。

她迷迷糊糊睡到半夜,偏殿的小公主宇文娥英突然惊哭。杨丽华惊起,心疼女儿,也不让宫人去抱,自个儿起身去哄。又怕她惊醒另一侧的小太子宇文阐,杨丽华只得把她抱起,出殿门在廊下徘徊,柔声轻哄。

宇文赟虽然放走杨坚，可是赵越和王鹤的话不断在脑中回荡，对杨坚一时信一时疑，越想心中越混乱，一时又后悔不该放走杨坚。

正在此时，只听到一阵婴儿的哭泣，宇文赟一怔，顺着声音望去，但见黑暗里，树影憧憧之下，幽暗的长廊里，一个身影来回晃动。

宇文赟心中正在暗暗盘算，骤然见到，顿时大吃一惊，背脊生寒，厉声喝道："什么人？"惊吓之下，声音微微颤抖。

晃动的身影一顿，立刻一个清润的声音应道："是皇上？"跟着向这里而来，走到近前跪倒，"臣妾参见皇上！"

宇文赟这才看清，人影竟是杨丽华抱着宇文娥英，不由心头怒起，咬牙喝道："三更半夜，你不在殿中歇息，在这里装神弄鬼做什么？"心中惊疑不定，自己刚刚设计杀杨坚，杨丽华就在这里守候，难道是他们父女互通消息？若是方才他没有放走杨坚，杨丽华会做什么？看到她怀中还在哭泣的小公主，宇文赟顿时惊出一身冷汗。

他怎么忘了小太子还在她的手里？如果刚才他擒住杨坚，她是不是就会以小太子相挟？

他这里疑心顿起，杨丽华却只是不紧不慢地俯首回话："回皇上，小公主突然惊哭，臣妾怕惊醒小太子，只好抱出来劝哄，不想惊扰皇上，臣妾死罪！"

宇文赟听她主动提到小太子，心中更加确定她是有意威胁，不由暗暗咬牙，冷笑道："你既知死罪，朕全你一生之名，自尽吧！"

本来是寻常的应答，听他突然说出这句话来，杨丽华大吃一惊，霍然抬头瞪视他，失声道："你说什么？"情急之下，忘记使用敬语。

宇文赟心中更是怒起，指向她道："朕本以为你杨家对朕忠心耿耿，你父虽然擅权，但朕还是不忍杀他，想不到放走了他，你却又来要挟！"

杨丽华脑中轰的一声响，霍然站起，颤声道："你……你要杀我父亲？为什么？"他来的方向不是庆云宫，而是文昌殿啊！难道这个时辰，父亲还在宫里？

宇文赟一步步向她紧逼，咬牙冷笑："杨丽华，你父亲僭越皇权，独掌朝堂，你在后宫独大，还将太子收入宫里恩养，你父女这是要将整个皇室、整个大周握在手里啊，你当朕是什么？"

杨丽华被他逼得步步后退，听他声声质问，突然怒从心起，仰头道："皇上，若不是我父亲，你焉有今日？且不说他助你立功，受先帝看重，单是如今，若没有他代理朝政，你岂能如此逍遥？"最后一句话出口，她才惊觉失言，立刻住口，却为时已晚。

宇文赟忌的就是杨坚僭越皇权，她偏偏又说什么代理朝政，这岂不是火上浇油？

宇文赟顿时脸色大变，再不容她分辩，立刻喝道："来人，将小公主抱走，将这贱人押下！"

一声令下，几名侍卫立刻抢上，将小公主从杨丽华怀里夺出，将她双臂反拧，压跪到宇文赟面前。

杨丽华大惊，却不敢反抗，只是连声道："你们轻一些，不要伤到小公主！"

宇文娥英在母亲怀里本来已经渐渐睡去，突然受惊，立刻声嘶力竭地大哭。

第六十八章

闻生变伽罗闯殿
QUEEN DUGU

杨坚一夜未归，独孤伽罗心中焦灼，也一夜未眠，眼看着天色渐亮，已快到早朝的时候，杨福突然急匆匆而来，疾声回道："夫人，不好了！宫里传出消息，不知为何，皇后触怒皇上，皇上不但要废后，还要皇后自尽！"

独孤伽罗大吃一惊，赶出来问道："大郎呢？可曾回来？"

杨福摇头："并没有郎主的消息！"

独孤伽罗脸色大变，咬牙跺脚："你速速备马，我即刻进宫！"

杨福心知事态紧急，答应一声，飞奔而去。

独孤伽罗速速换好衣裳，冲出府门，一路策马狂奔，直向皇宫而去。宫前下马，她手握进宫金牌，向宫门疾冲。

守门禁军虽然听说杨皇后触怒皇帝，可是如今的独孤伽罗身份已今非昔比，又手握进宫金牌，见她奔来，众人竟不敢阻，齐齐躬身让行。

独孤伽罗一路飞奔，直冲正阳宫，但见殿门外，杨丽华面如死灰跪在殿前，阿史那颂、朱皇后、元皇后等人与各级内侍、宫女立在阶上阶下，整座后宫之人已经齐集。

宇文赟立在阶上，居高临下向杨丽华道："你进宫之后，朕对你施以恩宠，哪知道你恃宠而骄，竟想骑在朕的头上！你只道杨家位高权重，朕就不敢杀你？"

只这一句，独孤伽罗心中顿时雪亮，疾冲而前，在杨丽华身前跪倒，大声道："请皇上息怒！"听他这话，他此番动作并不是因为杨丽华犯下什么大错，而是因为他忌惮杨家的权势啊！

宇文赟见她赶来，更是怒火中烧，冷笑点头："好呀，独孤伽罗，你杨家满门，不但把持朕的朝政，掌握朕的后宫，如今，你还强闯禁宫，想要强逼朕吗？"

杨丽华也是大吃一惊，失声叫道："母亲！"

独孤伽罗不急不怒，向上磕头道："回皇上，臣妇有世宗皇帝御赐金牌，可以自由出入禁宫,并不敢强闯!"

宇文赟脸色铁青,冷笑道:"独孤伽罗,你用世宗皇帝压朕吗?"

"臣妇不敢!"独孤伽罗又磕头,"皇后触怒皇上,触动天威,臣妇只是情急之下不及请旨进宫,不得已动用世宗金牌罢了!"

是啊,她若再来迟一步,恐怕不但杨丽华性命不保,整个杨家也怕有大祸。

宇文赟听她声音朗朗,说出的话不卑不亢,倒也不好再行发作,只是咬牙冷笑:"杨丽华挟恩自傲,目无君上,今日朕若不加以惩治,君威何在?"

独孤伽罗并不知道杨丽华和皇帝之间如何发生冲突,只得道:"皇上,皇后冒犯皇上是臣妇管教无方,还请皇上责罚。只是皇后与皇上自幼相识,年长重逢,皇后对皇上一片赤诚之心,天地可鉴,还请皇上瞧在往日情分上饶皇后一命!"说完,连连磕头,撞地有声,不过十几个头下去,已经鲜血长流。

她的一番话,触动杨丽华心事,不禁泪水滚滚而落。可是想到这一年来,宇文赟逐渐疏远自己,到如今不但恩爱全无,还如此猜忌,她心中又是一片冰冷。见母亲如此模样,她心中更是伤痛,咬牙泣道:"母亲,皇上待女儿之情已绝,又何必求他?到此地步,女儿何惜一死?"

"闭嘴!"独孤伽罗低喝,"你要整个杨家为你陪葬吗?"

宇文赟望着下跪的两母女,脑中闪过他与杨丽华重逢之后的种种,心中有些柔软,不禁迟疑。

赵越立在他的身侧,始终留意他的神色,此刻见他脸色稍缓,心中暗知不妙,适时上前一步,在他耳畔低声道:"皇上,一时手软,怕留后患!"

宇文赟心头一震,心底的柔软顿时褪去,冷笑一声道:"独孤伽罗,杨丽华就是仗着当初朕对她的恩宠才无法无天,如今,你也要仗恃君恩,逼朕收回成命?"

独孤伽罗虽然跪在阶下,但是晨光初起,已将赵越的小动作满满看在眼里,不禁咬牙暗恨,心中念头疾转,突然大声道:"皇上,臣妇另有要事回禀,事关大周江山存亡,恳请皇上屏退旁人!"

大周江山存亡,自然不是区区一个杨丽华、一个杨家所能相比。闻听此言,宇文赟心头一震,不禁又惊又疑,实不知她又玩什么花样。阿史那颂却忍不住道:"独孤伽罗,你不要危言耸听!"

从年少嫁入大周,茫茫二十多年,她始终以独孤伽罗为敌,不断猜测独孤伽罗的心思。这整座皇宫里,怕也只有她最了解独孤伽罗。此时虽不知道独孤伽罗要说什么,可是她也知道,凭独孤伽罗那条三寸不烂之舌,断不是宇文赟能够抵挡。

独孤伽罗目光稍移,落在她的身上,嘴角勾出一抹浅笑:"太后,这大周江山,虽说是太祖打下来的,世宗所建,可是,也是先帝以性命相搏才有今日,太后不会愿意看着它分崩离析、灰飞烟灭吧!"

这句话,说得越发骇人听闻。阿史那颂大惊失色,指着她道:"独孤伽罗,你……你到底要说什么?你……你知道什么?还不快讲?"想世宗在时,就对独孤伽罗倚赖颇多,而先帝擒杀宇文护，更是得她倾力相助，就连自己的性命，当初若不是凭她的智计，怕也早已不复存在，如今这番话若从旁人嘴里说出来，或者阿史那颂会以为是虚言恐吓，可是从她的嘴里说出，就着实让自己胆战心惊了。

独孤伽罗见她脸色大变，浅笑不应，而是向皇帝定定而视，刚才急迫的声音变得轻缓而坚定："此话，臣妇只能讲给皇上一人听，还请皇上为大周计，为江山计，听臣妇一言！"

阿史那颂见她神情稳定，早已不是刚才急急赶来，为女儿求情的样子，心中更是暗惊，思忖片刻，转向宇文赟道："皇上，且听听她说什么，再行定夺！"

宇文赟见独孤伽罗有恃无恐的样子，也是惊疑不定，听阿史那颂一说，也只好点头，游目看看殿前满满的人，向独孤伽罗道："你随朕来！"转身向殿内而去。

独孤伽罗暗松一口气，低声嘱咐杨丽华不许轻动，自己起身跟着皇帝径入正阳宫正殿，看着他将内侍、宫女全部屏退，这才又跪下："臣妇万不得已，还请皇上恕罪！"一个命妇，逼着皇帝密谈，若是追究起来，也是不小的罪名。

此时宇文赟也无心纠缠此事，摆手道："此事不论，有什么话，你说吧！"

独孤伽罗垂眸略思，慢慢开口道："皇上是忌惮大司马之权，才要借丽华敲山震虎，以儆效尤？"这句话，虽然是问句，但是语气肯定，并不容他否认。

宇文赟大怒，喝道："独孤伽罗，你敢妄测圣意！"

独孤伽罗不为所动，只是道："皇上已经决定对付杨家，臣妇纵然知道不该，又有何不敢？"

"你……"宇文赟咬牙，只是心中所思被她一言戳破，一时驳也不是，不驳也不是，只得道，"有话还不快说！"

他这也就是默认了！

独孤伽罗暗叹一声，凝目注视他，慢慢道："皇上有没有想过，今日皇后并无大错，皇上只因忌惮杨家就逼她自尽，事后我杨家岂会善罢甘休？"

宇文赟怒道："朕是君，你杨家是臣，难不成你们还敢谋反？"

独孤伽罗接口道："这岂不就是皇上心中所忌？"

宇文赟一窒，气得胸口起伏，咬牙道："独孤伽罗，你如此无礼，就不怕与你那女儿同罪？"

独孤伽罗垂眸低笑："皇上，宫里有丽华，我杨家与皇室才是同气连枝，若是丽华死于皇上之手，皇上可就是我独孤伽罗的杀女仇人！身为一个母亲，为护自己的女儿，还有什么不敢？"

是啊，有杨丽华在，或者杨家还会投鼠忌器，若是杀了杨丽华，激起杨家对皇帝的不满，到时做出什么事来，还当真难料。宇文赟脸色乍青乍白，咬牙道："你敢威胁朕！"

独孤伽罗向他定定而视，淡淡道："皇上忌惮杨家，不过是因为杨坚身居大司马高职，不但总理朝政，还手握兵权，故此今日借题发挥，先杀丽华，再诛杨家，以绝后患，不是吗？"

宇文赟听着自己的心思全部被她说破,脸色更是晦暗不明,冷声道:"夫人看得如此明白,何不想想法子保全杨家!"

独孤伽罗点头:"伽罗请皇上密议,一则,就是为了保全杨家;二则,是为保皇上之名!"

宇文赟被她气笑:"朕的名声,与你何干?"

独孤伽罗跟着微微一笑:"皇上,今日若皇后无辜被杀,杨家无罪蒙冤,皇上就势必落下一个枉杀功臣的名声。"

宇文赟脸色大变,喝道:"独孤伽罗,你敢污蔑帝王?就不怕朕立刻杀了你?"

独孤伽罗面不改色:"皇上要杀臣妇一人,自然轻而易举,可是皇上就不曾想过,要如何挡住满朝文武的质疑?如何堵住这天下悠悠之口?"

"你……"宇文赟咬牙,脸色乍青乍白,一时说不出话来。

独孤伽罗见已将他逼至绝路,倒不再步步紧逼,俯首磕头道:"皇上,臣妇有一策,可保两全!"

"什么?"宇文赟一时没有回过神来,皱眉反问。

独孤伽罗道:"臣妇愿劝杨坚辞官,交出兵权,也请皇上收回成命,善待丽华!"

她本来步步紧逼,再说下去,就是以杨坚权势相逼,逼宇文赟不敢擅动杨丽华。宇文赟心知她所言句句在理,已没有招架之力,只是以帝王之尊,又岂能被一个妇人要挟?就在此时,她突然改口,事情急转直下,宇文赟顿时错愕,讷讷问道:"你……你说什么?"

独孤伽罗轻叹:"皇上,我杨家世受皇恩,对大周一片拳拳之心,本当报效,绝无不臣之心。如今皇上既然见疑,杨家岂能与皇上相争?自当退让!只是丽华已为皇后,如今无罪被废,实在冤枉!她一死毫不足惜,却会令皇上背上恶名,也伤臣妇为母之心。所以,臣妇大胆,才求皇上网开一面,留丽华一命!"

这一番话,一改之前咄咄逼人,反而句句发自肺腑,倒是较开始就说出来更易打动人心。宇文赟默思片刻,又追问:"你是说,你会劝杨坚辞官?他舍得放弃手中的权力?"

独孤伽罗微笑道:"皇上忘了,当初丽华应允嫁予皇上,曾经说过,杨坚对臣妇言听计从,纵然他不舍,妻儿在前,也必会有所抉择,请皇上放心!"

是啊,当初是他过府求娶,杨丽华曾以自己父母为榜样,让他立誓,才允婚成为他的皇后。

这一瞬间,宇文赟心中微恍,跟着很快回神,皱眉思索片刻,冷笑道:"独孤伽罗,杨坚突然辞官,难道朝中就不会有人说朕容不下功臣?"

这个时候,他倒爱惜名声了。

独孤伽罗只觉好笑,略思片刻才点头道:"皇上大可以体恤功臣为名,不允他辞官,另派闲职就是!"

这倒是一个折中的办法。

宇文赟将此事前后细想一回，已找不出破绽，暗暗点头，目光定定落在独孤伽罗身上，似叹似赞："怪不得父皇生前曾道，夫人之智，无人能及！"

她的一番话，不但救了杨丽华，也释自己之疑。如今虽然是他先赦杨丽华无罪，可是只要杨丽华还在宫里，他倒也不怕她出尔反尔。

也就是说，他答应了！

独孤伽罗暗松一口气，听他提到宇文邕，心中也有着难言的滋味，俯首道："臣妇蒙先帝错爱，感激不尽！"

独孤伽罗一番话，果然让皇帝收回成命。听到皇帝的旨意，正阳宫前所有的人都不禁怔住，看向独孤伽罗的目光都带着些不可思议。

皇帝那可是金口玉言，他们又几时听说皇帝说出的话还有收回的道理？而如今，杨皇后不但免于一死，原有的恩宠竟然不减。

独孤伽罗无视众人注视的目光，携着杨丽华径回崇义宫。杨丽华惊魂初定，看着母亲满脸的鲜血，不禁落泪："都是女儿连累母亲！"随即唤内侍取药，亲手替她清理伤口。

独孤伽罗仔细问过她与皇帝冲突的过程，轻吁一口气，摇头道："他对你父亲起了疑忌之心，纵没有你，也必然会另找借口！"

杨丽华抿唇，低声道："只怪女儿当初不听母亲之言，心中对他还存着指望，如今，自个儿受苦倒也罢了，还连累家人！"挨着独孤伽罗坐下，不解地问道，"母亲，你究竟说了什么，竟然让他收回成命？"

独孤伽罗苦笑叹道："不过是将他疑忌的东西给他罢了！"她并不和女儿细说，只是细细嘱咐女儿在宫中要万事小心。

杨丽华似猜到什么，眸底已是一片冰冷，侧头道："今日之后，丽华与他夫妻之情已绝，日后，只要保全自身就是！"

看着女儿一脸的决绝，独孤伽罗张了张嘴，最终千言万语只化为一声叹息。

如果宇文赟对她还念着一丝往日情分，今日她纵然冲撞了他，也断断说不出"废后"二字，更何况还要赐死。而宇文赟对她既然无情，那在这后宫之中，她也只能求一个自保。

安抚住杨丽华，独孤伽罗才出宫回府，刚刚踏进府门，就被人一把揽入怀中。

看着独孤伽罗头上层层缠绕的棉布，杨坚眼底皆是疼惜，颤声唤道："伽罗！"

他刚刚上朝，就听说皇帝欲赐死杨丽华，独孤伽罗持金牌闯宫一事。等他赶去正阳宫，宫门前早已曲终人散，他入后宫不便，幸好听说母女二人无恙，只得回府等候。

独孤伽罗见他双眸赤红，脸带怒色，勉强向他一笑，轻声道："不过磕几个头罢了，不打紧！"见杨整、杨瓒、尉迟容、宇文珠等人齐齐围过来，连忙摆手，"没有什么大事，你们不必担心，都去忙吧！"

杨坚凝神注视她片刻，这才点头，摆手道："既然无事，都散了吧！"自己揽着伽罗向后宅走，"我送你回去！"

独孤伽罗正有话要与他说，对杨爽、杨勇等人担忧的目光回以一笑，跟着他同往后宅去。宇文珠却不满道："究竟发生什么事？都是一家人，说话还藏着掖着，这不是让人着急吗？"

众人听她话中看戏的心思多过担忧，都向她望去一眼，随即各自散开。

独孤伽罗不述正阳宫中一幕，先向杨坚问起昨夜进宫一事，听杨坚说完，轻吁一口气，点头道："这就是了，皇帝没有抓住你的把柄，只能放你离开，却用丽华作筏子，想要激你我犯错，抓到把柄，一举将我杨家铲除！"跟着将正阳宫中之事细述一回。

杨坚脸色阴沉，咬牙骂道："那个昏君！"

独孤伽罗轻叹，歉然道："为救丽华，也为了不使杨家受到牵连，我只能答应他劝你辞官。你苦心经营多年，好不容易走到今日，我竟不能与你商议！"

杨坚将她揽紧，摇头道："伽罗，你就是我，我就是你，我们夫妻一心，还分什么你我？既然皇帝见疑，这官辞就辞了，只是我们留在长安，纵然得一个闲职，怕他还是不能放心，倒不如找一个去处，释他之疑，我们还可以有一方天地！"

独孤伽罗一怔问道："你是说出藩？"

"嗯！"杨坚点头，又歉然道，"只是又要劳你跟着受苦！"

独孤伽罗抬眸浅笑："只要有你，不论做什么，伽罗都甘之如饴。"垂眸间，眸中却情绪翻涌。这已是杨坚第二次出藩，一家人被迫分离，或者，杨丽华所言才是对的，自己的命运该当掌握在自己手里，看来，她要另做一些安排，以备日后不时之需！

夫妻二人相拥而立，静静听着彼此的心跳，想这漫漫时光有彼此陪伴，如此就好！

杨坚于次日进宫，面见皇帝，请旨出藩亳州。此事大出宇文赟所料，只是见他意决，想他在朝堂、军旅多年，威望素著，留在长安也是一个祸患，就欣然应允。

旨意传下，整个杨家震动，可是事已至此，也只好如此。杨勇已在麟趾馆任职，不能同行，杨爽、独孤善坚持一同前往。数日之后，独孤伽罗与杨坚携带杨广与几名幼子，别过家人和高颎、杨素等人，启程前往亳州。

杨坚出藩亳州之后，宇文赟受赵越蛊惑，不但自己更加荒淫无度，甚至召集许多大臣一同饮酒作乐，一时间，大周朝堂糜乱，朝政几乎陷入瘫痪。

眼看着皇帝成日声色犬马，对朝政不闻不问，将整个后宫变为一个花天酒地之所，朝中老臣，如高宾之流，见朝中奸佞当道，贪腐成风，无力劝阻之下，相继告老归田。阿史那颂心痛之余，又无法管束，也只能听之任之。杨丽华却心如死灰，视而不见。

远在亳州的杨坚、伽罗二人不问世事，一心治理亳州一方百姓，倒又得几年的安稳，其间伽罗再育二女一子，一家人其乐融融，逍遥自在。

匆匆数年，眼瞧着三后越来越得宠，杨丽华想到宇文赟对自己的无情，深感自己的地位岌岌可危，悄悄命人将皇帝荒淫无道、不理朝政之事传扬出去，欲借朝野之力，逼宇文赟让位于太子宇文阐。

就在这个时候，北国局势渐渐不稳，不断有部分兵马扰边，酒泉告急。而大周皇帝依然每日笙歌，置之不理。高颎眼看着大周江山被步步蚕食，而大周君臣依然在醉生梦死，情急之下与杨素二人私自离京，赶往亳州，向杨坚问计。

独孤善闻言，心中怒起，径直劝杨坚取而代之，得到高颎与杨素的大力支持。杨爽也将袖子一撸，大声道："是啊，大哥，如今昏君无道，没有资格坐拥天下，你在朝中素有威信，不如取而代之，也免得我们一家人成日颠沛流离！"

独孤伽罗见几人都是热血澎湃，默思片刻，也点头道："天下大势，分久必合，合久必分。大郎，如今整个大周从上到下已经一片糜烂，你纵然重回朝堂，要想整顿，怕也无回天之力。更何况，纵然你有心报效，皇帝又岂会放心？最后仍然落一个鸟尽弓藏、兔死狗烹的下场。当年，父亲临去时曾道，为天下苍生，好男儿当仁不让。如今的大周，已不值得我们为之倾尽心血了！"

听着她清润的声音娓娓而言，杨坚的耳边似乎响起杨忠的声音："大郎，你性子沉稳宽和，只是不懂决断，日后若天降大任，你万不可逃避，为天下苍生，好男儿当仁不让，能创盛世基业，救民于水火，远远强过一时的虚名。"

这是杨忠受宇文护所害，临终时所说的话啊！

杨坚默然，暗想这数年间，一连两任皇帝，自己倾心辅佐，都落一个功高震主、削官出藩的结局。如今，眼看着天下将要大乱，自己势不能偏安一隅，坐视不理，可是若再次为朝廷效命，恐怕结果仍然是被皇帝所忌。

杨坚斟酌良久，终于点头道："虽然大周已经糜烂，可是朝中还有一些掌兵的老臣一片孤忠，若是不能得到他们的支持，到头来怕会两败俱伤！"

高颎见他终于松口，大喜过望，拍胸道："此事你交给为兄，必然拉他们作为你的强助！"几人细细计议，将计策定下，高颎、杨素不敢耽搁，即刻启程，赶回长安。

酒泉告急，战报直送入宫中，宇文赟却置若罔闻，仍旧每日醉生梦死。高颎、杨素二人得知此事，片刻不停，径闯皇宫，求见宇文赟。

听说又是开战，宇文赟满脸不耐烦，只是被高、杨二人所阻，只得不耐烦道："你们既说要出兵，那依你们所见，何人统兵啊？"

高颎忙道："回皇上，臣以为此战事关大周国威，统兵之将，非杨坚莫属。"

宇文赟听到杨坚的名字，不禁皱眉："杨坚？我大周无人了吗？怎么又是杨坚？"

杨素忙道："皇上，我大周虽然人才济济，可是只有大司马与北国几次交锋，所谓知己知彼，百战不殆，此战若想震慑北国小儿，统帅非大司马莫属！"

宇文赟沉下脸，冷冷道："杨将军，杨坚早已不是大司马了！"

杨素悚然，忙俯首道："臣一时失言，请皇上恕罪！"

宇文赟见他认错极快，倒发作不出来。他虽然荒淫，却也知道酒泉是北方重镇，若是有失，怕大周一半江山陷于北国，将二人的话细细凝思。

赵越本来极力反对出兵，听到这里，不禁眼珠一转，又生一计，反而向宇文赟进言道："皇上，北国入侵，正是建功立业之时，高将军、杨将军不思自己争功，反而推举杨坚，想来也只有杨坚是合适人选，臣附议！"

连赵越也推举杨坚，宇文赟向他望去一眼，懒于再猜测高、杨二人的心思，摆手命人传旨。

高颎、杨素闻言大喜，连忙代杨坚谢恩，可是想到赵越也推举杨坚，心中又觉不安。

第六十九章

争太子朱后身亡
QUEEN DUGU

高颎、杨素离开不到一个月，朝廷的诏书就已传来，与诏书同来的，还有高颎的一封书信，说明当初请旨时有赵越在旁煽动，请杨坚多加小心。

独孤伽罗眉心一跳，心中起疑："赵越支持大郎出兵，这其中必定有诈！"

独孤善猜测道："或者他们也怕北国攻入长安，才要借大郎之手平灭北国？"

独孤伽罗摇头："赵越此人工于心计，怕没有这么简单！"

杨坚见她脸色凝重，本想从长计议只是诏书已到，不管赵越怀着怎样的心思，他也已非发兵不可。不愿她担心，他故作轻松地笑道："我从亳州出兵，带的是亳州的兵马，又有大哥与我同行，他又能做什么手脚？"

独孤伽罗经他提醒，眼前一亮，立刻接口："粮草！诏书言道，命你立刻发兵，朝廷的粮草随后就到！如今你手中兵将都从亳州而发，他们必然会在粮草上做手脚！"

众人一听，都连连点头。杨广问道："父亲，若果然如此，我们如何应付？"亳州虽然富足，但是以一州而供一场战役的粮草，怕还有些吃力。更何况，还不知这一仗要打到几时！

杨坚沉微默一瞬，轻轻笑起："若果然如此，我自然有法子应对！"他并不向众人细说，立刻命独孤善、杨爽前去整兵，定于三日之后发兵酒泉。

这一次出兵，与以往已大不相同。独孤伽罗一边替杨坚收拾行装，一边轻声道："北国与我大周不但有盟约，还是姻亲，你此去不必拼命得胜，只要设法令北国知难而退，我们能回长安就好，日后也好相见。"

杨坚知道她说的"日后"，是自己夺位之后与北国的邦交，沉默一瞬，从身后将她拥住，轻声道："若不是昏君无道，我实不愿走这一步。"

是啊，不管他有多少的理由，此去长安，已存夺位之心，百年之后，怕会留下千古的骂名啊！

独孤伽罗知道他的心思，在他怀中转身，与他四目相对，郑重道："大郎，你满腔为国为民之心，却处处受皇帝猜疑，如今，除去为了我们自己安身立命，也是为了天下苍生计，千古骂名又如何？如今我们但求问心无愧，千秋功罪，何妨留给世人评说？"

小小女子，短短数语中，竟似有睥睨天下的气势。杨坚满心震动，心里最后的一丝疑虑豁然而解，慨然道："不错，千秋功罪，留给世人评说！"

三日之后，杨坚携独孤善、杨爽、杨广等人，率领亳州五千兵马，出亳州城向酒泉浩浩而行。

独孤伽罗站在城楼上眺望大军远去，心里却将大周满朝的文武一一细细回思。

杨坚此去，对付北国之兵绰绰有余，如今，他们的难题不是北国，而是大周朝廷！是大周朝廷中仅存的忠臣良将！得不到他们的支持，纵然强行夺位，怕也会兵连祸结，到那时，黎民陷于水火，就与他们的愿望背道而驰了。

不出独孤伽罗所料，三个月之后，独孤善亲自赶回亳州，一则报捷，二则护送伽罗母子回返长安。

独孤伽罗问起战事，独孤善笑道："我们兵临酒泉城下，大郎并不命人攻城，只是在城外三里处扎营，围城半个月，北国人忍耐不住，出城叫阵，不想竟然是大郎的旧识。"

独孤伽罗微怔，瞬间恍然大悟："是北国可汗玷厥亲自统兵？"

独孤善点头叹道："北国因为大旱，举国颗粒无收，玷厥可汗才不得已扰边抢粮。大郎已说服可汗，随他一同回长安，一则向朝廷请罪，二则向大周借粮，助北国渡过难关！"

杨坚兵不血刃，不但得回酒泉，还带同北国可汗，向朝廷请命。赵越本想借杨坚出兵，扼制粮草陷杨坚于死地，此刻见他建功而返，心中又恨又恼，听说北国借粮，立刻反对："皇上，北国屡屡侵我边境，若再借粮，岂不是养虎为患？皇上断断不能答应！"

不等宇文赟应，杨坚立刻道："皇上，北国与我大周本是盟国，国力又不及我大周，若非万不得已，又岂会轻易动兵？如今北国可汗随臣来朝，已是十二万分的诚意，皇上若拒，岂不是与北国反目？到时征战连年，怕朝中再无宁日！"

如今宇文赟一门心思只在后宫享乐，听说拒绝北国还要打仗，日后兵马调度、粮草调配又都要烦他，不等赵越再说，他就连忙摆手："罢了罢了，只是些粮食，给他们就是，不要再来烦朕！"

杨坚立刻领旨谢恩，见他转身要走，连忙将他叫住，躬身道："皇上，臣久离长安，与家人久别，请皇上恩准臣与家人共聚几日再回亳州！"

此时宇文赟但觉昏昏欲睡，被杨坚叫住，大感不耐烦，听到只是这点小事，摆手道："还回什么亳州，你就留在长安吧！"说完再不想多停，转身而去。

杨坚立刻道："臣谢皇上隆恩！"

赵越两次想要阻拦都没有机会出口，此时见宇文赟顾自离去，心中暗恼，皮笑肉不笑地转向杨坚："随国公！随国公立此大功，如今不但没有封赏，还要在长安赋闲，可惜啊可惜！"

杨坚目的达到，听他挑衅，不愿多理，淡然道："有劳太卜挂念，杨坚告辞！"略拱拱手，算是尽礼，大步而去。

看着杨坚大步出宫，赵越微微眯眸，喃喃道："杨坚，这一回，你回来的目的是什么？"之前高颎、杨素二人合力奏请让他出兵，如今他立功而回，不请封什么官职，只是要留在长安，若说没有目的，赵越可不相信。

可是，他的目的是什么？

赵越低头思忖片刻，立刻出宫，找五王商议。陈王宇文纯听他说完，皱眉道："杨坚回京，必有异动。这些日子，高颎来往各朝臣府上频繁，暗中必然在做些什么勾当！"

赵王宇文招点头："当年虽说皇上一怒之下险些赐死杨皇后，这几年也不见有何恩宠，可是他们毕竟是结发夫妻，如今杨坚回来，若是皇上再听从他们的劝谏……"

"不必担心！"赵越摆手，冷笑道，"如今皇上沉迷酒色，岂能如此容易自拔？"

陈王宇文纯却立刻摇头："太卜，不可不防啊！你可还记得，当初皇上要赐死杨皇后，独孤伽罗却只凭一条不烂之舌就力挽狂澜，这几年，任我们如何，皇上都坚决不动杨皇后！"

也就是说，宇文赟并不尽在他们的掌握！

赵越眸色一深，冷笑点头："如此看来，我们也要尽早打算！"

二王同声问道："太卜有何妙计？"

赵越阴冷一笑："如今皇上已夜御数女，只要再将他药中的剂量增大，他岂能有闲暇再听旁人啰唆？"

二王闻言，齐声笑起，陈王一拍桌子赞道："好！前日皇上命我举国甄选美女，我即刻命人去办，尽快送进宫去！"

如此一来，就算是杨坚想做什么，连皇帝的面都无法见到，也会束手束脚。

独孤伽罗于十日之后抵达长安，高颎闻讯，立刻赶去随国公府，细述这些日子联络朝臣的进展，皱眉道："旁人倒也罢了，只是一些老臣，如尉迟伯父，对大周死忠，竟然听不进一言半语。"

杨坚点头，叹道："这些老臣是忠臣，也是良臣，我们不能强取，只能慢慢劝解！"

独孤伽罗皱眉："我一路回京，听到坊间私议，怎么皇帝的所作所为连民间也已传遍？如此一来，岂不是民心动荡？"

高颎摇头："这几年来，虽说朝政日渐荒废，这流言却是近几个月传出，竟然很快传遍整个长安。"

独孤伽罗叹息："很快，就是整个大周了！"

杨坚心中暗忧，踌躇道："若民怨一起，怕举国大乱，到时再想收拾残局，怕没有那么容易！"

高颎忍不住道："大郎，若不然我们径直挥兵逼宫，让皇帝禅位，纵有几个老臣不服，也不过是朝堂中的事，总强过举国民乱吧！"

"不可！"独孤伽罗摇头，"皇帝荒废朝政已有多年，这流言最近才起，更像是有人暗中操控，我们此刻逼宫，当心落入旁人圈套，还是静观其变的好！"

是啊，若这流言是有人故意而为，必然有其目的，此刻事态不明，若是一击不成，怕再也无力翻身。

杨坚、独孤善等人对视一眼，默默点头。

只是短短几日，流言愈演愈烈，临近州府很快有消息传来，已有百姓具万言书，向皇帝进谏。万言书进京，朝堂震动，十几名言官谏臣齐集庆云宫外，跪请皇帝赐见。

宇文赟闻报，不胜其烦，命人关闭宫门，继续作乐。偏偏此次众臣再不肯轻退，一连数日，日夜守在宫门之外，无论如何都不肯离去。

宇文赟烦不胜烦，向赵越道："那些老东西成日守住宫门，朕不胜其烦，你快想个法子，打发他们滚蛋！"

赵越谄媚赔笑："皇上，这大周天下是皇上的，这些老家伙不过是臣子，岂能左右皇上？"

宇文赟点头："是啊，朕为什么要听他们啰唆？你快想法子，把他们弄走！"

赵王宇文招进言道："皇上息怒，皇上是君，他们是臣，他们要跪，且让他们跪去，横竖皇上不理，他们也不敢闯进殿来。"

陈王宇文纯也道："是啊，皇上是九五之尊、我大周天子，他们不烦皇上，又烦谁去？"

听闻二王的奉承之语，宇文赟倒多出些心思，沉吟道："只因朕是皇帝，所以他们才来烦朕？"听赵越等人还在不断奉承，心中转念，突然哈哈大笑，喝停歌舞，向众人挥手，"去去，你们都去，叫上外头那些老东西去大殿，朕要上朝！"

"啊？"赵越等人一怔，互视几眼，实不知道他葫芦里卖的什么药，见他连连赶人，也顾不及细问，只得纷纷起身施礼，辞出殿去，唤起跪在殿外的众臣，齐往大德殿而去。

朝钟悠悠响起，整个长安皆闻，众朝臣诧异之余，都匆匆赶进宫去。进入人德殿，见赵越、五王等人都在，众人不禁相互询问，不知又发生什么大事。可是这一回，不只高宾、张先等人一无所知，就连赵越等人也一头雾水，茫然不知所措。

众臣等候约半个时辰，终于，听到内侍尖厉的声音响起："皇上驾到——"随着喝声，宇文赟晃晃悠悠晃进殿来。

众臣齐齐跪倒，向上行礼："臣参见皇上！"

"都起吧！"宇文赟摆手命起，在龙椅上端端正正坐下，也不问有没有政务处置，径直道，"这几日朕身体日渐疲乏，无力管理朝政，已决定传位于太子！"

话一出口，朝堂上顿时轰的一声，像炸锅一样。高宾立刻出列阻止："皇上，太子年幼，怕不能当此重任，请皇上三思！"

"是啊，皇上，大周江山还要依赖皇上，皇上万万不可退位！"赵越也连忙跪倒。在他之后，众臣也纷纷跪倒，苦言劝阻。

十余年来，这还是第一次，朝上各党派如此齐心，向皇帝同声劝谏。只是皇帝心意已决，对下跪群臣视而不见，冷声道："朕意已决，传旨吧！"

保桂闻命，即刻上前一步，扬声宣读圣旨。即日起，皇帝禅位于太子宇文阐，自封为天元皇帝太上皇，立杨丽华为天元太后。

宇文赟的目光扫过下方愕然的群臣，嘴角泛起得意的笑意。他不当这皇帝，日后这些臣子就再不会来烦他，而他身为太上皇，依然一言九鼎，可以尽情享乐，再也不听旁人的啰唆。

圣旨读罢，事情已成定局，众臣互视片刻，只得磕头领旨。宇文赟再不多言，大袖一挥，传旨退朝，径直往后宫而去。

事发突然，高宾、张先等人面面相觑，久久不能回神。赵越向五王望去几眼，使个眼色，当先退出殿来。看看离大殿已远，陈王宇文纯才低声问道："怎么皇上突然想起禅位？如今我们还不曾做万全准备，如何是好？"

赵王宇文招却不以为然："太子年幼，较皇上更好掌控，我们只要在他身上多下功夫，这天下还是我们的！"

赵越摇头道："你们忘了，后宫还有一位阿史那皇太后，她可是北国的公主，还有皇后杨丽华可是杨坚的女儿，都不是好对付的人物，有她们在太子身边，我们并不好做什么手脚，还要在皇上身上下些功夫！"

几王同时皱眉："如今禅位诏书已下，皇上已经是太上皇，还能下什么功夫？"

赵越阴冷一笑："皇位虽说已经传给太子，可是这朝政大权只要还握在皇上手里，就也还是我们的！"

众王顿时恍然大悟，齐齐一竖大拇指："太卜大人当真是高明！"

赵越得意笑起："事不宜迟，下官即刻进宫面见皇上……哦不！面见太上皇！"向众人拱拱手，快步而去。

宇文赟突然传位给太子宇文阐，消息传来，独孤伽罗等人都是深感意外。杨坚思忖片刻，点头道："如此也好，太子年幼，又由丽华教养，或者倒是一个转机。"

独孤善皱眉摇头："大郎，如今你只是赋闲在京，皇帝这一禅位，朝政大权可都落在赵越那帮人手里，恐怕时日一久，更难对付！"

独孤伽罗摇头道："这些年来，皇帝不问朝政，大权早已落在赵越等人手里，在位的是皇上还是太子，并没有什么区别。更何况，皇帝只是下旨传位给太子，并没有交付朝政，他不过是借此躲避言官罢了，与禅位之前，并没有什么区别！"

高颎皱眉道："难不成我们就这么等着？"

"自然不能！"独孤伽罗摇头，向众人一一望去，"如今皇帝禅位的旨意一出，百姓不知这背后乾坤，民怨必然会一时消减。民乱不起，对大周倒是一件好事！只是朝廷的症结还在，此等假象也只能掩盖一时，我们必然要做万全的准备。"

杨坚点头："如此一来，倒给了我们喘息之机，有更多的时间游说那些孤直老臣！"

高颎连连点头："我前日试探，我父亲语气已经松动，再假以时日分析利害，他必然也会站在百姓一方，赞成我们举事！"几人商量妥当，各自离去。

果然如独孤伽罗所料，宇文赟听从赵越进言，虽然禅位，却并未交出朝政大权，太子宇文阐登基，也不过是一个摆设，每日只是由太皇太后阿史那颂与太后杨丽华陪伴上朝，却无权处置朝政。而皇帝禅位的消息传出，民怨顿止，大周朝野，倒也又一时归于平静。

宇文赟退位之后，越发肆无忌惮，命人在民间大肆搜罗美女，成批成批地送进宫来，整个庆云宫中，极度淫靡。

面对此情此景，阿史那颂和杨丽华心知大周天下不能长久，只能对太子宇文阐悉心教养，盼他快快长大，早一日亲政，这大周天下，或者还有可为。

转眼又是一年，那一日，杨丽华在御花园假山亭中严厉督导宇文阐习练武艺。宇文阐年幼，受不起辛苦，不断哭闹。杨丽华虽说心软，可是想到宇文赟只因阿史那颂溺爱，才成今日这般，只能硬起心肠，严加训斥。

此时朱后朱满月从园中经过，远远听到宇文阐的哭闹之声，循声而来，恰见宇文阐摔倒，杨丽华非但不扶，还厉声呵斥，心中疼惜，匆忙赶去抱起。杨丽华见状，上前阻拦："慈母多败儿，妹妹此时心软，怕他日后疏懒，再也无人能够管束！"

朱后心疼儿子，将宇文阐护在怀里，摇头道："他才五岁，如今识字尚可，又习什么武功？日后纵然亲政，也自有满朝的大将为他统兵，又不必他冲锋陷阵！"

杨丽华摇头："我大周是马上得天下，太上皇和先帝都曾统兵出征，阐儿身为皇帝纵不冲锋陷阵，又岂能不会武艺，不习弓马？更何况，习武可以强身，如今我督导严厉，日后他自会受益！"说着话，去她怀中拉宇文阐，命道，"阐儿，快下来！"

宇文阐哭闹，紧紧抱着朱后的脖子不肯松手。眼见杨丽华脸色不善，朱后心中疼惜，只得道："姐姐，今日阐儿先与我住一日，明日再命人送回去！"说罢不理杨丽华，抱着宇文阐就走。

杨丽华大怒，抢步上前争夺，厉声道："但有今日，就会有明日、后日，怕他日后再不肯听本宫管束！"

朱后急道："他只是个孩子，哪里这一日就能宠坏？"说着紧抱宇文阐不放。

二人争夺间，渐渐退至亭外。杨丽华一把抱住宇文阐，顺手在朱后肩上一推，已将孩子夺过。哪知朱后立足不稳，倒退一步，一脚踩空，惊呼一声，向山下摔去。

杨丽华大吃一惊，急忙赶前去救，却一手拉空，眼睁睁看着她连声惨呼，一路滚下山去。杨丽华心惊胆战，急忙命人下山去救，可是朱皇后早已摔得头破血流，气绝身亡。

太皇太后阿史那颂闻讯，惊怒之下，直闯崇义宫，喝命带走太子，将杨丽华逐出皇宫。

杨丽华深知自己理亏，无法强争，可是经营这么多年，又如何能甘心就此被逐出宫去，思前想后，如今能阻止阿史那颂的，也只有那位曾与她山盟海誓，如今对她不闻不问的太上皇宇文赟了！杨丽华暗暗咬牙，将采芩唤来，俯首在她耳边细细嘱咐。

入夜，欢宴的五王等人退去，宇文赟脚步虚浮，向庆云宫内殿而去。此时保桂跟上，躬身道："太上皇，杨皇后命人送来一物，请太上皇过目！"说着双手将一锦盒奉上。

本来宇文阐登基，此时杨丽华已尊为"太后"，只是保桂受采芩嘱托，故意唤成"杨皇后"。

许久没有听过杨丽华的名字,宇文赟皱眉想了一会儿才知道是谁,不耐烦地问道:"什么东西?"顺手从保桂手中接过锦盒打开来瞧,只见锦盒中躺着一只闪亮亮的铜制铆钉,看起来极为眼熟。

保桂见他满脸疑惑,又说道:"太上皇,杨皇后说已备下盛宴,请太上皇移步一见!"

又听他提到杨丽华,宇文赟混沌的脑中似闪过一些画面,这才恍然想起,自己第一次统兵出征前,曾亲手剪下铠甲上的铆钉留给杨丽华,相约战胜归来,再由她亲手缝上。

如今,一晃已有许多年,自己早已将此事忘记,而她却还将铆钉好好地留着。一时间,宇文赟心中倒似有些感动,向保桂问道:"你是说,杨丽华设宴?"

保桂躬身:"是!"

宇文赟略想一下,点头道:"那就去瞧瞧吧!"说罢将铆钉收起,向崇义宫而去。

踏进宫门,见门内一片漆黑,宇文赟正在愣怔,但听一声鼓响,跟着烛光亮起,前边道道细纱之后,露出一道窈窕身影,随着鼓声腰肢款摆,较庆云宫中众姬的妖艳,更有另一种风情。

宇文赟大喜,问道:"你是何人?丽华呢?"

随着他的询问,薄纱层层掀起,纱后人影也渐渐变得清晰,但见眉目如画,肌肤莹润,顾盼神飞,姿容绝世,正是久已被他冷落的杨丽华。

宇文赟又惊又喜,又难以置信,喃喃唤道:"你……你是丽华?"

杨丽华腰肢款摆,回眸向他盈盈一笑,光线昏黄的寝殿顿时光芒万丈。她本就生得倾世绝艳,如今这一精心妆饰,又岂是寻常庸脂俗粉可比?宇文赟一见之下情欲大动,上前两步将她一把抱住,高声道:"丽华,你早如此,朕岂会舍得冷落你!"说罢不容分说,抱着她径直压上榻去。

杨丽华眼波横流,半推半就:"只怕皇上今日之后,仍旧不会记得丽华!"

宇文赟连连摇头,举手立誓:"日后朕若再忘丽华,便让朕不得好死!"说罢从怀中取出一瓶丹药,已来不及倒出,径直扣入嘴里。片刻之间,他但觉情欲更旺,抱着杨丽华极力求欢。

此刻的杨丽华要借他恩宠留在宫里,自然极力应承,竟然是从不曾有过的委婉。

哪知二人正值兴致高昂,宇文赟身子突然一僵,一手死死抓住胸口,面容瞬间变得扭曲狰狞,神情极为痛苦。

杨丽华大吃一惊,忙将他扶住,连声道:"皇上!你怎么了?发生何事?"

可只是这片刻工夫,宇文赟已说不出话来,张嘴大大喘息几口,就此不动。

杨丽华再也顾不上什么后宫仪态,拢起衣服跌跌撞撞向外冲去,连声惊呼,命人速传太医。

太医匆匆而来,但见宇文赟早已没有了脉搏,纷纷跪倒,悲声道:"太上皇驾崩了!"

第七十章

太皇崩杨坚夺权
QUEEN DUGU

悠长的钟声响起,响彻整个长安城上空。

杨坚披衣而起,凝听片刻,变色道:"是太上皇驾崩!"

这一年来,宇文赟虽然禅位,可是仍然掌握朝政大权,如今突然驾崩,皇帝年幼,朝中必然大乱。

独孤伽罗也是脸色微变,疑惑道:"怎么会如此突然?"

杨坚摇头,沉吟道:"如今消息已传遍整个长安,赵越等人必然会伺机而动,控制小皇帝,掌控朝堂。我立刻去找高大哥商议,断断不能令他们如愿!"说着迅速穿上外袍,向外走去。

独孤伽罗忙随后跟上,连声道:"大郎,太上皇逝去如此突然,也不知与赵越有没有干系,要一切小心!"

杨坚脚步不停,口中回道:"无论如何,总要放手一搏!"说着伸手去拉院门。

院门刚刚打开,高颎便一头撞进来,一把抓住杨坚,问道:"大郎,可曾听到钟声?!"

杨坚郑重点头:"我正要找高大哥商议!"

高颎道:"如今皇宫一团纷乱,不如我们立刻进宫……"

"不!"杨坚果断摇头,"既然太上皇驾崩,朝廷恶疮已除,如今倒不必急着夺取江山,只是皇帝年幼,赵越等人必然会抢夺辅政大权,当务之急,就是令赵越等人没有可乘之机。"

独孤伽罗点头:"为今之计,我们只要先拿到辅政大权,旁的事,还可徐徐图之!"

是啊,拿到辅政大权,就是掌握朝政,任凭赵越等人再有什么阴谋,也再难掀起什么风浪。

高颎连连点头:"要不然,我即刻调兵,围困赵王、陈王几府,让赵越那厮孤掌难鸣!"

独孤伽罗摇头："不！明目张胆围府，怕反而授人以柄！"略一思忖，向杨坚道，"大郎，纵然我们拿到辅国之权，恐怕赵越等人也不会善罢甘休，他们掌握朝政已久，必能调动城中兵马。此刻你速去归林居，给徐大哥传递消息，随时应变！"

见杨坚点头，她又向高颎道："高大哥，这几年你暗中联络各州府，想必也有十万兵马，你即刻传令，请他们马上率兵赶来长安！还有，先去找杨素，他统领禁军多年，请他设法阻止赵越强闯后宫。"不等他应，又转向杨坚，"大郎，为防赵越狗急跳墙，对小皇帝下手，我即刻进宫，见机行事！"说完，拔腿就走。

杨坚一把将她拉住，眼底皆是疼惜，咬牙道："不！伽罗，我不能让你冒险！"

"大郎！"独孤伽罗浅浅笑起，"如今太上皇身亡，太皇太后怕还顾不上我，更何况，她也不会愿意看到小皇帝仍如太上皇一样受赵越操控。"见杨坚还是不能放心，她伸手将他手掌握住，低声道，"大郎，成大事者，岂能畏首畏尾？如今你纵不想那至尊之位，我们也当助丽华一臂之力，不是吗？"

是啊，宫里还有一个他们的女儿！

杨坚点头，咬牙道："若宫中有变，你要先顾惜自个儿！"

独孤伽罗点头，回他一笑，这才一迭连声命人备马，拔步向府外奔去。

太上皇暴毙，宫禁全开，独孤伽罗手持金牌进宫，听说皇帝是死在杨丽华宫中，暗吃一惊，径直向崇义宫而去。

崇义宫中，阿史那颂最初的悲痛过去，此刻正在怒审杨丽华。杨丽华衣衫不整，脸上还有昨夜的残妆，咬唇跪在殿中，但觉羞愧难当，垂头不语。

独孤伽罗不顾王鹤阻拦，直闯入殿，看到眼前的情形，心中一紧，上前向阿史那颂跪倒："臣妇见过太皇太后！"

阿史那颂一看到她，越发怒从心起，咬牙指向杨丽华道："独孤伽罗，看你养的好女儿！"

独孤伽罗不急不慌行过大礼，这才道："臣妇听到钟声，知道太上皇大行，这才急急进宫，并不知道发生何事。"

"发生何事？"阿史那颂脸色一阵青一阵白，一时难以启齿，手指颤颤向杨丽华点一点，恨道，"你问她！"

杨丽华见母亲疑惑地望来，她更觉羞愧难当，咬唇道："我……我只是……只是邀太上皇前来一叙旧情，哪知道……哪知道……"

叙旧情，又怎么会叙掉太上皇的性命？

独孤伽罗不解，又转头去瞧阿史那颂。阿史那颂心中也略有不解，向太医道："皇上正当盛年，纵然……纵然行事有些不妥当，又怎么会暴毙身亡？"这一年来，她早已听说，宇文赟每每夜御数女，今日只是一个杨丽华，怎么就会暴毙？

太医跪倒磕头，斟酌一下言辞，才磕道："皇上虽说是纵欲过度而亡，究其根源，是服食过量催情之药！"

此话一出，满殿皆惊。杨丽华霍然抬头，失声道："你说催情之药？"恍惚间，似想起皇帝之前果然服过什么药物,立刻四处寻找,终于在榻下找到一只小小瓷瓶,但见瓶里还有一枚残留的丹药,忙送到太医面前,"可是此物?"

太医取过,细闻药香,又取出以舌尖轻拭,突然脸上变色,向阿史那颂磕头道:"太皇太后,此药确含催情药物,而且剂量偏重。"

一枚丹药已经剂量偏重,而宇文赟那一下又不知服下了多少粒!杨丽华咬唇,一时间分不清自己心里的情绪是恨是怒,是喜是悲。

阿史那颂霍然站起,向杨丽华一指,怒喝:"说!这东西哪里来的?你竟敢以药媚惑太上皇!"

杨丽华大惊,一时茫然不知所措。独孤伽罗立刻道:"太皇太后,丽华幼受庭训,断不会做出这种事来,还请太皇太后明察。"

此时缩跪在殿角的保桂哭出声来,爬前几步磕头道:"太皇太后,这药……这药是太卜赵越所献,太上皇……太上皇已服用数年,不想……不想……"说到后句,已哭得说不下去。

太医点头道:"不错,此药若长期服用,必然情欲难抑,直至油尽灯枯!太上皇的身子,这几年……早已经被掏空了!"

这么说来,宇文赟竟然是太卜所害!

阿史那颂袖中双拳骤然紧握,咬牙恨道:"赵越!"指向保桂道,"你,速速传赵越那厮进宫!"

保桂忙磕头领命,爬起身跟跄奔去。

独孤伽罗摇头,慢慢道:"太皇太后,赵越此刻得到消息,就算进宫,怕已有备。当务之急,并不是铲除赵越为太上皇报仇,而是如何保住皇上,保住大周江山!"

阿史那颂悚然一惊:"你是说,赵越胆敢篡位?"

独孤伽罗冷笑:"他敢谋害天子,又还有什么是做不出来的?如今皇帝年幼,他纵不逼宫夺位,只要辅国大权落在他手,这大周江山,怕也迟早是他的囊中之物!"

阿史那颂脸色变得惨白,不自觉问道:"依你之见,该当如何?"她们几十年的宿敌,而此刻大难临头,她能信的,竟然只有独孤伽罗!

独孤伽罗不答,向左右望去一眼。阿史那颂会意,挥手命众人退去,殿中只留下杨丽华、独孤伽罗和自己三人,才道:"独孤伽罗,这下你能说了吧?"

独孤伽罗抬头,向她定定而视,一字一句道:"太皇太后,臣妇知道,你素来不喜欢臣妇,先帝在时,对我杨家也颇多顾忌。只是事到如今,你不得不承认,这许多年,杨家对我大周朝廷忠心耿耿,如今杨坚虽然赋闲,可是他在朝中多年,威望素著,如今只有他可以与赵越一党抗衡,若太皇太后想大周江山不落入赵越之手,只能将辅国之权交给杨坚!"

阿史那颂听她娓娓而言,想这二十多年来的恩怨纠缠,不知对眼前的女子是羡是妒,或者,还有一些敬畏,又岂是一个"不喜欢"能够道尽?

而听她说出最后一句,阿史那颂心头顿时一凛,眸光凌厉,向她定定而视,一字一句道:"你是说,杨坚辅政?"先帝在时,最忌的就是杨坚啊,如今将辅政大权交给杨坚,岂不是将大周朝廷、整个皇室都交到他的手上?

独孤伽罗挺然而跪,坦然与她对视:"太皇太后,皇上是由丽华一手养大,丽华又是我独孤伽罗的女儿,如今太皇太后能信的,怕也只有我杨家,别无选择!"

是啊,若论功绩权势,可以对抗赵越之人,朝中已经寥寥可数,更何况,谁又知道,别人就没有包藏祸心?

只是这一瞬间,阿史那颂心中天人交战,反复衡量,终于闭眼道:"只是,太上皇暴毙,并未留下一言半语。赵越为人奸诈,到此刻怕已有了对策,你要如何替杨坚拿下这辅国之权?"

独孤伽罗浅浅笑起:"太皇太后,赵越要夺辅国之权,最好的办法,自然是矫诏!而我们只要有太上皇的亲笔诏书,加盖玉玺,何怕他一纸矫诏?"

阿史那颂皱眉,奇道:"我们又哪里有太上皇的亲笔诏书?"

独孤伽罗垂眸:"太皇太后可有传国玉玺?"

阿史那颂点头:"太上皇驾崩,宫中大乱,本宫已将玉玺收起!"

阿史那颂不愧为北国公主,在那样一团大乱中,还能泰然处之!

独孤伽罗心中暗赞,又问道:"宫中可有太上皇墨宝?"

当然有!

阿史那颂不答,深深凝望她良久,这才慢慢道:"请国公夫人移步文昌殿!"虽然宇文赟久已不理朝政,但是文昌殿中藏着大周历朝历代皇帝的墨宝。

阿史那颂在前,独孤伽罗与杨丽华随后,出崇义宫,径往文昌殿而去。推开殿门,扑面一股清冷的气息,灯笼的火光洒进来,但见殿内清洁干净,却没有一丝生气,显然已许久没有人来过。

阿史那颂停住,怔怔地注视着正前方的案子。那里,她的丈夫、她的儿子,都曾在那里批阅奏折,可是如今,都已离她而去。

独孤伽罗默默立在她的身后,不急不躁,静静地等待。

似乎过了一个世纪,阿史那颂终于回过神来,慢慢走向书龛,取出几摞宇文赟手书的典籍,轻轻抚摸片刻,这才交到独孤伽罗手中。

独孤伽罗将典籍细细观摩片刻,已胸有成竹,再不多停,使杨丽华磨墨,自己展开一张锦缎细裱的白绢,挥毫书就一封诏书,细细吹干,交到阿史那颂手上。

阿史那颂接过,一望之下,不禁手指微颤,低声道:"独孤伽罗,你让本宫如何能不猜忌!"分明是亲眼看着她书写,而此时诏书上的字迹挥洒随意,竟活脱是宇文赟的亲笔。

独孤伽罗垂眸,浅浅一笑施礼:"此诏书若无传国玉玺,也不过是一封矫诏!"

阿史那颂点头,默思片刻,从屏风后的暗格里将玉玺取出,慢慢盖下。

独孤伽罗看着事已办成,轻呼一口气,又向阿史那颂行礼:"再过片刻即是上朝的时辰,臣妇随行不便,一切还赖太皇太后!"

阿史那颂点头："但愿本宫这一步不是引狼入室，若不然，本宫愧对先帝，愧对太上皇啊！"深吸一口气，再不多迟疑，向杨丽华道，"我即刻命人召集群臣，传杨坚上殿，你去带阐儿上朝！"

　　宇文赟在自己宫里身亡，杨丽华只道再没有翻身的余地，没有料到，母亲一到，事情发展会如此顺利，心中又惊又喜，连忙应命，匆匆而去。

　　朝阳初升，不等朝钟敲响，众臣已经齐集大德殿，望着上方空空的龙椅，各怀心思，默立等候。赵越看看前边立着的尉迟迥、张先等人，嘴角勾出一抹冷笑，伸手按按怀中所藏之物，又望向五王。

　　如今的大周朝堂，几乎成为一盘散沙，虽说有一些孤直老臣誓保皇室，却各自为政，耻用计谋。如今只尉迟迥等人，他赵越并不瞧在眼里。

　　五王触上他的眸光，也暗使眼色，心底暗暗盘算一会儿要如何应答。

　　就在这个时候，只听保桂扬声道："皇上驾到——"随着喝声，阿史那颂与杨丽华一左一右，牵着小皇帝宇文阐的手迈入大殿，在龙椅前一立。

　　众臣立刻跪倒："臣等参见皇上，见过太皇太后、皇太后！"

　　阿史那颂点头道："各位大人免礼！"脸含悲色，等到众臣起身，慢慢开口，"太上皇禅位之后，依然劳心国事，身体日渐消耗，已于昨夜宾天！"

　　虽然早已知道这个消息，可是她的话出口，满殿顿时一片号哭之声。

　　赵越一边捶胸顿足，一边暗察阿史那颂举动，见她摆手命止，立刻探手入怀，正要站出，就听保桂扬声喝道："传随国公杨坚上殿！"

　　如今的杨坚虽然贵为随国公，可是已无职无权，在京赋闲，没有召命，不能上朝。

　　赵越突然听到杨坚的名字，微微一愣，回头向殿门望去，但见晨光里，杨坚身形笔挺，一身朝服，大步而入，当殿跪下行礼，虽是寻常的举动，却自带凛然之势。

　　赵越心中暗紧，只等他一起，就要站出，却听阿史那颂道："宣读太上皇遗诏！"赵越一愣，迈出的脚步硬生生停住，疑惑地看看阶上三人，再转头看向诸王。

　　保桂应命上前一步，展旨读道："朕目禅位以来，精神日渐消耗，身体日乏，自知时日无多，今稚子年幼，难以担当重任，特立此遗诏。朕百年之后，擢随国公杨坚为假黄钺、左大丞相，监国理事。望其倾心尽力，辅佐幼主，不负朕望！"

　　遗诏读完，殿上顿时一片沉寂，所有的人都面面相觑。杨坚也是一时错愕，正要接旨，就听赵越喝道："慢着！"站出一步，向上行礼，大声道，"太皇太后，敢问太上皇几时立下遗诏，臣等为何不知？"

　　阿史那颂看到他，想到宇文赟就是被他害死，眸中如要燃起火来，语气却极为平静："赵太卜，你虽为先帝的近臣，可是朝政之事，先帝也未必要事事与你商议！"太卜官职虽说不低，但他赵越身无寸功，终究是个弄臣。

　　赵越听她语气中带出一些讥讽，心中暗恼，却只是躬身道："太皇太后言重，微臣不敢，只是先帝在时，对随国公素来并不看重，如今随国公更是赋闲在京，突然封为辅国之臣，终是令人不能不疑！"

不等阿史那颂回答，杨丽华冷笑一声接口："北国叩边，随国公统兵收复酒泉，先帝不加封赏，却将随国公留在长安，自然是自知时日无多，要委以重任！如今这遗诏便是明证！"

杨丽华所言虽然只是寥寥数语，却与杨坚赋闲在京之事巧妙相合，朝中众臣有心服杨坚之能的，就已暗暗点头。赵越心中大急，上前一步大声道："太皇太后，兹事体大，臣不过为求一个公正，可否将遗诏给臣一观？"

杨丽华将脸一沉，喝道："大胆赵越，你胆敢质疑先帝遗诏！"

赵越不理，向上拱手："太皇太后，臣斗胆，请求一观！"

听他接连两句一说，五王互视一眼，顿时明了他的用意，也立刻出列施礼："太皇太后，臣斗胆请求一观！"

这几人一站出，朝中不明事态的众臣也都心中动摇，一个个跟着站出，也向上行礼："请太皇太后赐予一观！"

如此一来，赵越所求便成为众臣请命，阿史那颂已不好强拒。杨坚暗暗皱眉，正在筹思对策，就听阿史那颂道："各位大人也是为了大周朝廷，为了大周江山，既然如此，看看又有何不可？"说罢向保桂摆手示意。

保桂躬身领命，将遗诏反转向外，高举过顶，一步步向阶下而去，在每一位大臣面前稍停，又向殿尾而去。

宇文赟在位虽说不过数年，可是最初亲理朝政，众臣对他的墨宝并不陌生，此刻一眼望去，但见字迹挥洒，虽不及往日有力，一笔一画间，却分毫不差，下方落款，还盖有传国玉玺的朱红大印，不由都暗暗点头。

这想是宇文赟身体日渐消耗，笔力也日渐转弱所致。

赵越一见之下，也不禁瞠目结舌，伸手在怀中暗压。他在宇文赟身边观摩宇文赟的笔迹多年，昨夜得到消息，拟成一封矫诏，只是，他的笔迹虽然也模仿得有七八分相似，又哪有这封诏书上所见宇文赟随性的笔意？那朱红大印，更不是他那假印所能冒充的。

保桂在殿上走过一圈，才又回到阶上。阿史那颂见再没有人说话，这才向杨坚道："左丞杨坚，还不接旨！"

杨坚此时才悄悄松一口气，闻唤立刻俯身磕头："臣杨坚接旨！"双手高举，将遗诏紧紧握在手中。

尉迟迥、张先等人见事情竟然演变到这个地步，都是大松一口气，脸上露出一抹笑意。赵越等人眼睁睁地看着杨坚夺去辅国大权，恨得咬牙，却无可奈何。

阿史那颂见事情尘埃落定，也是心头微松，向杨坚交代几句，宣布退朝，与杨丽华二人带着小皇帝出殿而去，心中暗暗赞叹：独孤伽罗啊独孤伽罗，你一人之才，足可抵挡整个朝廷，但愿日后，你不会与我为敌！

公元579年，宇文赟禅位于太子宇文阐，自称天元皇帝，于全国大选美女，由于纵欲过度，健康恶化，次年病逝，年二十二岁。

第七十一章

起异心赵越逼宫
QUEEN DUGU

被杨坚轻易夺去辅国之权，赵越等人心中满是不甘，见杨坚等人离去，相互使个眼色，出宫直奔赵王府。陈王宇文纯沉不住气，还不等坐下，就疾声连问："如今怎么办？杨坚辅国，第一个要对付的必然就是我们，我们总不能坐以待毙吧？"

赵王宇文招安抚道："皇兄莫急，太卜必有妙计！"

赵越摆手："我们成日伴在先帝左右，若当真有什么遗诏，岂会不知？今日那遗诏显然是假的！"

陈王苦笑道："先帝崩逝，传国玉玺自然是被太皇太后取去，她说那遗诏是真的，我们又哪里找得出破绽？"不但传国玉玺是真的，连那笔迹，也与宇文赟的字迹一般无二。

赵王急道："难道我们就等着杨坚杀上门来？"这些年，他们为了一己之私，贪赃枉法、祸国殃民，若是杨坚当真彻查，他们纵有一百条性命，也不够他处置。

赵越皱眉，在厅里来回踱步，默思良久，咬牙道："为今之计，我们只能趁他立足不稳，以攻为守，做最后一击！"

"如何一击？"二王同声反问。

赵越向二人各自望去一眼，慢慢开口，一字一句道："逼宫！"如今当着满朝文武，太皇太后宣读太上皇遗诏，辅国大权已失，要想夺回，谈何容易？到了此刻，最好的办法就是趁着杨坚立足未稳，立刻挥兵逼宫，只要夺取皇位，纵有一百个辅国大臣，又能将他们如何？

二王互视一眼，同时点头，立刻凑在一处，细细商议行动的细节。

杨坚等人出宫，并不等他详加嘱咐，杨素已浅施一礼，转身而去。杨坚吩咐杨整、杨勇等人先行回府，自己与高颎二人直奔归林居。

独孤伽罗已在店中等候多时，见二人进门，立刻起身迎去，看到二人神色，微松一口气道："成了？"虽然做了十足的准备，只是此事要成，还在阿史那颂的一念之间。二十多年的恩怨纠缠，饶是独孤伽罗算尽人心，对阿史那颂的心思也没有十足的把握。

杨坚点头，脸上却并没有多少新掌大权的喜悦，反而布满忧色，皱眉道："赵越那帮人看过遗诏之后，再不曾说什么，恐怕他们还有后招！"

独孤伽罗点头道："拿到辅国之权，就可以名正言顺挟天子以令诸侯，如今辅国大权落在我们手里，他们必然不肯善罢甘休！"

高颎冷笑，拍拍胸口道："怕什么！兵来将挡，水来土掩，有我和大郎在，他们必定翻不出什么花样！"

独孤伽罗摇头："太上皇驾崩，皇帝年幼，想要继续掌握朝政，最好的办法是抢到辅国大权。如今大权已落大郎之手，若我是赵越，必定不会等着大郎拿到罪证再行反击，而是……挥兵逼宫！"

高颎一怔，怒道："他敢？"

独孤伽罗与杨坚对视一眼，同时点头，郑重道："他敢！"

高颎愣怔一瞬，立刻道："皇帝年幼，如今宫里都是孤儿寡母，我们不如先下手为强，将皇位夺过来，到时赵越即使逼宫，也让他扑个空！"

独孤伽罗一笑："高大哥这釜底抽薪之计，倒也并无不可！"

杨坚踌躇道："太上皇已死，朝廷的恶疮已除，皇帝虽然年幼，若能得我们尽心辅佐，想来还大有可为！"

高颎瞪眼道："大郎，这一年多来，我四处奔波，暗中替你联络朝中众臣，如今各州府兵马也已向长安赶来，正所谓箭在弦上，不得不发，这个时候，你反而要做什么忠臣吗？"

独孤伽罗却明白杨坚心意，伸手将他手掌握住，轻轻摇头："高大哥，我们纵不在意这千古骂名，也不能不在意丽华。那个昏君当政倒也罢了，当今皇上虽不是丽华亲生，却是她一手带大！"

杨坚心中顾忌被她说破，轻叹一声，犹豫道："大哥、伽罗，我们此次回长安，是因为太上皇无道，将好端端一个大周弄得满目疮痍，才决心夺位，重整天下。如今太上皇驾崩，是不是……我们再等等！"

高颎急道："等什么？等到赵越逼宫夺位，掌握天下，你再拼个鱼死网破吗？"

独孤伽罗眸光微闪，接口道："未尝不可！"

"什么？"杨坚、高颎齐惊。

还不等二人细问，就听门外脚步声匆匆，店门打开，吴江带着杨素急匆匆进来。杨素看到三人，忙连声道："不好了，赵越与五王已带兵向皇宫而去，城中到处都是兵马，已经行人绝迹！"

三人霍然站起，互视一眼，高颎变色道："赵越好快的动作！"本来想他纵然有心逼宫，也必要有一两日做万全的准备，不想如今不过两个时辰，竟然就集结兵马，挥兵逼宫！

吴江道："刚刚收到徐大哥的消息，他率第一队兵马先行，离长安已不过十里，很快就到！"

高颎看看伽罗，再看看杨坚，急道："大郎，事到如今，你还瞻前顾后，难道要大周天下落在赵越那个小人手里？"

独孤伽罗摆手，快速道："高大哥，我和大郎即刻进宫，相机行事，断断不能让皇位落在那些小人手里！你即刻出城相迎徐大哥，进城之后，径往皇宫接应，再传下令去，各府兵马赶到，即刻兵围长安，赵越一党，不能走漏一人。"只言片语，已做出安排。

高颎答应一声，双眸却定定望向杨坚。杨坚此时已顾不上多想，当即点头，咬牙道："好，就依伽罗所言，我们即刻进宫，必不会让赵越那厮如愿！"

高颎大喜，立刻道："我即刻出城！"转身飞奔而去。

独孤伽罗又向杨素道："烦请杨将军前往随国公府报信，提防赵越小人狗急跳墙，以我们家人为质！"

杨素立刻答应，也飞奔而去。

独孤伽罗向吴江道："就请吴大哥带几名兄弟和我们一同进宫！"

吴江也立刻答应，选两名身手最好的兄弟，跟着二人避开街上兵马，抄小路向皇宫而去。

赶到宫门，远远就见四名禁军横尸在地，门口已经换上赵王的府兵，众人暗吃一惊，速速闪回巷子里躲避。独孤伽罗低声道："赵越这厮动用了多少兵马？禁军竟然如此不堪一击！"

杨坚摇头道："必定是禁军中伏有他的奸细！"

吴江手握刀柄，低声道："区区四名府兵，不足挂齿，等我上去将他们打发了！"说完就要出去动手。

独孤伽罗连忙阻止，摇头道："宫中情形不明，也不知道里头有多少兵马，厮杀中怕会惊动宫里的府兵，我们只能智取！"与几人低声商议几句，独孤伽罗闪身而出，大摇大摆向宫门而去，手中金牌高举，大声道："我是左丞夫人独孤伽罗，要求见太后！"

几名府兵本来并不认识她，听她大声报名立刻警觉，齐齐上前来截："没有赵王之命，任何人不得出入宫禁！"

独孤伽罗冷笑："怎么，赵王狼子野心，此刻就按捺不住，已经逼宫了吗？"声音朗朗，竟然没有一丝避忌。

虽然此时百姓受兵马所扰，不敢出门，皇宫门前更是渺无人影，可是这通天阴谋被她这样明晃晃地说出来，几名守兵还是一惊，齐齐上前阻止，大声喝道："无知妇人，休要胡说！"

独孤伽罗见四人赶来，转身就跑，向杨坚等人所在的巷子飞奔，大声叫道："赵王谋反，逼宫篡位！赵王谋反，逼宫篡位……"

她这一喊，四名府兵越发惊慌，急急向她追来，意图将她擒下，令她住嘴。哪知道他们刚刚冲进巷子，杨坚、吴江等四人已从角落无声无息地跃出，三招两式将他们打晕。

独孤伽罗停步回头，与四人对视一笑，转身奔出巷子，越过宫门，奔进宫去。

此刻的皇宫，禁军不知所踪，每一个路口都由各王府的府兵把守着。虽说五人都身手不凡，可是大白天的，也不敢大意，小心隐在树木、湖石之间，悄悄暗行。

只是偌大皇宫，此刻到处都是几座王府的府兵，又哪知皇帝和阿史那颂等人身在何处？

一时间，独孤伽罗也彷徨无计，又不能就此离去，沉吟道："从早朝散后到此刻已有两个多时辰，皇帝并不问政，退朝之后，自然是跟着太皇太后和丽华回后宫去，只是不知在谁的宫里。"

太皇太后的弘圣宫和杨丽华的崇义宫，可是隔着整座御花园。

随着她的话，杨坚目光寸寸向外移去，果然见整个前殿各宫都是静悄悄没有人声，各处路口把守的府兵也并不见如何紧张，点头道："我们先进后宫再说！"由独孤伽罗前行带路，几人向后宫摸去。

渐渐靠近后宫，只见宫道上开始出现丢弃的兵刃和一摊摊血迹，独孤伽罗与杨坚对视一眼，都从对方的眼里看到了担忧，不自觉加快脚步，快速向后宫靠近。

一行人行至隔开前殿与后宫的琼宛门，但见树丛里丢着几具禁军的尸体，而门口有几名陈王府的府兵把守。杨坚向吴江做一个手势，四名男子同时跃出，腰间兵刃齐齐出鞘，还不等那几人反应，都已一刀毙命，竟没有发出一点声音。

独孤伽罗从树后奔出，与四人一同奔进琼宛门，放眼望去，但见宫道上血迹更多，随处可见禁军与各府府兵的尸体，可见这里经过了一场激烈的厮杀。

饶是独孤伽罗镇定，此刻也不禁心头猛跳，焦急地扫视整座后宫，低声道："不知他们在哪里，丽华怎么样……"通往弘圣宫和崇义宫的两条路上都有斑斑血迹和禁军的尸体，她竟然不知道该往哪里去找。

吴江沉吟一瞬，低声道："郎主，夫人，我带一名兄弟往一方去找，你们去另一侧！"

"不行！"独孤伽罗摇头，"这皇宫极大，你们不熟悉道路，怕会走失！"

几人正踌躇，只听远处突然传来一阵厮杀之声，伴着几声惨叫，很快又归入沉寂。

独孤伽罗变色道："是弘圣宫的方向，我们先去那里，若是没有，再往崇义宫！"说完再不掩藏行踪，当先向厮杀声传来的方向冲去。

此一刻，什么皇位，什么大权，一时都抛至脑后，她心里满满都是那个独处后宫、孤掌难鸣的女儿杨丽华。

杨坚、吴江等人跟在她的身后，顺着宫道拐过几道门户，突然停住，就见前方弘圣宫宽大的宫门已经倒了半扇，却又被人扶起，勉强挡住门内。整座弘圣宫早已被各府的府兵包围，赵越、陈王等人都是一身戎装，正在宫门外喝令冲杀。

望着宫前宫道上那一摊摊的血迹和道边丢弃的尸体，竟然是各府府兵居多，独孤伽罗忍不住向杨坚一望，二人眼底都是疑问。

看这情形，赵越等人在这里已冲杀多时，只是一路遭到禁军激烈的抵抗，到弘圣宫门口，竟然再也冲不进去。

只是，弘圣宫再大，也只能容纳区区百余人。而眼前各府的府兵，怕就在三千人以上，强攻之下，里面之人必然难以坚持太久。

独孤伽罗沉吟一瞬，伸手将杨坚手掌握住，低声道："大郎，我需要你引开赵越的人马！"

杨坚大吃一惊，失声道："伽罗，你要做什么？"

独孤伽罗摇头："如今只有进入弘圣宫，才能知道里边的情形！只是如此多的兵马，不要说我们冲不进去，就是冲得进去，里边的人不知情形，怕会自相残杀！"

杨坚变色道："可是不能让你一人冒险！"

吴江道："夫人，若不然，小人去引开赵越！"

独孤伽罗摇头："能引开赵越的，只有我和大郎，可是能令里边的人放下戒心的，却只有我！实则，大郎比我更加危险。"

是啊，三千兵马，就是分出一半去追人，杨坚要想逃脱也不容易。

杨坚点头道："好，我一人将人引开，吴大哥和两位兄弟跟着你闯宫！"

"不！"独孤伽罗摇头，"你一人出去，他们如何能信？"见他还在犹豫，恳求道，"大郎，或者里边有我们的女儿啊！"

杨坚凝视她片刻，终于点头："好，我和两位兄弟引赵越，你和吴大哥闯宫！"再不容她多说，向另二人打个招呼，已一跃而出，向弘圣宫宫门冲去，扬声喝道，"赵越，你身为大周之臣，竟然敢率兵逼宫，就不怕千夫所指，遗臭万年吗？"喝骂声中，飞步直进，见有府兵来迎，手中长剑翻转，瞬间已有二人毙命。

赵越骤然见到他，一惊之后瞬间大喜，厉声喝道："拿下杨坚，看里边的人又能如何！"喝令声中，大批府兵折身向杨坚迎来。

杨坚运剑如风，径直向赵越扑去，朗声喝道："今日我杨坚就将你这窃国之贼毙于剑下！"仗着身侧有两名高手相护，竟然不管两侧袭来的府兵，向着赵越直闯，强冲之下，竟将大片府兵撕开一个缺口，片刻间已在赵越近前数丈处。

赵越见他神威凛凛，杀气腾腾而来，不由惊得面如土色，连连后退，大声喝道："快！快快挡住杨坚！"

几个亲王见杨坚如此神勇，也是大吃一惊，纷纷呼喝，指挥府兵向杨坚围去，一时间，宫门前大乱，围宫之势顿缓。

吴江探头看到这等声势，忍不住咋舌："若不是听到郎主和夫人商议，还道郎主当真孤注一掷，要击杀赵越。"

独孤伽罗抿唇不应，一双眸子死死锁在杨坚身上。如果不是如此，又如何能让赵越相信？

眼看着杨坚离赵越越来越近，围来的府兵也越来越多，杨坚再冲杀片刻，已难接近赵越。赵越本来吓得面如土色，此刻见杨坚似已力尽，又哈哈大笑，向他一指，喝道："给我杀！诛杀杨坚者，本太卜给他首功！"

逼宫夺位，这可是改天换日之局，能居首功，那岂不是拜将封侯？

众府兵一听，更加振奋，齐声呐喊，向杨坚疾冲。

杨坚眼看自己陷身重围，向赵越一指，怒声喝道："赵越狗贼，今日但教我杨坚不死，必取你项上狗头！"话声一落，突然转身，向府兵稀薄处疾冲，几个起落已冲出重围，向着御花园落荒而逃。

赵越大怒，厉声喝道："追！给我追！"当先带兵随后追去。

趁着此时大乱，独孤伽罗低声喝道："走！"随即飞身而起，快如流矢，向弘圣宫宫门疾掠而去。吴江如影随形，紧随其后，二人竟如两支利箭，向宫门疾射而去。

事发突然，众府兵还没有回神，二人就已在宫门外阶下，这才有人大声呐喊："有人闯宫！"

陈王本在最后，回头一看，大吃一惊，厉声喝道："是独孤伽罗，挡住她！"喝令声中，最后的几排府兵迅速掉头，向独孤伽罗疾冲而去。

只是他们已经迟了一步，独孤伽罗已从破碎的宫门缝隙中一掠而入，见有两柄单刀劈来，身形微闪避开。后一人再挺刀而上，却已被随后的吴江挡开。

独孤伽罗站稳，见又有二人向自己扑来，轻声喝道："自己人！"说着连退两步避开。

为首一人一眼见到独孤伽罗，立刻将手下拦住，诧异道："是杨夫人！"

独孤伽罗也奇道："王鹤？"眼前人身穿武官官服，却已衣衫破碎，浑身血迹斑斑，正是统领禁军的武伯王鹤。先帝在时，此人一向听从赵越的号令，想不到此时倒是他率人护住弘圣宫。

王鹤见到她，倒是大松一口气，忙道："夫人，杨素将军可曾进宫？"

独孤伽罗微怔，瞬间明白，他是受杨素所托，心中暗赞杨素机警，摇头道："杨素已去集结兵马，此刻无暇多说，皇上可在这里？"

王鹤立刻点头道："太皇太后、皇太后和皇上都在！"说罢引着她向大殿而去。

独孤伽罗听到至关重要的三人都在这里，大喜过望，跟着王鹤奔进大殿，立刻唤道："丽华！"

殿中三人一路由王鹤相护逃进弘圣宫，小皇帝宇文阐早已吓得哇哇大哭，杨丽华惊得脸色苍白。阿史那颂虽说还算镇定，可是听着宫外鼎沸的人声，看着宫里禁军慢慢减少，一颗心也渐渐沉了下去。

此时突然听到独孤伽罗的声音，杨丽华立刻向她扑去，一把抱住她，急急道："母亲，你怎么来了？可是父亲统兵来救？"

独孤伽罗摇头："此刻你父亲的兵马还未进城，我们只有几人而已！"向她上下打量，但见她虽然披头散发，形容狼狈，却显然并没有受伤，不禁稍稍松了一口气。

阿史那颂怀里紧紧搂着皇帝宇文阐，听她一说，眼底顿时全是绝望，低声道："赵越这个乱臣贼子，方才在大殿上，我们就该将这贼子诛杀，如今他挥兵逼宫，我们竟没有抵抗之力，这是天要亡我大周啊！"

独孤伽罗注视她片刻，慢慢走近行礼："太皇太后，如今大周江山早已破碎不堪，皇帝年幼，怀有异心之人又岂止是赵越？"

阿史那颂垂眸默思片刻，这才不得已点头："从明帝到武帝，宇文护独掌朝堂多年，早已将大周掏空。到了赟儿，更是荒淫无度，弄得民怨沸腾，我岂会不知？只是……只是……"游目四顾，仿佛要通过这弘圣宫的大殿望尽整个江山，眼底带出无限荒凉，低声道，"只是，这是他的江山啊，若不是为了对付宇文护，他又何必服食长达十年的毒药，到最后，落一个英年早逝？"

想起亡故的宇文邕，一时间，阿史那颂心中一片伤痛。她这一生，心心念念的，就是宇文邕的一颗真心。可是到头来，宇文邕到死，心里记挂的也是眼前这个女子。

宇文邕去了，她本想守着他的儿子，为他守住这片江山，可是到头来，她无法管束宇文赟，以致宇文赟受赵越那个小人暗算，不但将大周的江山弄得支离破碎，还送上一条性命。如今，她只剩下怀中这个幼帝，门外却有赵越与五王逼宫，她要如何才能扭转这个局面？

提到宇文邕，独孤伽罗也有一瞬的黯然，听完她苍凉绝望的低诉，轻叹道："太皇太后，大周江山倾颓已在片刻之间，如今赵越逼宫，无非是轻视幼主。今日纵然有兵马及时赶到，解一时之危，除去赵越，可是他日呢？这满朝文臣，太皇太后又岂知没有人再心怀二心，阴谋夺位？各州府来援的兵马，防得了一时，又岂能防得了长久？"

阿史那颂默然，目光从殿内虚无的地方收回，最终落在独孤伽罗身上，但见她神情镇定，不见一丝急迫，完全没有一丝慌乱，显然是成竹在胸，不禁问道："依你之见，本宫该当如何处置？"

独孤伽罗抬头，双眸定定与她对视："为今之计，只有江山易主，换一个年富力强，能与赵越等叛臣相抗之人为帝才是正道！"

第七十二章

废静帝代君传位
QUEEN DUGU

　　独孤伽罗此话一出，阿史那颂和杨丽华齐齐大惊。阿史那颂惊疑间还没有说话，杨丽华已急忙将独孤伽罗抓住，连连摇头道："母亲，你这是什么话？虽说阐儿年幼，可是还有父亲，还有满朝文武啊，岂能废他另立？更何况，那几位亲王个个狼子野心，我们岂能将江山双手奉送？"

　　独孤伽罗不为所动，目光仍然停在阿史那颂身上，一字一句道："这几年来，先帝荒淫无度，大周国力日渐衰落，那几位亲王怕也是功不可没，将江山相送，非但皇上不能保全性命，就是太皇太后，怕也立刻会遭杀身之祸，更不论我杨家，满门怕立刻会被诛灭！"

　　杨丽华听得脸色苍白，点头道："母亲既然知道，为何还要说什么江山易主？为今之计，只能等父亲统兵进宫，将这些乱臣贼子全部诛杀，还我大周朝廷一个安宁！"

　　独孤伽罗摇头："皇帝年幼，总是受人觊觎，只要他一日无力服众，大周朝廷就一日不能安宁！"

　　阿史那颂默默听着母女二人争辩，听到这里，低声问道："独孤伽罗，既然皇帝年幼，不能担此重任，几位亲王又狼子野心，不能相托，依你之见，这江山又有何人能够承当？"问到后句，眸中带出一抹冷冽，定定凝注她。

　　独孤伽罗不闪不避，昂首回视她，双唇微张，慢慢吐出一个名字："杨坚！"

　　"什么？"杨丽华大吃一惊，厉声吼道，"独孤伽罗，你疯了！父亲是外戚，传位给他，他与外边的那些乱臣贼子何异？"

　　阿史那颂神情震动，脸色更白几分，一字一句道："独孤伽罗，你说这许多道理，就是要助夫夺位？"

　　独孤伽罗神情不变，定定道："杨坚身经百战，战功赫赫，令他国震慑，不敢轻撄其锋，在朝中更是威望素著。他两次出藩，在他的治理下，两处地方的百姓安居乐业，丰衣足食。江山只有交给他，才能令觊觎大周江山的诸国退避，令有异心之臣胆寒。也只有他，才能重整江山，还大周百姓一方安身立命之所！"

阿史那颂神情微动，神色间露出些迟疑。不等她应，杨丽华已尖声叫道："独孤伽罗，你不要为自己的野心找借口！你们若真的为了江山，为了百姓，如今已有辅国之权，保住阐儿，也一样可以大展拳脚，又何必非争一个皇位？"

独孤伽罗轻叹一声，摇头道："先帝在时，多少忠良向他直谏，他有几时听过？还不是听信赵越那等小人，将好端端的一个国家葬送？"

杨丽华摇头道："先帝是先帝，阐儿是阐儿，他还有我，我会督导他，听从父亲的政见，与父亲一同治理大周！"

独孤伽罗嘴角挑起一抹浅淡的笑意，直直望向阿史那颂："太皇太后，依太后之言，果然可以？"当初，宇文赟登基，阿史那颂又何尝没有想过好好辅佐，杨丽华又何尝没有试图劝谏？可是到头来，也不过落一个山河破碎，他自己一命归西的下场！

想到宇文赟临去时的惨状，阿史那颂心头绞痛。只是，要将宇文氏的江山拱手让给杨坚，她一时还是无法决定。

就在此时，只听宫门外又是一阵大乱，喊杀声震天。独孤伽罗一惊："赵越追拿不到大郎，想必已率兵赶回，用尽全力冲击宫门！"

阿史那颂也是脸色骤变，紧紧咬唇，心头两个念头交战，一时难以决断。

杨丽华尖声道："他们抓不到父亲，父亲定会带兵进宫勤王，我们只要再支撑片刻！"

话音刚落，只听轰然一声巨响，紧接着喊杀声潮水般涌进，显是外边宫门已被冲破，反叛府兵已疾冲而入。王鹤已顾不上通禀，一头撞进大殿，疾声大吼："太皇太后，宫门已破，请太皇太后移往内殿！"转过身仗剑而立，守住殿门。吴江跟着跃入，喝道："关住殿门，可挡一时！"说着与王鹤合力将两扇殿门合拢。

宇文阐受惊，放声大哭，躲入阿史那颂的怀里，吓得直颤。阿史那颂将他搂住，也已惊得面无人色，颤声道："王……王鹤，你不必管本宫，一会儿若守不住，设法保护皇上……"

王鹤头也不回地答道："太皇太后放心，臣纵一死，也必不会让皇上落在奸人手中！"

耳听着府兵向殿门冲来，阿史那颂抱起宇文阐，快步退入内殿。转身向独孤伽罗一望，她心里又有些不安，问道："若我让阐儿传位给杨坚，你可否保住阐儿的性命？"

听到她语气松动，杨丽华大吃一惊，尖声道："不！不能答应！这天下是阐儿的！这江山是宇文家的！又岂能拱手相送给旁人？"

阿史那颂长叹一声："杨丽华，你说旁人狼子野心，你自己又何尝不是？你极力要保住阐儿的皇位，不过是要做这一朝太后，掌握大权。可惜，你枉有此心，却无此才能。你母亲说得对，如今，能保住这片江山，能重整天下的，怕只有你父亲杨坚了！"

"不！"杨丽华尖叫，连连摇头道，"我不答应！我绝不答应！我要做太后怎么了？

我要掌握大权又如何？我为杨家、为皇室付出许多，到如今，你们还要夺走我最后的希望，为什么？为什么？"

她刚刚说到这里，只听殿外声音嘈杂，似乎又有兵马杀来，却并不冲击殿门。阿史那颂立刻问道："王鹤，何事？"

王鹤回道："回太皇太后，似乎有兵马杀来，正与叛党厮杀！"

杨丽华大喜："是父亲来了！他一片孤忠，绝不会篡位！"说着向独孤伽罗瞪去。

独孤伽罗微微摇头，透过殿门的镂空处向外望去，果然见各王府府兵大乱，有一队人马自身后杀来，只是片刻间，已在宫门之外。

独孤伽罗一眼瞧见门外之人，喜道："是我大哥和杨素！"话出口，心中又一紧，出城调兵的是高颎啊，杨素和独孤善的职责是守住随国公府，怎么此刻是他二人带兵闯宫？

此时王鹤也已瞧见他们，大喜过望："杨将军来了，我们有救了！"看到他和独孤善杀进宫来，立刻打开殿门相迎。

独孤伽罗快步迎上，疾声问道："大哥、杨将军，怎么会是你们？"

杨素见到阿史那颂后当先跪倒行礼，独孤善却径直道："赵越调动护城兵马守住四城门，我们的援军无法进城！"

"什么？"阿史那颂心头一震，心里刚刚升起的希望瞬间落空，一颗心顿时沉入谷底。

杨丽华扑上前将独孤善胳膊抓住，连声问道："舅舅，你们带来多少兵马？"

独孤善道："高、杨两府府兵共三百余人，已经全部进宫，可保这里一时无虞！"

他们的兵马可以保住弘圣宫不被攻破，可是要冲杀出去，谈何容易？而如今满城都是赵越等人的兵马，援军却被堵在城外。

杨丽华身子微颤，一时说不出话来。

独孤善向独孤伽罗望去一眼，拉着杨素转身出殿，喝令兵马强攻，将赵越的人马压制在宫门之外。两扇已倒的宫门再次竖起，三百兵马分成两队立在宫门外，严严守住内殿。

独孤伽罗呼一口气，回身望向阿史那颂："太皇太后，还请早做决断！"

阿史那颂看看殿外破碎的宫门和满地的鲜血，再看看怀里吓得小脸儿惨白的宇文阐，只觉双腿绵软，慢慢跌坐入椅中。

"不！"杨丽华尖叫，大声道，"独孤伽罗，你口口声声为国为民，可是你篡夺皇位，也不过是乱臣贼子！"

独孤伽罗回身向她望去，轻轻摇头道："丽华，我口中的国，是这大周的满目山河，我不愿看到它战火连天，不愿看到它满目疮痍。我说的民，是这大周千千万万的黎民百姓，不是你眼里的宇文一族，更不是这个已经烂透的朝廷！"

杨丽华哪里听得进她的话，连连摇头，扑到阿史那颂面前跪倒："母后，你不能答应，这是武帝的江山啊，你要替他守住！这也是阐儿的天下啊，我们不能拱手让人！"

而听到独孤伽罗最后一番话，阿史那颂最后的一丝疑虑也瞬间消失，咬牙道："好，独孤伽罗，只要你立誓，能保我阐儿性命，保他一世无忧，我就答应你！"江山、朝堂，她已经无力保住，而宇文阐是宇文邕长孙，如今，总要保住宇文氏的这一点血脉。

独孤伽罗立刻道："太皇太后明鉴，杨坚登位之后，太皇太后与皇上仍可在宫中恩养，我独孤伽罗不但会保皇上一世无虞，也可保太皇太后没有后顾之忧！"

阿史那颂听她说得诚挚，松了一口气，点头道："好！"

话刚出口，就听杨丽华一声厉喝，手腕疾翻，刀光乍现，已拼力向她当胸刺去。

阿史那颂大惊，只是怀中抱着宇文阐，若向一侧闪避，这一刀势必落在宇文阐身上，而身后又有椅背相阻，竟然是避无可避。就在这一刻，独孤伽罗已疾扑而至，一把握住杨丽华手腕，顺手反拧，将刀子夺下，痛声道："丽华，当此大难，要以江山为重，百姓为重，你不要再闹了！"

杨丽华拼力挣扎，尖声道："杀了她，我就是独一无二的太后，这后宫，这天下就是我杨丽华的！什么江山百姓，你还不是为了一己私欲，要做这个皇后！"

独孤伽罗摇头："不错，此刻我是为了你父亲争夺江山，可是，如今放眼天下，也只有你父亲有足够的威信和才能重整江山，安抚黎民。你说我独孤伽罗有野心也好，说我独孤伽罗利欲熏心也罢，但你父亲的才能，没有人能够否认！"

杨丽华摇头道："可是阐儿为帝，父亲为辅政大臣，一样可以重整天下，一样可以安抚黎民！父亲一生忠义，以外戚夺位，他担不起那千古的骂名，他绝对不会答应！"

听着母女二人争执，阿史那颂轻轻长叹一声："杨丽华，利欲熏心的是你！你受尽先帝冷落，却仍勉强忍耐，留在宫里，不就是为了有朝一日做这一朝太后？你枉为杨坚和独孤伽罗的女儿，既没有独孤伽罗的聪慧，也不知道天降大任，你父杨坚必会当仁不让，这个皇位，他不会推辞！"侧耳静听宫外的厮杀，她慢慢站起，道，"走吧！"说罢携着宇文阐的手，昂然抬头，向殿外而去。

杨丽华大惊："母后，外头危险，你要带阐儿做什么去？"

阿史那颂停步，向她淡然而笑："危险？难道我们龟缩在这小小殿室，求一时苟安就不危险吗？"说罢再不向她多望一眼，将空着的一只手伸向独孤伽罗，"走吧！"

此一刻，独孤伽罗满怀震动。眼前女子，从二十多年前相识起就纠缠于宇文邕对自己之情，处处为嫉妒蒙蔽，也时常为情绪左右，而此一刻，那双眸子里的坚毅，那张脸上带着的果决，竟然令自己想要仰望。独孤伽罗情不自禁地伸手，将她手掌牢牢握住，点头道："好！"不问她有什么决定，甚至不问她要去哪里，随着她一同向殿外而去。

杨丽华跺脚，随后跟上，连声问道："你们要做什么？"却无人再去理她。

殿门打开，守在宫门里的独孤善、王鹤等人早已击退赵越等人的几次攻击，宫门前不但多出十余具尸体，几人身上也多出大大小小几处伤口。

阿史那颂的目光在众人身上扫过，眸中含着一抹悲悯，她向王鹤命道："打开宫门！"

王鹤、杨素齐惊："太皇太后！"

阿史那颂向杨素道："有劳杨将军先往前殿，撞响朝钟！今日，我们要二次上朝！"

杨素微怔，向独孤伽罗望去一眼，见她微微点头，立刻道："臣先护送太皇太后！"

阿史那颂点头，命道："开门！"

"开门！"独孤善喝令。

随着传令，几名杨府的府兵冲上，将两扇破碎的宫门移开，阿史那颂一只手牵着宇文阐，一只手扶着独孤伽罗，昂然而出。

此时，距杨坚引敌，独孤伽罗闯宫，又过了一个时辰。赵越久攻不下，又见杨素、独孤善率兵来援，而逃走的杨坚还不知在何处，心中不安，正气急败坏地命人再攻，就见宫门移开，阿史那颂与独孤伽罗带着宇文阐迈步出来。

两名女子并肩而立，一个华贵天成，一个凛然生威，居高临下逼视众人，倒教一众叛党心口一窒，所有的动作同时停住，仰首怔怔望向二人。

阿史那颂双眸定定注视赵越，一步步迈下石阶，冷笑道："赵太卜，你不是想要江山吗？不是想要皇位吗？随本宫一起来吧！"她对身前的刀剑视而不见，牵着宇文阐昂然而行。

赵越等人被她的气势慑住，见她走来，不自觉步步后退，自动让出一条路来。

王鹤急忙带人跟上，随后护卫，而杨素趁人不备，已悄然离去。

赵越眼瞧着阿史那颂向前殿而去，一时猜不透她意欲何为，向陈王、赵王等人使个眼色，随后跟上，各自命令府兵两侧随行，将阿史那颂等人夹在中间，防止其逃走。

刚刚穿过琼宛门，众人就听钟楼上悠长的钟声响起，三短一长，是上朝的钟声，是有大事要议的钟声。

赵越心头一凛，快走几步喝道："阿史那颂，你要做什么？"刚刚冲上前，就见独孤善横刀转身，冷笑道："赵太卜想做这大周的天子，难不成还害怕面对满朝文武？太皇太后要做什么，一会儿你自然明白！"

赵越见他身在各王府府兵包围之中，仍有如此气势，不禁一窒，暗暗咬牙，冷笑道："我赵越不想欺世盗名，做什么忠臣良将，怕面对什么满朝文武！"目光扫过前边的独孤伽罗、杨丽华和小皇帝，赵越心中暗暗冷笑。如今整个长安城已在他的掌握之中，太皇太后纵然是召集满朝文武，也不过是尉迟迥之流的老家伙会强烈反抗，这几个孤儿寡妇，单凭独孤善和杨素，难不成还能翻出什么风浪？

想到杨素，他才突然发现此处早已没有了杨素的身影，不禁大吃一惊，急要命人寻时，却见杨素已从钟楼上下来，向阿史那颂躬身复命。

难怪在他府兵重重的包围中，还有人能够敲响朝钟，原来是杨素所为。

此时已经过午，离散朝却不到三个时辰，众臣还处在宇文赟驾崩，杨坚以赋闲之身辅政的变故中而没有回过神来，城中立刻就有兵马调度，都不禁纷纷猜测，暗暗警惕，实不知又发生何事。就在此时，突然听到朝钟再响，众臣一时不明所以，可是听那钟声，分明是有大事发生，都匆匆更换朝服，向皇宫疾赶。

阿史那颂带着小皇帝高坐御阶之上，默默等候群臣的到来。杨丽华立在她的身畔，看看对面独孤伽罗沉静的面容，心底大为不安，躬身低唤："母后！"

阿史那颂向她一望，却并不理睬，而是向阶下等候的赵越淡然道："赵太卜，这上朝总要有个上朝的样子,这大殿两侧服侍的宫人你也顾忌?"

宫里一场混乱之后,他们身边服侍的宫女、内侍全部逃散,也不知道已躲去何处。

赵越自忖整个长安已在他的掌中,任凭是谁也再也翻不出风浪,闻言张狂大笑:"太皇太后不愧是北国公主,到了这个时候,还不忘皇室的排场!"随即向手下吩咐,"还不将太皇太后身边的人唤来?否则一会儿各位大人上朝,成何体统!"俨然已是天下主宰的语气,心中暗暗盘算,一会儿如果阿史那颂顺利禅位倒也罢了,如果她不肯,要如何杀小皇帝自立,再趁着满朝文武全部进宫,将不肯服从者一网打尽。

只是这片刻间,他心中毒念暗生,想日后这大周江山尽在他赵越掌握之中,他也是一朝天子、开国帝王,心中得意之极,脸上露出一抹狞笑。

阿史那颂将他的神情尽收眼底,心中微觉不安,向独孤伽罗望去。独孤伽罗对上她的目光,微微一笑以示安抚,心中暗算时辰,嘴角微挑,露出一抹冷然笑意。

过了片刻,先是保桂、茜雪等人听到传唤,上殿服侍在阿史那颂和杨丽华身侧。见赵越等人神情张扬,殿外又有府兵重重把守,他们都惊得脸色惨白,神魂不定。

再隔一会儿,众朝臣陆续赶到,一进大殿,就见皇帝和太皇太后、皇太后已居中而坐,越发感觉到不安,连忙上前跪倒行礼。

往日宇文赟当政时,众臣要想皇帝上朝,必得三请六问,到宇文阐继位,也是每日走个过场,这皇帝急召群臣,还在殿上等候的事,他们还是第一次遇到。

阿史那颂见众臣一脸茫然、惶恐,并不解释,只是点头命起。眼看众臣到齐,独独缺少一个杨坚,她心中又觉不安,回头向独孤伽罗望去。

此时赵越已等得极不耐烦,拱手当作行礼,大声道:"禀太皇太后,满朝文武已经到齐,太皇太后有什么旨意,还请快些下吧!"目光扫向群臣,嘿嘿冷笑。

尉迟迥、张先等人见他如此无礼,都不禁暗暗皱眉,想到殿外的兵马,又不禁暗暗心惊,齐齐向阿史那颂望去。

张先等人心思缜密,见此事怪异,并未出言催促。尉迟迥却是见独孤伽罗在侧,心知必然有大事发生,也就耐下性子等候。

就在此时,只听殿外有人扬声喊道:"辅国左丞到——"随着喝声,杨坚一身戎装,大步迈进殿来,当殿跪下向上行礼,朗声道:"臣杨坚有要事来迟,请皇上恕罪!太皇太后恕罪!皇太后恕罪!"虽然是寻常的举动,可是举手投足之间自有威仪,顿时令群臣瞩目。

阿史那颂见他终于赶到,心中暗暗一松,点头道:"左丞为大周劳心费神,何罪之有?"抬手命起,目光向赵越一扫,垂眸道,"先帝大行,本宫身为嫡母,本不该妄议帝非。可是如今只因先帝失责,大周江山已千疮百孔,民怨沸腾。周德已失,已无力再约束臣属,令百姓心服,为天下苍生计,今日,我阿史那颂以大周太皇太后的身份,代天子决定禅位!"

此言一出,殿上顿时轰的一声,如炸开锅一样乱成一团。尉迟迥当先跪下,向上禀道:"太皇太后,皇上年幼,我等老臣自当尽心辅佐!如今几位亲王个个狼子野心,不堪托付江山，请太皇太后三思！"

张先看到赵越的得意神情，也是心中暗惊，跟着出列跪倒："太皇太后，如今虽说江山不稳，但好在大周皇室有后，切不可受人胁迫，做有负天下之举！"

一时间，除去赵越一党，众臣齐齐跪倒，性情刚直的，以为阿史那颂要传位给哪位亲王，齐齐劝阻；多些心思的，看到殿外的府兵和赵越得意的神情，以为是受赵越胁迫，更是拼死力谏。

杨坚闻言，心中却微觉诧异，向上立的独孤伽罗望去一眼。

有独孤伽罗在侧，皇上不管是禅位给诸王，还是赵越，她都会极力阻止，而此时她神态安然，难道……想到最后一个可能，他心中不由一紧，看着满地跪倒的群臣，一时心绪说不尽的复杂。

以独孤伽罗之智，她自有法子说服阿史那颂传位给自己，可是，看到这满殿反对的群臣，他实在不知道，一会儿自己的名字被说出来，又有多少人赞成，多少人反对。

阿史那颂对满殿的纷乱视而不见，整个人竟似沉浸于回忆之中："本宫本为北国公主，和亲嫁入大周，武帝登基，我又为一国之后。奈何武帝受宇文护毒害，天不假年，英年早逝，我又成为大周皇太后。如今，先帝一去，我阿史那颂又成为太皇太后，这一生，也算是极致尊荣。"

尉迟迥立刻接口："是啊，太皇太后，武帝为了这大周江山不惜损耗身体，服食宇文护的毒药达十年之久，如今不过些许小难，又岂能将江山拱手让人？"

阿史那颂微微一笑，目光在殿中扫过，慢慢道："武帝文韬武略，这一生，却都在忌惮杨坚，致使杨坚虽功勋卓著，却连遭贬谪。本来朝中没有杨坚，武帝自当振朝纲、安万民，奈何任用奸佞，令本就空虚的大周江山千疮百孔。"

众人听她此言，都不禁一怔，互视几眼，都向她提到的二人望去。是啊，杨坚之才，令武帝宇文邕忌惮一生，而赵越是他最信任之人，她又直指奸佞，如此一来，这禅位之举，应当不是禅位于赵越！

张先等人想得通透，松了一口气，向上道："太皇太后所言极是！"说罢起身站回，等候下文。

阿史那颂话锋一转："杨坚之所以受武帝忌惮，实因他有济世之才，且又心怀天下。如今，大周国运已衰，为了江山黎民，本宫决定禅位于杨坚，也只有他，能平列国觊觎，能令万民心服！"

第七十三章

建大隋帝后双治
QUEEN DUGU

阿史那颂话一出口,殿上又是一片哗然。赵越神色大变,喝道:"太皇太后,你说什么?"说着不顾君臣之礼,大步向殿上抢去。

独孤善、杨素二人早有防备,立刻上前一步,挡在御阶之前,同声喝道:"赵越,你要造反?"

赵越脚步顿停,看着阿史那颂连连冷笑,张狂笑道:"造反又如何?如今整个长安、整座皇宫都在我赵越手中,这天下,也该是我赵越的!"话落,断喝一声,"给我将这贱妇拿下!"

随着他的话落,门外府兵轰然齐应,一拥而入,向御阶冲去。

独孤善、杨素拨剑在手,护住阶上几人。他二人本是马上战将,各府府兵虽多,却无一人是他二人对手,强冲几次,反教二人连伤十几人,一时将御阶团团围住,两相僵持。

杨丽华见眼前情形,惊得脸色惨变,咬牙望向杨坚,颤声唤道:"父亲!"杨坚是满朝文武中最后一个进殿的,难道他竟然未带兵马?

阿史那颂却对眼前的厮杀视而不见,唤过秉笔太监,一字一句低念,立刻拟就圣旨,自己从怀中取出一早藏起的玉玺,端端正正盖上大印。

赵越在阶下瞧见这一幕,急红了眼,连声喝令,催促兵马强攻。只要将阶上几人拿下,那道圣旨完全可以废掉,他再以小皇帝性命相挟,逼她禅位。

府兵受他催促,强冲之下,竟有几人突破独孤善和杨素的阻拦,冲至阶上。赵越大喜,喝道:"将那妇人和皇帝拿下,必有重赏!"他的话还不曾说完,就见独孤伽罗抢前两步,裙中腿出,最前的两人顿时又被她踢下阶去。

此时杨坚也飞身赶到,双掌交错,抢上御阶,将余下几人打落阶下,还不忘向独孤伽罗问道:"伽罗,你不要紧吧?"

"无妨!"独孤伽罗笑应。

赵越见杨坚抢上御阶，倒是不惊反喜，冷笑连连："杨坚，地狱无门你自来投，今日一个都别想逃走！"挥手喝令，命府兵加紧冲杀。

此时尉迟迥等人见他公然造反，也纷纷动手，大殿上杀声阵阵，乱成一团。奈何众武将虽然都是冲锋陷阵的勇将，可是上殿未带兵刃，一时间也只能自保，此时听到赵越的喝声，都不禁暗暗叫苦。如今众臣全部被困在殿中，整个皇宫以及长安全是赵越的兵马，不要说冲不出大殿，就算冲杀出去，又能如何？

就在此时，只听殿门外大笑声起，高颎扬声喝道："赵越！你这个奸佞小人，凭你这微末之道，也想窃国篡位，当真是痴心妄想！"随着喝声，只听喊杀声震天，殿外已经厮杀成一团。而高颎却一身戎装，当先疾闯进殿，在他身后，一队铠甲鲜明的兵卒疾冲而入，径直向殿上府兵杀去，交战中的众臣顿时松了一口气。

杨坚立在阶上，见他进殿，毫不意外，只是扬声道："高大哥辛苦！"

高颎笑起，环目四顾，朗声道："赵越与诸王狼子野心，试图抢宫夺位，控制整个长安。如今勤王之师聚集，四城门已被攻破，叛军已被平灭，只待速速擒拿赵越等贼，以平此乱！"

此话一出，赵越等人自然勃然变色，群臣却是欢呼阵阵，几位武将已拔步向赵越等人冲去。

赵越连连退后，眼见朝廷兵马还在不断涌入大殿，自己这方的府兵越来越少，脸色渐渐变得灰败，想到宇文护死前的惨状，突然咬牙大吼："我赵越岂能落入你手？"手腕骤翻，寒光乍现，一刀向自己颈间抹去。

尉迟迥抢前一步，一脚将他刀子踢飞，怒声喝道："赵越狗贼，你助纣为虐，残害三代帝王，如今岂能一死了之！"

赵越连连后退，冷笑道："凭你尉迟老儿，能奈我何？"探手入怀，抓住一物向尉迟迥掷去，趁他闪避，另一只手已将一枚丹药拍入口中！

阶上独孤伽罗看得清清楚楚，失声道："他要服毒自尽！"只是她和杨坚等人都离得很远，虽然看破赵越的心里，却终究来不及阻止，只见赵越退后几步，嘴角已溢出黑血，抽搐一下，倒地身亡。

赵越本是祸首，见他一死，几王顿时慌乱，不过片刻，全部束手被擒。眼看着一场大乱已经平定，阿史那颂慢慢站起，手托圣旨，向杨坚道："左丞杨坚接旨！"

杨坚向独孤伽罗望去一眼，见她微微点头，即刻跪倒，大声道："臣杨坚接旨！"

阿史那颂似用出全身之力，一字一句道："周德将尽，妖孽迭生，骨肉多虞，藩维构衅。相国杨坚，睿圣自天，英华独秀，今顺天命，以江山相托，万望莫负天下之望……"说到最后，心痛难忍，眼泪终于落下。

杨坚深吸一口气，抬头注视阿史那颂，正要开口说话，但见御阶下尉迟迥扬声大叫："不！不可！"抢前几步于阶下跪倒，"太皇太后，赵越已死，奸佞已除，还请太皇太后收回成命，太祖的江山岂能拱手让给他人？"

阿史那颂摇头："皇帝年幼，不堪重任，如今赵越虽死，可是大周江山已经风雨飘摇,只有托国于杨坚,才能令江山重振,百姓不再流离!"

尉迟迥摇头,大声道:"太皇太后,这可是太祖流血流汗打下的江山,请太皇太后三思!"

阿史那颂道:"本宫心意已决,尉迟老将军不必多言!"说罢毫不迟疑将圣旨并传国玉玺郑重交到杨坚手上。

杨坚手指收紧,但觉轻飘飘的圣旨和沉重的玉玺一时齐压心头,似有万钧之重。他手上捧着的,不只是一个皇位,不只是这滔天的权势,还有偌大的大周江山,还有数万的黎民百姓啊!

尉迟迥脸色大变,大声道:"杨坚,君就是君!臣就是臣!此事你断断不能答应!"

独孤善上前劝道:"老将军,大周早已无药可救,如今要想重整江山,只有大郎能当此重任!"

尉迟迥怒道:"以臣登位,万世之后,他必然落下千古骂名,你们不劝,反而怂恿他行此不义之举?"

独孤伽罗上前一步劝道:"尉迟叔父,如今是太皇太后禅位,并非大郎逼宫,又何来千古骂名?"

尉迟迥怒道:"妇人之言!"随即怒对杨坚吼道,"杨坚,你幼受庭训,自幼宽和,你可要想想,若你父亲在世,岂会容你做这窃国之贼?"

杨坚沉默一瞬,慢慢站起,挺身站在御阶之上,居高临下向群臣望去,缓缓道:"杨坚自知无德无能,这许多年来,不能辅助先帝,振兴大周,愧对武帝结义之情。只是如今大周山河破碎,民怨四起,列国觊觎,我杨坚处身于世,该当仁不让,担此重任,救民于水火。杨坚今日立誓,若不能重建锦绣河山,甘受五雷轰顶之刑!"言罢,双手将圣旨与玉玺高举。

满殿文武听到人皇人后传位于杨坚,本来大多心中存疑,此刻听他一番慷慨陈词,思及如今大周的腐烂,以及杨坚的文韬武略,顿觉信心满满。高颎当先跪倒,大声道:"臣等愿保新皇,创万世基业!"

张先等几位有远见卓识的良臣见此,也跟着跪倒,齐声道:"愿保新皇,创万世基业!"有几位带头,其余众臣也陆续拜倒。

尉迟迥脸色惨变,仰天长呼:"太祖啊!杨忠兄弟!你们看看这些不肖子孙吧!江山易主,枉顾君臣伦常,天理不容啊!"呼至最后一句,突然一跃而起,拼力向殿柱撞去。

独孤伽罗大吃一惊,失声高呼:"尉迟叔父!"抢步而上想要阻止,可终究是晚了一步,只听"砰"的一声,尉迟迥一头撞上大殿石柱,当场脑浆迸射,气绝身亡!

杨坚也惊得心胆皆裂,快步冲去,在他尸身旁跪倒,伏地哭道:"尉迟叔父,如今江山动荡,正需叔父相助,共建河山,叔父纵怒,也当督责小侄,又何至于此?"说到后一句,伏地痛哭。

在他身后,群臣跪倒满地,齐声道:"尉迟将军西归,还请新帝节哀!"

杨坚哭一会儿,这才慢慢起身,传下第一道旨意:"尉迟将军一生戎马,为大周立下不世功勋，功在社稷，传旨厚葬！"

大周已亡，新朝将立，他的第一道圣旨，却是厚葬大周的功臣。群臣一听，尽皆心服，俯身拜倒，齐声道："新帝隆恩，臣等感佩！"

公元581年，北周皇帝宇文阐禅位，杨坚称帝，改国号"随"！又因随字带走字不吉，改为"隋"，史称隋文帝！同日，立独孤伽罗为后，长子杨勇为太子，次子杨广为晋王，长女杨丽华为乐平公主，二弟杨整为蔡景王，三弟杨瓒为滕穆王，幼弟杨爽为卫昭王，其余有功之臣皆有封赏。自此，历经五朝的周国宣告灭亡。

隋帝登基大典上，皇帝祭过天地，立在祭天台上，受百官朝拜，万民景仰。杨坚居高临下，纵目所见，群臣百姓，乃至整个长安都在自己脚下，胸中豪气顿生，朗声道："周国朝廷荒靡，致使山河破碎，民不聊生，我大隋顺天应命，取而代之。朕受天之命，当为万民谋福祉，从即日起，我大隋举国三年减免赋税，与民休息，并实行均田制。朕会委派官员前往各州各府，将官牛、器具、种子依每户人丁发放，必使我大隋地有人耕，民有所为。"

这是大隋立国第一项政务，就在这登基大典上，由皇帝亲口说出来。台下众臣还没有人应，远处万民一片欢呼，纷纷伏地叩拜，万岁的呼声一浪高过一浪，一浪更比一浪热烈。

周已五代，又有哪一任皇帝当真为百姓如此筹谋？而如今，朝代更替，就在百姓万民心中惶恐不安时，隋帝却亲口说出与民休息，为天下谋福祉的话来，顿时受到万民的拥戴。

听到百姓如浪潮一般涌起的欢呼，众臣这才回过神来，立刻叩拜："臣等愿追随吾皇，共创盛世，立我大隋万世基业！"

听着如潮的呼声，杨坚乌眸灼亮，怀着满怀的振奋，望着脚下拜伏的百官万民，终于明白为什么有那么多的英雄豪杰不惜枯骨成堆都想要登上这至尊之位。这掌握乾坤的感觉，又岂是位极人臣能够比拟？

独孤伽罗立在阶下，仰首而望，但见他迎风而立，衣袍猎猎，朝阳初升，在他身上镀上一层金辉，当真如天神降世，令人错不开眼。

杨坚听着百姓的呼声渐低，垂眸望向阶下的女子，又朗声道："朕历经磨难，幸有贤妻不离不弃，鼎力相助，朕虽登九五，实不敢忘。今日朕初登大宝，立独孤氏为后，共享万世江山！"说完向下伸手，唤道，"伽罗！"

虽然知道这大隋皇后非自己莫属，可是独孤伽罗没想到他在登基大典上当众称颂妻子的扶持，心头震动，一瞬间感动莫名。见他伸手，她嘴角漾起一抹满足的笑意，缓步登台，握住他的手掌，与他并肩而立。如此男子，对她至死不渝，走到今日，还能将她放在心上，她独孤伽罗一生，夫复何求？

杨坚侧首，深深注视身畔女子，眸中的情绪，远远强烈过台下的呼声。身边，是他杨坚一身的挚爱，是辅助他争夺天下，替他扫平障碍的妻子。如今他身登高位，他的身边，也只有她能够与他比肩！

百姓在满怀振奋中，见台上帝后二人浴光而立，当真宛如神祇，也不知是何人带头，立刻高呼："皇上万岁万万岁，皇后千岁千千岁！"

听着台下潮涌般的呼声，独孤伽罗心中也满是震动，目之所及，是大隋臣服的万民，但觉胸臆顿开，想这二十年的颠沛流离，想这二十年的大起大落，压抑在胸中的沉闷之气一扫而空，整个人也似乎变得轻松。大仇已报，天地尽在掌握之中，从此之后，她再也不必担惊受怕，再也没有人能够左右她的命运！

大典自晨至午，足足三个时辰方才结束，帝后二人登辇回宫。杨坚直送独孤伽罗回正阳宫，才将她身子轻轻一拥，歉然道："伽罗，朕还有政务处置，晚些再来陪你！"看着她头上重过他皇冠数倍的凤冠，他心中疼惜。伽罗衣着向来素简，突然戴这许多首饰整整三个时辰，怕早已疲累。

且不说周亡之后遗留的残局，就是刚才他在登基大典上亲口说出的新政，他也要忙碌好一阵子。

独孤伽罗领会，替他整一整袍服，柔声道："虽说朝政要紧，但你也要顾及身子！"

杨坚听她软语温存，都是关切之意，心中温暖，俯首在她额上一吻，含笑道："你放心，朕虽不能当真万岁，但必会陪着你长命百岁，一同看我们的江山繁花似锦！"

独孤伽罗眸中满是光辉，浅浅含笑送他出殿，转身间，才见满殿的宫女、内侍躬身低头而立，这才恍然惊觉，这里已是大内皇宫，身边随时有大批的奴仆服侍，再不是随国公府那小小的院子。方才二人旁若无人的恩爱画面都教这些人瞧了去，也不知道他们心里会如何笑话。

独孤伽罗心中微微窘迫，故作不以为意，在妆台边坐下，命人卸去凤冠和满身的首饰，这才松了一口气，推说歇息，命众人退出殿去。

倚在榻上，独孤伽罗环望宽大的寝宫，一瞬间，心里又有些不真实之感。从此之后，她真的贵为一朝之后？从此之后，她真的是一国之母？从此之后，她真的可以与杨坚携手并肩，共建天下？纵她有此心，杨坚呢？

这一瞬间，她所历过的历代帝王，一一从脑中闪过。宇文毓生性软弱，身受宇文护所制，倒也罢了。宇文邕是何等一个英勇男儿，身居高位之后，不但变得多疑，而且刚愎自用。而宇文赟本来只是纨绔一些，一朝登位，竟变得荒淫无度，终于将那个千疮百孔的大周送上死路。

那么，杨坚呢？

虽然说杨坚早已传旨，帝后二人不各设寝宫，弃崇义宫不用，将二人的寝殿设在正阳宫中，意为同居同寝之意，但是，这样的恩宠，当真能天长地久？

直到夜深，杨坚理完朝政回来，怕惊醒独孤伽罗，止住宫女、内侍的问安，悄悄踏进寝宫，却看到她正辗转反侧。杨坚也不解外袍，轻轻在她的身侧躺下，伸手将她拥住，柔声问道："怎么，是认床，还是朕不在，你觉得冷清啊？"

独孤伽罗沉默一瞬，在他怀里翻身，勉强笑道："旁人都羡慕这四角红墙里的生活，如今我当真住进这偌大的宫殿，又觉得冷清！"

她虽然并没有出口抱怨，可是语气中，终究透出些落寞。

杨坚微叹，将脸埋入她的颈窝，闷声道："何止是你？朕习惯身边有你红袖添香，方才一个人在空荡荡的文昌殿处理政务，也觉得甚是冷清！"

听到他的低声抱怨，独孤伽罗心中倒是略微踏实，低声笑道："皇上身边儿，不是有许多服侍的奴仆吗？"

杨坚摇头叹道："木头桩子一样，与没有有什么区别！"低头看看她的笑脸，突发奇想，"若是你能与朕一同理政，岂不是两全其美？"

独孤伽罗被他说笑，在他胸前轻推："又胡说，如今你管的可是整个大隋天下，又不是小小的定州！"有他在身边，她心里顿时踏实，在他怀里找了一个舒服的姿势，很快沉沉睡去。

一连几日，杨坚都是深夜才回。那一日入夜，杨坚又命人传回话来，说有朝政要理，晚一些回来，请独孤伽罗先行用膳，不必等他。

独孤伽罗想着他这几日的疲惫，不禁心疼，亲自备一盏汤水，向文昌殿而去。

文昌殿里，杨坚正在批阅奏折，见她进来，含笑招手："伽罗，怎么不歇着，又跑来这里？！"

独孤伽罗含笑在他身边坐下："大典之后，你要处理政务，岂不是比臣妾更加辛苦？"将汤盏放下，替他轻揉肩膀。

杨坚展眉微笑，牵过她的手放在唇边轻轻一吻，叹道："有你在，朕就不会觉得累！"

独孤伽罗见他眉宇间有抹疑惑，不觉问道："可有什么事难解？"

杨坚将案上的奏折推到她面前，叹道："各州府都有上报，说大牢中人满为患，如今要开官仓放粮给百姓，这些人又不知如何供养。"

独孤伽罗皱眉："虽说这几年乱民四起，但大多也是为生活所迫，如今新朝初建，皇上该当大赦天下，令更多百姓深沐皇恩才是！"

杨坚眸子一亮，略思片刻，立刻以朱笔批复：这些人中，虽然有不少人为生活所迫，可是罪大恶极之人也不少有，朕立刻传令各州府，将这些人的罪状重新查证，除犯下奸淫掳掠等重罪的刑犯之外，其余人等皆可释放回乡，令其回乡耕作，以抵其罪！

独孤伽罗点头："如此一来，既可减轻各州府大牢的压力，又可使耕地多些劳力，一举两得！"再看另几封奏折，一说之前宇文邕禁佛、道两教，逼迫僧、道还俗，这些人无地可种，无业可守，成为流民，四处扰乱乡邻。另一说朝中政务混杂，各府官员互相推诿。

独孤伽罗皱眉道："民有信仰，才会知道敬畏，当年宇文邕禁佛、道两教，本就是逆天而为，如今皇上初登大宝，更要安抚人心，不如将此禁令解除，重修寺庙、道观，命无处可归的僧、道重回寺、观，宣扬仁义！"

杨坚本就在寺庙中长大，对佛教有极深的感情，她的这一番话正中下怀，连连点头道："朕正有此意！"

独孤伽罗微微一笑,看到第二封奏折,略略皱眉:"周国所遗六官府制职权不明,出了事,各府官员自然互相推诿,我大隋官制,恐怕要重新制定!"

被她一句话点破,杨坚茅塞顿开,横臂揽她入怀,叹道:"伽罗,你就是朕的智囊,从明日起,你与朕同辇上朝,同辇下朝,共治江山吧!"

独孤伽罗心头一震,立刻摇头:"皇上,后宫干政,极易使外戚专权,怕于江山不利,朝堂不稳啊!"

杨坚淡笑:"这大隋天下,是你和朕一起创建,本当共享。更何况,朕一生只你一人,没有后宫争斗,如何会有朝堂不稳?独孤家只剩大哥一人,而大哥意在江湖,又何来外戚专权?"

独孤伽罗听他说得果决,心中微甜,抿唇不语。这话在旁人听来,自然是震惊于杨坚的"共治江山",而在她独孤伽罗听来,最重要的却是杨坚似若无意说的"一生只你一人"。她得夫得如此,夫复何求?

朝堂上,大量政务积压,后宫里,又有前朝遗下的事务需处置,独孤伽罗一时忙碌,竟然没有片刻闲暇。此情此景,蔡王妃尉迟容瞧在眼里,趁机毛遂自荐。独孤伽罗以她一向持家有方,欣然应允,准她以王妃的身份协理后宫,行尚宫之权。

尉迟容雷厉风行,将前朝所遗宫女、内侍中恐有二心者大多遣散,另选奴仆进宫当值。

那日独孤伽罗下朝,刚刚换过朝服,就见尉迟容引着四名宫女进来,在她面前跪倒,道:"皇后,这是四名新来的宫女,已学过宫里的规矩,臣妇见她们恭谨守礼,老实本分,特调来正阳宫中服侍!"

独孤伽罗无可无不可,点头含笑:"蔡王妃做主就是!"命四名宫女起身,一一望去,却见其中一人有些面善,不禁奇道:"本宫瞧你似曾相识,不知道是哪里人?如何称呼?"

宫女跪地俯身回道:"回皇后,奴婢名唤赵如意,自幼父母双亡,一向在妙善庵中带发修行,前日慧定师太说奴婢尘缘未净,举荐奴婢进宫,幸得尉迟尚宫收容。"

尉迟容等她说完,这才含笑进言:"皇后,想来是往日皇后在妙善庵见过,才瞧着眼熟。妙善庵被封之前,她不过是一个几岁的孩子,也难得皇后记着!"

第七十四章

表帝心六宫虚设
QUEEN DUGU

她是妙善庵长大的一个小孤女吗？

独孤伽罗心中疑惑，正凝神回思，只听保桂在外回道："皇后！皇上有请皇后移步文昌殿，有要事商议！"

杨坚特意差人来请她，必然是遇上了他自己难决的大事！

独孤伽罗立刻答应，向赵如意道："既然如此，就安心留在宫里，日后也好寻个去处！"安抚几句，随即带着歆兰出正阳宫，往文昌殿而去，并没有看到赵如意与尉迟容对视时意味深长的一眼。

内侍传裏，独孤伽罗踏进殿门，只见杨坚眉峰紧皱，露出些烦躁，不禁微微扬眉，上前问道："皇上，发生何事？"

大隋立国之后，虽说政务繁重，可是她已有许久没有看到他这副表情。

杨坚见到她，眉结微松，叹道："近日又有前朝余孽作乱，今日有几名大臣联名上书，请求赐死前朝太后阿史那颂和废静帝宇文阐。"

独孤伽罗吃惊道："他二人久居深宫，与叛军能扯上什么干系？"

杨坚苦笑："朕也如此说，可是他二人虽居深宫，却总有别有居心之人打着他们的旗号玩花样。如今，就连大哥、高大哥和杨素也赞成将他二人赐死！"

独孤伽罗默然片刻，叹道："众臣的话不无道理，只是大隋能有今日，也多赖太后的高义，赐死他们，你我如何能够心安？"

杨坚点头道："朕就是为此烦恼。"

独孤伽罗点头，沉吟片刻，突然道："有了，太后本是北国公主，如今北国可汗又是她的弟弟，如果我们对外宣称已经处死他们，实则暗中将他们送回北国，岂不是两全？"

杨坚眼睛一亮，又迟疑地问道："不知他们可愿意？"尤其是阿史那颂，十岁嫁入大周，历经三代帝王，这里有过她深爱的男子，有过她疼爱的儿子，她的青春年华都留在这里，她还愿不愿意回那个久别的故乡？

独孤伽罗起身向他施礼："此事交给臣妾，皇上不必忧心！"辞过杨坚出来，径往弘圣宫而去。

阿史那颂听她坦然讲过此事的原委，默然许久，终于轻轻点头："或者，这是最好的结果！"历经三代帝王又如何？她终究已是亡国之后，如今留在大隋皇宫里，虽然可保一时锦衣玉食，可是随着宇文阐长大，这尴尬的身份，又让他如何面对？倒不如回到北国，在那天高地阔的环境中自由地长大。

独孤伽罗见她如此明白事理，心中感动，向她深深施礼："太后如此深明大义，伽罗代大隋百姓，再次谢过！"若她不肯，或令杨坚痛下杀手，背上不义之名，或令居心叵测之人借宇文阐名号起义，祸乱江山。如今她隐姓埋名，带着宇文阐返回北国，是独孤伽罗能想到的最好的办法。

阿史那颂见她行此大礼，忙双手相扶，摇头道："当初若不禅位，到头来，我们孤儿寡妇，终究不免为赵越那厮所害。如今若是不走，这皇宫终究有一日没有我们的容身之处，哀家还要谢过皇后，有此包容天地之心，放我和阐儿一条生路。"说完，也深深施礼。

独孤伽罗连忙扶住她，二人双手交握，互视一笑。恩怨纠缠，经过长长的二十余年，终于，在这一刻，一笑而泯！

处死阿史那颂和宇文阐的消息传出，朝堂上的呼声顿时消失，而各地叛军随着朝廷大军的清剿，也很快销声匿迹。

由于连年战乱，长安城早已破败不堪，杨坚放弃旧长安城，在龙首原以南新建大兴城作为大隋都城，于开皇二年迁都。

迁都那日，杨坚的御驾在前，独孤伽罗的鸾驾在后，离开旧日的长安，驶往新建都城大兴。

马车一路驶进宫门，在大兴殿广场前停下。独孤伽罗扶着歆兰的手下车，抬头望去，但见对面是一排长长的石阶，石阶上一座大殿气势恢宏，比长安城内的大德殿更加威严。

这个时候，保柱跑过来，向独孤伽罗磕头见礼，快速禀道："回皇后，皇上一时抽不开身，请皇后先往甘露殿歇息，皇上说马上就到！"立刻叫过个小太监替她引路。

独孤伽罗含笑道："无妨！"说罢一边观望景致，一边绕过大兴殿，向后宫方向走去。

走进御花园，就见亭台楼阁，建造得虽然精美，却并不奢华，独孤伽罗心中满意，不觉停住观赏。就在这个时候，她听到身后脚步声响，回过头，就见杨丽华带着采苓从另一条路上而来，看到她微微一怔，转身要走，却已来不及，只能咬唇默默行礼。

独孤伽罗摆手命奴仆退开，自己亲手将杨丽华扶住，看着她明显清减的身形，忍不住心疼："丽华，你还在恨母亲？"从杨坚登基到如今已经一年有余，杨丽华将自己关在小小的宫室里，竟然谁都不见。

杨丽华将手抽回，冷着一张脸，淡然道："大周因你而亡，我因你失去阐儿，如何能够不恨？"

"丽华！"独孤伽罗痛呼，摇头道，"当初大周早已民心向背，朝政混乱不堪，纵然你父亲力保阐儿治理江山，也已经回天乏术，只有建立新朝，才能给人希望。这一点，你没有看到，阿史那颂却早已经看破，所以她才决定禅位。"

杨丽华冷笑："那不过是你们为窃国夺位找的借口罢了！"

独孤伽罗见她眼中满是不甘，心里暗叹，又道："还有阐儿，我将他从你身边带走，虽说是阿史那颂所请，可也是为你着想。你年纪轻轻，又是我大隋公主，自有大好前程，日后还可寻到一个爱你疼你的如意郎君，可若是身边有一位大周废帝，又有谁敢与你亲近？"

杨丽华冷笑："我从嫁入大周皇宫起就再没有想过出去！从宇文赟背信绝爱起，我也再无情爱之想。阐儿是我唯一的指望，你们口口声声说疼我，却将我最后的一个亲人夺走！"

"丽华！"独孤伽罗的声音里带着深深的无奈，"阐儿的生母死在你的手上，他年幼时倒也罢了，等他渐渐长大，知道真相，岂能将你当成母亲？你说他是你唯一的亲人，那母亲呢？你父亲呢？难道整个杨家上上下下，都不是你的亲人？"

杨丽华仰头吞回将落的眼泪，咬牙道："在你们眼里，我不过是你们牵制大周皇室的一枚棋子而已，你们又几时将我当成亲人？"说完退后几步施礼，冷声道，"此话到此而绝，请皇后留步，今生不必相见！"说完转身，断然而去。

独孤伽罗心如刀绞，喃喃道："丽华……丽华……你不认我这个母亲，我却不能不认你这个女儿！"或者，假以时日吧！皇宫里的岁月要比外头的漫长，不管多久，她会等待，等着自己的女儿打开心门，再次接纳她！

眼睁睁地看着杨丽华的身影消失在假山石后，独孤伽罗怔立许久没有回神，之后身子被拥入一副坚实的怀抱，杨坚歉然的声音在耳边响起："伽罗，对不住，方才被高大哥几人绊住！"

独孤伽罗振作一下精神，含笑回头："今日新迁都城，各位大人的府第也要安顿，高大哥怎么还有闲心缠着你？"

杨坚轻叹一声，伴着她向后走，摇头道："他府中无人，嫌冷清吧！"数月前，高颎之妻范云香感染风寒，竟然一病不起，到上个月，竟然等不及迁都，撒手而去。

独孤伽罗想到范云香，心中黯然，也是长长一叹。

杨坚登基之后，忙于朝政，二人虽然同起同坐，但很少像今日这样闲话家常。独孤伽罗瞧过作为二人寝宫的甘露殿，又随着杨坚前往作为御书房的千秋殿，恍然间，倒有了当年两次出藩，游赏新居的兴致。

从甘露殿到千秋殿，中间隔着重重宫室，走起来竟有小半个时辰。独孤伽罗不禁皱眉："如此一来，你若理政太晚，要回甘露殿歇息，岂不是辛苦？"

杨坚叹道："千秋殿处在后宫和前殿的交界处，也只有这里，方便朝臣议事！"

独孤伽罗点头，见千秋殿分为外殿和内殿，外殿是奴仆听从召唤的地方，倒也大小得宜。而内殿一张宽大的龙案两侧，只有几重书龛，看起来却极为空旷。

独孤伽罗心中微动，含笑道："往日在文昌殿，皇上就抱怨地方大，显得冷清，如今这千秋殿岂不是更为宽大？"

杨坚无奈点头，苦笑道："是杨素等人说什么皇家的体面，修成这副模样！"

独孤伽罗抿唇笑道："大也有大的好处！"慢慢走到龙案前，仔细打量整座内殿，随后向保桂道，"你去传唤匠人，将这内殿隔开，前头仍然是皇上的御书房，后殿摆上床榻！"又详细说摆设的格局。

保桂听完，立刻应命而去。杨坚上前拥她入怀，苦着脸道："怎么，皇后要将朕扫地出门，独占甘露殿？"

独孤伽罗被他逗笑，轻叹一声，偎进他怀里，柔声道："如此一来，这殿里不会太过空旷，若你处置朝政累了，也好暂时歇息，不必总来回奔波，岂不是一举数得！"

杨坚听她处处为自己打算周到，心中情动，俯首在她额间一吻："朕的伽罗，永远会给朕惊喜！"双唇下移，就想向她唇上吻去，被她在胸前一推，他才想起还有大批奴仆在侧，只能轻叹一声，就此作罢。

大隋迁都之喜，属国梁国国君萧琮特意携妹妹萧櫹公主入朝前来恭贺。

御前设宴，满朝文臣与太子杨勇、晋王杨广一同相陪。独孤伽罗见萧櫹生得姿容绝艳，正是女儿家的好时候，慨叹一回年华流逝，向萧櫹道："本宫像公主这个年纪，正家逢大难，朝不保夕，还是公主有福。往常就曾听说，公主才名，名满天下呢！"

萧櫹连忙摆手道："旁人称赞，萧櫹也就厚颜拜领，皇后称赞，臣女万不敢当！谁不知道，这天下女子，无人能出皇后之右！"

这话虽说是奉承之言，可是她举止端庄，言语爽利，丝毫不显阿谀。独孤伽罗对她好感大增，不禁问道："不知公主可曾择选佳婿？"

萧櫹脸色微红，垂头不语。对面席上的晋王杨广眉目微动，向独孤伽罗深望一眼，又转头去望萧櫹，眼底已是一片了然。

萧琮见萧櫹不语，含笑代她答道："回皇后，臣这个妹妹自幼娇宠，怕没有哪家公子受得了她！"

这也就是说，她还没有许配人家！

独孤伽罗大喜，看杨勇一眼，几乎就要出言提亲，可是见大殿上有众臣在座，又生生忍住，只是含笑又客气几句。

等到宴散，独孤伽罗向杨坚道："那萧櫹公主知书达理，出身尊荣，若能为我大隋太子妃，再好不过！"

杨坚沉吟片刻，点头道："还要问过梁君的意思！"萧琮来朝，是杨素伴杨广率兵相迎，与萧琮已算熟识，夫妻二人经过仔细斟酌，就将杨素唤来，命他前去探问萧琮口风。

隔半日，杨素回禀："梁君言道，萧櫹公主之所以不曾选下驸马，是因为她曾立誓，必要一个情投意合、专情一意之人为夫，否则宁可不嫁！"

杨坚愕然，转身向独孤伽罗望去一眼，忍不住笑出声来。

那位萧櫹公主，倒是与当年的独孤伽罗如出一辙！

独孤伽罗闻言，反倒更喜欢她几分，点头道："那就命勇儿多去驿馆走走，大兴城新建，有许多好的景致，伴公主四处逛逛也好！"

杨素明白她的心意，含笑领命退了出去。

独孤伽罗一心盼望太子杨勇能赢得萧檀之心，哪知道一个月后，晋王杨广却进宫请旨，求娶萧檀。

独孤伽罗惊讶之余问道："广儿，那萧檀贵为一国公主，你虽有意，却还要问过她！"

杨广掀袍跪倒，向上行礼："儿臣钦慕公主，若公主不允，儿臣岂会相强？梁君入朝，儿臣与公主从相识到相知，如今已相互有情，故此才斗胆请父皇、母后恩允！"

独孤伽罗和杨坚相顾愕然，命人将杨素唤来一问，才知道这一个月来，杨勇只在最初几日敷衍了事，倒是杨广日日出入驿馆，带着萧檀游览大兴城内外，再问梁君萧琮，果然萧檀也已请命，此生非杨广不嫁！

看来，这是天意！

独孤伽罗暗叹，但想以萧檀才貌，能嫁入大隋皇室为媳，终究是件好事，当即欣然应允。

次子亲事已定，只是长子杨勇还不曾大婚，长幼有序，岂能让弟弟越到哥哥的前头？独孤伽罗与杨坚商议之后，下旨在朝臣千金中替杨勇选择太子妃。

杨勇得到消息，急急来求独孤伽罗，恳切道："母后，儿臣愿立云氏为太子妃，再不求他人！"云氏名唤云若霞，是杨勇自民间结识，带回宫来的。

他不提云氏还好，一提云氏，独孤伽罗就忍不住怒从心起，指向他道："勇儿，你是堂堂太子，太子妃虽不必非得出自名门，可是总要举止有度、贤淑温良。你瞧瞧那个云氏，庸俗不堪、贪图权势、不明事理，日后如何能够母仪天下？"

杨勇跪求道："母后，云氏出身卑微，本就不比世家千金，可是立妃之后，有母后督导，自会有所进益，还请母后成全！"

独孤伽罗冷笑："若只是举止粗俗倒也罢了，假以时日，总能学得会！只是她的品性可是从她娘胎里带来的，任凭母后如何，也无法令她脱胎换骨！"见杨勇还要说，将脸一沉，冷声道："你若执迷不悟，我立刻以勾诱太子之罪，将那云氏逐出宫去！"

杨勇见她发怒，再不敢相求，无奈只得应命，退出殿去。

数日之后，独孤伽罗和杨坚经细细甄选，见安州总管元孝矩之女元珍性情温柔，举止端庄，应答间才情毕露，心中颇为满意，即刻传旨，立为太子妃。杨勇心里虽说一万个不肯，可迫于杨坚和独孤伽罗的威严，只得领旨。

哪知道杨勇大婚之后不久，东宫竟然来报，说太子妃元珍前段日子偶感风寒，哪知道这病一日重过一日，竟然一病不起。

独孤伽罗暗惊，立刻前去探望，见只是数月间，元珍已瘦得脱形，不禁心疼，握住她的手连声劝慰。元珍本是出自名门，满腹的酸苦却无法向她说起，只能将心里的委屈压下，反而劝解她。

独孤伽罗见她虽然气色不好，但精神尚可，稍稍放心，又怕说话太久让她伤神，略坐片刻，也就出去了。

哪知道她出门没有走出多远，就见杨勇匆匆而来，见到她迎头跪下，大声道："母后，云氏已怀有儿臣的骨肉，儿臣请旨，准儿臣纳云氏为妾！"

独孤伽罗一怔，瞬间大怒，指他道："如此伤风败俗的行径，你竟然说得出口！"此时她才明白，必然是杨勇大婚之后宠幸云氏，而云氏竟然以未嫁之身有孕，太子妃元珍气愤之下才会一病不起。

杨勇见她动怒，连连磕头："母后，儿臣自知母后不喜欢云氏，可是她肚子里毕竟有儿臣的骨肉，请母后开恩！"

独孤伽罗气得直抖，摇头道："太子妃病体沉重，本宫来东宫这些时辰，不见你问过一声，如今为了一个丧德的女子，你竟然露出这副嘴脸！"恨恨咬牙，冷声道，"她自以为母凭子贵，想借这孩子挤进东宫的大门！勇儿，本宫今日告诉你，任凭她如何，本宫断断不会许她嫁入我大隋皇室，你死了这条心！"说完，再不理杨勇苦苦哀求，转身就走。

独孤伽罗在东宫花园里的一番斥责，不知如何从后宫传出宫去，传入朝中，言之凿凿："皇后不仅不许太子纳妾，也不许皇帝立妃，到如今，竟然使六宫虚设！"流言径直给独孤伽罗冠上悍妒之名，一时朝中众臣纷议，纷纷上书劝谏。

那日独孤伽罗刚刚走到千秋殿门口，就听殿内杨坚满含不耐烦的声音传来："这是朕的家事，你等各自管好朝政就是，后宫的事，不必多言！"

"皇上！"一名臣子的声音跟着响起，"皇后为一国之母，如今朝野均传皇后悍妒，于皇后名声不利啊！如今，只有皇上立妃，选纳后宫，此流言才能不攻自破！"

"是啊，皇上！"另一名大臣跟着言道，"这四名小姐都是名门闺秀，知书达理，且都是朝中重臣之女。皇上对皇后专宠本无可厚非，只是朝堂与后宫之间，总需一个平衡，还请皇上立妃，以安众臣之心！"

杨坚被他气笑："朕以武定邦，以文治国，自会还这大隋天下一个盛世，若有朝臣不服，也是朕为政有什么错失，难不成朕于后宫放上几名女子，这天下、这朝堂就能安稳？如此说来，倒是前朝的宣帝更能得天下人心！"

大周宣帝宇文赟后宫无数，那可是一等一的淫乱帝王，几名臣子听他竟然以宇文赟自比，立时跪倒："臣不敢！"

独孤伽罗听到这里，已明白事情原委，命内侍通传，迈进大殿，福身施礼："臣妾见过皇上！"

杨坚本是一腔怒火，看到她，怒气顿时烟消云散，伸手道："伽罗，不必多礼！"亲自携她起身，才向跪伏满地的大臣和四名小姐摆手，"此事不用再议，还不退下！"

众臣见到独孤伽罗，深知杨坚对她言听计从，太府张先立刻转向她磕头道："臣参见皇后！臣斗胆，为了朝堂平稳，为了大隋天下，请皇后劝谏皇上，选立妃嫔！"

杨坚听他竟然劝到独孤伽罗头上，又气又怒，指着他一时说不出话来。

独孤伽罗凝视他一瞬，又看看杨坚，再看看殿侧跪着的四名美貌少女，这才问道："张太府，皇上选不选后宫，与这朝堂，与这天下何干？"

张先叩首道："回皇后，历朝历代帝王，无不是三宫六院，一为皇室开枝散叶，二为安定朝中众臣之心！"

独孤伽罗只觉好笑："如今国有储君，本宫与皇上共有五名皇子，何需旁人开枝散叶？古往今来，这后宫争斗往往牵扯到朝堂，朝中众臣为争一个储位，连群结党、互相掣肘的比比皆是！皇上只有一个，储君之位也只有一个，皇上固然可以立妃，又哪里当真能够不偏不倚，以安朝中众臣之心？"

杨坚见她坦然而言，丝毫不为流言所动，心中更多钦服，上前一步与她携手并立，点头道："不错，若是朝中众臣只盯着后宫的恩宠才肯尽心，这官不当也罢！"

张先见独孤伽罗竟然丝毫不虚与委蛇，一时也说不出话来，愣怔一瞬才道："天子后宫三千，古礼不可废啊！"

杨坚昂然："得与伽罗同心，朕覆了这三千后宫何妨？"短短一语，道尽帝王一颗坚贞之心。独孤伽罗满心震动，侧头与他对视，眸底皆是光辉。张先等人见二人互视，眸中深情，不以万物所扰，又哪里还说得出话来？

直等到张先等人带着四名小姐离去，杨坚才轻叹一声，拥着伽罗回龙榻上坐下，皱眉道："勇儿糊涂，做出那等事来，言官大可参他一个德行有亏，如今还连累你！"

独孤伽罗叹道："勇儿年少，未经情事，那云氏又是生成的媚惑之态，他一时迷惑，也是情有可原的！"

杨坚不满："勇儿不只是我们的儿子，还是大隋太子，日后，朕和你共创的这大隋江山是要托给他的！如今他做出那等事来，如何能令天下信服？朕不明白，你为何处处回护于他，却视广儿的精明干练为无物？"

独孤伽罗默然一瞬，才轻声叹道："大郎，你只知道我偏爱勇儿，却不知道我为何偏爱！"

杨坚苦笑："自然是因为勇儿自幼在我们身边！"

独孤伽罗摇头："当初将广儿留在长安为质，我心里始终觉得对他有所亏欠。可是我偏爱勇儿，是因为他像你啊大郎！"

杨坚一怔，一瞬间，心头怦怦直跳，说不出心底那涌动的情感是什么，只是张臂拥她入怀，带着满满的感动。

独孤伽罗静静地偎在他怀里，默默地感受他的温存，隔了一会儿，才又道："大郎，伽罗独爱你性子温厚宽和，用情专一。我们这许多儿女中，勇儿最像你。他虽糊涂，可是他心思通透，一眼可见。那云氏虽说不堪，可是勇儿用情，也不可谓不深。可是广儿……广儿聪慧机变，却心思深沉，我这个做娘的，时常不知道他在想什么，生怕他聪明反被聪明误啊！"

杨坚默然良久，才轻声叹道："横竖我们还很康健，日子还长，慢慢再看吧！"

独孤伽罗点头，二人暂时将此事抛开，一心一意为共建大隋盛世忙碌。

经此一事，独孤伽罗心底对杨坚六宫虚设的一些疑虑也烟消云散，虽说朝堂、后宫诸事繁杂，可是忙碌之余，在杨坚没有一丝保留的宠爱中，心底最后一根紧绷的心弦也终于放松，每日安心协助杨坚理政，打理后宫事务，除去儿女，再没有什么事令她萦怀，以至于身边虎狼窥视而不自知。

第七十五章

伐陈国一统天下
QUEEN DUGU

太子妃元珍很快郁郁而终，云若霞却在那日为杨勇喜添一子。

杨坚震怒，指向杨勇道："身为太子，如此肆意妄为，全然不顾大局，日后如何能服朝堂、安天下？"

杨勇脸色乍青乍白，不解道："父皇，若是身为太子，不能保护自己心爱之人，又如何能令天下归心？父皇不是也为了母后，拒纳后宫？"

杨坚气得身子直抖："云氏那等不知廉耻的女子，岂能与你母后相比？你……你滚！滚出去，朕不想再看到你！"

杨勇长跪不起，重重磕下头去："儿臣有负父皇所望，是儿臣不孝，只是云氏纵有千般不是，也已为儿臣生下一子，若不能有一个名分，那孩子日后如何抬头见人？儿臣请父皇开恩，应允儿臣立她为妃！"

独孤伽罗见杨坚气得胸口起伏，而杨勇此言也实在不成话，摇头道："勇儿，你身为太子，当以朝廷为重，家国为重。若只是这云氏一人倒也罢了，可是偏偏你为了云氏气死了太子妃。如今你要立她为妃，那你置元氏于何地？置元氏族人于何地？你要你父皇为了你一己私情，置朝臣于不顾吗？"

杨勇被她一番话问住，结结巴巴道："只是……只是云氏跟着儿臣一场，难道让她一直无名无分，令世人耻笑？"

杨坚冷哼："那等无耻妇人，笑又何妨？"

杨勇急唤道："父皇……"他还要再说，却被独孤伽罗打断："勇儿，你若真为云氏和你的儿子着想，就好好儿地再立一位太子妃，若再生事，非但这云氏休想有什么名分，我会立刻命人将她赶出宫去，让她休想再踏进东宫一步！"

杨勇大惊，膝行两步，唤道："母后！"

杨坚忍无可忍，劈手将茶杯向他砸去，怒声喝道："滚！"

杨勇见他发怒，顿时一噤，再不敢多说，见独孤伽罗摆手，只好闷闷磕头，辞出殿去。

直等杨勇身影消失，独孤伽罗才轻叹一声，扶杨坚坐下，另取茶盏亲手替他烹茶，柔声劝道："勇儿糊涂，你也不要气坏身子。"

杨坚气得在桌子上连拍："朕怎么会有这样一个儿子？！"

独孤伽罗叹道："大是大非，勇儿还是分得清楚，只有这情之一字难解，假以时日，他瞧清那云氏的本来面目，自然就会明白。"见他略略气消，将茶奉上，等他啜了几口，才又转话道，"勇儿千错万错，有一句话总还没错。云氏生的那个孩子，总是我们的皇长孙，他的母亲无名无分，他长大了，岂不是会被人指指点点，抬不起头来？"

杨坚默然片刻，"嘿"了一声道："那个逆子就是知道我们不会置自己的孙儿不管，才有那个胆量等云氏生下孩儿才来替她请旨！"虽然还是满腔愤怒，可想到孩子无辜，他还是松了口。

二人正说到这里，听到门外保桂回道："皇上，皇后，晋王殿下求见！"随着他的话落，杨广一身素雅长袍，大步入殿，向二人跪下见礼。

杨坚向他打量几眼，见他锦袍玉冠虽依身子的规制，腰间却只悬着一块御赐的玉佩，除此之外再不多做装饰，整个人瞧来素简，又不失礼，先就满意几分，抬手命他起身，问道："晋王怎么这个时候进宫？"

杨广行过大礼起身，规规矩矩地回道："回父皇，儿臣派去勘察渠道的臣属回京向儿臣说起，近日长安城中突然多出许多难民，一问之下，竟然都来自陈国，说是陈国国君陈叔宝登基之后，生活奢靡无度，横征暴敛，将偌大一个陈国弄得民不聊生。儿臣怕其中有诈，特意前来回禀，还请父皇、母后早日定夺！"

杨坚点头赞道："广儿心系家国百姓，当真是难得！"转向独孤伽罗道，"前些时候就曾听闻，说陈国国君陈叔宝极为荒唐，倒与前朝宣帝有得一比，如今看来，陈国朝廷当真是混乱不堪。"

独孤伽罗点头："只是凭一些难民所言，未必属实，不如立刻派遣探子入陈国探问虚实，臣妾也亲往长安，赈济难民，一问究竟！"

杨坚见她瞬间已有决断，点头应允，命杨广即刻准备独孤伽罗赈济难民所用的粮食衣物。

杨广立刻跪倒领命，又道："母后是万金之躯、一国之后，前往长安赈济难民虽说可得民心，却也不宜孤身前往，儿臣替晋王妃请旨，陪母后一同前往！"

杨坚不料他思虑如此周详，含笑道："还是广儿想得周到，只是赈济难民，说着容易，可是项苦差事！"

杨广听他言语中带出些取笑，跟着笑道："往日樀儿在梁国时起居就甚为素简，嫁给儿臣之后，持家也极为勤谨，不过是赈济难民，岂有受不住的道理？"

独孤伽罗听他满嘴称赞萧樀，也不禁含笑道："难民素来不懂什么规矩，她本就是梁国公主，如今又贵为王妃，你贸然替她请旨，一会儿回府，她岂不会怪你多事？"

杨广顺势笑道:"母后心疼儿臣,才要应儿臣所请,若不然,一会儿儿臣回府,才会受她抱怨!"说到后句,还做出一副受气的模样,惹得杨坚和独孤伽罗哈哈大笑。

直到看着杨广离去,杨坚才从殿外收回目光,轻声叹道:"往日只觉勇儿性子温厚,日后必为仁君,如今看来……"轻轻摇头,接下去道,"倒是广儿,行事干练,绝不拖泥带水,难得的是,府中还有一个晋王妃相助,远远强过勇儿啊!"

独孤伽罗听他将两个儿子相比,心中咯噔一声,试探问道:"大郎,难道你有易储之心?"

杨坚沉吟:"为了大隋万世基业,朕不能不多加考量!"

独孤伽罗脸色微变,摇头道:"大隋江山刚刚稳定,轻易易储,动摇国本啊!还请皇上三思!"

杨坚轻哼道:"动摇国本,还有机会收拾,若江山错托才追悔莫及!"见独孤伽罗还要再说,摆手道,"好了,朕只是说说罢了,此事再议吧!"心里微叹,身为父母,自然会心喜杨勇的思虑纯良,可是如今他身为帝王,就不得不为大隋的江山着想。

再议,也就是他还没有打消易储之心啊!

独孤伽罗张了张嘴,可是想到杨勇的所作所为确实令人失望,只好叹一口气,不再多说。

听说独孤伽罗出巡长安,高颎之女高灵与郑祁耶等众夫人也请旨陪同前往。望着庙前广场上数以万计、破衣烂衫、面黄肌瘦的难民,独孤伽罗的心有一瞬间的颤抖。

生而为人,又有谁愿意背井离乡,沦为乞丐?又有谁不愿意父母、妻儿团圆,共享天伦之乐?而眼前这数以万计的人,却远离故土,在这里风餐露宿,只为苟活于这世上。

夫人们在侍卫的护卫下,开始施粥、分发衣物,高灵一袭男装从百姓中间挤出来,跑到独孤伽罗身边,皱眉道:"皇后,我已经问过,他们果然都是陈国的百姓,却来自不同的州府,说是整个陈国乱民四起,都已无立足之地,只好来我们大隋。"

独孤伽罗点头未语,一旁的萧櫵接口道:"是啊,方才施衣物,有几位百姓也道,如今的陈国国君大兴土木,强行征税,百姓当真是没有活路,听说我们大隋富庶,所以才来讨一条活路。"

高灵恨恨道:"昏君当真是害人!前几年我们的百姓岂不也是如此?幸好这几年有皇上重整江山,我大隋百姓才能富足。这些百姓若是生在我们大隋,又岂会受这许多辛苦?"

独孤伽罗心中微动,不自觉向高灵多打量几眼,点头赞道:"灵儿豪气,倒不亚于男儿。"

高灵听她夸赞,毫不娇羞造作,反而将下巴一抬,傲然道:"皇后,灵儿可是将门虎女,莫说只是动动嘴巴,若有一日当真上阵杀敌,怕也不在话下!"

独孤伽罗被她逗笑,摇头道:"你父亲只有你一个宝贝女儿,我若让你上阵杀敌,他还不杀进宫去向皇上哭诉!"一句话说得高灵噘起小嘴巴,近处几位夫人笑起。

第二日回宫,独孤伽罗先将长安城内难民之事向杨坚述过,又转话说到高灵:"高颎那个女儿豪爽恣意，瞧之令人耳目一爽。臣妾想着，她和勇儿年少相识，也算情投意合，若是将她选为勇儿的太子妃，再好不过！"

杨坚听到杨勇的名字，脸色顿时一沉，冷哼道："那个逆子，那么好的女子，凭他也配？"

独孤伽罗叹气："勇儿只是一时行差踏错，高灵又不比元珍，岂是个受得了气的？立她为太子妃，既可规劝勇儿，也可压制那云氏的骄狂之气！"

终究是自己的儿子，杨坚心中对杨勇再不满，也不能置之不顾，听独孤伽罗言之有礼，只得点头应允。

杨勇对再次选妃本来心中抗拒，只是之前因为云氏触怒杨坚，再不敢强拒，加之与高灵年少相识，曾一道饮茶畅谈，也曾一起纵马扬鞭，对她难免多些看顾。而云若霞得子之后，自忖自己对皇室有功，骄狂之气日盛，非但对奴仆动辄打骂，有时连杨勇都要斥责几句，几次下来，杨勇对她之心也就淡了几分。独孤伽罗见高灵果然能分杨勇之心，终于稍稍放心。

随后，杨勇得高颎指点，在朝堂上提出废九品官人法制度，推行科举制度选拔人才，正中杨坚要改革大隋官制的想法。杨坚对他历数的举措大加赞赏，并下令推行，他一时在朝堂上与晋王杨广平分秋色。

杨勇与高灵大婚之后不久，派往陈国的探子回来，回道："陈国国君陈叔宝当真是倒行逆施，将偌大一个陈国弄得千疮百孔，民不聊生，各地乱民四起，打砸官府，竟然无从镇压，甚至还有州府的官员带头起兵，争夺地盘的。"

杨坚听完探子所言，眸中全是兴奋："陈叔宝所作所为，岂不是令民心向背，国之将亡？"

独孤伽罗点头："皇上，天下大势，分久必合，合久必分。如今天下纷乱已近四百年，北国积弱，陈国动荡，我大隋自当顺天应命，一统天下！"

此话正中杨坚下怀，他连连点头，却又道："只是师出无名，擅挑战火，难防天下悠悠之口！"

独孤伽罗默思一瞬，突然低笑："这天下人悠悠之口，若是先攻讦陈国国君，我大隋随后出兵，岂不就成义举？"说罢以指蘸茶，在桌子上写上几字。杨坚一看，眉宇顿时舒展，向她竖指赞叹，立刻命人传唤大臣进宫议事。

杨坚依独孤伽罗之计，当殿历数陈国国君陈叔宝二十条罪状，并立誓言要救陈国万民于水火，再命人诏书复写三十万份，命人散往陈国。短短三个月，陈国果然民怨沸腾，响应大隋诏书的呼声一浪高过一浪。

杨坚得到消息，决定御驾亲征，带同独孤伽罗，共同见证大隋统一南北的重要时刻。

高颎、杨整等人当殿请命，要随驾同行。杨坚欣然答应，命太子监国，挑选良辰吉日，誓师出兵。

尉迟容得到消息，心中不安，苦劝杨整不要出兵。杨整不以为意，含笑道："如今陈国不堪一击，我大隋整军五十万，是必胜之师，你又何必担忧？"

尉迟容虽然忧心不减，但见他心意已决，只好一再嘱咐，带着满怀的不安，为他整装送行。

公元588年，即开皇八年，隋文帝与独孤皇后御驾亲征，大举伐陈，大军在长江上、中、下游分成八路，进攻陈国，所到之处，势如破竹，呈风卷残云之势，将陈国半壁江山归入大隋版图，历时八个月，兵临陈国国都建康城下。

所谓哀兵必胜，眼见大隋气势如虹，陈国迅速整军，做全力回击，隋国大军顿时受阻，几战下来，竟然也损兵折将，颇觉艰难。

望着防守严密的建康城，杨坚与独孤伽罗商议，或者退兵十里，略作休整，挥兵再战。

杨整闻言大急，立刻上前请命："皇上，如今我军气势正盛，正可一鼓作气，攻下陈国都城！若给他们喘息之机，怕我大军远来，反而吃亏！"

杨坚皱眉："正因我军远来，此刻已是疲惫之师，稍作休整再战，也可减少伤亡！"

杨整急道："皇上，若等陈国各州府援兵赶来，我军怕会腹背受敌！臣弟请旨，率兵冲杀，誓要夺下建康城门，请御驾进城！"

杨坚见他意决，终于下定决心，点头道："好！你要多加小心！"

杨整大喜："请皇上静等臣弟大捷！"传下将令，一马当先，率兵向建康城门杀去。一时间，建康城上城下战鼓如雷，喊杀声震天。

杨坚、伽罗二人并立战车上，纵目望去，但见建康城城门大开，陈军浪潮般疾涌而出，与隋军战在一处。杨整身先士卒，手中一杆长枪使得矫若灵蛇，不过短短片刻，连挑三名陈将于马下，驱马直入，眼看就要杀入建康城门。

杨坚含笑点头赞道："二弟素来勇猛善战，朕所不及啊！"话音刚落，嘴角的笑容还未成形，突然间，只听到一声炮响，建康城城中一队兵马疾杀而出，与此同时，城楼上突然站起数十名弓箭手，手中精钢短箭直指城下隋军。

杨坚大吃一惊，疾声喊道："快，鸣金收兵！"那样的精钢短箭通常只用于偷袭，在两军对阵中并没有多大用处。只是此刻杨整已率兵攻到城下，整队兵马全在城上短箭的射程之内。而城中又有兵马杀出，隋军要分神应付，又如何能够抵挡城楼上射下的短箭？

只是杨坚虽快，却快不过陈军的弓箭手，鸣金的号令刚刚传下，就见建康城上短箭齐发，向隋军疾射而至。事发突然，整队隋军顿时人仰马翻，杨整纵马刚与出城的将军打一个照面，就听风声乍响，当头而至，愕然抬头去看，却觉胸口一凉，已被一只短箭贯穿。

杨爽策马立在杨坚战车旁，一眼瞧见此景，惊得魂飞魄散，悲声大呼："二哥！"纵马冲出，向杨整的方向杀去。只是离得太远，他又哪里来得及赶到，眼瞧着敌将手起刀落，将杨整劈翻于马下，忍不住连声痛喊："二哥！二哥……"手中长枪疾挑，连伤陈军数十人，纵马驰到杨整身边，但见他双眸大睁，满脸都是不信，却已气绝身亡，不禁放声痛哭。

杨坚眼见变故横生，也是放声大吼："二弟！"瞧着杨整落马，看着杨爽拼杀，心中悲愤莫名，扬声喝道，"众将士，随朕一起攻城！"不等旁人阻拦，他已跃下战车，纵上战马，向敌军杀去。

独孤伽罗眼睁睁瞧着杨整身亡，早已泪盈于眶，见杨坚杀出，狠抹一把眼泪，强抑悲愤，爬上鼓台，亲自击响战鼓。

杨整所率将士见主将阵亡，军心顿散，而此刻见皇后亲自击鼓，皇帝挥兵杀来，顿时士气大振，齐声呐喊，个个奋勇，拼力向陈军杀去。

陈军本已是强弩之末，眼瞧着杨整一死，隋帝悲痛之下亲自率兵厮杀，隋将个个如狼似虎，以一当十，砍瓜切菜般直杀而来，城头短箭虽然纷落，竟然不能阻挡隋军来势，不由心惊胆战，步步后退，哪里还有胆量一战？陈军惊慌间想要退兵关城驻守，可是隋帝已如怒风狂卷，骤忽杀来，不等众将退回城中，早已率兵杀至，直闯入城。

公元589年，即隋开皇九年，隋大军攻陷陈国首都建康，生擒国君陈叔宝、公主陈婉宜，陈叔宝献降，陈国宣告灭亡。此一役之后，天下大统，南北朝时期随之结束。

大隋一统天下，成就霸业的帝后二人在一片如雷的呼声中凯旋。似乎有人忘了，为了成就这番霸业，这沿路上又添多少白骨，又增多少亡魂，更有多少将士埋入黄土！这其中，更有战功赫赫、神勇无敌的蔡景王杨整，当今天子杨坚的同胞弟弟！

尉迟容神情呆滞，形容枯槁，木然地立在墓前，望着修建得恢宏的新冢，心底皆是悲凉。她劝过的，她求过的。这一次出征，她总是心头不安，她希望杨整不要去。可他还是去了，为了他哥哥杨坚的宏图霸业，拼死冲杀，战死沙场。

而如今呢？他能得到的，只有这冰冷的坟墓，和那令人看着可笑的墓志铭。人既已死，任何的哀荣，对他又有什么意义？

而她尉迟容呢？嫁入杨家三十年，只因独孤伽罗独守空房二十年，好不容易等到杨整回心转意，还不曾好好与他相守，还不曾为他生儿育女，他竟然就这么去了！

尉迟容抬头，忍不住嘶声大吼："杨坚！独孤伽罗！不报此仇，我尉迟容誓不为人！"

赵如意立在她的身后，看到她半疯的模样，也早已泪盈于眶，喃喃唤道："姑姑……"

第七十六章

起叛乱疑指太子
QUEEN DUGU

陈亡之后，陈国君臣被押回大兴，为示隋君仁德，独孤伽罗提议厚待。杨坚应允，选才德皆备之人入朝留用，平庸之才遣入民间，赐给田地、房屋令其自力更生。陈叔宝身为国君，虽说年富力强，却无法自食其力，杨坚命太子杨勇觅地安置，给予闲职安养。

陈国公主陈婉宜进宫请旨，愿做独孤伽罗随侍女使，供其驱策。独孤伽罗见她年纪虽小，却生得清丽柔美，举止端雅，先就喜欢几分，不解地问道："你本是一朝公主，自幼受人服侍，如今虽说陈国归入大隋，可是皇上对陈国皇室中人自有安置，你又何必屈居人下，供人差使？"

陈婉宜福身施礼："回皇后！皇上、皇后仁德，厚待陈国遗臣，婉宜心中感佩！只是偌人一个陈国，却亡在我们兄妹手中，婉宜心中实在羞惭，若再以公主身份受人隋供养，岂不是不知羞耻为何物？如今陈国既亡，婉宜也再不是什么公主，只想凭一己之力，养活自个儿罢了！"

独孤伽罗听她说得坦然，心中好感又增几分，点头道："既然如此，你就留下吧。只是你出身尊贵，想来做不了粗使，恰巧我身边缺一个颂书之人，你可愿意？"

陈婉宜大喜，立即跪倒磕头："谢皇后恩典！"

尉迟容见陈婉宜轻易说动独孤伽罗，不禁眸光微闪，定定凝注她。

这陈国公主所言，究竟是实，还是……另有图谋？

安置过陈国君臣，杨坚才得空过问离朝这一年来的朝政，哪知一问之下，这一年来朝政混乱不说，麟趾馆中大夫耿康更是被太子近臣司勋王谊无故打死。

杨坚震怒，急唤太子杨勇前来，劈脸喝道："逆子，你干的好事！"

杨勇不明所以，急忙跪倒："父皇息怒！"

"息怒？"杨坚恨得咬牙，指向他道，"且不说耿康是忠直之臣，这许多年为朝廷尽心尽力，就是在定州，与我们相交十年，颇多照应，你非但不加以重用，还命人将他打死！"

杨勇听说是耿康的事,脸色瞬间惊得惨白,连连磕头:"父皇,儿臣自知耿康为人,昔日共事也颇受教益,那次实为意外,并不是儿臣授意!"

杨坚气得胸口起伏,指向他道:"我大隋堂堂之臣被人打死,你只说是一个意外?你让朕如此向耿家的人交代?"

杨勇忙道:"回父皇,实是因为父皇出征之前,交付儿臣治理水患,儿臣命王谊前往勘察,哪知耿康以资料涉及机密为由,不许王谊调用,二人发生争执,王谊才失手将人打死。"

杨坚冷笑道:"失手打死?可是据朕所知,王谊是拿着你的令牌,以你之名行事!事已至此,你还要极力隐瞒,推卸责任?"

此时独孤伽罗闻讯赶来,听到后半段话,也是大吃一惊,向杨勇道:"事情原委究竟如何,还不快说?"

杨勇见杨坚动了真怒,再不敢推脱,只好一五一十将事情细述一遍。

原来,杨坚出征之前,隋国有几州府发生水患,杨坚命杨勇设法治理。杨勇将此事交到了近臣王谊手中,哪知道隔不多日,王谊来回杨勇,说是麟趾馆耿康阻止查看州郡资料,还言明是杨坚之意,不奉太子号令。

杨勇一怒之下将自己令牌交给王谊,命他强取,若有阻拦可以严惩,哪知道耿康仍然不允,争执中,竟然闹出人命。

杨勇说到这里,抬头偷看杨坚一眼,心里暗暗打鼓。当时,他实则说的是:"有人胆敢阻拦,杀无赦!"可他万万没有料到,王谊竟然真的杀了耿康。

虽说他临时将此话匿下,杨坚还是被他气得全身颤抖,指着他道:"太子令牌岂能轻易授人?事情发生,你一不惩治元凶,二不抚恤耿府家眷,你……你……"气结于胸,竟然再也说不出话来。

独孤伽罗却听出些不同寻常,皱眉问道:"你单凭王谊一面之词,就将令牌给他?"杨勇或者才能有限,可是性情温和,岂会如此冲动?

杨勇迟疑片刻,才低声道:"三皇婶说……说儿臣贵为太子,竟然受一个臣子轻慢,失了皇家法度,儿臣一怒之下才……才……"声音越来越低,到最后终于说不下去。

独孤伽罗皱眉道:"三皇婶?你是说滕王妃?"滕王妃宇文珠虽说素来口无遮拦,可是凭她几句话就惹恼杨勇,倒也不容易。

杨勇嗫嚅道:"那日是蔡王妃、晋王妃与她同来,她二人听说耿康无礼,也甚是气恼。儿臣身为太子,又是奉旨监国,若是连妇人都将儿臣轻视,儿臣岂不是威严尽失?"又将尉迟容和萧檀的话细述一回。

听到这里,独孤伽罗恍然明白,必然是尉迟容等人也为杨勇不平,杨勇不愿在几位妇人面前丢失颜面,才将令牌交给王谊,酿成此祸。

杨坚听到这里,越发愤恨:"你身为太子,只为了争一些颜面就滥杀大臣,今日朕若不罚你,日后如何令朝臣心服?"说着便喝令保桂磨墨下旨。

独孤伽罗见杨勇吓得脸色惨白,急忙阻拦:"皇上,此事始作俑者实为王谊,究竟实情如何，还需细查，等到真相大白，再罚不迟！如今先厚恤耿康家人，以示安抚吧！"

杨坚听她句句回护杨勇，虽说心中仍然气怒，但当着儿子与奴仆之面，也不愿意与她辩驳，只好点头，指向杨勇道："但查你有半句虚言，必然严惩！还不快滚！"

杨勇如蒙大赦，连磕三个响头，逃也似的退出殿去。

独孤伽罗见杨坚仍然气得呼呼直喘，叹一口气扶他坐下，亲手斟茶送到他手里，这才道："事情未明，你先消消气吧！"

杨坚"嘿"了一声，将手中茶盏重重搁下，怒道："伽罗，此等事若不严惩，日后他不定惹出什么事来，方才你为何拦着？"

独孤伽罗叹道："如今陈国刚灭，江南之地还有许多陈朝余孽为乱，政局不稳。太子是一国储君，若这个时候严惩太子，岂不是令朝堂动荡？更何况，此事原委还没有查明，若当真不是他下令杀人，岂不是冤枉！"

杨坚听她言之有理，气怒稍减。可是想到杨勇的所作所为，他又觉失望："伽罗，你是不知，这一年，来朝政被他搅得一塌糊涂。朕要他治理水患，他竟然置之不理，令许多百姓淹死。耿康之事纵不能全部怪他，他的所作所为又哪里像一个太子？"

独孤伽罗默然片刻，也不禁长长一叹。是啊，杨勇所作所为，确实离他们的期望太远。可是……废太子啊！若他们当真迈出这一步，等待杨勇的，可就是幽闭一生，身为母亲，她于心何忍？

杨坚见独孤伽罗默然不语，心中也是暗暗一叹。杨勇自幼在他们身边长大，他又岂会没有疼爱？只是，这太子之位关系到大隋江山、万千子民，岂能因为父母的慈爱而置之不顾？伽罗聪明绝顶，明白事理，偏偏在这儿女之事上瞻前顾后。

第一次，二人之间失去了原有的默契。

所谓一波未平，一波又起。杨坚刚刚安抚过耿康的家人，还不曾着手调查王谊，江南等地就连续上报，有小股流寇作乱，打的竟然是前周宇文氏的旗号。

消息一出，满朝皆惊，杨素立刻出列奏道："皇上，我大隋立国已有九年，宇文氏虽有不满，却始终不能成事，此次起兵，想来是借陈国新亡、江南局势不稳，想要浑水摸鱼，臣请旨，前往江南扫除余孽！"

独孤善立刻反对，奏道："皇上，江南叛乱固然要平，可是今日一早得到奏报，有一队兵马一路攻城略地，如入无人之境，已经打到同州。同州离我大兴只有百余里，臣请旨先平同州之乱！"

杨广立刻跟着出列："父皇，儿臣以为舅父所言极是，同州离我大兴不过百里，先除眼前叛乱才是当务之急！"

杨素见二人请命，立刻转话道："皇上，臣附议！"

杨坚点头："就命你三人带兵前往平叛，只是此次叛乱太过离奇，必要搜寻证据，查实是何人作乱。"

三人齐声领命，候到退朝，一齐出宫，点兵向同州而去。

下朝回宫，刚进千秋殿，独孤伽罗就挥手命众奴仆退去，向杨坚道："大郎，同州兵马来得蹊跷，而且，纵是宇文家的人，也断断不是皇室正统。"

北周皇室正统，离开过大周的只有两人。当年明帝的太子，独孤伽罗亲姐姐的遗孤宇文贤，当初为避宇文护之祸，由吴江护送至齐国，避世隐居。后来武帝伐齐，他又辗转前往陈国，随后失去消息。此次灭陈，他们才知道早在宣帝祸国时，他曾悄悄返回大周，哪知途中遇到民间变乱，死于流民之中。

而废静帝宇文阐到如今也不过十五岁，且人在北国，如果是他，北国不会没有动静。

杨坚点头："想来是别有居心之人打着周室的旗号作乱。这几年，我大隋渐渐强盛，各州府都养有自己的兵马，别处不说，单是同州就拥兵五万，怎么会轻易被人攻破？"

独孤伽罗见他也想到此节，连连点头，沉吟道："单是这路兵马，已夺下五座州府，可是偏偏又不派兵驻守，抢掠之后离开，只能说明他们并无太多的兵马！"

可若他们没有太多兵马，又如何能快速攻下同州？

二人对视一眼，都从对方的眼里看出疑问。杨坚皱眉道："如今，只能等到大哥他们回兵，再问详细吧！"

杨坚本以为攻打同州总要月余，哪知道十日后，独孤善、杨广三人就率兵回京，除去几名生擒的叛军之外，杨素又呈上几册典籍。

杨坚接过典籍略翻，吃惊道："这是我们麟趾馆里的典籍，上书各州郡详细的山川地理、粮草兵防，怎么会在你们手里？"

独孤善回道："皇上，这是在同州总管府内查获，已经得到同州总管确认，并不是总管府里的东西！叛军首领供认，这是得自王谊之手！"

独孤伽罗失声道："王谊？哪个王谊？可是打死耿康的王谊？"王谊，可是太子近臣，而且他打死耿康，就是为了从麟趾馆内取用典籍！有这些州郡的典籍在手，大隋的兵马布防就都一清二楚，难怪叛军能轻易攻下同州。

独孤善自然知道她的担忧，只是微微点头，也是面有忧色。

独孤伽罗断然摇头："荒唐！堂堂太子，岂会与叛党有关？必定是有人栽赃嫁祸！"

杨广立刻跟着点头："是啊，皇兄是我大隋太子，怎么会勾引叛党？这其中必有隐情！"

杨坚注视着案上的典籍，脸上神情却意味不明，向杨广问道："可曾命人去查王谊？此人现在何处？"

杨广立刻道："回父皇，儿臣一进城，就已命人去擒王谊，此刻想来也该进宫了！"

话音刚落，就听殿外小太监回道："皇上，殿外有晋王府的侍卫求见！"

杨坚命人唤入，那侍卫先行过大礼，张嘴就道："皇上、殿下，王谊逃了！"

"逃了！"杨坚霍然站起，冷声命道，"立刻封锁四城，满城搜捕，务必要将此人擒获！"

独孤善三人领命，再不敢耽搁，答应一声，奔出殿去。

独孤伽罗见杨坚死死盯着几本典籍上，轻轻摇头："大郎，我不信勇儿会与叛党勾结，那个王谊，必定有问题！"

杨坚点头，长叹一声坐下，摇头道："纵然他没有勾结叛党，王谊也是他的近臣，他总是识人不明！"语气中带着深深的失望。

独孤伽罗一窒，再说不出话来，只得道："等抓到王谊，事情自然会真相大白！"又劝解几句，这才施礼告辞，一出殿门，速速命人前往东宫，唤高灵前去甘露殿。

高灵匆匆而至，独孤伽罗也不等她见礼，径直就问："王谊打死耿康那日，前往东宫讨要令牌，你可在场？"

高灵立刻点头，叹道："那时王谊与三皇嫂你一句我一句将太子激怒，不管我如何阻拦，他总是不听，终于闯出祸来！"

独孤伽罗慢慢细问，让高灵将那天事情经过细说一回，之后皱眉道："勇儿性子温和稳重，如今看来，必然是受王谊所激，加上……"依高灵所述，当时尉迟容、宇文珠、萧檀三人都在，只是尉迟容、萧檀所言不多，句句都是回护杨勇，只有宇文珠气愤于皇室威严被臣子无视，措辞较为激烈，可又都是责骂耿康。而且宇文珠素来如此，无法判断她是不是有意。

高灵见她沉吟，担忧问道："母后，你和父皇总不会怀疑太子勾结叛党吧？"

独孤伽罗摇头，叹道："勇儿再糊涂，也不至于如此！只是王谊是太子近臣，王谊通敌，勇儿难辞其咎，我想知道这其中还有没有旁的隐情！"

高灵大大松一口气，连忙点头道："母后明鉴！"

独孤伽罗看她一眼，又叹道："灵儿，你身为太子妃，在太子身上需多用些心思。如今若是他被王谊设计，查清就好，只是这一年来，他荒废朝政，又岂是太子所为？"

高灵咬唇，轻轻点头，默然片刻后终究还是忍不住道："本来太子好端端的，每日寅时就起身理政，虽说他才智不及父皇、母后万一，但总算勤勉。哪知道那个云氏常常借故命人将太子唤回宫去，又引他玩乐……"话说到这里，长叹一声，上前一步跪在独孤伽罗面前，恳声道，"母后，虽说有云氏勾诱，但太子实无大才，理政几日，就深以为苦，若是……若是易储又不伤及太子，儿臣倒以为未尝不可！"

独孤伽罗大吃一惊，霍然起身，斥道："灵儿，你胡说什么？一国储君岂能轻动？他无大才，自有满朝文武扶持，易储的话，岂能从你的嘴里说出来！"

高灵见她发怒，再不敢说，只好低声认错，见她再无话可问，便告辞离去。

独孤伽罗看着高灵的身影消失在殿门之外，才又慢慢坐下，轻轻摇头道："原以为立她为妃可以督促勇儿，哪知道……哪知道她说出这番话来！"

陈婉宜始终服侍在侧，此时劝道："皇后，多虑伤身，还请保重！"见她眉头深锁，净过手替她按捏额头，见她眉目稍展，才轻声道，"皇后，方才婉宜听着，那日太子像是被王谊和几位王妃的话激怒？"

独孤伽罗点头，只是当时的情形，只能听杨勇和高灵转述，虽说知道杨勇是受人所激，因不是亲见，却难分出另几人是不是另有用意，且又都是杨家的人，难以追问。

此时杨爽恰进宫给独孤伽罗问安，见她纤眉紧锁，脸有愁容，忙问缘故。陈婉宜代独孤伽罗细述一回，不安道："叛军手里缴获的典籍直指王谊通敌，王谊又是太子的近臣，虽说无人会信太子勾结叛党，可是太子终究难以分辨！"

杨爽听得眉毛倒立，向独孤伽罗道："皇嫂，勇儿是什么人，你和皇兄岂会不明白？他性子温和，耿康又与我们有旧，纵然应对有所不当，他又岂会下令杀人？必然是那王谊包藏祸心，故意激怒勇儿，拿到令牌，杀死耿康，为了让大哥和勇儿父子生出嫌隙！"

这一番话，推断得句句在理，独孤伽罗慢慢坐直身子，凝思片刻后点头道："阿爽，勇儿自幼跟着你，最了解他的也就是你。如今王谊出逃，自然是不打自招，说明他心里有鬼，只要将他擒回审讯，一切都会真相大白！只是……"说到后句，又不禁迟疑。

杨爽追问："只是什么？"

独孤伽罗斟酌片刻，才慢慢道："依勇儿和灵儿所言，当时你二嫂、三嫂和晋王妃也在东宫，其间她们有没有煽风点火，实难判断。"随即将杨勇和高灵的话再分别转述，只是相隔日久，这二人的话前后已有出入，实难判断另三人的心思。

杨爽听得直皱眉，思忖片刻，一拍大腿道："她们之中若果然有人心里有鬼，必然与王谊勾结，抓到王谊，一问便知！"随即站起来躬身一拜，辞道，"皇嫂，臣弟即刻出宫，必将王谊那厮抓回来！"说完转身就走。

杨爽跨出殿门，恰尉迟容进来，二人险些撞个满怀。杨爽侧身让过，目光在她脸上一扫，躬身施礼，大步而去。

尉迟容听说独孤伽罗传召高灵，匆匆赶来，只听到杨爽最后一句话，此时被他一双眸子一盯，心里就有些发毛，看着他的背影消失，才慢慢进殿，强挤出一丝笑意，摇头道："阿爽年纪不小，怎么还毛毛躁躁的？"

独孤伽罗见到她，也多打量了一番，随口应道："家中他年纪最小，被我们宠坏了！"对之前的事绝口不提，转话问起杨丽华近日的饮食起居。

尉迟容口中回话，却暗暗打量她，见她神色平和，实在瞧不出什么。想到刚才杨爽的话，她心里越发不安，可是又不动声色，服侍她用过午膳，等她歇息，才悄悄退去。尉迟容匆匆走出甘露殿，找到赵如意低声嘱咐："你速速前往晋王府，就说卫王亲自去抓王谊，请晋王助一臂之力！"赵如意会意点头，匆匆而去。

独孤伽罗这一觉睡得并不踏实，从年少时家逢巨变，到与杨坚统兵伐陈，这匆匆三十年的事情，在梦中又迅速经历一回，最后画面定格在乱军丛中力战而死的杨整身上。

独孤伽罗一惊而醒，杨整满身鲜血的模样，竟然变得无比的鲜明。独孤伽罗只觉头疼欲裂，轻轻摇头，低声自语："不！不会！二弟是为国而死，她出身将门，岂会不明白其中的道理？该当不会做出这种事来！"话虽如此，可是想到杨整身亡之后尉迟容的失魂落魄，心里终究还是起了一丝疑惑。

尉迟迥死后，整个尉迟家彻底败落，尉迟容并没有生育儿女，在这个世上，也就只有杨整一个亲人。而杨整一死……难道她会从此恨上杨家？恨上大隋朝廷？

陈婉宜正坐在外殿看书，听到内殿的动静，挑帘子进来，见她已经起身，忙取衣裳服侍，问道："皇后是去御花园走走，还是去千秋殿？"

独孤伽罗问道："皇上在千秋殿？"

陈婉宜点头:"是,午膳后来过,听说皇后已歇下,没有惊动皇后,略站站就走了!"

这是怕吵到她啊!独孤伽罗心中感动,轻声道:"去千秋殿吧!"出门径往千秋殿去。

千秋殿里晋王杨广与杨素等几名大臣正向杨坚回话,见她进来齐齐见礼。独孤伽罗含笑点头,命众人免礼,这才向杨坚施礼。

杨坚招手唤她过去,将手中奏折递给她瞧,含笑道:"我们广儿越发出息,竟能想出以漕治水的法子!"

独孤伽罗不解:"什么以漕治水?"接过奏折来瞧。

杨广见杨坚高兴,凑前几步,解释道:"母后,之前儿臣外出巡查,见几座州府非但常闹水患,且河流纵横,致使道路难行。儿臣就想,若是能把大小河流凿通拓宽,用于水路行舟,既可减少水患,又可发展漕运,岂不是一举两得?"

独孤伽罗听完他这番见解,也不禁刮目相看,连连点头道:"河流互通,任是哪一州府发大水,都可从河道疏解,而河上漕运,又可以补陆运之不足!"略想一想,转向杨坚道,"法子是个好法子,只是这工程浩大,岂不是劳民伤财?"

杨坚含笑不语,只是向杨广示意。杨广又答道:"回母后,儿臣以为,当务之急,就是缓解水患!此事关系到百姓安危,若在农闲时调用民夫,再施以相应的工钱,百姓必然会欣然前往!再者,如母后所言,此项工程浩大,非一朝一夕之功,如今初建,自然是挑易处先行动工!"

杨坚等他说完,才含笑道:"晋王一切都已考虑周到,如今我大隋统一天下,国力日盛,朕以为此事可为,不知皇后意下如何?"

独孤伽罗听杨广一席话无一丝停顿,显然是已经深思熟虑,跟着点头,却又问道:"这是晋王一人所想,还是有人献策?"

杨广忙躬身道:"回母后,这偌大工程,一要勘测各州府河流地貌,二要查看各州府百姓人丁,二要计算工程花费银两,岂是儿臣一人之力能够完成?自然是有贤臣相助!母后相问,儿臣不敢贪功!"

一番话,说得杨素等人脸露笑容,杨坚更是哈哈大笑,指他道:"你不是不贪功,你是知道没那么大的脸贪功!"见独孤伽罗再无疑问,当即批复恩准。

看着杨广、杨素等人领命而去,杨坚轻轻一叹:"若是勇儿能有广儿一半勤勉,朕也不至于如此劳神!"

独孤伽罗听他语气里满是对杨勇的不满,心头微窒,低声道:"勇儿性子单纯,或者是为小人利用也未可知!"提到杨勇,才又问道,"广儿和杨素不是去搜拿王谊吗,为何又进宫了?"

杨坚道:"广儿另有要事,高大哥已经接替他,和大哥一同在查!"

独孤伽罗听说是独孤善和高颎二人在查,略略放心,只盼能抓到王谊,问出那些典籍的实情,还杨勇一个清白。

直到晚间，独孤善进宫回报，说整个大兴城搜遍了，都没有找到王谊的下落，倒是从宇文珠口中知道，王谊一早就已出城，杨爽、杨瓒已经追出城去。

独孤伽罗心下奇怪："怎么滕王也追出城去？"杨瓒不比杨整能征善战，只会抚琴赋诗，如今追拿王谊，杨爽出城并不稀奇，他追出城去就有些令人不解了。

独孤善摇头道："是卫王先得知消息，带人追出城去，之后滕王不知为何也急匆匆出城，出城时曾向城门守兵问过卫王的去向，自然是去追卫王的！"

杨爽从宇文珠口中知道王谊出城，带人去追。之后，杨瓒又突然带人去追杨爽？

独孤伽罗与杨坚对望一眼，都从对方的眼里看到了隐隐的不安。独孤伽罗只觉心头一阵狂跳，却不明白自己是在担心什么，立刻唤侍卫吩咐："速去滕王府，请滕王妃进宫！"

独孤善见她神色凝重，也不禁担心，问道："伽罗，可有什么不妥？"

独孤伽罗摇头，抚胸压住心头的不安，皱眉道："我也想不明白，只觉此事蹊跷。"

杨坚安慰道："伽罗，或者二弟是担心阿爽，你不必担忧！"

独孤伽罗点头不语，心里的担忧却未去半分。

隔一炷香的工夫，宇文珠一脸不满地进宫，径直前往甘露殿，给独孤伽罗粗粗施过一礼，张嘴就问道："皇后相召臣妇，不知有何要事？"心里暗恼：从杨坚登基，伽罗为后，二人威风日盛，这眼看就要天黑，却巴巴地把人唤进宫来。

独孤伽罗见她无礼，微微皱眉，却无暇斥责，只是问道："可是你告诉阿爽，王谊已经出城？你如何知道？"

宇文珠没料到她问的是此事，微微一愕道："我瞧见的啊！今日我去晋王府，道上王谊撞上我的轿子，我见他背着包裹，似要远行，随口问了他一句！"

"他亲口说要出城？"独孤伽罗忙问了一句。

宇文珠点头："他说要往同州走亲戚，臣妇还觉得奇怪，他可是朝中的重臣，怎么说走就走？"

独孤伽罗脸色微变，起身道："有劳滕王妃，今日先请回吧！"不等她行礼告辞，顾自出门，直奔千秋殿。

宇文珠见自己大老远地进宫，独孤伽罗却只是问这几句话就算完事，茶都没赏一口，她顿时错愕，随后变成一脸的恼怒，冷哼一声，甩手离去。

千秋殿里，杨坚见独孤伽罗脚步匆匆，去而复返，将手中奏折放下，奇道："伽罗，发生何事？"

独孤伽罗一把将他抓住，连声道："大郎，快！快快出兵，阿爽……阿爽怕有危险！"

杨坚大吃一惊，猛地站起，颤声问道："你……你说什么？"

独孤伽罗摇头："大郎，我来不及细述，你快命人出兵，往同州去追，或者还来得及！"

杨坚见她脸色苍白，神情急切，心中暗惊，无暇再问，一迭连声唤人，传旨高颎带人前往同州。

独孤伽罗看着侍卫领命飞奔而去，只觉双腿绵软，慢慢坐倒。隔了一会儿，她才将宇文珠的话细说一回，摇头道："若滕王妃与王谊相撞果然只是巧合，阿爽出城去追倒也罢了，为何三郎又追出城去？必然是从滕王妃口中听出破绽，担心阿爽！"

杨坚听完，也是脸色微变，心中顿觉焦躁不安，起身来回踱步，走过几圈，向保桂道："你传下话去，今日宫门不禁，若卫王、滕王和高仆射有事，随时进宫来回！"

保桂立在殿门口，早已听到二人的谈话，心中暗惊，不敢多停，飞奔前去传旨。

独孤伽罗心中担忧，坐立不安，直到夜深，杨坚劝过几回，她仍不愿回甘露殿。杨坚无法，只得扶她歪在榻上歇息。

第七十七章

废太子杨勇疯狂
QUEEN DUGU

　　三更将过,已接近四更,很快就是上朝的时候,宫外始终没有消息传来。杨坚吁一口气,向独孤伽罗劝道:"这一夜并没有消息传来,想来无事,你一夜未睡,还是回去歇歇!"
　　独孤伽罗摇头,心中仍然不稳,叹道:"我回去也是胡思乱想,还是陪你上朝吧!"命人去取朝服,起身整装。
　　就在此时,只听宫门外一阵大乱,数十人的脚步声已逼近千秋殿,向殿门而来。杨瓒不等进门,已连声唤道:"大哥!大哥!"声音中满含着愤怒、悲伤。
　　从杨坚登基起,兄弟二人情谊不变,可是他再也没有唤过"大哥"。独孤伽罗心里一紧,与杨坚同时抢步迎出去,急急问道:"三郎……"
　　话刚出口,一眼望见六名侍卫手中抬着一个血淋淋的人,火光映照下,但见那人一张俊秀脸孔已变得灰败,独孤伽罗只觉脑中轰的一声,顿时双眸大张,声音堵在喉头,再也说不出话来。
　　杨坚瞧见此景,更是脸色大变,脚步踉跄地奔出殿门,颤声唤道:"阿爽……"
　　侍卫手中抬着的,正是昨日一早出城追拿王谊的卫王杨爽。而此时,只见他满身是血,直挺挺地躺在担架上,早已失去了气息。
　　杨瓒见到二人,扑前跪倒,放声大哭:"大哥,大嫂,阿爽……阿爽没了……"
　　听到杨瓒的声音,独孤伽罗才似乎回过些神来,跌跌撞撞扑过去,一把将杨爽抱住,连声唤道:"阿爽!阿爽……"可是,杨爽身体已经僵直,毫无生气地躺着,再也不能回应。
　　独孤伽罗只觉脑中一片空白,双耳嗡嗡直响,耳边似乎只有杨爽一声声的呼唤:"大嫂……大嫂……"含笑的,微恼的,气急的,顽皮的……
　　"阿爽……"独孤伽罗喃喃低唤,眼泪滚滚而下。虽然说,杨爽是杨坚幼弟,可是,也相当于她的孩子啊！是她亲手抚养长大，须臾不离身边的孩子！昨日他还和她有说有笑，怎么只是相隔一日一夜，就变成一具冰冷的尸体了呢？

杨坚随后跟跄赶到，不信地望着单架上了无生气的弟弟，颤抖的手伸出，想去抚摸他的脸孔，却似乎怕惊醒他一样，不敢触碰，眼泪在不觉中也潸然而落。

独孤伽罗哭一会儿，低头仔细端详。杨爽就那样静静地躺着，俊秀的面孔带着些痛苦的扭曲，双眼大张，满含震惊和不信。而他的身上，大大小小竟有几十处伤口，却都不足以致命。最重的一处，是一处剑伤，正中胸口，一剑毙命。他是去追拿王谊，究竟是谁骤下杀手，让他有这样的表情？

独孤伽罗慢慢将他放下，突然回头，一把抓住杨瓒连摇，厉声叫道："三郎，你说！阿爽为什么会死？发生什么事？你看到什么？你仔仔细细说出来，一个细节都不许漏掉！"杨爽虽死，可是，身为大嫂，她必要为他报仇！

杨瓒跪在地上，身子任由她推搡，摇头哭道："大嫂，是三郎没用，等我赶到，阿爽……阿爽已经遇害……"

"什么……"独孤伽罗失望地松手，只觉双腿无力，身子摇摇晃晃，向后倒去。

杨坚大吃一惊，忙将她扶住，连声唤道："伽罗！伽罗……"

独孤伽罗振作一下精神，突然想起："高大哥！高大哥呢？"眼神凌乱地向后望去，一眼看到高颎满脸伤痛地立在门口，她立刻扑过去将他抓住，连声问，"高大哥，你告诉我，阿爽究竟遇到了什么事？他不是去抓王谊吗？为什么会死？为什么会死？"

高颎也是满脸伤痛，扶稳她的身子，轻轻摇头道："伽罗，我还不曾赶到同州，就……就遇到三郎的侍卫回来报信，随后赶去，只看到阿爽主仆和王谊的尸体！"

独孤伽罗双眸骤然大张："你是说，王谊的尸体？"杨爽去追王谊，而王谊也死了，那么，杀死杨爽的又是谁？

高颎点头："另儿人的尸体，在前殿！"这里是皇宫大内，杨爽是杨坚最疼爱的弟弟，杨瓒亲自带着进去也就罢了，其他人的尸体不能轻入。

杨坚过去揽住独孤伽罗，柔声道："伽罗，你回殿歇歇，我去瞧瞧！"

"不，我也去！"独孤伽罗脸色苍白，眸中却全是果决，努力挺起背脊，向宫外走去。

杨坚强抑心痛，上前一步将她扶住，二人一起出千秋殿，向前殿而去。前殿的广场上摆着十几具尸体，除去王谊和杨爽的亲随，还有几具叛军的尸体。在尸体之侧，放着十几柄兵刃。

高颎回道："这是现场能找到的所有的兵刃和尸体，看当时的情形，应该是卫王追到王谊，却被王谊和叛军围攻，双方各有死伤，只是王谊和卫王为何会同归于尽，臣实在推敲不出，就将所有的尸体和兵刃带回，请皇上定夺！"

独孤伽罗脚步虚浮，直奔那十几柄兵刃，只是这十几柄兵刃或刀或剑，或宽或窄，竟然没有一柄与杨爽身上的伤口相配。

也就是说，杀死杨爽的兵刃不在这里！换言之，就是杀死杨爽的凶手已携兵刃逃走！

杨坚一步步走向王谊尸体，伸脚狠踢一脚，咬牙骂道："奸贼！"低头查看他的尸体，但见也是一剑贯胸，伤口与杨爽身上的极为相似，再细查一回，不由吃惊唤道，"伽罗！"抬起头向独孤伽罗望去，一字一句道，"杀死王谊的，和害死阿爽的，是同一个人！"

独孤伽罗快步赶到，蹲下细瞧，果然见除去部位偏差之外，王谊身上的伤口与杨爽身上的一模一样。不只如此，王谊脸上的神情同样痛苦扭曲，同样带着震惊和不信。

王谊和杨爽被同一个人所杀，而两个人脸上竟然是同一个表情，这个人会是谁？

独孤伽罗只觉一颗心怦怦直跳，脸色苍白到极致，抬起头，向杨坚定定而视："王谊是被杀人灭口，而这个人，应该是我们的熟人！至少，阿爽绝不会相信这个人会对他下手！"

换一句话说，这个人是王谊的同党，就在他们身边！

杨坚与她四目相对，二人都感觉到同样的震惊。高颎立在二人身后，闻言也是惊得手足冰凉，喃喃道："是谁？会是谁下这样的毒手？"

杨坚咬牙，低下头再望向王谊的尸体，突然见他一只衣袖中露出半只手掌，手指弯曲僵硬，似乎死死握着什么。杨坚心头怦怦直跳，伸手慢慢将他衣袖卷起，将他手掌中的东西用力拽出来。

独孤伽罗和高颎一同望去，都是大吃一惊，只见他手上东西长四寸，宽三寸，边缘雕刻精致云纹，竟然是一枚赤金铸成的皇子令牌。

杨坚手指微抖，翻过金牌一看，突然脸色大变，咬牙嘶吼："杨勇——"这竟然是太子杨勇的金牌！王谊临死，手中还死死地抓着这枚金牌，岂不是在告诉世人，他的死与太子杨勇有关？

独孤伽罗脑中也是一阵迷乱，倒退两步，身子一软，慢慢坐倒，喃喃道："勇……勇儿……"这一瞬间，她也想起，杨勇所用的佩剑剑身平展，正如杨爽和王谊身上的伤口。

杨勇……竟然杀了阿爽？那是他的叔叔啊！从小将他带大，教他习文练武的亲叔叔，他竟然下得去手？

杨坚震怒，杨勇很快被人传来，面对满地的尸体，惊得魂飞魄散，极力否认是自己所为，可是，从昨天下朝之后，他人在哪里，做些什么，竟然说不出一个所以然来，就连太子令牌也不知是何时失去的。

杨坚惊怒之余又心痛万分，指他喝道："你这个逆子，竟然如此丧心病狂，究竟背着朕都做出了什么事来！怕被阿爽查到，竟然连他也杀，他是你叔叔啊！你对家人如此，朕又岂敢将这大隋江山交到你的手上？"

杨勇早吓得瘫软如泥，连连磕头，却无法为自己分辩。杨坚盛怒之下立刻传旨要废太子，被高颎死死拦住，连声道："皇上，轻易易储，怕会动摇国本，皇上十多年殚精竭虑，岂能因此毁于一旦？更何况此事还未查明，若是草率下旨，岂不是冤枉太子？"

杨坚气极，转头望向独孤伽罗，摇头道："伽罗！你口口声声说这个畜生像朕，他哪里像朕？你告诉朕，他哪里像朕？"说到后句，双眼通红，几乎是大吼出声。

独孤伽罗怔怔跪坐，耳听着杨坚的大吼、杨勇的哀求，却觉得这些声音离自己很遥远。她慢慢将眼睛闭上，似乎想将一切的声音、一切的景物，都摒弃于心门之外。

那是她的丈夫，她的儿子，还有她一手带大的孩子！他们都是杨家的子孙，他们是一家人啊！想不到，竟然骨肉相残，互相倾轧。

所有的声音，随着她闭上眼睛，当真飘远，最后，她只听到高颎一声惊慌的大喊："伽罗……"

独孤伽罗这一病，就是整整一个月。等她能够下床，杨爽的丧事已经办过。她木然地听着尉迟容的讲述，却一言不发。

直到天色全黑，杨坚才拖着疲惫的脚步回到甘露殿，见独孤伽罗精神略好，沉郁的心中终于生出些欣慰，慢慢在她榻沿上坐下，默然一瞬，轻声道："阿爽的丧事，以亲王之礼已经办妥，你放心就是！"

独孤伽罗"嗯"了一声，随即默然不语。丧事办得再好，纵然给他极致的哀荣，那个成日围绕在她身边一声一声唤着"大嫂"的孩子，也终究是再也看不到了！

杨坚沉默片刻，又道："三郎说，是因为滕王妃，阿爽才会中计，已经引咎辞去王位，自贬为庶民，三日前离京了！"

从此之后，他们与杨瓉一家，也再不能相见了吧！

独孤伽罗疲惫地闭上眼，轻轻叹出口气来。

家事说过，杨坚沉默一会儿，又道："昨日边界传来战报，说北国可汗玷厥被部下所杀，北国各部举兵犯我大隋，我已命杨素三日后出征。"

这个消息大出独孤伽罗所料，她骤然睁眼坐起，疾声问道："玷厥被杀，那阿史那颂呢？宇文阐呢？"

杨坚摇头，默然片刻，终于强抑心中的不忍，低声道："都死了，整个阿史那部，都被剿半。"

独孤伽罗身子微颤，摇头落泪道："他们要的，只是在那天高地阔的地方自由地活着，可是……可是……"想阿史那颂从北国公主到大周皇后，再到皇太后、太皇太后，历经多少波折，终于隐姓埋名回到北国，做一个寻常的百姓，可是，就连最后这微末的希望也被抹杀，她当真不知道，这是该怪命运作弄，还是该怪这动荡不安的乱世。

杨坚长叹一声，伸手拥她入怀，静默一会儿，才轻声道："伽罗，越是如此，我们越要过好自己的日子，阿爽……他那么快乐的一个人，相信不会愿意看到我们此刻的样子！"

独孤伽罗伏在他的怀里，轻轻点头，泪水已经滚滚而落。

赵如意服侍在二人身侧，见到二人亲密相拥，眸中闪过一抹嫉妒，很快又掩去，轻声道："天色不早，还请皇上、皇后早些歇息吧！"

虽然逃过一劫，可是杨勇在杨坚面前更加不被看重，最初受高灵督促，还肯学习处理政务，可是随着日子越来越久，原来的一些近臣也渐渐疏远，倒向杨广一方，杨勇心中越发烦躁。

此时前陈皇帝陈叔宝来访，见他如此模样，摇头叹气："太子，人生一世，该当及时行乐！你是当朝太子，皇上岂会不看重？如今因卫王之死，皇上心痛难过才有此雷霆之怒，等此事渐渐淡去，自然还会重用你！"

杨勇对朝政本就毫无兴趣，这些日子深以为苦，一闻此言，只觉正中下怀，又不敢太过放肆，只道："陈公既来，本太子陪陈公小饮几杯就是！"

陈叔宝大喜，击案道："有酒岂能无曲？近日我倒得了一首好曲子！"随即命人将琴取来，与杨勇饮酒作乐。

隔几日，陈叔宝再次过府，不只是带来酒乐，更带来四名美女，竟要与杨勇共享。杨勇见四名美女各有姿色，索性肆意享乐，再不多问政务。

高灵看在眼里，痛在心头，只能求助独孤伽罗。独孤伽罗也是又急又痛，将杨勇叫来斥责几回。可是杨勇当面虽磕头认错，转眼又沉迷酒色之中。独孤伽罗气怒之下，连病几场，高灵再来，就被尉迟容挡在门外，回道："从卫王去后，皇上身子始终不好，如今为了太子，更是大不如前，昨日皇上传下话来，请太子妃不要再来搅扰。"

高灵又急又怒，却又不敢强闯，只能一日一日看着杨勇沉迷酒色，忍受煎熬。

杨勇的所作所为传入杨坚耳中，他几次下旨痛斥，均只能令杨勇收敛几日，不久又故态复萌，他更觉心灰意冷，越发不愿去管，如此匆匆，竟然转眼十年。

那一日，独孤伽罗精神略好，想起有几日未去探望杨丽华，略作收拾，带着歆兰、陈婉宜出门。

她刚刚走出甘露殿宫门，就听门外赵如意斥道："这几日皇后身子刚好，你们就又来烦她，还不快快回去！"

一名内侍急道："如意姑娘，此次的事非比寻常，皇后若再不管，怕会出大事！"话音刚落，就听赵如意一声低呼，跟着脚步声三两下冲上石阶，竟然有人强闯宫门。

歆兰见一个清瘦的身影直闯而入，大吃一惊，立刻挡在独孤伽罗身前，怒声喝道："什么人？竟敢强闯甘露殿！"

内侍一眼看到独孤伽罗，不惊反喜，立刻跪倒，连连磕头道："皇后！请皇后快去东宫瞧瞧吧，再晚怕出大事！"

在他身后，赵如意快步赶来，无奈道："皇后，奴婢一时没有拦住，惊扰皇后，请皇后恕罪！"说完还向内侍瞪一眼。

强闯甘露殿，可是不小的罪名。独孤伽罗心中暗惊，顾不上多问，点头道："好，我们去瞧瞧！"命内侍起身，自己越过他，径直向东宫赶去。

内侍应命起身，与赵如意交换一个眼神，跟着匆匆而去。赵如意看着宫门外独孤伽罗远去的背影，嘴角挑出一抹阴冷的笑意。

跨进东宫大门，但见杨坚背门而立，正怒声呵斥，独孤伽罗忙唤道："皇上，发生何事？"

杨坚一张脸早已经气得铁青，回头看到是她，咬牙怒笑，向里指道："伽罗，你看看！这是你的好儿子！"

二人携手并肩、风雨同舟四十个春秋，历经生死，独孤伽罗却从来没有见过他这副模样，不禁心中颤抖，越过他，向院子里望去。

只见此刻东宫宽敞的庭院里已跪着满地的人，萧樯衣衫不整，长发凌乱，双手捂住脸孔，跪伏在地，呜呜哭泣，而太子杨勇只穿月白中衣，上衣却半敞，被两个内侍压跪在地，还在拼力挣扎，嘴里嘟嘟囔囔："杨广有什么好，本太子哪一点不如他？你不要跑，来与本宫同乐！"

眼前情形令独孤伽罗脸色大变，她再向后望去，却见尉迟容立在人群中，立刻向她道："蔡王妃，你说，发生了何事？"

尉迟容脸色乍红乍白，向杨勇望去一眼，才结结巴巴道："今日皇长孙生辰，臣妇与晋王妃前来祝贺，哪知道太子多饮几杯，有……有所冲撞……"

杨坚咬牙冷笑："有所冲撞？如何冲撞？冲撞何人？"

尉迟容脸色变幻，终于伏地磕头，颤声道："是太子，竟……竟然要与晋王妃同乐。晋王妃不堪受辱，才闹将起来！臣妇劝解不力，请皇上、皇后责罚！"

萧樯闻言，再也忍耐不住，哇的一声大哭起来，向杨坚、独孤伽罗连连磕头："父皇、母后！求为儿臣做主！"

衣衫不整，还能是如何冲撞？

独孤伽罗眼前一黑，连连摇头，指着杨勇，一时说不出话来。

杨坚气得身子直抖，慢慢走到她身后，声音已经冷到极致，一字一句问道："伽罗，他真的像朕？真的像朕吗？"这几年来，杨勇越来越荒淫无度，无人能够约束，如今，竟然羞辱弟媳！这可是有违人伦啊！

独孤伽罗脑中嗡嗡直响，难以置信地瞪着杨勇，一个字都说不出来。

杨坚闭眼，再睁开，已是满目悲凉，向杨勇道："你这逆子，如此荒淫无度，丧失人伦，朕岂能将朕辛苦建立的大隋江山交到你的手上？"

杨勇跪在地上，却仍打个酒嗝，嘻嘻道："来！和本太子同饮一杯……呃，合欢酒……"

杨坚咬牙，一忍再忍，终于再也忍耐不住，霍然转身大步向外而去，怒声道："传朕旨意，废杨勇为庶人，逐出东宫！"

此言一出，整座东宫齐惊，杨勇却仍嘻嘻笑道："东宫……本宫是太子，晋王如何能比？跟着杨广做什么？不如跟着本太子……"

独孤伽罗耳听着杨坚的脚步声渐远，只觉身子一阵一阵发软，轻轻摇头，低声命道："容儿，你请晋王妃先去甘露殿略作收拾，晚一些送她回去。即刻封锁东宫，今日之事，不许任何人外传，违命者斩！"这可是皇室丑闻啊，一旦传出宫去，不只是杨勇身败名裂，就连杨广，怕也再无脸面见人，她不能一下子毁掉两个儿子啊！

尉迟容磕头答应，过去扶萧樯起身。萧樯哭个不停，抬头与她眸光相触的瞬间，却露出一抹得逞的笑意。

只此一计，就将杨勇废为庶人，余下的兄弟并无才能，这太子之位，自然非杨广莫属。

公元600年，隋文帝杨坚以太子杨勇政务不勤、德行有失为由，废太子之位，将杨勇贬为庶人，改立晋王杨广为太子。

旨意传入甘露殿，独孤伽罗只是默默而坐，并不置一词。尉迟容慢慢替她梳理已经花白的长发，轻声叹道："此事也怪不了皇上，那日若不是我们拦着，太子当真做出什么事来，不要说兄弟失和，这整个大隋朝廷，怕也会沦为笑柄。"

独孤伽罗默然，隔了良久，才慢慢问道："那如今呢？勇儿……可好？"

尉迟容摇头叹气，望望镜子中的女子，眼底闪过一抹残忍的笑意，语气却带着些心痛："被逐出东宫那日，太子……哦，不是，是勇儿神志就已有些不清，前几日臣妇命人去探问，他竟然连人都不认识了，成日大喊大叫，说要登基称帝，还说出些大逆不道的话来。"

也就是说，杨勇彻底疯了！

独孤伽罗心中一阵锐痛，迅速将眼闭上。

尉迟容仔细察看她的表情，眼底带出些欣悦，口中却劝道："皇后不必担心，或者……假以时日，他会好一些！"

独孤伽罗垂眸，"嗯"了一声，并不置一词。好一些又如何？从此之后，"废太子"三个字，他将背负一生。

尉迟容观察她片刻，又试探着问道："皇后，这屋子里病气重，皇后若觉身子松快，不妨到御花园里走走？还有，皇上差人来问过几次，问皇后要用些什么，命御膳房去备！"

独孤伽罗恍似没有听到，隔一会儿才道："去御花园里走走吧！"说罢晃晃悠悠起身，也不换衣裳，就向门外走。

尉迟容急忙取披风替她裹上，唤歆兰、陈婉宜相随，伴着她出门。

独孤伽罗慢慢走进御花园，目光无意识地掠过园中一草一木，双脚却不自觉往重才殿走去。这条路，这二十年来，她几乎每隔一两日就要走上一回，算起来，这一次是相隔最久的一次！

独孤伽罗望着紧闭的殿门，慢慢上前，自然而然在门侧的石墩子上坐下，却不说话，抬头望着蓝天上的流云发呆。

这条路，她走了二十年；这石墩子，她也坐了二十年。这重才殿里，住着她的女儿杨丽华，这二十年来，杨丽华从来没有给她这个母亲开过门，也再没有见过她一面。

陈婉宜见独孤伽罗坐在那里，经过一场大病，她本来就纤细的身体更显出些单薄，心中不忍，上前一步唤道："公主，皇后来看你了，开开门吧！"

殿里没有一丝声息，安静得像是没有人居住一样。独孤伽罗听到她的话回过神来，摆手示意她不必叫门，自己默然一瞬，才慢慢开口："丽华，这几日，我睡梦中时常会梦到我们在定州。那时，我们一家其乐融融，何等的逍遥！可是，为了广儿，为了全家团聚，我们还是回到了长安。后来，你父亲再次被迫出藩，却又将你和勇儿留下。那许多年，我们四处流离，居无定所，一直努力想要的，就是一家人团聚。"

重才殿内，杨丽华写字的手停住，笔尖随着情绪的起伏有了一丝颤抖。

重才殿外，独孤伽罗似也习惯了殿内没有回应，长叹一声，继续道："后来，我们回到长安，一家人终于可以在一起了，可是宣帝荒淫，将大周偌大的江山弄得千疮百孔，民不聊生，你父亲这才取而代之，登基称帝。你说他是外戚篡位也好，说他是乱臣贼子也罢，可是这二十几年，原来动荡不安的大周，已经变成国富民强的大隋。这一切，你都不愿意去看！甚至，你不愿意见到我们任何一个人。我们分明就在同一座皇宫，你却不愿意与我们一家团聚！"

重才殿里，杨丽华听到这里，暗暗咬牙，稳住微颤的笔尖，慢慢落笔，继续写字。

独孤伽罗抬头，又看向宫墙上空的蓝天，出一会儿神，才又道："丽华！阿爽死了，勇儿疯了，以后，我们一家人再也不能团圆了！"只这一句，仿佛用尽她全身的力气，平静的声音，终于带着些悲凉。

杨丽华心头大震，手一抖，手中的笔啪的一声掉在桌子上，雪白的纸上洇染出大片的墨迹。这一瞬间，杨爽和杨勇含笑的面容在脑中闪过，一个声音温和："丽华！丽华！"另一个笑得明快："姐姐！姐姐！"

可是，这二十年来，她怨恨父亲、母亲夺位，害她失去掌控天下的大权，她怨恨所有的亲人为了他们的一己私欲，牺牲她的幸福。她和他们虽然近在咫尺，却再也没有见过。

采苓见她神情大变，忙轻声问道："公主，要不要给皇后开门，见上一面？"

杨丽华咬唇，压下心底激荡的情绪，轻轻摇头。

见一面？说什么呢？这一刻，她心中除了对殿外女子的愤恨之外，竟然多出些情怯。

殿内殿外，两母女心思各异，一个将满怀的情感倾吐，一个却固执地不愿踏出一步。

陈婉宜和歆兰对视一眼，都暗叹摇头。恐怕世上也只有这一对母女带着如此多的爱恨，牵扯不清。

而尉迟容看着独孤伽罗黯然的神色，嘴角掠过一抹残忍的快意：任你独孤伽罗占尽天下的好事，这个女儿，终究是你一块心病。

独孤伽罗大病初愈，说这一会儿话，已觉神思困顿，慢慢起身道："丽华，母亲去了，改日再来瞧你！"静立片刻，听殿内依旧无声，叹一口气，扶着歆兰转身离去。

第七十八章

诱帝心文姬为祸
QUEEN DUGU

杨坚又是一连数日理政到深夜，怕扰到独孤伽罗歇息，不回甘露殿，只在千秋殿临时的寝宫歇息。

那一日，案头的奏折再次堆积成山，杨坚一封封地细细批阅，不知不觉，夜色已深。

此时殿门被人推开，赵如意捧着托盘进来，福身施礼道："皇上！皇后亲手备下羹汤，命奴婢送来！"

杨坚听她说到独孤伽罗，提笔的手微微一停，应道："你且放着吧！"

赵如意款款向他走去，轻声道："皇上，皇后吩咐，说近日皇上处理朝政劳神，这汤必得热着喝才补身子，嘱咐奴婢必要盯着皇上用过才好！"

杨坚被她说笑，摇头道："你们都学着你们主子，处处管着朕！"伸手去接汤盏。保桂见状，急忙上前替他接过，又取银针试过，才捧至他面前。

杨坚抬头瞧他一眼，摇头道："皇后送来的汤，还查什么？"杨坚不以为然，但觉那汤清香扑鼻，嗅之令人神清气爽，慢慢饮尽。

赵如意微微含笑，接过空盏却并不走，而是起身将殿内所有灯烛一一挑亮，还向保桂望去一眼，含笑道："公公若困，不妨歇会儿，奴婢在这里服侍皇上！"

保桂连忙摆手："皇上还不曾歇，我们做奴才的怎么好歇着，如意姑娘自去就是，我不困！不困！"话刚说完，立刻打一个大大的哈欠。

赵如意低笑出声，侧头向杨坚望去。杨坚也忍不住笑起，摆手道："朕这里不用服侍，你们都去歇着吧！"

保桂连忙道："皇上，皇上为国事操劳，总要有人端茶递水……"话没说完，又连打两个哈欠，惹得杨坚哈哈大笑。

赵如意抿唇，上前推他："公公外殿歇歇再来，奴婢替公公一会儿！"

保桂连连在御前失礼，也不敢再强撑，只好连连向杨坚告罪，缩坐在外殿椅子上歇息。赵如意替他挑亮灯，才又返回内殿，替杨坚磨墨。

杨坚见她靠近身边，闻到一缕若有若无的馨香，不禁心头有些烦躁，摆手道："皇后那里要人服侍，你还是回去吧！"

赵如意并不起身，只是微微含笑，柔声道："皇上，奴婢难得服侍皇上，皇上就如此不愿意看到奴婢？"

杨坚听她声音柔腻，语气怪异，不禁抬头去望，一望之下，但见她不知何时已衣襟半敞，露出大片酥胸，不禁心头突地一跳，身体顿时燥热。大惊之下，杨坚一跃而起，怒声喝道："赵如意，你要做什么？"话出口，脑中一阵昏眩，几乎站立不稳。

赵如意低笑一声，伸手宽衣解带，慢慢向他靠近，柔声道："皇上，你可是九五之尊、大隋天子，这六宫虚设，一生只有独孤伽罗一个女人，不觉得有所遗憾？"说话间，周身衣衫除去，已只剩下贴身的小衣。

杨坚心头狂跳，神志也渐渐不清，连连后退，摇头道："朕的伽罗可抵三千粉黛，朕要旁人做什么？你出去！给朕出去！"眼看着赵如意步步靠近，他想要挥手将她推开，整个人却已没有半分气力。

此时赵如意整个人已蹭到他怀里，伸手在他身上一推，已将他逼入后殿，向他扑去，将他压倒在床上。

女儿家幽幽的体香伴着奇异的馨香扑鼻而来，杨坚心头一阵迷乱，拼力保持最后一份清醒，奋力将她一推，怒声吼道："滚开！"翻身爬起，就想向殿外逃去。

赵如意低笑一声，抓住他外袍拼力一扯，长袍脱身，他整个人又被带回床上。

赵如意向他扑去，柔声道："皇上，等你尝过别的女子的滋味，就会知道，独孤伽罗有多么无趣！"口中说话，手上片刻不停，将他的衣衫剥下，又去拉扯他的亵裤。

此刻杨坚整个人已无反抗之力，凭着脑中最后一丝清醒，在自己舌尖狠狠一咬，积聚出最后一丝气力，横身向赵如意撞去。

只是此刻赵如意整个人骑在他的身上，被他一撞，身子翻倒的同时，张臂将他抱住，二人上下之势顿时逆转，变成他趴在她的身上。

赵如意双手牢牢抱住他不放，柔声笑道："是呢，皇上九五之尊，岂能居于女子之下，是妾身无礼了！"一只手抱住他不放，另一只手迅速将他亵裤拽下。

杨坚脑中已经一片迷乱，只能勉强保持头脑中的一丝清醒，咬牙喝骂："贱人！"可是此刻，出口的话已变成几声呻吟。

正在此时，只听外边殿门一响，独孤伽罗唤道："皇上！"脚步在外殿一停，向内殿而去。

杨坚大惊，拼力想要从赵如意身上跳下，可是脖颈被她紧紧地抱住，一时竟然挣扎不开。

独孤伽罗踏进外殿，见保桂睡得正沉，只道杨坚已经歇下，进入内殿，却见所有的蜡烛都点得明亮，殿中却空无一人。她微微摇头，正想退出去，却见桌案后丢着几件女子的衣衫，不由心头突地一跳，紧接着听到后殿异声，暗暗咬牙，径直向后殿而去。

哪知后殿的殿门半掩，只这一眼望去，但见床榻帐幔半垂，里边一男一女衣衫尽敞，正抵死纠缠，一时间，她顿时如遭五雷轰顶，厉声吼道："杨坚，你好！"气怒之下，转身就走。

外殿，尉迟容听到这声大吼，嘴角挑起一抹阴冷的笑意，快速将离保桂最近的几支蜡烛熄灭。见独孤伽罗怒气冲冲地出来，她连忙跟在身后，连声问道："皇后，怎么了？发生了何事？"语气关切，与刚才的阴冷模样判若两人。

独孤伽罗一言不发，径直向外疾奔，冲向千秋殿外。

她这一声大吼令杨坚打了个冷战，他拼尽最后一丝气力，在赵如意身上重重一推，竟然摆脱赵如意的搂抱，向后摔下地去，肩膀撞上旁边的案几，几上花瓶倒下，清水洒在他头上，他整个人顿时清醒，立刻一跃而起，向殿外追去，惶急地叫道："伽罗……伽罗……"

独孤伽罗伤心之下哪里还会理他，见他追来，更是加快脚步，冲出千秋殿，向甘露殿奔去。

杨坚跟跄追上，一把将她抓住，连声道："伽罗，你听我说，不是你看到的那样！"

独孤伽罗伤心欲绝，用手将他挣脱，咬牙道："皇上，你是九五之尊，不过是收区区一名女子，又有何不可？"说完转身就走！

杨坚大急，又随后追去，连声道："不！伽罗，不是的，是那赵如意，她……她不知道使了什么手段！必是……必是在汤中下药！"

赵如意？

独孤伽罗脚步顿时停住，一张脸已变得煞白，转头瞪视他，一字一句道："你是说，是赵如意？"刚才她在殿里没有细瞧，没有料到，那个和杨坚滚在床上的女子，竟然是赵如意！

赵如意，跟着她已有十年，从长安直到大兴，始终服侍恭谨，此刻杨坚说是赵如意下药，她又如何能信？

杨坚急忙点头，见她眼底皆是不信和愤怒，心头一凉，突然想起什么，向最近的一名侍卫一指，喝道："立刻去千秋殿擒拿赵如意，殿内的东西一律不许动！"

本来值守的侍卫见帝后二人争执，皇帝还衣衫不整，都垂头不敢多看，此时听他喝命，哪里还能当自己不存在，连忙应命，呼喝一声，与另几名侍卫向千秋殿冲去。

杨坚握住伽罗手臂，低声求道："伽罗，你纵要定朕之罪，也总要给朕机会分辩，先回千秋殿如何？"见她瞬间沉了脸色，又立刻道，"去甘露殿也行，总要让朕穿件衣裳！"

此时的九五之尊、大隋皇帝，外袍早已不知去了何处，赤着上身，勉强提着没有腰带的亵裤。

他终究是当今皇帝，在臣属面前总还要留一份体面。独孤伽罗无奈，默默转身，向甘露殿而去。

看到独孤伽罗怒气冲冲地回来，身后跟着狼狈万分的皇帝，歆兰、陈婉宜相顾愕然。

只是身为奴仆，又不敢多问，二人互视一眼，只能当什么都没有瞧见，歆兰随着皇帝入内更衣，陈婉宜服侍独孤伽罗洗漱。

这一路走来，独孤伽罗已极力忍耐，此刻越想越怒，再也压制不住胸中的怒火，见她送上面盆，信手一挥，将面盆打翻在地，咬牙命道："你唤几名侍卫，去千秋殿将赵如意那贱人押来！"

陈婉宜从不见她发这么大脾气，面盆脱手，哐当一声摔个粉碎，吃惊之余正要跪下，听她这句话，知她发怒竟是与赵如意有关，心中更是讶异，急忙应命，也不敢吩咐旁人，出外唤来两个侍卫，亲自带着直奔千秋殿而去。

杨坚换好衣裳出来，见独孤伽罗脸色铁青，还在发怒，心中忐忑，慢慢蹭过去，在她身边蹲下，试着去握她的手，歉然唤道："伽罗……"

手背被他手指碰到，独孤伽罗只觉一阵恶心，猛地将手抽回，霍然起身，咬牙冷笑："皇上是大隋皇帝、一朝天子，事情都已做了，又何必做这副嘴脸？"

杨坚听她这话说得极重，又有满殿的奴仆在侧，脸上顿时挂不住，慢慢站起身，皱眉道："伽罗，此事原委你还不曾清楚，就如此呼呼喝喝，成何体统？"

"体统？"独孤伽罗气笑，"堂堂天子，在那御书房中与奴仆苟且，倒是哪里的体统？"

杨坚将脸一沉，冷声唤道："皇后！"

只这一声唤，温度全失，只是提醒她的身份。独孤伽罗气得全身发抖，连连点头："好！好！我独孤伽罗是你杨坚的皇后，就该有母仪天下的气度，皇上该有后宫三千，是我独孤伽罗不该独占，早该甄选天下美女，替皇上充实后宫，也就不至于逼得皇上行出这等事来！"说到后句，脑中全是刚才千秋殿中活色生香的一幕，泪珠在眼眶里滚了滚，她却又倔强地逼了回去。

歆兰听到二人争执涉及宫闱隐秘，心中暗惊，忙向满殿奴仆摆手，带着人退出殿去。

杨坚见独孤伽罗红了眼圈，几乎就要落泪，一时慌了手脚，又不敢再去碰她，急得跺脚："哪个要什么后宫三千？你……你这话岂不是冤枉人？"

独孤伽罗冷笑："皇上不要后宫三千，却独独钟情赵如意一人，这天下谁又敢说一个不字！"说到这里，终究忍不住满腹的委屈，泪珠滚滚而落。

年少时的海誓山盟历历如在眼前，可随着岁月的更替，随着年华的流逝，终究还是成了一句空话。

这一来，杨坚更是手足无措，深悔方才为了一时颜面将话说重，只得低声求道："伽罗，你不要哭！你且听朕解释！今日你命赵如意送汤，她就在千秋殿多停了片刻……"

话还没有说完，已被独孤伽罗皱眉打断："我几时命她送汤给你？"今日她亲手备了汤，还亲自送去，哪知道到了千秋殿，看到的竟然是那样的一幕。

杨坚一惊，失声道："不是你命她送汤？"脑中略略一转，已经明白，急忙起身出去，向歆兰道，"你亲自去千秋殿，将案上盛过汤的青花汤盏取来，不要让旁人触碰！另外速传太医进宫！"

歆兰见他神色郑重，心知事关重大，忙应一声，匆匆而去。

杨坚回来，沉吟片刻，叹道："不是你命她送汤，她却说是奉你之命，随后她借故在殿里逗留，设计勾诱，朕……"

独孤伽罗冷笑："她设计勾诱，皇上不过是中她美人计罢了，是吗？"语气中，满含着讥讽。他是大隋皇帝，又是一个壮年男子，若他不肯，以赵如意那娇怯怯模样，岂能勉强？

杨坚听她语气中满含不信，心头一阵刺痛，默然片刻，涩然道："伽罗，此事莫说是你，纵然是朕，一时也不大明白，你不经查问，就此认定是朕的错？朕对你之心，竟如此不能令你相信？"

是啊，从相识到如今，他们已经携手走过漫长的三十年，这三十年中，杨坚对她之情从没有一丝瑕疵，她对他，又岂能不信？可是，方才一幕是自己亲眼所见，岂能有假？

独孤伽罗心头交战，一时默然不语。正在这个时候，就听殿外脚步声响，陈婉宜回道："皇后！赵如意带到！"

听到"赵如意"三个字，独孤伽罗心中的怒火再次腾起，厉声喝道："带她进来！"

随着话落，殿门打开，陈婉宜在前，两名侍卫押着赵如意在后进来，侍卫将赵如意用力一推，喝道："跪下！"

赵如意立足不稳，跟跄几步摔跪在二人身前，低声呼疼，抬头望向杨坚，怯怯唤道："皇上……"哀婉的神情，楚楚动人，我见犹怜。

杨坚皱一皱眉，侧过头去。独孤伽罗见她身上只裹着一件外裳，胸前春光乍现，两条光裸的小腿更是暴露无遗，胸中更觉闷堵，冷哼一声向她道："无耻的贱人，当真是胆大包天，竟敢勾诱皇上！"

赵如意眉目微转，向她望去，目光在她脸上略略一停，突然哈哈大笑，向她道："独孤伽罗，你这个妒妇！皇上可是九五之尊，你人老珠黄，不能在皇上身上尽心，还死死霸着不放，这历朝历代，怕也只有你一人！"

经过杨坚一番劝慰，独孤伽罗心中的怒火本来渐消，听她如此一说，顿时怒火更甚，霍然站起，厉声喝道："你说什么？！"

赵如意冷笑连连："独孤伽罗，皇上正当盛年，而你容貌早衰，哪里比得上我赵如意年轻貌美？自古以来，最是无常帝王心，你以为你当真能守住皇上一生一世，当真是痴心妄想！"她追随独孤伽罗十多年，又处心积虑，这一番话，正中独孤伽罗痛处。

独孤伽罗脸色大变，伸手指着她，颤声道："你……你……你这无耻贱人！"

杨坚见她气得直抖，上前一步将她扶住，转向赵如意冷声道："朕待皇后之心，还不必你一个贱奴评判，你使卑劣手段勾诱帝王已是灭族之祸！来人……"

"皇上！"后半句话还没有出口，已被赵如意打断。她疾爬两步抱住杨坚双腿，哀声道："皇上，方才皇上对奴婢何等恩宠，说奴婢强过独孤伽罗千倍万倍，此刻皇上纵然惧她悍妒，又何必如此绝情？奴婢不要什么诏封，只求能留在皇上身边，服侍皇上就好！"

"你……"杨坚没有料到，到这个地步，她还在信口攀诬，心中大急，怒声喝道，

"贱人，你胡说什么！"急忙要将双腿从她怀里抽出来，却被她牢牢地抱住。

独孤伽罗见二人纠缠不清，气得身子直抖，咬牙怒喝："你这个无耻的贱人！"抬腿将她一脚踹开。

赵如意痛呼一声，眼泪汪汪望向杨坚，娇声唤道："皇上……"这一声唤，当真是百转千回，千娇百媚。

独孤伽罗暗暗咬牙，但听她言之凿凿，与自己所见相合，一时实不知还能不能相信杨坚。

这个时候，就听殿外歆兰回道："皇上，皇后！太医到了！"

杨坚忙道："还不快传！"

歆兰应命，带着薛太医进来，跪倒行礼。在她身后，保桂跟跄而入，抢在太医之前跪倒，连连磕头，连声道："皇上，奴才一时贪懒睡着，不料发生如此大事，奴才该死，请皇上责罚。"

杨坚向他望一眼，想当时是自己应允，摆手命他闭嘴。

歆兰见过礼，将手中托盘送上："皇上！这是千秋殿皇上案上的汤盏，并不曾有人碰过！"

赵如意一见，瞳孔顿时一缩，狠狠咬唇，死死盯着汤盏。

杨坚向汤盏望去一眼，确认是自己之前饮汤所用，向薛太医道："你查查这盏里的残汤，可有什么不妥？"

薛太医领命，从歆兰手中接过汤盏，细细查验，片刻之后磕头回道："回皇上，这残汤中有催情之物！"

保桂大吃一惊，失声道："不会！皇上用汤之前，奴才用银针试过，确实无毒！"

薛太医摇头："银针只能试出对身体有所损伤的毒药，这催情之药本是闺房中调剂之用，银针不能试出！"

杨坚闻言，早已气得咬牙，上前一步将赵如意踹倒，指她喝道："该死的贱人，竟敢使出这等卑劣手段！"

赵如意见他疾言厉色，脸色顿时惨白，颤声唤道："皇上，奴婢一片真情，皇上岂能不见？"声音虽然柔媚不减，眼底却透出一抹绝望。

杨坚咬牙怒斥："贱人，如此无耻行径，也配提一个情字？"

赵如意眼底满是哀戚，落泪道："皇上，奴婢待皇上之心，日月可鉴，并不比独孤伽罗少一分！"

杨坚气极冷笑："可惜在朕眼里，你不过是猪狗不及的蠢物！"

赵如意听他言语竟不留半分情面，眸底皆是绝望，连连摇头，喃声道："皇上，奴婢一片真情，你竟如此践踏！"

独孤伽罗也是怒极，指她道："赵如意！本宫待你不薄，想不到竟然养虎为患……"气急之下，再也说不出话来。

"待我不薄？"赵如意眼底的绝望变成讥讽，冷笑连连，渐渐变为大笑，笑声越来越大,最后变得歇斯底里,眼中却流下泪来,向独孤伽罗道:"独孤伽罗,你虚情假意,瞒得过天下人,又如何瞒得过我尉迟文姬?我爹娘、祖父尽数死在你的手中,可惜我不能手刃你这毒妇报仇雪恨!"

"尉迟文姬"四个字入耳,独孤伽罗顿时心头大震,失声道:"你……你说什么?"

杨坚也是震惊莫名,也出声道:"你说什么?"

尉迟文姬!这是多么久远的名字,此刻却像一棵毒草,在二人心头扎根。

当年赵嫣身亡,尉迟文姬失踪,与二人有千丝万缕的联系,也因此,他们耗尽人力四处搜索,可是始终无果。没有想到,事隔茫茫三十年,她竟然以这样的方式出现在二人面前。

独孤伽罗难以置信地摇头:"为什么?你……为什么……"当年的尉迟文姬对杨坚只是怀着一片孺慕之思啊,如今为什么会做出这种事来?

尉迟文姬冷笑连连:"独孤伽罗,你为了独占杨坚,逼死我的母亲,害死我的父亲,连我祖父也被你们逼死!我尉迟家与你不共戴天,此恨此仇,我尉迟文姬岂能不报?"

独孤伽罗痛心道:"当年你母亲的死虽说与我们有关,可是并非我们本意,你一番执念,将自己弄到这步田地,值吗?值吗?"

尉迟文姬惨然大笑:"值吗?独孤伽罗,毁家之仇不共戴天,你不也是为了你独孤家一门之恨,将整个大周据为己有?你和我,不过是一成一败罢了,又有什么值和不值?"口中疯狂大叫,心中是说不出的愤恨。可惜!可惜只差一步,她就能得到杨坚。她年轻貌美,不是独孤伽罗可比,若是能夺得帝心,何愁不能将独孤伽罗废而杀之!只是,想不到他竟拼力反抗,直至独孤伽罗赶到,令她功亏一篑!

见她如此偏执,独孤伽罗已无言以对,微微摇头,摆手道:"你使卑劣手段勾诱帝王本是死罪,只是……本宫念你只是一时偏执,你自毁容颜,出宫去吧!"终究,她是尉迟家的人啊,她是尉迟文姬!

赵如意双眸骤张,嘶声叫道:"不!你这个妒妇!你休想得逞!"说着双手张开就向独孤伽罗扑去。

陈婉宜及时喝道:"抓住她!"两名侍卫抢上,将赵如意擒住,径直拖向殿尾。赵如意拼命挣扎,突然伸手一把夺过侍卫腰间佩剑,疯狂乱挥。侍卫吃惊,急忙闪避,已经让她挣脱。

赵如意连退数步,将剑横上自己脖颈,眼神狂乱,摇头冷笑:"独孤伽罗,你害得我家破人亡,如今还要羞辱于我,你休想!你休想!"

直到此刻,杨坚才回过神来,喃喃道:"文姬,你居然是文姬!"

尉迟文姬望向他,眼底多出些爱恨纠缠,落泪道:"皇上,你是好人,可惜!可惜你娶了这个女人!你知不知道,刚才在千秋殿,文姬和你在一起有多快活?你心里也是有文姬的,是不是?虽说你没有认出我,可是……你终究还是对文姬有情,你爱上了扮成赵如意的文姬,不是吗?"

杨坚痛心摇头:"文姬,你爹娘在天之灵,看到你这副模样,不知会有多么心疼!"

尉迟文姬眸子一亮，轻声道："那你呢？皇上，你是不是也心疼？"

杨坚闭眼，转向独孤伽罗道："伽罗，念她是尉迟家的女儿，还是……放她出宫吧！"虽说他不知道她为什么把尉迟宽之死也怪在二人身上，可是赵嫣之死总与二人有所关联，更何况，尉迟迥更是因他夺位，死谏而死。

独孤伽罗默然，终于也是一声长叹，向几名侍卫摆手道："你们送她出宫，今生今世，再不许她踏进大兴城一步！"

还不等侍卫应命，尉迟文姬已放声尖叫："不！独孤伽罗，你假仁假义，放我出宫，再行加害，想要赢宽厚之名，你休想！你休想！今日，我尉迟文姬就要你背上悍妒之名，写入青史，负万世骂名！"话落，手中利剑骤然疾抹，血光迸现，伴着她阴冷的笑声，身体微微一晃，直直向后仰倒。

第七十九章

明真相尉迟作恶
QUEEN DUGU

"文姬!"杨坚大惊,抢上要救,却已来不及,眼睁睁地看着她倒在血泊中,双眸大睁,气绝身亡,他不禁全身冰冷,手脚微微颤抖,回身望向独孤伽罗,摇头道,"伽罗,你……你又何必逼人至此?"

看着尉迟文姬横尸面前,独孤伽罗也是惊得手足冰凉,听他此言,更是双眸骤张,吃惊道:"你说什么?"自己只是要她出宫,只是要她离开大兴,再也不能纠缠杨坚啊!为什么她这一死,杨坚竟怪到自己头上?

杨坚摇头,目光落在尉迟文姬的尸身上,脑中似闪过幼年时那个满身是伤、缠着他喊父亲的小小女娃,哑声道:"她是文姬啊!她只是一个柔弱女子,毁她容貌,你要她如何自处?她已没有亲人,被逐出大兴,你要她如何生活?"

看着他眼底满满的痛苦,独孤伽罗的身体一阵一阵发冷。尉迟文姬说得不错,虽说他没有认出她,可是,他终究是对扮成赵如意的她动了情,不是吗?

狠狠闭眼,独孤伽罗强压下尉迟文姬之死带给她的冲击,整个人很快冷静下来,慢慢坐下,目光扫过满殿的侍卫、奴仆,冷声道:"纵然赵如意使计勾诱,在汤中下药,皇上何等英武,岂会没有反抗之力?何况,殿中自有满殿的奴仆,殿内生出那等事来,竟会无人知晓,任这贱人胡作非为?"

杨坚听她语气冷冽,不禁一愕,看到她一张脸上满是冷漠,心中顿时一凉,哪里还顾得上什么尉迟文姬,他忙道:"是朕见天色太晚,命他们散去了,只留保桂一人!"尉迟文姬已死,如今若独孤伽罗仍然见疑,他只能自证清白。

保桂跪在殿尾,闻言急忙点头,又磕头道:"是奴才没有服侍好皇上,请皇上、皇后降罪!"

独孤伽罗凌厉眸光定定射向他,一字一句道:"你从赵玉意进千秋殿开始,事无巨细,一一说来,不许有一丝错漏!"

这是要保桂和他对质啊！杨坚一噤，但觉舌底苦涩，自知理亏，说不出话来。

保桂缩缩脖子，抬头向杨坚偷望一眼，见他脸色乍青乍白，并不阻止，这才一一回道："那赵如意说是奉皇后之命来给皇上送皇后亲手备下的羹汤。"从赵如意进殿说起，保桂一五一十细述一回，说到自己乏困睡去，连连磕头，"奴才不知为何那会儿困得很，如意姑娘送奴才出外殿，只是一会儿，奴才就睡得人事不知，后来……后来并不知道发生何事！"

独孤伽罗亲眼见他在外殿的椅子上睡着，连她进殿也没有听到，微微点头问道："你是说，那贱人进殿之后，除去敬汤，只是将灯挑亮？"见保桂点头，又问道，"后来呢？你如何醒来？又看到了什么？"

保桂忙道："后来，是婉宜姑娘用水将奴才泼醒，奴才才知道发生了大事！"

杨坚恍然，忙点头道："是啊，朕也是撞翻花瓶，水洒在身上，人才清醒！"

陈婉宜听保桂说到自己，上前施礼道："回皇后，奴婢奉命进入千秋殿，见保桂公公睡在外殿的椅子上，侍卫来往，他竟然不醒，心知有异，唤他十几声仍然无果，才试着用凉水去泼！"

如此看来，显然是保桂也受了暗算！

独孤伽罗低头思索片刻，向陈婉宜问道："殿里的灯可曾有人碰过？"

陈婉宜略一迟疑，摇头道："奴婢进去之时，外殿的蜡烛半数已熄灭，内殿倒大多燃着，那时已有侍卫大哥出入，并不知可曾有人碰过。"

杨坚摇头道："朕出千秋殿时，命侍卫看守，不许任何人动殿里的东西！"说罢向薛太医道，"你去千秋殿看看那殿中的蜡烛可有古怪。"

薛太医应命而去，满殿陷入一片寂静。杨坚见独孤伽罗垂眸端坐，脸色冰冷，轻叹一声，在她身边坐下，轻声道："伽罗，朕只是感念尉迟家一门忠烈，只剩这一点血脉，纵不想着尉迟伯父，还有一位蔡王妃呢！"

独孤伽罗见他不顾奴仆在侧，低声下气地解释，心中的气已消一半，只是事情未明，实不知这内里还有多少事是自己不知道的，只是微微抿唇，并不理他。

杨坚见她不理，心中更急，正要再说，就听殿外侍卫回禀，说太子杨广听说宫中出事，已前来护驾！

这样的事，怎能让儿子在旁边听着，杨坚不禁脸黑，独孤伽罗看他一眼，向外道："今日宫中不太平，太子殿下既有此心，就在殿外守着吧！"

侍卫应命，传出话去，殿外传来杨广应命的声音。

隔半个时辰，薛太医终于跟着侍卫回来，向二人回道："回皇上、皇后，那殿里的蜡烛有几支发现少许药粉，受热之后，散出气味，可令人神思困顿，全身无力，遇水而解，并无旁的毒性！"

这也就是保桂困倦，杨坚堂堂男子竟然无力反抗赵如意的原因。

独孤伽罗微松一口气，顺口问道："可还有旁处可疑？"

薛太医躬身道："殿中臣再瞧不出不妥，只是守殿的几位侍卫大哥说，之前蔡王妃私动殿中蜡烛,被侍卫所擒,正押在千秋殿的廊下,请问皇上如何发落!"

杨坚吃惊道:"蔡王妃?"

独孤伽罗也是一惊,跟着皱眉:"她是跟着臣妾前往千秋殿,方才……"回想一下才发现,自己从千秋殿中怒气冲冲地出来,尉迟容却没有跟来。

杨坚将脸一沉,冷声命道:"将她押来!"尉迟容留在殿里倒也罢了,她别的不动,单单去动蜡烛,再加上她和尉迟文姬的关系,其中必然有一定的联系。

侍卫应命奔去,不过片刻,两名侍卫押着尉迟容进来,向地上一推,回道:"皇上,皇后!蔡王妃带到!"

独孤伽罗见尉迟容长发披垂,衣衫歪斜,显然是经过一番挣扎,再回思之前她的一言一行,恍然惊觉,自己身边有两只饿狼窥探,之前竟然浑然不觉,不由暗暗咬牙,向她道:"尉迟容!是你故意带尉迟文姬进宫,是你设计本宫,是你让她勾引皇上,是不是?"

一连三句,虽是问句,却字字铿锵。杨坚大吃一惊,目光扫过尉迟文姬的尸体,又凝目向尉迟容望去。先不说尉迟容本就是杨家的人,就是赵如意,进宫也已二十年。这些年来,她们守在独孤伽罗身边,竟然包藏祸心?

最后这个念头一起,他顿时惊出一头冷汗,如果她们不是在他身上下手,而是谋害独孤伽罗……一时间,杨坚心中又惊又惧,想到刚才独孤伽罗处置赵如意的手段,心中释然。

尉迟容进殿时,就已看到尉迟文姬横尸在地,震惊之余,强抑心中悲痛,暗思脱身之法。此刻听她一问,尉迟容露出一脸惊讶:"文姬?文姬幼时走失,遍寻不获,难道还活在人世?"

独孤伽罗冷笑,起身一步步向她逼近,冷声道:"赵如意就是尉迟文姬,事隔多年,纵然她不认旁人,岂会不认你这唯一的亲人?"

尉迟容连连摇头,叫道:"不!不!她怎么会是文姬?若她是文姬,又岂会不认我?她只是妙善庵养大的小孤女啊!"

独孤伽罗冷笑:"她已亲口说出自己是尉迟文姬,这满殿的人都亲耳听到,难不成还是本宫栽赃?"

尉迟容万万料想不到,尉迟文姬不但事败身亡,还在临死前说出自己的身份,心中暗惊,却仍然勉强保持镇定:"慧定师太推荐她进宫,是臣妇将她收留,可是……并不知道她是文姬!"

独孤伽罗冷冷逼视她,摇头道:"是你自己带她进宫,还是慧定师太推荐,明日将慧定传来一问就知!"

尉迟容脸上变色,仍然道:"当初臣妇只是瞧她孤身可怜,模样儿确实有几分像儿时的文姬,才心生怜悯,可是……臣妇当真不知道她竟然是文姬!"说到这里,挤出两行泪来,哭道,"这世上,臣妇只剩下这一个亲人,若知道她是文姬,又岂会不多加照应?"

是啊,尉迟家败落,杨整战死沙场,尉迟容在这世上已只剩下尉迟文姬这一个骨肉相连的亲人,她又岂会不多加照应?

只是……

独孤伽罗细细回思往日不曾留意的细节,一幕一幕鲜明地在脑中回演,慢慢摇头道:"尉迟文姬恨我们至此,你又何尝不是?你不但引她进宫,还给她变名易姓,为的,不就是令我们不加提防,暗中算计!"

尉迟容尖声道:"皇后,这不过是皇后一人的猜测,岂能强加罪名于臣妇?"

是啊,所谓拿贼拿赃,如今虽然她心里明白,却没有证据给尉迟容定罪。

尉迟容见独孤伽罗默然,眸中闪过一抹阴冷,转身扑上尉迟文姬的尸体,放声哭道:"文姬啊文姬,你是文姬,为什么不告诉姑姑?为什么这么傻……"虽说她的心已被仇恨左右,可是尉迟文姬终究已是她最后一个亲人,这一哭,倒也不完全是假的,泪水已滚滚而落。

杨坚心中不忍,轻叹一声,向独孤伽罗道:"文姬既死,此事也算告一段落,就此停止吧!"想二郎杨整一生没有生育子女,身死之后,只留下尉迟容一人,他于心不忍。

独孤伽罗垂眸,双手在衣袖中握紧,淡然道:"蔡王妃可暂留宫中,等将慧定师太传到,自然会真相大白!"这许多年,尉迟容小动作不断,她念其孤苦,一直睁一只眼闭一只眼,可是如今,尉迟容竟然将主意打到杨坚身上,她又岂能相容?

杨坚见她立意要追查到底,微叹一声:"这又何必?"

独孤伽罗不为所动,拒不改口,静静等他下旨。杨坚正在迟疑,只听殿外陈婉宜回道:"皇后,奴婢有事回禀!"这殿里在审讯尉迟容,不知何时她已离开。

独孤伽罗微奇,命人唤入,问道:"何事?"

陈婉宜跪倒,将手中两只小小的木盒高举:"请皇后恕罪,奴婢不经皇后示下,私自搜查蔡王妃在宫里的住处,发现两样可疑的东西!"

尉迟容正哭尉迟文姬,闻言回头,一眼瞧见木盒,顿时脸色大变,尖声叫道:"不!那不是我的!是这贱人栽赃嫁祸!"

陈婉宜侧头向她望去,扬眉道:"蔡王妃,如今还不知这木盒里是什么,蔡王妃如何认定不是你的东西?"

尉迟容一噤,很快接口道:"这木盒不是我的,里头的东西自然也不是我的!"

陈婉宜不理她,转向独孤伽罗和杨坚,昂首道:"皇上,皇后!奴婢搜查蔡王妃住处,还有两位侍卫大哥同行,有没有栽赃,两位侍卫大哥自会作证!"

殿门外,两名侍卫齐齐躬身:"回皇上、皇后,臣随婉宜姑娘同去,亲眼见这盒子是从蔡王妃屋子里搜出的,并无栽赃!"

杨坚本欲不再追究,见又有新的状况,只得问道:"那里面是什么东西?"

陈婉宜道:"回皇上,奴婢只见这东西奇异,像是什么药粉,并不认识,所以带来给皇上过目,请皇上定夺!"宫里私自藏药,可是大忌!

杨坚皱眉,向薛太医道:"还请太医查验!"

薛太医应命,将两只木盒接过打开,取出两只瓷瓶,倾出一些药粉来查,很快磕头道:"回皇上,这两瓶药粉,正与千秋殿汤盏中和蜡烛上的药相同!"

也就是说,今日的一切,尉迟容纵不是主谋,也是尉迟文姬的同谋!

尉迟容脸色大变,不等杨坚、独孤伽罗说话,立刻尖声叫道:"不!不!臣妇只是一介妇人,如何会有这种东西?一定是嫁祸!对了,她是陈国公主,一定是她不满陈国被灭,利用文姬,让文姬向皇上投怀送抱,又在汤和蜡烛中下药,要离间皇上和皇后。她见计谋败露,索性将药粉放入臣妇房中,再由侍卫大哥相陪搜出,栽赃给臣妇!"

这一番推测倒是说得滴水不漏,可是……独孤伽罗嘴角泛起一抹冷笑,一字一句道:"尉迟容,从你进殿到此刻,可曾有人向你说起尉迟文姬是如何设计的?你又如何知道,尉迟文姬下药,是为了向皇上投怀送抱?"

"这……"尉迟容顿时张口结舌,迟疑良久,才结结巴巴道,"方才……方才在千秋殿,臣妇……臣妇看到……看到文姬从后殿出来……"

"一派胡言!"独孤伽罗霍然而起,怒声喝道,"今日本宫为皇上备下补汤,本来可以早一个时辰送去,是你借故将本宫拖住,才令赵如意乘虚而入。入殿之后,你看到本宫与皇上争执,以为计成,留在千秋殿想要毁去证据,却被侍卫及时阻止。"

尉迟容听着自己的所作所为都已被她看破,脸色顿时变得苍白,伏在地上,突然幽幽笑起,点头道:"好!好!独孤伽罗,你果然聪明绝顶,可惜,你纵然再聪明,也于事无补!你一向以杨坚对你一心一意为傲,如今却改变不了他临幸文姬!纵你看透一切,也救不回杨爽,治不好杨勇,挽不回杨丽华!这些,永远会是你心头之伤,你逃不开,抹不掉,哈哈哈哈……"说罢癫狂大笑,状似疯魔。

独孤伽罗心头大震,失声道:"你说什么?阿爽和勇儿,与你何干?"

尉迟容凄厉大笑:"独孤伽罗,我尉迟家家破人亡,连三郎也死了,你们又怎么能安心活着?不错,我知道她是文姬,从一开始,我就知道她是文姬,可是我们要报仇!我们誓要将你碎尸万段,又岂会让你们知道她的身份?"

"所以,早在二十年前,你就已在步步筹谋?"独孤伽罗追问,掌心中已全是冷汗。

她身居凤位之后,以为天下在握,竟然放下戒心,以致任由这两头饿狼卧伏在自己身边达二十年之久。

尉迟容见她脸色难看,越发笑得畅快,点头道:"不错!不只是你!我要你们杨家的人一个一个为我尉迟家陪葬!"抬起头,仿佛望向苍穹,大声道,"父亲!大哥!你们可曾看到?容儿为你们报仇了!虽说容儿不能手刃独孤伽罗,可是,他们也不会好过!容儿已经为你们报仇了!"

听到她歇斯底里地反复大吼,独孤伽罗心中原来的疑惑突然明朗,脸色顿时苍白,一字一句道:"是你与王谊勾结,害死耿康,嫁祸勇儿!勇儿再荒唐,也不至于强占弟媳,那一幕,也是你的设计!"虽然这一切只是猜测,虽然她并无真凭实据,她的语气却很是肯定。当初杨勇和高灵的陈述,一字字又回到脑中,她心中更加肯定。

宇文珠虽说与自己不和,可是她并无心机,那一日,必然是受尉迟容挑唆,才出言激怒杨勇,让杨勇将令牌交给王谊。之后,必然是她使了什么手段,致使杨勇日渐沉迷酒色，最后设下一局，让杨坚误以为杨勇对萧榰图谋不轨。"

耿康之死，拉开了杨勇被废的序幕，萧榰一事，更是将杨勇打入万劫不复之地啊！想不到，这所有皆是由这个妇人一手导演！

尉迟容听她一口道出真相，再不否认，哈哈大笑，笑得眼泪都掉了下来，大声道："不错！是我！是我利用宇文珠激怒杨勇，让他自取死路！是我带萧榰前去，让他们发生误会，哈哈哈哈……不只是他，还有杨爽！你知道他是怎么死的吗？哈哈哈哈，独孤伽罗，任你聪明绝顶，也不会知道！"

阿爽……

想到杨爽，独孤伽罗心里似乎堵上一团硬块，颤声道："你是说，他……他不是阿勇所杀？"

杨爽之死，导致父子二人彻底离心，跟着杨勇才一步一步走到今日，最后疯狂，难道那竟然是一场冤案？

寝殿里，所有的人都屏住呼吸，不敢发出一点声音，静静地望着那个癫狂的妇人。而在殿外，太子杨广的心怦怦直跳，那一夜，杨爽死在他剑下的情景如在眼前，每每想起，他还是说不出的心惊。只是，此事岂能让旁人知道！更不用说杨坚和独孤伽罗！手掌悄悄握住袖子里的匕首，只要她敢吐露一个字，他立刻杀人灭口！

事关自己弟弟和长子，杨坚终于忍耐不住，咬牙喝道："还不快说！"

尉迟容大笑，向他道："杨坚，你们不会知道！我尉迟容绝不会告诉你们！你们只要知道，我尉迟家纵然死绝，你杨家的悲剧也会继续，哈哈哈哈！"大笑声中，突然拔下头上金簪向独孤伽罗扑去。

殿外杨广疾呼："母后小心！"

杨坚大怒，冲上一步挡在独孤伽罗面前，抬腿一脚踹去，喝道："给朕拿下！"

这一脚正中胸口，尉迟容嘴一张，哇的一声，鲜血喷射而出，笑声却仍然不停，她大声叫道："你们会有报应的！你们会有报应的……"大笑声中，她猛然回手，将金簪插入自己的咽喉，笑声顿时如被剪刀剪断一般，戛然而止。

独孤伽罗怔怔地看着尉迟容的尸体砰然倒地，慢慢摇头，低声道："疯子！你们尉迟家都是疯子！"

杨坚惊得一颗心怦怦直跳，回身去握她的手，连声问道："伽罗，你没事吧？"

独孤伽罗将手抽回，命人清理尸体，漠然转身道："皇上，臣妾乏了，就不服侍皇上了！"

这是直接赶人啊！

杨坚大急，已顾不上身畔还有许多奴仆，急道："伽罗，真相大白，朕是受她们设计，并不曾做出什么，你……你为何还要生气？"

"真相大白？"独孤伽罗冷笑，转头向他定定而视，一字一句道，"不错，皇上是受她们设计，可是皇上若对那赵如意无情，又岂容她在眼皮子底下动那手脚？若是对她无情，看着她自尽，皇上又何必那么疼？"

她句句逼问，字字诛心。杨坚脸色骤变，连连摇头道："伽罗，朕只因她是你身边之人才不见疑，若当真对她有什么心思，她又何必下药？朕得知她是文姬，心中只是有所顾念罢了。朕对你之心，日月可鉴，但有一丝异心，必受天谴！"

独孤伽罗见他情急之下居然赌咒发誓，觉得好笑之余，气倒消了大半，可是想到他之前的话，又将脸一沉，冷声道："尉迟家的人又能如何？臣妾身为一朝之后，有虎狼在侧，不能下令废而逐之，只因为皇上不忍，皇上心疼？皇上身畔有臣妾如此毒妇相伴，岂能睡得安稳？"

杨坚知道是自己见尉迟文姬身亡，将话说重，叹一口气，慢慢上前，试着拥她入怀，叹道："伽罗，朕只是心痛尉迟叔父一生忠烈，尉迟家竟然从此绝后。若知她们竟然那般为恶，朕岂还会有一丝顾惜？若她们伤及你一分一毫，朕纵是将她们碎尸万段，也追悔不及！"想到杨爽身死、杨勇疯狂，他心中酸痛难当。

是啊，若她们伤的是自己，或者犹可恕，今日若不是她们将主意打到杨坚身上，她又岂会震怒？她是如此，杨坚自然也是如此！

只是大错铸成，任他们如何追悔，一切的一切，也已无法挽回。若只因一时的愤恼，二人失和，岂不是正中尉迟容那毒妇的诡计？

独孤伽罗默然，任由他轻揽入怀，看着两具尸体被抬出殿去，只是轻轻一声长叹。

原来，当初尉迟迥因杨坚窃国，愤而撞柱而死，葬礼当日，尉迟容心伤之下，在坟前徘徊不去，却恰遇得到消息前来拜祭的尉迟文姬。相隔茫茫二十年，姑侄重逢，自有一番悲喜，细述别情，尉迟容才从尉迟文姬口中知道，尉迟宽也早已过世，而他的死，竟然也是因杨坚和独孤伽罗而起。

整个尉迟家就此只剩下姑侄二人，心伤之下，二人立誓必报此仇，也就有了赵如意的进宫，和今日这一幕惨剧。

第八十章

魂有知地下相会
QUEEN DUGU

　　大兴城东南，湖畔绿柳成行，翠莺枝上争鸣，风景极为清幽。一排排齐整的民居沿湖而建，虽可相互守望，却又自成门户。
　　轻便马车在湖边停下，独孤伽罗身穿一袭常服，扶着歆兰的手下车，却无心去观赏这里的风景，只是急切地向驾车的侍卫问明方向，向其中一扇乌漆大门走去。
　　歆兰唤开门，门里露出高灵清瘦的脸颊，见到二人，她只是微微一怔，跟着退开一步，默默行礼。
　　独孤伽罗张了张嘴，低声唤道："灵儿……"千言万语，一时不知从何说起。
　　高灵垂头默然片刻，终于叹道："母后终于还是来了！"掩上门，带着二人穿过庭院，向屋子里走去。
　　这是一处小小的院落，正面堂屋带着一间里屋，两侧各有一间下房，倒也收拾得颇为齐整。
　　想到原来宽大的东宫，如今看到这小小的庭院，独孤伽罗心中是说不出的难过。
　　像是看出她的心思，高灵低声道："这院子虽小，却胜在幽静，再也没有人前来勾诱他胡闹！"推开堂屋的门，径直向里间的屋子里走去。
　　屋子里，杨勇正将一床破被单罩在身上，看到二人进来，挺胸叠肚，大声喝道："你们这些贱民，见朕为何不跪？"
　　高灵急忙上前，扶住他道："阿勇，是母后！母后来了！"
　　杨勇嘻哈笑道："母后？朕哪里来的母后？母后早不要我了！"说完，推着高灵道，"快！快去传旨，朕要上朝！朕还有许多奏折不曾看过！"
　　独孤伽罗见他一副疯疯癫癫的模样，强忍心酸，上前去握他的手，含泪道："勇儿，是母亲没有保护好你！你受委屈了！"
　　杨勇的手被她碰到，他立刻跳起来，指着她大声嚷道："你！你想谋害朕！你想逼宫篡位！"

独孤伽罗见他竟不认识自己，心中更是酸涩难忍，落泪道："勇儿，母亲错了！是母亲错怪了你！你醒醒！醒醒吧！"

可是此刻的杨勇，整个人沉浸在自己疯癫的世界，又哪里听得明白她说什么？

高灵叹一口气，向独孤伽罗劝道："母后，还是到外间坐坐吧！"随即将独孤伽罗让出屋，将里间的门反锁，这才去亲自沏茶。

独孤伽罗听着里间杨勇大喊大叫，心中越发酸痛，向高灵问道："灵儿，你为何锁着勇儿？"

高灵默然一瞬，轻声道："今日母后所见，还是他温和的时候，若是当真病发，这门怕挡不住他，若是跑到外头，难免伤人！"

独孤伽罗不料杨勇的病竟如此严重，吃惊之余，又忍不住落下泪来，低声泣道："勇儿性子本来温和，是本宫……是我们将他逼至如此地步！"

高灵被她一说，也忍不住心酸，轻轻摇头道："母后，逼他的不是母后，而是那太子之位啊！阿勇本来胸无大志，更无帝王之才，父皇、母后却对他寄予厚望，他……他不想令父皇、母后失望，可是……可是……"说到后句，想到杨勇随后的所作所为，再也说不下去。

独孤伽罗连连点头，拭泪道："前几日，尉迟容已经招认，一切都是她的阴谋，是她勾结王谊，害死耿康，嫁祸勇儿，还有阿爽……"杨爽之死虽然成谜，可是耿康之死既然是嫁祸，自然也就不是杨勇杀人灭口。

高灵本就聪慧，闻言心头大震，一把将她衣袖抓住，颤声道："母后，你是说……你是说你们已经知道小皇叔不是阿勇所杀？"

独孤伽罗心痛如绞，轻轻点头。

高灵脸色瞬间变得惨白，连连摇头，哭道："母后，当初为什么不查？为什么就不查呢？阿勇一直说不是他，可是你为什么就不信他？十年！十年啊！他堂堂太子，背着弑叔的罪名，又如何承受？他让自己沉浸于酒色之中，是在逃避！是在逃避啊！"

是啊，杨爽和杨勇不只是嫡亲的叔侄，且杨勇几乎是杨爽一手带大！十年！整整十年，杨勇承受着杨爽之死带来的伤痛，背负着弑叔的罪名，至亲骨肉，却无人信他，他又如何受得了？

想到他一日一日纵情声色，独孤伽罗也早已泣不成声，连连摇头道："是啊，虽然是尉迟氏设计陷害，可是……可是枉我一直自以为喜欢勇儿的温厚宽和，竟然没有信他！没有信他！"

背负弑叔的罪名整整十年，恐怕他早已不堪重负了吧？随后，尉迟容的设计又使他背上强占弟媳、枉顾人伦的污名，令他心底最后一道堤防崩塌，而太子之位被废，成为压垮他的最后一根稻草，导致他疯狂。

想到东宫一幕，高灵更是泣不成声，摇头道："那一日本来好好的，只因蔡王妃要果品，我只离开片刻，竟然就生出那样的大祸！"

也就是说，是尉迟容将她支开，才向杨勇下手！也难怪，事发之时，他们并没有看到高灵！

独孤伽罗闭眼，早已泪流成河，喃喃道："勇儿，娘可怜的勇儿！"

虽说有尉迟容的设计，可是，又何尝不是她和杨坚夫妇二人，一步一步将杨勇逼上绝路？

一念至此，独孤伽罗一颗心如被利刃刺中，喉咙一甜，一口鲜血喷涌而出，眼前阵阵发黑，向后仰倒。她双耳轰鸣，隐约听到欹兰和高灵惊慌的呼叫，跟着再也没有一点声音，整个人沉入无边的黑暗。

惊闻独孤伽罗吐血昏迷，杨坚惊得失魂落魄，顾不上满殿群臣，直奔后宫，疾疾冲进甘露殿，但见独孤伽罗脸色苍白，静静地躺在榻上，竟然一动不动。

杨坚惊得手足冰凉，忙将太医抓过来，嘶声吼道："皇后如何？还不快用药？"

薛太医连忙磕头道："皇上息怒，皇后是急火攻心，臣已开了方子！"

杨坚这才将他放开，握着独孤伽罗的手怔怔坐了一会儿，才将欹兰唤来，细问事情缘由。听欹兰说完，他也忍不住心中酸痛，低声道："伽罗一直说勇儿性子温厚，可朕从没有细细为他想过，只是一意让他成为一个合格的太子。"

独孤伽罗这一昏迷足足三日，杨坚也就守了三日。就在杨坚心中惶惑不安时，他见她睁眼，大喜扑过去，握住她的手连喊："伽罗！伽罗……"欢喜之余，竟落下泪来。

独孤伽罗向他怔怔而望，隔一会儿，也不禁落泪，哭道："大郎，我们的勇儿……我们的勇儿好冤啊！"

杨坚连连点头："朕知道！朕已经知道！只是……只是朕派人接他们回宫，灵儿不肯。"

独孤伽罗点头落泪，难以言语。早在许久之前，高灵就曾说过，杨勇并无大才，不足以做一个好皇帝，希望易储，且能不伤及杨勇。这世上，她才是最了解杨勇的人啊！可惜，当时自己竟然没有理会。

心中痛一回，悔一回，独孤伽罗握住杨坚的手，落泪道："大郎，从立太子之后，勇儿并不曾真心快活，如今想来，他最开心的日子应当是在定州那十年，倒不如送他回定州休养，或者他的病能好！"

大兴城留给杨勇的，只有无穷无尽繁杂的政务和尔虞我诈吧！

杨坚点头答应："若勇儿和灵儿答应，等你病好一些，我们亲自送他们前往定州！"

这仿佛是夫妻间的一个约定，他又哪里知道，独孤伽罗这一场大病来势汹汹，时好时坏，缠绵病榻长达一年之久。杨坚心痛之余，每日尽量守在她身边，陪着她看日出日落，为她抚琴吟唱。

眼看着春去秋来，又是一年岁尽，骤然而来的大雪让独孤伽罗又添了咳喘之症。甘露殿里早早地燃起了火盆，却映不红她苍白的面容。

那一日，独孤伽罗精神略好，裹着厚厚的大氅倚在杨坚怀里，仰头看窗外漫天的雪花飞舞。杨坚将她抱紧一些，柔声道："伽罗，这雪花虽然好看，可是你受不了这寒冷，还是少看会儿吧！"

独孤伽罗摇头，握住他的手低喘一会儿，才轻声道："大郎，我怕是看不到明年的雪花了，你让我多瞧一会儿！"

"伽罗，不要胡说！"杨坚立刻打断她，将她的身子拥得更紧，落泪道，"伽罗，我们说过的，我们一同建了这盛世王朝，一同倾尽了一生的心血，总要一同去瞧一瞧的！可是这二十多年，我们却始终抽不出身来。朕答应你，等你身子好一些，朕就将朝政交给广儿，与你一起携手去共游天下！"

听着他的话，独孤伽罗悠然神往，轻声道："是啊，共游天下！昨日，我又梦回了定州，如今，那里应该更美了吧？可惜！可惜我再也瞧不到了！"

"不！伽罗！"杨坚摇头，落泪道，"这天下，这江山，是我们的啊，我们都还不曾看过，你怎么就能说出这些话来？伽罗，没有了你，朕要这江山、要这天下又有何意义？"

泪水落在独孤伽罗的手上，由温暖变成寒凉，独孤伽罗心中微疼，将他的手握得更紧，叹道："大郎，伽罗虽然几经坎坷，颠沛流离，可是这一生有你相伴，能与你共建盛世辉煌，已不虚此生。人谁无死，你只需记着，不管伽罗是生是死，都不会真的离你而去，我会化为星辰清风，与你相伴每日每夜，等你百年，我们又可相伴……"声音越来越低，终至无声。

独孤伽罗的手慢慢垂下，杨坚的心顿时一空，不禁放声悲呼："伽罗……"而独孤伽罗的双眸已慢慢阖上，再也听不到他的呼唤，再不能答应。

甘露殿外，闻讯赶来的杨广、萧㮣等人听到这声悲呼，齐齐跪倒在雪地里，悲声痛哭："母后……"

皇宫城楼上，悠长的钟声响起，宣示着一位震古烁今奇女子的陨落，举国皆悲。而在重才殿里，杨丽华惊慌坐起，听着钟声一次次敲响，终于忍不住号哭出声："母后……母后……"她哭着冲出殿门，踉跄向甘露殿奔去。

这一刻，二十多年的恩怨纠缠早已烟消云散，她所能想起的，只有从小到大母亲对她的教养和疼爱。

然而，晚了！一切都晚了！这二十年，她将自己深藏在那小小的殿室，不见母亲一面。此一刻，她纵想见，母亲却再也不能看她一眼！

公元602年，大隋皇后独孤伽罗薨，谥号"文献"。这位于开国有功，又协助隋帝杨坚开创盛世的奇女子陨落，令举国哀痛。

狂风怒卷，飞雪漫天，大兴城内外白茫茫，天地皆已连成一片。城门内外，雪白的灵幡被狂风卷起，呼啦啦的，如同厉鬼的悲号。而从皇宫而出的队伍也是一色的素白，漫漫长达十余里，仿佛与这天地融为一体。而在这漫天漫地的白色之中，一点金黄随着舞动的灵幡缓缓移动，穿城而过，走入城外漫天的风雪之中。

这一日，正是大隋皇后独孤伽罗的殡葬之期。隋帝杨坚力排众议，不顾世俗的眼光，坚持亲自为爱妻送葬。此时的龙辇已用白布包裹，只有辇顶的赤金顶珠暴露在风雪中，昭示着帝王的身份。

杨坚半躺在龙辇内，只觉整颗心空荡荡的，似乎失去了依托。风将辇前的素帘卷起，可见辇前硕大的棺木。

杨坚的心似被一只无形的手死死攥住，让他喘不上气来。他的爱妻，他的伽罗，如今，就一个人躺在那冰冷的棺木里，他再也无法拥抱，再也不能听她一次次唤他："大郎！大郎！"

心中的哀恸无边无际地蔓延，杨坚微颤的手指轻抚手中的绣卷祭文，喃喃念道："鹣鲽双双，奈何永诀。空庐盈香，独息悲切。千杯醉梦，芳踪难觅。魂其有知，慰我苦寂。哀为至尊，天命难逆。夙夜悲叹，废寝与食。冬之雪，夏之火，天高地厚，琴瑟愉悦。夏之火，冬之雪，百年好合，与卿同穴！"声音越来越低沉，念到后句，热泪早已滚滚而落。

他泪眼婆娑间，但见辇帘再次被风卷起，前方素白的棺木上幻化出一个红衣女子，红色衣裙随风猎猎飞舞，一副倾世容颜宛如少年时模样，正是当年初嫁时的独孤伽罗。独孤伽罗向他伸手，轻颦浅笑，一声声唤道："大郎……大郎……"

"伽罗！"杨坚颤声低喊，浑然忘记此刻是在辇上，也全然忘记自己是一代帝王，只是踉跄起身，向着那飞舞的红色人影奔去，悲声喊："伽罗……伽罗……"脚下一空，已摔下辇去。

跟在辇旁的杨广大惊，连声叫："停！快停下！"喝停队伍，杨广一跃下马，奔去扶他，唤道，"父皇……"

杨坚浑然不觉，爬起来，跌跌撞撞向前跑去，双手张开，眼睛热切地望着前方，追逐着那飞舞的红色身影，连声喊："伽罗，你来了！朕知道，你不会抛下我……"他拼命追去，想要将她抱住，再不放手。

可是，前方曼舞的独孤伽罗身影越来越淡，最后只余下一缕红雾，飘散在风雪中，无踪无影。

"伽罗……"杨坚停住，茫然四顾。狂风卷着漫天的大雪扑面而来，将他心中燃起的希望扑灭，一颗心瞬间冰冷，一寸一寸沉入谷底。

他的伽罗，他的皇后，真的去了！此生此世，天地间只剩下他杨坚一人，他们再也不能相见。

杨广、杨丽华与高颎、杨素等众臣眼瞧着他发足狂奔，状似疯癫，都大吃一惊，齐齐随后赶去。此时见他茫然而立，口中仍一声声呼唤逝去的皇后，众人都不禁伤痛，齐齐跪伏在地，大声道："请皇上保重龙体！"

杨丽华更是泪如雨下，拜伏哭道："父皇，母后在天之灵，必愿父皇龙体安康，请父皇保重！"只因她一番执念，茫茫二十年，母女竟再不曾相见，连她自己也分不清，此时这心头的绞痛是愧还是悔。

群臣的呼声穿破风雪，在这旷野上轰然响起。杨坚身子一震，回过头，望向拜伏的儿女、群臣，才感受到一点真实。是啊，他的伽罗走了，再也不会回来！今日，是他送她最后一程，往后，唯有他孤身一人，伴着凄风冷月，再也没有人用整颗心来倾听他吟唱地厚天高！可是归途呢？等有一日他也踏上归程，她是不是会在另一边等他？

杨坚的心似被无形之手攥得生疼，而在这疼痛背后，心中又似燃起一点点的希望，他哑声道："朕与皇后携手近五十载，血肉相融，如今阴阳两隔，已成朕永世之痛。朕此一生，唯皇后可为知己，待朕百年，必令朕与皇后合葬，但愿'魂其有知，当相见于地下'！"

伽罗，你要等我！

隋后独孤伽罗，人已逝去，仍余隋帝长长的思念，其传奇的一生，留给后世青史句句评述。

时光不因任何人的离去而稍有停驻，而于杨坚而言，他的心，却停留在独孤伽罗逝去的那一刻。杨坚坚信，他的皇后并非故去，而是飞升为妙善菩萨，遂传旨修建寺庙为皇后祈福。

在随后的岁月里，杨丽华随侍杨坚身侧，伴着他失翼的孤寂岁月，成为他身边唯一的慰藉。日暮黄昏，杨坚经常独立于城楼上，望着夕阳西沉，似乎有所期待，有所等候。

公元604年，杨坚思念成疾，身体日渐衰弱，也终于走完他这跌宕起伏的一生。同年杨广继位，依杨坚遗命，将他和独孤伽罗合葬于太陵，实现他与爱妻"魂其有知，当相见于地下"的愿望。